时也草

时星草 著

初见情深

（上册）

CHU
JIAN
QING
SHEN

西安出版社

图书在版编目（CIP）数据

初见情深 / 时星草著. -- 西安 : 西安出版社，2023.3
ISBN 978-7-5541-6463-1

Ⅰ. ①初… Ⅱ. ①时… Ⅲ. ①长篇小说－中国－当代
Ⅳ. ① I247.5

中国版本图书馆 CIP 数据核字（2022）第 230036 号

初见情深
CHUJIAN QINGSHEN

作　　者：时星草
责任编辑：徐　妹
特约编辑：悦　悦
装帧设计：白三叶
照　　排：长虎设计
出版发行：西安出版社
社　　址：西安市雁塔区雁南五路 1868 号曲江影视演艺大厦 11 层
电　　话：（029）85253740
邮政编码：710061
印　　刷：北京润田金辉印刷有限公司
开　　本：880mm×1230mm　1/32
印　　张：18.25
字　　数：537 千
版　　次：2023 年 3 月第 1 版
印　　次：2023 年 3 月第 1 次
书　　号：ISBN 978-7-5541-6463-1
定　　价：69.80 元（全二册）

Love at first sight

目录

上册 ▶

第 1 章	初见	001
第 2 章	藏娇	010
第 3 章	吸引	020
第 4 章	表白	049
第 5 章	跳舞	067
第 6 章	亲密	096
第 7 章	看见	107
第 8 章	陪伴	116
第 9 章	难过	126
第 10 章	遇见	141
第 11 章	试探	151
第 12 章	表白	162

目录

第 13 章　喜悦　177
第 14 章　喜欢　189
第 15 章　牵手　205
第 16 章　等你　217
第 17 章　约会　227
第 18 章　公开　238

下册 ▶ 第 19 章　找他　275
第 20 章　女婿　287
第 21 章　道歉　297
第 22 章　主动　308
第 23 章　照片　319
第 24 章　家长　332

第 25 章 吵架 344
第 26 章 过度 359
第 27 章 变化 372
第 28 章 情敌 384
第 29 章 腹黑 396
第 30 章 抓包 410
第 31 章 家长 423
第 32 章 名字 437
第 33 章 生日 449
第 34 章 求婚 462

番外合集 490

CONTENTS

第1章　初见

天气闷热，宿舍里的风扇吱嘎吱嘎地转动着，每转一圈，便有刺耳的声音传出来，让人睡不安稳。

姜映初翻了两次身，拧紧眉头往被子里钻，她今天离家回到学校宿舍，坐了大半天的车，这会儿已经困到极点。

挣扎了大约十分钟后，她无奈地揉着酸痛的脖颈从床上坐起，宿舍的大门正好被人从外面推开。

落日的余晖映入眼帘，夕阳把天空染成了橙红色，从她坐着的这个位置看过去，天空就好像加上了一层滤镜，看上去不太真实，有朦朦胧胧的感觉。

姜映初迷迷糊糊地压着尾音“咦”了声：“年年，你现在才到吗？”

“没呢，我回来过一次了，见你睡得沉，我就没喊你。”宁年年皱了皱眉，手里还提着两瓶饮料，抬眸看着还坐在床上的人，唇角微扬，“还睡吗？”

“不睡了。”姜映初慢吞吞地从床上起来，随意地扯了下乱糟糟的头发，从床上爬下来。

宁年年是姜映初的同班同学加室友，除了宁年年，还有舒玥和蒋文文，不过这两人现在都还没回来。

大学开学后，经历了大半个月的军训，好不容易迎来国庆假期，离家出来念书的学生都无比思家，所以宿舍四个人全都回家了。

姜映初是中午到宿舍的，一回来就爬床上去睡觉，但睡得并不怎么舒服，她脑袋现在都还是蒙的。

揉了揉惺忪的双眼，她趴在桌面上继续犯困：“她俩有没有说什么时候回来？”

“没呢。”宁年年把饮料放在她的脑袋旁边，笑着说，“用饮料贴一下脸，你就清醒了。”

姜映初虽然内心不太赞同，但还是照做了。

饮料里加了少许冰块，因为天气闷热，饮料瓶子外壁有不少水珠，咕噜咕噜地往外冒着，又从上而下滴落到桌面，形成了一摊水渍。

她闲得无聊，伸出手指捏了捏瓶子，也不着急打开喝，把冒着晶莹水珠的饮料瓶子贴在脸颊，感受那种极致的冰凉，只觉得舒服，人也彻底醒了过来。

“待会儿出去吃饭吧？”

“好啊。”姜映初打了个哈欠，“吃什么？”

宁年年摇头：“不知道。”她胃口并不是很好，现在还没什么特别想吃的东西。

日暮西山，外头的阳光弱了不少，看上去威力不大，经历了九月份在烈日炎炎下的军训，姜映初现在看到太阳就觉得害怕，虽然她没怎么晒黑，但总归不喜欢晒太阳。

讨论了一番，她跟宁年年两人决定去吃烤鱼，地点在学校后面的一条街，那一条街上的店铺都是学校的学生开的，是学校为了支持学生们自主创业而建，店铺租金很便宜。她们要去的烤鱼店是新开的，店长好像是她们的直系学长，今天是第一天正式营业，有五折优惠。

这条街被学生们叫作小吃街，姜映初和宁年年刚到街口便听到了里面传来热闹的声音。人声鼎沸间，除了吃客的谈笑，还有各种吆喝。

新学期伊始，不少学长学姐趁着自己还是在校生，在这条街上开店创业，所以来此的学生们很容易看到熟人。

姜映初跟宁年年恰好碰到了同班同学——卓承浩和马海。

卓承浩看着姜映初，微微一笑：“过来吃晚饭吗？”

“嗯。”她点了点头。

姜映初生得白净，经历过军训也没让她变黑，这会儿在不少人眼里，她属于白得发亮的那一个。再加上她长相柔美，一双杏眼清澈见底，直勾勾看着人的时候，会让人不由自主地深陷其中，无法自拔。

因为刚刚看着阳光弱了，姜映初就随意地穿了条很短的牛仔裤出来，露出了一双修长白皙的大长腿。

卓承浩上下打量了她一眼，其实班里人都很关注这位同学，他不自然地咳了声："你们要吃什么？"

宁年年对上姜映初的视线，笑了笑说："我们先随便逛逛，看着吃，你们呢？"

马海指了指旁边的店，笑呵呵地说："我们吃牛蛙，要一起吗？"

"不了，我跟初初都不吃牛蛙呢。"宁年年笑着拒绝。

好在卓承浩他们也没为难她们，打了声招呼后就让两人离开了。直到感觉后面的视线转移后，宁年年才拖着姜映初的手臂小声说："你觉不觉得，卓承浩看你的眼神有点不对劲儿？"

"没觉得……"

宁年年觑了姜映初一眼，伸手捏着她的小脸蛋，羡慕道："我也想要你这娇嫩的肌肤。"

"你有。"姜映初眨了眨眼，含笑说，"快去吃烤鱼了，我都饿了。"

"走走走。"

两人到了烤鱼店，门口还有不少人站着，姜映初漫不经心地看着手机，突然被宁年年兴奋地扯了扯手臂，她压着声音，无比激动道："啊啊啊……店门口有顾学长！我的妈呀！"

她刚才就纳闷为什么烤鱼店门口这么多人等着，原来是有学校的活招牌在这儿吸引顾客。

姜映初一怔，错愕地抬眸看去，入眼的不再是一个背影，而是一张侧脸。

顾修竹漫不经心地靠在玻璃墙上，穿着一件白色的 T 恤，露出修长的后颈，黑色的休闲裤，脚上踩着一双小白鞋，是姜映初喜欢的那个牌子，骨节分明的手指正握着手机，微垂着脑袋，敛眸看着手机。

距离太远，姜映初看不清楚他的神情，她直勾勾地看了良久，直到那人转过头来，在空中与她对视了眼，姜映初才红了耳朵，仓皇失措地收回视线。

痴汉一样地看着人家，还被发现，真是太丢脸了。

"初初初初……"宁年年还在激动着，掐着她的手臂嗷嗷大叫，"顾学长真是太好看了，这样的少年不应该活在漫画和小说里面吗，为什么会出现在我们学校？！"

宁年年这话一点都没夸张，顾修竹的长相确实是精致，肤色白皙，侧脸清隽，鼻梁高挺，眼眸深邃，睫毛纤长且浓密，这还是上一次……姜映初跟他近距离接触时发现的。再加上他喜爱运动，身材也特别好，属于劲瘦而不是干瘦。

学校里关于顾修竹的传说实在是太多，这真真是神仙一般的人物，与凡人不一样。

姜映初捏了捏自己有些发烫的耳朵，含糊不清地应了一句："是啊……"

要不是这样的少年真实存在着，她又怎么会对人家一见钟情呢。一想到这个，姜映初就觉得自己有点不自量力了。

她遇到顾修竹，是在入学报到的最后一天。因为当时已经是报名最后一天的傍晚，学校接待的人并不多，稀稀疏疏的，姜映初到学校的时候又到了晚饭的时间点，她手里拿着学校的地形图，瞎找着。她是个路痴，对方位不太敏感，找着找着就看到了学校的报刊亭。

姜映初把行李给搁在一边，准备找人问问路。

她刚一抬眸，便看到了挺直后背，站在报刊亭边一脸漫不经心的顾修竹。她眼眸微闪，只觉得那人的气质出色，很是特别，直到人转过头来的时候，她才惊觉自己正直勾勾地看着人家，都没能回神。

直到顾修竹看着她旁边的行李，顿了顿，走了过来："新生？"声音清朗，像是夏日里的一汪清泉，在心尖流淌而过。

姜映初愣了愣，又呆呆地点头，重复着他的问话："新生。"

顾修竹的神情没过多变化，大概是被人看习惯了，只眼眸深邃地注视着眼前双颊已被晒红的女生，低声问："手续都办好了吗？"

“办好了。”姜映初这才想起自己是要做什么的，她抬眸与顾修竹对视，结结巴巴地问，“我……找不到宿舍在哪儿……”

闻言，顾修竹微微颔首：“什么专业的？哪个班级？”

她把专业和班级都说了下，还把报到时需要提供的一张单子给顾修竹看了一眼。

他看了以后点头说：“我知道在哪儿，我送你过去吧。”

“好。”

只不过最后，顾修竹还是没送她到宿舍，因为刚走了几步就有人来找他，他便忙去了，让另外那人送自己到了宿舍。

“初初。”宁年年蹭了蹭姜映初的手臂，有些着急，“你干吗呢？”

姜映初从回忆中回神，莞尔一笑：“没呢，想点事情。”

那次偶遇之后，他们再遇上是在新生的开学典礼上。顾修竹作为学生会会长发言，那会儿姜映初已经听到了不少关于他的传说，也头一回知道，原来还真有人可以优秀到无人能及的地步。

她正抬眸准备再看过去，突然前面排着队的女生激动喊着：“啊啊啊啊……顾学长看我了、看我了！”

“是看我。”

宁年年狐疑地看着，凑在姜映初的耳朵边小声说：“我怎么觉得，顾学长在看你……”末尾的“啊”字还在嘴里没出来，她突然转换了语调，变得更为激动了。

“顾学长往我们这边走过来了。”

话音刚落，顾修竹便站在姜映初面前，停下了脚步。

夕阳彻底落下去，天色暗了下来，周围的店铺都亮了灯。

姜映初的眼前明亮起来，不过是因为顾修竹的到来点亮了。

周围的人都震惊到了极点，看着顾修竹的身影，久久没能回神。

他低垂着脑袋，姿态慵懒，却又让人无法忽视。

站在姜映初的面前，顾修竹敛眸，神色淡然地从口袋里掏出一个东西，递到她面前：“你上午掉的钥匙。”

姜映初一愣，看着眼前的掌心上放着的钥匙串，钥匙串上的小黄人格外显眼，她愣了愣，还是顾修竹咳了一声后才反应过来，她伸出手去拿。

她的手指微凉，顺着他的掌心把钥匙拿了过来，两人肌肤接触的瞬间，姜映初只觉得自己的心跳都快上了几分。

脸上假装着镇定，她抬眸看向眼前人，眉梢里压着笑，唇角弯弯："谢谢顾学长。"

顾修竹冷淡地"嗯"了一声，把东西还给她后便转身离开了。他双手插兜，姿势明明很随意，却偏偏气质出尘，让人的目光不由自主地追随着他。

直到顾修竹进入店里，周围排队的人才开始打量姜映初，好奇她跟顾修竹的关系，开始窃窃私语。

姜映初咳了一声，把钥匙串放入包里，低头看着自己的手指，回想着刚刚那一触，这是除了上午那一次之后，两人再一次的肌肤接触。

宁年年吞咽了下口水，眼里充满了好奇，目不转睛地看着姜映初。

想问，但又不知道该怎么问。

直到两人进店，那些打量的视线终于消失。

姜映初深吸一口气，看向对面坐着的人，笑着道："年年，你想问什么就问吧。"

宁年年灌了一大口水，抬眸看她，也没扭捏，很直接："你跟顾学长，什么关系？"

姜映初哭笑不得地看了她一眼："没什么关系，就普通校友啊。"

"那你的钥匙……怎么在他那里？"

姜映初一怔，想起了上午的事情。

她从未想过会在机场遇到顾修竹，两人并不是同一班飞机，却恰好在机场的停车场遇见了。

那会儿姜映初正排队等车，但人太多了，她排着队等了许久都没等到，不少人直接订了网约车，而她……手机正好没电，没办法叫网约车。

思忖一番，姜映初把行李拿上，推着行李箱往另一个方向的公交车站台走去，距离公交车站有点远，走过去大概要二十多分钟。姜映初走了不到十分钟，听到有人喊她，是林扬。

新生报到的时候，是顾修竹让林扬送她去宿舍的。

林扬面带笑意地看着她："准备回学校吗？"

"嗯。"姜映初看着坐在另一个车窗边的人，光落在他脸上，勾勒出他的侧脸，看上去温和了不少。

林扬笑道："这里打车困难，你上来吧，我正好来接顾修竹，我们可以一起回去。"

姜映初愣了下，还没答应，林扬就已经下车把她的行李箱放在后备厢了，还顺便把车门打开了。

她没辙，只好坐上了这趟顺风车。

听完，宁年年感慨了一声："你钥匙就是那会儿掉车里的？"

"应该是。"她回宿舍是让宿管阿姨给开的门，那会儿还以为钥匙丢在外面了，没想到是落在车上了……

姜映初伸手拍了拍自己的脸，强调："我跟顾学长可是清清白白的。"

宁年年笑，捏了下她的脸："你应该近水楼台先得月啊，这么好的机会都不好好利用一下。"她眨眼，兴致盎然地采访她，"来来来，我们谈一谈，你跟顾学长坐在同一辆车里是什么感受？"

姜映初给她翻了个白眼："感受就是，我当时困得都要睡着了。"

宁年年对她表示无比鄙视。

姜映初低笑一声，没有回答。

她确实在车里睡着了，但好像……是靠着一个人的肩膀，而不是车窗。

烤鱼店刚开业，店主是顾修竹班里的同学，关系还不错。

为了给第一天的营业造势，他找林扬去问顾修竹，要不要过来坐一坐吃个晚饭，顺便帮他宣传一下。

顾修竹正好有时间，便答应了。结果他一过来，就被安排像傻子一样站在门外，他虽然有些无奈，但不可否认，还真的引来不少同学驻足。

顾修竹对他这做生意的手段嗤之以鼻，奈何这个不起眼的烤鱼店，林扬也入了股，这下，顾修竹不答应也要答应了。

只是他没料到，会在这里看到那只"麋鹿"。

顾修竹坐在另一边的包厢里，听着外面热闹的声音，唇角微扬。

林扬皱了皱眉，狐疑地看着他："你刚刚把钥匙给小学妹了？"

"嗯。"

林扬："……当着那么多人的面？"

顾修竹淡然地看了他一眼，反问："有什么问题吗？"

听着这回答，林扬一噎，连忙表示："没什么问题，就是我们的小学妹可能要出名了，当面给人家钥匙，你有没有想过其他人怎么想？"

"没有。"

林扬彻底无语，也不跟他继续说这事，他好奇另外的事情，啧啧两声后调侃着问："你对我们小学妹有点特别，该不会是看上人家了吧？"

顾修竹面色不改，神情甚至没有任何波动，抬眸瞥了林扬一眼，没回答，但他表达出来的意思已经很明显了——没有，他并没有看上那个小学妹。刚才只是正好看到，就把钥匙还回去了。

林扬噎了噎，想想也是。顾修竹连美艳动人的校花都看不上，更别说一个迷迷糊糊的小学妹了。

他叹气道："不过姜映初其实挺可爱的。"

顾修竹握着筷子的手一顿，敛了敛眸，低声道："吃完早点回去。"

林扬想了想，还是觉得不对劲："你要是对小学妹没意思，上午她在车里睡觉的时候，脑袋直接靠你肩膀上了，你怎么不推开？"

闻言，顾修竹掀了掀眼皮，冷漠地看着他："还吃不吃？"

"吃吃吃！"林扬饿到不行，对他表示无奈，"我不过随口一问，你反应那么大干吗？"

顾修竹自己也不知道，那时候打算推开的手明明已经伸过去了，可当看到那人眼底泛青，又不自觉地把手收了回去，到底是没忍心推开她。

吃过烤鱼后，姜映初跟宁年年在外面瞎逛了一圈才回了宿舍。

另一名室友蒋文文也回来了，打了声招呼，姜映初就先去洗漱了。

她回家这几天都没怎么睡好，今天准备早早地洗完澡就睡觉。

刚从浴室出来，她就看到另两人正围在电脑前，看上去很热闹的样子。

被点燃了八卦之魂，姜映初问了句：“你们在看什么？”

宁年年朝她挥了挥手：“初初，你快过来，学校论坛上好热闹。”

“啊？”姜映初手里拿着毛巾，边擦拭着湿漉漉的头发，边走了过去。

她一走近，第一眼看到的便是一个吸引人眼球的大标题——“顾学长在小吃街当众把家里钥匙送给一女生，疑似表白”。

姜映初看着这个标题，猝不及防地被口水给呛到了。

她猛咳了好几声，才错愕地看向正眉开眼笑的宁年年：“我出现幻觉了？”

宁年年摇头：“没有，你看到的都是真的。”

她刚刚已经笑好久了，好在论坛上没有姜映初的正脸照，不然明天姜映初可能都不能去上课了。

姜映初错愕不已，忙不迭去看论坛上写的内容，这个贴吧的楼主，把傍晚时候烤鱼店门口顾修竹还她钥匙的事情添油加醋，绘声绘色地描述出来，还把事情的真相直接给扭曲了。

帖子下面全是留言，纷纷在问女生是谁，长什么样子，以及有没有视频，等等。

姜映初无比庆幸，帖子里的照片是顾修竹的侧脸和低着头的她，以及她的背影，从头到尾都没有她的正脸照。

她看了眼那几层楼的留言，默默扶额。

吹干头发后，姜映初躺在床上刷手机，论坛的留言越来越多，有了顾修竹的名字做引流，帖子基本上不愁没有点击和评论了。

看着那些越来越胡说八道的留言，姜映初觉得有些为难。

自己随便想想可以，但被大家这样拿出来说，她怎么都觉得不适应。

想了想，她问宁年年：“你说我要不要去跟顾学长说一声，让他解释一下？”

“你想要他去解释啊？”

姜映初“嗯”了声：“晚上那会儿应该有人认识我们，我担心……”

姜映初的担心不无道理，她话还没说完，蒋文文便突然惊呼：“啊——初初，论坛上面有人说你名字了，把你曝光啦！”

第2章　藏娇

有时候，一件小事的传播速度就跟突如其来的雨势一样，明明看着是淅淅沥沥的，雨势很小很小，可转眼间就变成了倾盆大雨。

绯闻的传播速度总是比正事快很多，大抵就是好事不出门坏事传千里的真实写照。

关于姜映初的名字，从被第一次提及之后便快速蔓延，一时间，贴吧里全是关于她的讨论，长相、身高、成绩，等等。

这还是头一回，她觉得自己比高中更受瞩目。

1101楼：只有我不知道姜映初是何许人吗？

1202楼：我来给大家科普。姜映初是新生，金融系的直系学妹，高考成绩不错，六百九十多分，长得很不错，是个很漂亮的妹子。

1203楼：我来补充，用“漂亮”来形容她的长相太笼统了，这姑娘的长相属于那种……她站在那里就让人觉得赏心悦目，看着很舒服，没有任何攻击力，就是美。

1205楼：作为姜映初的同班同学，我有必要说一下，她笑起来真的很好看，顾盼生辉的那种！班里好多人都喜欢她！！

……

姜映初把贴吧里的内容看完，躺在床上，怎么都觉得不安心，挣扎着翻了好几次身都没睡着。

手机振动了一下，姜映初解锁手机后，屏幕的光芒刺得眼睛有些不适应，半眯了一下，等过了几秒钟后她才适应着睁开眼，去看手机里收到的消息，是宁年年发过来的。

宁宁："初初，是不是睡不着了？"

姜映初顿了顿，回道："有一点，在想要不要跟顾学长说这事。"

宁宁："别纠结这个了，论坛上闹得这么轰动，顾学长那边估计早就知道了，他要是都没在意的话，你也别在意，今晚先早点睡，其他的明天再说。"

姜映初看着，无声地弯了弯嘴角："好，晚安。"

她放心地把手机调成静音搁在一旁，还真就不去管这闹心的事情了。船到桥头自然直，无论发生什么，都是明天的事情。这样一想，她瞬间就轻松了不少，闭着眼睛没一会儿就睡了。

夜色沉沉，晚风吹拂着，将这九月天的热吹散了不少。

另一边，林扬跟顾修竹吃过晚饭后就回了宿舍，原本顾修竹不准备回来的，但奈何抵不住林扬的纠缠，一直说有事情要说。顾修竹在校外有住的地方，所以很少住宿舍。

两人正说着明天学生会招新的事情，突然室友齐南惊呼出声："哎呀，我们顾学长又上学校论坛了。"

他哈哈大笑着，在看到天雷滚滚的标题后，噎了噎，扭头看向顾修竹："你下午把外面租的那套房子的钥匙送给了小学妹，还当众向人家小学妹表白了？"

没等顾修竹回答，齐南便朝他眨眼，暧昧一笑："准备金屋藏娇？"

顾修竹："……"

林扬一怔，连忙扒拉开顾修竹，挤到齐南的电脑前，看完帖子后林扬笑到肚子痛，整个宿舍的人，除了顾修竹神色依旧淡然，齐南、王康、林扬三个人都笑到不能自已。

虽然顾修竹常常上学校论坛，可这么吸睛的话题，还是第一次见。

林扬笑着拍了拍顾修竹的肩膀，挑眉问："嘿，你老实说是不是真准备金屋藏娇啊？"

顾修竹淡淡地看了眼他们三个，没给论坛上发的帖子任何眼神，漠不关心说道："还讨论吗？"

"啊？"林扬一怔。

顾修竹站了起来，长身玉立："不讨论我就先回去了。"

"你不睡宿舍？"

顾修竹嗤笑一声，眼神扫视过三人，扬了扬下巴："嗯。"

说完，顾修竹没再管几人的调侃，直接走了出去。

等他一走，林扬兴奋地拍了拍齐南的肩膀道："快快快，去论坛上回话，多回一点，就说事情属实，顾学长手机里都是小学妹的照片。"

王康听完，错愕不已："真的假的？"

林扬啧了声："那当然是假的啊。"顾修竹那样的人，手机里怎么会有女人的照片。

齐南："假的你还敢让我乱说？"

"怕什么，他又不会知道是我们做的。"

几个人讨论着到底该发些什么，等讨论完毕，已经过去了二十分钟。林扬把齐南给挤开，自己坐在电脑面前，打下自己瞎掰出来的一长串话。

刚去点提交，网页提示：帖子内容不存在。

林扬瞪大了眼睛，看着提示出来的字，骂了声："你们的顾学长黑帖子的速度，真是越来越快了。"

他自言自语道："你们没办法看到最新八卦了，真不怪我。"

齐南和王康对视一眼，对林扬的智商再一次表示了严重怀疑。

翌日，姜映初早早便起来了，跟蒋文文一起去学校食堂吃饭，早上的阳光依旧强烈，透过稀疏的枝叶直直地照射下来，被树叶切割成细碎的光，落在地面上。她避开阳光，不紧不慢地走到了食堂。

食堂里人多，才刚进去没一会儿，姜映初就有些不太适应地揉了揉自己的后颈，昨晚是睡好了，可这一早上下来，她已经接收到不少目光。

有的人明目张胆地看，有的人则是偷瞄她，还有的与自己的同伴窃窃私语，她觉得自己现在就像是一只猴子一样，任人观赏。

抿了抿唇，姜映初低着头继续往前走着，蒋文文看着，忍不住说了句：“初初，要不我们去外面吃？”

“不用了。”姜映初低声道，“买完就赶紧走吧，我们拿到教室吃算了。”

“也行。”

两人买了早餐，躲避着那些追随的目光，匆匆忙忙地赶到教室。第一节课是宋教授的大课，宁年年抱着几个人的书已经占好位置了。

宋教授是学院里长得跟仙人一样的一位教授，年轻又学识渊博，长相清隽，仙风道骨一般的人物。如果说顾修竹是学生们的招牌，那宋教授就是所有老师中的招牌，两人都是让人找不到词来夸赞的人物。

所以每次宋教授的课，学生都需要提前大半个小时来占位，不然可能得站着上课了。

吃过早餐后，宋教授走进教室，让人意外的是他后面还跟了个顾修竹。

顾修竹进来的第一时间，大教室里的所有同学都极其一致地看向了姜映初的方向，齐刷刷的目光都向着她，她当时就想要找个地洞钻进去。

但显然，大教室里没有地洞。

宋教授没有在意这细微变化，跟学生们打过招呼后便朝顾修竹道：“你去找个位置坐下。”

“嗯。”顾修竹环视一圈，刚准备随意地找地方坐下，突然有人喊了句：“顾学长坐这里啊。”

而说话的那位同学，好巧不巧就坐在姜映初的旁边。

姜映初：“……”

顾修竹唇角弯弯，微微颔首，朝那边走了过去，那同学非常自觉地推了下另一边的人，往旁边挪了个位置，把姜映初旁边的座位给空了出来。

顾修竹看着，没有异议，直接坐了下来。

宋教授解释了一下顾修竹出现在这里的原因。

宋教授选择顾修竹参与他的一项课题，为此顾修竹下周要随堂参与他的课程。

今日让顾修竹过来，也无非是让他认认学生，顺便学习下宋教授的授课方式。

自从顾修竹坐在她旁边，姜映初觉得周围的空气都变了，连带着旁边的同学都紧张起来。她自己就更不用说了，脸紧绷绷的，一直低垂着脑袋。

顾修竹侧头，看着旁边的人，一张白净的脸看上去柔柔弱弱的，昨晚贴吧里面那些人对她的形容是真的没错，长相是讨人喜欢的，没有任何攻击力。

他咳了声，问姜映初："一直低着头，能看到教授的问题吗？"

姜映初一僵，错愕地抬眼，一抬头便正好对上宋教授的目光。

宋教授扬眉，笑眯眯地看着她："这个问题，姜映初同学来回答一下。"

旁边的人听着，低低一笑，声音不大，可近在咫尺的她却听得一清二楚。

姜映初瞬间红了脸，起身站了起来，窘迫地对着顾修竹那双带笑的眼睛。

他无声发问："要给你走后门吗？"

言下之意，要告诉你答案吗？

她扭开头，压抑着自己跳动过快的心脏，双眸清澈地看着黑板，把宋教授问的问题回答出来，虽然没听课，但好在她之前就看了书。

宋教授满意地点了点头："坐下吧，回答挺好的。"

她细若蚊声地"嗯"了一声，刚坐下，顾修竹便撑着脑袋看了过来，眉眼间都是愉悦的笑，压低着声音夸她："还真的挺好的。"

上课期间，姜映初如坐针毡。

教室里的那些视线似有似无地转过来，凡此种种，全是因为身边那人而起。

姜映初不会去多想顾修竹跟她说的那句话，他夸过不少人，而自己只是那"不少人"之中的一个。她稳了稳自己的心神，抬眼继续看着讲台处，专注且认真地做笔记。

她的学习成绩好，除了聪明，也够努力。姜映初有自己的一套学习方法，而且鲜有松懈，即使是到了大学，她也没有让自己放松。

无论什么时候，她都不急躁，在学习方面，她更是稳稳当当的。

她没把太多心思放在顾修竹身上，这人越是坐在她的旁边，她越不能去注意。

姜映初不想让任何人看出来，自己藏着的那点小心思。

喜欢顾修竹的人太多了，不仅有本校的女生，甚至还有不少外校女生，而她只是渺小又不起眼的那一个。

想到此，姜映初勾勾唇角，继续埋头做着笔记，突然，右边塞过来一张字条，是一直没敢出声说话的宁年年的。

姜映初手里拿着字条，小心翼翼地打开，看到字条上面的内容，她朝宁年年小弧度地摇了摇头。

顾修竹习惯了被关注，他的桌面上摆着关于这个课程的两本书，他大一的时候也是宋教授的学生，所以他知道教授的授课习惯。

他今天之所以过来，主要还是为了认一认学生。宋教授担心自己不在学校，学生们会逃课。

窗户外面的风轻轻吹着，靠近教室正好有一棵大树，枝叶被吹得沙沙作响，声音很是悦耳。

他坐着的位置，是四人座最靠边上的一个，他旁边是姜映初。再往里面，是姜映初的两个女同学。

他敛眸，视线不知为何突然就转到了她的身上，眼前的女生，皮肤白皙，侧脸恬静温柔，头发扎成了半高的马尾，看上去很有活力，但她整个人散发出来的气质却是淡雅的。他视线往下，落在桌面上，垂眸看着那双修长好看的手，这会儿正攥着笔，认真地做笔记。

顾修竹咳了声，对着姜映初看过来的视线，他问：“有多的笔吗？”

姜映初一怔，还是从笔袋处拿了一支笔给他：“好像是蓝色的，可以吗？”

“没事。”他不在意地接了过来，解释了句，“只是做下批注。”

闻言，姜映初没再多问。

她现在跟顾修竹说的每一句话，都不知会被同学传成什么样，所以能少说就尽量少说。

一节课结束，姜映初听到铃声后才长吁一口气。她估摸着，顾修竹应该要走了吧。

只是姜映初完全没想到，顾修竹不仅没走，反而跟其他同学聊上了。

聊上了……

他们说着关于这堂课的一些问题点，还有关于微观经济学的一些看法，等等。

旁边的人在侃侃而谈，顾修竹对于那些问题来者不拒，非常耐心地给其他同学讲解着。

他的声音低沉慵懒，让人听着，只觉悦耳。至少，姜映初是这样的。她有时候会觉得，她对顾修竹一见钟情，钟情的原因除了他那张脸和本身的气质，还有当时他跟自己说话时候的声音。

当喜欢上一个人，自己仿佛会不由自主地觉得这个人的所有都是好的，都会吸引自己。

脑袋里的思绪在飞速转动着，想了想，姜映初索性背对着顾修竹那边，趴在桌面上看着宁年年她们。

“你干什么呢，初初？”

姜映初摇头，低声道：“没呢，我想问你们去不去洗手间？”

蒋文文连忙小声拒绝：“不去，我要听顾学长说话。”

“可我想去。”她把视线转向宁年年，总觉得她应该会陪自己一起。

岂料，宁年年凑在她耳边说：“洗手间什么时候都可以去，但顾学长不是什么时候都能跟我们一起上课的，我不想错过听顾学长说重点。”

姜映初对重色轻友的室友表示鄙视，她上午喝了不少水，这会儿倒真的想去厕所了。

思忖了片刻，她回头看了眼还坐在原位上的人，入眼是清俊的侧脸。

姜映初默默地扭头看向别处，不得不打断正在说话的顾修竹，对着齐刷刷看过来的目光，她低声说：“让我出去一下。”

顾修竹一顿，站起来给她让了位。

姜映初还没走出去，突然就听到有人问：“初初，你是不是生气了？”

“啊？”姜映初错愕地看着问话的同学，“什么生气了？”

一大群早就想要八卦的同学连忙道：“生学长的气啊，他一直在跟我们说话，都没关注你那边。”

“对啊，我们是不是吵着学长了，让学长都忽视女朋友啦！”

“初初你老实说，是不是吃醋了？”

一连串的调侃接踵而至，姜映初完全反应不过来，她从来不知道，原来自己身边这些同学这么能脑补……

其实大家在顾修竹出现在教室里的时候就想要八卦了，但碍于那会儿要上课，不敢乱来。昨天晚上在贴吧引起热烈讨论的事情，大家可都一清二楚，只不过当事人不在，不好问，这会儿两个当事人都在场，看着顾修竹愉悦的神色，大家便不约而同地问了出来。

姜映初的脸瞬间就红了，像涂了腮红一样，红润诱人。她咳了声，望着班里的同学，道：“你们说什么呢，我只是想要去洗手间而已。”说完，她也不管后面那群人的调侃，径直走出了教室。

什么生气，什么吃醋，她什么都不是，哪有资格生气吃醋。

上午的阳光浅浅淡淡，落在了走廊。姜映初拐进洗手间，没一会儿等她回到教室，意外地发现那些同学都安静了下来，甚至看自己的眼神都带着点小心翼翼，而不是之前那种好奇打探。

她有些诧异，刚想要问发生了什么，上课铃声便响了起来。

她旁边座位上的人，已经不在了，只留下了自己借给他的那支笔，孤零零地在桌子上。

她拧眉想了想，把笔拿回来装进笔袋里，继续安心上课。

一上午的课很快就过去了，国庆过后，各个社团都开始招新，大家都铆足了劲儿想把大一新生招揽到自己社团。

吃过午饭后，姜映初跟宁年年她们走在校园里，微风吹拂着，阳光炙热，但茂盛的大树下面还算是有点凉风，几个人的手里拿着不少学长学姐塞过来的宣传单。

“你有没有什么想要报的社团？”

姜映初摇头："没太大的想法。"她对社团什么的并不是很感兴趣。

"初初你不想要去学生会吗？"舒玥，她的另一个室友问道。

"嗯。"姜映初微微一笑道，"没有太大的想法。"

蒋文文"哎呀"了声："我不管，我要去学生会。"

"我也要！！！"

宁年年看着她："你呢，不去吗？"

到最后，姜映初的手里也被塞了一张报名表，她拿在手里，看着报名表上需要填写的一些资料，有些迟疑。

恰好有同学走过，正小声地讨论着："我跟你说，据说这一届的学生会选人，到最后是顾学长会亲自挑人，然后亲自带着。"

"不至于吧，他怎么会亲自带人呢？"

"不知道呢，我有一个姐姐是大三的，她也是学生会的，据说现在都这么传。"

"为什么啊？"

"好像是说为了下一次的学生会会长选拔，他准备亲自带几个人出来。"

"我天，那我们报名真是非常正确，万一有机会呢，对吧？"

两人的声音越来越远，姜映初怔怔地留在原地。

宁年年和蒋文文她们都已经把报名表填好了，扭头看她："初初，你要是不报名的话，那报名表就拿回去留纪念吧。"

"不。"姜映初坚定道，"我报名。"

她说着，拿着笔，胳膊撑在桌面上，弯着腰把报名表给填上了。

直到回了宿舍，宁年年才好奇地问她："你刚刚怎么突然就改变主意了？"

闻言，姜映初怔了下，脑海里还一直浮现着刚刚路过同学说的话，她渴望着那个"万一"。

她笑了笑，说道："就是突然想报名了，你们都报了，和你们一起参与比较有趣。"

过了会儿，她突然想到上午上课的事情，看向几人："我去上厕所的时候，教室里发生了什么吗？为什么后来大家看我的眼神都那么奇怪？"

"你不知道？"

“我为什么会知道？”姜映初迷茫了。

宁年年看着她，欲言又止：“你想要知道啊？”

“嗯。”

几个人对视一眼，还是决定告诉她：“你去上厕所的时候，顾学长在教室里说了一句话。”

“什么话？”

他说：“你比较害羞，让大家不要调侃你，有什么问题问他就好。”

第 3 章　吸引

安静的大教室里，窗外刺眼的阳光透过密密麻麻的枝叶照进教室，给教室增添了一抹亮光。

学校里的风云人物，一直都清冷矜贵的那个少爷，在看到小姑娘跑出去后，才对着调侃的同学说了这样一句话。

他温润有礼，说出的话却带着无法反驳的力度。

顾修竹将教室里的人环视了一圈，顿了顿，解释道："虽然不知道为什么会被大家误会我们两人的关系，但为了女孩子的名声，还是要解释一句，我们之间到目前为止，除了学长和学妹的关系外，没有其他关系。"

他笑了笑，声音清润，感觉像夏日里一汪清泉流过心尖，让人听起来很是舒服，让人不由自主地想要去倾听。

"姜学妹是个害羞的性格，她可能面对大家的调侃根本不知道怎么解释，毕竟怎么解释，大家好像都不太会相信，所以大家有问题来问我就好，不用去问她。"

话音落下，教室内安静了许久。

其实大家没有恶意，只是想要八卦一下，这在情理之中。

闻言，姜映初眼眸微闪了下，咳了声："怪不得。"她笑了笑，"那我下次还得感谢一下顾学长。"

蒋文文催促道："哎呀，年年，你怎么不说后续啦？"

"啊？"姜映初错愕地看着两人，眨了眨眼，"还有后续？"

蒋文文笑："顾学长说完那句话之后，班里的人突然问，'学长，你跟我们的班花现在没有其他关系，那以后会不会有'？"

姜映初按住跳动过速的心脏，虽然隐约觉得答案不是自己期待的那个，却依旧迫切地想要知道。

"然后呢……"

宁年年咳了声，装作顾修竹那时说话的模样，微笑说道："小学妹长得好看，性格也很好，是大家都会喜欢的类型。即使我现在不喜欢她，也不否认她身上有吸引我的优点，至于以后会不会有其他关系，现在都说不定。还请大家给姜学妹留点空间，不要用好奇的眼神去关注她。你们都是大一新生，大学生活才刚刚开始，对大学生活里的一切都是好奇的、向往的，希望你们留更多的时间给自己。姜映初也一样，她应该也希望自己在大学四年里跟你们像普通同学一样相处着，而不是被卷入一些未经证实的话题中心。"

他说出来的话有理有据，又不带教导的意思，既提醒了同学不要去过多关注无聊的八卦，还给姜映初留了面子，总之，把话说得滴水不漏。

转述完顾修竹的话，宁年年瞬间恢复状态，抱着姜映初的手臂嗷嗷大叫："你不知道，当时我看着顾学长，就觉得在看一个神人，他跟我们是不同的，即使在解释绯闻八卦，都那么有礼貌，我真得要沦为顾学长的狂热粉丝啦！"

蒋文文也笑着说："对啊，总觉得顾学长能成为大家的偶像，是名副其实的。他很会为大家着想。"她看着姜映初说，"你不知道班里现在有多少同学羡慕你呢。"

"对啊，顾学长还夸你长得好看。"宁年年伸手捏了捏姜映初的脸，呜呜呜地说着，"好看也是我的啊。"

姜映初没忍住，扑哧一笑，看了她一眼："你说什么，我是谁的？"

宁年年哈哈大笑："是我的。"

几个人打闹着，宿舍内笑语声不断，这是她们的大学生活啊。

刚刚开始的大学生活，一切都是美好的，她们对未来充满热情和向往。

姜映初听着宁年年和蒋文文的打闹声，无声地扬了扬嘴角，眉梢里都带着笑。虽然对顾修竹的解释，她有点失落感，可又觉得舒服，这才是顾修竹，这才是他可能会说的话，可能会做的事。

他没有一口否决就够了，不是吗？

姜映初笑弯了眼，加入了宿舍同学打打闹闹的世界里。

之后，那些流言渐渐散了，她再去食堂吃饭，虽然偶尔还会有打量她的目光，但没之前的多了，也没之前那么明目张胆。

姜映初算是过上了几天安静的日子，很快就到了学生会面试。

她们宿舍四人都报名了学生会，要一起去参加第一轮的面试。

第一轮的面试还算简单，她没费什么功夫就通过了。

除了学生会，姜映初还报了舞蹈社团。她以前学过舞蹈，在高三的时候中断了练习，这会儿想要重拾舞蹈。她其实挺喜欢舞蹈的，既能培养气质，也能让自己的大学生活丰富一些。

宁年年跟着她一起报名了舞蹈社团，蒋文文报名了其他社团，而舒玥不常跟她们在一起，她们便没过问。

忙忙碌碌的大半个月就过去了，北京已经入秋。

金秋十月，走在校园里，道路两侧的树叶都变成了金黄色，看上去耀眼至极，树叶窸窸窣窣地随着风落在地面上，踩在上面，有沙沙的悦耳声。

姜映初最喜欢的季节便是秋天，她觉得秋天的一切都很美好，无论是秋天的银杏树叶，还是秋天的天气，秋天给予的一切，都让她欣喜不已。

夕阳西下，落日余晖把天空晕染了一层橙红色，璀璨夺目。

姜映初正低头在树下面站着等宁年年，突然被人喊住了。

“小学妹，等等。”

她一怔，诧异地回头看去，来人有点眼熟，是她参加学生会第二轮面试见到的一个学姐，好像还是顾修竹的同学。

“你好。”

周楚楚笑眯眯地看着姜映初，手里抱着不少东西，扬了扬下巴问：“你是姜映初，对吗？”

“是的。”姜映初愣了下，连忙回答，“学姐是有什么事情吗？”

周楚楚想了想，低声问：“你现在有急事吗？”

“没有。”她只是在等宁年年吃晚饭而已。

周楚楚莞尔一笑：“那就好。”她把自己手里的东西递给姜映初，笑着说，“那麻烦你帮我把这个给顾修竹吧，他现在在学生会的办公室，12 栋 3 楼 301，可以吗？”

姜映初眨了眨眼，不太懂为什么找她送。

周楚楚耐心地解释了一下：“我约会要来不及了，正好你跟他认识，帮忙送一下可以吗？”

“好……”

听到姜映初肯定的回答后，周楚楚朝她来了个飞吻，在姜映初还没反应过来之前已经飞快地跑了，只留下她一人呆愣愣地站在原地，总觉得事情莫名诡异。

自从上一次在教室澄清事件后，除了上微观经济学课程，她已经半个月没看到过顾修竹了。据说他很忙，大三的课程很紧张，学生会的事情也非常多，她连林扬也没看到。

姜映初在嘴里默念着顾修竹所在的地方，抱着一大沓东西刚走到楼下，就遇到了从另一边走过来的林扬。

林扬挑眉，诧异地看着姜映初：“小学妹，你怎么在这里？”

姜映初笑了声：“学长好，那个周楚楚学姐让我把这些东西给顾学长。”

闻言，林扬颔首，嘀咕了一句：“是我们家少爷要的东西，周楚楚也太不负责任了吧，她怎么就丢给你了？”

“我也……不知道……”

林扬“嗯”了声，刚想要自己接过来送上去，手伸到半空中又突然改变了主意，他笑眯眯地看着姜映初，低声道：“那小学妹你上去吧，办公室只有修竹一个人在。”

“啊？”姜映初眨了眨眼看着他，“学长不过去了吗？”

“不了。”林扬意味不明地笑着，“我还有点其他的事情，你自己过去吧，应该不重吧？”

“还好。”

“嗯，那没事，你去吧。”

“哦……好。”

直到姜映初走上楼，她才觉得不对，刚刚林扬……不也是准备上楼的吗……

她摇摇头，走到 301 办公室门口敲了敲门，听到里面的应答声后，姜映初推开门走了进去，正好跟顾修竹的视线对上。

“学长，我来给你送东西。”她抢在顾修竹之前说话。

顾修竹愣了下，看到她有些惊讶：“放下吧，周楚楚找你的？”

“嗯。”她站在旁边，小声回答。

顾修竹看着她手臂上被勒出来的两条红痕，眸色沉了沉：“她在哪儿找的你？”

“啊？”虽然疑惑，但姜映初还是回答了。

闻言，顾修竹侧头看着她，沉默了片刻低声问了句：“傻不傻？”

“啊？”

“她找你帮忙你就帮？”

姜映初语塞，完全无力反驳……她其实是可以拒绝的，可一想到能看到顾修竹，她就拒绝不了。

内心深处那些想要看见他的渴望，根本就压抑不住。

她瞬间就委屈了起来，要不是因为喜欢他，想看他一眼，谁愿意抱着这么一大沓资料走那么远啊，又不是吃饱了撑的。

想着，她眼眸清澈直勾勾地看着顾修竹，眼底的委屈直打转，软着声音，姜映初难得反驳了一句：“我才不傻！”

安静的办公室内，眼眶湿润的小姑娘就这么直勾勾地看着顾修竹，微微抿着唇，带着一丝倔强，像是在告诉他，她就是一点都不傻。

姜映初长得漂亮，不说话的时候柔柔静静的，她最吸引人的便是她那双眼睛，清澈见底，是那种涉世未深，从小就顺风顺水走过来的人才会有的。

偶尔她情绪波动大了，那双眼睛就会先有表达。

想要知道一个人是否纯真善良，便要看这个人的眼睛。

顾修竹垂眸看着姜映初，一时间有点语塞。

——他并非真心说她傻。

两人无声地对望着，姜映初坚持重复了一句：“我才不傻。”她也不多说其他，就这么轻轻地反驳。

她在顾修竹面前一直都是这样的性子。她是双子座，性格双面，看上去挺活泼，但其实内心藏着不少想法。

但她善于隐藏，并不怎么轻易让自己的感情外露出来，但在顾修竹面前，却常常难以掩饰。这种感情好像根本就无法控制，难以压抑。

顾修竹愣了下，轻轻地叹了口气：“我不是说你……”话还没说完，便被敲门声给打断了。

他抬眼看过去，轻微地皱了皱眉头，语气略微带着点情绪：“有事？”

来人一怔，有些诧异顾修竹的语气，顿了顿才说：“顾学长，马上要开会了。”

顾修竹顿了顿，微微颔首：“知道了，马上过来。”

“好。”那人狐疑地看着姜映初，眼底满是好奇。刚想要再仔细看清楚她长什么样子，顾修竹的声音便冷了几分，“还有事儿？”

那人听着，从心底打了个冷颤，连忙摇头：“没……没事了，顾学长您先忙。”说着，砰一声便把门关上了。

办公室内再次恢复安静。

趁着刚刚的间隙，姜映初已经收拾好情绪，她神色如常地看向顾修竹，仿佛刚刚什么都没发生。

“学长，东西已经送到，我就先走了。”说完，她也不管顾修竹的反应，转身就想走。

“等会儿。”顾修竹微垂着眼帘，那双深邃的眼眸注视着她，唇角微抿，看上去心情不是很好。

姜映初停住脚步，微垂着脑袋盯着脚尖看着，不太舒服地挪动了一下，声音闷闷的：“学长还有什么事吗？”

她的语气和动作明显是故意跟他拉远距离。

顾修竹“嗯”了声，声音低沉而有磁性，沉默了片刻，道：“待会儿还有其他事情？”

“有。”刚说完，宁年年的电话就过来了，姜映初莞尔一笑，拿着手机一晃，唇角弯弯地看着眼前的人，“我朋友在找我，先走了。”

她说完，头也不回地离开了办公室。

等人消失在办公室后，顾修竹才无奈地扯了扯唇，留下一个小小的弧度，微敛眉眼，修长的手指揉了下眉心，轻轻叹了口气。

林扬觉得不太对劲，前面有学生会的成员在汇报招收进度，而一直对工作要求严格的顾修竹，这会儿却在发呆。

他狐疑地看着这人，细细打量着，怎么都觉得不对。

刚刚小学妹不是过去了吗，这人怎么还这么不高兴？

要说林扬是顾修竹的什么，那一定是顾修竹的另一面镜子。

很多时候顾修竹想不通，甚至还未曾察觉到的时候，林扬都会先有感觉。虽然他听说了顾修竹之前当众澄清的那事儿，但他总觉得顾修竹对那个小学妹就是不太一样。

以前不是没人传过他跟其他女生的绯闻，但他不仅从未认真地解释，甚至根本不在意，久而久之别人也都明白怎么回事，也就不关注了。众人觉得顾修竹就是一个神人，根本不需要女朋友，学校里也没女生配得上他。

但这一次，太奇怪了。

他直勾勾地看着顾修竹，直到顾修竹冷冰冰地看过来，问他：“最后一轮面试准备得怎么样？”

“啊？”林扬一愣，连忙道，“都准备妥当了，明天下午三点开始。”

“嗯。”顾修竹低头勾选了个时间，不疾不徐道，“第二轮通过的名单在哪儿？”

“这里。”

顾修竹接过，垂眸看着，名单上的人不是很多。报名的人虽多，但经过两轮筛选，这会儿只剩下不到五百人。

思忖了片刻，顾修竹抬眸看着在座的同学说：“第三轮的面试还是交给你们，我看最后选出来的结果就好。”

“明白。”

会议结束后，林扬跟着顾修竹进了他的单人办公室，啧了声：“你今儿情绪不对啊？”

顾修竹连个眼神都没给他，扬了扬下巴问：“我让你五点到的，你几点过来的？”

林扬咳了声：“那我不是看到小学妹过来找你，特意给你们腾时间吗？”

话音刚落，顾修竹就冷笑着看着他，喊了句：“林扬。”

“到。”

“是不是最近时间挺多的？”

林扬连忙摇头：“不不不，非常不多，紧凑得厉害呢。”他笑呵呵地边往后退边说，“我想起来还有点事情没忙完，先走了啊。”

“站住。”

林扬：“……”

顾修竹微屈着手指，在桌面上敲了两下：“明天上午让周楚楚来办公室找我。”

“……好。”

林扬走后，顾修竹才看着旁边堆着的一大沓资料，眼前突然就浮现出那人被勒红的手臂，以及那双湿润的眼睛。他喉结轻滚，总觉得有股郁气积压着，眸色沉了沉，他思忖了片刻后给林扬发了条消息：“让周楚楚现在就来找我。”

傍晚的风吹着很是凉爽，姜映初跟宁年年漫步在校园里，不紧不慢地走着，道路两旁的枝叶摇曳生姿，还有清脆的声音落下。

宁年年侧头看着她：“初初，你刚刚去哪里了？”

“给人送了点东西。”姜映初没愿意提，她笑眯眯地看着宁年年，“年年，我们待会儿去吃甜品吧，感觉好久没吃了。”

“好啊。”宁年年笑着，她喜爱吃甜食，但是偶尔也会克制一下。她长得精致，甚至可以说是偏娇艳，跟姜映初完全不是一个类型，但两人的性格却相似，不过宁年年的性格更开朗，也更直爽。

吃完甜品，两人往校园走。

宁年年狐疑地看着她，轻声问："初初，怎么感觉你晚上不太开心啊。"

姜映初想了想，抬眸看着她说："有一点点，不过现在已经好了。"

很多事情，姜映初能自己想明白，因此不想多说。

闻言，宁年年弯了弯嘴角，笑出声来："要是还没好的话，我再陪你去吃一顿甜食啊？"

"好啊，明天再去。"

"行。"两人说说笑笑着，相依偎地挽手走着。

刚步入大学的她们，拥有着最单纯的友谊和最简单的解压方式。

晚上，姜映初刚洗完澡准备睡觉，突然微信振动了一下，是林扬发过来的消息。她跟林扬之前就相互加了微信。

林扬："小学妹，你今天来找顾修竹发生什么事情了吗？"

姜映初："没有。"

撇开他说自己傻的话题之外，是真的没有。

林扬："那他今晚怎么抽风了，谁惹着他了？"

姜映初："……"

林扬："算了，也没什么大事，小学妹，明天的面试加油哦，我看好你！"

姜映初："谢谢学长。"

周五，姜映初只有上午四节满课，下午正好是学生会第三轮的面试，只要过了这最后一轮，她就能正式成为学生会的一员了。

第三轮参加面试的同学依然很多，每个教室有不同的面试官，速度还挺快的。

姜映初跟宁年年不在一起，她的面试很顺利，除了有周楚楚在场，其他几个面试官她都不认识，但她的整体表现都不错，所以第一时间便通过了。

周楚楚朝她眨了下眼睛，笑着说："恭喜啊。"

姜映初弯了弯嘴角："谢谢学姐。"

“不客气。”

她走到外面，准备到楼下等宁年年，然后一起回宿舍。

在看到从不远处径直走来的人后，姜映初眼眸微闪，刚想要避开，顾修竹就已经走到她面前了。

“面试结束了？”他的声音清润入耳。

“嗯。”姜映初低声回答，“学长是要上去面试吗？”

“不是。”

“啊？”姜映初错愕地看着他，有些诧异，不去面试那来这里做什么？

顾修竹目光灼灼地看着她，扬了扬下巴：“我是来找你的。”

姜映初一怔，压住心底的颤动，声音弱了不少：“找……找我？”

“嗯。”顾修竹轻轻地笑了声，眉眼明朗。

两人对视着，在他还没说话前，姜映初突然想到了一句曾经念过的情诗，有一句话让她记忆颇深。

——当我把眼睛沉入你的眼睛，我瞥见幽深的黎明。

当她看着顾修竹，她的眼睛里再也看不到其他，只有他眼里倒映出来的身影。

那个身影，是她。

她愣了愣，刚想要问找自己做什么，顾修竹便问她：“晚上有时间吗？”

“嗯？”她眨了眨眼，没太懂顾修竹的意思。

顾修竹低低一笑，轻声道：“来给你赔礼道歉。”

他的声音低而沉，像是细玉敲打碎石一般悦耳，随着傍晚的风，一并吹进她的耳朵。

来给你赔礼道歉。

姜映初的耳畔，这一句话久久未曾散去，甚至在不断回响着。

她不知道别人是什么感觉，但对她来说，顾修竹跟她多说一句话，自己都能雀跃半天，甚至一周都有好心情。

大概暗恋就是如此，她明明很想顾修竹能注意到自己，可又不敢出现在顾修竹的面前，总是想要缩小自己的存在感。

因为她怕，她怕自己的心思被人发现。

姜映初在其他事情上都很勇敢，可唯独在感情里很胆小，用宋嘉兮的话来说，就是㞞。

——㞞到了极点。

明明自身条件不差，但就是不敢主动。

其实她也清楚地知道自己的毛病，但改不掉，而且顾修竹太优秀了，虽然她自己也不错，但跟顾修竹比却相差甚远。

再加上一些说不清的原因，她就更不敢了。

日暮西沉，夕阳甚美。

姜映初呆愣愣地看着面前的人，眨巴了下眼睛，不太敢相信自己所听到的："学长……"她顿了顿，问了声，"你说什么？"

顾修竹微笑，笑意直达眼底，他敛着眸子，长长的睫毛把眼底的情绪都给遮挡住了。

"没听见？"

顾修竹看着她的神色，低低一笑，微微扬了扬下巴："你没听错。"他解释了一句，"昨天是我说错话了。"

闻言，姜映初连忙摆手，结结巴巴道："不用不用，昨天没什么大事，是我自己的问题。"她低声道，"学长你说得对，做事情要学会拒绝。"

顾修竹被她给气笑了。

他垂眸，注视着眼前的小姑娘，她正抿着唇，神色纠结，他掩唇轻咳了声，压低着声音问："不想跟我一起吃饭？"

姜映初一噎，一时间语塞，不知道该如何回答。

她怎么可能不想跟他一起吃饭，她做梦都想要跟顾修竹一起吃饭。即使不吃饭，就两人安静地待在一起都很好呀，哪怕只是静静地看着他。

她低垂着脑袋，从顾修竹这个位置看过去，只能看到她紧锁着的眉头，感受着她略微有些不安的情绪。

他伸手，修长的手指揉了下眉心，刚要说话就被人打断了。

"初初。"是宁年年。

姜映初一愣，错愕地抬眸看去，她扭头看向顾修竹，动了动唇："学长，我同学来了。”

宁年年刚喊完就觉得不对，初初对面怎么有个男生，背影怎么那么眼熟？

直到那男生扭头看过来，宁年年才伸手捂着自己的嘴。

“我天，为什么会是顾学长！顾学长找我们家初初……要干什么？”瞬间，宁年年的脑袋里已经冒出了一百个想法。

顾修竹咳了声，对着走近的宁年年微微颔首，算是打了声招呼。

一时间，三人无言以对。

“学长。”姜映初顿了顿，扯着宁年年的衣角，软声说，“昨天的事没关系的，不用道歉。”她仰头，微笑看着眼前的男生。

她喜欢的男生啊，明明在邀请自己一起出去吃饭，可她却不敢去。

她想了想，即使是不舍得，也终究是要拒绝：“吃饭就不用了，我跟年年还有……”“其他的事”这几个字还没说完，林扬就带着学生会的学长学姐们出现了，喊着顾修竹的名字，走了过来。

林扬挑眉，瞥了眼顾修竹的神色，笑了笑，跟姜映初亲切地打着招呼：“小学妹面试过了吗？”

她还没说完，后面的周楚楚就兴奋道：“过了，小学妹这么优秀肯定能过啊。”她笑眯眯地看着姜映初，“你们在这干什么呢？还没吃饭吧，要不跟我们一起，去外面吃酸菜鱼？”

姜映初：“……不用了吧。”

林扬：“哎呀，小学妹跟我们一起吧，反正以后大家都是同部门的，先熟悉熟悉也挺好。”

等到了酸菜鱼的店，姜映初不明白自己怎么就一起过来了。

学生会的人不少，但是过来吃饭的人不算很多，加上姜映初跟宁年年也才来了十二个人。大家坐在一张圆桌子上，顾修竹的右边是林扬，左边是她不认识的一位男生，再旁边是一位女生。

姜映初正好坐在顾修竹的对面，左边是年年，右边是对她非常热情的周楚楚。

周楚楚给姜映初小声地说：“昨天你帮我搬东西，我还没好好谢谢你呢。”

姜映初摆手：“不用不用，应该的。”

周楚楚笑，扬了扬唇说：“对啊，我当时是有急事才找你的，对吧？”

她一愣，下意识地点头。

周楚楚冷哼了一声，凑在姜映初的耳边小声说：“但你知道我们会长有多过分吗？”

“啊？”

周楚楚卖了个关子，瞥了眼顾修竹，加大了音量：“我们加微信，晚上微信聊。”

姜映初眨了眨眼，傻乎乎地点头：“好。”

没一会儿，菜品送上了桌，姜映初跟其他人不怎么熟悉，所以就一直当安静的吃货，听着其他人交流。

突然，她眼皮一跳，看向另一边的女生，愣了愣，又不动声色地收回自己的视线，尽量不让自己去注意那边的情况。

吃过晚饭后，姜映初刚想要说自己先走，周楚楚就握着她的手臂朝她眨眼，她还没问原因，就听见周楚楚兴奋地喊着：“江廷，这边。”

她抬眸看了过去，走过来一个高大的男生，面容英俊，身姿挺拔，气度不凡。

走近了一点，姜映初突然就觉得有点冷了，那人神色很淡，比顾修竹还淡。

顾修竹属于那种清冷矜贵的类型，而眼前的男生大概是冷漠疏离的，看别人的时候眼里没有半点温度，直到看到周楚楚，眼睛里才带着点笑。

“吃完了？”

周楚楚笑笑，放开姜映初的手，点头道：“吃完了，你来得刚刚好。你刚下飞机吗？”

“嗯，把东西放回去就过来了。”江廷伸手揉了揉她的头发，看了眼姜映初，“这位是？”

“这是我新认识的小学妹，长得好看吧？”

江廷：“没你好看。”

姜映初：“……”

周楚楚笑着，娇嗔地睨了他一眼，转头看向另一边，顾修竹正被人缠着说话，她眼珠子转了转，扯着江廷的衣服给他递了个眼神，才喊着顾修竹：“顾少爷！”

顾修竹抬眸看了过来，在夜色下，那双眼睛犹如琉璃灯一样明亮，他的眼底流淌着太多的情绪，轻轻地“嗯”了声：“什么事？”

周楚楚笑：“你们还准备去哪里？”

他还没回答，林扬便抢先说了：“林美他们想去 KTV，你要去吗？”

正好周五，明天也不上课，大家都稍微地放纵了一些。

“不。”周楚楚笑眯眯地说，“我们准备去游乐城玩，初初、年年，你们去吗？”

“啊？”姜映初还没答应，宁年年倒是先兴奋了起来，“我们可以一起去吗？”

“当然可以啊。”周楚楚笑说，“你知道那个游乐城吧，里面能玩的项目可多了。”

“知道知道。”宁年年喜欢玩游戏，对此非常了解。

到最后，姜映初就算是不想去也没办法拒绝了。只是她感觉有点意外，因为其他学长学姐也都跟了过来。

游乐城在一个大商场的地下室，门口有很多卖小吃的店铺，再往里面走就热闹了，闪着五颜六色的光，还有不少震耳欲聋的音乐声，听着特别摇滚。

姜映初在星城的时候去游乐城玩过，但还是第一次来这里的。

一进游乐场，每个人要玩的项目不一样，大家都分开了。周楚楚拉着她男朋友去过二人世界了，宁年年跟林扬走了，其他人也都找到了合适的队伍。

所以等姜映初从洗手间出来，只剩下她自己一个人了。

她眨了眨眼，有些蒙，思考了片刻，她往另一边走去，她会玩的只有娃娃机。

在娃娃机这边玩的大部分都是女生，少有的男生都是陪自己的女朋友。

姜映初看着，扯了扯唇，去换了二十块钱的币，准备去抓娃娃。

她心情不太好的时候便习惯性地想找事情做，这样可以分散自己的注意力。而现在，对她来说，抓娃娃就是最好的解决办法。

她找了一圈，也只找到一个粉色的小女孩娃娃不错，扬了扬眉，姜映初专注地在娃娃机面前投币。

只是大部分币都花完了，她也没抓到那个娃娃，正丧气地想着把最后两个用完就不玩了，身后突然传来一个熟悉的声音："喜欢这个？"

她一怔，诧异地看向朝自己走近的人，愣了下："学长，你……怎么过来了？"

"嗯？"顾修竹看着她的手，低声道，"把手松开。"

姜映初乖乖地把手心摊开，两个币正安静地躺在她的手心。

顾修竹笑着，伸手拿了一个，他手指带着点凉意，碰到她手心的时候，她心尖一颤，感觉有点痒，抿着唇看着顾修竹："你要抓吗？"

"嗯。"顾修竹侧头看着她笑，郑重其事地喊她，"姜映初。"

"啊？"她错愕地看着他，突然感觉自己的名字从顾修竹的嘴里喊出来，别样的好听。

顾修竹问："想要这个娃娃？"

她怔愣了片刻，点了点头，眼睛明亮地看着他，轻声说："想。"

"那笑一笑。"

他的声音像风一样轻柔，字字裹着蜜糖，落在她的耳尖。

"我给你抓到这个娃娃，你笑一个给我看？"

周围的气氛热热闹闹的，混杂着各种声音。

地下游乐城里一直都很热闹，不会因为谁的到来而有所改变。姜映初所在位置的不远处有人在玩跳舞机，声音一阵高过一阵地传来，声浪像是要把全游乐城都覆盖掉。

可即便如此，她依旧听清了顾修竹的这句话。

他说——她给他笑一下，他给自己抓娃娃。

这句话就像是她一直含在嘴里的一颗夹心糖，此刻被不小心咬破了，里面的夹心糖浆全部流了出来，蔓延出甜滋滋的感觉，直达心底，可又一点儿都不腻。

她怔怔地看着顾修竹，仿佛不太懂他的意思，抑或是不敢多想他话里的另一层含义，总觉得顾修竹这话可能没有其他含义。

而事实，好像也正是如此。

顾修竹微敛眉目，轻轻笑着看她，低声问了句：“不是不开心吗？”他伸手指了指面前的娃娃机，轻声道，“抓到了是不是就会开心点？”

果然，姜映初心凉了下来，双眸带着点迷茫看向他：“学长？”

“嗯？”

“我是挺不开心的。”她低喃了一句，对着顾修竹的视线，姜映初生硬地转移了话题，“这个娃娃机也太过分了，我都花了二十个游戏币了，还没能抓出来一个。”

二十块钱能换二十二个娃娃机币，她就剩两个了。

闻言，顾修竹低低一笑，扬了扬下巴指着面前装满了粉色娃娃的机子：“那我给你抓一个？”

“好。”

“开心点？”

“抓到了就开心。”

顾修竹开始投币，认真专注地给她抓娃娃，投币之后机子便开始欢乐地唱歌，听着那原本觉得刺耳的歌声，姜映初这会儿反倒觉得还不错。

她没有去看娃娃机里面的情况，反而将目光落在了顾修竹身上。

眼前的男生一如既往地好看，就如同她第一次看见他的那样，无论做什么都专注认真。他今天穿的衣服也跟她第一次见到的很像，上身是白色的圆领T恤，前面是简单的几个字母，黑色的休闲裤，搭配的依旧是白色鞋子，但跟上一次她看到的不是同一品牌。

明明是很简单的穿搭，普通大学男生都会这么穿，但穿在顾修竹身上就让她觉得特别好看。他身材好，平时也喜爱锻炼，属于穿衣显瘦的那种类型。

姜映初突然想到一件事……她之前好像还听学校里的同学说过，顾修竹打篮球的时候，腹肌露出来特别帅气……

想着，她眼神直勾勾地看着他的小腹位置。

摸了摸鼻子，姜映初低垂着脑袋，不由自主地感慨了一句："我也想看。"

"嗯？"顾修竹侧头看她，目光深邃，"看什么？"

"啊？"姜映初一愣，错愕地抬头看向他，对着顾修竹的视线，姜映初吞咽了一下口水，大幅度摇头道，"没……没什么啊，我自言自语呢。"

她心虚到了极点，避开顾修竹那双仿佛能看透她想法的眼睛。

万一被人看出来自己脑子里在想什么，姜映初觉得自己应该没脸再见顾修竹了。

两人对视了一眼，姜映初咳了声，看向娃娃机："没有抓出来吗？"

"嗯。"

姜映初低头看着手里的最后两个币，眨了眨眼，小声问："还继续吗？"

"继续。"

到最后，顾修竹自己又去换了五十块钱的币，也没能把娃娃给抓出来。

娃娃机就像是跟顾修竹杠上了一样，死活掉不出来。

姜映初看着顾修竹脸上少有的尴尬神色，扑哧一笑："别换了，我们花的钱都可以买好几个娃娃了。"

顾修竹侧头看她，看到她的笑起来像是弯弯月牙一样的眼睛，顿了顿道："也是。"

他说："反正你已经笑了。"

姜映初"嗯"了声，眉眼弯弯。

她笑起来好看，眼睛就跟月牙一样，特别可爱，让人不由自主地会陷入她的笑容里，被她感染。

"谢谢顾学长。"

顾修竹敛了敛眸，也不执着于这个娃娃了。他直勾勾地看着姜映初的眼睛，缓声问："是有什么事情不开心吗？"

"啊？"姜映初一怔，默了默道，"学长，可以不说吗？"

她总不能告诉顾修竹，是因为吃饭的时候看到另一个女生跟他交谈甚欢，以及大家起哄他们两人时，听着那个女生对他明目张胆的关心，自己心底生出了醋意吧。

但她又不想欺骗顾修竹。

顾修竹愣了一下，看着眼前那双闪着光的眼眸，莞尔一笑："当然可以。"他挑眉，看向另一边热闹的地方，"现在开心了？"

"好多了。"

"那就好。"

顾修竹顿了顿，低头看她："喜欢喝什么饮料？"

"嗯？"

"再让你开心点？"顾修竹的声音低沉，就像是附在她耳边说温声情话一样，他太懂得照顾女生的情绪了。

闻言，姜映初抬眸看着门口那边的奶茶店，抿抿唇说："四季奶青，加奶霜。"

"还有这么多讲究？"

"对啊。"她笑道，"奶霜很甜，吃了会让人感觉开心。"

顾修竹轻轻笑了声："在这里等着，我去买。"

"我跟你一起过去。"她想，虽然不能成为他的女朋友，可自己还是想要跟他能多一点的相处时间。

奶茶店门口人很多，姜映初喜欢喝这个牌子的奶茶，每次来买都要至少等上十多分钟，多则半小时，反正这会儿她不着急，甚至希望能等得久一点。

两人刚往奶茶店门口一站，就有不少人看了过来。

男俊女美，看上去非常般配，虽然互动不是很亲密，可莫名让人觉得他俩就是一对，很合适。

姜映初没理会那些视线，站在一侧低头看着自己的手机，给宋嘉兮发消息。

"我在买奶茶，你知道是跟谁一起吗？"

"你的男神，那个顾学长？"

"对。"

"不错不错，多点机会腻歪吧，反正人家毕业了你就没机会了。"

“还能不能好好当朋友了……”

“能，那你就表白啊。”

“表白了，万一他不接受，岂不是以后见面都尴尬？他还有两年才毕业啊。”

姜映初挫败地把消息发了过去，她害怕万一自己表白了，顾修竹不接受，那这两年是不是都没机会见面，也没机会像现在这样一起坦荡荡地排队买奶茶了。

刚进大学没几天，她就听过不少关于顾修竹的事情，基本上所有向他表白的女生都被拒绝了，包括校花，无一例外。她不过就是一个新生，什么都不算出色，总不能奢望顾修竹接受她的表白吧。

姜映初轻轻地叹了口气，抬眸看向正在人群中排队的男生，眼里的喜欢无法掩藏。

她喜欢他。

她会有分寸、有理智地喜欢着。

在游乐城，大家都是自由选择项目去玩，所以没人知道姜映初一直跟顾修竹在一起。

回了学校后，姜映初恢复了如常的大学生活，她报的社团不算多，但也挺忙。在学生会里，安排给她的是一些简单的工作，也有人带着她做，而舞蹈社团那边，她一周会有三次排练。

姜映初的舞蹈基础不错，在舞蹈社团里表现比较突出。除了这两个团体，她还报名了自己特别感兴趣的漫画社。虽然姜映初是个理科生，但她对漫画一直很有兴趣，小时候学过挺长时间的画画，到了大学她想要多尝试一些。

她想法挺多的，好像对什么都有点兴趣。

这天，姜映初在宿舍整理学生会的资料，她要统计的一份名单，因为近来很忙，一直没完成统计。她刚弄着，手机突然响了起来，是年年的电话。

“年年。”姜映初开着扩音，边忙边问，“怎么了？”

宁年年神秘兮兮地说："初初，你猜我刚刚看到了什么。"

"什么？"姜映初笑笑，对宁年年一惊一乍的性子已经习惯了，她没觉得有什么大事。

只是宁年年接下来的一句话，却让她手里的动作停住了。

"你说什么？"

宁年年重复了一句："我说我刚刚在校门口看到有人向顾学长表白。"

姜映初一怔，下意识地问："然后呢？"

"当然是被拒绝了，顾学长看都没看就走了。"宁年年感慨着，"初初，你说顾学长到底会喜欢什么类型的女生啊？"

闻言，姜映初笑了笑："不知道。"

其实，她也很好奇，顾修竹最后会跟什么样的女生在一起。

窗外的阳光甚好，吹进宿舍的风带着一丝燥热。

姜映初很喜欢秋天，把需要统计的名单做好之后，她发给了周楚楚。她进学生会之后，幸运地被安排到周楚楚所在的部门。学生会负责的工作很多，所以内部划分了很多小部门，她被分到了周楚楚这边，两人还算是聊得来，一起做事也方便不少。

姜映初唯一不解的一点，是周楚楚常常找自己吐槽顾修竹，虽然她也不知道这是为什么。

把手里的事情都忙完后，姜映初便空闲了下来，刚准备爬到床上去睡一觉，风风火火的宁年年就回来了。

"初初！初初！"

姜映初哭笑不得，捧着一杯水，笑弯了眼看着她："怎么了？后面有人追你啊？"

宁年年大口喘着气，单手叉着腰摆摆手道："追我的人倒是没有，但我口渴了，顺便想要早点回来跟你分享刚刚的八卦。"

她拿起桌上的水就喝了起来，喝了一大杯之后才看向姜映初，眨了眨眼："你要看照片吗？"

"啊？"姜映初一怔，诧异地看着她，"你还拍了照片？"

“对啊。”宁年年嘻嘻一笑，“好多人都拍了，就在校门口那边，顾学长应该是出去有事，然后那人把他给拦住了，胆子可真大。”

闻言，姜映初愣了愣，低喃道：“胆子是挺大的。”

“但是我好佩服啊。”宁年年感慨着，“要是我，我肯定不敢向这么优秀的人表白，而且还当着那么多人的面。”

她说完，突然扭头看向姜映初：“你说对不对啊，初初？”

姜映初沉默了片刻，莞尔一笑：“对，那需要很大的勇气。”而自己好像没有那么大的勇气。

她怕，就如同她之前想的那样，她担心万一表白被拒绝了，以后连见面的机会都没有，或者是说见面后会尴尬，再也不能像现在这样相处。

姜映初求的并不多，或许心底有奢望，但她更希望的是在顾修竹毕业之前，自己能跟他保持现在这样的关系。如果能更近一点，那更好；如果没有，她也不强求，只是希望不要像陌生人一样就好。

她希望顾修竹能对姜映初这个名字、这个人留有一丝印象。如果将来他毕业返校，参加校庆或者其他活动的时候，能知道这个人是她。

宁年年拍了拍她肩膀，继续说：“给你看，顾学长今天穿得超级帅气啊，感觉像是要去参加什么活动一样。”

“嗯？”

宁年年把手机给她，姜映初视线微垂，照片一看就知道是偷偷摸摸拍的，角度不怎么好，但能看出来两个主角。

顾修竹穿了一身西装，看上去很正式，修长的身姿光是站在那里，就是一道独特的风景线，周围还站着不少行人，都在看向同一个地方。照片里的他的眉头紧蹙，正看着站在对面的女生。

下一张，是宁年年拍的背影，把那个女孩给拍进去了。

“女生在哭啊？”

宁年年点头，小声说：“是啊，顾学长拒绝人拒绝得有点狠。”

“怎么说？”

宁年年咳了声，看着姜映初，然后给她来了个场景再现：“那女生说喜欢顾学长，然后问顾学长能不能做她男朋友。”

“嗯。”姜映初神色自若，看着她表演，“然后呢？”

宁年年笑，学着顾修竹说话的语气：“谢谢你的喜欢，但我不能接受。”她说完，自己笑了出来，“初初，你说顾学长是不是太冷漠了？”

“没有。”

“啊？”

姜映初认真地想了想，摇头说：“不冷漠，如果顾学长说我暂时不想谈恋爱什么之类的，还会给那女生念想，虽然他这样拒绝比较直接，女生短期内会伤心，但不会再对他有太多念想。”

她了解到的顾修竹，有时候会顾及女生的颜面放任一些事情，但一旦涉及到感情方面，他会果断又残忍，不给人任何念想。这也是为什么学校里喜欢他的人多，但是敢上去表白的少之又少，即使是有敢表白的，只要一次也会被彻底拒绝。

宁年年点头赞许：“那也是，要是顾学长迟疑了，我可能还不会这么欣赏他。”

“对啊。”

表白事件过后，学校论坛里又出现了不少帖子，但出乎意料的是，这一次的帖子没被删除，但帖子的热度没上次那么火，几天之后余热便消散了。

不过在后来的一段时间里，倒是再也没有传出有人跟顾修竹表白的事情了。

只是姜映初没想到，自己曾经热议过的关于表白的这件事，有一天会发生在自己身上，还是她跟顾修竹一起出现的时候。

天气转眼越来越冷，姜映初每天都起不来床。她爱睡觉，随时随地能睡着，每天上课都撑着眼皮听课。

平安夜这天，她跟隔壁学校的宋嘉兮约了一起吃晚饭，两人一起度过平安夜，因为圣诞节宋嘉兮要跟男朋友一起过，要丢下她这个孤家寡人。

“初初，这边。”宋嘉兮眉开眼笑的看着她。

姜映初弯了弯嘴角笑着：“来了。”

她伸手拍了下宋嘉兮的脑袋，低声问：“等很久了？”

“没呢。”宋嘉兮拢了拢自己的衣服，抬眸看着她，“好冷啊，你冷吗？”

“冷。”

宋嘉兮笑，把围巾给打开，两人卷着一条围巾走着。

姜映初出来得急，围巾忘拿了。

两人往后面那条小吃街走去，大冬天的吃火锅最为合适。

两人还没进店，就遇到了熟人。

林扬跟顾修竹也来这边吃晚饭，他想要吃火锅，顾修竹拧了拧眉还没同意，林扬便指着某个地方喊了声：“小学妹。”他大喊了声，朝姜映初挥了挥手，“小初初。”

姜映初一愣，诧异地抬眸看了过去，寒冷的冬天里，她看到了那个修长的身影。顾修竹穿着一件黑色大衣，双手插兜地站在原地，姿态慵懒，看上去特别帅气。

他恰好朝这边看了过来，两人的视线在空中交汇，像是要把冬天的冷都给暖化。

“你们怎么在这里？”

姜映初跟两人打招呼：“学长好，我跟朋友准备去吃晚饭。”

林扬特别兴奋地问：“吃什么？”他看向宋嘉兮微微笑，算是打了个招呼。

“火锅。”

林扬目光一亮，问旁边的人：“我们也一起吧？吃火锅怎么样？”

“嗯。”

这下，轮到林扬惊讶了……这人刚刚明明还不太愿意的，他想了想，笑了声：“我们跟你们一起吃怎么样？小初初，今天让你的顾学长请客。”

“不用不用。”姜映初连忙拒绝，小声说，“一起吃没事，但不用顾学长请客。”

顾修竹轻轻笑了声，看着眼前被冻得唇色泛白的姑娘，低声道：“先进去吧，外面太冷了。”

“好。”

一行四人，进了火锅店。

吃饭的时候，林扬一直都在活跃气氛，姜映初跟熟人在一起的时候话还挺多的，所以不会有什么距离感，顾修竹只偶尔会插一两句话。

到最后，这一顿火锅吃了差不多两小时。

“待会儿回学校吗？”林扬问。

姜映初愣了愣，瞥了眼顾修竹那边，才说：“还要去买点其他东西。”

林扬好奇：“这么冷还要去商场吗？”

“不是。”宋嘉兮在一旁笑，“我要给初初买苹果，今天不是平安夜嘛！”

闻言，林扬挑眉笑道：“想起来了，难怪我看最近苹果都涨价了。”他推了下顾修竹的手臂问，“顾少，一起去买苹果吗？”

最后，水果店也是四个人一起去的。

姜映初其实不喜欢吃苹果，除非万不得已的时候才会买点，所以她正在计算买几个。

宿舍三个人，加上宋嘉兮、蒋慕沉和周楚楚，其实也就送这六个人，但最后她买了八个苹果，然后顺手给宋嘉兮塞了两个：“给，你跟蒋慕沉的。”

宋嘉兮哈哈大笑，答应着：“行，我跟蒋慕沉的。”她朝姜映初眨了眨眼，“那我是不是也要送你两个？”

姜映初一噎，想也没想就拒绝：“不要，给我一个最小的，意思一下就好，我不想吃。”

“好。”

买好苹果后，姜映初便把宋嘉兮送回了学校。她刚从学校里出来，便看到了还站在原地的顾修竹，有些惊讶。

她沉默地走近，问了声：“林扬学长呢？”

顾修竹“嗯”了声，低低一笑：“接了个电话就先走了。”

姜映初顿了顿，抬眼看着眼前面容清隽的男生，只觉得眼眶都变得热了起来。她每次遇到顾修竹，都会极力地压抑自己眼里的情感，可这会儿却好像不想去掩藏。

天色很暗，校门口的路灯也并不算明亮，她想，就把眼里的光多亮出来一点，只一点点就好。

她想要认真地看一看顾修竹。

“学长。”她顿了顿问，“你怎么还在……”话还没说完，顾修竹先回答了她。

“等你。”他又补充说了一句，“我在等你。”

他说，他在等她。

夜色宁静，学校门口的橘黄色的路灯下，两人无声地对视着。

周围传来热热闹闹的说话声，经过的都是陌生的学生。

从顾修竹的那句话说出来之后，姜映初的脑子里只浮现了一句话——风走了八千里，越过了十万星河。

走过了那么多路，度过了漫长时间，她好像就是为了等这么一句话，又好像不是。

一时间，她不知道该怎么解释心底的悸动。

她张了张嘴，按着因为这句话而跳动过快的心脏，眼眸清亮地看着顾修竹，讷讷道：“是有什么事跟我说吗？”

“有。”顾修竹低低一笑，看向她，“想听？”

姜映初怔愣了片刻，有些意外地看着顾修竹，她眨了眨眼，尽量让自己的态度跟平时一样，说话的语气也保持着正常：“你都有事情要跟我说了，我不用听吗？”

顾修竹莞尔一笑，眉眼带笑地注视着她：“没别的事，送你回学校。”

姜映初有些无奈，但也不敢反驳，只嘀咕了一声：“我还以为有什么大事呢……”

顾修竹瞥了她一眼，看着她泛白的脸色，偷偷搓手的动作，轻轻一笑，当着姜映初的面，把自己的大衣脱了下来。

姜映初呆愣地看着，没去想他为什么要脱衣服，她的视线落在了那双不断移动的手上。他不像其他喜欢运动的男生，虽然也爱运动，但是皮肤很白。手背泛白，手指修长，骨节分明，连指甲盖都修剪得干净，而这双让人一眼看过去就会被吸引的手……这会儿正慢条斯理地在解纽扣。

纽扣是黑色的，和他偏白的手形成鲜明对比，在夜色下，有种别样的诱惑。

她想要伸手去触碰这双手。

姜映初心底的那点渴望在暗暗发酵着，直到熟悉的声音在耳边响起，姜映初才错愕地抬眸，看向顾修竹，眼底的的情绪外露。

她快速地收敛起来情绪，看向顾修竹："学长，有什么事吗？"

"姜映初。"他突然喊着她的名字，对着姜映初那双好奇的眸子，他笑问，"为什么林扬是林扬学长，而我是顾学长？"

她一怔，还没来得及回答，顾修竹就把身上的大衣脱了下来递给她，低声道："以后出门多穿点。"

姜映初下意识地就想要推回去，却被顾修竹压住了手腕，他轻笑，虽然声音淡淡的，但却莫名有种压力："穿上。"

对上姜映初的视线，顾修竹挑了挑眉，难得调侃她："你不主动穿上的话，那我给你穿？"

姜映初瞬间就不挣扎了。

压抑着跳动过快的心脏，她含糊地应了声："我自己来。"

穿好后，她看向顾修竹："那你呢？不冷吗？"

"嗯，还好。"顾修竹漫不经心地回答，"先回学校。"

"好。"

一路上，感受着衣服的温度，姜映初只觉得自己像是一个滚热的火球。

她热，身子烫，脸颊烫，手烫，心暖。

她跟在顾修竹的身后，偶尔闻一闻衣服上的清冽气息，她动作小心翼翼的，她怕被看见，但又控制不住自己的那点念想。

衣服上面的气息和他整个人很相似，干净清冽，还有淡淡的好闻的香味，让人一闻便上瘾了。

两人不紧不慢地走着，从隔壁学校走回自己的学校。

冬日的寒风刮着，姜映初抬眸看向前面修长的身影，只觉得鼻尖热得发烫。顾修竹单手插兜走在她的前面，步伐不快，像是在努力地配合她，偶尔还会回过头来看一看她，问一两声。

他穿得单薄，把大衣给姜映初之后，身上就只剩一件深色毛衣了，看上去很单薄，可顾修竹面不改色。

两人一路上都没怎么说话，到了女生宿舍楼下，姜映初想要把衣服还给他，顾修竹顿了顿，看着她："穿上去吧，下次再给我。"

"可是……"姜映初顿了顿，"你还要回去呢。"

顾修竹莞尔一笑："没关系。"

姜映初顿了顿，眉眼弯弯："学长，平安夜快乐。"说着，她把一只包装精美的苹果递给了他。

想了想，把手里的另一个也塞了过去，笑着说："还有林扬学长的，我刚刚忘记给了，你帮我给一下吧，可以吗？"

"嗯。"顾修竹抿抿唇，轻声道，"我没买苹果。"

顾修竹不过这种节日，在水果店林扬有提议要买苹果，但最后也没买。

姜映初笑着，想了想说："没关系，我有其他朋友送的了。"

顾修竹颔首，垂眸看着她，说了一句："送你其他的礼物。"

"嗯？"她好奇地看着顾修竹。

顾修竹低低一笑："明天告诉你。"

"回去吧。"

"好。"她顿了顿，"学长晚安。"

"晚安。"

夜色浓郁，直到看着那人走进宿舍之后，顾修竹才转身往相反的方向走。

林扬回到宿舍后，有些意外地看到顾修竹的桌上放着两个苹果，他好奇地问其他室友："我们顾少爷回来了？今晚住宿舍？"

"对啊，阿竹在洗澡。"

"这么神奇？"林扬"啧"了声，看着桌上这两个苹果，怎么看怎么觉得眼熟，"这苹果是你们送的吗？"

"不是。"齐南看了眼，笑着说，"阿竹拿回来的，他还挺宝贝的样子。"

林扬皱了皱眉，正要说话，顾修竹就从浴室出来了。

林扬挑眉，扬高了音量："顾少，苹果是小学妹送的吗？"

顾修竹用毛巾擦了擦还在滴水的头发，对林扬的话充耳不闻。

过了会儿，顾修竹把毛巾搭在一旁，坐在电脑面前，准备工作。

林扬“啧”了一声，把手搭在顾修竹肩膀上问：“我怎么看这苹果都像是小学妹买的那几个啊，连包装都一样。”

“嗯。”

手机传来叮咚一声，林扬看了眼，突然笑了出来，问：“小学妹给你送了两个？”

顾修竹回头，眼神淡淡地瞥了他一眼：“有意见？”

林扬乐不可支，把手机给顾修竹看：“你自己看看，苹果有没有我的？”

顾修竹抬眸，看向林扬的手机屏幕，上面是姜映初给林扬发的信息：“林扬学长，平安夜快乐，苹果让顾学长带给你啦，谢谢你这段时间的照顾。”

宿舍内安静了片刻，突然顾修竹扯了扯唇，问道：“你什么时候加了她的微信？”

“一直都有啊。”林扬促狭地看着他，突然眼睛一亮，无比惊讶地问，“难不成你没加？”

顾修竹掀了掀眼皮看着他，冷笑了声，从林扬的手里把苹果拿走，往洗手间走去，边走边说：“我晚上没吃饱，苹果我吃了。”

林扬看着空落落的手，翻了个白眼。

原来还有这等操作啊，他今天算是见识到了。

“顾修竹，”迎着顾修竹看过来的目光，林扬耸肩问，“我以前怎么没发现你这么傲娇啊？”

翌日，正好是周六，姜映初睡到太阳都爬到了房顶，才迷迷糊糊地醒来。

一睁开眼，她便看到了挂在床边的那件大衣，直勾勾地盯着看了一会儿，她突然兴奋起来，抱着被子嗷嗷地叫了两声，埋头在被子里蹭着，难以压抑雀跃的心情。

“初初！”

“啊？”

“中午订外卖还是出去吃？”宁年年趴在她床边，掀开姜映初的帘子一角，眼巴巴地看着她，“我都饿了。”

宿舍内只剩下她们两个人，蒋文文去图书馆了，舒玥是当地人，很少在宿舍里住。

姜映初揉了揉自己乱糟糟的头发，想了想说："出去吃吧，今天圣诞节呢。"

"耶！我正想要说服你呢。"

她笑道："等我起来。"

"好。"

收拾好之后，两人出门搭着车去了市中心，街道上热热闹闹的，两旁的店铺都是圣诞的气息。

两人闲逛着，吃了午饭后索性在有空调的商场里逛着，逛累了就休息。姜映初买了不少东西，她给每个室友都买了一份礼物，正好快到元旦节了，索性就一起送了礼物。

逛累了之后，两人找了家店休息，吃东西。直到吃了晚饭，两人才不紧不慢地回学校。

刚进学校，宁年年就火急火燎地把东西全塞给了姜映初，急急忙忙说："我先跑去一楼上个厕所，初初你在一楼等我啊。"

刚说完，宁年年就跑走了，姜映初哭笑不得，看着手里的东西，无奈地摇了摇头，慢慢地往宿舍那边走去。突然手机振动了一下，她低头一看，是顾修竹发过来的短信，问她到学校了没有。

她顿了顿，回了一句："回来了，刚到校门口。"

她疑惑着，不明白顾修竹问自己这话是什么意思。还没想出来，姜映初已经走到了女生宿舍楼下，她低着头，身后突然传来熟悉的声音。

"姜映初。"

她眼睛一亮，扭头往声音那边看过去，正好看到了那抹熟悉的身影。

两人目光交汇，她刚要走过去，突然传来了宁年年激动的声音："啊！初初，有人跟你表白。"

第 4 章　表白

今天是圣诞节，校园内的气氛被烘托得恰到好处，有不少男生都向喜欢的人表白了。她这一幢女生宿舍楼里大部分都是新生，聚集的人也更多。

宁年年的那句话说出来以后，姜映初看到顾修竹朝她走过来的脚步有一瞬间的停顿，而后又恢复如常，径直走了过来。

夜色朦胧，朝她走来的人换了一件大衣，但和前一天穿的那件颜色类似。以前，姜映初就觉得高大的男生穿大衣很帅气，看韩剧的时候也特别喜欢看英俊帅气的男主角穿大衣。那会儿她还幻想过，如果有一天她找男朋友，一定也要找个高高瘦瘦的男生，这样穿大衣好看。

虽然男朋友没找到，但她找到了喜欢的人，是她一直钟情的类型。

被冻得红通通的鼻尖，这会儿却发着烫。她不敢眨眼，只目不转睛地看着他，生怕自己一眨眼他就消失在自己的眼前。

顾修竹走到她身侧，眉眼间的情绪一如既往，只有开始有一瞬间的错愕，这会儿神态已经恢复如常。

他走到她身边的时候，宁年年恰好也跑过来了，她气喘吁吁地说："初初。"刚喊完，她就看到了一旁的顾修竹。

宁年年眨了眨眼，以为自己出现了幻觉。

她吞咽了下口水，往姜映初的身后躲，略微心虚地喊了一声："顾学长，你怎么在这里？"

顾修竹微微颔首，态度淡淡的，轻声回道："我找姜映初有点事。"

宁年年咬牙，有点想把刚刚的自己揍一顿，让你嘴快！让你嘴快！犯错了吧！

她也不知道为什么总觉得顾修竹跟自己的室友有别样的关系，但两人实际上好像又没有。

不过，让顾修竹知道有男生向初初表白，她还是觉得不太好。

姜映初眨了眨眼，咳了声："学长找我是有什么事？"

"不记得了？"顾修竹压低着声音问，在夜色下，他的声音低沉慵懒，徐徐入耳，仿佛不知不觉又撩动她的心弦。

她一怔，确实是没想起来，只能软软地"啊"了声，睁大着眼睛迷茫地看着他："不……知道啊。"

顾修竹低低一笑，瞥了眼旁边的宁年年。

宁年年瞬间了然，摆了摆手道："初初，你们先聊，我去前面看看。"她边走边往回看，在确认过顾修竹的眼神后，吓得一哆嗦，忙不迭跑了起来。

妈呀，为什么一向温和的顾学长这会儿看上去那么吓人呢？

宁年年走后，姜映初才看向顾修竹，停顿了片刻，问："学长？"

"答应给你的礼物。"顾修竹背在身后的那只手一直拿着礼物。

礼物是用一个精美礼盒装着的，礼盒是淡淡的粉色，跟顾修竹整个人的气质特别不搭，但她却觉得好看。

她愣了愣，这才想起来这人昨晚说的话，"送你其他的礼物。明天告诉你。"

"不要？"顾修竹看着她的神色，唇角弯了下。

"要！"她立马回答，急不可耐，像是有人要跟自己抢一样。

话音刚落，顾修竹便轻笑了一声，微垂着眼帘跟她对视着。

他说："没人跟你抢，不用这么着急。"

姜映初略微窘迫地低着头，弱弱"嗯"了声："我知道。"

但她就是控制不住，控制不住自己激动的心情，控制不住那颗为他的出现而怦然跳动的心。

顾修竹把礼物给她，低声说："圣诞快乐。"

“谢谢。”

她伸手接了过来，抬眼看着顾修竹，刚要说话，便听到眼前的人道：“走吧。”

“啊？”

顾修竹双手插兜，放在大衣的口袋里，漫不经心地扬了扬下巴，指着近在咫尺的女生宿舍，一字一句地说：“去看看向你表白的人，帮你鉴别一下。”

姜映初：“……”

她为什么觉得，这句话的语气有点不对劲？

向姜映初表白的是隔壁班的一个男同学，平时两个班经常一起上课，同学之间都认识。

他并非第一次跟姜映初表白，但却是第一次搞出这么大阵势。

姜映初长得好看，性格也不错，笑起来很甜，又不会很娇软的，她有自己的独立，也有自己的柔软，是很多人都会喜欢的那种类型。

本班和隔壁班有不少男生喜欢她，只是有些人表达得明显，有些人没表现出来而已。

这个告白的男同学叫陈落，聪明又爱玩，长相是很阳光的类型，对姜映初很好的，班里的同学都知道他喜欢姜映初。

不过大家也知道姜映初一直在有意回避他。

姜映初觉得自己有暗恋的人，加上她性格的一些原因，不愿意跟男生有过多的牵扯。

只是她每一次的拒绝，陈落都直接忽视。

而这会儿，在宿舍楼下摆着花和蜡烛，还有她的名字，周围有很多的同学，既有认识的，也有不认识的。

陈落朋友的手里还拿着一个大喇叭，陈落的手里抱着一把吉他。

姜映初看着这场面，下意识地就想跑，可她还没来得及转身，突然有人喊：“啊，姜映初来了！”

瞬间，所有人都看了过来，在看到姜映初身后是顾修竹，众人又是一顿，一时间搞不懂是怎么回事。

“顾……顾学长？”

“顾……学长你怎么在这里？”

顾修竹微微一笑，笑意不达眼底，轻声道：“听说有人表白，我正好在附近，过来看看。”

其余的同学：“……”

姜映初神色一顿，抬眸看向陈落，深吸一口气，往他那边走了过去。

周围的同学都在起哄。

姜映初站在陈落面前，两人无声地对视。

她刚要说话，吉他声突然响了起来，是一首适合表白的曲子。

陈落边弹边唱，深情款款地注视着她。

姜映初想走又走不了，她不能完全不顾及陈落的面子。

陈落弹唱完，她神色淡淡的，刚要说话，陈落却突然抢过旁边人手里的大喇叭，大声地对她喊着：“姜映初，我喜欢你，做我女朋友好不好？”

她还没回答，旁边的同学就起哄：“答应他。”

“姜映初，答应他啊。”

“在一起！在一起！”

姜映初微垂着眼眸，突然像是有所察觉，她快速扭头往另一边看去，只看到了那人走远的背影。

他什么话都没说，就这样走了，漠不关心。

在朦胧的夜色下，她只一眼就认出了那人的背影。

姜映初收回自己的视线，看向陈落：“我们谈谈。”

回到宿舍的时候已经很晚了，姜映初筋疲力尽地坐到椅子上，宁年年跟蒋文文凑了过来，一脸八卦：“初初，你答应陈落了吗？”

姜映初趴在桌上看着两人，摇头：“没有。”

“为什么啊？！”

闻言，姜映初扑哧一笑，想了想说：“因为我不喜欢他啊。”

蒋文文不太懂，皱了皱眉说：“可是陈落真的挺好的，对同学不错，对你更好，长得也可以。”

“嗯。”她漫不经心地回答着，“可我不喜欢啊。”

她喜欢的另有其人，是一个优秀到她不敢表露心思的人啊。

蒋文文还想要说什么，宁年年先打断了，她笑着说：“没事啊，初初不喜欢就拒绝，我们初初这么优秀，一定要找一个自己喜欢的，也喜欢自己的。”

姜映初眉眼弯弯地望着她：“好啊。”

宿舍里的人对这个事情没再八卦，姜映初洗漱后，便爬上床准备睡觉。

她不知道的是今晚的事早就传遍了学校，连学长学姐们都知道。

刚躺下，姜映初伸手拍了拍自己的脸，强迫着自己别再去想那个背影，早点入睡。

突然，她猛地从床上坐起来，把还坐在下面说话的两人吓了一跳。

“初初，你干什么呢？”

“没事。”姜映初从床上下来，站在自己的桌子前深吸一口气，才颤抖着手去解开晚上收到的礼物。

晚上发生的事情多，她差点把这个忘记了。

宁年年凑了过来：“圣诞礼物啊？”

“嗯。”她的心情又激动又紧张，咬着下唇，手指微微颤抖着，解开绳子，再把礼盒盖子拿开。

“哇！好可爱的娃娃！”

“可爱！”

姜映初望着盒子里的两个粉色娃娃，突然就笑了，刚刚还烦闷的心情，瞬间就好了。

她现在就是这种状态，因为那个人，她的心情如天气一样，从暴雨转变成艳阳。

他牵动着她所有的情绪。

姜映初想，自己是真的喜欢顾修竹啊。

安心躺下后，姜映初伸手摸了摸自己发烫的耳朵，侧着身子看着摆在床头的两个娃娃。

唇角一直挂着笑意。

她很高兴，是发自内心的那种兴奋和喜悦。

那天在娃娃机那里，顾修竹随口问了她，如果能抓到的话，她想要几个娃娃。

她说两个。

可能是从小养成的习惯，她总觉得好事成双，一个娃娃会显得孤独，两个才是最好的。久而久之，她习惯了买东西买双份，总觉得这样会有伴，不孤独。

她自己是个害怕孤独的人，一直都渴望着温暖。她伸手戳着两个娃娃的脸，在心底羡慕着她们，也羡慕着自己。她没有想过顾修竹会送自己两个娃娃。

姜映初眨了眨眼，看着天花板，她觉得自己很幸运。顾修竹虽然不喜欢自己，可却没有忘记对她说过的话，她知足了。她奢求的从来都不多。

虽然在内心深处，她还是希望，有一天自己能多一点勇气，能去主动地让顾修竹喜欢她一点。但现在，她还不敢想。

男生宿舍里，这会儿正是热闹的时候，齐南跟王康每天都在宿舍玩游戏，对他们来说，学习和游戏要兼顾。

班里的群一直闪烁着，齐南不得不点开，在看到内容后，他眼睛一亮，点开了链接。

"看群里的链接。"

王康很懒，索性拖着椅子坐到齐南的旁边看，问了句："哟，这是谁？"

"小学妹啊，你忘记了？"

王康笑了声，摇摇头："没忘记，刚才没想起来而已。"他跟姜映初接触得少，一时想不起来也正常。

齐南"嗯"了一声，专注地看着帖子上的照片，摸着下巴感慨着："不得不说，这个小学妹真挺好看。"

王康瞥了一眼，突然一顿，问："谁跟小学妹表白？"

"大一的男生。"齐南没在意地回答，手指动着鼠标往下滑着，突然两人都发出了一声惊叹。

齐南跟王康对视一眼，齐齐凑到电脑屏幕前，瞪大眼睛看着照片里的人。

宿舍内安静了片刻，齐南才问：“我出现幻觉了吗？”

王康冷静地摇头：“没有，我们都没出现幻觉。”

顾修竹在现场，还被拍到了。

齐南不懂了，狐疑地问了句：“所以这是什么操作？我们顾少爷看着别人跟小学妹表白？他什么想法？”

“不知道。”王康顿了顿，迟疑地说了句，“阿竹只当她是小学妹吧？”

齐南“啧”了一声：“不太一样的。”

闻言，王康“哦吼”了一声，刚要继续讨论，宿舍的门就被人推开了，两人齐齐地看了过去。看到来人是顾修竹，两人都心照不宣地咳嗽着，喊着：“阿竹，你怎么回来了？”

顾修竹看了过来，语气淡淡的：“有事？”

齐南推了下王康，王康顿了顿，问：“吃晚饭了吗？”

齐南：“……”

这都十点了，你问人家吃没吃晚饭！

“不是不是，你刚刚去哪儿了？”王康瞬间改口。

闻言，顾修竹哂笑了声，看着两人，反问道：“我去哪儿很重要吗？”

“重要啊！”两人异口同声道，“你去女生宿舍楼下了吗？”

“嗯。”顾修竹轻笑了声，坦荡荡地说，“找姜映初有点事。”

齐南：“……”

王康：“……”

两人对视一眼，问：“那你……”

顾修竹不紧不慢地把大衣脱下，淡淡地看着两人：“我什么？”他顿了顿，揉了揉眉心说，“顺便看了场表白，现在的新生，还挺有想法的。”

两人继续无语。

顾修竹把衣服挂在一侧，没再理会处于呆愣中的两人：“我先去洗澡了，有点累。”

两人无声地交流着，用眼神传递着想法。

齐南："阿竹还是正常的吗？"

王康："不正常吧，你觉得呢？"

齐南："我也觉得不正常，你再问问？"

王康："别了吧，他要是不想说，谁问都问不出来。"

齐南："也是，那现在怎么办？"

王康："找林扬回来。"

齐南："好办法！"

翌日，关于学校大一新生表白的事情还在持续发酵，贴吧上的内容在不断更新。

帖子上说法不一，因为昨晚姜映初和陈落离开了现场，没有看到结局的"看客"们只能浮想联翩。

姜映初一觉醒来收到了各种各样的消息，她眨了眨眼，手里还拿着一杯牛奶，吸管还没插进去，被宁年年的话给吓到了。

"你说什么？"

宁年年重复了一句："学校贴吧都在说你跟陈落在一起了。"她顿了顿，看着姜映初的神色补充了一句，"大家还说你们金童玉女，现在好多人都在夸陈落。"

"夸什么？"

"夸陈落用心啊，为你准备的表白仪式特别好，还说他是真男人。"宁年年把贴吧里说的那些都转达给了姜映初。

姜映初被牛奶呛到了，她咳了两声，伸手拍了拍自己的脸，错愕地看向年年："可我明明拒绝他了啊。"

宁年年耸肩，无奈地觑了她一眼："可你不是当着大家的面拒绝的，你俩是单独说的，大家想当然地就觉得你答应跟陈落在一起了，只是因为害羞，才没有在大家面前答应他。"

姜映初对众人的脑回路表示佩服，她之所以没有当众拒绝，是觉得会让陈落没有面子。他俩毕竟是一起上课的同学，以后抬头不见低头见的，再加上昨晚围着很多认识的同学，她总觉得当着他们的面拒绝他，会让一个男生的自尊心受伤，所以才单独和他说的。

“那陈落没说清楚？”

“没呢。”宁年年摇头，“现在大家都一致认为，你们在一起了。”

姜映初愣了下，突然想到了什么，她瞪大眼睛看向宁年年：“年年，你的意思是现在贴吧里的内容，所有人都能看到？”

“对啊，大部分吧。”宁年年说，“即使没看贴吧，肯定也听说了。”

八卦在学校里总会传得很快，至于最后会传成什么样子，只能听天由命。

姜映初一怔，突然就想到昨晚的那个背影。她微垂着眼帘，小口小口地嘬着牛奶，轻咬着吸管，把圆的咬成扁的，牙齿在吸管上磨着，脑子在思考。

她想不通事情的时候，就会不自觉咬吸管。

良久，姜映初看向宁年年：“你有贴吧账号吗？”

“啊？有啊。”宁年年怔愣了下回答，“你要去发东西吗？”

“我问问陈落。”

她想听听陈落的意见。

姜映初还没去问陈落见，便先听到了一些话，她坚定要自证清白。

中午，姜映初跟宁年年准备去食堂吃饭。

午后的阳光稀薄，阳光被树叶切割成碎片，落在地面上，呈现各种不一样的形状。

姜映初裹着大围巾，低头走着，从宿舍到食堂，一路上接收到了不少的目光。

她刚进食堂，食堂里不少同学往她这边看了过来。

她脚步微顿，然后面不改色地去买饭。两人买好饭后正准备找个位置坐下，突然有人朝她俩喊了声：“姜映初，这边。”

在看到那边的陈落后，姜映初迟疑了片刻还是走了过去。

刚坐下，她便听到认识的同学调侃道：“你们俩怎么不约着一起来吃饭啊？”

她一怔，问了句：“我俩？我跟谁？”

那男同学睨了她一眼，笑着说：“怎么的，还害羞上了啊，你不是跟陈落在一起了嘛，怎么恋爱的第一天都不约会？”

姜映初抬眸看了过去，皱着眉头问：“谁说我跟陈落在一起了。”

那几人一怔，问了声：“不……不是吗？”他们看向陈落。

陈落咳了一声，看着姜映初抿唇道：“她比较害羞……我们再谈谈。”

“等会儿。”姜映初直勾勾地看向陈落，神色自若，“陈落，我们有什么可谈的？”

她微微笑地指着面前的同学，声音冷静，但却无形中带着压迫感，她说：“陈落，你要不解释一下我们到底有什么可谈的？”

姜映初性格软，但不代表她容易被欺负。

她说话做事会给人留面子，不会做得太过分，但也并非代表没有底线，给对方一次两次机会，之后她便不会再退让。

高中的时候，有人跟踪她跟宋嘉兮，她们两人把对方揍得鼻青脸肿的。

她看似性格软，一旦触及底线问题，她就会全力反击，不留情面。

而这会儿，周围正在吃饭的同学基本上都看了过来，谁都没有想到她的情绪会这么激动，连带着宁年年都有点被她吓到，其余的同学就更别说了。

大家齐齐地看着站起来的姜映初，略微尴尬。

静默了片刻后，陈落站起来喊了她一声：“初初，我们出去谈。”

“不用。”姜映初态度强硬，垂眸看着面前的同学哂笑了一声，问，“是你们觉得我跟陈落在一起了，还是听陈落说我们在一起了？”

最开始说话的男同学看着她，皱了皱眉：“姜映初，就算是你跟陈落还有没说清楚的，也没必要对着我们发脾气吧？”

闻言，姜映初笑了，她看着那个男生，也是隔壁班的，平时跟陈落关系很好，在班里还算挺活跃，不过脾气不太好，而且据说他从上大学开始就日夜沉迷游戏，在上课的时候两人没见过几次。他经常逃课，姜映初对他有印象，还是因为身边有宁年年这样的“网瘾少女”，经常在自己耳边念叨，说隔壁班的男同学太沉迷游戏之类的，她便稍微留意了一点。

她觑了眼男同学，问了声："我对你发脾气了吗？"她笑，"难不成你们乱传谣言，我作为当事人连解释的权利都没有了吗？"

姜映初抿抿唇，瞥了眼陈落，直接了当地说："我自认为没有多优秀，很谢谢陈同学的喜欢，但目前为止我好像担不起你的喜欢，所以在这里告诉大家一声，本人现在还是单身，没有跟任何人有牵扯，至于男朋友——"

她难得开了个玩笑："可能还在读幼儿园。"

宁年年本来紧绷着神色，突然笑了，她看着姜映初，认真地点了点头，对着同学们说："对的，初初喜欢的人还在念幼儿园，她说要等人家长大。"

姜映初："……"

其余的同学："……"

陈落脸色难看了不少，刚想要说话，姜映初便把面前的餐盘端了起来，微微一笑："之所以过来，只是为了解释，希望大家别误会，先走一步，你们慢慢吃。"

她一走，宁年年就跟着走了，留下一堆神色不善和神情尴尬的同学，在原地面面相觑，他们甚至不敢去看陈落的神色。

昨晚陈落的表白，他们都花费了不少功夫，在表白结束后，陈落回到宿舍脸色虽然不太好看，但宿舍里的同学都觉得有点希望，毕竟他们都知道陈落被姜映初叫走单独聊了。

他们看着陈落，调侃地问："陈落，今晚还顺利吗？"

"嗯。"他淡淡地回答。

有的同学笑了笑，拍着他的肩膀，笑道："小仙女答应了吧？"男生们背地里对姜映初的称呼大多数都是"小仙女"。虽然她不是长得最好看，但她就是有种不食人间烟火的气质。

陈落挑眉一笑，没回答。

"那陈落你得请我们吃饭啊，怎么样？"

"好。"陈落顿了顿，"看她什么时间方便。"

这下，大家便都相信陈落跟姜映初在一起了，这也导致后来学校贴吧上有不少男生发帖和回复。

姜映初一走，大家的神色便有些不自然了，有人刚想要说话，陈落冷着脸直接走了，连餐盘都没端走。

众人对视一眼，也没人敢跟上去。他们了解陈落的脾气，也清楚这会儿跟上去不会有好结果。

姜映初没吃午饭，中午差不多被气饱了，加上食堂里到处都是对她行“注目礼”的同学，她就更没胃口了。

回了宿舍，姜映初思忖了片刻，注册了一个贴吧账号，转头看向宁年年：“年年。”

“啊？”宁年年正在吃薯片，错愕地看着她，“怎么了？”

“我在食堂说的话过分吗？”

“还好啊。”宁年年想了想，咬着薯片咔嚓咔嚓响，边吃边说，“我觉得你已经很给陈落面子了，是他自己不知道收敛而已。”她皱了皱眉，不太能理解这样的脑回路，“陈落为什么要跟同学说你们在一起了呢？”

“自尊心吧。”姜映初回答，这点她还是稍微能猜到的，谁都有自尊心，更别说陈落这种大男生。他大张旗鼓地向她表白，其实给了她不少压力，她难以当面拒绝。

如果换作是别的女生，今天在食堂里说不定还会给陈落留面子，不会解释清楚，但她不一样，她不喜欢被人误会。

是就是，不是就不是，没必要说谎。

这是姜映初做人的底线。

宁年年继续吃着薯片：“你不是还想要发帖吧？”

“嗯，有点想。”姜映初扭头看她，“但这样是不是有点过分？其他同学好像也没说什么过分的话。”

“对。”宁年年说，“你今天都在同学面前说了，就没必要发贴吧了，我觉得那些帖子很快就会没热度了。”

姜映初想了想，觉得年年说得也有道理，自己认识的同学都知道这件事情了，以后他们也不可能拿这件事情开玩笑，应该也就不会在贴吧上说这件事了。

思忖了片刻，她决定不去看了。

“年年，要不要点外卖？”

“好啊。”宁年年眼睛一亮，捂着肚子，“我真的超饿……”

姜映初没在食堂吃饭，宁年年只吃了两口就跟着一起回了宿舍。

姜映初弯了弯嘴角笑着：“好，我来点。”

“嗯嗯。”

两人把不愉快的事情抛之脑后，继续愉快的周末。

周一上课的时候，有不少同学观察着姜映初，好在她已经免疫了，对那些目光做到视而不见。

一天的满课上完，姜映初累到了极点，他们的课程内容虽然不难，但内容比较笼统，如果想要学得精细，就要花费更多的时间。

晚上蒋文文提议要吃火锅，姜映初觉得不错，她喜欢吃火锅。舒玥基本上不跟她们一起吃饭，她们三个人一起去了校门口的火锅店。

晚上的火锅店人很多，姜映初她们到的时候只有几张空桌了。

她们三人讨论着吃什么，正说得开心，突然隔壁一桌传来了熟悉的声音。

“我去，陈落，你别喝那么猛啊？”

说话的是姜映初认识的同学，还提到了熟悉的名字。

“对啊，我跟你说，被一个女生拒绝没什么丢脸的。”

“是啊，没什么丢脸的，哥们我还被很多女生拒绝过呢。”

陈落嗤笑了声，瞥了那人一眼：“你以为谁都跟你一样？”他冷笑了声，“我跟她表白不过是看得起她，不然就她那样的，除了好看一无是处，谁会喜欢？”

“对对，陈落说得对，姜映初还仗着好看跟不少男生牵扯不清，我上次还看到她跟顾修竹在一起。”

“得了吧，她可高攀不上顾修竹。”

那边的声音断断续续地传了过来，火锅店内每一桌用雕花木板做成的屏风隔开，如果不注意，就不会发现隔壁坐着的是谁。

姜映初神色自若，像是没听到那些话一样。

宁年年忐忑地看着她，小声喊：“初初。”

蒋文文也看了过来，皱了皱眉："那些人也太过分了吧，这话说得多难听啊！"

姜映初微垂着眼帘，在那些人第三次说到"顾修竹"这个名字的时候，她想要起身过去。还没等她动身，她听到了一直在梦里才能听到的声音，低沉慵懒又带着不可忽视的力度。

顾修竹的声音落下，他看着面前这一桌六个男生："再说一遍？"

林扬跟在他身后，有些担心。

他们宿舍四个人聚餐，选在这里吃火锅。顾修竹不喜欢吃火锅，但抵不住宿舍里另三个人，结果刚吃上两口就听到了那些话。原本林扬准备过来说一番，但他没想到，顾修竹比自己还冲动。

顾修竹冷着声音，看着面前的六个男生，扬了扬下巴，一字一句："把刚刚说的话再说一遍。"

瞬间，六个男生都安静了下来，忐忑不安地看着顾修竹。

突然间，陈落站了起来，挑衅地看着顾修竹："再说一遍又如何？我们说的本来就是事实，不是吗？"

"姜映初就是个交际花，跟学校的男生都有不清不……"最后一个字还没说出来，顾修竹就直接动了手，一拳朝陈落打了过去，直接揍在脸上。

这一下把所有人都吓了一大跳。

顾修竹，竟然打人了，为了姜映初！

谁都没有想过顾修竹有一天会打人，还是在公众场合。

顾修竹给人的印象一直都是清冷矜贵，他对谁都很有礼貌。这种人就跟神仙一样，情绪波动不大，待人接物都平和有理。

久而久之，在学校里，女生对他心生喜欢，男生对他则是敬佩。

而现在，他居然动手打人了。

所有人都愣住了，顾修竹下手很挑角度，他正好打在陈落的下颚骨位置，瞬间，那个地方就红肿了起来。

陈落往后退了几步，腰抵着餐桌，痛苦地呻吟了声。

"阿竹！"林扬大声喊了一句。

顾修竹收回了手，在陈落要打回来的时候捏住了他的手腕。顾修竹在锻炼身体这方面，一点都不比其他人少花时间，只是平日里没有表现出来。

他与陈落对视着，冷嗤了一声："想要打回来？"他挑眉，手上微微用力，陈落吃痛得惊呼出声。

火锅店里其他客人都看了过来，店长也出面了，他跟顾修竹是熟人，看着这场面，不由拧紧眉头："修竹。"

店长笑呵呵地冲其他顾客说："大家继续吃啊，今天这事打扰到大家了，我让这两人到外面解决去。"他瞥了眼顾修竹，喊了句，"出去说。"

顾修竹顿了顿，看着陈落。

陈落冷笑："出去就出去，我倒是要看看，你为了姜映初能做到哪一步。"他继续嘲讽着，"你要是敢说你们之间没关系，谁信？"

火锅店旁边有一条巷子，虽然有路灯照着，但平常来这儿的人很少。

顾修竹跟陈落一行人面对面站着，双方对峙，一时间气氛紧张到了极点，谁都没有开口说话。

风很大，从脸颊上吹刮而过，一旁的枝叶被风吹得沙沙作响，树叶扑扑簌簌地落下。林扬裹着大衣，刚想要说话，被陈落的动作给打断了。

陈落看着顾修竹，动了动自己的手腕，刚想要朝顾修竹打过去，就被人给拦住了，是他同班同学。那人扣着他的手，低声喊着："陈落，那是顾修竹。"

顾修竹站在原地，身上就穿了一件单薄的衣服，刚才吃火锅的时候，他的大衣已经脱下了，这会儿他站在冷风中，面容冷峻。

"想要打我？"顾修竹冷笑了声，居高临下地看着陈落，说了句，"我突然有点庆幸，姜映初没有答应你。"他上下扫视了陈落一眼，"就你这样的，根本就配不上她。"

陈落的火气瞬间就上来了，挣脱同学的手，他往前走了一步，双手握拳问："你有胆再说一遍。"

顾修竹面不改色，淡淡地提醒："是个男人，就该坦坦荡荡，而不应该像个小人一样去诬蔑自己曾经喜欢过的人。"他笑着说，"你这样的，只会让人看不起。"

“顾修竹。”陈落突然喊了他的名字，咬牙切齿道，“难道我们说的不是事实？你跟姜映初要是没半点关系，有必要上赶着来维护姜映初？”

顾修竹笑了，他抬眼，神色淡然地看着陈落：“无论你今天说的是谁，作为一个男人，在背后说女生的坏话都是不应该，更何况你说的都是诬蔑。”

他顿了顿，补充了一句：“哦，对了，还有，不是她高攀不上我，是我高攀不上她。”

现场很是安静，顾修竹这样一说，陈落更是觉得难堪到了极点，他咬着牙，恶狠狠地瞪着顾修竹：“你有本事让姜映初过来跟我对峙，我说的到底是不是实话？”

顾修竹无奈地笑着，看着陈落：“我还真没有想到，我们学校竟然会招收你这种败类。”

这句话，直接把陈落给激怒了。

他气势汹汹地往顾修竹这边打了过来，顾修竹一个闪躲便躲开了，两人突然扭打在了一起。

顾修竹招式凌厉，下手狠，今天陈落的做法触及了他的底线，所以他没留半点的情面。

而陈落也一点都不示弱。

两人的同学试图把他俩拉开，但无果。

直到……两人的中间出现了一双女生的手，一双白皙纤细的手。

姜映初在陈落那一拳要打到顾修竹身上的时候，把人给用力拉开了，她被陈落打了一拳，突然就来了脾气。

她扯开顾修竹，没去看顾修竹的神色，姜映初直接上手用力地反扣着陈落的手臂，她学过擒拿术，也学过武术，这些还都是宋嘉兮的爸爸让她俩学的，而且她学得比宋嘉兮还好一点，打一两个男生，完全没问题。

她用力扣着陈落的手臂，冷淡地看着他龇牙咧嘴的样子，问了句：“说得还开心吗？”

这话一出，所有人都愣住了，也包括顾修竹。

他们谁都没有想到，姜映初在火锅店里。

姜映初微微一笑，一字一句地问：“陈落，说我说得还开心吗？”她顿了顿问，“是不是被我拒绝之后，一定要这样诋毁我，才会让你那点可耻的自尊心得到满足？”

她笑：“如果是，其实我不介意被你说，但是……”姜映初突然沉了沉声，眼神凌厉地看着陈落，“说我可以，别牵扯到其他人。”

陈落脸色一僵，看着姜映初跟顾修竹，突然“呵”了声：“还说你俩没关系？没关系那你赶着上来解释？”

闻言，姜映初笑了，她耸了耸肩，回头瞥了眼顾修竹，才淡淡道：“不好意思，我们还真是有关系的。”她说，“学长学妹的关系，难道不可以解释？”

她突然一把将陈落给推开，用力地把人给推到了另一边。

陈落一个没站稳，差点要摔倒了，是旁边的同学把他给扶住的。

姜映初站在原地，冷着脸冷着声：“陈落，以后如果是对我有什么不满，可以当面说清楚，不需要在背地里乱讲，更不需要把其他人牵扯进来。我姜映初一直都是坦荡的，希望遇到的对手也坦荡，而不是一个只会在背后诬蔑我的小人。”

“今天的事到此为止，你说的那些我可以当作从没听过，以后再遇见，我们当互不认识比较合适。”

陈落咬牙，双手握拳看着面前的两人，丢下一句：“这事没完。”

等陈落走后，姜映初才深吸一口气，转身去看顾修竹。

林扬立刻道：“我们先走了，阿竹你们聊着。”

齐南快速道：“对的对的，你们单独聊。”

宁年年和蒋文文对视一眼，也喊着：“初初，我们会给你留门的。”

姜映初：“……”

这句话听着，为什么那么奇怪呢？

一眨眼的功夫，其他几个人都匆匆离开了，只丢下他们两人还站在原地。

姜映初拧了拧眉看着那几人消失的方向，然后抿唇往顾修竹面前走了两步。她道歉的声音还算是冷静，咳了声说：“抱歉，顾学长，把你扯进来了。”

顾修竹垂眸注视着她，夜色沉沉下，姜映初的那张脸清晰地落在自己的眼中，顾修竹突然笑了，他无声地弯了弯嘴角，问：“原来小学妹打架这么厉害？”

姜映初摸了摸自己的鼻尖，想到自己刚刚的表现，就像……小辣椒，她往后退了一步，双眸清澈地看着顾修竹，软声道：“刚刚的事情，学长可以忘记吗？”

她在其他同学眼里一直都是柔弱的，即使性格并不软弱，但至少也绝对不是会打人的形象，而刚刚……她那些打架的动作好像过于熟练了。

顾修竹笑了，眉眼柔和地注视她，答应着：“嗯，我都忘了。”

姜映初：“……”

这好像有点假……

两人无声对视着，不知为何，姜映初突然觉得气氛有些不太对，好像……瞬间暧昧起来。

她想要避开顾修竹的视线，刚一低头便看到了他受伤的手臂，姜映初瞪大了眼睛：“啊，你受伤了？”

“没事。”

“谁说的？”姜映初拧了拧眉，小心翼翼地伸手去碰，刚碰到就听见顾修竹吸气的声音，她瞬间就不敢了。

“我去给你买药。”说着，还没等顾修竹喊住她，姜映初匆匆忙忙地跑走了。

他盯着那消失的背影，无声地笑了。

是有点冲动，但好像……都值得，不是吗？

第 5 章　跳舞

即使是夜里，广场上还是人来人往。

不远处的商场里传来叫卖声，冬日的夜晚虽然很冷，但在这边散步逛街的人还是不少。

她跑去不远处的药店买了碘酒等东西回来，跟顾修竹一起艰难地找到一张长椅，长椅挺大的，坐四个人绰绰有余，一侧已经坐着两人，貌似是情侣，她没多注意。

她侧着身子，把手里的碘酒打开，用棉签蘸着碘酒，涂抹到他受伤的地方，她眉头紧锁着，动作小心翼翼的，生怕弄疼了顾修竹。

她抬眸看着顾修竹，轻声问："学长痛吗？"

顾修竹摇头："没事。"他敛眸，看着给他上药的手，手指白皙纤细，特别惹眼。

顾修竹垂眸看着良久，蓦地别开了视线，看向了其他的地方。

姜映初点了点头："那就好。"说着，继续给他的手上药，眉头就一直没舒展过，她心里不太舒服。

她不希望顾修竹出面维护自己，虽然她其实是开心的，但她不想要顾修竹被人误会，还受伤。她宁愿自己被人乱说，自己受伤，都不愿意顾修竹去承担这些。

姜映初一直都知道"谣言止于智者"这句话，所以当时在火锅店里听到陈落那些话的时候，她没有太大的反应，直到那人开始一次又一次地提及顾修竹的名字，她才准备去旁边会一会陈落，但没想到顾修竹先一步出现。

在听到顾修竹说的那些话之后，她无疑是感动的。

她跟顾修竹只是普通的校友关系，即使她喜欢这个人，也没奢望能得到他的回应，她甚至没有打算表白。

可今晚的一切出乎她的意料，她紧锁着眉心，低着脑袋抿了抿唇，在给他上好药之后，姜映初才抬眸看着顾修竹，喊着："学长。"

她欲言又止。

一阵风吹来，正好把她别在耳后的头发给吹了起来，贴在脸颊上，姜映初顿了顿，把棉签放好，伸手去拨弄自己的头发别在耳后。姜映初抬眼与他对视，一看见顾修竹那双深邃的眼眸后，她瞬间又不知道该说什么了。

"嗯？"顾修竹注视着她，轻声问，"想说什么？"

他低低一笑，把面前的东西都给收拾好，低声道："想说什么可以尽管说，这里没外人。"

姜映初"嗯"了声，思忖了好一会儿才道："其实你没必要的。"对着顾修竹的眼睛，她低声说，"你没必要出手打人，他们要说就让他们说好了，对我没什么影响。你今晚打人了，说不定又会被他们传成什么样子。"

她一点都不想顾修竹被牵扯进来。

话音刚落，她便听到耳边传来三个字："那不行。"

姜映初惊愕地看向顾修竹，刚想要问为什么不行，他便解释了。

顾修竹含笑看着她，声音低低沉沉的，随着风落在她的耳畔，引起了她微微的颤动，他说："我们学校新晋的小仙女，怎么能让人随便污蔑呢？"

姜映初脸颊发烫，这会儿虽然是冬天，坐在风口处全身都冷，可她的心却像是被温暖又炙热的东西包围着。

暖，且烫。

她红了脸颊，双眼清澈又湿润地看着顾修竹，直勾勾的，有一种别样的感觉。

顾修竹伸手拍了拍她的头，尽量让自己不去看她的眼睛，低声道："我无所谓，你是女孩子，名声很重要，再怎么也不能被人随意污蔑，懂吗？"

她其实不在意，可顾修竹说的，无论是什么，她都愿意点头。

好的坏的，只要是这个人给的，她都想要。

那一晚，姜映初被顾修竹送回宿舍。

室友们也没问她跟顾修竹的情况，反而对陈落这个人多加指责，谁都没想到他是这样的男生，气量如此之小，没有半点男子气概。

宁年年啧啧两声："还好我们初初没有答应。"

蒋文文也点头："对啊，我真没想到陈落会是这种人，也太低级了，我们初初没答应他是正确的。"

"对啊，长得没顾学长帅气，能力也没顾学长好，还那么惹是生非。"宁年年继续感慨，"还是顾学长比较好。"

蒋文文无语地瞥了她一眼："那肯定的，陈落怎么可以跟顾学长相比？这两人根本就不在一个档次，感觉把陈落跟顾学长比，拉低了顾学长的档次。"

"也对。"宁年年看向姜映初，略微有点担心，"初初，你担不担心陈落会再搞什么小动作啊？"

姜映初正敷着面膜，含糊地应着："没关系，兵来将挡水来土掩，反正我行得正坐得直。"

她是真没害怕，陈落这样的人，就算现在大家不知道他的真面目，以后也总归会知道的。

宁年年点头道："也对，反正我们有录音的。"

不得不说，她们宿舍几个人都很聪明，在陈落第一次说姜映初的时候，宁年年就拿出手机录音了，她倒想看看陈落要污蔑初初到什么地步，直到后来顾修竹出现，她都开着录音，没断过。

姜映初笑："年年真聪明。"

宁年年"嗯哼"了一声，靠近姜映初这边："我是挺聪明的，但我现在想问问你跟顾学长怎么回事啊？他也太维护你了吧？"

姜映初摁着面膜的手一顿，咳了声道："有很维护吗？"

因为有面膜在脸上，这会儿她也不担心自己会脸红，语气淡然道："你要知道，顾学长对谁都很不错啊，估计是因为我是学生会的，他才出面的吧。"

其实，姜映初也在心底这样告诉自己的，她不敢想顾修竹是不是有其他意思。

宁年年想了想，觉得也有道理："可能真就是这样。"

姜映初"嗯"了声："就是这样的。"

这话题在她们女生宿舍暂时告一段落。

风平浪静过了几天，姜映初在学校的生活依旧忙碌。

快到元旦晚会了，各个社团的同学都开始忙了起来，学校在每年的元旦都会办晚会，很是热闹。

姜映初今年也报名参加表演节目，她虽然是学生会里面的学员，但因为各种原因没怎么去学生会那边帮忙，而是选择在舞蹈社团报名了节目。

舞蹈社团的节目是齐舞，她是其中一员而已。在元旦节到来的前几天，她几乎每天都待在舞蹈室练习。

姜映初的舞蹈功底不错，她小时候学过很多年，所以比其他成员掌握得更快一点。

这天，她跟其他成员一起正练习着，队长突然走过来，站在姜映初的面前："初初，说点事。"

"什么？"

"待会儿排练的时候你能不能当领舞？"

"啊？"姜映初错愕地看着面前的队长，顿了顿，"不是你当领舞吗？"

队长点了点头，苦笑了一声："是我当领舞，但我早上腰扭到了。"

姜映初："……"

队长继续道："我看了下你们这一批，属你跳得最好，你考虑一下愿意吗？"

"就彩排的时候吗？"她轻声问。

"对的，可以吗？"

姜映初想了想，如果只是彩排的话，没多大的问题，"可以的。"

这事就这样定下来了，下午彩排时，姜映初没想到会遇到熟人，她刚跳完舞便看着不远处的周楚楚和顾修竹。她刚要转身走，周楚楚促狭地看着她，喊着："初初，你好棒啊，原来你跳舞这么厉害。"

姜映初的脸瞬间红了，在其他人面前跳舞没关系，但在顾修竹的面前，她就觉得窘迫。

自己刚刚那一系列的表现都被他看了去，怎么想都觉得害羞。

顾修竹看着红了脸的小姑娘，低低一笑，轻声道："是真的很棒。"

彩排的人不少，闹闹哄哄的，来舞台这边看的人也不少，但姜映初这边却只有顾修竹、周楚楚和她三个人。

顾修竹的声音轻飘飘的，落入了她的耳畔。

她原本就泛红的双颊，这会儿更是绯红绯红的。

她微垂着眼帘，不太好意思地"嗯"了声："谢谢学长。"

顾修竹莞尔一笑，突然就起了逗弄她的心思："谢我什么？"

姜映初："……"

"谢我夸了你，还是谢我其他的？"

姜映初憋红着一张脸，有些语塞，不知道该如何回答。

她顿了顿，明显地转移了话题："你们怎么过来了？"

一般来说，彩排的时候确实会有学生会的人来看，但周楚楚跟顾修竹不负责这些，应该不会出现在这里才对。

周楚楚弯了弯嘴角，促狭地问："你为什么不问，学姐你怎么过来了？"

姜映初一怔，刚要回答，就被周楚楚给打断了。

她观察着姜映初的神色，只觉得有趣，调侃了她几句后笑着道："好了，不逗你了，你们待会儿还要彩排一下试试吗？"

"嗯。"姜映初说，"刚刚那一遍，位置还需要调整，待会儿再彩排一次。"

"准备得怎么样？"

"还好。"姜映初不太好意思地回答着，"你们今天怎么过来看了？"

"没什么事。"周楚楚笑，瞥了眼顾修竹，才慢悠悠道，"是有人想要过来看看。"

"啊？"

姜映初一怔，还没回答，周楚楚就咳了声笑着，对着两人看过来的视线，说道："初初你们队长找你了。"

“啊，我马上去。”说着，姜映初看了两人一眼，指了指另一边正看过来的同学，低声道，“楚楚姐，顾学长我先过去了啊。”

“去吧。”

等姜映初匆匆忙忙走过去后，舞蹈社团的成员都好奇地看向她，眼里闪烁着八卦的光。

“初初，刚刚那是顾学长吗？找你什么事啊？”

“初初，你跟顾学长是不是很熟？”

“初初，你跟顾学长怎么认识的？”

……

一连串的问题接踵而来，姜映初根本不知道该如何回答。

她顿了顿，微微笑说：“跟顾学长没有很熟，是我认识楚楚学姐。”

刚刚确实是周楚楚把她喊过去的，不少同学倒是清清楚楚地看到了。

大家感慨似的“哦”了一声：“还以为初初跟顾学长很熟呢……”

“对啊，我可想要顾学长的联系方式了。”

“不是有吗，学生会成员的微信号和电话号码好像都是公开的啊。”

“是吗，那下次去看看。”

姜映初默默地听着，一直没说话，但她有点好奇顾修竹的微信号和电话号码真的是公开的吗？

彩排结束后，姜映初回到宿舍，一天下来她累到了极点。

晚上洗过澡之后，姜映初就睡下了。

接下来的两天她一如既往地忙碌着，直到元旦前一晚，因为考虑到很多同学想要出去跨年，学校的元旦晚会是在七点开始，到晚上十点结束，十点后便是大家的自由时间了。

不少同学约着一起出去跨年，姜映初跟室友们也说好了，要一起出去逛逛。

这是她第一次在北方跨年，感觉还是很新奇的。

白天下了一场大雪，白茫茫的一片，给这座城市添上了新装。

皑皑白雪，银装素裹，一眼望不到尽头，干枯枝叶上挂着雪花，寒风一吹过来，雪花簌簌落下，美到了极致。

姜映初眉眼弯弯地看着，拍了好几张照片，给妈妈发过去后才收好手机去晚会现场。

不少同学对今天的元旦晚会翘首以待，学校邀请了不少知名人士，还有一些已经毕业的颇有名气的学长学姐，学校师生对这一次的晚会格外重视。

姜映初到的时候，已经有几个人在了。

姜映初意外的是，顾修竹竟然是这一次晚会的主持人，她从后台看着台上的他修长的背影，挺拔的身姿，一举一动都很撩人。

下面还有不少同学在尖叫着，学校里的同学都知道顾修竹这个名字，可并非所有同学都见过他。

一时间，场面有些难以控制。

“啊啊啊……顾学长！”

“顾学长，我们爱你！”

“顾学长……”

外面传来惊呼声，姜映初一行人在更衣室换衣服，有学姐忍不住笑道：“在喊的肯定是大一的小学妹。”

“为什么啊？”有人好奇。

学姐耸肩，笑着说：“因为大二大三的学姐都被顾修竹拒绝得彻底，她们对顾修竹短时间内没什么想法，只有大一的小学妹还不知道他的真实性格，所以还抱有幻想。”

闻言，姜映初一怔，没忍住问了声：“什么真实性格？”

学姐继续道：“就是跟他表白，一定会被他拒绝，顾修竹太冷淡了。”

“对对。”另一个学姐道，“我们大三的女生分析过顾修竹。”

“怎么分析的？”

那学姐顿了顿，意味深长地说：“我们都觉得顾修竹应该是性冷淡，要不然学校这么多漂亮的姑娘，他怎么一个都看不上啊？”

众人：“……”

还有人想要问点什么，被前面的同学给催促着：“快到你们上场了，准备好了吗？”

“好了，马上来。”

话题到此结束，五分钟后，要上台的便是舞蹈社团的节目。

她们为了这个节目花费了不少工夫去排练，选择的不是时下流行的爵士舞、街舞这类舞蹈类型，是一段颇有意境的柔美舞蹈。

参加表演的同学柔韧度和仪态都特别好，表演非常顺利。直到表演结束，顾修竹才回神，他扯了扯嘴角笑着，继续主持。

舞蹈节目表演结束，舞蹈社团的任务算是完成了。

学姐把参加表演的成员夸赞了一番后，大家便全都悄然散场。

晚会还在继续，换好衣服后，姜映初找到台下宁年年她们给自己占着的位置，刚坐下，宁年年便小声说：“我都录了视频，回去后你可以看。”

蒋文文也笑着说：“初初，你刚刚特别厉害，原来你还会下腰啊，柔韧性可真好。”

姜映初点了点头，低声道：“我学过很多年舞蹈。”

几个人小声地说着，宁年年指了指台上的人道：“顾学长今晚真是太帅气了，羡慕跟他一起搭档的那个学姐！”

“羡慕也没用，顾学长是大家的。”

姜映初愣了下，下意识地抬眸去看顾修竹，不知为何，她的脑海里一直都回响着刚刚那学姐说的——顾修竹是性冷淡……

她下意识地摸了摸自己的鼻尖，怎么就觉得不太像呢。

“初初，你想什么呢？”

“啊？”姜映初错愕地看着她，一张脸通红，“怎么了？”

宁年年咳了声：“你刚刚直勾勾地看着顾学长，他看过来了。”

姜映初快速地收回目光，认真地看表演，直到所有节目表演结束。

众人散场后，姜映初她们离开学校准备跨年。

夜色沉沉，灯光明亮。

这一晚街上的人很多，不少情侣相拥而行，难得舒玥跟她们在一起，姜映初她们四个人一起走在街上。

“去哪儿啊？”

姜映初摇头：“你们之前不是说去那边看跨年吗？”

“是这样的，但是好像人很多。”

“那就随便逛逛吧。”

四个人意见一致，其实她们只是想出来逛逛，在校外跨年。

逛了一圈，大家冷得瑟瑟发抖，便赶紧回了学校。

姜映初第一次在北方跨年便是这样度过的。

翌日清晨，她睡到中午才醒来，刚打开手机便看到了周楚楚给她发的信息：“初初，晚上有没有时间，一起吃饭？”

姜映初愣了下，快速地回了过去：“好啊，在哪里？”

周楚楚：“六点，我让人去女生宿舍楼下接你，到我跟江廷住的地方吃火锅。”

姜映初：“好。”

中午在学校点了个外卖，看了会儿书后，姜映初才找衣服换上，因为是受邀去吃饭，宁年年跟蒋文文都提议让她化个妆，这样比较礼貌。

姜映初想了想，决定化个淡妆，她昨晚熬夜了，气色确实不太好。

化好妆之后，她拿着自己的小包出门去吃饭。

到了楼下，她给周楚楚打电话，想问问她是谁来接自己，电话刚拨通，她便听到了熟悉的声音，就在自己的耳边：“找谁？”

姜映初一怔，错愕地抬眸看着眼前的人，她眨了眨眼，有些意外顾修竹会在这里。

“学……学长，你怎么在这里？”

顾修竹垂眸注视着她的双眸，声音暗沉沉的：“我过来接你。”

这句话说得，太让人浮想联翩了。

女生宿舍楼下来往的人不多，因为冬天天气寒冷，同学要么待在宿舍内吹着暖气，要么是去校外玩，总之不会在宿舍楼下驻留。

昨天下了大雪，这会儿融化了不少。

树枝上残留的雪花摇摇欲坠，像是要把枝干给压垮一般。

寒风吹过，凛冽的风吹到脸颊，让人控制不住地颤抖着。

原本呆愣的心思瞬间消散了，姜映初哆嗦了一下，望着顾修竹，轻声问：

“就我们两个人过去吗？”

“嗯。”顾修竹低声应着，目光从她脸上掠过，转而低头往下，看她局促不安地动脚，突地一笑，“走吧。”

“好的。”姜映初思忖着，答应。

她今天穿得不少，因为没想过是顾修竹来接她，原本想着会吹冷风，她又怕冷，所以穿了两条厚厚的打底裤，又套上长袜和小靴子，长袜的长度正好在靴子边露出来一点点的位置。姜映初不爱穿羽绒服，上身穿了件半长的外套，是一件很应元旦气氛的红色外套，衬得白净的脸都红润了。

娇艳欲滴，双眸动人。

望着人的时候，特别娇俏可人。

顾修竹喉结轻滚着，示意她往前走。两人并排往外面走，一路上无言，直到到了校门口，顾修竹扬了扬下巴，指着不远处停着的车子，含笑说：“上车。”

“嗯？”

“有点远，开车过去。”

姜映初傻愣愣地“哦”了一声：“好。”

她没想过，顾修竹会开车过来。学校里有车的同学不少，还有一些同学会开车上学，但顾修竹一直都是很低调的一个人，没听说他开车上学。所以直到站在车子面前，姜映初还在发愣。

顾修竹莞尔一笑，提醒她：“姜映初。”

她眨巴着眼睛看过去，一脸好奇：“嗯？”

顾修竹站在她旁边，伸手拍了下她脑袋：“不冷？”

“冷。”

这是实话，她冷得都要哆嗦了，北方的冷风绝对不跟任何人开玩笑，冷到极致的时候，能让人冷到没知觉。

“那还不上车？”顾修竹把车门打开，回头看着她，低低一笑，“上车，先暖一暖。”

她微怔，看着副驾驶的位置，迷迷糊糊地坐了上去，顾修竹等她上车后才把车门关了，然后绕到另一边上了驾驶座。他把车内的空调打开，顺手递给了她一个暖手的东西，轻声道："暖暖手，待会儿就好了。"

"好。"姜映初眼睫轻颤着接过，对顾修竹一系列体贴的表现，她是真的不知道该说什么了。

总觉得身边的这个男人太让人容易心动了，可能他只是无心之举，也容易让女生多想，陷入他的温柔世界里。他的体贴入微，让女生完全压抑不了对他的喜欢。

姜映初现在就是这样的状态，明知道跟顾修竹相处得越久，自己就会越喜欢这个人，可她就是舍不得远离他，甚至想每天都能在他身边，哪怕只是看着就很好。

"还冷吗？"

姜映初摇头："不冷了。"她搓了搓自己暖和起来的手，低声说，"暖和了。"

顾修竹垂眸看着她提醒道："安全带。"

"啊，好。"她反应慢了两拍，把安全带系上后对顾修竹不好意思地笑了笑，"我忘了。"

"没事。"顾修竹眉眼柔和地注视着她，"我们现在过去？"

"好。"

车内安静，空调的暖风慢慢地把冰冷的车厢变得温暖起来。

姜映初没说话，顾修竹更是全神贯注地开车，她偶尔侧头看一两眼。前方的道路有些拥堵，前面那辆车的司机大概是新手，开得很慢很慢，跟蜗牛一样，车灯变换时开得又有些乱，顾修竹没有按喇叭催促，只是用灯光提醒，表现得绅士又礼貌。

她记得有人说过一句话，说开车的时候能看出来一个人的人品和涵养。

现在想想，顾修竹这种人涵养一定好到了极致，不然又怎么会连开车都这么绅士有礼。

她弯了弯嘴角，望向窗外，才六点多的时间，天色已经暗了下来，幸好没有下雨。两旁的路上行人还有不少，匆忙地来往着，包裹得严严实实。

姜映初想着，突然说了句："北方的冬天比南方的冬天冷不少。"

顾修竹侧头瞥了她一眼，轻轻地答应了一声："还适应吗？"

“有一点不适应。”她摸了摸鼻子笑着说，“我在这里每天都想待在宿舍不出门。”

实在是冷，宿舍里有暖气，她在房间里感觉和夏天差不多，但一出门就不行了，必须要里三层外三层地裹着，不然出门没两分钟，就要被冻僵。

顾修竹莞尔一笑，逗弄着她：“那可不行。”

姜映初撇了撇嘴，乖巧地点头：“这我知道，所以每天就强打着精神出门上课。”

“课程还适应吗？”

“还好。”

顾修竹耐心地问了一些她在生活和学习上的事情，还给了一点意见。

因为路上堵车，车子行驶了半小时才到，刚到小区楼下，顾修竹接了个电话，声音从听筒里传出来，她听见了周楚楚的声音。

“到了没？”

“刚到楼下。”

周楚楚连忙道：“忘记买啤酒了，你顺便帮忙买一箱上来吧，问下初初想喝什么饮料，一起买了拿上来。”

顾修竹顿了顿：“还差什么？”

“没差什么了，估计你也拿不了，就这些。”

“好。”

挂断电话后，顾修竹看她：“在车里等我还是一起去超市？”

“一起去。”她想也没想就直接答应，对着顾修竹的目光，姜映初抿抿唇道，“今天的温度还好，没有很冷。”

顾修竹注视着她红润的脸，低低一笑：“也对，今天不冷。”他轻笑，“下来吧。”

“嗯。”

两人下车，并排往不远处的超市走去。

刚进去，顾修竹就问她：“想喝什么？”

“我都可以的。”

“啤酒也可以？”

姜映初："也不是不行。"

顾修竹无声地弯了弯嘴角，看着不远处镜子里照出来的人，小姑娘红着的脸和窘迫的神情全都落入他的眼中。他顿了顿，道："我给你选一个？"

"好啊。"

她答应着，好奇顾修竹会选什么，直到顾修竹把她领到牛奶区，姜映初惊愕了。

"喝牛奶吗？"

她一噎，视死如归地点了点头："喝。"

顾修竹扫视了一圈，给她拿了一打酸奶，还拿了几瓶牛奶后，望着她问："可以吗？"

"可以的。"姜映初顿了顿，小声说，"不用给学姐买吗？"

"嗯，她喝啤酒的。"

姜映初还没说话，顾修竹便补充道："牛奶给小朋友喝。"

"可我……不是小朋友啊。"她弱弱反驳道。

顾修竹微垂着眼帘，眼睛里压着笑看着她："在我眼里，你就是小朋友。"

"啊？"她微怔，瞬间就因为这句话红了脸颊，姜映初顿了顿，抿唇道，"学长。"

"嗯？"

"那我可以申请再多要两瓶牛奶吗？"她眼巴巴地看着顾修竹，"要草莓味的。"

"好。"最后两人除了买了一箱啤酒，还给姜映初买了不少牛奶和零食。牛奶和零食都不重，她提着，顾修竹抱着一箱啤酒，往电梯那边走去。

她有些好奇，周楚楚竟然会住在这里，她知道周楚楚跟江廷从进大学就是一对情侣，听说两人是高考完的暑假在一起的，感情深厚，到大二的时候这两人就搬出来住了。

学校里的情侣不少，姜映初对情侣一起住倒没觉得惊讶，让她有些意外的是，周楚楚学姐的男朋友性格特别冷。

她每次看到那个学长，都觉得自己在北极。

"怎么了？"

姜映初想了想，还是没忍住跟顾修竹说："你觉得楚楚姐的男朋友冷吗？"

顾修竹盯着姜映初看，顿了顿问："你怕他？"

"不是怕。"姜映初软声道，"就是觉得有点冷，不知道楚楚姐怎么适应过来的。"

顾修竹好笑地看着她，她所有的情绪都表达在了脸上，看上去很可爱。

她轻轻地答应了一声。

顾修竹道："接触久了就不会觉得冷，可能过了今晚，你就不会有这样的感觉了。"

闻言，姜映初似懂非懂地点了点头："这样啊，我也觉得是因为我和他没怎么接触过。"

可能传闻有误，但她上一次看到周楚楚的男朋友，确实和其他同学有一样的感觉——过于冷淡，他眉眼间的冰霜仿佛拒人于千里之外。

顾修竹微微颔首，低"嗯"了声。

刚出电梯，顾修竹突然喊住她的名字，迎着姜映初的视线补充了一句："别怕，还有学长在呢。"

他含笑说："再冷都有人替你挡着。"

这句话让姜映初的心再次怦怦直跳，她刚想要问顾修竹这句话到底还有没有其他的含义，面前的门就被打开了，传来了林扬的声音："我说你们买个啤酒怎么买这么长时间啊？"

顾修竹冷冷地看了过去，拧眉问："你在这里怎么不下去买？"

林扬一噎，接过顾修竹递过来的啤酒有些无语，道："外面太冷了，你们顺便啊。"

他笑眯眯地看向姜映初："小学妹快进来，外面冷。"

"好的，谢谢林扬学长。"

"不客气，门口有鞋子。"

"嗯。"

姜映初跟顾修竹对视眼，顾修竹指了指道："把东西先给我，换了鞋子进去。"

“好。”她把东西给了顾修竹，刚刚想要问的话，瞬间就忘记了。

进屋后，姜映初才发现里面的人不少，除了她认识的周楚楚、江廷和林扬，还有两个她不认识的男生。

顾修竹站在她的身后，提醒了一句：“我跟林扬的室友，齐南和王康。”

姜映初一怔，礼貌地打着招呼：“学长好。”

齐南挑了挑眉，意味深长地笑了笑：“小学妹好，外面很冷吧？”

“嗯。”

王康道：“先坐下，已经差不多可以吃了。”他抬眸看向顾修竹，略微不满，“阿竹，你怎么买个啤酒买这么长时间。”

顾修竹漫不经心地回应：“还买了点其他的东西，耽误了一下。”

“买了什么？”

顾修竹还没回答，周楚楚拿出来几瓶牛奶，扑哧一笑，“顾少爷，你买牛奶给谁喝？”

“阿竹可能是自己想喝了。”

“你还买了酸奶啊，阿竹不是最讨厌喝酸奶吗？”

大家用尽言语去调侃着顾修竹，顾修竹的表情没有太多变化，应该是已经适应了这样的相处方式、

姜映初在一旁反倒窘迫到了极点，她弱弱地举起手，看着周楚楚道：“楚楚姐，那是我要喝的。”

众人瞬间安静了下来，惊愕地看着姜映初，缓了几秒后，大家齐声爆笑。

“小学妹喜欢喝牛奶啊？”

“嗯。”她点头。

齐南瞥了眼顾修竹，问：“所以是为了买牛奶耽误了时间？”

顾修竹冷淡地看他一眼，紧蹙着眉心问：“吃都堵不上你的嘴？”

王康在一旁哈哈大笑，嘲笑着齐南：“阿竹这是让你多吃点。”

林扬“啧”了声，看了眼姜映初再看了眼顾修竹，哼笑声：“别闹了，第一次见小学妹呢，你们可别把自己的形象给败坏了。”

“对对对。”齐南连忙答应着，看向姜映初，“小学妹，抱歉啊，请你忘记刚刚学长的形象。”

姜映初："好的。"

她乖巧地答应，轻声说："我都忘了。"

周楚楚在一旁"啧啧"两声："你们给我安分点，谁要是把初初吓走了，我跟谁没完。"

江廷看了眼姜映初，打了声招呼后坐下，然后给周楚楚夹菜，低声道："多吃点。"

一开始大家都还拘谨着，但过了几分钟，便开始放肆地吃了起来。

顾修竹坐在姜映初的旁边，轻声道："别介意，他们就这样。"

姜映初扬了扬嘴角，眉眼弯弯地笑着："不会啊，这样挺好的。"她凑在顾修竹的耳边小声说，"我之前就听说过男生的饭量很恐怖，今天总算是能见识一下了。"

"嗯？"顾修竹微顿，问了声，"之前跟我吃饭的时候没感觉？"

"没有。"她愣了下，回想着自己跟顾修竹吃饭次数还真不算少，可能是自己运气好。

每一次，她都记得清清楚楚。

"想起来了？"

姜映初抬眸看着他，眼睛弯成了月牙："想起来了。"

顾修竹低低一笑，没再深究这个事儿，他指了指桌子道："想吃什么可以跟我说，他们因为有女生在场就客气的。"

"好。"姜映初想了想说，"想吃肉。"

顾修竹笑笑，拿起另一双干净的筷子从齐南和王康的手里抢走了小半碗刚刚煮熟的肉，递到姜映初的面前："先吃，还想吃什么跟我说。"

"好。"

这可能是姜映初来到北方上学以后，第一次在这样热闹的氛围下吃完的晚饭。

齐南和王康会说话，但会留意姜映初的态度，虽然也会开玩笑，但都是点到为止，不会过火，让人听着很舒服，不会觉得厌恶。

一顿饭下来，姜映初对这两人印象颇深。

几个人酒足饭饱后，姜映初跟周楚楚把桌面上的碗筷，还有垃圾都给收拾了一下，她觉得自己一直没帮什么忙，便想着去厨房洗碗。

周楚楚不同意，但姜映初坚持："楚楚姐，我都没帮什么忙，你就让我洗个碗吧。"

周楚楚无奈："我喊你过来是吃饭的，可不是让你来洗碗的。"

姜映初笑道："我知道啊，可我想帮你洗碗，可以吗？"

周楚楚顿了顿，拿她没办法："行吧，那你注意点，我去把垃圾丢一下。"

"好。"

厨房的灯光是暖色调，姜映初微垂着眼帘，她刚洗了两个碗，便有人走进了厨房。

顾修竹站在厨房门口，注视着她的一举一动，站了一会儿，顾修竹道："我来洗。"

"不用。"姜映初快速地拒绝，"我都没有帮忙做事。"

"我也没有。"顾修竹笑，从她手里把碗筷拿走，轻声道，"冬天冷，这水虽然是有温度的，但也不暖和。"

他看着姜映初有点泛红的手，低声道："要是你实在想帮忙，待会儿把我洗好的碗擦干净好吗？"

姜映初抿了抿唇，看着顾修竹温柔的神情，低"嗯"了一声："学长。"

"嗯？"

姜映初顿了顿，讷讷道："你不用这么照顾我的。"

顾修竹从善如流地回答着："女生理应被照顾。"

"那……"她想问他对其他的女生是不是也这么照顾，可话到了嘴边，姜映初又问不出来了。

她不能问得这么莽撞，她不能给自己的暗恋对象带去烦恼。她喜欢顾修竹，可她不想要被顾修竹知道，她害怕顾修竹跟自己疏远，最后两个人连现在这样的关系都没有了。而且暗恋一个人时也有甜蜜，可以默默关注着他，可以知道他的很多动态。

暗恋的甜蜜和痛苦都应该自己承担。

思来想去，姜映初还是觉得，保持原状就很好。

在她没有足够勇气之前，她不会让自己的暗恋去扰乱他的生活。

“想说什么？”

“没什么。”姜映初回神，低声道，“就想说顾学长你实在是太绅士了。”

“嗯。”顾修竹顿了顿，说，“不是对所有人都这样。”

姜映初一愣，微张着小嘴看着他，一脸迷茫：“什么……什么意思？”

顾修竹看着她的神色，垂下了暗沉沉的眼神，道：“过段时间就要放假了，买好回家的票了吗？”

“买了。”知道确切的放假时间后，姜映初就跟宋嘉兮一起订了回家的机票。

“哪天的？”

“十八号上午的。”

他们是十七号正式放假。

顾修竹颔首，表示了然。

“回家注意安全。”

“好。”

两人在厨房里洗完碗出去，外面的几人已经在玩游戏了，姜映初不太擅长游戏，所以她全程默默地坐在一旁看着。

顾修竹他们也不勉强她，玩到十点，顾修竹突然说要走。

齐南一愣，连忙道：“你回去还有事？”

“嗯。”

周楚楚推了推江廷的手臂，扬了扬下巴指着姜映初那边：“初初要睡着了。”

大家这才齐齐地看过去，姜映初为了方便观察“战局”，一直坐在顾修竹旁边的沙发上，这会儿已经睡着了。

一到冬天，她仿佛随时都是缺觉状态，到哪儿都能睡着。

林扬愣了愣，看向顾修竹小声道：“你还真是……”

顾修竹咳了声，看向周楚楚。

周楚楚：“怎么了？”

“把她叫醒吧。”

闻言，周楚楚乐了：“你要不把初初抱去车里？”

顾修竹拧眉想了想，低声道："不合适。"

周楚楚："行吧，我负责把人喊醒。"

她刚走到姜映初的面前，还没出声姜映初就醒了，迷迷糊糊地睁眼看着周楚楚，她声音微哑，问了声："学姐，几点了？"

"十点了，顾修竹要回去了，你跟他一起回去吗？"

"嗯呢，可以的。"

周楚楚莞尔一笑，拍了拍她脑袋："下次再来玩啊，回去早点休息。"

"好，学姐再见。"

跟大家道过别之后，姜映初跟着顾修竹离开。

两人刚一离开，屋内的人讨论起来。

几个人面面相觑，齐南有些难以置信地说："阿竹还真对小学妹挺温柔的啊。"

林扬嗤笑声，道："你看他对谁温柔过？"

王康耸肩："阿竹是有目的的。"

"闷骚。"周楚楚点评，往自家阳台走去，"我要去看看这两人到楼下没有。"

"我也去，我也去。"

几个人挤在阳台往下看，刚刚走到楼下的人，像是感应到了，顾修竹抬眼看了过去，几个人吓得瞬间都躲了起来。

"怎么了？"姜映初这会儿脑袋不太清醒，整个人都迷迷糊糊的，反应慢上了好几拍。

"没事。"顾修竹让她上车，低声道，"困了就睡会儿。"

"我不困。"

"嗯。"

一路安静，直到把姜映初送到楼下，顾修竹含笑地看着她强撑起来精神，轻声道："回去早点睡觉。"

"嗯，顾学长晚安。"

"晚安。"

直到看着姜映初进了宿舍楼后，顾修竹才转身离开。

这一晚，姜映初又写了日记，每一次跟顾修竹的接触，她都会一一记下来，虽然日后回看自己的行为可能很傻，但她不想忘记。

这些是大学时期暗恋一个人拥有的宝贵财富。

睡前，姜映初伸手摸了摸自己的脑袋，总觉得有点不对劲。

她在顾修竹的车里睡着了，睡着的时候，她感觉到顾修竹好像摸了自己的脑袋。那会儿是车子停下来，顾修竹大概是想要喊醒她才摸了她的脑袋。现在细细地回想了好一会儿，姜映初也不能确定这是不是真的。她摸着自己的头发，抵不住睡意，睡了过去。

虽然不能确定，但心还是像裹了蜜糖一样，是甜的。

凌晨突然刮起大风，姜映初被窗外的风声给吵醒了。她把被子往脑袋上一压，蒙着被子继续沉沉地睡了过去。

大风到清晨才停了下来，姜映初沉睡着，没有半点感觉。

她睡到中午才醒，醒来的时候，宁年年还没醒，蒋文文不在宿舍里，应该是去图书馆了。

她伸手揉了揉自己的眼睛，拿过手机看着时间，十一点了，手机里收到了不少的信息。她一一点开去看，置顶的未读信息是她妈妈发过来的。

“初初，妈妈下周末要去北京出差，有时间跟妈妈见一面？”

姜映初连忙回了过去：“当然可以啊，我都好久没有看到妈妈了。”

她想了想，补充了一条：“好想妈妈。”

“好，那到时候妈妈把行程发给你，注意保暖，别感冒了，要是没钱了，可以跟妈妈说。”

“知道呢。”

跟妈妈聊了一会儿后，姜映初才去看其他信息，在看到周楚楚发过来的照片后，她还有些发愣，把照片一一存下来，然后小心翼翼地摸着照片里那张清隽的脸庞，忍不住窃喜。

姜映初：“谢谢学姐。”

周楚楚：“不客气，应该的。”

姜映初笑了笑，看了好一会儿手机，才收拾着起床。

时间一眨眼就过去了，元旦过后大家都收了心思开始复习，应对期末考试。

姜映初也不例外，她平时就很认真，考试前夕会继续复习一遍，她没有想要拿奖学金什么的，但她一直都是以认真的态度去对待学习。

复习了一周，姜映初终于在周六这天顶着寒风出门了。她母亲许应如是一名外科医生，平日里经常会忙碌到几乎一个月都看不见人影，姜映初从暑假过后就没见过她。

之前国庆假期回家，正好她母亲有很多手术要做，连续好几天，姜映初去医院给她送东西也没见到人。

北京的道路总是很堵，唯一不会堵的交通方式就是乘坐地铁。

姜映初按照路线去坐地铁，地铁上人很多，她站在角落里，望着满车厢的人，垂着眸子给宋嘉兮发消息："我去我妈妈那边了。"

宋嘉兮："阿姨过来了？有时间见你吗？要不要我陪你一起过去？"

姜映初："不用了，我已经在地铁上了，她时间不多，但一起吃个饭还是可以的。"

宋嘉兮："那行，你要是有什么记得跟我说啊。"

姜映初："好。"

许应如是来北京开会的，有一个医学研讨会正好在北京举行，所以她有一点点的时间跟自己女儿见一面。

姜映初刚到医院门口，就看见了正在等待自己的母亲，她脸上瞬间绽放笑容，挥了挥手喊着："妈妈。"

许应如莞尔一笑，走了过来："初初。"

"嗯嗯。"姜映初点头，抬眸看着自己的母亲，"妈妈，你都瘦了。"

许应如伸手揉了揉她的头发，轻声问："累不累？"

"不累的。"

"要不要去买东西吃？"

姜映初一怔，有些诧异："不一起吃饭吗？"

许应如点头，语气歉然："初初，妈妈待会儿在这边还有一个手术，估计不能一起吃饭了，我带你去旁边买点东西吃好吗？"

闻言，姜映初敛眸，想了想道："好。"

她抬眸，眉眼弯弯地看着自己的母亲："你忙，我没事的。"

许应如有些苦涩，她顿了顿，轻声道："我给你带了点吃的，待会儿带回去，给小七分一份。"

"好。"

母女俩往旁边的店走去，刚把东西点好，许应如的电话就响了起来，是催她去做一个讲解。她为难地看着姜映初，欲言又止。

姜映初了然，摆了摆手，轻松道："妈妈你先去吧，我没事的。"她抱了抱自己的母亲，笑着说，"看到你就好了，我待会儿吃了东西就回去。"

许应如眼眶发热，摸了摸她脑袋，"嗯"了声："那你回去注意安全，过两天妈妈要是有时间再去学校看你。"

"好。"

许应如走后，姜映初才敛眸看着面前的甜品，奶茶还冒着热气，散发着香甜，她没却有半点食欲。

味如嚼蜡一般地把东西吃完后，姜映初便提着许应如放下的东西，打车回学校。她不赶时间，甚至有很多的时间能慢慢欣赏这座城市。

到了冬日，原本茂盛的枝叶，都变得光秃秃的，看上去就像是脱下了一层光鲜亮丽的外衣，在忍受着冬日的寒风。

路上行人不多，都是匆匆而过，戴着围巾、帽子和口罩，包得严严实实。姜映初观察了一番，收回了自己的视线，转而靠在车窗上睡了过去。

能见到妈妈就很好了，至少比上一次假期的情况好多了，不是吗？

可为什么，还是觉得不太开心呢。

从医院回到学校，用了一个小时的时间。

刚下车，姜映初闷闷不乐地往学校走，走了几步后，她突然就换了方向。不开心的时候，这些事情她也只能跟宋嘉兮说。

姜映初正纠结的时候，顾修竹走了过来，站在她的身侧，垂眸注视着她："姜映初。"

每次听到她的名字从顾修竹的嘴里喊出来，她总觉得更好听了。

顾修竹的声线是清朗的那种类型，偶尔故意压低着声线，会让人觉得慵懒。

姜映初抬眸，这一次不再是呆愣的状态。她看着朝自己走来的顾修竹，那人丰神俊朗，风姿绰约，一举一动她都喜欢。

眨了眨眼，姜映初目光灼灼地看着，直到顾修竹走近，他还没来得及说话，姜映初便喊了他：“顾学长。”

“怎么了？”顾修竹看着她的神情，微敛眉眼，声音放低了很多，“不开心？”

姜映初抿了抿唇，承认了：“嗯，不开心。”

她仰头看着面前的人，顿了顿问：“学长，我可以抱你一下吗？”

说完，姜映初看着顾修竹变了变神色，连忙改口道：“抱歉抱歉，我没别的想法，就是……”话还没说完，她便落入了一个温暖的怀抱，身子瞬间被温暖包围。

顾修竹摸了摸她的脑袋，轻轻地拍着，像是在哄小孩子一样，声音在她头顶响起。

“话说得不对。”顾修竹微微弯着身子，附在她耳边说。

“啊？”她微怔，心情沉闷得没懂他意思。

顾修竹低声一笑，把怀中的人抱得更紧了一些，轻声道：“你应该说，学长你可以抱我一下吗？”他非常认真地在教姜映初，一字一句地说，“你刚刚的语句错了。”

“这种事，学长主动就好。”

正午的阳光刺眼，姜映初眨了眨眼睛，只觉得这人的怀抱温暖极了，像是和煦的春光，照拂在她的身上，暖到心底。

两人在两所学校的中间位置相拥，人来人往的，她感受着顾修竹的手掌在自己的后脑勺处轻轻拍着，深吸一口气，姜映初才闷着声音喊了句：“学长。”

“怎么了？”

姜映初退出温暖的怀抱，抬眸望着他，仿佛跌进了他的眼眸深处。她眼睫轻颤着，顿了顿问：“你怎么在这里？”

在这里遇到顾修竹，她还真有点意外。

顾修竹垂眸看了眼手掌，她的发丝残留在他手掌上的清香还未散去，他收起眼底的思绪，轻声道："刚从外边回来。"

他今天正好有点事离校了，刚才回来的时候看到姜映初提着一个袋子在路边沮丧地走着，连围巾都没有好好围着。姜映初怕冷，所以平日里总会用围巾把自己的半张脸围起来，只露出一双清澈的杏眸。可今天不一样，她整张脸都露了出来，低垂着脑袋走着，无精打采的模样，稍微注意一点便能知道她不开心。

顾修竹原本没想喊她，直到看见她一脸纠结的模样，才没忍住喊了出来。

两人对视着，顾修竹顿了顿问："怎么一个人在这里，出去了吗？"

姜映初的声音有些低："出去了一下。"

"吃午饭了吗？"

她一怔，诧异地看着顾修竹："嗯？"

顾修竹微微笑，眉眼柔和地注视着她："没吃饭的话，那学长有这个荣幸请小学妹吃个午饭吗？"虽然他语调里带着调侃，但说出的话却很真诚。

他太温柔了，温柔到让姜映初说不出拒绝的话，更何况能跟顾修竹单独吃饭，也是她梦寐以求的事。

"好。"她听见了自己答应的声音。

姜映初看向顾修竹，轻声问："学长想吃什么？"

顾修竹弯了弯嘴角，说："应该是我问你想吃什么，有没有什么特别想吃的？"

"甜的。"她答。

心情不好的时候，姜映初喜欢吃甜的，总觉得嘴巴甜了，心里也就甜了。这也是她排解烦闷的一个小方法。

闻言，顾修竹了然地点了点头："今天还有其他事吗？"

"啊？"她一怔，下意识地摇头，"没有呢。"

她原本以为自己会在医院等母亲，所以特意没跟宁年年她们约，她们今天去了一个景点玩耍，姜映初这会儿回到宿舍也是一个人。

顾修竹“嗯”了一声，看向她：“那要不就上车，今天把时间空出来陪学长？”

她愣了下，惊讶地看着顾修竹，有那么一瞬间，姜映初甚至以为自己出现了幻听。她猛地眨眨眼，迟疑地问：“是我听错了吗？”

“没有。”顾修竹拍了拍她脑袋，“能陪陪有些无聊的顾学长吗？”

“当然……可以。”

她怎么会不愿意。

“那走吧。”

“好。”

姜映初放心地跟着顾修竹走，无论他带自己去哪里，她都会义无反顾地跟着他走。因为他是顾修竹，是她喜欢的人。

考虑到周末堵车严重，顾修竹没有开车，两人一起去了地铁站。

明明上午也坐了地铁，可这会儿姜映初的感受却截然不同，那时她艳羡地铁上那些有伴的人，而现在她的身旁有顾修竹，地铁上那些吵闹的声音都变成了悦耳的声音。

姜映初跟顾修竹在两节车厢相交的位置并排站着，手扶着扶杆，身体随着车厢一晃一晃的。

他们要去的地方会经过几个人流量很大的站点，原本站得好好的姜映初被突然涌入的人流挤到往顾修竹的边上，她一个没站稳，直接往旁边倒了。

顾修竹眼疾手快扶着她的腰，即便隔着厚厚的衣服，她也感受到了他掌心的温度。

一瞬间，姜映初红了脸颊，她杏眸带水，看向顾修竹。

顾修竹把她扶好后便收回了手，垂眸注视着她：“是不是站着不舒服？”

姜映初：“……”

她咳了声，摇头道：“不是。”

顾修竹环视四周，伸手拉住她的手腕，往另一边走去。

他掌心的温度从手腕处传到了姜映初的心底，她的心微微地颤动着，心脏不由自主地为眼前这个人而加速跳动。

顾修竹没顾及其他，找了个角落，让姜映初站过去，轻声道：“靠着站，会稳一点。”

姜映初点了点头，没敢抬眸去看他。

顾修竹盯着她红了的耳尖，无声地弯了弯嘴角，眉眼间压着笑，伸手扶着旁边的杆子，像是要把姜映初整个人圈在怀里一样，暧昧氛围悄悄蔓延开来。

他用自己的身体，为她圈出了一片天地。

姜映初的眼睫轻颤着，一直低垂着脑袋看着脚尖。直到下了地铁，她还是低着头跟在顾修竹身后。

“地上有钱？”

“啊？”姜映初抬头看他，“什么？”

顾修竹顿了顿问：“一直低着头，能看见路吗？”

姜映初语塞，连忙道：“不能。”她低着头，只是觉得不好意思而已。

“嗯。”顾修竹眉眼间带着笑，看着她，“那就跟我并排走。”

姜映初一怔，张了张嘴，对着顾修竹的目光，她抿抿唇，乖乖答应：“好。”

顾修竹带姜映初去的是在市中心一家小有名气的甜品店，前段时间在网上特别火，那会儿姜映初还想着有空要跟宁年年一起来打卡，没想到她会跟顾修竹一起来。

这家甜品店的每一款甜品都专属的语录，名字按照甜度来划分，叫一点甜、两点甜……

顾修竹绅士地看她一眼：“想吃哪一款？”

姜映初直勾勾地盯着某一款看，五点甜，语录是——不多不少，一半就好。

她指着那个，道：“我要这个。”

顾修竹诧异地扬了扬眉，看着她：“你不是喜欢吃甜的吗？刚刚我问了，这款不算很甜。”

姜映初“嗯”了声，点头说：“一半就好，要求不能太高。”

在她看来，能够得到自己期许的一半，她就已经很满足。

她从来就不是一个贪心的人，无论是从母亲的身上，还是顾修竹的身上，只要能感受到一半的温暖，对她来说就已经足够了。人不能太贪心，她害怕会得不偿失。

“为什么？”

姜映初想了想，还是跟顾修竹说了。

“总觉得不能太贪心，我对这家店渴望了很久，对十分甜的味道是很期待，但如果一下子就满足了，以后就会没了期许，也许就不想再过来了。所以今天先来一半就好，这样我还会有所期待。”

顾修竹心中一凛，有些惊讶于姜映初的想法。他敛了敛眸，心中莫名其妙地难受起来。

“没关系。”顾修竹说，“可以点十分甜。”

“为什么？”

“你是不是害怕之后没机会过来了？”

“嗯。”这确实是原因。

顾修竹莞尔一笑，声音轻柔地哄着她：“下次要是还想吃，可以跟学长说，我带你过来。”他许下承诺给她，“绝不会出现你想的那样。”

姜映初一怔，直勾勾地看着顾修竹，讷讷道：“学长，你别对我这么好……”

她害怕自己陷入名叫顾修竹的温柔世界里难以抽身，既期许，又隐隐约约地害怕，也许等到某一天想抽身而退的时候，自己就不愿意了。

“嗯？”顾修竹扬了扬眉，意味深长地看着她，压低着声线问，“什么叫别对你这么好？”

姜映初一噎，对着顾修竹那双带笑的眸子，她软声道：“就是表面上的意思。”

“表面上什么意思？”顾修竹不急不躁地追问，表现得就像是在问一件再寻常不过的事情。

姜映初不知该如何回答，她总不能直接说出来。

她思忖了片刻，别开脑袋去看窗外的风景，眨了眨眼开着玩笑说：“万一我以后总缠着你来这儿吃怎么办，会把学长你吃垮吧。”

“不会的。”顾修竹弯了弯嘴角，眸眼柔和地看着她，“学长会努力赚钱，尽量不让你吃垮。”

姜映初扑哧一笑，心底因这句话而泛起涟漪，眉眼弯弯地看着他，认真道："谢谢学长，但我今天还是想吃五分甜，可以吗？"

"嗯。"

点好东西后，两人面对面坐着，姜映初一时间不知道该跟顾修竹说什么，只能低头看着手机，宁年年她们发过来了照片。

她看着手机，偶尔唇角弯弯，午后的阳光透着玻璃落在她的脸颊上，让她整个人看上去温暖美好。

姜映初的身上有种魔力，一看到她的笑，仿佛整个世界都明亮起来。

目光灼灼地盯着看了一会儿，顾修竹挪开了自己的视线，总是自己这么一直看着，会像是魔怔了一样。

吃过甜品，姜映初以为两人要回学校了，结果顾修竹带着她往另一个方向走去。

"我们去哪里？"

顾修竹"嗯"了一声，停下脚步回头看着她问："是不是心情还没好？"

"没有啊。"姜映初笑，低声道，"已经很满足了。"

这是实话，能在周末跟顾修竹一起出来，心情已经从沮丧变得明朗起来。姜映初一直很善于缓解低落的情绪，即使今天没有顾修竹，她这会儿的心情应该也会好不少，但有了顾修竹，她更是无比满足。

顾修竹"嗯"了一声，垂眸注视着她："但学长今天心情不太好。"

"啊？"

"所以你再多陪陪你顾学长，好吗？"

姜映初一怔，忙不迭地答应着："好啊。"

顾修竹笑，垂眸看着她说："跟我并排走，往那边去。"

她往前走了一步，以前她总觉得自己还不够优秀，不足以跟顾修竹并排走。

两人并排走着，她意外地发现顾修竹带她去的地方是上次大家一起去的游乐城。

周末游乐城的人更多了，姜映初被人流阻挡着。

突然，一只手握住了她的手腕，是她熟悉的清冽气息。

顾修竹垂眸看着她，低声道："跟紧我，别走丢了。"

他紧紧地牵着她，避开了人流往另一侧走去。

姜映初垂眸看着那只牵着自己的手，明明是寒冷的冬天，可她却觉得自己很暖很暖，从心底传出来的那种暖意，让她的眼眶发烫。

再这样下去，姜映初觉得自己要控制不了内心压抑的情感了。

迟早有一天，她那些暗恋的小心思会被翻出来，会毫无保留地呈现在他面前。

第6章　亲密

两人一起走着，游乐城的那些热闹似乎都与他们无关。

暧昧在一点一点地蔓延。

姜映初敛眸，直勾勾地看着那双手。顾修竹的手指白皙修长、骨节分明，分外好看。

她舔了舔唇，眼底的情绪一一外露，没有半点遮挡。

以前，她一直小心翼翼地压着对他的情感，除了偶尔实在控制不住的时候，才会稍微暴露一点点。

她怔愣地跟着顾修竹，有那么一瞬间，她脑海里甚至闪过一个念头：她想两人一直走下去，就这么牵着手，直到天荒地老。只要顾修竹愿意牵着她往前，她就愿意跟着。

突然，顾修竹停下脚步，回头看着她："姜映初。"

他喊"姜映初"的时候，字正腔圆，语气正式。

姜映初一怔，眨了下眼，把思绪全部收回去后，才抬眸看着他，"嗯"了声："怎么了？"

"上次的娃娃还喜欢吗？"

闻言，她立刻答应："喜欢。"

姜映初想了想，重复了一句："很喜欢的。"

姜映初从小到大都喜欢娃娃，她小时候没什么玩伴，只有宋嘉兮一个朋友。平日里父母工作忙，多数时间都是她一个人在家。

那些孤独的童年记忆里，都是娃娃陪着她。

顾修竹微微颔首，轻声道：“那今天学长再给你抓一个，能跟上次一样，笑得开心点吗？”

她一怔，仰头看着顾修竹，两人无声地对视着，好像太多的情感在眼神中交流着。

良久后，姜映初才咬着下唇，没忍住问：“学长，你为什么对我这么好？”

这是她一直想问的问题，可她总是不敢，她害怕听到自己不想听到的答案。

内心无限纠结，像是两个小人在打架，谁都不服输，谁都想要说服对方。

顾修竹微垂着眼睑，注视着她。

看到姜映初躲避的神情后，顾修竹笑了声：“其他人对你不好吗？”

“没有。”她老实说，“都挺好的。”

顾修竹“嗯”了声：“这就对了。”

姜映初稍微一想，就懂顾修竹的意思了。虽然有失落感，但总的来说，她还是能接受的。

她微笑，指着面前的娃娃机，这是他们上次抓娃娃的位置，机子里的娃娃，和上一次的差不多。

“还想要这个吗？”

“嗯。”姜映初眉眼弯弯地看着他，唇角上扬，眼底的笑意十分明显，忍不住起了调侃他的心思，“顾学长，你确定能抓到吗？”

不得不说上次他抓娃娃的场面，姜映初还记得一清二楚。

顾修竹被气笑了，看着眼前的姑娘：“万一我抓到了呢。”

姜映初眼睛一亮，紧锁着眉头思索了好一会儿才道：“如果学长能在二十块钱内抓到的话，我请学长喝奶茶。”

顾修竹轻笑了声：“奶茶倒是不用了，可以待会儿再陪我去个地方吗？”

她愣了下，点头答应：“好。”

只要是顾修竹想去的地方，天涯海角，她也愿意陪着。

十分钟后，姜映初呆若木鸡地看着面前的几个娃娃，一时间没能回过神来。

她没想到上次花了五六十块钱一个娃娃都没有抓到的顾修竹，这次才花二十块钱已经抓到五个娃娃了。

周围传来看客的惊呼声，每次抓娃娃，常有旁观的。顾修竹跟姜映初一出现在这里，就有不少人注意到他们了。

俊男靓女的组合，再加上两人举止亲密，早早就引起了不少关注。

顾修竹一个接一个地抓到娃娃，场面就更热闹了。

“回神了？”顾修竹带笑的声音在她耳边响起。

姜映初瞪大眼睛看着他，脱口而出：“学长，你是不是偷偷来练习过很多次？”

顾修竹咳了声，绝不打算承认自己是来练习过。

“没有。”他轻声道，“可能今天运气好。”

姜映初也觉得是顾修竹运气好，她观察着面前的娃娃机，嘀咕了一声：“我觉得应该是老板忘记把机器调松了。”

顾修竹伸手拍了下她的脑袋，无奈地笑了声：“还想要喝奶茶吗？”

“不用了。”她笑着说，“今天吃的甜品够多了。”

顾修竹颔首：“那走吧。”

“好。”姜映初手里拿着两个娃娃，顾修竹拿着另外三个。顾修竹手里拿着粉色的娃娃，反倒让人觉得他温柔了不少，没有了之前的清冷矜贵。

姜映初偶尔瞥他一眼，顾修竹从入冬开始，基本都穿大衣，款式不重复，每一件都能被他穿出不一样的感觉。

她看着看着，不自觉红了耳尖，看到顾修竹看过来，姜映初心虚地摸了摸耳朵，湿漉漉的杏眸带着渴望看着他：“学长，我突然想喝奶茶了。”

买好奶茶后，两人才离开游乐城。

阳光弱了不少，天色灰蒙蒙的，像是蒙上了一层水雾。

姜映初皱着眉道：“今天是不是会下雪啊？”

顾修竹瞥了眼天色，顿了顿道：“应该会。”他看向姜映初，“冷不冷？”

“还好。”她答应着，望着顾修竹，“学长我们待会儿要去哪里？”

顾修竹莞尔一笑道：“回学校。”

“啊？”

“去办公室，帮我做点事。”

姜映初一噎，完全没想到会是回学校。

在大雪降临前，他们打车回到了学校。她把娃娃全部放回宿舍后，跟着顾修竹去了学生会办公室，帮他整理一份名单。

一整个下午，姜映初都跟顾修竹在一起。

周末的办公室没人来，只有两个人在各自忙碌着，但她却很享受这样的时光，总觉得能跟顾修竹在一起就很好。

到快要吃晚饭的时候，宋嘉兮给她打了个电话，说要一起吃饭。

她想了想自己还有东西要给她，便没有拒绝。

“学长，”姜映初喊着顾修竹，问道，“这些都弄好了，我先走了。”

顾修竹颔首，点了点头：“跟朋友吃饭？”

“嗯，就隔壁学校的那个朋友，你之前见过的。”她老老实实交代。

顾修竹勾了勾唇角，望着外面的天色：“过去注意安全。”

“好。”

姜映初离开后，顾修竹盯着被关上的门看了良久，才摇摇头收回视线。

火锅店内，人声沸腾，火锅散发着热气。

宋嘉兮咬着一块肉，惊讶地看着她：“所以，你一下午跟你的顾学长在一起？”

“嗯。”姜映初点头，往火锅里下菜，低声道，“我从医院回来的时候正好遇到了他。”她从头到尾地说了一遍。

听完后，宋嘉兮惊呆了，她眨了眨眼，难以置信地看着姜映初：“初初。”

“怎么了？”

“你没觉得你的顾学长对你……有些不同吗？”

其实这句话，上次她们一起吃饭的时候宋嘉兮就想要问了。她以前感情迟钝，可跟蒋慕沉交往之后灵敏不少。

从上一次的表现来看，顾修竹对姜映初就特别照顾，连吃饭点菜都记得姜映初喜欢什么。但宋嘉兮知道姜映初的性格，所以当时没问。今天，他们两人都抱在一起了，她觉得这两人不可能只是校友之情了。

姜映初一怔，拿着筷子的手顿了顿，微垂着眼睑道：“没有啊，我今天问了。”

“嗯？”

她笑笑，耸肩道：“我问了顾学长他为什么对我那么好。”

“然后呢？”

姜映初把顾修竹的答案告诉了宋嘉兮，说：“其实我也觉得没什么不同的，好像除了他，另几个学长对我也很好。”

宋嘉兮噎了噎，表示无奈：“好吧，既然如此，我在此祝你早日表白成功。”

姜映初唇角弯弯一笑，朝她眨了眨眼：“谢谢小七的祝福，我尽量早日表白。”

“可以的！”

姜映初笑，抱着希望，把饮料喝了下去。

宋嘉兮看着她，思忖了片刻，问：“你妈妈回去了吗？”

“没呢，还要几天吧。”姜映初不在意地说，“她工作忙。”

姜映初已经都习惯了，虽然会难过，但她也能理解。母亲是医生，一旦有病人来了，母亲就顾不上她了。母亲太爱自己的工作了，几乎把一切都奉献给了医生这个职业。

宋嘉兮了然地点点头，她清楚姜映初家里的情况，想了想后，她笑着问：“那你今晚要不要跟我一起睡？”她眨了眨眼，跟姜映初撒着娇，“初初我们一起睡好不好，我们宿舍其他人今晚都不在。”

“好。”姜映初答应着，她一个人回宿舍也是无聊。

两人吃完火锅，回了宋嘉兮的学校宿舍，久违地睡在了一张床上，聊着天到深夜，才抵不住睡意，沉沉睡下。

翌日清晨，姜映初早早地便起来了，宋嘉兮还在睡。她突然想起自己还有一个作业没做完，给宋嘉兮留了张纸条后便离开了她的学校。

刚进学校的校门，她意外地看到了顾修竹。

“学……学长？”姜映初错愕不已，眨了眨眼，“你怎么在这里？”

顾修竹打量了她片刻，没回答她的这个问题，反而顿了顿，问她：“昨晚没在学校寝室睡？”

姜映初一凛，压着自己紧张的小心脏，忐忑地问：“昨天……不是周六吗？学校周末好像不管这个的，不是吗？”

学校里确实不赞同大一新生出去住，但很少查寝。被顾修竹发现了，姜映初莫名觉得有点窘迫。

她紧张地等待着顾修竹的回答，心思也全都写在了脸上。

闻言，顾修竹敛眸轻笑了声：“别人的，我不管。”

一缕缕清风拂面而来，吹乱了姜映初早起时随便梳起的头发，发丝贴在了脸颊上。

她愣了愣，伸手把贴在脸上的头发别在耳后，眼眸清亮地看着顾修竹：“学长，你刚刚说什么？”

她刚才正好有点走神，没听清他说什么，脑子里也一直在想顾修竹为什么会出现在这里。

顾修竹微顿，眉目舒展地笑了声：“没什么，现在回宿舍？”

闻言，姜映初没执着于自己没听到的那句话，她点了点头，轻声道：“昨天忘记了，还有一个作业没做。”

作业有点复杂，周一上午就要交，她不是临时赶作业的人，所以在想起来的第一时间就想着尽快完成。

“那走吧。”顾修竹看着她。

“啊？”

他掩唇轻咳了声，解释：“我正好去那边，一起过去。”

姜映初眨眼，有些迷糊：“你去那边是要找人吗？”

“嗯。”

姜映初“哦”了一声，没再好奇顾修竹去女生宿舍找谁，她脚步顿了顿，还是没忍住，问：“学长，你怎么这么早就在校门口？”

这种天气和这种时间，一般人不都是在温暖的被窝里睡觉吗？

顾修竹扯了扯唇，笑了声：“刚刚出去了一趟。”

顾修竹早上起来得早，无论是什么季节、什么天气，他从不赖床。

早上刚起来，他看到了江廷给他发的消息，让他去拿一份资料，是他之前拜托江廷帮忙弄的，之前一直没结果，直到今天才全部弄好。

顾修竹思忖了片刻，下午还有其他的事情，所以就给江廷打了招呼一早就过去拿了。

刚回到学校，他便看到了一抹熟悉的身影。即使姜映初穿着笨重的羽绒服，他也能一眼看出那是她。

姜映初怕冷，每每外出，总会把自己裹得严严实实，但她走路时总会挺直后背，不会缩成一团，让人一眼就能感觉出她与众不同的气质。

姜映初点了点头，柔声说："那走吧，外面好冷。"

一路无言，走到宿舍楼下后，姜映初浑浑噩噩地跟他道别，直到小跑着回到宿舍以后，她才想起来自己好像忘记问顾修竹找谁了。

拍了拍脸颊，姜映初跟起床的宁年年打招呼，喝了口温水，暖了暖身子，把顾修竹的事情丢在一边，收回心思做题了。

周一上午她把作业提交以后，有些意外许应如会来学校，接到电话的时候姜映初刚下课，整个人愣了几秒后才把书本塞给宁年年，说了句："我妈过来了，我先去校门口。"

宁年年慌乱地接过书本："好，初初，你快去吧。"

"嗯嗯。"

姜映初一路小跑着下楼，她上课的地方在五楼，这会儿正好是下课的高峰期，一时间楼梯口有些拥堵。

姜映初拿着手机，避开人流小心翼翼地下楼。

天气还不错，虽然风有些大，但阳光尚好，她到了一楼就忍不住跑了起来，抑制不住心底的激动。

她没想到她妈妈有时间来学校看她，本来已经做好了心理准备，在过年前可能都没办法和妈妈一起吃饭的，而现在妈妈突然出现，对她而言是巨大的惊喜。

"妈妈。"她气喘吁吁地跑到校门口。

许应如错愕地扭头看着她，满眼心疼："初初，跑这么快做什么？"她伸手给姜映初顺着后背，轻轻地拍着，哭笑不得道，"妈妈又不会跑，你别着急。”

姜映初“嗯”了声，抓着许应如的衣袖，软声说：“我怕你待会儿还有其他事情。”

闻言，许应如心里一颤，莫名就有些难受，她的女儿啊，永远都是这么乖巧懂事，让人心疼。

她温柔地看着姜映初，伸手摸摸姜映初的脸颊，低声说：“妈妈不走，今天就算是有手术找妈妈，妈妈也不会走的。”

“真的？”她眼睛微亮，满脸惊喜。

“真的。”许应如拍了拍她的脑袋，很是温柔，“待会儿还有课吗？”

“没有了。”姜映初从现在此刻开始，时间都是自由的。

许应如微微颔首，盯着她笑弯了的眼睛，轻声问：“今天冷不冷？”

“不冷。”姜映初把自己冰冷的手往袖子里缩，只是还没缩回去就被许应如握住了。

她感受着女儿手心的温度，皱了皱眉：“一到冬天手心这么冷，在宿舍感觉怎么样？”

“还好的。”姜映初老老实实地回答，“宿舍里有暖气，北方其实就是室外冷，室内很暖和。”

许应如低声道：“等过年回去你去妈妈医院住几天，我给你找个医生好好看看，生理期还是痛得睡不着？”

“有一点。”

许应如叹气，揉了揉她的头发，不再聊这个话题，她笑了笑：“先带妈妈看看你们学校？看看你住的地方和平时生活的地方，然后我们再去吃饭，好吗？”

“好。”

姜映初压着自己内心的激动，带许应如去自己平时喜欢待的地方，两人围着学校走了好一会儿。

午后的阳光渐渐弱了下来，走了大半个小时，姜映初才带着许应如去自己的宿舍。

两人进去的时候，宁年年跟蒋文文都在，打过招呼后，许应如笑着把准备的礼物分给她们，笑着说："平时麻烦你们多照顾初初了。"

宁年年摆手："没有呢，阿姨，一直是初初在照顾我们。"

许应如笑，在宿舍待了一会儿，跟几个人聊了会儿天后，姜映初跟许应如去外面吃饭。

她没想到会遇到周楚楚跟顾修竹他们几个，因为周楚楚叫她，一行人都往她这边看了过来，她感觉有些窘迫。

姜映初跟许应如都喜欢吃鱼，所以许应如问她想吃什么的时候，她下意识地就带着她妈妈来了这家经常光顾的店面。

她一抬眼，便看到了不远处的几个人。

"初初。"

姜映初一怔，连忙答应着："楚楚姐。"她想了想，还是带着妈妈走了过去。

"你们怎么在这里？"

周楚楚指了指说："聚餐呢，会长请客。"

姜映初："……"

周楚楚微笑着看向许应如，顿了顿才问道："初初，这是……"

"我妈妈。"姜映初笑，给两人介绍。

她思忖了片刻，看着旁边还没走的顾修竹跟林扬，咳了声："这是我们学校的顾学长和林扬学长。"

林扬笑呵呵的："阿姨好。"

许应如微微点头："你好。"她又看向顾修竹，刚一抬眸便对上了一双带着笑的眼睛。

顾修竹微微颔首，声音清朗地喊了声："阿姨好，你们也是过来吃饭的吗？"

"是啊，初初说这边的鱼好吃。"

姜映初："……"

顾修竹轻笑了声："她是挺喜欢的。"

他已经好几次看到姜映初跟室友在这家店吃饭。

许应如一愣，扭头去看姜映初，眼里有些惊讶。

姜映初咳嗽了一声，扯着妈妈的衣服撒娇：“妈，我都饿了，我们先进去吧。”

她看向顾修竹几人，笑着说：“学长你们聚餐愉快，我们先进去了。”

“好。”

看着那闪躲的视线，顾修竹轻笑了声，才带着林扬跟周楚楚往店里走。

这事很快被姜映初抛之脑后，她专注地吃鱼。许应如好奇问了两句然后感慨地说了句：“你的学长学姐长得都不差。”

姜映初一噎，连忙说了句：“这是我们学校的招牌。”

许应如笑着看着她：“男生是招牌还是女生是招牌？”

姜映初想了想，支支吾吾道：“男生，我们的学生会会长，顾修竹。”

许应如点头：“名字不错，跟人挺符合的，气度不凡。”这是许应如对顾修竹的第一印象。

闻言，姜映初轻笑了声，微垂着眼帘道：“是啊，他自带这种气质。”

许应如还想要问点别的，但被姜映初给打断了：“妈妈我们快吃，待会儿我再带你去后面那边逛逛好不好，那边比较好玩。”

“好，快吃吧。”

母女俩吃过饭，去前台结账，可被店员告知已经结过账了。

她愣了下，连忙问：“是有人结错了吗？”

“没有啊。”店员已经认识姜映初了，毕竟她是常客了。

店员笑着解释：“顾修竹结账的，顺手把你那一桌也结了。”

姜映初一怔，没想到会是顾修竹。

“他们已经走了吗？”

店员摇头：“没呢，还在包厢里。”

姜映初怔愣了一下，答应着：“好的，谢谢啊，我知道了。”她拉着许应如走了，想过后再把钱还给他就好。

走出这家店，许应如才问：“怎么，是刚刚遇到的那个学长结账的吗？”

“嗯。”

许应如说了一句：“很有礼貌，竟然会主动结账。”她笑了笑，看着姜映初说，“你学长真不错。”

姜映初软软地“啊”了声，想了想：“是不错。”

他对谁都挺好的。

许应如看着自己女儿微微发红的脸，问：“你这位学长是大几的？”

“大三。”

“这样啊，大你两岁，挺好的。”

姜映初呆若木鸡地看向自己的母亲，不懂她说这句话的含义。

“妈，你在说什么啊？”

许应如耸肩：“我就正常地关心一下你的大学生活啊。”说着，她欲盖弥彰地补充了一句，“妈妈可没别的意思。”

姜映初：“……”

可您这表现出来的意思，有点明显啊……

第 7 章　看见

晚风微凉，两人站在路边，姜映初一脸呆愣的模样映入许应如的眼里，又乖巧，又迷茫。

许应如笑了笑，微屈着手指刮了刮她的鼻子，温声说："没什么，先带妈妈去其他地方逛逛，下次也不知道什么时候才有机会再过来。"

"啊，好。"姜映初红着脸，低着脑袋答应着，领着许应如往热闹的地方走了。

许应如给姜映初买了不少东西，两人在外面逛了许久，直到许应如要离开了，姜映初依依不舍。

"明天回去吗？"姜映初眼巴巴地看着许应如。

许应如摸了摸她的脑袋，声音温和："早上的车，你就安心上课吧。"

姜映初心情低落地"哦"了一声，攥紧许应如的衣服。

许应如哭笑不得地看着她，轻声问："舍不得妈妈啊？"

"嗯，我们都好久没见了。"

应该是说好久没有像今天这样相处了，每次见面都是匆匆忙忙的。

许应如有些心疼，可又没办法，只能伸手抱了抱她，摸着她的脑袋安慰："听话，还有几天就回家了，到时候如果想妈妈的话，就来医院找我。"

顿了顿，许应如低声问："爸爸，对你还好吗？"

姜映初点了点头："爸爸对我也挺好的。"

许应如狐疑地瞥了她一眼："那个弟弟呢，听话吗？"

闻言，姜映初笑了，弯了弯嘴角说：“听话的，他对我也很好，会喊我‘姐姐’。”

许应如说的弟弟，和姜映初同父异母，才六岁大。

许应如微微颔首，确认女儿脸上的笑是发自内心的，她顿了顿，轻声说：“那就好，要是有什么委屈记得跟妈妈说，妈妈今天先走了。”

“好。”

虽然不舍得，但姜映初还是把许应如送上了车，直到车子消失在眼前，她上扬的嘴角才耷拉下来。望着车辆消失的方向静默片刻，她低垂着脑袋转身往学校里面走。

心情瞬间就不好了，有着说不出的沉闷。

她跟父母的关系虽然一直都不错，但因为他们两人工作都很忙碌，能和她在一起的时间少之又少。虽然她从小就知道，也已经习惯，但偶尔还是会有点难过。

因为打小养成的性格，她不善于直白地表达，即使是有什么难过的事情，也不会说出来。

夜晚的风有些凉，吹了一会儿后，姜映初便觉得脑袋痛，思绪也瞬间就回来了。

校门口暖橘色的灯光随风闪烁，姜映初裹着围巾，低着头走，也没看路。

直到视野里出现她眼熟的手，她顿住了脚步，错愕地抬头看着面前出现的人。

“顾学长？”她张开着小嘴，有些许惊讶。

顾修竹微微蹙眉，盯着她看，喉结轻滚：“怎么了，心情不好？”

“没怎么啊，挺好的。”姜映初下意识地踮着脚往他身后看，没看到熟悉的一行人，紧张感瞬间放松了不少，她顿了顿，抿唇问，“你们刚刚聚餐结束了吗？”

顾修竹解释了一句：“吃完有一会儿了，他们已经回去了。”他轻笑了声，看着她眼睛里流露出来的神情，低声问，“你害怕看到他们？”

闻言，姜映初连忙摇头，小声嘀咕：“不是怕看到他们。”

姜映初莫名觉得元旦节过后，学生会的那些学长和学姐们，看到她好像总是似笑非笑的神色，眼神颇有深意。她还来不及细究，那抹深意又消失了，所以最近有点害怕看到熟人。

“嗯？”顾修竹压低着尾音，弯腰靠近她。

她咳了声，往后退了一步，义正言辞道：“就是觉得好难打招呼，人有点多，每次喊人都要点时间。”

听闻她的理由，顾修竹低低一笑，深邃的瞳孔里倒映出她的模样，眼睛里满是笑意。

“是吗，那下次你可以不打招呼。”

“那不行。”姜映初没骨气地反驳，“那没礼貌。”

顾修竹：“……”

他掩唇轻咳了一声，垂落着眼睑注视着她：“要回宿舍了？”

“嗯嗯，都这么晚了。”她眉眼弯弯地笑着，“学长你也是要回去吗？”

顾修竹住在校外，据说是他大二就自己创业了，为了方便就直接住在校外。不过她自己没问过他，也不敢问。

顾修竹沉吟了片刻，瞥了她一眼：“我送你回去。”

“不……”

“走吧。”

姜映初拒绝的话还没说完，就被顾修竹打断了。她挣扎了两秒后，知道自己挣不过顾修竹，索性放弃了。

两人往宿舍方向走着，凛冽的寒风刮来，姜映初低垂着脑袋，看着自己跟顾修竹并肩而行的影子，她的唇角不自觉微扬。

“笑什么？”

“啊？”姜映初一愣，憋了憋道，“学长你好高啊。”

顾修竹一怔，没想到她会说这个。他敛眸看着仰头看着自己的人，那双眼睛里映着自己，还带着笑意。

“还好。”顾修竹顿了顿，“你也不矮。”

姜映初：“但跟你相比就矮很多了啊。”

“没有，刚刚好。”

“什么刚刚好？”她脱口而出。

顾修竹看着她露出来的白皙脖颈，扯了扯唇，笑着解释："女孩子这么高，刚刚好。"

闻言，姜映初没再说话，两人相继无言。

姜映初跟顾修竹一路走的都是大路，她其实喜欢走小路的，但走小路要穿过两个小树林，她跟宁年年走过几次，经常会撞到约会的情侣。为了避免这种尴尬，她没有说自己想走小路。

摸了摸鼻尖，姜映初仰头看着黑漆漆的天空，突然感慨地问了句："学长，你说今天会下雪吗？"

顾修竹也抬头看了一眼天空，微微一顿："想看下雪了？"

她摇摇头："也不算是，就是突然想到了一句话。"

"嗯？"

姜映初唇角弯弯地笑，没说出来："等下次下雪了告诉你啊。"

顾修竹一怔，莞尔一笑："好。"他思忖了须臾，轻声问，"你家那边下雪吗？"

"下的。"她回忆着，"不过下得少，元旦过后或者是过年的时候才下，比较稀奇。"

南方的雪不大，姜映初小时候还挺喜欢下雪的，会乐此不疲地玩雪。小的时候不怕冷，到后来身体就有些受不住了。

顾修竹轻笑了声，温柔地看着她："那现在还觉得稀奇吗？"

姜映初摇头，略微有点尴尬："不了吧。"她来到这里，已经看过好多次雪了。

闻言，顾修竹低低一笑："要是想看，下次带你去山里看。"

"啊？"

"山里的雪积压得比较厚，雪景比市区更好看。"

姜映初笑，答应着："好啊。"

两人继续往前走着，到宿舍楼下后，姜映初指了指前面，小声说："我到了。"

顾修竹看了眼，微微颔首："好，回去了早点休息。"

"嗯。"

姜映初摸了摸自己冰冷的耳朵，顿了顿：“学长晚安。”

“晚安。”

姜映初脚步一顿，往前走了几步，突然转头看向还站在原地的顾修竹，抿了抿唇问：“学长，你回去还有事吗？”

“怎么了？”顾修竹眉眼柔和地注视着她，连说话的语气都跟平常不一样，带上了几分温柔。

她抿抿唇，望着漆黑的夜空，思忖了片刻后，她听见了自己的声音：“学长，你还记得刚刚问我的话吗？”

“嗯？”

她看着顾修竹的眼睛，说：“你问我是不是心情不好。”

“那你是心情不好吗？”

“是。”姜映初回答着，杏眸亮晶晶地看着他，神情里仿佛带着期盼，声音却突然坚定起来，“我是心情不好。”

她看向顾修竹：“学长，你待会儿回去还有事吗？”

“没有。”顾修竹垂眸盯着她看，声音低沉，微屈着身子，靠近她的耳边，仿佛在诱导着姜映初把自己心底的话和渴望都说出来。

“想要跟我说什么？”

夜幕之下，两人站在女生宿舍楼下的大树下，枝叶被风吹得沙沙作响，周围还是来来往往的人。

她像是听不到其他人的声音，只有眼前的人，正眼神深邃地望着她，满眼的柔情。

姜映初怔愣了片刻，才缓慢地眨了眨眼，看着顾修竹：“那你可以再陪我一会儿吗？”

寒风呼啸着，风就从脸颊刮过，微微刺痛。

姜映初跟顾修竹对视着，从她说完那句话之后，周边仿佛陷入了安静，她只能听到风的声音。

——虽然一出口，她就后悔了，但此时她还是在等待着顾修竹的答案。

等了大概有半分钟，顾修竹还没回答，姜映初这才觉得窘迫，她慌张地想要找一个理由，但张了张嘴也只是说出了一句："学长，你就当我刚刚……""是瞎说的"这几个字还没说出口，她的手腕便被握住了。

在冷风下站了那么久，但顾修竹的手依旧暖和，跟她冰凉的体温正好相反。

她的手指轻轻颤抖着，感受着手腕处传来的温度，顾修竹突然握得更紧了一些，他垂着眼睑，低头看着她问："有没有哪儿想去的？"

"啊？"姜映初一怔，才摇摇头，"没有想去的地方。"

顾修竹"嗯"了一声，轻声问："明天几点的课？"

"十点。"她老老实实回答。

顾修竹微微颔首，直接做了决定："那我带你去个地方？十二点前回来？"

姜映初怔愣着，长长的睫毛遮挡着眼底的思绪，她抬眸看着顾修竹，没问为什么，也没问去哪里，直接点了头："好。"

顾修竹莞尔一笑，眉眼间沾染着笑意，低声保证："放心，不会把你卖掉。"

姜映初："……我不担心这个。"

"我知道。"他轻笑，"把你带出去，总要让你放心。"

姜映初听着，无声地扬了扬唇角。

她喜欢的人无论什么时候，都会给人一种别样的安全感。

两人对视着，顾修竹轻轻一笑："走吧。"

"嗯。"

夜色已经很浓，路灯灯光下两人并排走的背影拉得越来越长，然后交叠在了一起。

这一晚过后，姜映初跟顾修竹的关系发生了变化，但仿佛又没有。

顾修竹在十二点之前把她送回了宿舍，回到宿舍后，姜映初的不开心早已抛诸脑后。

室友们都知道她妈妈来了，所以没一个人问她怎么那么晚才回来。

姜映初重新投入到复习状态中，偶尔去学生会帮忙，因为到了期末，大家都忙忙碌碌的。

姜映初和宁年年开始每天跟蒋文文一起去图书馆，除了上课、吃饭、睡觉，其余的时间大都是在图书馆度过。直到放假前，北京也没再下雪了。

考完试的这天下午，姜映初感慨了一声："终于考完了。"

宁年年好奇地看着她，抱着姜映初的手臂撒娇问："初初，你是不是想要拿奖学金啊？"

姜映初莞尔一笑，点了点头："有这个想法，但能不能拿到就看实力了。"

宁年年笑："你肯定可以的，你的成绩太优秀了。"

姜映初低头笑笑："没有呢，我们学校成绩好的同学实在是太多了。"

他们学校不愧是著名的高等学府，随便拎出来一个学生，成绩都很不错。刚开学的时候，姜映初还觉得有压力，一学期下来总算是适应了。

宁年年"嗯"了一声，笑眯眯道："晚上我们一起去吃火锅啊，舒玥也去的。"

"好。"她答应着。

想了想，姜映初看向两人："你们什么时候回去？"

"我后天的票。"

蒋文文："我明天早上的，初初你也是后天吗？"

姜映初："嗯啊，那你注意安全啊。"

"知道啦……"

几个人在宿舍里聊了一会儿，收拾好东西后便出了门。

走到火锅店，店里人声鼎沸，姜映初环视一圈，宁年年便兴奋地指着窗户边的位置："还有一个四人座。"

服务员也笑着："那边坐。"

"谢谢。"

三个人刚坐下，舒玥便到了，她基本不在宿舍住，直接来的火锅店。

点好要吃的东西后，宁年年看向姜映初："初初，要不要去拿酱料？"

"不用，我晚点去。"她笑了笑，"你们先去吧，我看着东西。"

三人点头："行。"

姜映初的肚子隐隐作痛，她伸手捂了捂，转头看向窗外。

火锅店很大，有两层楼，她们坐在二楼，又恰好在窗户边，能看到窗外的景色。

姜映初看着楼下来来往往的人流，突然眼神一顿，看着那个修长的身影，眼睛一亮，鼻尖发烫。

今天的他依旧是一件黑色的大衣，旁边站着江廷，这两人交谈着，全然忽视了周边关注的目光。

她正直勾勾地看着，突然一个女生走了过去，站到顾修竹对面。

林美，是上次一起吃饭的那位学姐。

姜映初刚想要收回视线，便发现顾修竹抬头看了过来，她一紧张，直接弯腰躲了起来。

“怎么了？”林美微笑着问顾修竹。

顾修竹抬眸看了眼，刚刚觉得有人一直看着自己，但抬头看去又什么都没有。他拧眉盯着看了两秒，收回目光：“没事。”

林美笑了笑，揶揄道：“该不会是看到美女了吧？”

闻言，顾修竹不作回应，他看着林美，礼貌且疏离道：“找我什么事？”

林美脸上的笑容一僵，找了个非常合适的借口：“他们都在这里吃饭呢，刚刚看到了你，说想要请你一起。”

“不用了。”顾修竹想也没想就拒绝，看着眼前的火锅店顿了顿，“你们吃吧，我刚吃完。”

其实他没吃饭，但他不喜欢吃火锅，熟悉他的人都知道。

林扬倒是很喜欢吃火锅，每次想吃火锅了就会找顾修竹，但多数时候会被顾修竹残忍拒绝。

林美一怔，轻声道：“进去喝杯酒吧，明天就放假了，大家都是学生会的，好几个新人还没见过你呢。”她笑着说，“你上次不是说想在新人里选一两个人带，先认识认识。”

“下次吧。”

林美想了想，总不能无功而返吧，她咬牙道：“你总不可能一点面子都不给我吧，我都答应大家说你肯定会进去的，你要是不想喝酒也没事，打个招呼花不了多少时间。”

顾修竹沉默了片刻，看着眼前的同学：“走吧。”

他好歹是学生会的会长，部门的同学话都说到这份儿上了，再不去就不太好了。

林美瞬间就笑了，高兴地答应着："好啊。"

两人往火锅店内走去，直接进了包厢。

姜映初看着两人并排走的样子，摸了摸自己的鼻子，收回了视线。

不在意，不去看，就不会觉得难受。

她拿了酱料回来，找宁年年换了个座位，没再坐在窗户边，只埋头吃着火锅。

一顿火锅散场，姜映初吃到肚子都撑了。

"初初。"宁年年抱着她手臂，小声问，"我们再去逛一逛好吗？"

姜映初想了想，点头："好。"

她还没给家里的弟弟买礼物，之前便想着要去买，但因为考试耽误了。

蒋文文没跟着一起去，她明天回家，得回宿舍收拾东西了。

两人刚走了两步，宁年年正好听到旁边的人在讨论顾修竹，突然看向姜映初，想了想说："初初，我刚刚好像看到学长了。"

闻言，姜映初表情淡然："年年，我肚子有点不舒服，待会儿早点回去吧。"

"要不，不买了？"宁年年担心地问，瞬间把自己要说的话给忘掉了。

姜映初摇头："买吧，可能是刚刚火锅吃多了，撑得有点痛。"

"哦哦，好。"

宁年年一怔，继续着刚刚的话题："我刚刚在火锅店看到顾……"话还没说完，就被姜映初给打断了。

"年年。"她认真地看着宁年年，"今晚我不想听到'顾学长'三个字，可以吗？"

第 8 章　陪伴

宁年年一怔，想也没想便脱口而出："那顾修竹呢？"

姜映初："……"

两人陷入了诡异的安静里，风呼呼地从耳边刮过，姜映初眼眸清澈地看着宁年年，也不说话了。

她伸手拢了拢脖颈上的围巾，把自己的半张脸都给包住，躲避着寒风。

宁年年摸了摸自己的鼻子道歉："对不起啊，初初。"她略微窘迫，"我不是故意的。"她刚刚下意识说了那个名字。

宁年年小心翼翼地看着她的神色，有些迟疑问："你跟顾……不对，你跟他吵架了吗？"

闻言，姜映初忍不住笑了出来，眉眼弯弯："我们吵什么架？"

宁年年："……"

顾修竹在学校受欢迎，看似对每个人都很好，但那是他职责所在，真正能靠近他的人少之又少。而初初是其中最特别的一个。

她看过很多次他们两人的相处，总觉得他对她跟其他同学不一样。顾修竹对待其他同学的时候，虽然也会笑，但笑不及眼底，脸上的神情也是淡淡的，但跟初初在一起的时候就不同了，脸上时常挂着真实的笑，眼神也会柔和，初初提出的要求，他也都是一口答应。

作为一个旁观者来说，宁年年看得很清楚。她讷讷道："嗯，那是顾学长惹你不开心了？"

姜映初低垂着脑袋摇头：“没有啊。”

她顿了顿，看着宁年年：“他惹我不开心干什么？我们什么关系都没有。”

语气酸溜溜的，周围仿佛有醋意蔓延。

宁年年愣了下，突然莞尔一笑，小心翼翼地问：“初初。”

“嗯？”姜映初抬眸看着她，轻声问：“怎么了？”

“你是……喜欢顾学长的吧？”宁年年没避讳，学校里有很多喜欢顾修竹的人，可大多数人的喜欢其实是崇拜感，毕竟他这么优秀。她自己也是，对顾修竹只有崇拜，真要让她去喜欢一个这么优秀的人，她肯定不干。

其实她很早察觉到这两人之间好像有点什么。

姜映初一怔，松了一口气，回答道：“是啊。”

“那你……”

姜映初弯了弯嘴角说：“只是喜欢，暂时没其他想法。”她顿了顿道，“年年，先逛街吧。”

“好。”

话题戛然而止，宁年年抱着姜映初的手臂往另一边走，非常懂事地不再追问。

街边店铺里五颜六色的灯光照射出来，把街道照亮。

“年年，你要买什么？”

“给我妹妹买点东西。”宁年年有一个亲妹妹，在念中学。

姜映初“哦”了声，风吹得她说话都在颤抖，声音发着颤：“那去那边看看吧，小姑娘都喜欢饰品。”

宁年年笑：“也对，你买什么？”

姜映初摇摇头：“先看看，我之前买了个礼物，但我怕他不喜欢，多买两个吧。”虽然不是同父同母的弟弟，但她很喜欢这个弟弟，两人平时相处也不错，每次她出去玩，都会给他带礼物。

“行。”

两人随意地逛着，姜映初的脸色突然变得毫无血色，她的肚子越来越痛，皱了皱眉，扶着门把停了下来。

“年年。”

“怎么了？”宁年年一直没怎么注意她的脸色，乍一看被吓了一大跳，她惊愕地看着姜映初，着急地问，“你怎么了？脸色这么白？是不是肚子痛？”

姜映初点头，明明一开始只是隐隐作痛，现在疼得浑身都是虚汗。她唇色泛白，咬着牙说：“先扶我去那边休息一会儿。”她快要站不稳了。

“好。”宁年年小心翼翼地扶着她，忐忑道，“要不直接去医院吧？”

“好。”她没挣扎，这种情况去医院最合适。

宁年年扶着姜映初坐下，找店主要了杯热水给她，然后手忙脚乱地去拦了一辆出租车。宁年年扶着姜映初上了车，刚一上车，姜映初整个人就撑不住了，闭着眼睛，脸色煞白得有点吓人。

宁年年要急哭了：“师傅，去最近的医院。”

司机师傅点了点头：“好的，是不舒服吗？”

“嗯。”宁年年看着姜映初的神色，着急地喊着，“初初，初初，你现在感觉怎么样？”

姜映初虚弱地摇了摇头，有气无力道：“还能撑住，别担心。”

宁年年看着，忍不住自责：“都怪我，要不是我说去逛街，你也不至于会这样。”

姜映初艰难地扯了扯唇，眼睫轻颤着，闭了闭眼：“年年，我睡一会儿。”

“好……好好……”

开到最近的医院，大概二十分钟的车程，可宁年年却觉得过了好久好久。

临近期末，每个系的放假时间不一样，金融系今天考完了最后一科。顾修竹随林美进了火锅店，跟其他学生会成员打了个招呼便离开了，全程不超过三分钟。

他手里还拿着江廷给他的一份公司报告，他大二时候便自己创业了，公司目前规模不大，但业绩不错，在稳步发展中。

他拿着资料回了宿舍，因为临近期末，学校要处理的事情比较多，所以顾修竹没住在外面。

林扬在宿舍玩游戏，看见他回来，欢乐地打了声招呼：“回来了？”

“嗯。”顾修竹微垂着眼帘，翻看着手里的资料。

林扬咳了声：“对了，我刚刚看群消息说，你跟林美他们一起吃饭了？”

闻言，顾修竹手里的动作一顿，瞥了眼林扬：“有我的照片？”

“有。”

顾修竹：“打了声招呼，一分钟就出来了。”

林扬沉默片刻，看着顾修竹，有些好奇：“你对林美真没感觉吗，她明里暗里追了你也快三年了吧？”

顾修竹正在翻阅文件，听到这样的问题，淡淡地说了句：“你喜欢，就去追。”

林扬一噎，翻了个白眼给他：“算了吧，我可不喜欢。”

顾修竹继续看自己手里的文件。

林扬突然好奇地问了一句：“那小学妹呢？”

顾修竹一顿，眯了眯眼：“最近很闲？”

林扬笑出了声：“好了，我知道你的答案了。”他得意道，“我说你也真是的，我都还没说是哪个小学妹呢，你就反应这么大。”

顾修竹：“……”

林扬伸手拍了拍顾修竹的肩膀，鼓励：“你加油，小学妹一定是属于你的。”

顾修竹刚想要说话，齐南匆匆忙忙地推开宿舍门走了进来，看着顾修竹，着急地说：“阿竹，我刚刚在女生宿舍门口看到了小学妹的室友蒋文文。”

他快速说着，没有任何停顿：“她说姜映初住院了，你要不要……”“去看看”这几个字还没说完，顾修竹便起身了。

没等林扬跟齐南反应过来，他的身影已经消失在宿舍。

姜映初到了医院，检查后便被医生告知，问题不算严重，因为她正好生理期到了，晚上吃火锅又刺激到了胃，加上她近期饮食不规律，所以出现了状况。

医生看着她，轻声安抚着：“先挂针，明天再给你做一个详细的检查，你看怎么样？”

“好。”她的肚子痛缓解了不少，“谢谢医生。”

“不客气。”医生看着她们，忍不住多说了两句，“年轻人还是要多注意身体，少吃冷饮，你体虚有点严重，明天检查完再说。”

“嗯。”

医生刚走，蒋文文便到了，给姜映初带了些衣服过来。

姜映初换好衣服，护士给姜映初挂好了针。

宁年年看着她恢复了一点血色，松了口气：“还好还好。”她摸了下姜映初的脑袋，轻声问，“还难受吗？”

姜映初虚弱地笑了笑，看着两人：“抱歉啊，让你们担心了。”

“你说的这是什么话，是不是和最近饮食不规律有关系？”

“嗯。”

宁年年顿了顿，咬牙说：“以后就算是天气再冷，我也要去食堂吃饭，你要是不去，那我给你带一份回来，反正不能一天只吃一顿了。”

闻言，姜映初笑了：“好，我记住了啊。”

三个人在病房里，宁年年想了想，看着蒋文文：“文文，你先回去吧，今晚我守着初初就好，你明天还要赶车呢。”

蒋文文迟疑了片刻：“要不我守着吧，没多大问题的。”

她们两人正争执不下的时候，姜映初道：“你们都不用守着，我一个人可以的。”

“不行！”两人异口同声地拒绝。

姜映初刚想要说话，门却突兀地被推开了，在看清来人后，姜映初愣住了。

宁年年和蒋文文也眨了眨眼，怀疑自己出现了幻觉。

“顾……顾学长？”还是蒋文文反应快，“你怎么……在这里？”

顾修竹顿了顿，垂着眼帘盯着姜映初，眼眸深邃：“正好在医院，听说有学校的同学住院了，顺道过来看看。”

他看着病床上的人，往前走了两步，皱了皱眉：“现在感觉怎么样？”

姜映初：“……”

病房内安静了一瞬，只有呼吸声。

顾修竹朝她这边走来，宁年年和蒋文文两人呆住了，姜映初率先回过神来，听着他的话，看着越来越靠近自己的人，她轻轻眨了下眼，望着他："这样啊……"

姜映初无声地扯了扯唇，看着近在咫尺的身形，深呼吸，然后说："顾学长怎么会来医院，是哪里不舒服吗？"

顾修竹掩唇轻咳了声，轻声道："没有，是过来看一个人。"

至于是谁，顾修竹没主动提，姜映初也没问。

一时间，病房内的四个人都不知道该说什么，宁年年挠了挠头道："初初，我去医生那边看看啊。"

蒋文文连忙说："我跟年年一起去。"

还没等姜映初答应，这两人就齐齐从病房跑了，眨眼间，狭小的病房内便只剩下她跟顾修竹。

姜映初躺在床上，思忖了几秒后，还是决定坐起来，她总觉得这样躺着跟顾修竹说话，怎么都不适应。

刚挣扎着要动，顾修竹便弯腰凑了下来，低声问："想要起来？"

"嗯。"姜映初抿唇答应着，"躺着不舒服。"

闻言，顾修竹微敛着眼眸，看着近在咫尺的人，她的一张脸白得没有什么血色，眼神闪躲。

顾修竹的视线从她抿起来的唇上移开，轻声道："不是不舒服吗，躺着吧。"

"不了吧。"姜映初抬头看着他，用那只没有挂针的手摸了摸下巴，嘀咕了一句，"躺着有双下巴。"

顾修竹低低一笑，完全没有想到她在担心这个问题，他咳了声："我来给你弄。"

"不用。"姜映初想也没想就拒绝了，她觉得自己应该跟他保持距离，不然迟早要迈入深渊。

顾修竹一怔，意外地看着她，轻声道："听话。"

姜映初突然就不想要听话了，她抬眸看向顾修竹，抿了抿唇道："顾学长，不用的，我自己可以。"

她态度坚硬，神色带着点不愉快。

顾修竹垂眸看着她，问了声："生病了心情不好？"

"没有。"

房间内安静了片刻，顾修竹弯曲着腰站在她面前，脸上的神情除了担忧并无其他，他看着姜映初，突然伸手揉了揉她的头发，柔声道："听话，我把你扶起来就好。"

姜映初觉得自己的心跳加快了一瞬，他的手覆在自己脑袋上，还有温度传过来，想了两秒，她也不好意思拒绝得太明显，只讷讷地说："谢谢。"

顾修竹轻笑，没说话，弯腰把她的枕头拿了起来，垫在她身后，然后小心翼翼地扶着姜映初坐了起来。

姜映初吸了吸鼻子，闻着顾修竹身上特有的清冽气息，红了耳尖。

顾修竹的脑袋凑在了她的后颈处，给她调整好位置，往后退了一步，抬眼望着她："现在感觉怎么样？"

"挺好的。"姜映初小声回答。

顾修竹拧了拧眉，他并不知道姜映初是什么原因要住院，刚刚在宿舍一听到消息他直接赶了过来，什么都没顾得上问，唯恐她出事。

"是什么情况？"

姜映初的脸瞬间就红了，一点都不像刚刚没有血色的模样。

"没什么情况。"她顿了顿，"就是晚上火锅吃撑了。"

他的手僵在原地，还真没想过会是这个原因。

他知道姜映初喜欢吃火锅，还喜欢喝奶茶，吃各种各样的甜品，但看着她的身材，怎么也不像是一个吃火锅吃撑的人，拧眉想了会儿，顾修竹微微颔首问："医生怎么说？"

"住一晚院，明天再检查一下。"

顾修竹"嗯"了声："今天都考完试了吧？"

"是。"

"你室友什么时候回去。"

"啊？"姜映初错愕地看着他，"回哪儿去？"

他刚想要说话，敲门声响起，两人齐齐地往门口看了过去，是林扬和宁年年他们几个人。

“进来啊。”姜映初看向林扬，微微笑，“林扬学长也是正好在医院吗？”

林扬一怔，不太懂这句话的意思，他看着顾修竹，瞬间了然地笑了笑：“是啊，阿竹先过来看看你，我正好在那边还有点事情。”

他把手里的衣服给顾修竹，轻笑了声：“衣服忘拿了。”

“谢谢。”顾修竹拿过来，随意地搭在手腕处。

病房是普通的单人病房，这会儿有五个人，空间都变得逼仄起来，连呼吸都不那么顺畅。

姜映初看着蒋文文她们，想了想说：“学长你待会儿回去帮我把年年她们两个送回去吧，她们两个女生我不太放心。”

林扬答应着：“行，没问题。”

“初初，我留下来陪你啊。”宁年年立刻道，“我明天不回家，我今晚在医院陪你。”

“不用了。”姜映初笑了笑，“我没什么问题的。”

宁年年跟蒋文文还在纠结，突然顾修竹出声，回头看着两人道：“我今晚在医院，你们放心回去吧。”

话音刚落，病房内再次安静了下来。

十分钟后，病房里只剩下姜映初跟顾修竹。

窗外寒风凛冽，吹得窗户呼呼作响，让人听着都觉得害怕。

姜映初低着头，思绪飞快转动着，她怎么也没想到顾修竹会留下来陪自己，说了让人无法反驳的理由。

在宁年年跟蒋文文迟疑的时候，顾修竹看着两人道：“你们都是女孩子，晚上回去好好休息，我作为学长守一夜没多大问题，年年可以明天早上再来。”

宁年年还在迟疑，林扬便顺水推舟道：“放心吧，你们顾学长是个绅士，更何况他以前照顾过我，有经验的，大家放心吧。”

最后也不知怎么回事，姜映初从洗手间出来后，就只剩下顾修竹一个。

两人面面相觑，姜映初咳了声，才看向别处：“顾学长，你没必要……”话还没说完，就被顾修竹打断了。

他目光灼灼地看着眼前的人，语气坚定："有必要。"

顾修竹走近，给她掖了掖被子，看着她因为扎针泛青的手背，眸色沉了沉："肚子还痛吗？"

"还好。"现在还有点隐隐作痛，但姜映初清楚自己的身体，如果不是刚刚挂针，现在自己可能会痛得晕过去。

"确定还好？"

"嗯。"

"困了吗？"顾修竹敛眸注视着她。

姜映初顿了顿，摇摇头："不困。"

顾修竹在这里，她也睡不着。她瞥了眼顾修竹，小心翼翼地抽过旁边的手机，看向他："顾学长。"

"嗯？"

"我玩一会儿手机。"

顾修竹轻笑了声，看着她小心的神情，拍了拍她的脑袋："别玩太久了，我出去买点东西。"

"好。"

她睡不着，于是就给宋嘉兮发信息，她的那些小心思，只有宋嘉兮最清楚。

姜映初："我在医院，现在睡不着。"

大约过了五分钟，电话响起，姜映初哭笑不得地接通："小七。"

"你怎么在医院啊？出什么事了？现在情况怎么样？"一接通，宋嘉兮那着急的语调让姜映初有些无奈。

她轻声安抚着："没事呢，我就是生理期肚子痛，然后来医院做个检查。"

"那要不要我现在去陪你？"

"不用。"

"你室友在陪着你吗？"

姜映初顿了顿，还是打算告诉她实话："没有……那个……你还记得顾修竹吧？"

宋嘉兮翻了个白眼："你说呢，你的一见钟情，我怎么可能不记得。"她"咦"了声，惊讶地说，"你现在跟我说他的名字，怎么回事？你们在一起了？还是说今晚陪你住院的是顾修竹？"

"嗯。"姜映初连忙解释，"没有在一起，就是他正好在医院，知道我住院了就过来看了眼，再然后……他觉得我室友都是女生，不太放心，就留下来了。"

宋嘉兮拧了拧眉，直接问："初初，这个理由，你相信吗？"

姜映初一怔，莞尔一笑："不相信也要相信啊，他也没其他留下来陪着我的理由。"

电话两端的人都沉默了片刻，姜映初才小声说："我之所以现在打电话给你，是想要问你明天上午有时间来一趟医院吗？"

"有啊，我早上就过去。"

"行，那今晚早点睡，别担心我。"

两人说了好一会儿，才挂断电话。

姜映初把手机放在一侧，仰头看着明亮的天花板，顾修竹出去的时候特意问过她，要不要关灯，她拒绝了。

她总觉得灯还亮着，这个世界就还温暖，就仿佛顾修竹还在房间里一样。

顾修竹回来的时候，病房内静悄悄的，他把买回来的洗漱用品放在一侧，放低脚步声走近床上那人，在确认姜映初睡着后，顾修竹顺手把灯关掉了。

现在病房内只有窗外的路灯照进来的光，并不太明亮。

他弯腰靠近姜映初，微垂着眼眸看着近在咫尺的人，眸色沉了沉。

顾修竹给她盖好被子，摸了摸她的额头，把落在她脸颊处的头发别在耳朵，直勾勾地盯着她看了良久，伸手碰了碰她的脸颊，悄声准备离开。

可刚一转身，他的手就被她握住了。

"不要……不要走……"

第9章　难过

姜映初做了一个梦。

梦里自己回到了十岁那年的冬季，她在念小学五年级。

南方的冬天不像北方的冬天温度那么低，但也不暖和。

那年冬天的雪来得特别早，她还没有放寒假，皑皑白雪把整座城市都覆盖了，仿佛穿上了一层新衣。

姜映初小学时候是走读生，中午在学校食堂吃饭，下午放学后会回家住。

她很早就知道父母感情不大好，母亲工作忙，父亲也忙，两个人能一起吃顿饭的机会少之又少，更不要说带她一起出去玩，所以她从小就非常独立。

姜映初第一次听到父母两人吵架，是在下雪后的第三天，宋嘉兮生病了，她只能一个人去上学，原本宋嘉兮的爸爸说送她去，但姜映初拒绝了。十几分钟的路程，她一个人也可以。

她刚出门，父母在家里便吵了起来。

走出家门没几分钟，姜映初发现自己忘记拿雨伞了，便折返回去。她刚走进院子，便听到屋内传来刺耳的声音，先是有东西打碎的声音，紧接着便是父母的争吵声。

在她的印象里，母亲许应如一直都很冷静，这是她第一次听到母亲歇斯底里的声音。而她的父亲虽然在外很严肃，但对她总是温柔的。

姜映初不知道两人到底为什么吵得这么凶，从院子里转身离开的时候，她耳边只有两个字：离婚。

她的母亲一直在喊着“要离婚”。

她在淅淅沥沥的雨中失魂落魄地来到学校，傍晚放学回家的时候，她母亲许应如已经不在家了，家里也收拾得干干净净。晚上她父亲陪她吃了晚饭，他没有提白天吵架的事情，姜映初虽然想问，但忍住了。

她以为这一天的事情就这样过去了，直到除夕的前一天，她突然得知父母已经办完了离婚手续。许应如收拾着东西要走，十岁大的姜映初紧紧地攥着许应如的衣服，许应如走一步姜映初跟一步，就是不愿意她走，谁劝都没用。

她嘴里一直哭喊着，让妈妈别走，不要离开自己。

可没用，许应如还是决然地掰开了她的手指，推开了她。

姜映初一个不小心，跌坐在地上。

那天，大雪仿佛将这座城市冰封了，冷意从脚底而起，冷到了心里。

后来，姜映初被抱进了房间，她趴在窗户上看着许应如上了车。

许应如走后，她父亲来了房间跟她说了一堆大道理，说两人为什么离婚，可她全都听不进去。

“不要……”

“求求你……不要走。”

“不要……不要丢下我。”

她紧紧地攥着顾修竹的手，一刻都不愿意松开，眼皮却重如千斤，一直挣扎着却醒不过来。

借着窗外的光，顾修竹注视着她，手被她抓得紧了，有些痛意，但他没在意，他看着她眼角的泪，满是心疼。

他伸手轻轻擦了擦她的眼泪，轻声喊着她的名字。

他的手指在她的脸颊摩擦着，像是倾尽温柔。

姜映初一直在哭，偶尔从嘴里说出一两句话，虽然很小声，但顾修竹听清楚了。他不知道姜映初的过去是怎么样，但听着她这些话，心像被揪了起来。

看上去这么乖巧的一个人，以前受了多少委屈？

在黑夜，他眼底的思绪全部外露出来，顾修竹帮她把眼泪擦干，刚准备起身离开，姜映初攥着他的手突然用了力，他没站稳，整个人直直地往她那边倒。

许久之后，顾修竹看着一直不愿意松手的人，就蹲在病床旁，任由她拉着自己的手睡着。

梦呓终于结束了，到深夜的时候，姜映初睡得相对安稳不少。

顾修竹垂眸盯着她良久，一想要松开她的手指，姜映初就像有察觉一样，又用力拉紧。

到最后，顾修竹索性不拉开她了，维持着同样的姿势，陪着她一晚。

翌日清晨，姜映初眼皮动了动，过了好一会儿才被房间内的说话声吵醒。

她睁开眼睛，眼前一片模糊，姜映初闷哼了声，伸手揉了揉眼睛，她才看清楚来人。

“年年，小七？”

宋嘉兮点头，紧张地看着她：“怎么样？没事吧？”

姜映初一怔，慢慢坐了起来，在看到病房内只有两人后，她拍了拍自己的脑袋，轻声问：“顾学长呢？”

宁年年连忙说：“学长刚刚出去了，说是去买点早餐。”

姜映初眨了眨眼，没太懂他为什么要出去买早餐。

她扭头看着不远处放着的两个白色袋子，好奇地问：“你们不是买了早餐过来吗？”

宁年年咳了声，低声道：“顾学长说我们买的早餐只适合我们吃，不适合给你吃。”

姜映初：“……”

宋嘉兮扑哧一笑，看着她：“你现在这种情况只能喝粥，但是年年买的粥是咸骨粥，医生说你现在适合喝白粥。”

几个人正说着，房间门被人敲响，姜映初抬眸看了过去，是顾修竹买早餐回来了。

“醒了？”

“嗯。”姜映初顿了顿，看着他，“顾学长，麻烦你了。”

顾修竹一顿，瞥了她一眼，轻轻应着：“洗漱后记得吃早餐，我刚刚问了医生，说九点过来给你做检查，你先休息会儿，我回学校一趟。”

闻言，姜映初诧异地看着他：“啊？什么意思？”

“我晚点再过来。”

姜映初一愣，想也没想地直接道：“不用了，我这边检查完就可以了。”她小声说，“有年年和小七在，没问题的。”

宋嘉兮看着两人僵持的模样，咳了声提醒：“对啊，我们检查完就回去了，顾学长您要是有事就先去忙吧。”

沉默了片刻，顾修竹才轻轻颔首：“行，那有事记得给我打电话。”

“好。”姜映初微垂着眼眸，突然眼神一顿。

顾修竹把早餐放在桌上，手一抬起，露出的手腕处有红痕。

姜映初看着，皱了皱眉，她刚想要问，顾修竹便已经把手垂在身体两侧，衣袖遮住了手腕。

姜映初抬眸，看着顾修竹眼底的黑眼圈，有些歉意：“抱歉，昨晚麻烦顾学长了。”

顾修竹轻声道：“没事，那我先走了。”

“好。”

他刚一走，宁年年便闪着八卦的眼神，兴奋地问：“初初，昨晚你跟顾学长发生了什么？”

姜映初：“发生什么？”

宁年年推了推宋嘉兮，压着惊讶的语调：“你刚刚没看见顾学长手腕处的红痕吗？”

“看到了。”宋嘉兮去看姜映初，“昨晚……干什么了？”

姜映初看着两人，哭笑不得地拍了拍自己的脸颊，问：“你们觉得能干什么？”

“我们怎么知道……”

姜映初无语地翻了个白眼：“我很早就睡着了，顾修竹昨晚有事出去了，应该是在我睡着后才进来的，在沙发上睡了一晚吧。”

她快速道：“我先去洗漱了，待会儿做检查。”说完，姜映初逃也似的往洗手间走去，没管房间内的两人。

进了洗手间，姜映初用手掬着水，往自己的脸上拍，姜映初仅有的记忆是昨晚做的那个梦，其他她是真不记得了。

看着镜子里的自己，姜映初眼睫轻颤了下，她总觉得自己昨晚做了不可饶恕的事情，但具体是什么，她想不起来了。

她伸手揉了揉眉心，苦恼地想着。

昨天哭过，但眼睛没肿起来，姜映初伸出手指压了压，在听到喊声后匆匆忙忙收拾完出去。

上午做了全身检查，报告没那么快出来，她的身体好了不少，拿了点药后，她们便回了学校。

蒋文文已经回家了，这一天宿舍里只有她跟宁年年在。

两人都去补眠了，睡到傍晚的时候才醒来，两人面面相觑，异口同声道："吃什么？"

宁年年顿了顿："我是可以乱吃，但你只能喝粥。"

姜映初："……"

宁年年道："要不你喝粥，我点个外卖？"

姜映初撑着下巴看着对面的宁年年，眨巴着眼睛，看上去可怜到了极点："我真的只能喝粥吗？"

"对啊。医生跟顾学长说的。"

她一噎，翻了个白眼："你怎么什么都能扯到顾学长身上去？"

宁年年朝她眨眼睛，笑眯眯地问："初初啊，你跟顾学长共处一室一整晚，真的不激动吗？"

姜映初顿了顿，深吸一口气道："激动是有的，可我睡着了啊。"她笑着说，"我在梦里激动了。"

她微垂着眼帘，下午补觉的时候，她好像梦到昨晚的事了，她好像对顾修竹……做了不该做的事。

正走神想着，姜映初搁在旁边的手机欢乐地唱起了歌，她一怔，看着上面显示的名字，跟宁年年对视了一眼，才咳了声接通电话。

"顾学长。"她的声音充满了恭敬。

顾修竹“嗯”了声，抬眸看着眼前的宿舍楼，轻轻地问了声：“在宿舍吗?”

“在的。”姜映初怔愣了片刻，才轻声问，“怎么这么问？”

顾修竹漫不经心地“嗯”了一声：“我在楼下。”

“啊？什么意思？”

顾修竹低低一笑，轻声道：“方便下来一趟吗，我在楼下等你。”

她有些惊讶，顿了顿问：“找我有什么事吗？”

顾修竹声音慵懒，透着窸窸窣窣的电流声传了过来：“嗯，找你有事。”

姜映初：“……”

学校已经放假了，学校里还驻留着的只有回家的票买晚了的学生。

喧闹的校园变得安静不少。女生宿舍楼下，更是安静，只有风吹动枝叶的沙沙声。

姜映初走到楼下的时候还特意回头看了眼，眼前这栋宿舍楼，有些宿舍已经没人了，黑漆漆的。

她脚步一顿，一抬眼便看到了站在大树下气质出众的那个人。

她刚一出去便感受到了冷风的刺骨，那人笔直地站在树下，微垂着脑袋，也不知在想什么。

姜映初怔愣了片刻，刚想要挪动脚步，顾修竹已经发现了她的存在，朝她径直走了过来。

“穿这么少？”顾修竹拧了拧眉，站在她面前。

姜映初忙不迭地低头看自己，摇摇头：“不少了。”

顾修竹皱了皱眉：“不冷？”

就下来了这么几分钟，姜映初的唇色已经冷到泛白。

顾修竹一把抓着她的手臂往另一边走去，旁边有一个小卖部，这会儿店里几乎没人，只有老板坐在收银台的位置，专注地玩着手机。

两人站在门口，顾修竹指了指：“里面暖和点。”

姜映初顿了顿，抬眸看着他：“你找我出来是有什么事吗？”

闻言，顾修竹垂眸看着她吹乱了的头发，刚想要伸手去帮她别在耳后，手抬起了又放下。

“有事。”

“嗯？”

顾修竹低低一笑，伸手拍了下她的脑袋，把另一只手拿着的东西递了过去，轻声道：“没吃晚饭吧？”

“嗯。”姜映初低头看着手里被塞过来的东西，意外地看着顾修竹，“这是……”

“晚饭。”顾修竹道，“晚上喝粥，别吃其他东西，你的胃还受不了。”

姜映初听着顾修竹的叮嘱，只觉得眼眶发热，她抿着嘴角沉默了半晌，才眨了眨眼，眼眸迷茫地看向他：“顾学长……你为什么要给我送吃的？”

顾修竹一怔，似乎是没想到她会问得这么直白，他动了动嘴角，刚想要回答，后边传来一个陌生的声音：“你好，能让让吗？”

两人一顿，往旁边侧了侧身子，让同学过去了。

话题被打断，顾修竹掩唇轻咳了声，找了个借口：“明天几点的机票？”

“上午十点的。”

“跟你朋友一起？”

姜映初点头：“还有她男朋友，过来接我们。”

顾修竹倒是没再多说：“回去吃了东西早点睡觉，注意安全。”顿了顿，他补充了一句，“到家了报个平安。”

“好。”她没再纠结。

顾修竹把她送回宿舍楼下，便转身离开了。

姜映初提着手里的晚餐，只觉得一直被冰冻的心在慢慢融化，暖和了起来。

翌日清晨，曙光浮现。

姜映初收拾好了东西，肚子还有些痛意，她刚下楼，宋嘉兮的电话就过来了。

“初初，蒋慕沉过来给你拿行李，你待在原地等着就好。”

姜映初扑哧一笑：“行啊，今天劳役一下蒋慕沉。”

“嗯嗯，你等着就好了。”宋嘉兮道，“他过来了。”

“好。”

挂断电话后，姜映初抬眸看了眼，她估摸着蒋慕沉应该会找大路，于是索性自己推着行李先往前走，总不好意思让蒋慕沉到宿舍门口来接，虽说彼此很熟悉，但还是觉得不合适。

她正走了两步，突然面前伸出一双手，手腕半露出来，手指修长白皙。

姜映初一愣，意外地看着突然出现的顾修竹："学长？你怎么在这里？"

"顺路要出去一趟。"顾修竹瞥了她一眼，"正好看到你了。"

姜映初的眼底有些失落："这样啊。"

"嗯。"

他扬了扬下巴，指着前面："我来吧，你跟着。"

姜映初迟疑了片刻，想要拒绝，但看着顾修竹坚定的神色，思忖后默默松开了自己拉着行李箱的手："麻烦顾学长了。"

"不客气。"

两人刚走了不到五分钟，姜映初就看到了蒋慕沉，她忙不迭地挥了挥手："蒋慕沉，这边。"

蒋慕沉脚步一顿，看着她旁边站着的人，勾着唇角笑了声："你都有护花使者了，让我过来干什么？"

姜映初"啧"了声，她在蒋慕沉和宋嘉兮面前，会随意一点。她瞪了蒋慕沉一眼，小声说："我们这是刚刚遇见的，我怎么知道学长正好出去啊。"

蒋慕沉跟顾修竹对视一眼，两人都默契地转开了自己的视线，也没准备打招呼。

"要我拿吗？"

顾修竹冷淡拒绝："不用。"

蒋慕沉耸肩，看着低着头的姜映初喊着："走吧，待会儿要堵车了。"

"嗯。"

三个人走到校门口，正好看到宋嘉兮裹着大围巾守在行李前，蒋慕沉皱了皱眉，大长腿一迈便快速走了过去，把人往自己的怀里带："不是让你去店里等着嘛，冷不冷？"他伸手握着了宋嘉兮的手。

宋嘉兮笑，弯了弯唇角："不冷呢，我是估摸着你们要到了才出来的。"

蒋慕沉拧眉，刚想要训她，在看到宋嘉兮那张笑意盈盈的脸后，又忍住了。

"初初！"宋嘉兮踮着脚，越过蒋慕沉的肩膀看着姜映初，在看到姜映初旁边的顾修竹，眼睛亮了亮，笑眯眯地打招呼，"顾学长好。"

顾修竹微微颔首："早上好。"

他侧头看着姜映初，叮嘱道："我先去忙了，回去注意安全。"

"好。"她伸手接过，轻声道，"谢谢学长。"

"应该的。"

看着顾修竹走后，姜映初这才跟着两人一起上了车，往机场去。

她跟宋嘉兮坐在后座，两人闹了一会儿后安静了下来，姜映初趴在车窗上望着窗外的风景，偶尔会回头看一眼距离自己越来越远的学校和人。

一个寒假看不到顾修竹了，她有点舍不得。

昨晚回到宿舍，她还难过了好一会儿，结果没想到今天早上又遇见他了，这会儿她又要重复一次的难过了。

姜映初不知道该怎么形容自己心里的感觉，像是有什么东西被她落下了，想要去找，可找不到。

车窗外，冬日的树枝萧条，看上去孤寂萧瑟，有种莫名的凄凉感，有点像是她这会儿的心情。叹了口气，姜映初往宋嘉兮的肩膀上倒，脸色不太好道："小七，我睡会儿。"

"睡吧，到了喊你。"

"嗯。"姜映初迷迷糊糊地答应着。

她眼睫轻颤着，没一会儿便睡着了，到了机场才醒来，办好登机手续，离家将近一学期的孩子，终于要回家了。

从北方回南方，从学校回到家。

男生宿舍里，其余两人早几天回家了，只剩下顾修竹跟林扬。

林扬醒来的时候，顾修竹正好从外面回来，带回一身冷气。林扬又被冷到，下意识地抖了抖，才睁着惺忪的双眸看着他："小学妹回家了？"

"嗯。"顾修竹把门关好，把手里的早餐放在桌上，才不紧不慢地把自己的衣服给脱了下来，上身只留一件毛衣，在室内穿正合适。

林扬一怔，想了想看着顾修竹：“你准备温水煮青蛙到什么时候？”

顾修竹挽着袖子的手一顿，觑了林扬一眼：“你又知道我在温水煮青蛙了？”

闻言，林扬噎了噎，进洗手间洗漱，他进去不到三十秒又出来了，手里还拿着牙刷，边刷牙边说：“要不是温水煮青蛙，小学妹这会儿已经羊入虎口了吧？”

他跟顾修竹是高中同学，再到大学同学，可以说是最了解顾修竹的人。顾修竹看似温和，实则冷漠，脸上可能挂着笑，但心里早划出了十万八千里的距离。

这么多年来，他还真没看到过顾修竹对哪个女生这么上心。

一开始，林扬只是觉得他对姜映初有点好，姜映初是很惹人喜欢的类型，模样乖巧，做事认真，还是一个小学霸，声音软糯，偶尔嘴里也会蹦出一两句搞笑的言语，还不自知。

林扬记得第一天看到她的时候，就被她身上那种干净的气质给吸引住了，但吸引归吸引，他倒没其他的想法。

他没想过顾修竹原来喜欢这种类型的女生。

林扬轻笑了声，看着顾修竹：“没话可说了？”

顾修竹淡淡地看他一眼，没说话，他只是觉得没必要跟林扬解释。

这一学期下来，顾修竹太清楚姜映初的性格了，看似很乖，其实内在执拗，还有点自卑。这种自卑感大概是源于家庭，她有时在路边，看到一家三口，眼中会有羡慕。虽然她掩藏得很好，可顾修竹还是看出来了。

在感情方面，她偏保守，甚至比其他人胆怯和不安。

他稍微靠近一点，姜映初便会忐忑不安地追问。顾修竹甚至怀疑，他只要说出口，姜映初下一秒就会逃开，估计以后看见他都会绕路离开。

他想着，伸手揉了揉眉心，无奈地苦笑。

对那个胆小的小姑娘，他还需要更多的时间。

“你笑什么？”

顾修竹睨他眼：“赶紧吃东西，吃完做事。”

“做什么？”

“公司的那些数据都看了？”

林扬一噎，呛了一下：“马上就来。”

两人之所以没回家，是因为学校和公司的事情还没忙完，学校的事情明天就能处理完，之后便是整理公司的年终数据，两人估计要忙到年前两天才能回家。

顾修竹没理他，开始忙碌起来。

南方的冬天和北方的冬天相比，最大的不同就是家里没暖气，在室内也要穿着厚重的衣服。姜映初的房间装了地暖，但她还是觉得冷，一回家就感冒了，吸着鼻子过日子。

这天，她还在床上躺着，弟弟姜景晨便偷偷钻进了她房间里，嘴里嘟囔着：“姐姐。”

“嗯。”

“姐姐，我们出去玩好不好？”

姜映初迷迷糊糊地把被子往头上一盖，整个人钻进了温暖的被窝，对姜景晨的话充耳不闻。

“晚点。”

姜景晨看着床上的姐姐，瘪了瘪嘴：“爸爸妈妈都出去了，我就只有姐姐了。姐姐还不理我。”他说得委屈巴巴。

姜映初一顿，把被子掀开看着他，愣了好一会儿才叹气问：“他们去哪儿了？”

“不知道。”姜景晨摇晃着脑袋，眼睛亮晶晶地看着她，抱着姜映初撒娇道，“姐姐，姐姐，我们今天出去玩好不好？”

“你想去哪儿？”

“姐姐带我去哪儿我就去哪儿。”姜景晨虽然才六岁，但却是个鬼机灵，说话非常有一套。

虽然是同父异母的弟弟，但姜映初对他疼爱得紧。想了想，她伸手摸了摸他圆嘟嘟的脸，“嗯哼”了一声：“行吧，带你出去买衣服，去吗？”

“好呀，姐姐要给我买衣服吗？”

“嗯。”她每年都会拿自己的钱给他买过年的新衣服。

“姐姐先去刷牙洗脸，你在床上别乱动，待会儿出去。”

“听姐姐的。”

姜映初进了浴室，姜景晨一个人坐在她床上，拿着积木玩，专注且认真。

没一会儿姐弟俩吃过早餐便准备出门，姜映初起来得晚，收拾好出门的时候已经十一点了，她望着外面阴沉沉的天，觉得好像快要下雨了。

“今天不会下雨吧？”

姜景晨摇头：“不知道。”

姜映初扑哧一笑，自己可能是睡迷糊了，怎么自言自语了。她蹲下身子，拍了拍姜景晨的脑袋道：“现在，我们去商场等小七姐姐跟诗言姐姐。”

她回来后，就跟宁诗言聚过一次，今天正好三个人都有时间，便想着约出去逛逛。

“好。”

姜映初跟姜景晨到的时候，宋嘉兮跟宁诗言都还没到。她思忖了片刻，看着姜景晨：“有没有想吃的东西？”

姜景晨指着一旁的肯德基，眼睛发亮，可怜巴巴地看着她：“姐姐，想吃肯德基。”

姜映初一怔，皱了皱眉：“肯德基吃多了不好，爸爸不会允许你吃的。”

姜景晨牵着她的手晃着，撒娇：“要吃。”他可怜兮兮道，“晨晨都好久没有吃过肯德基了，想吃。”他说着，吞咽了一下口水。

姜映初思忖片刻，轻声问：“你是不是忘记了，上次你吃了肯德基就打针了？”她坚定地拒绝，“除了肯德基，其余都行。”

“我不。”姜景晨意外地固执，他眨了眨眼，眼泪落了下来，惨兮兮地看着姜映初，“我要吃，姐姐我就要吃肯德基。”他还会讨价还价，“就一次好不好，姐姐你就买一个汉堡，我吃两口就好了。”

姜映初有些迟疑，她知道小孩子都爱吃这里的食物。但姜景晨体质不太好，平时在家里，饮食管控就非常严格，很少吃外面的食物，吃肯德基更是不可能。

可是……姜映初看着眼前哭着的人，有些舍不得。

“那你就吃一口？”

“嗯！”

姜映初没辙，只能带着他进店，买了一个汉堡，姜景晨又喊着要薯条。她顿了顿，还是买了。

买好后，两人找个靠窗的位置坐着，姜映初看着他：“薯条只能吃十根，其余的我们留给另外两个姐姐，汉堡咬两口就好了，可以吗？”

姜景晨眨巴着眼睛，小可怜模样：“好。”

她轻“嗯”了声：“姐姐去下洗手间，你不能多吃，知道吗？”

“知道的。”

姜映初叹了口气，快速往洗手间去，只是她没想到，等她回来的时候，汉堡倒是还留着，可薯条被吃得只剩下十根了。

“姜景晨！”她看向一旁正舔着手指的人。

姜景晨被她吓到了：“姐姐。我错了。”他指着面前的薯条，委屈道，“小晨晨是饿了，才多吃了。”

姜映初深吸一口气，看着姜景晨低声道：“你知不知道吃多了，你容易肚子痛，万一生病了怎么办？”

姜景晨看着她，乖乖地道歉：“对不起，我不是故意的。”

这么小的孩子，怎么能忍住呢？

姜映初无奈地摇头，把他的嘴角和手指都擦拭干净，轻声道：“下次一定不可以这样了，知道吗？”

“嗯。”

她带着姜景晨出去，正好宋嘉兮跟宁诗言也到了，一行四人开始逛街，姜映初给姜景晨买了不少东西。

“初初，你不给自己买吗？”

姜映初摇头：“不买了，没看到喜欢的。”

宋嘉兮捏了捏小包子的脸：“看你姐姐对你多好，以后对你姐姐好一点啊。”

姜景晨乖乖地答应：“我会对姐姐好的。”

在外面逛了一下午，等姜映初抱着姜景晨回到家的时候，他已经睡着了。

两人刚到家没一会儿，她父亲跟姜景晨的妈妈便回来了。

“初初。”姜父看了她一眼，“晨晨呢？”

“睡着了。”她顿了顿道，“我今天带他出去玩了。”

姜父不在意地“嗯”了声：“现在才回来吗？”

“嗯。”姜映初顿了顿，低声道，“邱阿姨。”

“怎么了？”

姜映初思忖了片刻，直接道：“中午的时候，我们吃了肯德基，晨晨吃了一小包薯条。”

话音刚落，姜景晨的妈妈脸色就变了，她拧眉看着姜映初，语气严厉：“怎么去吃这个？晨晨没事吧？”

“嗯，抱歉，是我没有看住他。”

邱雨一顿，皱了皱眉，叹气：“初初，晨晨不能吃这些东西，以后还是要多注意点。”

姜映初低垂着脑袋，声音低哑道歉：“对不起，是我没注意到，下次不会了。”

姜父看着两人，连忙道：“没事没事，多大的孩子了，吃点薯条也正常，我们小时候什么都吃也没事。”他看着姜景晨的妈妈邱雨咳了声，“你去看看孩子，待会儿吃晚饭了。”

“嗯。”

姜映初抿着嘴角，没说话。

姜父拍了拍她脑袋，含笑说：“没事，你阿姨不会怪你的。”

姜映初眨了眨眼：“那没事我就先回房间了。”她脚步一顿，回头看着姜父，“我明天想去妈妈那边住几天。”

闻言，姜父拧眉看她：“年底你妈最忙的时候，你过去做什么？”

“我好久没看到妈妈了。”

姜父一顿，看着她这模样叹气：“行吧，那明天我送你过去。”

“不用。”她想也没想便拒绝，“我自己过去就好。”

姜父看着她坚持的模样，训斥道：“说的什么话，明天我送你过去，我正好没工作。”

“嗯，好。”她没再拒绝。

姜映初随意吃了两口晚饭，便没再吃了。

翌日清晨，姜映初早早地起来收拾着东西准备去许应如那边，整个家静悄悄的，她拧眉想了想，然后看着突然出现的阿姨问了声：“阿姨，我爸他们呢？”

家里的阿姨是从搬家之后就一直在姜家做事，闻言，她说：“晨晨早上起来肚子不太舒服，你爸他们送他去医院了。

姜映初一怔，说：“好的，谢谢阿姨。”

“不客气。初初你早上想吃什么？”

“不吃了。”姜映初攥着书包带子，轻声道，“我去妈妈那边再吃。”

阿姨看着她落寞的神色，无奈叹气：“你爸也是着急才没有通知你的，别难过啊。”

“我知道呢。”她苦笑，“没有难过。”

习以为常的事情了，难过什么？

第10章　遇见

阿姨看着她现在这模样，有些心疼。

她在姜家的时间不短，从还没有姜景晨他们，她已经在这个家里工作了，可以说除了姜映初的父母，她是在这个家里跟姜映初最亲近的人。

她看着眼前的小姑娘，有些心疼，伸手揉了揉她头发，轻声说："阿姨做了早餐，初初你好久没吃阿姨做的早餐了，今天吃一点再走？"

姜映初一怔，看着眼前的阿姨，伸手抱了抱，笑着说："好，我没事呢。"

阿姨笑："行，我做了你喜欢吃的，多吃点。"

"好。"

吃过早餐后，阿姨收拾着东西，姜映初跟她说了几句后便离开了。

外面天气冷，还飘着丝丝细雨，姜映初拿着书包漫无目的地走，也没打车。

她觉得现在的自己需要吹着冷风醒醒脑比较合适。

冷风呼呼作响，她却感觉不到任何凉意，姜映初在路上瞎晃，完全不知道自己走去了哪里。

直到走到闹市区，她才回过神来，双眼迷茫地望着，好像没有她可去的地方。

她站在原地想了想，给宋嘉兮打了个电话，一般没人说话的时候，她都会找宋嘉兮。

两人是多年的朋友，宋嘉兮也是最了解姜映初家里情况的人。

电话很快就被接通了，传来宋嘉兮迟疑的声音："初初。"

"嗯。"姜映初仰头看着天空，灰蒙蒙的，"小七，你现在在哪儿？"

宋嘉兮看了眼对面的蒋慕沉："我在外面，怎么了？"

闻言，姜映初一顿，反应也快："跟蒋慕沉在一起啊？"

"是啊。"宋嘉兮低声道，"怎么了，这会儿给我打电话，你现在在哪儿呢？"

"没事了。"姜映初深呼吸后笑着说，"没什么大事，就是想你了，给你打个电话。"

宋嘉兮听着直皱眉："你现在在哪儿呢，我们过去找你。"

"别过来了。"她笑着说，"我就在外面随便逛逛，准备买点东西就去我妈妈那边了。"

"那你至少先告诉我地方啊，不然我不放心。"

"别，你跟蒋慕沉好好约会，没必要过来了，我真没什么事。"

姜映初越是这样，宋嘉兮越是担心。

挂断电话后，姜映初微垂着眼帘，往一旁的商场走去，她不开心的时候，会跟宋嘉兮在一起喝奶茶吃东西，只有她一个人的时候，她也能自己排遣不开心。

她记得这家商场里有一个店面是放置娃娃机的，每天都有不少小姑娘去玩。

姜映初无声地弯了弯嘴角，看了眼时间，一头扎进了娃娃机里。

顾修竹接到蒋慕沉电话的时候，有些意外，他刚下飞机到酒店。

"喂？"

蒋慕沉咳了一声："是我。"

顾修竹轻笑，推着自己的行李往房间那边走，顿了顿道："我有你的手机号码。"

顾修竹跟蒋慕沉是一个大院长大的，小时候两人关系还不错，只是到了中学，蒋慕沉离开北京，直到上大学才回去。顾修竹上次回家的时候，正好碰到了蒋慕沉，两人这才重新联系上。

虽然久未联系，但童年玩伴的感情还是有的，两人之间说起话来没有太多隔阂和距离。

“我听说你今天来星城？”

“嗯。”顾修竹莞尔一笑，“你消息还挺灵通的。”

蒋慕沉一噎，无语道：“我听其他人说的，你过来做什么，谈事情？”

“嗯，公司有点事。”

闻言，蒋慕沉冷嗤了声，调侃道：“公司没人了，需要你这个幕后老板出面谈事。”

顾修竹倒是不怎么理会他的调侃，声音冷冷淡淡的：“你都放假了，我们公司员工同样也需要放假。”

他拉着行李走，沉声问了句：“你给我打电话不会就问这个事吧？”

“当然不是。”

蒋慕沉看着对面的宋嘉兮，轻声安抚，然后对着他问：“和对方约的今天？”

“明天。”

“哦……那看来是有时间的。”他连忙道，“刚刚我女朋友的好朋友给她打了个电话，想要人陪，但我们现在走不开，要不你帮个忙？”

顾修竹握着手机的手一顿，收紧了不少：“在哪里？”

蒋慕沉低低一笑：“地址我等下发你，今天就麻烦你了。”

“嗯。”

看着手机上收到的地址，顾修竹到房间放好行李，连衣服也没换，拿着手机便走了出去。

一上午，姜映初记不清自己换了多少钱的币，她玩了好久，手里拿着不少娃娃，她摸了摸饥饿的肚子，准备吃点东西再回去。

吃过东西后，时间还早。

姜映初给许应如打了个电话，许应如还在医院忙，估计要到后半夜才能回家。看着被挂断的电话，姜映初抿了抿唇，低垂着脑袋继续往前面走，她抬眼看了眼对面的商场，想要过去。

手机振动了一下，是宋嘉兮发来的消息，问她现在在哪儿。

姜映初思忖了片刻，把自己的位置发给了她，回答：“准备给我妈买个礼物就回去了，你别过来了啊。”

宋嘉兮：“好，那你注意安全，到家了跟我说一声。”

姜映初：“好。”

她笑笑，把手机放入包里，随着人流站在一侧等绿灯，刚站过来，原本停下来的小雨又落了下来。

姜映初皱了皱眉，看了眼自己的书包，早上出门的时候忘记拿伞了。

她无奈地摇了摇头，索性就不挣扎了。等了大约三十秒，和行人一起过马路，身边的人大多打着伞。姜映初不自觉加快了脚步，过了马路后，她往旁边的商场走去，可刚走了不到两步……头顶上原本落下的雨，都被挡住了。

她脚步一顿，仰头看着黑色的雨伞，整个人都是呆的。眨了眨眼，姜映初扭头去看，正好对上了顾修竹那双压着笑的眼睛。

她张了张嘴，完全不知道该说什么。

“好久不见。”顾修竹微笑地看着她，轻声道，“姜映初。”

她看着近在咫尺的顾修竹，有些难以置信。

“顾……顾学长？你怎么在这里？”

顾修竹笑，伸手揽着她的肩膀，避开行人，轻声道：“我过来体验一下南方的冬天。”

她一愣，突然想到自己以前说的话。

——顾学长，有机会你一定要去南方体验一下冬天，感受一下跟北方的差异啊。

——好，有机会。

他当时是这样答应着自己的。

可姜映初怎么也没想到，顾修竹这么快就来体验了。

她愣了愣，干笑了一声：“是吗，感觉怎么样？”

“不错。”顾修竹意有所指，“这里有很多我喜欢的。”

姜映初点了点头看着他，忍不住笑着感慨了一声：“还真是巧，没想到在这里我们都能遇见。”

“不是巧。”

“啊？”

顾修竹的声音低沉入耳，他说：“我是特意过来找你的。”

顾修竹强调“特意”二字，像是某种暗示。

姜映初一脸呆萌地看着顾修竹，一时间不知道做什么反应，脑海里回播着“特意”这个词语，配着他刚刚故意压低的声线，她甚至觉得可以作成自己的手里铃声。

两人站在路边，人来人往的，难免会有碰撞。

她刚要说话，就被撑着雨伞匆匆走过的人撞了下，身形一晃，顾修竹伸手扶住她的手臂，轻声道：“我们先进去，雨大了。”

雨势确实越下越大，原本是淅淅沥沥的小雨，现在雨滴已经豆粒般大小。

顾修竹撑着伞，护着姜映初往商场里走。

到了商场门口，两人对视一眼，顾修竹不紧不慢地把手里的黑色雨伞收了起来，他修长白皙的手指跟黑色的伞柄形成鲜明对比，姜映初暗暗想着，顾修竹这双手弹钢琴一定很好看。

“怎么了？”

“啊？”姜映初一怔，回神看着他，抿了抿唇问，“顾学长，你怎么知道我在这里？”

顾修竹说了“特意”之后，她想既然不是巧合，那应该就是有人跟他说了自己在这里。

姜映初想了想，能知道自己在这里的，只有宋嘉兮。她这会儿才想明白为什么宋嘉兮一直问她在哪里，只是她想不到顾修竹会跟小七有联系。

看着她的神色，顾修竹几乎一下就知道她的心里想法，低低一笑，他解释了一句：“我跟蒋慕沉认识。”

“啊？”这下轮到她震惊了。

顾修竹把伞递给她，整理了一下袖口后才道：“小时候认识的，好多年没见了。”

姜映初：“所以是他给你的地址？”

顾修竹点了点头：“他知道我今天在这边，说你朋友没时间过来陪你，问我有没有时间。”

“那你……”

还没问出的话被顾修竹打断，他莞尔一笑，声音柔和道：“有。”

“嗯？”

对着姜映初迷茫的眼神，顾修竹伸手把伞拿了过来，轻声道：“我有时间陪你。”

话音刚落，姜映初的耳尖便红了，她眼睫轻颤着，有太多思绪在眼底滚动，她抿着嘴角看着顾修竹。

顾修竹便侧头看着她，低声道：“还想去哪儿玩，我陪你！”

她一顿，低着头看着脚尖，往前小心翼翼地移动了一下，忐忑说：“可我是要去逛街……”

姜映初偶尔回头瞥一眼跟在自己身后的人，再收回视线，她怎么也没想到，自己说要去逛街，顾修竹只淡淡道：“那走吧。”

结果两人就这样，一前一后地在商场里逛起来。

姜映初想给许应如买礼物，许应如前段时间说了一个品牌的护肤品，但一直没时间买，所以她想买给许应如。虽然她有时候也会埋怨，会想不通父母为什么要离婚。

可事情已经发生了这么多年，她已经接受了现实。走了两步，她突然眼前一亮，看着护肤品品牌店，她咳了声，看向顾修竹：“顾学长。”

“嗯？”顾修竹垂眸，轻笑了声，“想进去？”

“我要进去买点东西，你到外面等我？”她抬眸，瞪大眼睛看着顾修竹。

顾修竹顿了顿，轻声问：“你想要我进去还是在外面等你？”

这问题可难倒姜映初了。

她内心是希望顾修竹陪自己进去的，可他们就是简单的学长学妹关系，陪逛街的一般都是情侣或者是夫妻，顾修竹不适合陪自己进去。

她愣了下，低声道：“我马上就出来。”

顾修竹看着她的模样，知道不能着急，轻轻答应了声：“好，那我在外面等你。”

“嗯嗯。”

姜映初转身快速往店里走去，她把自己要的东西跟店员说了以后，又快速结账出来。结果刚一出来，姜映初的目光被一旁店门口放着的一整版口红吸引了。

这个牌子的口红，有一款她之前一直想买，但没买到，这会儿看到了，忍不住想要去问一问。

她抬眸看了眼正低头看手机的顾修竹，默默地挪动脚步，往旁边的店铺走去，才刚过去，店员便笑容满面地迎了上来，微微笑问：“喜欢的，可以试色。”

姜映初点头：“谢谢。”

她想了想，问了下自己想要的色号，才轻声道：“有吗？”

“有。”

“好的，那我再看看其他的。”她眼睛发着光，忍不住想要去试其他颜色，姜映初在心底默默说服自己，算是给自己的过年礼物，再给小七和诗言买一份。

她回头看顾修竹还在打电话，瞬间放心下来了。

店员笑着给她介绍：“你皮肤白，这个色号很合适，最近很火的锦鲤色，适合过年用，金光闪闪的感觉。”

姜映初莞尔一笑，拿着在手背上试了试，眼睛一亮：“好像是还不错。”

“是的。”店员轻声问，“还是学生吗？”

“嗯。”

“日常会化妆吗？”

姜映初思考了两秒，点头：“偶尔会。”她夏天的时候会化淡妆，冬天起得晚，涂个口红就够了。

店员点了点头：“日常的话，你还可以试试这个颜色，偏橘红色，素颜涂咬唇会非常合适，你皮肤白，这些颜色都可以，你要试试吗？”

姜映初一怔，连忙拒绝：“不用了，我试试手背就好。”

“行。”

她正欢乐地试着口红，身旁突然站了一个人，看着她专注的神色，掩唇轻咳了声。

姜映初手一抖，把手里的口红给画了出去，她震惊地看向顾修竹，张了张嘴，变成小结巴了："你怎么……过来了？"

顾修竹"嗯"了声："看你在这边挺欢乐的，就想过来看看。"

顾修竹看出了她脸上的窘迫，低低一笑："喜欢这些？"

"啊。"她一顿，点头笑着，"还行，女孩子应该都喜欢吧。"

她看着顾修竹，指了指道："我马上就好了，再等我三分钟。"她看向一旁的店员，把自己刚刚试的两个颜色都买了，顾修竹刚准备掏钱包付款，被姜映初给阻止了。

"我自己来。"

顾修竹看了她一眼，低声道："算是新年礼物。"

姜映初一愣，看着手里拿着的口红，依旧摇头："不用了，顾学长，这个其实有点贵。"

闻言，顾修竹莞尔一笑："相信你顾学长，这个还是买得起的。"

"不是，我不是这个意思。"姜映初顿了顿道，"你要是实在想送我礼物，待会儿请我吃个饭好吗？"

顾修竹一怔，看着她坚持的模样，无奈失笑："好。"

最后，还是姜映初坚持结了账。

东西买好后，两人去吃饭了。

这下姜映初没坚持，由顾修竹买单。吃饭的时候，她问了下顾修竹过来做什么。

顾修竹顿了顿，抬眸看着她，突然有了个别样的想法。

"明天忙吗？"

"不忙。"她笑着道，"我今天去妈妈那边，明天应该在家睡觉。"

顾修竹一怔，看着她脸上洋溢着的笑，心里有些触动："那明天帮我个忙？"

"什么？"

"工作上的事情，跟你的专业相关。"他微微笑看着姜映初，低声问，"来吗？"

“来。”

她内心雀跃着，她当然愿意跟顾修竹多待一会儿，更何况自己一个人在家也确实是无聊，能有个人一起说话会更好。

两人就这么说定了。

吃过晚饭，顾修竹提出送她回去，姜映初虽然想拒绝，但话还没说出口，就被顾修竹用四个字驳回了。

——他不放心。

即使这里是姜映初熟悉的城市，他依旧不放心让她一个人回家。

姜映初听着，压着自己跳动过快的心脏，跟着他一起走出商场。外头的雨还在淅淅沥沥地下着，姜映初忍不住感慨了一句：“我想到了一首诗。”

“嗯？”顾修竹不紧不慢地问，“是什么，我能知道吗？”

姜映初笑，眉眼弯弯地看着顾修竹：“可以啊，不知道顾学长听过没有，我在网上看到的，是一个叫宋小君的作家写的《下雨和见你》。”

顾修竹挑眉，望着她，声音低沉沙哑，轻缓地在她耳边读诗，读一首情诗。

想你有两种方式
眼内
心底
见你有两种方式
看你
抱你
一场大雨这座城市就陌生了
一见到你我就又是全新的了
我把下雨和见你叫做洗礼
世界上美好的东西不太多
立秋傍晚从河对岸吹来的风
十八岁笑起来要人命的你

一字一句敲打在她的心尖，他每念一个字，姜映初的心跳就会加速。顾修竹念完，他弯着腰，靠近姜映初耳边，看着她红着脸的模样，声音恢复了清朗，随着风落入她的耳畔。

“是这首吗？”

她一怔，眨了眨眼，把眼底的感情收敛了起来：“是啊，原来顾学长知道啊。”

“嗯。”

“可是有一句，错了。”

“哪句？”

姜映初顿了顿，低声说：“最后一句啊，是二十岁笑起来要人命的你，不是十八岁。”

顾修竹笑，无声地扬了扬嘴角，在这朦胧的夜色中，他的那一抹柔情只属于她。

“我喜欢十八岁笑起来要人命的你这一句，改得不好吗？”

第 11 章　试探

姜映初压着跳动过快的心脏，总觉得有个答案在心底要呼之欲出了。

她看着眼前的顾修竹，只觉得一切都变得不太真实。

两人无声地对视着，她咬着下唇，盯着顾修竹的眼睛，耳边回荡着他刚刚说的诗。

她一直知道顾修竹的声音好听，可刚才他的声音带着几分沙哑，特别性感。

顾修竹垂眸注视着她的神情，看着她红了的耳尖，刚想要继续问，结果听到了姜映初的回答。

“很好啊。”她抬眼看着顾修竹，眉眼弯弯，笑起来很甜，“非常好。”

顾修竹一顿，挑了挑眉问：“哪里好？”

姜映初唇角弯弯，轻声道：“其实我觉得作家也有这个含义，最后那句的年龄应该是可以改的。无论多少岁的人，只要笑，就都好看。”

她故意避开了顾修竹的追问，略过这个话题，轻声道：“顾修竹，我们打车走吧。”

他一顿，望着她哑然失笑：“好。”

这个时间，再加上下雨积水，堵车有点厉害。

路边的灯光被风吹动着，摇曳着，落在车窗玻璃上，姜映初趴在车窗上看着，眼神有些迷离。

刚刚的那首诗，她不太懂顾修竹到底是什么意思，她从来不敢多想，可就刚刚那一瞬间，她脑海里突然涌现了一个不一样的想法。

车子到达小区，两人下车。

姜映初指了指道："我就住在这里。"

顾修竹抬眸看了眼小区，隔着几条街是一家医院，他微敛着眼眸，轻轻一笑："好，进去吧。"

闻言，姜映初迟疑了一下："今天谢谢顾学长了。"

顾修竹颔首，轻声道："不用这么客气。"

姜映初笑，温声道："你快回去吧，南方的冬天超级冷的，特别是晚上。"她想了想，忍不住多说了一句，"别感冒了。"

"听你的。"顾修竹伸手拍了下她的脑袋，"进去吧。"

"那明天我几点过去啊？"

顾修竹思忖道："晚点我把地址和时间发你手机上。"

"好。"

她脚步一顿，迟疑了片刻，望着顾修竹："你先打车，我再进去。"

顾修竹无奈一笑，望着她道："你先进去吧，外面冷，待会儿就有车过来了。"

"不行。"姜映初非常坚持，望着他道："这里我很熟悉了，我要看你走了我再进去。"

两人僵持不下，恰好有一辆出租车过来，顾修竹没辙，只能上车，朝她挥了挥手。

姜映初看着渐渐消失在眼前的车尾，伸手捏了捏自己的耳朵，才确认这一切是真的，不是梦！

屋内黑漆漆的，姜映初到家的时候，许应如还没回来。

她环视一圈，把礼物放好就去房间收拾东西，她给姜父发了信息，说自己过几天再回去。姜父这会儿大概也忙，叮嘱了几句后便没了后续。

姜映初瘪了瘪嘴，看着房间内的摆设，直接走到书桌前，抽出一本书来看，翻看了两张后她又再次放下。

她把屋内的灯光全都打开，一个人在家有些无聊和寂寞，她放着轻缓的音乐，许应如一直没回消息，她准备去洗个澡就睡觉算了。

洗过澡出来，姜映初躺在床上给宋嘉兮打电话。她总觉得自己这会儿需要一个已经谈恋爱的人给自己解答，顾修竹到底是什么意思。

她既期待，也害怕。

“初初，怎么了？”

“小七，洗澡了吗？”

宋嘉兮一噎，哭笑不得：“怎么了啊，我在房间里呢，你现在才到家吗？”

“没有。”姜映初“嗯哼”了一声，“谁让你把我的地址告诉其他人的……”

宋嘉有些不好意思：“顾学长，算是其他人吗？”

这下轮到姜映初语塞了，在她看来，顾修竹那是自己喜欢的人，当然不算是其他人。

她冷哼了声，无奈地嘀咕着：“那你也应该提前告诉我一声啊，我在路上遇到他的时候，还以为是巧合呢……”

宋嘉兮笑：“所有的巧合都是蓄谋已久。”

姜映初想了想，也不再纠结这个事情，她直接说了下午自己跟顾修竹发生的事情，把那首诗的事情都跟宋嘉兮说了。

说完，她有点忐忑地问：“是我想多了吗？”

宋嘉兮一惊，只觉得姜映初在感情方面太没自信了。

“初初！”

“啊？”

“你觉得自己想多了吗？”

姜映初支吾着：“我不知道。”

宋嘉兮道：“假如你跟另外一个人说这首诗，你觉得另外一个人会这么认真地给你读出来吗？”

她想了想，躲在被子里摇头：“应该不会吧。”

“是啊，这样想就对啦。”宋嘉兮软声跟她分析，“我是不太懂你跟顾修竹到底是怎么回事，但如果你不确定，大可以直接问出来。”

“可我……”她怕，她害怕是自己多想了。

受家庭的影响，她对感情没有任何安全感。

宋嘉兮一怔，知道她的内心想法："你要是不确定，那就等回学校后再问，现在再感受一下，明天还见面吗？"

"嗯，帮他一个忙。"

宋嘉兮眼珠子一转，小声说："那你可以先试探一下。"

"嗯？嗯，好的。"她笑，刚想要说话，便听见了外面的开门声，连忙道，"我妈好像回来了，明天再跟你说。"

"好，早点睡，晚安。"

"晚安。"

屋内灯光明亮，姜映初匆匆忙忙挂了电话，看向精疲力尽、揉着脖子进来的人，喊了声："妈妈。"

许应如看着她，温柔地笑了笑："还没睡？"

"在等你。"

许应如听着，垂眸望着她，伸手摸了摸姜映初的脑袋，才轻声道："不用等妈妈的，最近过年医院忙，我回来会很晚。"她笑了笑，轻声问，"晚上都吃了什么？"

"在外面跟朋友吃的。"

许应如点头："身上还有钱吗？晚点妈妈给你转点。"

"不用了，我还有钱。"

许应如轻"嗯"了声："妈妈先去洗个澡，再出来跟你聊天？"

"好。"

许应如去洗澡，姜映初回了自己的房间，拿着手机把玩着，她还没收到顾修竹要发来的地址呢。

顾修竹这边，刚回到酒店，就收到林扬发来的邮件，他刚点开，林扬发来了视频通话。

"什么事？"

林扬"啧"了声，看着顾修竹促狭地笑着："怎么样？"

"什么怎么样？"

林扬感慨了声，望着他道："小学妹所在的城市怎么样啊，见到小学妹了吗？"

“嗯。”

“然后呢，有什么进展？”

顾修竹望着他，哂笑出声：“想知道？”

“想。”林扬非常直白地回答。

顾修竹点了点头，翻看着面前的资料，冷淡道：“想也不告诉你。”

林扬：“你也太过分了吧，我估计你肯定没进展。”

闻言，顾修竹笑了。

他想着今晚姜映初的反应，无声地扬了扬嘴角。今晚这剂药，好像下得有点猛了，他回忆着姜映初当时的神情，她应该是知道了，只是不敢去承认而已。

顾修竹算是摸透了她的小心思，他有足够的耐心，足够的时间，表现得更明显一些，直到她无处可躲。

林扬看着他的神色，“啧啧”两声：“真为小学妹担心，要羊入虎口了。”

顾修竹冷笑，眼神凌厉地看着他：“交给你的事情都做完了？”

林扬：“我这是先八卦一下再去做事，你准备温水煮青蛙到什么时候，我已经迫不及待了。”

顾修竹一顿，这回倒是没有含糊，直接道：“明天之后再说。”

清晨，姜映初是被冷醒的。

窗外寒气逼人，氤氲的雾气弥漫在窗户上，在透明玻璃上蒙了一层厚厚的白雾，让人看不清楚窗外的景色。

她迷迷糊糊地扯了扯自己的被子，再次钻进温暖的被窝，安心睡觉。

睡了几分钟后，姜映初突然惊醒，伸手下意识地去摸旁边的位置，许应如已经不在了。

昨晚跟许应如聊了好久，母女俩许久没有这样贴心地聊天了，后来聊着聊着，两人就睡着了。

姜映初跟母亲许应如一起睡的次数并不多。

看着已经冷掉的床铺，她揉了揉眉心，听着外面的动静。

姜映初突然眼睛一亮，兴奋地从床上爬了起来，走到房间外，在看到在厨房的人后，她有些惊讶：“妈，你没去医院啊？”

许应如好笑地看着她：“今天晚班，昨天不是跟你说了嘛……”

“啊？”姜映初一愣，有些没反应过来，“我忘记了。”许应如好像是说过这事，但昨晚聊得过于兴奋，她差不多忘干净了。

许应如指了指：“先去洗漱，吃过早餐再睡。”

姜映初有些迟疑：“那你几点去医院？”

虽然许应如说的是晚班，可一般情况下，临近过年，许应如有时候从早到晚都在医院。

许应如笑：“在家陪你吃过午饭再去。”

“可我……”她迟疑了片刻，小心翼翼地说，“我待会儿要出去。”

“嗯？”许应如望着她，“跟小七去逛街吗，可以啊，那妈妈中午就不在家吃饭了。”

姜映初想了想，还是没打算说自己跟顾修竹出去，等她想好怎么解释了再说吧。

默默地转身回了房间，姜映初刷牙洗脸后灌了一大杯热水，这才觉得暖和了不少。她双手捧着热水的杯子，看着许应如做煎蛋，忍不住问了一句：“那你明天早上才回来吗？”

“嗯。”许应如一顿，“晚上一个人会不会害怕？要不要让小七过来陪你？”

“不用的。”姜映初笑，“不害怕。”

许应如垂着眼看着平底锅里的煎蛋，突然喊了她声：“昨晚你爸给我打电话了。”

姜映初一怔，眼底有些失落：“然后呢？”

“不开心了？”

“没有啊。”

许应如笑，伸手拍了拍她的脑袋，轻声道：“要是在那边不习惯，随时来妈妈这里，不过下次可要注意了，那个弟弟不能吃的东西，他再撒娇也不能给他吃，这次是你的不对。”她耐心道，“小孩子没有自制力，也不会去想自己吃了会有什么后果，但是你是做姐姐的，要坚定立场，不能吃就是不能吃。”

她低声道：“我知道你跟他关系好，对他也好，可不能因为他跟你撒娇就心软，知道了吗？”

姜映初听着，咬着下唇答应着：“好，我知道了。”

许应如莞尔一笑：“出去吧，吃早餐了。”

两人面对面坐着，姜映初漫不经心地吃着早餐，偶尔看一眼时间。

“跟小七约的几点？”

“不是跟小七约的。”

“嗯？”许应如诧异地看着她，顿了顿，“跟诗言？”

“也不是。”姜映初支支吾吾地看着她，“下次再告诉你。”

许应如笑，把旁边的牛奶递给她，打趣道：“行啊，我女儿都有自己的小秘密了。”

她算是开明的家长，基本不怎么过问女儿的行踪，只要她安全就好。既然女儿都这样说了，她不会追问到底。

吃过早餐后，姜映初回房间快速换衣服出来，许应如见状有些惊讶。

“妈妈，好看吗？”

许应如笑：“这不是我去年买给你的衣服吗，你一直不舍得穿的那一套。”

姜映初瞬间被戳穿了小心思，整张脸跟衣服一样红：“没有啊，我没不舍得穿啊，是没机会穿。”

许应如扑哧一笑，给她整理了一下领口，笑着说：“要我送你过去吗？”

“不用不用。”

“行，那你注意安全。”

“好的。”

姜映初兴奋地跑出门，许应如在阳台上看着到小区楼下活蹦乱跳的身影，眼里的笑藏不住了。

顾修竹给她发来的地点是市中心的一栋大厦，让她十点前到大厅就好。

姜映初出门还算早，抵达的时候才九点半，她环视四周，大厦的装潢看上去很是高档，她没敢走进去，迟疑片刻后，她还是给顾修竹打了个电话。

“顾学长。”姜映初踮着脚望着里面，有不少的工作人员在走动。

顾修竹轻笑了声，看着不远处的身影挑了挑眉：“到了？”

“没啊。”姜映初咳了声，小声说，“我是问问你到了没有，我不会迟到了吧？”

“是吗？”

“对啊……”

顾修竹走到姜映初身后，直接把电话挂断，伸手把她的手机拿走，对着姜映初扭头看过来的惊讶目光，含笑说：“撒谎可不是小学妹会做的事。”

他低声道：“怕我担心？”

姜映初脸色涨红，全是被他戳穿后的窘迫，她含糊不清地“嗯”了声：“是。”

万一他还没到，着急了怎么办？所以她才会撒谎，倒是没想到，人生中少有的几次撒谎，全被顾修竹逮到了。

现在一想，姜映初猜测自己在顾修竹的印象里是不是就是一个小骗子了啊……

顾修竹笑，想也没想就温和地拍了下她的脑袋安慰：“吃早餐了吗？”

“吃了。”

“我还没吃。”顾修竹指了指旁边的一家店，“陪我吃点？”

“好的。”

天寒地冻，姜映初拿起手机看着天气预报，忍不住感慨说：“过两天好像要下雪了。”

“过几天还出门吗？”

她摇头，抬眸看着对面吃东西都姿态优雅的人，吞咽了下口水道：“不出门了吧，看有没有什么事。”顿了顿，姜映初轻声问，“顾学长，你什么时候回去啊？”

“还没定。”

“啊？”

顾修竹笑：“看今天合作谈得怎么样，顺利的话就早点回去。”

姜映初有些沮丧：“明天吗？”

“还要看一个人怎么想。”

“什么？”

“看我的小学妹想不想向我介绍她的家乡。”顾修竹低低一笑，“你们这边的旅游风景区好像挺多的，有时间带学长逛一逛吗？”

“当然有啊！”姜映初连忙回答。

回答完，她觉得自己好像答应得太快了，连忙掩饰性地咳了声道：“只要顾学长愿意，都可以的。”

顾修竹笑，意味深长地看着她：“好啊。”

吃过早餐后，两人一起去了大厦，临近放假，公司里的员工也不多，姜映初基本上只是坐在旁边给顾修竹打下手，偶尔出现一些专业名词，她能听懂，但理解不算深刻。

她抬眸看着跟合作方交流的顾修竹，觉得顾修竹的声音听起来更为成熟。他面容严峻，偶尔带着一丝笑，看上去让人觉得非常舒服。她脑海里不由自主地想到了昨晚宋嘉兮跟她说的话——你要去试探啊。

但问题来了，她到底要怎么试探。

在脑海里想了千百个试探的办法，没一个合适的，姜映初正走神着，突然听到顾修竹喊她的名字：“姜映初？”

“啊？”她回神，看着面前的两人。

顾修竹朝对面的老总笑了笑：“这是我们学校的学妹，专业基础非常不错。”

老总憨笑了声：“现在的年轻人可太优秀了，人才辈出啊。”

顾修竹微微颔首：“过奖了。”

“一起去吃饭吧，正好到午饭时间了。”

闻言，顾修竹第一时间去看的人是姜映初：“吃过饭再走？”

“好。”

餐厅里的人还挺多，他们走进一个包厢，除了姜映初和顾修竹，还有这家公司的三个人，一个总经理、一个副总及助理。

包厢里只有姜映初一个女生。

有男人的地方总会喝酒，姜映初迟疑了片刻，刚想要端着酒杯一起喝，手里的酒杯就被顾修竹给拿走了。

她一怔，还没反应过来，顾修竹便对着进来的服务员道：“麻烦给我拿瓶温牛奶进来，可以吗？”

姜映初：“……”

一旁的老总哈哈大笑，望着两人：“对对对，给小姑娘拿牛奶喝就好，不用跟着一起喝酒的。”

姜映初莞尔一笑：“谢谢。”

她为什么给顾修竹留下的印象，是一个爱喝牛奶的人啊。果汁也好啊，在饭桌上喝牛奶，她忍不住觉得窘迫。

饭桌上几个人谈笑风生，顾修竹基本上所有的话题都能接得住，侃侃而谈。

她作为一个摆设，插不上话，便只能一个劲儿埋头苦吃，到最后，饭桌上吃得最多的，便是姜映初了。

结束后，顾修竹侧头看她：“吃饱了？”

姜映初不太好意思地点头：“吃饱了。”

顾修竹笑，揉了揉她的头发，轻声问：“累不累？”

“不累啊。”姜映初其实没太懂顾修竹找自己来做什么，她明明……什么忙都没帮上。

她迟疑了一下，想了想还是没忍住：“顾学长，你找我过来做什么的？”

顾修竹顿了顿，倒是没想到她会问得这么直白。

“找你过来壮胆的。”

“啊？”

顾修竹低低一笑，在她耳畔轻声道：“毕竟你是当地人，找你过来壮胆的。”

姜映初一噎，瞬间不知道该说什么了。

她的胆子难不成还能大过顾修竹？

姜映初在心底哼哼唧唧地想着，脑海里突然有一个想法快速闪过，她望着顾修竹，欲言又止。

“还想问什么？”

“顾学长。”

“嗯？”顾修竹伸手整理了一下手里的东西，低声道，“你说。”

她轻轻咳嗽了一声：“你是不是觉得一个人过来有点孤独啊，所以才找我的。”

顾修竹一顿，诧异地望着她：“你觉得呢？”

“我……”姜映初卡壳了，想试探，又不敢试探。

她迟疑了片刻，软声道：“应该是、是吧？”

顾修竹低头，看着她紧张的神色，眼里压着些许的笑，认真回答着她的问题：“是，但也不全是。”

“啊？”

“在这个城市，我还是有几个熟人的。”

姜映初一怔，她并不傻，瞬间明白顾修竹说这话的意思了。这座城市里他有很多认识的人，但他却偏偏找了自己。

姜映初刚想要继续追问，突然另一边走来两人，正低头匆匆而过，不小心撞了她一下，她没站稳，整个人就往顾修竹的怀里倒去。

倒过去的那一瞬间，姜映初的眼珠子转了转，手指紧紧攥住了他的衣服，埋在了顾修竹的怀里。

第 12 章　表白

顾修竹被她撞得往后退了一步，但还是护着她。

把她安全地圈在自己怀里，背后是墙壁，他今天穿的并不多，能感受到一股刺骨的凉隔着衣服钻入。

姜映初攥紧着他的衣服，有些许紧张，心跳加快，她甚至都能听到顾修竹的心跳声，两人靠得实在是有点近。

“有没有事？”

姜映初摇了摇头，没敢抬头去看。

顾修竹低头看着她的头顶，才看向那一直道歉的两人。

“对不起对不起，我们不是故意的。”

“你没事吧？”

那人一直在道歉，她们刚刚正看着手机起劲，没有注意到大门口有两人站着。

顾修竹扶了扶姜映初的肩膀，点了点头：“没事，下次注意。”

“好好好。”那两人盯着他看，边走边感慨了一声，“哇，好帅啊。”

“这是在我们这栋楼上班的吗，为什么之前都没发现有这么帅的小帅哥啊？”

“难不成是新来的？快去打探打探。”

姜映初听着，从顾修竹的胸前抬起头来，正好对上他带笑的眼睛，她一怔，还没反应过来，顾修竹便轻笑了声，看着她：“暖和吗？”

“啊？”她一愣，反应过来顾修竹说的话，脸颊顿时红了起来。

姜映初快速往后退了一步，跟他保持着距离，完全不敢去看顾修竹。

“还……还挺暖和的。”姜映初结结巴巴地答应着。

她抬眸看向顾修竹，语气酸溜溜，“不愧是我们学校的招牌，到哪都受欢迎。”

顾修竹笑，目光灼灼地盯着她看：“待会儿想吃什么？”

姜映初说：“不是刚吃完吗？”她都要被撑死了，刚刚在包厢里一个劲地埋头苦吃，姜映初估摸着自己给那些人留下的印象大概就是一个能吃的人。

他们两人之所以还站在这里，是因为顾修竹的朋友要过来。

顾修竹抬了抬下巴，颔首应着：“我担心你饿了。”

“啊？”

“吃了酸的饿得快，不是吗？”

现场有几秒钟的安静，姜映初这才反应过来他是什么意思。

她顿了顿，睨了顾修竹一眼，往旁边站着：“谁吃酸的了，我不爱吃酸的，我只吃甜的。”

“是吗？”

“当然！”姜映初望着别处。

她思忖了片刻，轻声道：“顾学长，要是没什么事我等下就先回家了。”

“累了？”

“没有。”姜映初只是觉得不知道怎么跟顾修竹相处了，她在想自己是不是该果断一点。

一直以来，她暗恋顾修竹，但她能压抑自己的情感，没有外人知道。

但最近这段时间，她觉得自己却越来越不受控了。她会贪恋更多的温暖，希望自己的暗恋得到回应，甚至今天还会因为一时冲动，往他的身上倒。

这样的自己，她不喜欢。

虽然宋嘉兮总跟她说，顾修竹对她是不一样的，她可以试探试探。但在事情确定之前，她没有勇气再往前迈出一步。

顾修竹敛眸盯着她看，轻轻“嗯”了一声：“那待会儿先送你回家。”

顾修竹的朋友过来接他们两人，姜映初跟他朋友打了声招呼后，便没有了其他的话。

直到车子停在小区门口，顾修竹才看向她："好好休息。"

"嗯。"她抿了抿唇，轻声道，"学长慢走，注意安全。"

"好。"

看着车子越来越远后，姜映初转头回家。

顾修竹的朋友周舟，是北京人，现在在这边念书，他瞥了眼顾修竹的神情，莞尔一笑，调侃道："女朋友？"

"你看着像？"

周舟扑哧笑了，抬眸看着前方的道路感慨着："有点，但又不是很像。"

顾修竹冷淡地瞥了他一眼，没说话。

他回头看了眼早已消失的身影，揉了揉自己的眉心，看向周舟："安心开车。"

周舟"啧"了声："我之前就听林扬说你对一个女生挺特别的，是这姑娘吗，长得挺好看的。"

他们几个都是高中同学，不过周舟来了南方念大学。算起来，几个人差不多一学期没见面了。

顾修竹依旧不说话，他垂眸看着手机，不知道姜映初是不是因为自己那句话生气了。

顾修竹有些头疼地揉了揉眉心，还真不知道该拿她怎么办。

周舟看着他，笑了声："这么磨磨蹭蹭的，不像你的性格。"

顾修竹手一顿，微垂着眼帘说了句："她不一样。"

闻言，周舟沉默了片刻，才笑着说："知道是不一样，但你再不逼紧点，头发都白了，我可听林扬说了，这小学妹非常受欢迎。"

顾修竹冷漠地看他一眼："闭嘴。"

周舟耸肩："闭嘴也要说。"

顾修竹低头看了眼自己的手机，忍不住反思了一下，是不是真的太磨蹭了，但转念一想，今天就因为说了一句唐突的话，她就这样了，万一再进一步，姜映初估计又要躲着自己了。

想着想着，他忍不住再次头疼起来。

姜映初到家后，直接睡了一觉才跟宋嘉兮视频聊天，宋嘉兮对她和顾修竹的见面好奇极了。

“怎么样？怎么样？你们今天感觉如何，试探了吗？我昨天在电话里教你的，用上了吗？”宋嘉兮着急地问道。

姜映初一噎，边喝水边说：“有人撞了我一下。”

“然后呢？”

“我就往顾修竹的身上扑了过去。”

闻言，宋嘉兮满意地点了点头，一副“孺子可教”的表情：“不错啊，然后呢。”

“然后……”姜映初叹气，“然后顾修竹调侃了我，问我暖和吗？”

宋嘉兮挑眉：“可以啊，你的顾学长厉害啊。”

姜映初索性把当时的情况一一说了出来，最后叹气问：“你说他是不是生气了？”

“不是。”宋嘉兮不能理解，她看着姜映初道，“你不觉得顾修竹的话已经很明显了吗？”

“我知道啊。”她道，“我觉得他应该是发现我喜欢他了，不然也不至于问我那样一句话，谁吃醋了，我才没有好吗！”

“你本来就吃醋了。”

姜映初瞪她一眼，死不承认。

她才不会承认自己吃醋了呢，她就是觉得心里不太舒服而已，顾修竹好像无论在哪里都特别受欢迎。这个人只要站在那里，就会成为大家的焦点。

“小七，你说我是不是太没有自信了？”

“对啊。”宋嘉兮想了想，直接道，“你看，你这么优秀，为什么要不安，你跟顾修竹没有太大差距，他长得帅有能力是事实，可你也不差啊，为什么要自卑？”

宋嘉兮轻声道：“我知道你的想法，但人总要去试一试对不对？”她耐心开导着，“不是所有人都跟你爸妈那样，他们是因为忙碌才没有了感情，但你跟你妈的性格都不一样啊，顾修竹也不是你爸那种性格，所以不用怕。”

姜映初听着，微垂着眼帘轻声道：“我知道，可我还是怕。”

宋嘉兮怔愣了片刻：“那你觉得，你不表白，会后悔吗？”

“会……吧……”

“不是会吧，是一定会！”她继续下了一剂猛药，“难道你要看着顾修竹跟其他女生在一起？在学校恩恩爱爱的？你不想的吧！”

“当然。”她想也没想地回答。

“这就对了，所以啊，你快点上，我期待你的好消息，你一定可以成功的。”

姜映初噎了噎，没说话。

不得不说，宋嘉兮的一剂猛药下下来，姜映初忍不住反省自己了。

她抱着双膝坐着，看着屏幕上给自己鼓励的人，担忧地问：“那万一被拒绝了呢？”

宋嘉兮一噎，给了她一个大白眼：“拒绝就拒绝，我以前还拒绝过蒋慕沉呢……”

姜映初：“……”她无奈地笑着，轻声道，“这是不同的。”

“所以呢，你要上去表白了吗？”

姜映初思忖了片刻，想了想道：“再想一想，而且就算是要表白，也不可能是现在，过完年后再说。”

宋嘉兮：“行吧，请你想明白之后跟我说，我去给你助阵。”

这说得跟摇旗呐喊似的。

挂断视频后，姜映初默默地爬回床上，思索着这件事情的可能性。

宋嘉兮有句话说得很好，顾修竹不是他父亲的那种性格，她也不是许应如那种性格。

姜映初的父母是大学时候认识的，同样优秀的两人互相吸引着对方，据姜映初了解，姜父当时也是学校的风云人物，她母亲比姜父小一岁，低了一届。许应如长得好看，一进校就吸引了众人的注意，而且性格很温柔，至少在离婚之前，姜映初从没有看见过自己的母亲发过脾气。

姜映初想着，伸手捂了捂自己的眼睛，很多过去的事情，她并不愿意去想，总觉得每每想一次就难受一次，可有时候又会不由自主地回忆。

想了好久姜映初也没想出答案，索性不想了，走一步算一步。

她迷迷糊糊地躺在床上睡着了，直到手机振动才醒来，是许应如打来的电话。

“妈妈。”

许应如笑了笑，低声问：“我待会儿回来，有没有什么想吃的？”

姜映初思考了半分钟，才慢吞吞道：“今晚不用上班了吗？”

“嗯，休息一晚上，陪你了，我跟其他的同事换了班。”

闻言，姜映初瞬间开心了起来，忙不迭道：“好啊，那我们出去吃火锅好不好！”

他们当地的火锅特别好吃，其实姜映初没有那么喜欢北方的火锅，总觉得味道差了那么一丁点，再加上她觉得冬天一定要跟亲人一起吃火锅是最舒服的。

“好，那我待会儿到楼下接你，你穿多点下来。”

“嗯嗯。”

姜映初兴奋地挂断电话，换好衣服后才拿着手机出门，手机上正好有顾修竹发过来的微信消息，他跟她说有点急事要先回去，不能让她带着自己去逛这座城市了。

她愣了片刻，才回了句：“好的，那顾学长开学再见。”

顾修竹那边回得很快：“嗯，冬天别感冒了，学校见，下次有机会再找你带我。”

姜映初：“好，注意安全。”

顾修竹看着她发来的信息，无声地笑了笑，把手机放在一侧。顾修竹在两小时前接到家里的电话，奶奶摔了一跤，这会儿进了医院，情况有点紧急，让他赶紧回去。

顾修竹想也没想，连忙买了最近的航班，现在正准备登机。

他抬眸看了眼这座城市的天空，雾蒙蒙的，看上去仿佛要下雪了一样，只可惜他没机会看见了。

顾修竹扯了扯唇笑，没有半点迟疑地登上了飞机，望着窗外良久，闭眼休憩。

姜映初跟许应如吃得都不多，两人在热闹的火锅店里慢吞吞吃着，感受着这里的气氛。

她抬眸看着对面的母亲，想了想说："妈妈，我今年陪你过年好不好？"

"别。"许应如连忙道，"过年的时候妈妈要值班，没时间陪你，你要回家才行。"

姜映初撇了撇嘴，不太开心："可你一个人……"自从离婚后，许应如就一直一个人，有时候姜映初甚至会想，妈妈也找个能陪着自己的人多好啊。

可偏偏，许应如是个执拗的人，在这方面完全没想法。

许应如笑着看她："我一个人怎么了？你初一过来找妈妈就好，大年三十去奶奶家吃饭，听到了没有？"

姜映初委屈巴巴地答应着："知道了。"

许应如温柔地望着她，轻声道："这么多年，妈妈都习惯了，所以别太担心，更何况今年过年的那天妈妈还要值班，没时间在家跟你吃团圆饭。"

"那我能去找你吃饭吗？"她眼睛一亮，急忙问。

许应如一怔，看着她的神色，轻笑了声："当然可以，但是要跟爷爷奶奶他们一起吃了团圆饭再过来。"

"好。"

两人正吃着火锅，突然外面有人喊了一句"下雪了"。

姜映初一怔，转着头去看，还真看到了飘飞的雪花，很小很小，但在黑夜里，依旧能看得清楚。

瞬间，她的心情好上了几分。

"下雪了。"

许应如知道她喜欢雪，连忙道："是下雪了，不过今晚肯定没什么积雪，明天再起来看看。"

"嗯嗯。"

两人吃过晚饭后便回了家，睡前母女俩依旧腻在一起，许应如垂眸看着靠在肩膀上看书的人，忍不住问了声：“初初，你最近是不是心情不太好？”

姜映初一怔，没想到母亲会说这件事情。

“没有啊。”

“跟我说说？”

姜映初：“……”

她思忖了片刻，才问了出来：“妈妈，你后悔过吗？”

“后悔什么？”许应如愣了下，看到她的眼睛后，才意识到她在担心什么事情。

她莞尔一笑，伸手揉了揉她的头发，低声问：“我跟你爸爸的事？”

“嗯。”

许应如想了想，轻声道：“你觉得妈妈看起来像是会后悔的人吗？”

姜映初摇头：“不知道。”

许应如笑，无奈地望着她：“人生哪有什么后悔不后悔的啊，我大概知道你在想什么，是不是想问妈妈有没有后悔认识你爸爸，有没有后悔跟你爸爸在一起？”

“嗯。”她讷讷地回答。

“没有。”许应如望着天花板，轻轻叹了口气，决定给自己的女儿好好分析一下，“我们从相遇到相爱，从结婚到离婚，经历了很多事情，但妈妈没有后悔过，你爸爸并没有做什么对不起我的事，相反是妈妈不顾家，让感情淡了。”

她耐心地开导她：“以前我很享受跟你爸爸在一起，但现在我很享受一个人，再说了，要是没跟你爸爸在一起，我也不会有一个这么漂亮这么乖的女儿啊，所以妈妈从来就没有后悔过，所有的选择都是自己做的，有过就很幸福，如果你渴望但却不敢去试，这样才会后悔。”

这一晚上，姜映初大抵是被许应如洗脑了，她也想清楚了不少事情。

不做会后悔，而选择做了，无论结果如何，至少尽力了。

两人聊着聊着，许应如突然问：“上次的那个学长？”

“啊？”她错愕地看向许应如。

许应如笑："你的那点小心思啊，我估摸着大家都看出来了。"

"喜欢就去，妈妈支持你，再说了我女儿这么好看，这么优秀，谁会不喜欢呢，对吧？"

话题在姜映初害羞之下，以要睡觉了而收尾。

虽然打断了许应如要说的话，但她暗自有了决定。

新年一晃而过，一眨眼的工夫就到了回校的日子。

姜映初跟宋嘉兮他们两人一起回的学校，这么些年，她当电灯泡已经习惯了。反正这两人也不介意，介意也没办法，谁让她没对象呢。

她跟蒋慕沉还一直在宋嘉兮面前争宠，就像是两个没成年的宝宝一样。

这会儿宋嘉兮跟姜映初正坐在飞机上窃窃私语，她靠窗的位置，宋嘉兮在中间，蒋慕沉在过道的座位。

"想好了没？"

姜映初："想好了。"

"然后呢？"宋嘉兮的眼睛里闪着八卦的光。

姜映初无语地睨她一眼："什么然后呢？"

宋嘉兮："你说呢？"

姜映初咳了声，扯着她的衣服往自己这边靠，轻声道："不告诉你。"

宋嘉兮："……"

蒋慕沉在一旁看着这两人，提醒道："休息会儿，很快要到了。"

"哦。"

"我们要聊天，你休息你的。"

被嫌弃了的蒋慕沉无奈地看着两人，在对上宋嘉兮的目光后，摸了摸自己的鼻尖，索性不管她们了，只提醒了一句："我听得见你们的声音。"

姜映初一噎，觑了眼："小七让你男朋友把耳朵给堵上。"

"好的。"宋嘉兮直接把耳机掏出来递给他，笑眯眯地说，"堵上吧。"

蒋慕沉："……"

后来，一路上宋嘉兮都在跟姜映初说秘密行动，直到累了，两人才停下来休息。

宋嘉兮他们把姜映初送到学校，挥手道别。

“初初记得喊我啊！”

姜映初：“……知道了。”

回到宿舍后，宁年年比姜映初到得更早。姜映初刚把门打开，在里面睡觉的人就醒了过来，兴奋地看着她：“初初！新年快乐！”

姜映初扑哧一笑：“新年快乐，是不是吵醒你了？”

“没有啊。”宁年年笑着说，“我本来就没睡熟，我估摸着你也快到了。”

闻言，姜映初笑着点头：“文文还没回来吗？”

“没有呢。”宁年年道，“估计要后天晚上到，我刚刚问她了。”

“哦。”姜映初收拾着自己的东西，没再过问。

这个时候北方的冬天还很冷，两人夜里出去瑟瑟发抖地逛了街再回来。

“你说这个时候还会下雪吗？”姜映初望着窗外雾蒙蒙的天气，感慨着。

宁年年凑在她后面看了眼，摇摇头：“不一定，有时候三月初还会下雪，有时候二月初就不下了。”

姜映初点了点头：“我还以为回来就能看见下雪呢。”

这会儿正好是二月下旬，她一直期盼着再下一次雪。

如果下雪了，她就去跟顾修竹表白，只是目前来看，老天爷是不给自己机会了。

姜映初想着，摇摇头爬回床上，盖着被子取暖。

“初初，明天在宿舍睡觉吗？”

“要是不下雪、不下雨，我们就出去逛街？”顿了顿，她问，“外面的那些店铺，都开门了吗？”

“市中心的肯定开了，就是有点远。”

“没事，反正还没开学，我们就去看看。”

“好。”

两人聊着天，不知不觉就睡着了。

翌日清晨，姜映初是被宁年年的尖叫声给喊醒的。

“啊啊啊啊……初初，下雪啦。”

姜映初一怔，从睡梦中惊醒，从床上爬了下来，去看外面的天色，外面还真是白茫茫一片，真的下雪了。

这大概是这个冬天的最后一场雪了。

“那我们还出去吗？”

姜映初怔愣了片刻，依旧有些不敢相信，她正走神着，突然宁年年喊她：“你手机响了。”

“……”

姜映初回宿舍，看着宋嘉兮打来的电话，有些无奈。

刚一接通，就听见宋嘉兮兴奋的声音：“啊啊啊……初初，下雪啦！你今晚要去表白了吗？！”她记得姜映初说的话，她说如果回来后下雪了，那她就去表白。

这件事情，是由老天爷决定。

现在看来，老天爷都在鼓励她去表白。

姜映初看着窗外飘着的雪花，头疼地揉了揉眉心，含糊答应了声：“去！”

她一锤定音，觉得自己没什么好迟疑的。

“可以可以，我待会儿过来找你！”

姜映初：“你不是已经开学了，没事做吗？”

宋嘉兮笑：“有啊，可是没有你的事情重要啊。”

姜映初噎了噎，无奈道：“是八卦比较重要，不是我比较重要吧……”

“哎呀，别拆穿我嘛，我待会儿过来。”

“到校门口等吧，半小时后见，我跟年年也出去，正好吃午饭。”

“好。”

定好之后，姜映初倒是没有迟疑了，对着宁年年迷茫的视线，她咳了声道：“你说，我今天跟顾学长表白，要是被拒绝了，你能请我吃顿火锅吗？”

宁年年震惊地看着姜映初：“你要去表白？”

姜映初边找衣服边点头：“是啊，要鼓励一下我吗？”

“不要。”

“啊？”

宁年年眨眼：“你快去啊！以后我出去就可以说，我跟顾学长的女朋友一个宿舍，还是好朋友。”

姜映初被呛了下，有些无奈："八字还没一撇呢。"

"不会的，今晚过后，八字就成了。"宁年年好奇地看着她，"不过，你想好要怎么表白了吗，顾学长来学校了吗？"

"嗯。"

她昨天发了朋友圈，顾修竹当时还点赞了，顺道问了她几点的飞机，知道她跟蒋慕沉他们一起回学校，只说了注意安全，便没了后续。

姜映初那会儿顺便地问了下，他回学校了吗？

回答：回了。

要不然，她也不敢说下雪后就去表白的话。

换好衣服后，姜映初跟宁年年去校门口，刚碰到宋嘉兮被一个雪球给打中了，她哭笑不得地望着宋嘉兮，拿着雪往她的脸颊上碰。

两人打打闹闹，特别欢快。

"初初。"

"啊。"她盯着雪，手里还拿着雪往自己的脸颊上贴，不知道为什么，她特别喜欢白雪，从小就喜欢，一直没变过。

"加油啊！"

姜映初扑哧一笑，点头道："好啊。"

三个人一起去吃饭，宋嘉兮和宁年年顺便给她出各种各样的主意，她默默听着，笑了笑，还是一一答应了下来。

"要不送一束花吧，肯定能知道你是表白的。"

"我觉得要不就直接唱首歌……"

"不行不行，初初唱歌是好听，但是不合适。"

"啊，你约了顾修竹了吗？"

姜映初点头："我问了他，说找他有点事。"

两人眼睛一亮，趴在桌面上目不转睛地盯着她："几点啊？"

"八点。"

宋嘉兮眨眨眼睛："可以可以，那时间还早，我等到你表白结束再回去。"

宁年年："我在旁边给你加油打气啊。"

姜映初一噎，有些头疼："我就担心，今天人会有点多。"

“不至于吧，这么冷的天气。”

姜映初看向窗外，感慨说：“可是雪一直下，我担心晚上会有不少回校的同学出来玩雪。”

“那不一定，不过有就有，你别㞞。”

“哦。”

被两个人洗着脑，到最后，姜映初还被拉着去买了不少东西。

其实她在之前就想过自己要怎么表白，但想了好久也没想出个所以然，索性不想了，顺其自然比较合适。

一晃眼工夫就到了晚上。

因为紧张，姜映初晚饭吃了两口就吃不下了，她不知道为何，越是接近表白的时间，越是紧张，总隐隐约约地觉得要发生什么大事。

她跟顾修竹约的是八点，她总觉得自己这个表白是不是过于正式了。

七点的时候，姜映初就出门了，双手插兜往外面走，宋嘉兮跟宁年年觉得时间有点早，没跟着一起去，也知道她紧张。

姜映初确实是紧张了，只是想要出去转一转。她出去的时候，正好在下雪，雪花飘着，白茫茫一片，学校变得好看了不少，那些干枯的枝叶都被雪花点缀着，形成了一道道靓丽的风景线。

她在楼下转悠着，她跟顾修竹约的地方是学校的小树林。之所以选择那边，是因为人少。

在楼下晃悠了一圈，姜映初觉得有点冷，忍不住去校门口买杯奶茶，准备暖暖身子，结果刚到门口，就碰到了顾修竹跟林美。

两人不知道在说什么，她看到顾修竹皱了一下眉，当下她想也没想，直接喊了人。

“顾修竹。”

声音一出，顾修竹便看到了不远处站着的小姑娘，脸颊红通通的，唇色有些泛白，是被冻得。

林美也顺着看了过来，校门口处人来人往，不少人注意到这边的状况，甚至窃窃私语起来。

大家都认识顾修竹，但姜映初……认识她的是少数，这会儿大家都盯着她，好奇这个直呼顾学长名字的女生是谁。

“怎么在这里？”顾修竹想也没想，径直地朝她这边走来，没有半丝犹豫。

姜映初的眼眶有些发烫，她没有想过顾修竹会因为自己随便一喊，就直接过来了。

她顿了顿，看着眼前的人。

“这么早出来了？”顾修竹皱了皱眉，盯着她看，“冷不冷？”

“不冷。”姜映初轻声道，这会儿也没在意其他人的视线了。

她顿了顿，看着顾修竹问：“我有话跟你说。”

“嗯？”顾修竹一怔，刚想要问是什么，旁边的林美也走了过来，看着姜映初：“小学妹也在啊。”

“嗯，学姐好。”姜映初答应着，看着两人，“你们是有什么事吗？”

林美刚想要说话，顾修竹便看向她：“我不去吃饭，你们去聚餐吧，我俩还有点事。”

林美脸色一僵，迟疑了片刻才道：“行吧。”

话虽是这样说，但她人没走，看着姜映初，问了声：“要不初初跟我们一起去吃饭，有什么事待会儿也可以说。”

“不了。”姜映初笑眯眯地看着她，“我就一句话，说完就走。”

顾修竹挑眉看着她，轻声道：“去店里说吧，外面冷。”他伸手，把落在她头顶的雪花轻轻拍掉，还顺道给她把帽子戴上了。

姜映初感受着他手心的温度，顿了顿问：“顾学长，你有没有听过一首诗？”

“哪首？”

她看着顾修竹深邃的眼眸，轻声道：“《爱自己的歌》，石川啄木写的。”

顾修竹一顿，垂眸看着她：“没有。”

姜映初笑，眉眼弯弯，像是月牙一般：“那我念给你听好吗？”

她说完，也没顾忌旁边的人：“今天正好下雪了，其实这一段挺适合下雪天的。”

顾修竹喉结滚了滚，刚想要制止她，就被姜映初打断了。

她眼眸清澈地看着顾修竹，声音轻飘飘的：“想把发热的面颊，埋在柔软的积雪里蹭一蹭，想找一个人那么恋爱一下看看。”声音软糯，可却透着一股坚定。

她一字一句地念着，把自己所有的情绪都投注到了眼睛里，目光灼灼地看着顾修竹。

念完后，她问：“所以，顾学长，你想要跟我恋爱一下看看吗？”

第13章　喜悦

雪慢慢小了很多。周围的店铺都亮着灯光，暖橘色的光线在夜晚中，看上去尤为温暖。

灯光和雪花一起点缀着这个寒冷的夜晚。风还在吹着，可站在这里的两人，却像是感受不到冷一样。

姜映初眼眸清亮，直勾勾地看着顾修竹。

当着周围所有人的面，她不知道是谁给自己的勇气，竟然把心底预备好的话，全都说了出来。她很喜欢这首诗，从第一次读到的时候就喜欢，一直到现在都记得很是清楚。

第一次读到的时候，姜映初就觉得这几句诗太适合表白了，以后要是有喜欢的人，一定要这样跟对方表白。

周围的人都呆住了，静静地看着两人。

大抵是所有人都没有想过，她会跟顾修竹这样告白。跟顾修竹告白的人不少，但这么文艺又明目张胆的，还真是头一个。

众人窸窸窣窣地讨论着，顾修竹整个人都呆住了。他跟其他人一样，未曾料想过这样的状况。

在他看来，在感情方面，姜映初一直缺少勇气和安全感，他原本是打算忙完开学的事情，主动找她的，他甚至把所有告白的方式都想了一通。

顾修竹他目光怔愣地看着面前的人，只见她双颊绯红，这会儿已经分不清楚是被风吹红的，还是因为害羞红。

那句“你想要跟我恋爱一下看看吗？”已经花完了她所有的勇气。

姜映初想，这一辈子为爱情攒下来的勇气，全给了顾修竹。可她不后悔，现在还觉得轻松了不少，即使顾修竹不答应，她会难过，但不会后悔。

她觉得宋嘉兮和妈妈说的话，真的很正确。

两人对视着，顾修竹刚回过神来要说话，就被林美给打断了。

她突然就笑了起来，用调侃的语气看着姜映初：“小学妹，你这是跟你顾学长开玩笑？”

姜映初眼睫轻颤，刚要说话就被顾修竹给打断了，他伸手拍了拍她的脑袋，轻声道：“去那边等我，我跟那边的同学说几句话。”

两人的周围有不少人拿着手机在拍，还窃窃私语着。

姜映初没注意到，但顾修竹却看到了。

她一怔，下意识就往不太好的方向去想。

“哦。”她估摸着，顾修竹是准备教训自己一顿了。

顾修竹放低着自己的声音，哄着她：“外面太冷了，先去里面等我。”

“好。”

她答应了。

顾修竹看着她进店之后，才对着旁边的同学笑了笑，语气冷静道：“麻烦大家等等再走。”

瞬间他就被围在了人群中。

“顾学长，刚刚那姑娘是谁啊？”

“对啊，顾学长，你为什么不当面拒绝。”

“刚刚的女生长得很好看啊，是不是上次跟顾学长传绯闻的那个啊？”

“顾学长，你要答应了吗？”

林美站在旁边，冷了语气：“别乱说，怎么可能。”

“暂时不告诉大家。”顾修竹笑了笑，“我过来是为了找你们商量个事的？”

众人：“……”

顾修竹语调温和地环视众人，指了指道：“能不能把手机里拍的照片跟视频删掉？”

众人：“……”

姜映初走进店里，有些忐忑不安。她估摸着顾修竹是想要拒绝自己，要不然为什么不当着大家的面答应呢，估计是还想给自己留个面子。

她想了想，直接走了。

她有勇气向顾修竹表白，可没有勇气听他长篇大论地拒绝自己，表白被拒绝已经很伤心了，就没必要再听拒绝的理由了吧。

姜映初抬眸看了眼站在人群中的那人，在心底感慨着，顾修竹还真是受欢迎啊。

她揉了揉自己的脑袋，打了个喷嚏，在顾修竹过来之前，加快脚步溜了。

直到回了宿舍，宋嘉兮跟宁年年还在等着她去告白。

“初初，你是回来喊我们的吗！”

姜映初一噎，望着面前的两人“啊”了一声：“啊，我刚刚……好像……表白完了。”

两人对视一眼，怒瞪着她：“你说什么？！”

姜映初一怂，连忙道：“就是刚刚碰到顾修竹了，然后我就表白了。”

“然后呢？”

她想了想，决定在两人这里取得一点同情，把表白的过程说了一遍，姜映初叹气说：“然后我就回来了。”

宋嘉兮噎了噎，被她的脑回路给惊到了：“你怎么知道顾修竹让你等一会儿是要拒绝你？”

“那为什么不当场答应？”这才是她的疑惑所在。

要不然，为什么呢？

宋嘉兮想了想，想不出答案，看向宁年年：“你说。”

宁年年想了想：“你说你表白的时候周围有很多人啊？”

“是啊。”

“还有人在拍照？”

“嗯。”

宁年年眼睛一亮，连忙问："顾学长是不是怕那些人把照片传出去啊，觉得你会被大家骂，才想要解决那边的事情再来找你，或者他其实准备跟你表白的，结果被你抢了先？"

按照她阅小说无数的经历，宁年年觉得很有可能是这样的。

姜映初思忖了片刻，摇头："不知道。"

"你表完白，顾学长还做什么了？"

"摸了摸我的脑袋。"姜映初到现在还能感受到残留在头顶上的温度。

两人异口同声道："那你为什么要跑回来！"

都这么明显了，情商到底是有多低啊，两人看着她的眼神里，满满都是嫌弃。

姜映初："……"

到最后，姜映初被训得更㞞了。顾修竹并不像是表面上看起来那么温和，有时候还有点坏，姜映初觉得现在回去一定会被收拾，还不如不去。

两人劝不动，只能作罢。

"你能躲多久？"

姜映初摸了摸自己的脖子，小声道："就能躲多久躲多久。"

而且学校刚开学，学生会会长一定会进入忙碌期，应该……没时间还找自己。

不得不说，还真被姜映初给猜中了。

顾修竹最近忙得焦头烂额，那天他把事情处理完了之后，急急忙忙去店里，结果人不见了，给姜映初打电话也没接。顾修竹稍微一想，就知道这人又躲了起来。

既然如此，他也没着急行动，准备给她几天缓冲期，等忙过这几天，再去找人。

那天围观拍了照的同学，虽然把照片和视频都删了，但有些顾修竹没有顾及到的、离得远的还是看到了这一场面，只是不知道跟他表白的人是谁罢了。

这天，林扬手里拿着一个苹果，边吃边往办公室走，看到顾修竹后，他顿了顿问："我刚刚上来的路上听到了一个八卦。"

"嗯。"

"又有小姑娘跟你表白了啊？"林扬好奇，"据说还念了一段情诗，你有没有答应？"

顾修竹这才抽空给了他一个眼神："好奇？"

"好奇啊。"林扬咬着苹果，声音清脆。

顾修竹哂笑："那就继续好奇吧。"

林扬"啧"了声："你说要是小学妹知道又有人跟你告白，她会不会又不敢前进了啊？"

闻言，顾修竹的手一顿，莞尔一笑道："把周楚楚给我找来。"

"啊，找大小姐做什么？"

"帮个忙。"

林扬虽然好奇，但他知道问了顾修竹也不会说，还不如之后再去跟周楚楚打探比较合适。这样想着，林扬非常懂事地给顾修竹把找人过来了。

"等会儿。"

"怎么？"

"待会儿帮我把这边的资料处理一下，我有点事。"

林扬幽怨地望着顾修竹，忍不住骂道："你这么狠？"

顾修竹微微笑："如果你不请假，我不需要每天晚上都在办公室度过。"

瞬间，林扬觉得自己的膝盖中了一二三四五箭，只能答应了。

"我先去喊周大小姐过来。"

从上次大雪过后，天气就暖和了不少。

姜映初躲了顾修竹快一个星期了，从还没开学到开学上了课。

这天，刚下课她就收到了周楚楚发来的信息，问她晚上有没有事。

姜映初思忖了片刻，回道："没什么事啊，学姐找我？"

周楚楚："有啊，晚上八点能下来么，我有点私事拜托你。"

姜映初眼珠子转了转，没拒绝，正好她也想去打探一下顾修竹近几日的心情。

“好的，那我八点去找你。”

“不见不散。”

吃过晚饭后，姜映初在宿舍里暖和了一会儿，才轻松地去见周楚楚。

夜空明亮，她心情还算不错，准备跟周楚楚打探好消息后，明天就主动出现在学生会，无论如何，也是时候有个答案了。

学校的小树林里，一直都是男女约会的场所，姜映初不懂周楚楚为什么要约自己来这里。虽然好奇，但她也不是那种喜欢打探到底的人。

旁边有一条小路，是为了方便走近道的人，而两侧的树木，即使是进入了冬天，也依旧茂盛。

姜映初低头拿着手机，准备给周楚楚发信息，问她在哪个位置。

手机刚拿出来，信息还没发出去，她面前就伸出了一只手，直接把她给拽了过去。

“是我。”她还没出声，就被熟悉的声音给打断了。

姜映初一怔，错愕地看着眼前的人，紧张地吞咽了一下口水：“你……你怎么在这里？”她变得结巴起来，说话都不利索了。

顾修竹眯了眯眼，看着她脸上的神情低低一笑，朝她这边靠了过来，眸光暗流涌动。

他不断前进，把她逼得往后退，小树林的灯光不亮，路旁边的光影交错在一起，她呼吸急促往后退，直到后背靠在大树上，退无可退。

“你……别走近了。”她紧张得整张脸都红透了。

顾修竹借着外面的光，看着她的脸庞，伸手捏了捏她的耳朵，低声问：“想明白我为什么在这里了吗？”

“想明白了。”她稍微一想，就知道这人为什么在这里了。

她的手靠在后背，紧张地卷在了一起，不敢把心底的疑问问出来。

“那天怎么跑了？”还是顾修竹先开口的。

她顿了顿，抬眸看向他：“我……”话还没说出口，顾修竹却突然伸手出来，压着她的唇，声音暗沉沉的：“喜欢我，想要跟我恋爱一下看看吗？”

姜映初一尿，没敢回答。

顾修竹捏着她的耳垂，气息危险至极：“不回答？”他一顿，继续问，

“还是又想跟之前一样，撩完就跑？”

“哪那么容易，嗯？”他步步紧逼。

姜映初梗着脖子看向他，不太服气：“我什么时候撩完就跑了？”

这可真的是冤枉她了，她根本就没有撩过顾修竹啊……

顾修竹看着她，伸手捏了捏她的耳垂，他手指温热，碰着她冰凉的耳垂，竟有些舍不得离开了。

两人无声对视着，突然，顾修竹弯腰下来，用自己的鼻尖蹭了蹭她的，一字一句道：“我答应了。”

“哈？”姜映初一怔，望着近在咫尺的人。

顾修竹侧了侧脑袋，朝她耳朵里吹了口气，柔声道：“你那天的问题，我现在回答你，我答应了，你呢，想好了，要跟我谈恋爱看看？”

她一顿，眼睫毛轻颤着，几乎立刻开口：“想好……唔……”话还没说完，顾修竹突然就侧了脑袋，寻着她柔软的唇瓣，亲了下来。

周围不算安静，还能听到一旁小道上的说话声。

她瞪大眼睛看着亲下来的顾修竹，还来不及反应，他便低声道：“闭眼睛。”

姜映初一怔，下意识地闭上了眼。

耳边只有他的呼吸声，她仿佛再也听不见其他声音了。顾修竹的唇很软，还带着温热的气息，双唇相贴，姜映初整个人都是僵硬的，眼睛是闭上了，可身体却是紧绷的。

突然，她的手被顾修竹抓住，他吻着她的唇角，捏住她的双手。

姜映初依旧是紧张的，她的手指扣着顾修竹的手很紧很紧，像是要在海水里抓住救命稻草一样。

“这么紧张？”黑沉沉的世界里，突然听到了笑声。

姜映初一怔，刚想要开口反驳，顾修竹却趁着这个机会，亲着她的嘴角，钻了进来……

她稍微一放松，他就有机可乘。

事后，姜映初想，如果当时不是路边有人经过，两人的第一次亲吻，可能要因为自己缺氧而结束。

小树林里依旧是黑漆漆的，她全身紧绷着，完全不会动，只迷迷糊糊地跟着顾修竹，被他带领着。

直到耳边传来交谈声，是一男一女。

“我们去那边好不好，那边感觉很黑诶，挺合适的。”

“好，别着急，万一碰到人了怎么办？”

“怎么会，这么冷还有人在这边约会吗，又不是谁都跟我们一样傻。”

……

被说成傻子的姜映初，灵敏地反应了过来，攥着顾修竹的手推了下，颤抖地睁开眼，结结巴巴道：“有、人。”

她紧张得都快要哭了。

顾修竹一顿，亲了下她的嘴角才把人给放开，侧头听着另一边传来的声音。

“在另一边。”

姜映初抿着唇角，整张脸通红的，她完全不知道该说什么、该做什么。

被宋嘉兮和宁年年洗脑，她觉得顾修竹应该是对自己有意思。可她从来没想过，才刚答应，就被亲了……

而且，顾修竹好像很熟练的感觉，以及她现在完全不知道现在该怎么面对这个人。

借着月光和微弱的路灯，依稀能看见她红润的唇瓣和绯红的双颊，顾修竹等那边的声音小下来之后，才低低一笑，弯腰蹭了蹭她的鼻尖，问：“害羞了？”

姜映初噎了噎，像是被戳穿了小心思的，瞬间就奓毛了，想也没想就踢了顾修竹一下：“你干吗让楚楚姐骗我过来？”

顾修竹眼眸带笑，轻声道：“嗯，怕你不过来。”

眼前的人多能躲，顾修竹是清楚的。从表白到今天，他虽然是忙，可也会去教学楼上课，但偏偏一次都没遇见她。可想而知，姜映初多能躲。

姜映初一怔，瞬间语塞。

她沉默了片刻，才小声说：“那也不一定。”

顾修竹轻笑，嘴角上扬着，伸手揉了揉她的脑袋，低声问："还想要待在这里吗？"

"啊？"她一愣，连忙摇头，"不要。"

再待在这个地方，她可能要羞愧而死！

姜映初觉得她跟顾修竹的进展，有点像是坐了火箭，快得让她猝不及防的。

顾修竹望着她红着的脸，也不逗她了，牵着她的手把人带着往外边走："有什么想去的地方吗？"

"没……没有。"她根本就没想到是顾修竹来找自己。

"那陪我出去吃个饭？"

"啊？"姜映初错愕地看向他，"你还没吃饭？"

"嗯。"顾修竹这几天都忙，今天正好想着过来找她，下午也没跟林扬他们一起去吃饭，就想着忙完手里的事情，早点过来逮人。

"那、那就去吃饭吧。"

"好。"

夜色很好，最近的天气也有所好转，夜空中的月光明亮，有几分暖意从月色中倾泻而出，照亮着大地。

姜映初垂着眼眸，看着被顾修竹握在手里的手腕，默默地舔了舔唇，心跳又快上了半分，怎么都压不下去。

她的嘴角微微上扬。

八点多的校门口，正是人多的时候。

一到门口，姜映初就忍不住想要挣开顾修竹的手，她还不太习惯。顾修竹的名气实在是太高，一站出去大家就都会注意到。

"不想牵手？"

姜映初沉默了一下，没说话。

不是不想牵手，是不好意思。

顾修竹看着她的脸色，低低一笑："今天依你。"他把手松开了，但却还是叮嘱，"放口袋里，免得冷。"

"嗯。"姜映初讷讷地答应着，扭头看他，"你要吃什么？"

“你晚上吃了吗？”

“吃了。”她说完后，又补充了一句，“但现在还能再吃点，都消化了。”

闻言，顾修竹低低地笑出声，宠溺地看了她一眼：“去那边，我随便吃点就好。”

“好。”

两人进了一家面店，店里人少，只有老板坐在里面看电视，电视的声音很大，两人进去后，老板才问：“吃什么？”

点了一碗牛肉面，姜映初要了一份汤，小口小口地喝着。

两人面对面坐着，她不太饿，之所以点一份汤，是觉得顾修竹一个人吃饭会孤单。她因为家庭原因，一直都不太喜欢一个人吃饭的感觉，总觉得太寂寞。

她用勺子吃了几口之后，不由自主地被电视给吸引住了。她害羞，虽然想看顾修竹，但又不太好意思看，只能找点东西来分散自己的注意力，结果就被电视剧吸引了。

姜映初看着电视剧，不由自主地笑出了声。

顾修竹抬眸看了她一眼，才去看一侧的电视剧，笑了声问：“吃饱了？”

姜映初错愕地看着他，不太好意思说：“我吃不下了。”

其实喝得挺多了，她喝了有二分之一。她忐忑地看向顾修竹，小声问：“可以不喝了吗？”

“浪费食物？”

姜映初对着顾修竹那双带笑的眼睛，她迟疑了片刻：“那我……”

“你说句好听的。”

“哈？”

顾修竹慢条斯理道：“你说句好听的，我就帮你喝完。”

她愣了有两秒，才低头看着眼前的骨头汤，原本红晕消散的脸，再次红了起来：“我才不要。”

光是想一想顾修竹喝自己喝过的汤，她就有种难以言喻的羞耻感。姜映初一咬牙，决定自己全部喝完。

刚伸手把碗端起来，手背就被另外一只大手覆住了，她抬眸，看着顾修竹的眼睛。

他莞尔一笑，柔声道："怎么那么不经逗，喝不下就不喝了。"他说着，趁姜映初没注意，直接端了过去，在她的注视下，把她没喝完的汤，全部喝完了。

直到结完账出来，姜映初的脑海里还一直重复刚刚那一幕。

今晚给她的刺激实在是太大了，姜映初不知道该用什么来平复此时此刻的心情，总觉得有点像是在做梦。

"你掐一掐我。"她突然停下，望着顾修竹。

顾修竹的脚步一顿，垂眸看着她："觉得不真实？"

"嗯。"姜映初想也没想地点头，她是觉得很不真实。

顾修竹莞尔一笑，伸手拍了拍她的脑袋问："那还有其他的办法证明到底真不真实，试试吗？"对着他带着笑的目光，求生欲强烈的姜映初只思考了半秒钟就拒绝了。

"不要。"她咳了声，望着远处说，"我相信是真实的了。"

顾修竹看着她胆小的模样，没忍住笑了出来。

他的声音低低沉沉的，入耳酥麻，姜映初听着就红了脸。

吃过东西后，外面实在是太冷了，顾修竹看着她被冻红的耳朵，低声道："送你回宿舍？"

"你呢？"她下意识地反问。

顾修竹笑，弯了弯嘴角："我还要去办公室，有点事。"

闻言，姜映初迟疑了片刻，小心翼翼地看向他："那我能跟你一起去办公室吗？"

虽然是害羞，可她也想多跟顾修竹相处一会儿，姜映初觉得身边的这个人，还有千千万万个吸引自己的点等待着被她挖掘。

"不冷？"

她顿了顿，点头："还好啊，办公室有空调。"

姜映初眼眸清澈地看着他，把所有的情绪都展示给他看，张了张嘴问："是不方便吗，如果不方便的话，那我就不……"

话还没说完，顾修竹的手指就伸了出来，压在了她柔软的唇瓣上，制止她把最后一个字说出来。

他的眸光暗流涌动："怎么会……"

迎着姜映初的视线，顾修竹附在她耳边，轻声道："求之不得。"

第 14 章　喜欢

学生会的办公室在三楼，这个时间点，整栋楼都已经安静了下来。

顾修竹领着她往办公室走，两人并排走着，手牵在一起，不曾分开。

夜色朦胧，三楼偶尔还有一两间屋子亮着灯，姜映初仰头看着，讷讷地问了声：“你办公室还有人吗？”

刚刚一时冲动说想要过来，可到了这里以后，她才想起这是顾修竹的地盘，在这边的应该都是熟人，万一碰到了他们怎么办？

那岂不是才恋爱的第一天，就要被曝光？

姜映初思索了片刻，发现自己做好了跟顾修竹在一起的准备，可还没有做好公开恋情的准备。

跟这么优秀的人在一起，内心深处依旧有着不可言说的自卑。

顾修竹知道她在担心什么，侧头瞥了她一眼：“没有，林扬应该早就回去了。”

闻言，姜映初点了点头：“那就好。”

顾修竹一顿，带着她往楼梯处那边走，低声问：“你怕看到林扬？”

“不是……”她有些语塞，不知道该怎么解释，“我不是怕看到林扬。”

顾修竹莞尔一笑，也不准备把人给逼紧了，了然地没再问下去，只安抚道：“别担心，他们应该都不在，应该是忘记关灯了。”

一般这个时间点，不会有同学还在办公室里。

“好。”

果然，到了办公室门口，顾修竹掏出钥匙开门，还真是有人忘记关灯了。

他回头看了眼姜映初，轻声道："你先坐一会儿。"

"嗯。"她找了个暖和点的地方坐下，顾修竹把办公室的空调打开，又去给她接了一杯热水，让她捧着。

"还冷吗？"

"不算冷。"她的唇色有些泛白，是刚刚被风吹的。

姜映初一向怕冷，但现在这种天气跟前段时间相比，已经是很好了，至少没有让她到不敢出门的地步。她把水吹冷一点后，小口小口地抿着，让身体暖和了起来。

顾修竹垂眸看着她的举动，唇角弯了弯。

"我把这些处理一下，半个小时就好了。"

"要我帮忙吗？"

"不用。"顾修竹递给她一本书，"你要是无聊，可以看看书。"

"好。"

时间流逝着，姜映初一开始认真看书的，不多时就昏昏欲睡了，门口传来了说话的声音。

"林扬，你说你怎么做事的啊，走的时候怎么灯都不记得关了？"

林扬"啧"了声，无奈耸肩："我不是最后走的。"

"那是谁？"是齐南的声音，他叹了口气，"要不是有人给我打电话，我还真不想过来，这天气也太冷了。"

他原本正在宿舍里跟王康一起玩游戏，至于林扬，他刚回去没多久，就被告知几个办公室的灯没关，但门是锁上的。

他们没辙，只能大晚上的过来把灯关了。总不能让灯亮一晚上。

林扬想了想，他走的时候还有人，至于是谁，他还真不记得了。

"忘记了。"

齐南："我去那边开门，你到阿竹办公室吧。"

"行。"林扬径直往顾修竹这边的办公室走来，灯还亮着，毫无疑问是忘记关了。

姜映初听着越来越靠近的脚步声，着急地站了起来，一脸惊吓地望向顾修竹。

“怎么这个时间点他们还来啊？”

顾修竹一顿，看着她：“我出去跟林扬说一声。”

“嗯。”她抬眸看着顾修竹的身影，有些忐忑和紧张。

只是顾修竹大概也没想到，自己还没走到门口，门就被林扬给推开了，他推开的瞬间，姜映初一尿，往桌子下躲了过去，还不小心撞到了脑袋。

砰的一声，在林扬和顾修竹的耳畔响起。

顾修竹下意识就想去看她，被姜映初伸出来的手给阻止了。

他有些无奈地揉了揉眉心，心情不悦地看向林扬：“这个时间点来办公室做什么？”

林扬一脸受惊的模样，惊恐地望着他：“阿……阿竹你怎么在办公室？”他踮着脚往顾修竹后面看，“里面还有人吗？我刚刚怎么听到了声音？”

顾修竹挡在门口，双手抱臂冷眼望着他：“你听错了。”

林扬一脸疑惑，他哪有听错，刚刚明明就是碰撞声。

“这边的灯我待会儿忙完会关，你早点回去。”

林扬一怔，错愕地望着他：“你怎么这个时间还来办公室？”

闻言，顾修竹冷笑：“我交代你的事情做完了？”

林扬心虚地摸了摸鼻子，他还真的没做完。

“不是不着急吗？”

顾修竹漫不经心地答应着：“是不怎么着急。”他顿了顿，“还有什么事？”

“啊？”林扬有些看不懂顾修竹了，今晚怎么一直在费尽心思地想要赶自己走？

“没事就早点回去，我还有事。”

直到糊里糊涂走下楼后，林扬才看向齐南，嘀咕了声：“你有没有觉得阿竹不对劲？”

齐南淡淡地看他一眼：“我看你才不对劲，赶紧走吧，这天太冷了，我还要回去游戏。”

林扬还是觉得顾修竹不对劲，突然，他目光一亮，拍掌：“我怀疑阿竹藏人了。”

齐南啧了啧，伸手拍了下他的脑袋，无奈道："你是不是被冻坏脑子了？阿竹怎么可能背着我们藏人，他那种清心寡欲的男人，没可能的。"

人走后，顾修竹才关了门，看着还蹲在桌子下面的姑娘，有些哭笑不得。

"不准备出来了？"

姜映初摇头，双眸蕴着泪水看着他，可怜兮兮的："腿……腿麻了……"

顾修竹有些想笑，但又觉得要给她留点面子，只能强忍着笑，把人从桌子下面拉了出来，一把抱着她坐在桌子上："刚刚磕哪儿了？"

"这儿。"姜映初指着额头，这会儿摸着都能感受到肿起了一个小包。

顾修竹看着，有些心疼又有些无奈，伸手给她揉了下，忍不住训她："躲什么呢？"

她抬眼看着他，没说话，其实她也不知道自己要躲什么，刚才是下意识就躲了起来。

他看着她的眼睛里满是柔和："痛不痛？"

"不痛。"

"真不痛？"

姜映初支支吾吾地嘀咕了声："其实有一点。"

那样撞上去，一点痛都没有是不可能的，她只是不想在顾修竹面前表现出来罢了。

顾修竹笑，突然低头亲了下她额头肿起来的地方，低声道："现在呢？"

她一怔，整张脸爆红，连晃动着的脚都停了下来，她小声说："还有最后一点点痛。"

顾修竹低低一笑，她听着有种燃烧起来的感觉，从心底到全身都滚烫滚烫的。

他笑归笑，还是温柔地亲了两下才离开。

那一晚，姜映初回到宿舍后，觉得一切就跟做梦一样的，她竟然真的拿下了顾修竹。

翌日一上午，满满当当的课。

姜映初昨晚十点左右回到宿舍，一进门就被宁年年抓着问周楚楚找她做什么，她含糊地应付过去，就洗澡睡觉了。

“初初。”这会儿两人坐在教室里，等着上课。

姜映初撑着手腕看着窗外，坐在教室里的这个位置，恰好能看到楼下来来往往的同学。

“怎么了？”姜映初半眯着眼应着，感受着外头的阳光照在自己身上，暖洋洋的。

宁年年侧头看着她，总觉得有些不对劲：“你说楚楚姐找你做什么来着，怎么那么晚才回去？”

姜映初被呛了下，连忙道：“有点工作上的事情，怎么了？”

宁年年摇头：“没事，就好奇问一问。”她笑眯眯地看向她，八卦道，“你问了楚楚姐顾学长的事情吗？你还打算躲到什么时候啊？”

姜映初噎了噎，瞬间就语塞了。

这个问题，她是真不知道要怎么回答。她思索了半晌，刚想要把自己跟顾修竹的事情告诉宁年年，就被打断了。

宁年年伸手拍了拍姜映初的肩膀，略微同情道：“没事没事的，你要是害怕，就暂时不见了，我只是忍不住想看你们两个谈恋爱。”她感慨着，“我谈不上恋爱，可看着你谈恋爱也开心啊。”

姜映初瞥了眼宁年年的神色，忐忑说：“年年啊，我有个事昨晚没跟你说。”

“什么？”宁年年低头翻开书本，蹭了蹭她的手臂，“上课了，下课说。”

“……好。”

只是下课后，姜映初就没有机会跟她说了。因为下课铃声刚响起，姜映初就被门口的人给叫出去了。

“初初，过来一下。”

是周楚楚。

她一怔，连忙答应着：“好，马上来。”

两人一前一后地往另一边走去，顶着众人注视的目光。

姜映初好奇地看向周楚楚，问：“楚楚姐，我们现在去哪里？”

周楚楚笑了声：“躲开这些人。”

“啊？”

周楚楚笑，回头望着她：“去说个小秘密。”

姜映初怔愣了片刻，惊呀地望着她：“楚楚姐。”

周楚楚哈哈大笑，觑她一眼：“我准备喊你帮忙做事呢，‘劳役’一下顾修竹的女朋友。”她嘀咕着，“谁让顾修竹昨天竟然威胁我，说要是不找你出来，就把我上次去酒吧喝酒的事情告诉江廷。”

“这也太过分了，对不对？”

姜映初呆愣地点头，默了默：“好像是有点。”

“不是有点，是非常！”

姜映初：“……哦。”

她跟着往前走，直到停在一个地方的时候，姜映初才知道周楚楚找自己来到底是干吗的。

“这是要做什么？”为什么要来琴房。

周楚楚嘻嘻笑，朝她眨了眨眼道：“过段时间江廷不是要生日了嘛，我准备给他弹首钢琴曲，但是吧，我以前学的都还给老师了。你上次不是说你会一点嘛，所以我找你过来听一听，帮我鉴定一下弹得如何。”

姜映初笑着点头：“好啊。”

她是会弹钢琴，但是也好久没弹过了。

周楚楚解释了一句：“只有这会儿琴房是空着的，所以我现在找你过来。”

“没事，楚楚姐你先试试，你要弹什么曲子啊？”

周楚楚哀怨地看向她：“没定呢，我可能音都找不准了。”

姜映初没忍住，扑哧一下笑了出来。

“那你先试试。”

“嗯嗯，要是不行就换，我觉得这玩意跟我八字不合。”

“好。”

她坐在椅子上安静地听着，其实周楚楚弹得还可以，偶尔会有一两个错音，毕竟太久没弹了，难免出现差错。

“怎么样？怎么样？”

“还行，不过这个地方错音了。”姜映初想了想，“楚楚姐，你要定下来自己想弹奏的曲目再来练习，你这么聪明，估计练习几次就可以了。”

周楚楚拍了拍她肩膀：“行，我晚点回去选一首，要是不会就麻烦你教我？”

“我会的话，当然没问题。”

“好，就这么说定了。”周楚楚眨了眨眼，“帮我暂时保密啊。”

“好。”她笑，“那我们回去了？”

“要上课了，走吧。”

上午的课一晃而过，中午姜映初跟宁年年一起吃了午饭，跟往常没有太大差别。

吃过饭，她下午没课，打算回去补一补眠，因为昨晚实在太兴奋了，没睡好。只是她没想到，她才刚回教室，就被一通电话叫去了学生会。

抵达学生会门口之时，她整个人还是蒙的。

“怎么突然就要开会了啊？”

“据说是顾学长选出来亲自带的同学了。”

“作为他的接任人？”

“对啊，好像是这样的。”

姜映初皱了皱眉，有些惊讶。她进学生会这么长时间，差点把这个事情忘记了。

她转念一想，好像前两天听人提起过，但当时没当回事。

她正想着，顾修竹和其余学生会干部一起进来了。

他一进来，环视了一圈后，视线落在了姜映初身上，两人对视一眼，姜映初心虚地低头，挪开自己的视线。

顾修竹无声地扯了扯唇，没说话。

接下来就是冗长的会议，由林扬主持会议。

顾修竹一直坐在一侧，安安静静地没说话，可即便如此，那清隽的侧脸还是吸引了不少小姑娘看过去。

姜映初也不由自主地看了两眼，才收回自己的目光。

会议室里的人多，偶尔有一两个在桌子下玩手机的，也不会有人说什么。

毕竟，会议是真的很无聊。

她有些走神地看着顾修竹，突然，放在桌面上的手机振动了一下，姜映初一愣，下意识地调成了静音，是顾修竹发来的消息。

“好看吗？”

姜映初噎了噎，偷偷摸摸地回了句：“不好看。”

顾修竹：“嗯？”

姜映初：“你怎么就那么招人喜欢啊？”

她有些气闷了，虽然一直都知道顾修竹优秀，可开个会，也有女孩子讨论他……

顾修竹顿了顿，手指在手机上面摁着，给她发了条消息。

“那招你喜欢吗？”

会议还在进行中，参加会议的人很多，不会有人特别关注到他们两位。

姜映初看着手机里收到的消息，只觉得触碰着手机的手都是烫的。

手机上的那句话，像是穿破了手机，直抵她的心口，让她心底那点醋意消失殆尽。

她抿了抿嘴角，两人现在这模样，就像是上课时偷偷摸摸传纸条，亦或者是偷偷摸摸做点小动作的学生一样。

心情有点紧张，又夹杂着一些不可言说的喜悦和担忧，她难以形容自己现在的心境，总之就跟坐过山车一样，跌宕起伏。

姜映初不知道其他恋爱中的女生会不会也跟自己一样，会因为一点小事不开心，又会因为心上人的一句话心情瞬间多云转晴。

她小心翼翼地掩藏着自己唇角要荡漾出来的笑，不让外人看出来。

在她还在挣扎要怎么回复的时候，又收到了顾修竹发来的消息。

“招不招别人喜欢我不知道，也不想知道，但我想招你喜欢。”

姜映初没忍住眼睛里的笑，那种从心底里溢出来的甜滋滋的味道瞬间就蔓延出来了，甚至能感染到周围的人。

坐在她旁边的是一个同年级的同学，两人虽然不同班，但是认识彼此，姜映初记得她叫许雅。

许雅打量了姜映初一眼，忍不住问：“初初，你是遇到什么高兴的事情了吗？”

“啊？”姜映初错愕地看向她，压着唇角的笑，小声问，“怎么突然这么问？”

那人指了指道：“你眼睛里的笑太明显了。”

姜映初：“……”她掩饰性地咳嗽了声，压低着声线，“抱歉，是不是影响到你了？”

“没有啊，没事的，本来大家都没怎么认真听。”许雅笑着说，“大家都看顾学长去了，林扬学长说什么大家可能都没认真听。”

姜映初笑笑，把手机搁在桌面上，点了点头：“好像是这样的。”

确实，大家的注意力多数是在顾修竹身上的，他即便坐在那里什么都不做，却依旧能吸引大家的注意，就像是闪闪发光的金子。

她眼睫轻颤了一下，手指放在桌面上，侧头看去，好巧不巧地对上顾修竹的视线，姜映初一怔，仓皇躲开了。

顾修竹轻哂了声，依旧是一副漫不经心的模样。

林扬在台上说得口干舌燥的，偏偏没一个人搭理他，只有几个同学在听，大多数都在玩手机，或者是三两人凑在一起说着悄悄话。

他像是在唱独角戏。

说到最后，林扬偶尔看一眼顾修竹，在看到这人低着头把玩手机的时候，忍不住嗤笑了声，他咳了声，环视一圈道：“下面，让顾学长说几句。”

下面坐着的同学，连忙鼓掌，一时间会议室内全是热烈的掌声。

顾修竹莞尔，脸上挂着淡然的笑容，恰到好处。

他上台简短地把会议内容概括了一下，三两句话就把重点传达了出来，说到最后，他顿了顿，环视一圈，浅声道：“大家大概也都猜到这一次的会议内容，经过一个学期的观察，我们对大家的表现都有了一定了解。”

后面说的事情，跟姜映初知道的一样，是为了选人。

从顾修竹念名字开始，大家就都紧张了起来。她安静地听着，偶尔抬眸看一眼那人，总共选五位，念完第四个名字，顾修竹直勾勾地看向另一边，说：“最后一位，姜映初。”

瞬间，姜映初整个人愣住了。

顾修竹没理会那些议论的声音，沉了沉声：“大家有什么异议吗？”

下面的人都不敢说话，顾修竹正要敲定的时候，林美站了起来，她看向众人，说了句：“我有。”

她冷静又言语清晰：“最后一位，我有异议。”

话音一落，下面的议论声就越来越大了。

顾修竹一顿，挑了挑眉问：“说说你的意见。”他双手撑在桌面上，明明是很寻常的一句话，却无形中给人压力。

林美既然站了起来，就没打算半途而废。她抬眸看向顾修竹，言语间全是对他以及对姜映初的不满。

“前面几位我都没有异议，毕竟大家的表现都有目共睹，但最后一位……”林美停顿了一瞬，笑了笑说，“是有什么重大贡献吗，还是说哪方面比较出色？”

选人这方面，大多数是由每个部门的部长负责提交名单，再从每个部门选出来的名单里再次筛选。一般能选中的，都是能力出众的，八面玲珑的人。姜映初在里面，确实算不上八面玲珑的一个，但她有自己的优势。

不过她没有想到自己会被选上，最开始报名的时候，确实存着这样的念想，想要被顾修竹选上，离他更近一点。但直到点到名字，她都是蒙的。

有念想是一回事，念想成真了又是另一回事。

林美的话一出，下面的议论声就更大了，她依稀能听见一两句。

“对啊，她好像没做什么大事吧……”

“长得好看呗……”

“那你们想多了，你们是不是忘记了，上次的那个赞助是谁拉来的。”

“对哦，上次那个活动的资金，好像是她出面的……”

……

周围是细细碎碎的议论声，姜映初深吸一口气，没开口说话。

她抬头看向顾修竹，顾修竹给了她一个安定的眼神，没说话。

“会长。”林美喊了声。

顾修竹了然一笑，轻声道：“知道大家一定会有不一样的看法，所以在选出来人之后，我特意让人收集了一份资料。”他朝林扬示意了一下，“放出来吧。”

“了解。”

林扬起身，把所有整理出来的资料都放了出来。

其实学生会的任务真挺重的，要和各个部门交涉，学校的重大活动大多数也由他们负责安排。

他们学校是一所名校，能在学生会任职的，都是能力非常出众的学生。

顾修竹整理出来的这份资料显示，这五人虽然都还有缺点，可表现是不错的。至于林美有异议的姜映初，去年年底有一场大型活动，原本是安排周楚楚去拉赞助，但为了给新进的同学一次机会，特意安排了他们。

这件事情，大家都还记得。她不太会说漂亮话，但每件事情都认认真真地完成了，在很多人看来，不可能的事情，她也做到了。

虽然，顾修竹有时候也好奇她到底是怎么做到的。

直到会议结束，姜映初也没能想到她真的入选了。

“初初！”宁年年在她面前晃悠着，挥了挥手，“你想什么呢？”

一回宿舍，姜映初就一副魂不守舍的模样。

姜映初一怔，回神望着她：“怎么了？”

宁年年噎了噎，瞪大眼睛望着她：“你去开了个会回来，心就飞了，怎么了？”

姜映初思忖了半晌，把会议的内容转述了一下。

刚说完，宿舍内就爆发了一声尖叫：“我天！所以你是被选上了吗？”宁年年围着她转，有些难以置信，“初初你也太厉害了吧，选上了以后是不是更忙了？”

“不知道。”

宁年年絮絮叨叨：“那都选上了，你干吗还这副表情？不想被选上啊？”

“不是。”她想了想，抬眸看着宁年年，嘴里的话一直不知道怎么出口。

“我担心，大家会有意见……”

“有什么意见？”宁年年望着她，“林美学姐是不是跟你有仇啊，为什么要那样针对你？”

“也没针对。”至于有没有仇，姜映初不确定，不过两人肯定互不喜欢。

她们两个喜欢的都是顾修竹，自己上次当着林美的面跟顾修竹表白。

宁年年“啧”了声：“这就算针对了好吗，这还不算针对吗?！你为学生会付出了多少啊，最开始的时候那些资料什么的，都是你整理的，还有赞助，那是我陪着你在冷风中等了人家一个下午才拿下的好吗，她还好意思说你没做什么贡献，有本事自己去啊……”

宁年年性格大大咧咧的，基本上有什么看不过去的都会直接说出来。

姜映初听着，有些哭笑不得。

“不是这个意思。”她连忙说，“我担心的不是林美学姐。”

“那你担心什么？”

姜映初想了想，坐在椅子上仰头看着她，嘟囔着：“我是担心自己走了后门。”

宁年年一愣，没懂她意思。

“你这话……是什么意思？”

她摸了摸脑袋，有些不太好意思地说：“我昨晚不是出去了嘛……”

“是啊。”

“不是楚楚姐找我。”

宁年年静静地看着姜映初，等待着她的下一句。

姜映初想了想，直接一股脑地说了出来：“我跟顾学长在一起了。”

过了好一会儿，姜映初都以为宁年年不会有反应了，宁年年才“啊”了声，把她吓了一跳。

“初初啊！”

姜映初憋着笑，抬眸看着她：“我在呢。”

宁年年主动把手伸在她面前，目不转睛地看着她：“你掐一掐我，看下我是不是在做梦？”

姜映初噎了噎，无奈地看着她：“真的？”

“嗯。”

“好的。”她没有犹豫地伸手捏了下宁年年的脸，“痛吗？”

“痛。”宁年年眼睛里蕴着眼泪，“是真的。”

这下，姜映初是真没忍住，直接笑出声来了。

“啊啊啊……你真跟顾学长在一起了啊！”宁年年回过神来之后，开始兴奋地喊着。

“我的天呐，太激动了！”

一时间，宿舍内全是她的尖叫声，过了好一会儿才被停下。

“所以你现在是担心顾学长给你开了后门？”

姜映初点头：“是。”她担心的就是这一点，虽然觉得顾修竹那样的人不太可能会给自己破例，但她还是有点担心。

所以思前想后，她决定跟顾修竹说一说，能不能退出这个比赛。

“那你想好要退出了吗？”

姜映初摇摇头：“没。”

她有点期望，可更多的是害怕，她知道自己没那么大魄力，可有时候吧，人总想要去试试的，不去试试就永远不知道自己的潜力有多少。更何况，她也确实喜欢经常跟顾修竹待在一起。

但一想到两人现在的关系，她又觉得不太合适。

宁年年沉默了片刻，轻声道：“你可以找顾学长说一说，讨论一下。”

“嗯，晚点我问问。”

下午，姜映初跟宁年年在宿舍里睡懒觉，等她睡醒，手机里好几个未接来电，都是顾修竹。

姜映初一看到那个熟悉的号码，就头皮发麻，不由自主地想到了中午开会时候的事情。

开完会后，顾学长特意留了他们五个人说了几句，还让自己等他，但当时人太多，而且还在学生会的地盘上，她㞞了，一溜烟地跑了，连招呼都没打。

这会儿想起来，姜映初才觉得心虚。

她看着手机上的未接电话，悄悄打开微信，给顾修竹回消息。

“我睡着了，刚醒。”

顾修竹那边回得很快：“猜到了。”

连续好几个电话都不接，依照他对她的了解，一定是睡着了。

顾修竹揉了揉眉心，看着窗外的天色，顿了顿问：“饿了吗？晚上想吃什么？”

她这一觉，直接睡到了下午五点。

姜映初思忖了片刻，问了声：“我都可以。”

顾修竹：“嗯，那我去楼下等你，带你出去吃。”

“好。”

她看了眼还在玩游戏的宁年年，咳了声问：“年年，我要出去吃饭，要给你带东西回来吗？”

宁年年瞥了眼她，眼睛亮晶晶的：“去约会吗？”

她：“……嗯。”

宁年年眼珠子转了转：“你去吧去吧，好好约会啊，晚上不回来也没关系的。”

姜映初打开衣柜的手一顿，无奈失笑：“就吃个饭而已。”

“那我不管。”宁年年看着她拿出来的衣服，瞪大了眼睛问，“你约会就穿这个出去吗？”

“有什么问题？”她不是一直都这样穿吗？

宁年年点头：“有很大的问题。”她把游戏丢下，连忙凑到她衣柜面前教育她，“跟顾学长约会呢，得穿漂亮点才行，你穿裙子吧，再化个妆，多好看呀。”

“冷。”

“怕什么。”宁年年连忙说，“就要这样才好，你一冷，顾学长把你抱住取暖，多好啊。”

姜映初无语地望着天花板，伸手敲了敲宁年年的脑袋，红着脸问：“你都看的什么漫画啊……”

宁年年嘿嘿一笑：“漫画里都是这样画的，真的是巨少女心啊。”

到最后，姜映初虽然是穿了裙子，但外面套了件大外套，她的气质好，穿什么衣服都有型。

“好看好看。”在她出门前，宁年年还在跟她眨眼睛，笑着说，“今晚别回来了啊。”

直到下楼后，姜映初一张脸都还是绯红绯红的。

楼下，顾修竹依旧站在原来的位置，很有耐心地等着她。

顾修竹的宿舍群消息振动个不停，林扬在里面发消息："我跟大家说，顾修竹真是个大闷骚，感觉小学妹逃不出他的手掌心了。"

王康："这不是大家都知道的事情吗？"

齐南："对啊，你别再说了，影响我打游戏。"

林扬："你们是不知道，这人竟然当着我在台上说话的时间，跟小学妹眉来眼去的！"

齐南："真的假的？"

林扬："你问他。"

王康："阿竹哪有时间看手机，估计把我们都屏蔽的。"

林扬："要是不屏蔽，我也没胆子在这里说他。"

顾修竹看着，冷嗤了声："很闲？"

消息一发出，他便看到上面显示：林扬撤回了一条消息。

瞬间，宿舍群安静如鸡。

顾修竹没跟这几人计较，他一抬眼便看到了那往自己这边走来的姑娘，他眸色沉了沉，直勾勾地看向那人，径直朝她那边走了过去。

两人视线相对，姜映初下意识避开了顾修竹炽热的眸子，紧张地问了声："来很久了吗？"

"姜映初。"

"啊？怎么了？"她一怔，惊讶地望着他，杏眸清澈，眼睫闪了闪。

顾修竹看着她的模样，低低一笑："紧张了？"

"我没……"

顾修竹轻笑，垂眸盯着她看，低声问："没紧张，你脸红做什么？"

姜映初一怔，没回答。

她之所以脸红，是因为宁年年的话而已……

她看着顾修竹身上穿着的大衣，在想象中漫画里的男主角，穿着大衣把女主给圈进怀里……

“冷？”顾修竹观察着她。

“不冷。”姜映初连忙解释，“我们赶紧走吧，好饿。”她红着脸，避开了顾修竹的眼神。

他点了点头，跟着她往前走了几步，突然喊住了她的名字。

“怎么了？”

顾修竹笑，轻声道：“转头，往我这边走一步。”

姜映初傻乎乎地照做，还真的朝顾修竹走了一步。

她一步，顾修竹迈开步伐走了两步，两人靠得近，近到都能听见对方的呼吸声。

“要做什么吗？”

“做你想的事情。”

“啊？嗯？”她还没反应过来，顾修竹便轻笑了声，往前挪了一步，伸手拉了她一把，把自己的深色大衣敞开，把她整个人往自己怀里一拉，圈在了里面，手压着她的脑袋，在上面揉了揉，感受着她发丝的柔软。

他压着笑，一本正经说：“突然有点冷，抱下你取取暖。”

姜映初整张脸都埋在他的怀里，感受着他身上清冽的味道，淡淡的，却难以言喻的好闻。

一时间，她真不知道该有什么反应，傻乎乎任由顾修竹抱着。

但脑海里，却不合时宜地想起了宁年年说的话，按照漫画里面的顺序……

她想着，突然咳了声，伸手推了推顾修竹的肩膀：“……你先……把我放开。”

他顺势放开了她。

两人对视，顾修竹垂眸看着红到了脖颈处的人，低笑：“怎么这么红？”

他出乎意料地亲了下她红透了的耳垂，压着声音追问：“刚刚想到什么了，嗯？”

第 15 章　牵手

他故意的。

无论是声调还是说出来的话，无一不在逗弄着姜映初。

他喜欢看她脸红害羞的模样，甚至乐此不疲地揶揄打趣。

姜映初红着脸，往后退了一步，娇嗔地瞪了他一眼，咬着娇艳欲滴的唇瓣，说出的话看似咬重了声音，像在撒娇："还吃不吃饭了？"

顾修竹笑，垂着眼眸，注视着她："吃。"

不能再逗下去了，再逗下去估计真会奓毛。

顾修竹看着面对自己的姑娘，抬眸看着她身后的天空，唇角挂着笑，轻声说："走吧，先带你去吃饭。"

"嗯。"姜映初扭头往前走，没忍住感叹了一声，"夕阳好美啊。"

"等天暖了，会更好看。"

她笑，眉眼弯弯的模样："我还没在北京过过春天呢。"

春天即将到来，她很是期待。

姜映初喜欢春秋，总觉得这两个季节的景色最美，可她又偏爱白雪。她是一个矛盾的个体，爱好千奇百怪，性格也多面。

顾修竹站在她身侧，看着她的笑颜，无声地弯了弯嘴角："快来了。"

两人并排走着，即使什么都不做，周边都飘着一股甜味。

姜映初对吃的要求不算很高，不算挑食，只是偏爱甜食一些，但顾修竹不一样，有点洁癖，且不怎么喜欢吃辛辣食物，跟她的口味有点相反。

这还是姜映初从周楚楚那里打探来的，这人不爱吃辣。这让她恍然想起两人一起吃了好多次火锅，但顾修竹好像并没有很嫌弃辛辣的锅底……

她正盯着菜单发呆，被顾修竹喊了一声："怎么了？"

"没。"她望着他，顿了顿问，"你不爱吃辣？"

顾修竹一怔，莞尔一笑："点你喜欢的，我可以吃辣。"

姜映初扬了扬眉，开始点菜，点了两道清淡的食物，就把菜单给顾修竹了。

顾修竹无奈地笑了声，才接着点了她喜欢的。

餐厅里人很多，正好是饭点，到处都是喧闹的声音。两人坐在二楼的窗户边，依稀可以看到外面的景色。

点好菜之后，姜映初瞬间不知道该跟顾修竹说什么了。他们两人没谈恋爱的时候好像也是如此，没多少话题可聊，以前是觉得身份有些隔阂，但现在她不知道该怎么解释，总觉得自己跟顾修竹和正常情侣恋爱的流程不一样——他们的进展太快了。

沉默良久，姜映初低头玩着手机，在看到周楚楚发过来的信息后，她突然抬头看向顾修竹："我可以跟你说个事吗？"

顾修竹点头："想说什么？"

姜映初抿抿唇，把中午的困惑问了出来："为什么会选我？"

她想了想，浅声道："比我优秀的还有好多啊，你不会真的……"

她狐疑地看着顾修竹，有些摇摆不定。

顾修竹抬眸看向她，把手机往旁边推了下，他修长的手指敲了敲桌面，这是他思考时候的习惯动作。

沉思片刻，顾修竹接下了她没说完的话："是不是想问，我有没有给你走后门？"

姜映初一噎，有些无奈："呃……不是这个意思……"

她顿了顿，柔声说："就是觉得奇怪……"

顾修竹盯着她看了好一会儿，也没戳穿她内心深处的那点想法，解释了一句："没有走后门，是周楚楚力荐你的，再加上你本身表现也不错。"

姜映初"嗯"了一声，没说话。

恰好这时服务员来上菜，两人没再继续这个话题，她准备等吃过饭之后再跟顾修竹提一提自己不准备参加竞选的决定。

吃过饭后，顾修竹带着她往后街广场那边闲逛。

姜映初的手一直放在大衣口袋里，背着小包整个人轻松到了极点，周围走过的大多数是情侣。也对，这个时间点要不是情侣出来约会，其他人还真不怎么会出来。

旁边走过一对情侣，正手挽着手，女孩子一直往男生那边靠，走路也抱得紧紧的。姜映初盯着看了两眼，收回自己的视线，又看向走在自己旁边的顾修竹。

她抿了抿唇，轻轻地踮着脚，往顾修竹的旁边靠近了那么一点点。

两人的距离很近，可她才刚一过去，顾修竹就看了过来："冷吗？"

"不冷。"

顾修竹点了点头，垂眸看着她："真的不冷？"

姜映初张了张嘴，那句实话在嘴边转了半天，最终还是说了出来："其实有点。"

顾修竹低低一笑："去那边吧，那边暖和点。"

他说着，忍不住训她："下次出门多穿点，不用在乎好不好看。"

姜映初噎了噎，无奈地答应着："知道了。"

两人继续往前走，她继续观察着周边的情侣，忍不住皱了皱眉，在思索着要怎样才能顺利牵到顾修竹的手……

姜映初频频回头看的动作，引起了他的注意。

"怎么了？"

"没啊。"她一脸正经，眨了眨眼说，"刚刚那对情侣长得真好看。"

顾修竹顺着她的视线去看了眼，意外地扬了扬眉："好看？"

"是啊。"虽然她没有看清楚，但应该还可以吧，她刚刚的注意力全在人家两个人的手上。

顾修竹低低一笑，压低着声音问："嗯，好像是还好。"

这话是什么意思？姜映初没懂，直接扭头去看，在看到那两人的长相后，她咳了声，连忙解释："可能我刚刚看的不是这对情侣。"

顾修竹似懂非懂地点头："你确实看了不少情侣。"

姜映初瞬间憋红着脸，不说话了。

她瞪了顾修竹一眼，才说："我那不是无聊嘛！"

她快速地转移话题，低声问："我想要去广场那边坐一坐。"

"不怕冷？"

"没事啊。"姜映初笑，"感觉坐在那里吹风，应该挺舒服的。"

顾修竹笑，轻声说："那等我一会儿。"

"好。"

十分钟后，顾修竹回来，手里拿着一杯热牛奶："暖暖手。"他解释说，"没买奶茶，怕你喝了晚上睡不着。"

"谢谢。"

牛奶慢慢冷了，她喝完把瓶子丢进垃圾桶，顾修竹朝她这边走近了一点，突然问："现在还冷吗？"

"不冷了。"她刚才一直捧着热牛奶，冰冷的手暖和了不少。

顾修竹点了点头："但我冷。"

"嗯？"

他笑着看她放在口袋里的手，轻声问："借一下你的手？"说完，也不等姜映初同意，直接把她的手从大衣口袋里拿了出来，在姜映初的注视下，他握着她的手，揣进了大衣口袋。

两人十指相扣，一起感受着大衣口袋的温暖。

做完这一系列动作之后，顾修竹才领着她继续往前走。两人之间再也不用挪步一点点来靠近了。

姿势很是亲昵，比刚刚姜映初看到的那些情侣都要亲密。

她感受着手心里传来的温暖，眼尾的笑怎么都压不下去，只能抿着嘴角，扭头去看其他地方，不让顾修竹看到自己的笑。

虽然有点害羞，可更多是开心和高兴。

她没想到顾修竹这么聪明，有时候姜映初会想，男生谈恋爱，是不是都是无师自通的。

"暖和了吗？"

“很暖和。”

顾修竹在口袋里捏了捏她的手指头：“下次如果我忘记牵你手了，记得提醒我。”

“哦。”

“不然我怕我猜错。”

姜映初低着头应着：“知道了。”

两人找了张长椅坐下，在广场里吹风看人。

看了会儿后，姜映初觉得现在时机合适，咳了声问：“我能不能麻烦你一件事情？”

“你说。”

“我不想跟其他同学一起去竞争，学生会那边我可以……不去吗？”

顾修竹一怔，没想到她是要说这个。

“为什么不想，是怕被大家说还是有其他原因？”

姜映初想了想，握着他的手微微用力，有些紧张了。

“不用紧张。”顾修竹轻声说，“正当理由，可以接受。”

“真的？”她目光一亮，直勾勾地看着他，满是期盼。

“嗯。”

闻言，姜映初泄气，嘟囔着：“可我没有正当理由啊。”

顾修竹没忍住，笑出声来：“你先说，说不定我可以给你走个后门。”

周围的风吹乱了她的头发，姜映初低着头沉默了几分钟。

其实她还真不知道该怎么说，她之所以不想去的主要原因，不是担心被大家议论，而是她清楚知道自己的能力和喜好。

要不是因为抱着能跟顾修竹靠近一点的念想，她不会报名学生会的。

她的性格属于那种，既然选择做了，就想要做到最好。可现在想想，她没有把那些事情当作是很爱好，只是任务而已。加上现在她跟顾修竹这样的关系，姜映初不太想再去了。

“我不是很喜欢学生会。”

顾修竹点头，示意她继续：“所以不想去了是吗？”

“一点点。”她看着顾修竹道，“我当初进学生会，也不是因为喜欢。”

“嗯？”他往姜映初这边靠近，无形地勾着她说出自己的真实想法。

对着顾修竹深邃的眼眸，她好像没办法说谎，只能道：“是因为你。”

是因为顾修竹，她才去的。

听到自己想要的答案后，顾修竹扬了扬唇，伸手揉了揉她被风吹乱的头发，低声说：“所以现在把人追到手了，就不想去了？准备对我始乱终弃？”

她噎了噎，她不过就是不想去学生会了而已，哪有对顾修竹……始乱终弃啊，再说了这个词也不是这样用的啊。

她看着顾修竹，瞪大眼睛反驳：“我哪有对你始乱终弃，我就是不那么喜欢学生会的氛围而已。”

顾修竹了然，看着她奓毛的模样只觉得有趣：“真不想去了？”

“嗯。”

“可话已经说出来了，也安排下去了。”顾修竹故作惋惜，“这要怎么处理？”

姜映初皱了皱眉，她也在想这个问题。临时反悔好像不太好，开会的时候，林美站出来反驳的时候，她甚至希望顾修竹会同意。

看着她苦恼的模样，顾修竹压着笑凑在她耳边轻声道：“要不，你现在讨好我一下？”

夜晚的广场上，人依旧很多。

灯光明亮，不远处的商场里还传出来了广告声，可即便是在这样的情况下，姜映初也听清楚顾修竹说的话了。

风吹拂而过，撩动着发梢，她扭头看着顾修竹，装作听不懂的模样：“什么讨好你一下？”

顾修竹慢条斯理地给她解释，倒也不怎么着急：“讨好我一下，我就让你如愿。”

姜映初眨眼，再眨眼：“怎么讨好？”

“自己想。”顾修竹唇角上扬，眼睑低垂着，也不催促她。

他的声音低低沉沉，在姜映初的耳边一直回响。虽然是第一次谈恋爱，可偶尔会看漫画的她还是第一时间懂了顾修竹话里话外的意思。

她的手还在顾修竹的口袋里被他牵着，从他手心里传出来的温度，暖化了她。她微垂着脑袋，咬着下唇思索着这件事情。

讨好顾修竹并不难，甚至她都想到了用什么办法，可她害羞，做不出来。

沉默了片刻，顾修竹蹭了蹭她的耳垂，轻声问："想不出来？"

"嗯。"她承认。

顾修竹低低一笑，盯着她红了的脖颈，低声问："那要不要我教你？"

她一怔，鬼使神差地点了下头："好。"

下一瞬，顾修竹从她的耳后慢慢往前，呼吸声略微重了点，气息落在她的脖颈处，再到脸颊。

两人越靠越近，直到他的唇轻啄着她的，还不紧不慢地说："我先教你简单的。"

两人手牵在一起，坐在长椅上亲吻着。

顾修竹侧着身子，另一只手扶着她的后脑勺，让她仰头接受着亲吻。

姜映初紧张地攥着他的衣服，被这样的事情刺激着大脑，一时间不知道该做什么反应，只能任由他亲着……

风吹了过来，姜映初的长发被吹落在脸颊上，微痒，她有些不适应地扭动了下身体，嘟囔了一声："不舒服。"

顾修竹一顿，亲了一下之后，才放开她。

两人的呼吸交错在一起，他们靠得太近了，近到能听见彼此的心跳声。

怦怦怦的心跳，比平时快上不少，是因为激动、紧张和兴奋，所有的感情交织在一起而产生的。

她的手还攥着顾修竹的衣服，因为害羞，她直接拉着他的衣服埋头蹭在上面，不敢抬头去看面前的人。

待了不知道多久，顾修竹低低一笑，附在她耳边问："现在知道是怎么讨好了吗？"

姜映初扯了扯他衣服，有些无奈："那你是答应我了？"

"你还没讨好我。"

"刚刚不是……"她的话还没说完，顾修竹就打断了她，轻声道，"那是教你的。"

姜映初现在总算是明白以前宋嘉兮跟她说的一句话了。

——男人，一旦恋爱后就会变成一个无赖。

而现在，顾修竹就是真实的例子，她从未想过顾修竹会变成现在这个模样，好像一瞬间就从神坛上跌了下来，变成了一个有七情六欲的凡人。

“要不要讨好我？”他继续逼问。

姜映初想了想，亲一次也是亲，两次也是，索性就答应了。

“要。”

后来，最开始是她主动的，可亲着亲着主动权还是交给了顾修竹，唯一庆幸的是，他答应了姜映初的要求。

只是学生会她还是要继续待下去，只是不参与竞选罢了。

那一晚，回到宿舍的姜映初脸颊脖颈都是绯红的，唇瓣也有些红肿。好在宁年年和蒋文文已经躺在床上玩手机了，没人注意到她。

顾修竹的办事效率很快，没几天就跟同学解释清楚了，大家也都能理解。

姜映初也依旧去学生会，不过大多数时间是跟周楚楚混在一起，两人偶尔说点乱七八糟的事情。

“楚楚姐。”

“怎么了？”

姜映初趴在桌面上看着她，眨了眨眼问：“你们现在是不是很忙？”

周楚楚点了点头，低声道：“要大四了，该考研的考研，不考研的就开始要找工作了。”

“那你呢，你也要找工作了吗？”

周楚楚“嗯”了声，抬头看着她说：“我还在考虑中，到底要不要读研。”

姜映初点头，顿了顿问：“顾学长呢。”

闻言，周楚楚笑了，她伸手戳了戳姜映初的脸颊，好笑问：“你不自己去问，怎么来问我？”

姜映初一滞，不知道该怎么解释。

她之所以不去问顾修竹，是因为他们已经一个多星期没约会了，偶尔见一面也都是匆匆忙忙，说不上两句话。

上个周末，原本是说可以出去约会了，但顾修竹被学院领导叫去帮忙。而这周，姜映初有点私事，估摸着也没机会见到了。

“不知道怎么问……”

周楚楚笑，轻声道：“他被保送研究生了。”

“这么厉害啊！”姜映初目光一亮，有些惊讶。

“是啊。”周楚楚感慨着，“人跟人的差距实在太大。”

姜映初扑哧一笑：“楚楚姐，你已经非常厉害了。”

周楚楚笑，低声道：“你知道顾修竹有公司的，他本专业是金融，但同时修了另两个专业的内容，这你们都知道吧？”

“知道。”

周楚楚点了点头，看着她：“所以你别着急，他最近应该是比较忙，你要是觉得无聊就来找我玩。”

“初初。”

“嗯？”

“待会儿一起去吃饭？”

姜映初笑：“好啊……”

两人忙完手里的事情就去吃饭了，只是姜映初没想到，他们会遇上林美。

从上次那件事情之后，林美就好像处处都在针对她，不过姜映初性子软，不太喜欢与人争辩，只要不触及底线，她大多数时间是忍让的。

“我有话跟你说。”

姜映初看着林美，刚想要答应，就被周楚楚给打断了：“我们没话跟你说。”

周楚楚皱了皱眉，看着林美道：“看在我们是同班同学，又是一个部门的，我觉得林美你有必要审视一下自己的问题所在。”她顿了顿，低声道，“不要看见谁跟顾修竹走得近你就处处针对，每个人都有交朋友的权利，顾修竹不属于你。”

林美咬牙，瞪着她：“我只是找她有点其他事。”

周楚楚冷笑了声："你当我是三岁小孩呢，你自己做过什么你清楚。"

"你……"

"我什么？"周楚楚皱了皱眉，"你之前做的那些事情，我们之所以不说是因为没多大影响，但我还是劝你适可而止，顾修竹是什么性格，你应该比我还清楚。"

趁着林美发愣的瞬间，周楚楚拉着姜映初往前走，走出很长一段路之后，姜映初才问："林美学姐之前做过什么吗？"

"做太多蠢事了。"

周楚楚看着她，拍了拍她的脑袋："以后看见林美走远点啊，她可不像是你们平日里看到的那样。"

"好。"她笑，望着周楚楚弯了弯眉眼，"谢谢楚楚姐。"

周楚楚嘿嘿一笑，揽着她的肩膀道："没办法啊，谁让我是你楚楚姐呢。"

她感慨着："江廷怎么还不回来，我都要无聊死了。"

姜映初："……"

"走走走，学姐带你去喝奶茶，这会儿时间还早呢。"

"嗯，好。"

从那天过后，姜映初就没怎么看到林美了，不知道是周楚楚的话有用，还是两人恰好没碰上。

周六这天，姜映初早早地便起来了，背着包准备出门，她要去一趟姑姑家。

转了几趟地铁后才到姑姑家门口，姜映初站在门外思忖了片刻，摁下门铃。

"来了。"

姜映初笑，伸手抱了抱自己的姑姑，软声喊着："姑姑，好久不见。"

姜妍妍笑，伸手揉了揉她的头发："快进来，从学校过来很远吧，我开始想让你哥哥去接你的，但他到现在还没回来。"

"没事啊。"姜映初笑，"我自己能找到。"

她不是第一次来这边，但是成年后第一次来。

姜妍妍望着她，眼里满是柔和："饿了吧，快来吃点东西。"

姜映初点头："就你一个人在家吗？"

"对，你哥待会儿估计也回来了。"

话音刚落，霍嘉珩就出现在了门口，长身玉立的，长相清隽，是女孩子喜欢的类型，不过人有点冷淡。

"小丫头来了。"

姜映初笑，乖乖地喊了声："嘉珩哥哥。"

霍嘉珩微微颔首，伸手拍了拍她脑袋，低声问："什么时候到的，怎么不跟我说一声？"

"姑姑说你昨晚才下的飞机。"

霍嘉珩笑出声："这倒是事实，好久不见，小姑娘都长大了。"

他是独生子，对这个从小就性格乖巧的妹妹很是照顾，联系少，可不代表感情不好。

在姑姑家里吃过午饭，姜妍妍了解了一下姜映初的大学生活，然后便想带她出去逛街买点东西。至于霍嘉珩，自然而然是被她拉出来做苦力了。

逛了一圈，一行三人进了一家店，姜妍妍去试衣服，姜映初跟霍嘉珩在外面等着，两人坐在一起。

"累不累？"

姜映初点了点头："有一点。"

霍嘉珩笑："你就是不会拒绝，待会儿先去休息会儿。"

"好。"姜映初眼睛亮亮地望着他，"哥，你有没有女朋友啊？"

霍嘉珩看着她的模样，乐了："我妈这么快就让你过来打探我的私生活了？"

姜映初一噎，瞪了他一眼，问："有没有啊，你告诉我一下，我好跟姑姑交差。"

霍嘉珩比她大好几岁，对这个妹妹一直都不错，思忖了片刻后，忍不住扯了扯唇道："你告诉我妈，我女朋友还在读幼儿园。"

姜映初瞪大眼睛望着他，脱口而出："真的假的？"

霍嘉珩忍无可忍地伸手拍了下她的脑袋："当然是假的，这你都信。"

姜映初"哦"了一声。

两人在店门口说笑着，没注意到另一边有人注意到他们这里。

顾母正说着话，突然发现自己的儿子完全没听见自己在说什么，刚要喊他名字，她便发现有点不对劲。

她儿子脸上的神情，好像不怎么好看。

顺着看了过去，顾母只看到了两个背影，是一男一女。

她皱了皱眉，凑在顾修竹的旁边问："那是谁？"

他们两人是站在这里等人的，倒是没想到会正好看到这样的一幕。

顾修竹一顿，收回视线："什么？"

虽然不知道姜映初为什么会在这里，但他记得她跟自己说过，周末有事要出门一趟。他紧锁着眉头，在记忆里搜索着另一个熟悉的背影是谁，有点眼熟，可记不起来。

顾母没打算放过他，扬了扬下巴指着另一边的店，调侃道："前女友吗？"

顾修竹："……"

他没打算回答，顾母便兴致勃勃道："到底是不是啊？"

"不是。"

顾母略微惋惜地看着他："不是前女友吗？"突然，她想到了什么，惊讶地看着自己的儿子，追问道，"那……难不成是求而不得？"

顾修竹："……"

第 16 章　等你

走廊处的两人安静了一瞬，顾修竹脸色铁青地看着自己的母亲，一脸无奈。

“妈。”

顾母眨了眨眼，一脸可爱的模样：“在啊，怎么了啊？”她“哎呀”了声，安慰性地拍了拍自己儿子的肩膀。

顾修竹噎了噎，一脸无奈：“妈。”

顾母挑了挑眉：“我耳朵没聋，不用喊那么大声。”

顾母也懂得给自己找台阶下，连忙说：“你小姨怎么还不出来？”

顾修竹今天原本是想约姜映初出来的，但她说周末有事，他也就回家了一趟，刚回家喝了口水，就被顾母拉着出来陪她逛街。倒是没想过，他会在这里看到她。

他侧头看过去，那两人正说着话，她脸上的神色是开心的，盯着看了一会儿，两人也没察觉到，姜映初起身往另一边走去了。

顾修竹顿了顿，垂着眼帘，没过去问，也没给她发信息，等他小姨出来后，一行三人便离开了，只是顾修竹没想过，他们还会再次遇上。

“怎么样？”姜妍妍换了套衣服出来，看着两人。

霍嘉珩一般都没什么意见，无论自己的母亲穿什么，他都是“还行”“不错”“还好”“可以”四个选择，久而久之，姜妍妍已经不相信儿子的话了。

姜映初看着，眼前一亮：“好看诶。”她笑着说，“显气质。”

姜妍妍伸手摸了下她的脸，笑着说："还是我们家初初会说话。"

她转身对着镜子看，自己也挺满意的，白色的一字肩裙子，确实挺有气质，现在已经是春天，天气暖和了很多，街上不少人已经穿裙子。

姜妍妍看着，满意地点了点头，刚想要说话，旁边的店员便笑着说："这个裙子有两款，看上去有点像是母女装，也有不少顾客一起买的，你们要试试吗？"

"可以啊。"姜妍妍笑，伸手揽着姜映初的肩膀，"给我家初初试试。"

姜映初想也不想地就拒绝："不用了。姑姑你已经给我买了好多东西了。"

这是实话，她跟姜妍妍见面的机会少，但是每一次见面，姜妍妍都想要把全世界的好东西都给她买来一样的。姜妍妍疼她，只是因为工作原因，没办法时常在国内，两人见面相处的机会少。

"跟姑姑买条一样的裙子，待会儿穿着去吃饭好不好？"姜妍妍笑着说，"姑姑好不容易才见你一面，你跟姑姑一起穿一次。"

她看着姜映初神色有些松动，继续道："过几天，姑姑就又得出国工作了，可能半年都回不来了，就当姑姑送你的生日礼物好不好？"

姜映初没辙，只能答应："好。"

"那快去换。"

两款裙子很像，一个是有袖子的，一个是无袖，但是肩带是宽的，姜映初适合穿白色的衣服，跟她的气质很像。

裙子刚到小腿处，还挺显高的，穿上后，锁骨瞬间就变得明显不少。

姜妍妍打量着，非常满意："好，就这件了，太适合我们家初初了。"

姜映初哭笑不得："谢谢姑姑。"

"没事。"姜妍妍笑，"我们就穿着走吧，也就今天能跟初初待一起了。"

"好。"

霍嘉珩自觉地去买单，裙子穿上还有点凉，姜妍妍非常爽快地又给她买了件薄薄的开衫，穿上以后她看上去温婉不少。

"真是舍不得初初长大了。"

霍嘉珩笑道："那你让初初不长大。"

姜妍妍瞪了眼自己的儿子，无奈道："你赶紧找个女朋友吧，填补一下我脆弱的心灵。”

霍嘉珩：“……”

“初初谈恋爱了没有？”

姜映初一怔，结结巴巴地还没要回答，霍嘉珩就给她解围了。

“我饿了，能去吃饭吗？”

“想吃什么？”

“都可以。”

姜妍妍瞥了他一眼：“我问的是初初，不是你，你的意见在我这里，一点都不重要。”

姜映初扑哧一笑，看着旁边的两人，想了想说：“想吃鱼。”

“那我知道哪里的好吃，去私人菜馆那边，那边的鱼好吃。”

“行，一起去吧。”

三人出了商场，原本姜妍妍看着姜映初脖颈处空空的，还想给她买条项链，被她义正辞严地拒绝了。她知道他们是想要弥补自己缺失的亲情，可不能要贵重的礼物。

即便是自己的姑姑，姜映初也不会奢求太多，她不太想要让他们对自己太好。万一哪一天，这种好消失了，她担心自己适应不过来。

姜妍妍拗不过她，只能松口答应，下次再买。

私人菜馆的位置距离商场不远，三个人把东西放在车里后直接走过去的。

私人菜馆在巷子深处，才刚走到巷子口，姜映初就闻到了香味，她知道这边有很多的私人菜馆生意特别好，味道也非常不错。

霍嘉珩好像是老熟客了，才刚到门口，就有人迎了上来，招呼着他们去二楼坐。

“谢谢。”

三人上了楼，找了个靠近窗户边的位置坐下。

“初初你点，这边的鱼非常不错。”

“好。”姜映初没客气，点了自己想吃的鱼。

霍嘉珩还勾选了其他几道菜，三人坐在窗户边等着。

她环视了一圈，店内的设计非常不错，从他们这个角度去看，看不到其他位置的客人，都被旁边的植物和装饰给挡住了。

像是看到了她的疑惑，霍嘉珩解释说：“店内就这种设计，为了保护客人的隐私，但你仔细看，还是能看到人的。”

姜映初“哦”了声，点了点头：“你常来吗？”

“偶尔过来，我跟老板熟。”

姜映初眉眼弯弯：“看来姑姑说的没错。”

“嗯？”

“你总是出门鬼混。”

霍嘉珩：“……”他忍不住笑，神色懒散地望着她，“小初初你别被我妈给带坏了。”

“不会的。”姜映初非常认真说，“姑姑说我别被你带坏就可以了。”

两人说了两句，姜妍妍便从洗手间回来了。

私人菜馆的菜色非常不错，是她喜欢的味道，吃过饭之后，姜映初去洗手间。

刚从洗手间出来，她的手就被人给牵住了。

她一愣，错愕地望着眼前的人，眨了眨眼，有些难以置信：“你怎么在这里？”

顾修竹牵着她的手，往一旁的角落里走去，那边是杂货间，鲜有人来，他对这边好像也是非常熟悉。

停下脚步后，他看着眼前一脸惊讶的姑娘，她穿着一条白色裙子，大概是因为菜馆里热，外面的薄衫已经脱掉了，露出脖子白皙的皮肤。

顾修竹望着她精致的锁骨，只觉得有些热。

“你怎么在这里？”姜映初有些受不住他的视线，不太适应地动了动身子，侧了下继续问。

顾修竹没回答她这个问题，只低头亲了下她红润的唇瓣，低声问：“待会儿还要去哪里？”

“啊？”她快速反应了过来，“吃过饭就回去了。”

“学校吗？”

“不……不是。”

顾修竹听着，忍无可忍地咬了她一口，附身在她耳边，声音沙哑地问：“什么时候回学校？”

从姜映初他们一进店，他便看到了，之后便一直在观察着他们的动静，直到她来洗手间，顾修竹就跟着过来了。

他一直都知道她长得好看，身材苗条，五官精致，可冬天总穿得多，直到今天……看着她穿着裙子，腰肢纤细，锁骨精致，皮肤白皙，顾修竹真是喜欢到了极点。

姜映初眼珠子一转，她几乎瞬间就知道顾修竹为什么咬自己了，她咳了声，不太好意思地解释：“你是不是看到我们了？”

“嗯。”

“刚刚那个是我姑姑，还有姑姑家的儿子。”

顾修竹身子一僵，神色自若地“嗯”了声：“猜到了。”

能跟她那样相处的，总不至于是同学。他最开始看到的时候就想到了这一点，可即便如此，看到她对着别的男生笑那么开心，依旧是不愉快，心底有种东西在蔓延，难以压抑，这才会跟着她走了过来。

姜映初笑，唇角弯弯地望着他：“所以，你刚刚是误会了，是吗？”

“没有。”

姜映初点了点头：“那你拉我来这里做什么？”

顾修竹垂眸盯着她：“你觉得呢？”

“我觉得你是吃醋了。”她老老实实地说，又不是傻瓜，看着自己那么久，不是吃醋还能是什么？

“我没有！”

“嗯？”姜映初不太相信，这边正好没人来，她倒是放开了点，伸手抱了抱眼前的人，蹭了蹭说，“我先回姑姑家，周日再回学校。”

她说完，顾修竹也没放开她，反而越靠越近。

姜映初眨了眨眼，对着他深邃的眸子，有些不自然地舔了舔唇，讷讷问：“那你是想要干吗啊……”

顾修竹看着她紧张的模样，低低一笑，弯腰靠近她，声音微哑：“我拉你过来是为了这个。”

话音刚落，他便寻着她的红唇，亲了上去。

从杂物间出来，姜映初脸色绯红，让人更有想咬一口的冲动。

她低垂着脑袋，快步从里面走出去，再转身进了洗手间。拧开水龙头，任由冰凉的水从自己的手心滑过，姜映初这才觉得身体的温度消减不少。

她用手掬着水，往自己的脸颊上拍着，凉水在脸上拍打一会儿后，她才觉得凉快了不少。

刚扯了一张纸巾出来，准备擦干手上的水往外面走，顾修竹便径直走了进来，他唇角含笑，瞥了眼姜映初，之后才走到水龙头面前。

姜映初一愣，瞪了他一眼，咬着下唇往外面走。

一看到人，她就想起刚刚的杂物间的事情，双颊便红通通的。

姜映初晃了晃脑袋，往外面走去，霍嘉珩跟着她："我正要去找你。"

她咳了声，支支吾吾道："洗手间刚刚人有点多。"

姜妍妍笑："要休息会儿吗，还是现在回去？"

"都可以的。"

三个人在店里坐了几分钟后便离开了，姜映初跟着回了她姑姑家里，她晚上在这边住一晚，不回宿舍。

下午一到家，霍嘉珩就再次跑出去了，家里只有她们俩。跟姜妍妍聊了会儿天，姜映初吃过晚饭后便犯困，回了房间。

姜妍妍虽然一直在世界各地飞，一年才回来一次，但这次回来后，还是给她布置了一间房，让她可以随时过来住。

房间内都是粉色的，姜映初看着，忍不住笑了起来，她打量了一圈，才去洗漱，刚洗漱出来，顾修竹的电话便过来了。

姜映初盯着电话显示，耳边还响起他中午跟自己说的话："等我电话。"

她抿了抿唇，不由自主地摸了摸自己的唇瓣，冷静了几秒后才接通电话。

"喂。"

顾修竹低笑的声音从那边传来，轻声问："在做什么？"

姜映初窸窸窣窣地掀开被子往床上躺，含糊地答应了声："没做什么，刚洗完澡。"

话音刚落，顾修竹那边便停顿了几秒，才生硬地转移了话题：“明天几点回学校？”

“不知道。”

“嗯？”

姜映初捏了捏自己有些发烫的耳朵，含糊不清道：“不告诉你。”

闻言，顾修竹抑制不住地笑了出来，声音低低沉沉地透着电流传了过来：“还生气呢？”

他这话一出，直接踩到了姜映初的尾巴，让她瞬间爹毛：“你太过分了。”

顾修竹听着她小猫一样的声音，只觉得喉咙干痒，他望着窗外的夜色，低声道：“我哪过分了？”

姜映初听着那边的话，瞪大眼睛有些无语，这人也太无赖了吧……

往被子里一钻，她哼唧了声，不太开心地说：“你自己清楚。”

顾修竹莞尔一笑，揶揄问：“亲你太过分了？”

“你闭嘴！”她恼羞成怒地从床上爬了起来，靠着床头坐着，脸再次红了起来，“不准再说这件事了。”

顾修竹低低一笑，也知道这人有多害羞，担心再说就真生气了，他轻声答应着：“好，那就不说这个了。”

“嗯。”

“什么时候回学校？我去接你。”

姜映初仰头看着天花板，眨了眨眼说：“可能我姑姑会送我回去。”

顾修竹：“……”

到后面，两人的聊天也不知道聊了什么，姜映初困得直接睡了过去。

顾修竹听着那边平稳的呼吸声，听了好一会儿后，才挂断电话。

他唇角带着笑，往客厅走去，顾母还在看电视，她最近沉迷于一部宫廷剧。

顾修竹过去的时候，她正看得起劲。

“刚刚跟谁打电话？”顾母瞥了他眼，有些好奇：“怎么那么久？”

顾修竹“嗯”了声，顺势坐在旁边：“你怎么还不睡？”

顾母望着他，眨了眨眼笑：“别想要转移话题，老实交代。”

她狐疑地盯着自己的儿子，对自己的儿子，她算是非常了解。这儿子，从今天回家之后就不太对劲。

想了想，顾母转移了一下话题，轻声问："怎么想着今天回家了？"

顾修竹扬了扬眉，手里拿着的手机一直在振动，是林扬发过来的消息，他看了眼，直接调成了静音："有半个月没回来了，回来看看。"

顾母嫌弃地睨他一眼："你两个月不回家的时候，怎么不记得回来看看啊？"

顾修竹被说得一句反驳的话也说不出来。

两人正要继续聊着，门口传来车的声音，顾母一怔："你爸回来了？"

"可能是。"顾修竹起身，往门口走去，还没走到门口就看到一脸严肃的顾父。

"爸。"

顾父诧异地看着他："回来了？"

"嗯。"

顾父把衣服脱下，刚想要挂在墙壁上，顾母就伸手接了过去，含笑说："今天可真是个好日子，你们两个大忙人都回来了。"

闻言，顾修竹心虚地摸了摸鼻子，顾父笑了笑，温柔地看向妻子："我以为他不回来。"

身后的秘书连忙补充："首长是特意赶回来陪夫人的。"

顾母笑："吃晚饭了吗？"

"吃了。"他顺势牵起妻子的手，低声道，"不用去忙。"

"嗯。"

顾修竹咳了声，觉得自己就像是个大电灯泡，连忙说："那我先回房了。"

顾父瞥了他一眼："等会儿来书房一趟。"

"好。"

翌日清晨，姜映初被姜妍妍送回了学校。姜映初看着她车子开走后，才转身往学校里走，一转身就被突然出现的人给吓到了。

"你怎么在这里？"

顾修竹注视着她，“嗯”了声：“等你。”

姜映初环视四周后仰头望着他：“等很久了吗？怎么不给我打个电话？”

“不久。”顾修竹看着她背着的书包，问了声，“重吗？”

“不重，我自己背就好。”姜映初沉默片刻，低声问，“你今天忙吗？”

“不忙。”

“那你等我回宿舍放了书包下来？”

顾修竹莞尔一笑，拍了拍她脑袋：“好，顺便带你去个地方。”

“嗯。”

除去昨天那匆匆一面，两人有段时间没见了，连在一起吃饭的时间都没有。说起来，姜映初总觉得跟顾修竹好像变得陌生了。

顾修竹把她送去宿舍楼下，也没离开，看着她上楼后便在一旁安静地等她。

姜映初匆匆忙忙地跑上楼，把书包放下后扭头看着在玩游戏的宁年年，眨了眨眼说：“年年。”

“啊？”宁年年错愕地望着她，从游戏中抬起脑袋，“怎么这么早回来了？”

“不早了啊。”姜映初把书包里的东西都给拿了出来，思忖了片刻后问，“我的衣服还好吗？”

宁年年啧了啧，打量了一下：“这不是你平常的搭配吗，很好看啊。”

她人瘦，穿什么都好看，加上身材比例好，穿衣服比一般的人好看了不少。她嘿嘿笑了声：“待会儿要去见顾学长。”

宁年年笑着说：“非常好看了，真的。”又摸着下巴思忖了片刻说，“当然，你要是换条裙子，可能会更好看。”

闻言，姜映初直接给她一个白眼，不准备搭理。她把重要的东西拿了出来，换了个小包背着，才匆忙往楼下走去，她不想要让顾修竹等太久。

她舍不得，让那样的一个人等自己太久。

只是她没想到，她刚跑到楼下，便看到顾修竹正在跟林美说话。等待了片刻，姜映初没挪动自己的脚步，也没准备上前去。她在想，自己是不是不过去比较合适。

但她还没想明白，顾修竹就看见她了。

岂料，顾修竹直接看了过来，轻笑了声，宠溺地朝她说了句："还不过来？"

姜映初默了默，以蜗牛的速度前进了两步。

顾修竹直接丢下林美，径直朝她走了过来，牵着她的手看向林美，对着林美那双惊愕的眸子，他的声音一如既往的清朗，没有掺杂任何的情绪："我待会儿要跟女朋友去约会，其他不着急的事情之后再说吧。"

第17章　约会

两人到校门口之后，姜映初才诧异地盯着顾修竹：“你怎么那样跟学姐说话？”

顾修竹盯着她半晌，宠溺且无奈地叹了口气：“你啊，别人欺负你都不知道还击吗？”

闻言，姜映初眨眼，几乎瞬间就想到了自己跟林美的那点事情。这段时间顾修竹没出现，但她跟林美之间的事，会里很多人都知道。林美针对她的那些小事，她是真觉得不在意，更何况上次周楚楚也帮她还击了。

她看着顾修竹，眉眼弯弯地笑了笑：“不是有你吗？”

她声音软糯，抱着顾修竹的手臂，难能可贵地撒娇：“你刚刚说了那样直白的话，林美学姐不会再来找我麻烦了。”

顾修竹听着，睨她一眼：“走吧，先带你出去走走。”

“去哪儿啊？”

这会儿时间还早，校门口的人不算多，细细碎碎的阳光透过枝叶落下来，两人手牵着手，往热闹的地方走去。街道两旁有不少店铺，顾修竹看了她眼，轻声问：“有什么特别想去的地方吗？”

姜映初摇摇头：“没有。”她想了想，指着旁边的一家奶茶店说，“我想去那里坐一会儿。”

“渴了？”

“嗯。”

进到奶茶店里，姜映初跟顾修竹找了个靠墙的位置坐着，点了自己要的东西后，她便专心致志地研究起墙壁上的东西来了。突然，她扑哧一笑，挑眉看向顾修竹：“好多关于你的啊。”

“嗯？”顾修竹凑到她面前去看了眼，在看到上面写着的内容后，有片刻僵硬。

姜映初看着他的脸色，一字一句地把上面的话给念了出来：“想要成为顾修竹学长的女朋友！”

第二张：“啊啊啊……想给顾修竹学长生猴子。”

第三张：“想再看一次顾修竹学长弹钢琴。”

……

墙壁上贴着的便签，有不少都写了顾修竹的名字，还有各种期许。姜映初看了几张后，越看越无奈和生气，她瞥了眼对面坐着的顾修竹，语气酸溜溜地说：“你的小迷妹可真多。”

顾修竹扬眉，莞尔一笑看着她：“是挺多的。”

姜映初：“你……”

顾修竹把手机扣在桌面上，目光灼灼地盯着她看：“但我只有你一个女朋友。”

话音一落，姜映初就觉得自己的脸像是烧起来了一样，滚烫滚烫的，她咬着下唇，瞪了顾修竹一眼：“谁知道呢……”

顾修竹直勾勾地盯着她看了片刻，唇角上扬着：“刚刚点的什么？”

“嗯？”她一愣，浅声道，“奶茶。”

顾修竹微微颔首：“甜的还是酸的？”

她瞬间就反应过来顾修竹这话什么意思了。

“酸的！”她理直气壮地回答。

顾修竹笑，敲了敲桌面说：“在这里等我一会儿，马上回来。”

“好。”

她也没问顾修竹要去做什么，只安静地看着他走远。

奶茶店这个时候人挺多的，都在各自做着自己的事情，喝着奶茶玩手机聊天。

服务员把两人点的东西送了上来，姜映初盯着看了片刻，没喝，她望着窗外的另一边外面的景色，有些犯困了。

大约过了十分钟，顾修竹回来了。

“去哪儿了？”

顾修竹看向她面前摆放着的奶茶，哂笑了声：“怎么不喝？”

姜映初“哦”了声，乖乖打开喝了起来，喝了一口后，顾修竹问：“甜吗？”

“不甜。”她坚定着自己的答案。

顾修竹了然，突然就把一直放在口袋里的手拿了出来，放在了桌面上，把握住的拳头给打开了，手掌摊开在她的面前，手掌心上摆着几颗大白兔奶糖，他眉眼柔和地望着她：“试试，看看甜不甜。”

姜映初眼睫轻颤，心里有种说不出来的味道。

她看着面前摆放着的大白兔奶糖，没有花费什么时间，便懂得了顾修竹的意思。他是想告诉自己，她如果觉得酸了，那他会努力地把甜给她，只要她要，无论多少，他都愿意给。

“吃一颗。”

“好。”她拿了一颗，当着他的面剥开，放入嘴里，是那种从心口处蔓延开来的甜味。

“甜。”

顾修竹点了点头：“那就好。”

他低声道：“以后不喜欢酸的，那我给你吃甜的。”

姜映初的心软得一塌糊涂，她轻声答应着：“好。”

两人在奶茶店里坐了一会儿才离开，去外面逛了一圈后，顾修竹说了下近期自己的事情，侧头看着她：“可能过段时间会更忙了，没时间陪你。”

“没事啊。”姜映初真没觉得有什么问题，她笑着说，“有时间再见面就好了。”

顾修竹看着她这模样，还真的有点心酸。

自己的女朋友，好像没有半点舍不得。

逛了一圈，再吃了饭之后，顾修竹便送她回了宿舍。

之后，确实如顾修竹所说的这般，他太忙了，偶尔匆匆忙忙见一面，连一起吃饭的时间都没有。

时间悄然流逝，一眨眼已经到初夏。

姜映初这一学期下来，奖学金应该是没什么大问题，只是进入大学后，更多同学追求的是实践能力，她现在即将要大二，也要考虑自己未来的方向和目标了。

蒋文文是从一进学校开始就坚定了自己要考研的想法，至于姜映初跟宁年年，暂时还没有决定下来，她不太想考研，甚至想早点步入社会。

这会儿，两人正坐在宿舍里闲聊。

“初初，你准备什么时候回家啊？”

姜映初想了想，摇头：“不知道。”

还有一个月放假，这会儿已经有不少同学都在抢票回家了。

宁年年突然有些好奇：“对了，你回家的话，那不是跟顾学长要两个月不能见面？”

姜映初笑：“我不回家，我们也好久没见了。”

宁年年“啧”了声，连忙说：“来听听，这语气酸的啊。”她揶揄着，“怨念颇深啊。”

闻言，姜映初毫不客气地承认：“还真有点。”

她掰着手指数着，叹了口气说：“我已经半个多月没跟顾修竹一起吃饭了。”

宁年年：“……”

她眼睛一亮，突发奇想地问：“你跟顾学长是不是没出去旅游过？”

“嗯？”她摇头，“没有啊，怎么了。”

他们两人才刚恋爱呢，一学期都还没过去，哪有时间去旅游什么的。

宁年年眼睛亮了亮，笑着说：“我之前看过一个帖子说，情侣旅游是最能增进感情的，你要不要跟顾学长出去旅游下？”

“没时间。”姜映初想也不想地说。

这是事实，顾修竹除了要面临大四的实习，还要把学生会的事情全部安排妥当，现在下一届的学生会会长是选出来了，但是很多事情也不够熟练，大部分还是需要他出面解决，加上自己课程和公司的原因，顾修竹近期大概是把自己分成了四五个人来用。在这种情况下，姜映初完全不敢想他还有时间去旅游。

再加上看着他这么忙，姜映初想，他能有时间好好休息一天她都觉得非常好了。她并不奢望顾修竹跟自己去旅游，他们的时间很多，她更希望顾修竹能不熬夜，好好休息，跟其他人一样，有正常的作息。

“这样啊。”宁年年双眸亮晶晶地看着她，提议道，“那既然这样……我是不是可以把你拐走啊？”

姜映初眨眼：“你想出去旅游啊？”

“是啊！”宁年年拍着桌面说，“我很早就想去了，但你跟文文都忙，我都不知道找谁。”

姜映初扑哧一笑，原来说了半天，是宁年年想去旅游。

她想了想：“想去哪里？我有时间的话还真的可以跟你一起去。”

她以前会跟宋嘉兮一起出去旅游，但宋嘉兮现在有了男朋友，大部分时间是跟蒋慕沉一起出去，偶尔带上自己这个大电灯泡。算一算时间，她还真有挺长时间没出去旅游了。

宁年年立马兴奋地说了好几个地方：“你觉得哪里好？”

“你想去大草原啊？”

“想！”

姜映初思忖了片刻：“考虑考虑。”

她突然想了下：“就我们俩，会不会不太安全？”

宁年年叹气：“其实我也觉得是，所以我想是不是可以多找几个同学一起。”

“我都可以，你找吧，找得到就去，不过也不用太多，四五个人就好了。”

“行。”

这事就这么被定下来了，直到几日后，姜映初差不多都要忘记了，宁年年才兴奋地来说：“初初，初初，我找到同学了，只是可能会有点问题。”

“什么问题？”

宁年年咳了声，有些不太好意思地说：“我不是在群里问有没有想暑假一起去旅游的吗？”

“然后呢？”

“那个……卓承浩说他可以去。”宁年年着急得想哭，她怎么也没想到卓承浩会这样说。

卓承浩喜欢姜映初，大家都知道，更何况现在班里一大部分的同学都不知道姜映初有了男朋友，还是顾修竹，他们两人之前恋爱的时候没公开。

姜映初：“……你没拒绝吗？”

“拒绝了。”

“嗯？”

“但是他说，我们不是没有男生吗，有两个男生会方便很多。”宁年年忧心地望着她，“现在怎么解释啊？”

姜映初噎了噎，紧锁着眉头道：“这我要想一想。”

总不能说我们又不想去了，这很明显就是不想要跟那几人一起去。她沉默了片刻，看向宁年年说：“那你说，初初带男朋友去，他们会介意吗？”

宁年年：“……”

她眨了眨眼，望着她：“真带顾学长去啊？”

“假的。”姜映初想也不想地说，“我这样说只是为了打消他们的念头，顾修竹应该没时间跟我们一起。”

“那万一……他们还是说要一起去呢？”这才是她最担心的。

姜映初一噎，有些无言以对，她拧眉思忖着，柔声说：“那你就说初初反悔了，要跟男朋友去过二人世界。”

宁年年：“又是骗人的？”

“当然了。”姜映初不太好意思地说，“我跟顾修竹过什么二人世界啊。”

宁年年：“也不是不可以。”

姜映初：“……没时间的。”

宁年年：“那万一顾学长知道了呢？”

这问题，姜映初没想过。她愣了下，思忖着：“万一要真知道了就去道歉。”

宁年年：“……好主意！”

只是姜映初没想到，这件事情还真的如年年所言，被顾修竹知道了，而且是在她没有做好准备的时候。

两人把事情定下来之后，姜映初便让宁年年去跟卓承浩说。

她们也不着急，她甚至希望卓承浩他们立刻说不去。

话说出口了，到时候还不知道该怎么圆谎。

还没得到答案，姜映初就先开始努力复习了，为了拿奖学金，她这一年都很拼命，其余的事情她都没怎么关心。

这天，顾修竹给她打电话，她正躺在床上休息，迷迷糊糊地接通了电话。

“喂。”她的嗓音微哑，像是还在梦中。

顾修竹一怔，看着面前的电脑，一整版的数据铺开，全部都在屏幕上显示着，让人看着眼花缭乱，听着那头沙哑的嗓音，他顿了顿，才低声问：“打扰到你睡觉了？”

姜映初埋头在枕头上蹭了蹭，软声说：“没有。”

她刚睡醒的时候，脑袋的反应速度比其他时候要慢上很多。

顾修竹听着，有些舍不得挂断电话了。

“刚睡着吗？”

“没。”姜映初继续闭着眼睛接电话，小声说，“睡了有段时间了……”

“明天忙不忙？”

“啊？”她下意识地反问，“明天星期几啊。”

“周六。”

“那不忙，不过要复习。”

顾修竹听着，莞尔一笑，嗓音低沉地问：“要去图书馆？”

“嗯，应该要吧。”

顾修竹了然，答应了：“行，明天图书馆见。”

后来说了什么，姜映初完全不记得了，直到她挂断电话，再磨磨蹭蹭地准备继续睡的时候，突然从床上惊醒，坐了起来，把下面正玩游戏的宁年年给吓了一跳。

“初初你干吗呢？”

姜映初错愕地扭头看她：“我刚刚是不是接了一个电话？”

宁年年惊愕地看向她，连手里的游戏都忘记打了，她眨了眨眼，好奇地问："你接了电话，你自己没感觉的？"

"不是。"姜映初着急地解释，"我……"她手忙脚乱地去看自己的手机，在看到通话记录后，哀号了声，"果然是接了，你记得我刚刚说什么了吗？"

宁年年摇头："没注意，我刚刚玩游戏呢。"

姜映初一脸沮丧，继续躺下。

"怎么了？"

姜映初揉了揉脑袋，有些苦恼道："刚刚顾修竹好像问我有没有时间，但我说我明天要复习。"

宁年年眨巴了下眼，吞咽着口水问："所以顾学长其实是想跟你约会的，然后被你用复习两个字给拒绝了？"

"没啊。"姜映初反应迟钝地说着，"他说图书馆见。"

宁年年对这一对学霸情侣，表示彻彻底底的佩服！

约会还去图书馆，真的是没谁了。

外头的阳光炙热，姜映初拿着手机躺在床上，这会儿却是一丁点也睡不着。

"你说我能不能反悔啊？"

"可以的。"

"那我要怎么反悔？"

宁年年抽空瞥了她一眼："直接反悔。"

姜映初："……说了跟没说一样。"

两人胡乱地扯着，到最后她也没能把反悔的话给顾修竹发过去。

顾修竹最近像是陀螺一样连轴转。公司最近负责的项目出了点问题，他们几个人都相对比较忙，白天在学校上课，课后再去公司，几乎一整个星期都睡在了公司，整个人都没了之前清爽的模样。

林扬正好从外头进来，看到他对着手机发呆，挑了挑眉问："怎么了？"

顾修竹摇头："没事。"

林扬嗤笑了声："对了，跟你说个事。"

"嗯。"顾修竹漫不经心地答应着，"你说。"

他盯着电脑屏幕上的数据，手指非常快速在键盘上敲打着，完全没有要听林扬说事情的感觉。

林扬倒是不在意，知道他忙起来的时候也能分神听别人提意见，不过他今天要说的可不是意见之类的。他咳了声，低声道："我刚刚回学校一趟，你猜我听到了什么？"

顾修竹抽空瞥了他眼："什么。"

"我听到了小学妹的消息。"

顾修竹敲打键盘的手指慢了下来，停顿了片刻："然后呢？"

"我听说他们班好几个人要一起去旅游了。"林扬意味深长地说，"男女一起，其中还有一个男生，卓承浩认识吧。"

顾修竹一顿，声音低沉地"嗯"了声。

他对这人有印象，不是因为这人长相出众能力出众，而是他跟姜映初还没在一起的时候，曾经看见过这人多次跟她在一起，上课的时候总是坐在她旁边，眼睛里的情绪谁都懂。

再后来，顾修竹还特意关注了一下这人。

林扬揶揄道："你现在面临一个选择。"

"说。"

"要工作还是要女朋友？"

顾修竹冷淡地瞥了他一眼，把手里的数据完成，而后起身："既然如此，工作就先交给你了。"

林扬："为什么？"

顾修竹起身到一旁接了杯水喝下："因为工作可以交给你，但女朋友不行。"

直到看着顾修竹不管不顾地走出去后，林扬还没能回神。

他盯着空无一人的办公室，有点想打烂自己这张八卦的嘴。林扬越想越觉得委屈，忍不住给顾修竹发了条信息："你重色轻友。"

顾修竹："你不是一直都知道？"

林扬看着，气得差点晕厥。但也没办法，谁让他是单身狗呢，别人约会，他只能努力工作了。

姜映初接到顾修竹电话的时候，正跟宁年年在考虑晚上点哪家外卖。

她看着来电显示，怔愣了起码半分钟才接通。

顾修竹低沉沙哑的声音从电话那边传来：“在做什么？”

姜映初：“在准备点外卖。”

“想要出来吗？”

姜映初一怔，立马问：“你在哪里？”

“楼下。”

她一愣，快速道：“那你等我几分钟。”

挂断电话后，姜映初略微窘迫地看向宁年年，宁年年一脸“我懂”的模样，挥了挥手：“去吧去吧，谁让我是单身狗呢。”

姜映初一笑，伸手抱了抱她：“我给你带好吃的回来。”

宁年年看着她：“别回来了吧，明天周末呢，你要不跟顾学长出去约个会？”

闻言，姜映初脸一红，表示拒绝：“那还是不用了，我们就出去吃个饭。”

只是她没想到，宁年年的话会那么准，这个晚上，她没能回来。

换了衣服匆匆跑下楼的时候，顾修竹正好站在树下，姿态慵懒。她刚一下去，他便抬起头看向了她，眼眸微闪地看着她穿着的裙子，顿了顿，才朝她这边走了过来。

“这么快？”

姜映初点了点头：“你等很久了吗？”

“不久。”顾修竹垂眸盯着她露出来的腿，“晚上不会冷？”

姜映初一噎，无奈地瞪了他一眼：“应该不会吧？”

都已经六月初了，大家都开始穿着小短裤和短裙出街，街道上到处都是大长腿，姜映初近期跟宁年年去逛街，也买了好几条裙子，身上穿的这条正好是前一周买的，今天是第一次穿。

小短裙衬得她腰肢纤细，修长白皙的腿，在傍晚的夕阳下，略微显眼。

顾修竹从下而上地看了眼，轻“嗯”了一声：“最近都在复习？”

“是啊。”姜映初小声说，她看着自己被顾修竹捏住的手腕，唇角上扬，

“你呢，公司的事情忙完了吗？”

顾修竹：“忙完了。”

两人往校外走去，一路上受到不少瞩目。

姜映初略微发窘，不太适应。

关于她跟顾修竹在一起的事情，最开始她想要瞒着，可过后她又觉得好像没什么害怕的，更何况不少人对顾修竹有各种妄想，就如林美。

所以她上次跟顾修竹一起吃饭的时候，就光明正大地牵手了，只是那会儿在外面，人并不多，没有多少人注意到。但现在还在学校里，就有些不太一样了。

几乎路过的几个人，就要回头看一看两人。

她有些紧张地揉了揉脖颈，讷讷地喊着：“顾修竹。”

“怎么了？”顾修竹侧头看她一眼，“不舒服？”

“不是。”她不太适应地捏了下自己的耳朵，踮着脚凑在他耳边小声说，“你没发现很多人在看我们吗？”

顾修竹挑眉，感受着耳边传来的温度，略微沉吟道：“看到了。”

姜映初总觉得顾修竹话里有话，但一时间又猜不出来。

顾修竹倒是先反问了她，轻声说：“不是说做好准备了吗？”

姜映初垂着眼睑，小声说：“但还是有点害怕。”

“怕什么。”他把她的手紧紧地握着，声音柔和，“万事有我。”

听着他说的话，姜映初的心瞬间就静了下来。是啊，万事都有顾修竹，即便没有他，她正正经经谈个恋爱，好像也没什么问题吧。

她默默地点头，安静片刻后，侧头看着顾修竹英俊的侧脸，轻声问：“那我们现在要去哪里？”

顾修竹一顿，丢下两个字：“约会。”

第18章　公开

两人从学校离开后，他便驱车带着她往前，也没说要去哪儿。

日暮时分，姜映初趴在车窗上看着窗外掠过的风景，街道上有些拥堵，道路两侧的树枝都发着嫩芽，郁郁葱葱的。

她半开着车窗，任由风轻拂而过，垂落下来的发丝披在肩后，正好挡住了天鹅颈。

盯着窗外看了好一会儿后，姜映初才扭头看向顾修竹，眨巴了下眼睛问："我们现在是要去哪里啊？"

顾修竹侧头看了她一眼："先去吃饭。"

她点了点头，看着前面拥堵的道路，轻声问："去哪儿吃？"

"暂时保密。"

好吧，姜映初也不问了。她收回看着窗外的视线，转而看向顾修竹，舔了舔唇说："你瘦了。"

她的视线从上而下地打量着，盯着看了几秒后，姜映初得出一个非常准确的结论，顾修竹是真的瘦了不少。

顾修竹顿了顿，解释说："最近忙。"

"是不是都没好好吃饭？"姜映初皱了皱眉，"再忙也要好好吃饭啊。"

她知道顾修竹忙，有几次在学校里碰到林扬的时候，林扬跟她说过，顾修竹属于一旦忙起来就不管不顾的类型，除了每天晚上抽空给她打个电话，其余的时间几乎都不怎么会在其他地方分神，忙起来一下午或者一整天不吃饭，也实属正常，更别说是准时休息了。

顾修竹好笑地望着她，看着前面的红灯，缓缓地停下了车，伸手握着姜映初的手，轻声说："没事的，我没瘦。"

姜映初撇嘴："我又不是小瞎子。"

顾修竹笑："那待会儿我多吃点。"

"这倒是事实。"姜映初捏着他骨节分明的手指玩着，只觉得他的手指真好看，她虽然不是个手控，可对于好看的东西，大抵是没有人能拒绝的。

两人那么长时间不见，有些许陌生感，她只能借由这些东西来转移注意力。

道路有点堵，但没多久，姜映初就发现车子已经驶出市区，往其他地方去了。

她愣了下，侧头看向顾修竹："吃饭的地方很远吗？"

"嗯。"他解释了一句，"山顶。"

闻言，姜映初瞬间就不问了。

她看着前面落日的余晖，忍不住感慨："夕阳好美啊。"

顾修竹看了眼，点了点头："想不想看日出？"

"啊？"

"想看日出吗？"

姜映初一愣，立马反应过来问："是在这里看日出吗？"

他微微颔首，低声道："山顶的日出挺美的。"

"好……好啊。"她迟疑了一会儿，立刻答应了。

答应过后，姜映初低头看着自己，有些苦恼："没带相机。"

她不算是摄影爱好者，但是看到美景美物，也会想要拍下来。

顾修竹看着她稍显多了点的情绪，无声地弯了弯嘴角："待会儿给你变个魔术。"

车子停下后，姜映初才有时间打量这个地方。

她从没想过在这种地方还有路能开车上来，而且这个吃饭的地方还这么美，风景宜人。她刚下车就看到了这边的石头屋子，全部都像是用大石头堆积出来的一样，石壁上面还攀爬着一些绿色植物，植物上还点缀着小灯泡，气氛很好。

顾修竹含笑地看向她，朝她伸出手来："走吧。"

姜映初笑，回头看了眼："你怎么知道这个地方？"

顾修竹："一个朋友开的。"

"熟悉的朋友？"

"一起长大的。"他低声说，"年龄比我大。"

姜映初扑哧笑，弯了弯嘴角："哦。"

两人往里面走，里头的客人不多，但是仅有的几个位置都是满的，顾修竹刚刚进来的时候给她解释了一下，这边只接受提前一个月的预定，而且不一定能订到位置，厨师就是老板，每天只做几桌菜，多了就不做了。

姜映初："那我们呢，你是提前一个月订的吗？"

"我们不用。"他解释了一句。

两人刚进去，里面的人就走了过来，看着两人笑了笑："这边坐。"看到姜映初又微微颔首，"阿竹，这是女朋友吗？"

"嗯。"顾修竹笑着给两人介绍，"我女朋友姜映初。这是唯一的店员。"

那人微微一笑："你好，喊我肖哥就好。"

介绍之后，顾修竹把菜单递给她："想吃什么？"

"你点吧。"姜映初这会儿正关注外头的景色，"你肯定比我熟悉。"

晚饭是顾修竹点的，姜映初眼睛亮晶晶地望着他，有些渴望："能不能出去看看？"

"吃过饭再去。"顾修竹哭笑不得，没想到她会这么喜欢这里，他轻声道，"待会儿有时间陪你去。"

"好。"

不得不说，这里的食物确实好吃，虽然都是平常菜色，在市区也能吃到，可是口感就是很不一样，连姜映初这个不怎么挑食的人，都忍不住称赞。

"味道好好啊。"

"那多吃点。"

姜映初看了顾修竹那边一眼，突然往一侧的盘子里给他弄了些食物出来，“你才应该多吃点。”

顾修竹的食量其实挺大了，但姜映初给的，不论能不能吃下，他都会吃完。

吃饭的后半程，老板出来了，让姜映初意外的是老板是个很年轻的人，宋勉，很成熟，稍显英俊，带着点胡茬，他含笑地走向两人：“怎么样？”

顾修竹看了他眼：“没退步。”

宋勉莞尔一笑，拍了拍他肩膀：“不给我介绍介绍？”

“我女朋友……”

这是第一次，姜映初这么正式地见他的朋友，和他的朋友认识。她突然有种感觉，自己好像在慢慢闯入顾修竹的世界，越来越多地了解这个人。

吃过晚饭后，顾修竹跟餐厅老板打了声招呼，就带着她往旁边转，去逛一逛。

这边的灯都亮着，即使是在深山里，也不会觉得害怕，唯一让她有点不适应的……大概就是蚊子了。

“顾修竹。”

“怎么了？”

姜映初攥着他的衣服，小心翼翼地往前走着：“好多蚊子啊。”

顾修竹一怔，垂眸看着她露出来的小腿，扯了扯唇：“下次还穿裙子出门吗？”

“为什么不？”

“嗯。”顾修竹突然伸手抱着她，亲了下她的唇角说，“你知道今天在学校多少人盯着你的腿看吗？”

姜映初噎了噎，涨红着脸看着他：“你还是别说了吧。”

顾修竹并没有打算就这样放过她，他一把将人抱了起来，往里头走去：“抱着，脚下的蚊子会少一点。”

“哦。”她伸手环着他的脖颈，脑袋贴在他的胸腔处，听着他跳动的心脏，双颊泛着红晕，有些许不好意思。

顾修竹的手虽然是压着她的裙角，但是裙子真的不长，特别是被抱起来之后。

姜映初有些不太适应，连心跳都快上了半分，她抓着顾修竹的肩膀微微用力，咬着下唇道："可以放我下来了吗？"

她声音软糯，带着点颤音，就凑在顾修竹的耳边说着。

顾修竹感受着身边人的气息，身子紧绷着，低声道："马上了，到那边就把你放下来。"

他加快步伐，直到到了想要带姜映初去的地方后，才把人放下，把旁边的电灯开关给全部打开。

眼睛一亮，姜映初惊讶地看着突然出现的一切，还有些许诧异："这是……你准备的吗？"

面前有一个秋千，秋千上还放着花，周围两处都是网上的那种小灯泡，五角星形状的，很是耀眼。

顾修竹低低一笑，往前走了两步把花给她："让他们准备的。"他伸手抱了抱姜映初，轻声说，"这是道歉的东西。"

"啊？"她眨了眨眼，错愕地看向他，"道什么歉？"

顾修竹柔和地摸了摸她头发，柔声说："这段时间太忙了，都忽略你了。"

"没有啊。"姜映初哭笑不得，"我能理解的，更何况你每天都给我打电话呢。"

两人只是没见面而已，但是双方每天在忙什么，他们都是互相知道的。

顾修竹点了点头："看你在学校闷着了，正好带你出来走走。"

姜映初笑，垂眸看着手里的花儿，唇角上扬："我很喜欢。"

只要是顾修竹给的，她都喜欢。

顾修竹指了指："要不要上去坐一坐？"

"能坐的吗？"她开始还以为只是一个装饰品。

"能。"顾修竹环视，"好久都没人过来这边了。"

"怎么这么说？"

他顿了顿，低声解释了一句："这里以前是宋勉哥给他女朋友建的，这个餐厅也是。"

姜映初没打断他要说的话，继续安静地听着。

顾修竹侧头看了她一眼，伸手拍了拍她的脑袋，让她坐下，才推着她在秋千上荡漾着，低声道："但他女朋友走了，就再也没有回来了，这边也一直没人过来。"

一般客人来吃饭，根本不知道这个地方，熟悉的人倒是来过几次，但次数也少，慢慢地，这边像是荒废了一样，但其实所有的东西都还在。宋勉还在努力维系着这边的一切，不然秋千也不至于还跟新的一样，没有老化。

姜映初沉默了片刻，反手抓了下顾修竹的手指，问了声："你跟他们都很熟吗？"

"嗯，一个大院长大的。"他笑着解释了一句，"宋勉哥跟他女朋友，青梅竹马。"

在姜映初正迟疑要不要问下一个问题的时候，顾修竹倒是先一步缓解了她的窘迫："去世了，不是分手了。"

他推着她坐了会儿，突然就停了下来，自己坐了上去，抱着姜映初在自己的怀里，垂眸看着她："姜映初。"

"嗯。"她往顾修竹的肩膀上蹭了蹭，小声说，"有点难过。"

顾修竹伸手压着她的脑袋，亲了亲她的耳垂，安慰道："跟你说这些不是想让你难过，事情都过去了，宋勉哥也走出来了。"他低声道，"今天带你过来这边，是想让你了解我更多，我忙你可以来看我，而不是一直疏远，你不会打扰我，恋人之间是不需要有隔阂和距离的。"

他亲着她的耳垂，压着声音说："不要去胡思乱想，有什么事情记得问我，跟我说，只要是你，没时间我也能抽出时间，听懂了吗？"

姜映初一怔，惊愕地望着他："你知道？"

顾修竹扯了扯唇一笑："知道什么？"

她噎了噎，装作什么都不懂的模样："没什么没什么。"摇了摇头，姜映初连忙说，"我听懂了。"

顾修竹哂笑了声，亲了下她的唇角问："那你说，听懂什么了？"

姜映初紧锁着眉头思考着，难不成顾修竹知道自己跟宁年年吐槽说，她怀疑他是不是在外面有女朋友了？虽然这是玩笑话，可姜映初还是有点担心的。

一时间，她的脑海里思绪万千，沉默了好一会儿也没说话。

顾修竹垂眸看着她，也不打断，寻着她的唇角去亲她。

姜映初控制着自己跳动过快的小心脏，眼波流转地主动伸手抱着顾修竹的脖颈，蹭了蹭，凑上去悄悄地亲了他的侧脸一下，小声问："我想问我们什么时候回学校啊？"

顾修竹看着在灯下略显红润的唇瓣，把人往怀里抱得更紧了些。

许久过后，他垂着眼睑看着她那双湿漉漉的眸子，亲了上去，嗓音微哑道："今晚不回去了。"

山上的风比其他地方要凉快，两人抱在一起的时候，她只感觉自己的身体像是着了火，搂着顾修竹的手也越来越紧。

他轻啄着她的唇角，偶尔柔软的唇瓣落在其他位置。

顾修竹看着怀里的人，她白皙的皮肤在月色下更显透白，像瓷玉一般，如藕玉般的手臂勾着自己，让人想要上去咬一口。

他的视线从下而上，落在她的脸上，这会儿因为害羞，姜映初一张脸都是通红的，她完全不知道要说什么，反应也比平时慢上了几分，可顾修竹觉得，这个时候的她，迷糊得可爱。

他看着，只觉得心脏一紧，难以控制。

两人无声对视着，所有的情绪都在眼睛里。

过了好一会儿，姜映初觉得自己的脑子恢复过来后，她才低声问："你刚刚说什么？"

话一说出口，她就惊了……她从来不知道，自己的声音可以软成这样，就像是在跟顾修竹故意撒娇一样。

果然，顾修竹眸光一暗，低头咬了下她的唇角，再次提醒："我说，我们今晚不回去了。"

她一怔，握着他肩膀的手紧了紧，眼眸微闪着，"那……住哪里？"

闻言，顾修竹低低一笑，凑在她的脖颈处问："就不挣扎一下，想要回去？"

她愣了下，才伸手捶打了下顾修竹的肩膀，装作生气道："那我们回去。"

她刚刚之所以没问，是觉得不回去，顾修竹也不可能对自己做什么，刚刚是吻得有点激烈，可顾修竹这个人太有分寸了。反正按照姜映初对他的认识来说，他一定会保持自己的度，不会乱来。

当然，在这件事上面，她忽略了自己对顾修竹的影响力和顾修竹对她的喜欢程度。

顾修竹笑，少有的情绪外露："不行。"他垂眸看着姜映初，轻声问，"不是想看日出吗，今晚在这里看吧。"

"啊？"她想起两人在车里的对话，抿抿唇问，"那住哪里？"

顾修竹扬了扬下巴指着不远处的屋子："餐厅都在山顶了，住宿的地方当然也有。"

他把姜映初放了下来，牵着她的手说："你想住帐篷还是想住那边的屋子？"

从她这边看过去，根本看不到什么，但她有点好奇。

"那边的屋子是你那个朋友住的吗？"

顾修竹颔首："不算是，宋勉就住在餐厅里，有房间的，那边以前是为了来玩的客人准备的，一直都有人打扫，要去那里住吗？"

"就我们两人吗？"

顾修竹促狭地望着她笑："还想要有其他人？"

姜映初脸一红，连忙摇头："没。"

她哪敢有那个胆子想其他人。

"那帐篷呢，要是住帐篷是不是待会儿还要去搭起来？"

"嗯。"

"那还是住房子吧。"虽然她有点期待住帐篷，但这个时间点，黑漆漆的，并不太合适。

顾修竹一顿，牵着她的手回头看了她一眼："想要住帐篷吗？"

她愣了下，小声说："帐篷就下次吧，今天都这么晚了。"

顾修竹脸上浮着笑，意味深长地说："行，帐篷留给下次。"

她脸一红，低着头，把修长的脖颈给露了出来，顾修竹看着眸色沉沉，她不太好意思地补充解释："我就是随口一说。"

顾修竹笑，捏着她的手指道：“都满足你。”

回去之后，顾修竹也不知道从哪里拿出来的钥匙，直接到了屋子面前，姜映初细细打量着眼前的房子，和餐厅没有太大区别，其实这里更像是一个别墅。

东西一应俱全，大抵是平日里都有人过来打扫的缘故，里面也是一尘不染。

顾修竹从里面找了拖鞋出来，低声道：“先换上鞋子。”

姜映初低头就想要去解开自己脚上的凉鞋，还没弯腰下去，顾修竹就先蹲在她面前，面不改色地给她解鞋子的扣子，姜映初一惊，连忙道：“我自己来。”

顾修竹就着现在这个姿势，抬眸看着她，嗓音微哑：“我来试试。”

姜映初怔愣片刻，顾修竹已经解开一只鞋子的扣带，从她这个角度，只能看到他的背，被简单的白色 T 恤勾勒，肌肉线条浮现在眼前，她的视线从后背挪开，看向他专注的眉眼。

他抬高自己的脚换鞋的时候，姜映初只能配合。

一会儿后，鞋子换好，顾修竹垂眸看她眼，轻声道：“饿不饿？”

“不饿。”

“困吗？”

姜映初摇头：“也不困。”

顾修竹低低一笑，轻声说：“先带你上楼去，你先洗个澡。”

姜映初脚步一顿，看着自己身上的裙子有些苦恼。离开学校的时候她根本不知道会在外面过夜，所以什么都没准备。

到房间后，顾修竹说了下，低声道：“衣柜里有衣服，都是全新的，你将就一下？”

“好。”她没问那些衣服是谁的。

顾修竹笑着解释了一句：“以前买来的，但很多都还没拆吊牌的，基本上是全新的，你选一件合适的穿着。”

“嗯。”她抬眸看向顾修竹，抿了抿唇问，“你住哪里？”

“对面房间。”顾修竹指了指，“有事情喊我。”

“好。”

两人对看了眼，姜映初去找衣服洗澡，但拉开衣柜之后，她才发现里面那些衣服都是比较性感的。她找了好一会儿，勉强找出一件宽松的 T 恤，拿上后便去洗澡了。

等姜映初出来的时候，她垂眸看着自己的腿，有些无奈。晚上虽然一直被顾修竹抱着，但是在山林里，腿上不出意外地多了好几个包，都是被蚊子给咬的。

T 恤不怎么长，穿上后一双腿更显修长，她有些不适应，往下扯了扯，才觉得舒服了不少。

她刚想要去找顾修竹要吹风机，他却先她一步敲门进来了。

“好了？”

“嗯。”姜映初看着他手里拿着的东西，有些诧异，“你拿的什么？”

顾修竹笑笑，低声道：“去那边坐着，腿上痒吗？”

她垂眸看着那几个显眼的包，乖乖点头：“痒。”

“我找他们拿了点药。”他示意姜映初坐下，蹲在她面前给她涂药，他的手指冰凉冰凉的，指腹压在她细滑的腿上时候，她不由自主地往后退了下，身子紧绷着。

顾修竹瞥了她一眼，眼尾压着笑：“别紧张。”

姜映初咬着下唇，尽量不让自己紧张，但那紧绷着的腿，还是泄露了她的大部分情绪。

好在涂药膏很快，一会儿就解决了。

顾修竹眸光暗暗地，落在她的腿上，喉结滚动，嗓音微哑：“刚刚是要找我吗？”

“有没有吹风机？”

他看了眼：“我去找，你在这里等我。”

“好。”

等顾修竹出去后，她才长呼一口气。刚刚顾修竹在房间的时候，她觉得宽敞的房间都变得逼仄了起来，空气稀薄，她喘不过气来。

回来后，顾修竹的手里拿着一个白色吹风机，而后，她的头发是顾修竹吹干的。

她抬眸看着面前的顾修竹，有些恍惚，她好像从来没有看过他这个模样，很有居家气息。

姜映初想着，没忍住抿唇一笑，正好被顾修竹听见。

顾修竹拿着吹风机的手一顿，闻着她发丝散发出来的清香，顿了顿："笑什么？"

姜映初抬眸看着他，想了想说："没看过这个样子的你。"

"感觉……有点意外和特别。"

顾修竹一顿，把她头发全部吹干后才说："等你慢慢发掘。"

姜映初："……"

吹好头发后，顾修竹看她："要不要睡觉？"

"你困了吗？"

"想去看星星吗？"

她眼睛一亮，看向他："去。"

两人上楼，直接去了顶楼，顾修竹让她等一会儿，她站在楼顶，环视着周围。

黑漆漆的一片，可月色很好，夜晚的星星也很美，点缀在空中，把这一片的大地都给照亮了。

顾修竹回来的时候，手里拿着一个三脚架和一台相机，"待会儿有兴趣的话，可以拍照。"

"好。"她诧异地看着顾修竹，抿了抿唇笑着问，"你是不是哆啦A梦啊？"

"嗯？"

她笑："怎么什么都有。"

顾修竹摆好后，才伸手揉了揉她头发，含笑说："是你的哆啦A梦。"

闻言，姜映初红着脸睨他一眼，专注地看着夜空了。

不得不说，在偏僻一点的地方，夜空是真的很美，星光铺满深蓝夜幕，璀璨夺目。

她专注地看着，甚至把顾修竹都给忽略了，姜映初沉浸在自己的世界里，拿着相机拍照，她看向前面坐着的顾修竹，他正低头看手机，她想了想，对着顾修竹偷拍了好几张。正拍着，顾修竹突然看了过来，望着她。

她没控制，不小心就摁了下去，恰好把这一幕拍了下来。

下一瞬，顾修竹从位置上起身，径直朝她这边走来。

“拍我？”

姜映初咳了声：“我本来是要拍风景的，是你坐在那里入镜了。”

闻言，顾修竹舔了舔唇，笑了声：“是我的错。”

他声音带着揶揄的笑，想也知道是在调侃自己。

姜映初听着，极其认真地点头：“对啊。”

不知道为什么，她总觉得自己跟顾修竹的距离没有那么遥远了，大概是看过他太居家的一面，觉得他跟自己没什么区别，都是一样的。

顾修竹看着她这模样，莞尔一笑：“行，你开心就好，玩累了过来休息。”

“哦。”

她低头，拿着相机看着刚刚拍的照片，不得不说顾修竹太上镜了，仅仅是一张侧脸，就足以让不少姑娘喜欢了，她看着最后的那张，他正眉眼带笑地望着自己，眼睛里满是柔情，光是看着，姜映初就觉得心跳快了几分。

她把所有的照片都一一保存下，把相机放在三脚架上面，往顾修竹那边走了过去。

两人聊着天，明明什么都不做，可却不会觉得厌烦，甚至乐在其中。到后面，姜映初都不知道自己什么时候睡着了。

顾修竹看着肩膀上的脑袋，无声地笑了笑。

他伸手扶着姜映初的脑袋，轻轻喊了一声：“睡着了？”

她没说话，往他脖颈处蹭了蹭。

他垂眸看着她露在外面的腿，再看了眼她紧闭着的眸子，扯了扯唇笑：“输给你了。”

他起身，把姜映初抱在怀里往房间里走。

顾修竹把她往床上放，给她盖好被子后，便准备离开，刚一转身，他的衣服就被人给抓住了。

顾修竹脚步一顿，低头看着面前的小姑娘，她正紧闭着眼睛，并没有醒来。

“姜映初。”他轻声喊着。

姜映初毫无意识地呢喃了一声，抓着他的衣服更紧了些。

顾修竹无奈地苦笑，弯腰想要松开她的手，结果却被她越握越紧。上次在医院的时候，她紧紧攥着自己衣服的模样，清晰浮现在自己的眼前。

眸色沉了沉，顾修竹低头看着她，俯身亲了亲她的嘴角，低声哄着：“不用拉着了，不舒服，我不会走的。”

房间内只有她平稳的呼吸声，但抓着他衣服的手，依旧没松开。

顾修竹伸手摸了摸她的脑袋，拿过一侧的手机，就坐在旁边陪着她。

不知道睡了多久，姜映初醒来的时候，房间内还有淡淡的月色，而顾修竹，在她床边趴着睡着了。

她一怔，低头一看，自己的手还紧紧地攥着人家的衣服。

姜映初忙松手，她看着眼前的顾修竹，眼睛里有太多不一样的情绪出现，她想了想，先去了趟洗手间，回来后，顾修竹还就着刚刚那个姿势趴在床边。

她看着心疼，刚想要把人喊醒，可在喊醒之前，她不由自主地凑上去，亲了亲顾修竹的脸颊，正想要说话的时候，顾修竹的手伸了出来。

下一瞬，姜映初就被压在了床上。

她惊愕地看着顾修竹，结结巴巴道：“你没睡着？”

“被你吵醒了。”

姜映初红着脸，想要推开他：“你……压得我喘不过气来了。”

顾修竹眸色沉沉地注视着她，从上而下，最后停在了她的嘴巴上，对着姜映初的视线，他低头亲了上去，在唇上辗转厮磨着，流连忘返。

暧昧的气息在房间内蔓延，温度逐渐升高。山顶的深夜，像是被人点燃了火花一样，滋滋停不下来。

许久后，两人的喘气声在房间内响起。

他顿了顿，看着身下全身都泛着粉红的人，喉结微滚道：“我去对面了，你继续睡。”

姜映初一顿，睁开湿漉漉的眸子看着他，眼底满是刚刚的情愫，她顿了顿，抓着顾修竹的衣服，对着他的视线："不能睡在这里吗？"

话音落下后，房间内安静了许久，只有两人的呼吸声，以及窗外吹进来的风声。气氛越来越危险，让姜映初不由自主地往后缩了缩。

顾修竹的眼神有些危险，呼吸也急促了几分。

她迟疑了片刻，对着顾修竹危险的眸子，她磕磕绊绊地解释："就……跟刚刚一样。"

说完，她欲盖弥彰地补充了一句："不是让你跟刚刚趴着一样，就是……睡床上也没事的。"

他嗓音微哑，看着她："你知道自己在说什么吗？"

姜映初仰头看着他，点了点头："我有点……害怕。"

顾修竹盯着她看了许久，伸手狠狠地揉了下她的头发，苦笑且宠溺地说了句："你就使劲折腾我吧。"

两人对看着，他们的眼睛里只有对方的存在。

顾修竹伸手揽着她的腰肢，眸色沉沉地注视着她良久，才无奈叹气："我去对面一趟，一会儿过来。"

她红着脸，呢喃着："好。"

等顾修竹走后，姜映初才往被子里躲，身体都绯红绯红的。

她完全想不到自己会说出那样的话，但事实确实如此，她还真有点害怕，总觉得一个人住在这里，没有安全感。

姜映初躲在被子里不知道多久，直到听到开门声，她才冒出脑袋，看向门口走来的人。

顾修竹一怔，望着她："还不困？"

"有一点。"

顾修竹失笑，伸手摸了摸她的脑袋，把被子放在床上，低声道："我在这里陪你，睡吧。"

两人隔着被子抱在一起，姜映初也没管他为什么要去多拿一床被子，有他在身边后，她闭着眼睛没几分钟就睡着了。

夜越来越深，皎洁的月色倒是越来越亮了。

顾修竹看着怀里的睡颜许久，才隔着被子抱着她，一起睡了过去。

再次醒，是被热醒的。

原本山里凉快，一般来说都需要盖被子，而顾修竹现在却是被热醒的，一旁的小姑娘睡得毫无知觉，还一直往他怀里钻，手脚并用地抱着自己的腰蹭了蹭，发丝粘在上面，痒痒的。

顾修竹从睡梦中怔愣了片刻，喉结滚了滚，触觉也越来越清晰。

顾修竹闭了闭眼，刚想要把她给推开，才一伸手，姜映初就埋头抱了过来，整个人睡在了他身上，脑袋还埋在脖颈处蹭了蹭，发丝粘着他脖颈处的肌肤，痒到了极致。

她依旧没什么知觉，还睡得沉沉的。

可他不一样，顾修竹强迫自己闭眼，去忽略鼻息间没入的清香，和女孩子身体上那种独特的味道。他脸色微变，压抑着自己的情感。

许久后，在姜映初继续往前的时候，顾修竹终于没忍住，轻轻推开她，给她掖了掖被子，起身往对面的浴室走去。

这已经是他今晚第三次进浴室了。

他出来的时候，姜映初依旧睡得香甜。

顾修竹垂眸，弯腰在旁边亲了亲她的唇角，才抱着被子去一侧的沙发上睡。

两人没睡下多久，闹钟就响了起来。

姜映初想要看日出，所以两人在睡觉前就设置好了早上五点的闹钟。

她迷迷糊糊醒来的时候，顾修竹已经站在落地窗前。

姜映初目光一亮，看向他："太阳出来了吗？"

顾修竹回头看她："想现在去看吗？"

"想。"

他低低一笑，把人抱了起来："那就去楼顶吧。"垂眸看着她手里拿着的衣服，顾修竹低声问，"冷不冷？"

"有点。"

他了然，把毯子拿上，直接给她包了起来，抱着往楼上走。

日出很美，从山顶看，太阳慢慢地升起来，把整片天空都给照亮了，姜映初虽然没怎么睡醒，可一到楼上一吹风，整个人就醒了过来，她眼睛不眨地看着，只觉得惊艳。

“好看。”

顾修竹侧头看她：“不困了？”

“困。”姜映初跟他撒娇，“还能再睡一觉吗？”

顾修竹莞尔：“能。”

看完日出之后，两人再次回了房间，直到这会儿她才看到沙发上的被子，眨了下眼，姜映初吞咽了下口水，看向他：“你昨晚，怎么睡的沙发？”

顾修竹一顿，回头意味深长地看她眼：“嗯，某人睡觉不太老实。”

她对睡着后的事情没印象，“哦”了声后道：“对不起。”

顾修竹低低一笑，伸手揉了揉她的头发：“还困的话，继续睡吧。”

“那你呢？”

“陪你睡。”

姜映初眨了眨眼：“还睡沙发吗？”

他直接低头亲了下去，对于一次又一次挑战自己自制力的人，真忍不住了。

两人贴合在一起，亲得难舍难分。许久过后，顾修竹才松开她，哑声道：“睡吧。”

姜映初红着脸往他怀里躲，小心翼翼地问：“你要不要……去浴室……”

话音落下，顾修竹咬着她的唇，警告：“睡觉，别乱动。”

姜映初“哦”了声，默默闭嘴。

没一会儿后，她就再次睡着了，昨晚到今天，好像还没睡够五个小时，她是真的很困。

顾修竹冷静了许久，他看着怀里的人，亲了亲她的侧脸，躺在一侧，陪着她继续补眠。

两人睡到中午十二点，才回程。

跟宋勉他们道别后，两人回去学校，她一晚上加一上午没拿手机，手机里这会儿全是宁年年和宋嘉兮发来的消息。

群消息显示 99+，她一打开就被 @ 给吓到了。

年年："我的初初还没有回宿舍！"

楚楚："喊我吗喊我吗，我在宿舍啊。"

年年："楚楚姐姐！你在干吗呢！"

楚楚："在等男朋友投喂食物，你们家初初去哪儿了？跟顾修竹约会去了吗？"

年年："是的，丢下我，还问我晚上吃什么，说要给我带，结果到现在都没回来。"

楚楚："别想了，都十二点了，你们家初初不会回去了。"

小七："楚楚姐，你也太污了吧。"

楚楚："我哪污了！"

……

到后面的话题全部歪了，姜映初还真不知道自己这些朋友天天都想些什么，她伸手捂了捂脸，有些无奈。

"怎么了？"

姜映初一顿，立马看向顾修竹："没……没怎么了啊，你开车，我跟小七她们聊天呢。"

顾修竹点了点头，看着她红了的脖颈，无声一笑。

从山顶开回学校，要差不多两个小时，姜映初开始还能跟顾修竹聊两句，没多久后，就再次昏昏欲睡了。

直到车子停在学校门口，她才醒。

"到了？"

"嗯。"顾修竹垂眸看她，低声道，"送你回去。"

姜映初眨了眨眼："你一天没去公司，能行吗？"

"没事。"顾修竹轻声说，"先送你然后再去公司。"

"好。"

两人往学校里面走去，周末太阳大，学校里的人也不多。但姜映初却觉得还不错，天气晴朗，阳光丰沛。

她垂眸看着两人牵在一起的手，欲言又止，想说点什么，可又觉得好像不太合适。

顾修竹侧头看她，低声道："在学校要是无聊，可以来公司找我。"

"嗯？"她惊愕地看着他，"什么意思？"

顾修竹莞尔一笑说："来公司找我，我最近在学校的时间可能不多，有点忙，但你可以来公司找我，如果你不介意的话。"

姜映初连忙道："当然不介意。"

她怎么可能会介意，她巴不得能跟顾修竹多点时间相处。

顾修竹笑，伸手摸了摸她的脑袋："行，那你要是无聊，就来找我。"

"什么时间都可以吗？"

"什么时间都可以。"顾修竹低低一笑，轻声说，"只要是你。"

姜映初听着，只觉得心口有蜜糖被戳开了，蜜流了出来，甜到了心底。

"好。"她答应着。

顾修竹低头亲了亲她嘴角，柔声道："上去吧。"

"嗯。"

她往前走了两步，回头看向他："顾修竹。"

"那我今晚可以去找你吗？"

"……"

回到宿舍后，宁年年还在奋力玩游戏，她最近沉迷游戏无法自拔，有时候甚至连吃饭都不怎么去。姜映初知道她是在游戏里认了一个师父，据说是一个声音很好听的小哥哥，偶尔还能听到两人的对话。

她揉了揉脖颈，把刚刚给她打包回来的食物给她。

"还要玩多久？"

"几分钟就好，我马上结束了。"

姜映初看了一圈宿舍，蒋文文应该是出去了，至于舒玥，从开学到现在，在宿舍住的次数不超过十次。

没一会儿，宁年年放下手里的游戏，眼眸微亮地看着她，目光灼灼："初初啊……"

姜映初喝了口水，被呛了下，瞥了她眼："你说。"

宁年年边掰着一次性筷子，两根筷子靠在一起相互摩擦了一下，才准备吃饭。

"你跟顾学长……"

姜映初一噎，脸色微红地觑了她眼："你在说什么呢！"她用手给自己的脸扇风，试图让热起来的脸颊降降温。

"什么怎么样，我们就很单纯地看了下日出！"她继续强调着。

宁年年看着她这模样，扑哧一笑，伸手捏了捏姜映初红透的脸颊，朝她眨了下眼："真的就很单纯？"

"当然了！"姜映初义正词严。

姜映初看着面前的食物："你吃不吃了？不吃我下次就不给你买了。"她有些恼羞成怒。

宁年年笑，不再逗她了，连忙说："吃吃吃，我吃呢，你去休息会儿吧。"

"嗯。"

姜映初坐在椅子上，仰头看着天花板，有些失神。也不知道为何，她突然就想到了宁年年说的话，脸红起来……

姜映初干咳了两声，看向吃饭的宁年年，拿出手机思忖了片刻，给顾修竹发了消息过去："你回去了吗？"

发过去后，没收到及时的回复，姜映初估摸着他应该是在开车。

没一会儿那边回复过来，还真是在开车。

顾修竹："刚刚在开车，刚到公司。"

他回了一趟在校外租的房子，换好衣服才去公司。

姜映初看着，扬了扬眉，没再给顾修竹发消息。她估摸着他现在应该很忙，这段时间堆积下来的工作不会少。

她正准备把手机收起来，突然霍嘉珩给她发了条消息过来："初初，最近忙吗，你上次找我帮忙买的东西买到了。"

姜映初眼睛一亮："回国了吗？"

霍嘉珩："回来了，不过你哥我需要睡一觉，明天有空的话我去接你，顺便把我妈给你买的东西给你。"

姜映初："好啊，谢谢嘉珩哥哥。"

她兴奋地在宿舍里走着，唇角微微上扬着。

中午的阳光炙热，宁年年吃过饭后便目光灼灼地盯着她看。

两人无声地对视了眼，宁年年咳了声："初初，下午去逛街吗？"

姜映初一怔，诧异地看着她："你想去逛街啊？"

宁年年翻了个大白眼给她："对啊。"

姜映初想了想，点头："可以啊，去哪里逛？"

她晚上再去找顾修竹，逛街什么的应该没什么问题，还能一起在外面吃个饭。

"去商场里，买个礼物。"

"好。"

两人对视，宁年年又突然一笑："先睡会儿再出去吧，这个时候太阳好大。"

"好。"

外头烈日炎炎，刚刚回来的时候姜映初便发现了。她跟宁年年都是怕晒太阳的类型，看了眼外头的阳光，她是真希望待会儿能变成阴天才好。

两人在宿舍内睡了一觉，才收拾着要去逛街，只是出门的时候，姜映初犯愁了。

"穿什么出门啊？"

宁年年愣了下："裙子吧。"

姜映初低头看了眼："裙子待会儿不好试衣服。"

"你要买衣服？"

姜映初唇角弯弯，眼睛也弯成了月牙儿："是啊，想买衣服了。"

"那就裤子吧，你的腿型好看，穿什么都好看。"

"好的。"

换好衣服化完妆后，两人一同出门。

这会儿的学校里人真少，没人愿意晒着大太阳，更没有人愿意大下午就出门。

两人打着伞往地铁那边去。商场距离学校不是很远，那边算是繁华地带，虽然不是市中心的商场，可属于这个区域的商场，也非常繁华热闹。

地铁过去二十分钟的样子，两人到了以后，第一时间钻进了商场。

“先买杯奶茶，再慢慢逛。”

这是她们逛街的宗旨，没有饮料搭配，逛街都没力气。

两人从一楼开始，商场里的人多，热热闹闹的，里面还有不少店铺正做打折的活动，姜映初跟宁年年逛着，突然宁年年在一家店铺停了下来，扭头看向姜映初：“我给你买套衣服吧？”

姜映初眨眼，没太懂她意思：“为什么要给我买衣服？”

宁年年扑哧一笑，伸手拍了拍她脸：“你是真的忘记了啊？你生日快到了啊。”

她是真的忘记了，她一般对自己的生日不会太注意，自己是个双子座，还是双子座的尾巴，姜映初对自己的生日，一般情况下都是直接忽略的。

姜映初温柔一笑：“不用买，我不过生日的。”

宁年年挑眉：“那不行，我要给你买。”

她拉着姜映初往店里走，小声说：“这个店的裙子都很好看，我之前在网上看到她们的官网，有一条绝对很适合你。”

姜映初没辙，只能一起进去。

宁年年一进去，就把自己原本下载下来的照片给店员看，在看到店员拿出来的裙子后，姜映初愣了一下。

不得不说，宁年年的眼光非常不错，这是一条吊带的小裙子，上面应该是手工刺绣，还点缀着几颗小樱桃，下面是氨纶网纱，裙子看上去非常仙，只是背部同样是几根带子，绝对不是适合日常穿的裙子。

“这个裙子……”她欲言又止道，“很好看。”

宁年年推了推她，笑着问：“是不是啊，超级美丽，我觉得你适合白色，你穿绝对好看。”

“可是太暴露了吧……”姜映初小声说，“而且不适合日常穿。”

宁年年凑在她耳边说：“没关系，你可以去海边的时候穿啊。”

“我不去海边。”

宁年年：“总有机会的，再不然你跟学长出去旅游的时候穿。”她连忙说，“先去试试吧。”

她说着，直接把姜映初给推进了试衣间，姜映初没辙，只能先试试再说。

试穿出来，宁年年的眼睛就亮了起来，姜映初的皮肤白，穿这裙子太有感觉了，她拿着手机，咔嚓拍了两张照片，连忙说：“好看，你自己看看镜子。”

她看了眼镜子，不得不说，是真好看。

裙子确实是适合，可是……她看着自己裸露出来的后背和锁骨，有些许不适应。

“不适合穿。”

“适合的。”宁年年哀求着，“你就满足我吧，我就只想送这条裙子给你。”

姜映初：“……”

到最后，她说不过宁年年，只能答应了，好在裙子不是很贵，姜映初便接下了。毕竟两人都还是学生，太贵的话她还真不能要。

买好裙子后，宁年年陪她继续逛，两人乐此不疲。

逛累了才去找店坐着休息，宁年年看着手机里的照片，忍不住称赞：“好好看啊，初初我可以发个朋友圈吗？”

姜映初一愣：“你发啊。”

宁年年笑，眨了眨眼：“我要让大家都来看看你这个仙女。”

姜映初：“……”

只是她没想到，宁年年不仅仅是发了两人的合照，还发了一张她试穿裙子的照片，照片拍得很好，店内的灯光打着，整个人加了滤镜一样，很美也很仙。

顾修竹回到公司后，便着手处理搁置下来的事情。

林扬刚从外面吃饭回来，看到前台小妹妹正欢乐地讨论顾修竹，他愣了下：“阿竹回来了？”

那人点头：“回来了，老板今天好帅啊。”

林扬扯了扯唇，笑了声：“多帅啊？”

“老板今天穿了件白衬衫！”

他看着眼前的小姑娘，敲了敲桌面："那是因为你们老板晚上要出去约会，小妹妹，你们可别想了啊。"

那人哼了声："约会就约会呗，反正不妨碍我们欣赏。"

林扬还想要说点什么，手机开始不停震动，是他们几个人的群消息。

齐南："我刚刚在一个男同学的朋友圈看到了这个，阿竹，你的危机来了！"

他转发的是宁年年发的朋友圈照片。

林扬点开一看，乐了。

"阿竹。"

顾修竹从电脑前抬头看了他一眼："去哪了？之前的事情处理得怎么样？"

林扬笑："先不说工作，你看看群消息。"

"没时间。"顾修竹正忙着手里的事情。

林扬挑眉："那你可别后悔，我刚看到齐南发的截图，据说有同学发了小学妹的照片，还扬言要追小学妹呢。"

顾修竹顿了顿，立刻拿出手机查看消息。

在看到上面的照片后，他眸光暗了暗，才去看齐南发出来的截图，是他们同年级的一个同学，发的消息是——原来我们学校真有这样真实的仙女存在啊，不多说了，我要去追仙女了。

顾修竹一顿，把手机放下，冷冷淡淡地看了林扬一眼："做梦！"

林扬站在顾修竹前面，隔着一张桌子看着他的神情，被他的话给噎了噎，有些无语："又不是我要追，为什么要对着我说做梦？"

顾修竹咳了声："不是对着你。"他刚刚只是下意识地说了出来而已。

林扬拉开椅子在顾修竹对面坐着，装作不经意地感慨道："小学妹还真是受欢迎，虽然没你名气大，但不得不说，大家都喜欢，长相文静，笑起来好看，性格也好。"

林扬细数着姜映初的优点。

不得不说，姜映初这样的性格，在男生圈子里是真受欢迎。除开长相，还有性格，说话也一直是温柔的，很少与人争辩，偶尔还开朗爱笑，这种讨喜的姑娘，没有人会不喜欢。

顾修竹眼神凌厉地看着他，那眼神看得林扬立刻闭嘴。

“我不说了。”他笑了声，意味深长地瞥了眼，“我继续忙手里的事，你晚上要跟人见面？”

“嗯。”顾修竹顿了顿，“如果姜映初过来，记得给我打电话。”

“谁？”林扬的脚步一顿，诧异地看向他。

顾修竹掀了掀眼皮：“你没听错，她晚上应该会过来。”

中午姜映初问晚上能不能来找自己的时候，顾修竹蒙了一下，没想起来自己还有其他的事情，想也没想就答应了，直到看着她进了宿舍楼才想起来。

原本是想要跟她说暂时不要找自己的，但说不出口，只能尽快赶回来，好在两点多的时候姜映初给他发了消息说吃过晚饭再来，他倒是安心了些。

林扬噎了噎，咳了声问：“小学妹晚上要过来啊？”

“嗯。”

林扬点了点头：“行吧，到时候给你电话。”

等林扬出去后，顾修竹才拿着手机，把刚刚齐南发在群里的那张照片保存，手指在屏幕上摩挲着，屏幕上的人大抵是还不太习惯穿这样的裙子，脸上挂着羞涩的笑，微微弯着腰，能看出来照片是偷拍的。

他垂眸盯着看了良久，才给姜映初发了信息：“在外面？”

姜映初：“嗯，跟年年在吃东西。”

顾修竹停顿了片刻才“嗯”了声：“好好逛，要过来了给我发信息。”

姜映初：“可能要一会儿，晚点还要去吃晚饭，要给你带吃的？”

顾修竹：“不用，人过来就好。”

姜映初莞尔一笑：“好，那你好好工作。”

顾修竹盯着看了会儿，才收了心继续忙。

公司里大家都有各自的事情要忙，顾修竹松手解了颗衬衫扣子，把办公室内的空调调低了许多，外头的声音也完全忽略。

林扬虽然爱玩，但那也是看场合和时间的。

看着顾修竹这么忙，他也收了心帮忙处理一些项目合约，他们这一行，最怕的便是遇到刁钻的客户，而最近偏偏遇上了，这才弄得大家忙碌不已。

目前这个项目，是顾修竹非常想要拿下的，所有人都卯足了劲，为之努力。

大学生创业不易，有太多困难和阻碍，以及不确定因素，能坚持到最后的人，才能看到曙光。

晚上，姜映初跟宁年年吃过饭后就来了顾修竹公司。

她刚到楼下，对面就停下一辆熟悉的车。

姜映初一怔，正好对上开门下车的人的视线，两人对视一眼，顾修竹径直朝她走了过来："打车过来的？"

她点了点头，闻到了一股酒味。

"你喝酒了？"

顾修竹顿了顿，微微颔首："喝了点。"

姜映初瞬间就明白了，她惊讶地望着顾修竹，忍不住嘀咕："你有工作干吗不跟我说啊，说了我就不过来了啊，你是赶回来的吗？"

正好跟自己碰上了，要说顾修竹不是匆忙赶回来的，她还真不相信了。

顾修竹垂眸，看着她的手，伸手牵了过来，低声道："正好也结束了。"

"真的？"

"真的。"

他笑："进去吧。"

姜映初瞥了眼车子："里面的人不管了吗？"

顾修竹回头看了眼："是公司员工，待会儿他准备回去了。"

姜映初点了点头，没再多问。

顾修竹的公司目前为止只是占了两间办公室。当时面积小，是直接把两间房子给租了下来，协调过打通的。公司在十六楼，两人等电梯的时候，另外也有人正等着，还一直往他们这边看。

姜映初刚想要松开自己的手，就被顾修竹紧紧握住了。

她不太好意思地说了句："有人在看。"

"嗯。"顾修竹顿了顿，"害羞？"

姜映初："……没有。"她只是觉得不太好而已。

两人到公司的时候，里面还亮着灯，姜映初好奇地看了眼，这是她第一次过来，虽然之前就听很多同学说过，但第一次亲眼所见，还是有些好奇的。

环视一圈后，顾修竹把给水递给她，“感觉怎么样？”

她摇头：“不知道怎么说，没人吗？”

“有。”顾修竹扬了扬下巴，“在里面的办公室。”

“你的办公室呢？”

顾修竹笑着指了指：“进去吗？”

“嗯。”

她走进顾修竹的办公室，姜映初总觉得这样有点像是自己闯入了顾修竹的私密空间里，办公室其实很小，里面除了办公桌之外，便是一个不大不小的书架，里面的书都塞满了，以及一张沙发。

姜映初顿了顿，诧异地看向顾修竹：“那你之前就睡在沙发上吗？”

顾修竹哭笑不得，指了指：“里面有个小的休息室。”

闻言，姜映初了然，不太好意思地点了点头：“哦。”

顾修竹笑，让她坐在一侧：“先坐一会儿，我把手里的资料整理完就送你回去。”

“要我帮忙吗？”

顾修竹一顿，想了想点头：“你把这些整理出来，分类。”

“好。”

两人在办公室忙着，都是同专业的，姜映初本身的学习成绩也不错，一些专业名词也都能看懂，整理起来倒是得心应手，完全不需要询问顾修竹。

整理结束，顾修竹送她回学校。

两人就这样相处，她也觉得挺不错的。

翌日清晨，姜映初跟霍嘉珩约定的时间是上午十点，他开车过来接自己。

姜映初刚走到门口，就听见了亲切的声音，她一怔，侧头看了过去，在看到霍嘉珩那辆高调的车子后，有些无语。在看到靠在车门上的霍嘉珩后，她更是翻了个大大的白眼。

“初初，这边。”霍嘉珩喊她。

姜映初快步走过去，看向他："你怎么开这么高调的车啊……"

霍嘉珩给她开了车门，哭笑不得："家里没有低调的车。"

她回头看了圈，有些担心："万一被熟悉的同学看见了，我估计就完了。"

"怎么完了？"

姜映初想了想，笑着说："按照某一定律来说，一定会被传开的。"

她现在都怕了学校的流言了。

作为一个上了很多次学校贴吧的人来说，她还真有点担心，虽然自己跟霍嘉珩清清白白，还是有血缘关系的兄妹，但是流言很可怕，她深谙其道。

霍嘉珩颔首，笑了笑说："行得正坐得直，别担心。"

"嗯。"姜映初眼眸微亮，看着他，"我拜托你给我买的东西，带了吗？"

霍嘉珩看着自己的妹妹，有些无奈："带了，敢不带吗……"

姜映初笑："谢谢哥哥。"

"你先给我说说，买给谁的，我再拿给你。"不是霍嘉珩觉得惊讶，实在是看不透自己这个妹妹了。

他们两人相处的时间虽然不多，但是霍嘉珩对姜映初的性格还是有一定了解的，她鲜少主动拜托自己帮忙，更别说是买东西这件事情了，而且私人订制的手表，价格还不怎么低。

最重要的是男款。

姜映初"哎呀"了一声，"我替别人买的。"

霍嘉珩挑眉，望着她："我会相信？"

姜映初："你就装作相信不行吗？"

霍嘉珩哭笑不得："买给男朋友的？"

她一怔，愣了下点头："嗯。"

对霍嘉珩，她还是没有什么隐瞒的。姜映初第一眼看到这个手表的时候，就觉得适合顾修竹。虽然顾修竹有手表了，可不妨碍她买来送他。

不过距离顾修竹生日还有太长时间，她得先保留着。

原本以为霍嘉珩买不到，所以她才会在上次他说自己要出国的时候拜托他帮忙看看，能买到就买。那个手表是意大利的私人定制，最开始出来的时候，价格不算很贵，但是只接受熟人定制，这就有点苦恼了。

“你怎么买到的？”

霍嘉珩冷哼了声：“你拜托的事情能不办到吗？”

姜映初嘿嘿一笑：“谢谢哥，你一定能找到一个貌美如花的老婆！”

霍嘉珩憋了憋，看着她：“你还是闭嘴吧。”

“哦。”

她瞬间保持安静。

霍嘉珩带着姜映初在外面吃了顿饭，顺手把母亲给她买的生日礼物以及其他东西一起递给她，正式完成转交任务。

“回去吧。”

“好的，你注意安全。”

霍嘉珩伸手拍了拍她的脑袋，提醒着：“可别被花言巧语的男同学给骗了，要是合适的话，可以带着男朋友跟我吃个饭，我给你提前看看，到底能不能行。”

姜映初笑：“好的。”

“走了。”霍嘉珩摆了摆手，“在学校注意点，有什么事给你哥打电话。”

姜映初笑：“我还是不给你打电话比较好。”

霍嘉珩无奈地摇头：“行吧，最好别有事，你生日我就不给你过了，那几天正好出差。”

“好。”她看着霍嘉珩驱车离开后，才转身往学校内走去，也没注意到校门边站着熟人。

当然，她更没有想到，自己随口跟霍嘉珩说的一句话，竟然一语成谶，被她给说中了。

对此，姜映初感觉很无奈。

回到宿舍后，姜映初看着霍嘉珩帮自己带回来的手表，是真的很符合顾修竹的气质，而且表盘里还刻有他名字的缩写，姜映初看着，无比满意。

“年年，我睡会儿啊。”她早上起来得早，这会儿还不到晚饭时间。

宁年年点头：“你睡吧，待会儿喊你。”

“好。”

姜映初卸了妆，爬床上补眠。只是她没想到，自己这一觉睡醒，整个世界就变了。

“初初，出事了。”

她瞬间从梦中惊醒，一脸错愕地看着把自己摇醒的宁年年，还处于迷蒙的状态，姜映初眨了眨眼，嗓音微哑：“怎么了啊？”

宁年年着急地把手机举在她面前，快速道：“学校的贴吧论坛上发了你跟顾学长表白的视频，还有你跟另外一个男生在一起的照片。”

她连忙说：“好像就是你今天穿的衣服，在校门口被开豪车的男人给接走了，回来的时候还提着大包小包，这会儿学校的贴吧都闹开了。”

姜映初：“……”

她眨了眨眼，第一时间想到的不是去解释，而是自己在车里跟霍嘉珩说的玩笑话。

贴吧上的谣言愈传愈烈，姜映初虽然称不上是学校的风云人物，可也算小有名气，无论是长相还是其他，都非常不错，不少男生都挺喜欢她的。而且她对人的态度也都还不错，班里的大多数同学，都挺喜欢她。

而这一次，所有的流言蜚语都出来了。

等姜映初爬下床打开电脑的时候，上面满满地全是各种的照片和回复了，大家说得有鼻子有眼，就像是自己亲自经历了一样。

555楼：哇哦，我就说她之前为什么要拒绝陈落呢，原来是有更好的金主啊。而且这男人感觉也挺不错的，虽然没有正脸照，可是看背影也非常优秀啊，厉害厉害！

556楼：不懂大家在嘲什么，万一这是人家的正牌男友呢？难不成大学生就不能跟社会人士谈恋爱了？有病吧！你们的红眼病都要滴出血来了，你们知道吗！

578楼：楼上是亲友团出面了，找校外的当然可以了，但是也得看看身份吧，就这种，确定是男朋友吗？

888楼：不吃这个瓜，但是就长相来说，她的长相还真是男人喜欢的那种长相，虽然称不上大美女，但真的是好看的。

889 楼：她还跟顾修竹之前有过绯闻呢，估计顾学长看不上这样的人吧，招蜂引蝶的，一看就没安什么好心，好在我们顾学长拒绝她了。

1111 楼：就不允许这是人家亲戚之类的？

1112 楼：看看姜映初平时穿的，你觉得这是她亲戚？车牌还是本地的呢，那上面的数字可不是一般人能拥有的，姜映初是外地人，谢谢！

1114 楼：我的天，刚刚拜托朋友查了一下车牌号，据说这是霍总的车子，难不成姜映初还攀上了霍总？不是说霍总油盐不进的吗？

1115 楼：是我知道的那个霍总吗？你们别说，这背影还真的有点像啊！

……

姜映初刷了一圈，直接拉到末尾处，结果还是不断有人跟帖。

宁年年在旁边看着，都快要气死了。

"这些人凭什么这么说啊！红眼病也不是这样的吧！"宁年年咬牙，气愤得都要说不清楚话了，"初初，这你要怎么办啊？"

姜映初眨了眨眼，低头看了眼身上穿的，问："我平日里的穿着打扮，看上去很穷吗？"

宁年年翻了个白眼："这都什么时候了，你还在想着这个。"

姜映初莞尔一笑，扯了扯自己的睡裙，含笑说："好像是有点低调了，对吧？"

宁年年："也不能算是低调吧……"

姜映初很少提起家里的事情，但平时也能看出来，家境优越。

宁年年想了想说："其实跟这个无关，就算是你穿得好，别人也会说是什么别人给你买的。"

闻言，姜映初一笑："也确实。"她双手撑在桌面上叹气，"所以啊，我们不能管着别人的行为和思想，更别说别人说出口的话了。"

“那这件事情就不管了吗？”

“不是，当然要管的。”姜映初笑，扬了扬下巴看向她，“我上次是不是注册了一个账号来着？”

上次也是贴吧，她记得自己注册了一个账号，但是还没用上，帖子就被删除了。

“是啊。”

姜映初笑：“我登录一下。”

“你要解释吗？”

姜映初点了点头：“说一句吧，免得大家还要议论下去。”

“可是你说了，大家也不会相信啊。”

“那没关系。”姜映初微微笑，“我解释自己的，至于信不信，还想要说什么，就随便大家了，这些我都管不上，也不想去管。”

宁年年对于姜映初这种坦然的态度，还真是佩服。

只不过没一会儿，她就知道这信心是从何而来了。

五分钟后，校园的贴吧里新增加了一条帖子，名字也相当吸引人。

对隔壁贴吧的回应：大家好，我是姜映初，首先感谢大家对我私生活的关注；其次想告诉大家一件事情，贴吧的言论虽然不触犯法律，可还是希望每个人对自己的言行负责，关于今日校门口的男人，是我的亲戚，我有男朋友，但不是他，至于之前的同学陈落，仅仅只是同学，我从没有接受过他，不喜欢，又何来拜金之说？

今天之所以上来解释一下，是觉得大家对这件事情好像都挺关心的，不过我觉得大家现在还是先关心一下期末考试吧，我的私事好像没什么看点，谢谢大家！

姜映初另外开了一贴，就为了解释这个事情。

她直接写上了自己的名字，也没想要跟那些只会在键盘上面乱说的人计较，只是把自己的事情解释清楚。她之所以解释，无非是不想让顾修竹分心到自己这边过来。

顾修竹公司最近的项目进展不太顺利，从昨晚喝酒的情况来看，就知道不简单。她虽然没多问，但心底也稍微有个估量。她之所以想要这样去解释，是不想事情越闹越大。

学校里有给自己说话的人，可一旦有流言的时候，出现更多的是在旁边推波助澜的造势之人。

发完后，宁年年在旁边看着，说："就这样的一条说明，大家会说你欲盖弥彰的。"

姜映初点头："说就说吧，随意呢。"

她扭头看向宁年年，揉了揉自己的脖颈："我其实还没睡饱。"

宁年年："……"

姜映初笑，弯了弯嘴角看着她："别太担心，过几天就解释清楚了。"

"啊？"她一怔，没太懂姜映初的话，"什么意思啊？"

"我们学校过几天是不是有一个什么演讲，知名人士的演讲，还记得吗？"

"记得啊。"

姜映初笑："到时候你就知道了。"

这也是中午跟霍嘉珩吃饭的时候她才知道的，他会来他们学校演讲。

霍嘉珩是商人，至少这几年都是，以前满世界乱跑，可现在是个标准的霸道总裁，还上了财经频道。他原本也是这学校的学生，回母校来演讲，完全符合常理，加上他近几年的名气，能把他请来实属不易，学校里还一直瞒着呢。

宁年年似懂非懂地点了点头："哦哦。"

这事儿在姜映初这里，暂时算是过去了，不过学校的贴吧上并没有。几乎没人相信她所说的话，总觉得她是在狡辩。

不过这些对她来说，都不重要。

顾修竹刚参加完一个会议出来，口袋里的手机就一直在震动。

坐上车后，他伸手揉了揉眉心，对着前面的人道："回公司。"

"是。"

等眼睛舒缓了一下后，他才拿出手机，是群消息，林扬跟齐南他们在群里疯狂地 @ 自己，顾修竹在看到林扬发的链接后，眼神一顿，想也没想就点了进去。

在看到上面那些难堪的话语后，他眸色沉了沉，直接给林扬打了电话。

“才结束？”

顾修竹“嗯”了声：“帖子怎么回事，现在情况如何？”

林扬一顿：“现在大多数人都在说小学妹拜金啊，都说她跟那男的关系不简单，你想怎么办？”

“把那个帖子给黑了。”顾修竹直接道，“以后还看到有她的帖子，不准放出来，顺便给我查一下，帖子和照片的来源。”

林扬想了想：“你就不好奇上面的男人是谁？小学妹跟人家是什么关系就确定黑帖？”

他连忙解释：“我没别的意思，就觉得你对小学妹的信任度有点高啊。”

顾修竹：“我不相信我女朋友相信谁？”

林扬一噎：“我主要是好奇上面的男人是谁，小学妹不像是会跟男生常来往的，而且照片也不是合成的。”

闻言，顾修竹“嗯”了声：“先把帖子黑了。”

“欸，别，别，别，小学妹自己出面解释了。”

顾修竹一怔：“把帖子转给我，我马上到公司了。”

“好。”

等顾修竹看完姜映初的解释帖后，他才笑着下车往公司里走去，顺手给她打了个电话。

顾修竹电话过来的时候，姜映初正跟宁年年讨论是出去吃饭还是叫外卖。

“喂？”

顾修竹听着她的声音，低笑了声：“吃饭了吗？”

“没呢。”姜映初答应着，“你呢，下午忙吗？”

“有点，我待会儿来找你吃饭？”

姜映初一怔，看着宁年年，宁年年连忙摆手点头：“去吧去吧。”

“好啊，你什么时候到？”

顾修竹抬眸看了眼：“半小时以后。”

“行，我去校门口等你。”

挂断电话后，宁年年看她：“顾学长问你贴吧的事情了吗？”

“没。”姜映初把手机放桌面上，回头看她，“我给你带点吃的回来？”

“别，我煮泡面吃吧，好久没吃了。”宁年年诧异地想了想，“为什么顾学长不问你啊，是不是还不知道？”

姜映初想了想：“可能是没看到，也可能是觉得没什么好问的。”

她觉得，就贴吧上的那些照片，顾修竹不会问，不是说不吃醋，相反，顾修竹是个很爱吃醋的人，但他不会鲁莽地问，更不会不相信自己，这一点，姜映初对顾修竹的认知还挺深刻。

而事实证明，也确实是如此。

顾修竹之所以不问，不是不吃醋，只是他相信姜映初，知道她是什么类型的人，虽然没看到正脸，但一经她说是她亲戚，顾修竹立马就想到了她那个哥哥。

换了衣服后出门，姜映初穿着简单，T 恤跟短裤，夏日清凉的装扮。

她跑下楼的时候，外面还有不少女生，也都陆陆续续地出去吃饭逛街。

夏天，大多数人都喜欢在晚上活动。

顾修竹晚了点，所以姜映初直接去校门口等他，刚到没有三分钟，顾修竹便径直朝她走来，众目睽睽之下，牵着她的手往另一边走。

“吃什么？”

姜映初愣了下，看着两人牵着的手扑哧一笑：“看到帖子了？”

“看到了。”

姜映初扬了扬眉，唇角弯弯地问：“那你怎么不问我，是不是背着你做了什么？”

她好奇地盯着顾修竹看，想要知道他会不会问，又会怎么问。

闻言，顾修竹淡淡地看她一眼，语气淡然，听不出半点波动的情绪，就跟往常跟自己说话一样，依旧是那么柔和：“你想要我问？”

姜映初噎了噎，觑他一眼：“我哪有这个意思啊？”

顾修竹笑了笑，把她的手牵地更紧了些，低声道："我相信你，你要是想说自然会说，至于那个男人，是你哥吧。"

"嗯。"她笑，"是我哥，给我送东西过来的。"

霍嘉珩的公司总部原本在国外，这一年才慢慢地将重心转回了国内，所以很多工作还是需要去总部处理，因此时常不在国内。

顾修竹微微颔首："我猜到了。"

"那要是不是我哥呢？"她故意问。

顾修竹沉吟了片刻，自信地看着她："我不觉得你还会有其他更喜欢的人。"

姜映初愣了下，无语地看着顾修竹，嘀咕了句："自恋。"

顾修竹笑了笑："走吧，带你吃东西。"

"嗯嗯。"

两人旁若无人地去了后面的小吃街，顶着大家的视线，吃了一顿。

吃完后，顾修竹才抬眸看她："介意我把我们的关系公开吗？"

姜映初笑："之前不是就答应你了吗？"

之前他们两人就讨论过这个问题，自然而然地让大家知道就好，没必要特意公开之类的，只是没想到会出这样的事情。

她想了想，抬眸看向顾修竹："今晚还不算是正大光明地公开吗？"

从校门口牵手，再到来这边吃饭，两人都没遮挡，这会儿学校的贴吧都不知道乱成什么样子了。她那会儿没阻止，就已经是默认了。

顾修竹揉着眉心无奈叹气："女朋友太聪明了也不太好。"

姜映初捧着杯子笑："那我下次装下傻？"

他挑了挑眉笑说："不过今晚这还真不算正大光明地公开。"

姜映初眉心一跳，诧异地看他："那什么才算？"

"先保密，晚点就知道了。"

两人在外面吃过饭后，顾修竹送她回学校，回了宿舍后，姜映初才知道顾修竹跟自己说的那句话是什么意思。

她到宿舍后，觉得晚上出了一身的汗，直接拿着睡衣去洗澡，等洗完出来，宁年年就看着她眨眼，双眸放着光，像是捡到了金子一样。

“你干吗？”姜映初一脸蒙。

宁年年吞咽了下口水，“啊啊啊”了几声看着她，握着她的手臂不停地摇晃着，激动不已：“顾学长跟你公开表白了！”

姜映初：“……哈？”

时星草 著

初见情深

CHU JIAN QING SHEN

（下册）

西安出版社

第19章　找他

夜色浓稠，月光淡如水。

宿舍内，窗外的月光洒落进来，增添了一抹光亮，阳台这边没开灯，全靠月光照着。

姜映初脑袋上的毛巾还没拿下，就这么怔怔地站在原地看着宁年年，愣住了。

“什么意思？”

宁年年“哎呀”了声，看着她还滴着水的头发，扑哧笑：“你快擦一擦头发来看，毕竟我担心你看完后可能不想去擦头发了。”

姜映初：“……”

她确实不太受得了一直湿漉漉还在滴水的头发，点了点头，拿着一侧的吹风机站在阳台上吹头发，吹风机嗡嗡的声音，没能盖住隔壁宿舍内传出来的对话声。

学校宿舍的隔音效果非常一般，在里面还好，需要声音稍微大一点才能听见，但是在阳台，隔壁只要不太小声，基本上都能听见她们在说什么，更别说这会儿大家都是激动的状态，根本无法控制音量。

“为什么顾学长跟姜映初在一起了啊！这也太让人觉得震惊了吧！“

“不震惊吧，本来姜映初也挺好看的！”

“我天，第一次看顾学长这么高调，他不是都不在贴吧出现的吗，这一次为了给自己女朋友正名，直接出现在贴吧了，这也太有男友力了吧！”

“你们说姜映初怎么那么有魅力，那要是她男朋友是顾学长，在校门口的那个男人又是谁？”

姜映初一顿，把吹风机给关了，顶着半干的头发看向正坐在电脑面前飞快地敲着键盘的人，她咳了声：“年年，你刚刚说的什么意思？”

宁年年扭头看她，笑：“着急了啊，今晚你跟顾学长出去是不是没遮挡了？”

“嗯。”

“有同学发帖了，然后说你三心二意，原来顾学长也拜倒在你石榴裙下之类的，然后顾学长出面回应了。”

姜映初挑眉，顺势在她旁边坐下：“怎么回应的？”

“你自己看。”她拉动了一下椅子，让姜映初坐在那面前。

贴吧一直以来都是学校人最多的地方，什么八卦消息都能在这里知道，这个地方还分了好几个板块，有正经公布消息的，还有同学们吃瓜的，以及各种乱七八糟事情的讨论，总之都在这里。

姜映初一抬眸，便看到了晚上自己跟顾修竹在学校门口以及吃饭时候的照片，她看着顾修竹的照片，愣了下。她从未想过，原来在自己看不见的地方，顾修竹看自己的时候，是这样的眼神。

那双眼睛里，只剩下她一个人，也只有她一个。

她从上往下拉着看，大概有十几张很清晰的照片出来。下面的跟帖人数巨多，全部都热情地跟着，持各种各样说法的都有。

111 楼：我看到了什么？姜映初跟顾修竹？在一起了？不是上午还说顾修竹看不上她吗，这是怎么回事，晚上就一起牵手吃饭了？

112 楼：我只想说，两人谈恋爱很久了吧，感觉眼神很有爱啊，没人觉得顾修竹看姜映初的时候，眼睛里全是宠溺嘛！

114 楼：这会不会是两人故意的，想让大家光明正大地知道？

116 楼：有可能，我觉得这两人还挺般配啊，站在一起赏心悦目，喜欢！

120 楼：我觉得不般配，姜映初哪里配得上我们顾学长，再加上那招蜂引蝶的性格，估计跟顾学长也没存几分真心吧，真可怜我的顾学长，要被骗了。

她随意地看了眼，大多数都是在说她配不上顾修竹的这件事。

这点，姜映初倒没觉得太伤心，毕竟顾修竹在学校里的名气一直都特别高，她自己也承认她跟顾修竹在某些方面是有一定差距的，但自己好像也并没有很差吧。

刚想要再往下，宁年年就说："不是这个帖子，你退出去，在最上面，置顶的那个。"

"嗯？"她退出，去看置顶的帖子，才刚看到标题，姜映初就愣住了。

是顾修竹自己发的帖，刚一点开，就看到了两人的合照，是上次看日出的时候拍的，两人坐在楼顶，姜映初原本是想要拍星星的，但后来多拍了几张合照，还有几张是顾修竹亲自己时候的。而他曝光的这张，是他偷亲的，自己睡着了。

他眼神温柔，似所有的柔情都给予了她，姜映初在他怀里安心睡着，唇角微微上扬。

顾修竹的帖子可比姜映初霸气多了，他一开头就说明了自己的身份，而后才公开向姜映初表白。

我是顾修竹，姜映初是我女朋友。

顺便多说两句，从不知道我们学校的同学竟然对不属实的八卦消息这么好奇，看来是平时课业太过轻松。关于大家好奇的她对我表白我没接受这件事情，先说一下，并非如此。

我对她一见钟情，暗恋了半年才表白的。她是很好的姑娘，我并不希望因为我而让她承受这些谣言。没有谁配不上谁，要我说，我还觉得我配不上她，你们并不知道她是多么好的姑娘。

谁都知道谣言有多可怕，还希望大家不要以讹传讹。

我很喜欢她，她是我女朋友，也是我想要守护的人，除此之外，没别的了，也希望大家不用那么好奇，我们只是普通人。谢谢大家对我们的关心。

她看着顾修竹难得地说了这么多，目光在“守护”二字上停住了。她一直都没有安全感，可顾修竹却一直都在努力地给予她各种各样的安全感。

像今天这样的事情，其实他完全可以不用解释的，毕竟有照片就够了，其余大家愿意怎么说就怎么说，没有人能干预。可顾修竹为了让她觉得安心，不让大家再胡乱说自己，直接出面解释了。

要知道，这是第一次，顾修竹利用自己会长的职位之便，直接把帖子置顶，让所有人一进去就能看见。

姜映初红着脸，低了下头：“年年。”

“啊？”

“给我请个假好吗？”

宁年年一怔，诧异地望着她：“晚上不回来了啊？”

“我想出去一下。”她起身换了衣服，扭头看向宁年年，“明天是十点的课？我应该能赶到，你帮我拿下书。”

宁年年朝她眨眼：“放心放心，你快去吧。”

“穿得漂亮点啊。”宁年年靠在她衣柜旁边，含笑说，“穿裙子吧，都要去找顾学长呢，我上次给你买的那条裙子在哪儿？你可以穿那条过去。”

姜映初一怔，扭头看她：“不太合适吧。”

“合适，太合适了啊！”宁年年拍手，“你要是觉得在学校里不合适，你就再穿个针织外套罩着，到那边之后再脱下来就好了。”

周日晚上，十一二点的时候校外的人还不少。

到最后，她还是换上了宁年年送给自己的衣服，还被迫化了个淡妆才出门，姜映初觉得这样去找顾修竹，总有种欲盖弥彰的感觉。

虽然觉得害羞，可她还是拿着只剩下不到百分之二十电量的手机给顾修竹发了条信息：“你回公司了？”

顾修竹：“在公司，怎么了。”

姜映初抿唇想了想，没再继续问下去，她想给顾修竹一个惊喜。

她不知道该怎么形容自己的心情，是雀跃，或者是其他。她就是想要见一见顾修竹，无比地想要见他，亲一下他就好了，或者给他一个拥抱。

跟顾修竹谈恋爱以来，她要求的从来就不多。

跟顾修竹在一起，她有时候还会有些拘谨，这点她不知道要怎么改变。

月色很好，路灯下照着前方的路，很是明亮。

姜映初低着头往校外走，安全起见，特意把校门口打的出租车车牌拍了下来，发给了宁年年。她安静地坐在车内，望着窗外的霓虹灯光，五光十色地照着，在这夏日，心暖了。

姜映初到顾修竹公司的时候，这栋大楼很多地方都黑灯了，只有她熟悉的那层楼还亮着。她来过，门口的保安也认识她，所以在她出示身份证后就放她进去了。

给宁年年发了信息，说自己到了后，姜映初才去坐电梯，往楼上走去。

电梯内只有她一个人，说实话还有点害怕，她盯着手机看着，跟宁年年聊天，分散自己的注意力。

初初："电梯里就我一个。"

年年："注意安全啊，有事跟我说，到多少楼了？"

初初："马上到了，还有三层楼。"

年年："好。"

初初："到了。"

年年："好，不打扰你们了，我去洗澡睡觉了。"

姜映初垂眸看着，站在顾修竹公司门口，看着紧闭的大门，有些苦恼了。她可能是脑子傻了，忘记了大门还有密码锁的。

思忖了片刻，姜映初给林扬发了信息，得知林扬不在公司，问到密码之后，她偷偷开了锁，走了进去。

公共的办公室的灯光全部熄灭了，只有里头的办公室，有灯光从门缝中照了出来。

姜映初拿着手机咳了声，想了想往那边走去，才刚走到门口，想要敲门，门就被里面的人给拉开了。

两人四目相对，都被吓住了。

顾修竹怔愣地看着眼前的姑娘，精致的面容，以及眼睛里的惊吓，愣了片刻。

姜映初眨了眨眼，她好像是冲动了，说都没说就直接跑来了。

现在看来，自己给顾修竹的不是惊喜，反而是惊吓。

姜映初小小地咳了声，望着他："那个……你晚上加班，缺个打下手的吗？"

顾修竹的视线从上而下地扫了一圈，再次回到她脸上，嗓音微哑："这么漂亮的人给我打下手？"

"要吗？"

顾修竹一把将人揽住，把她拉进办公室，砰一声把门给关了起来，说了句："要。"

关上门，办公室内的灯光明亮，一时间还有些刺眼。

姜映初刚想要闭眼睛，顾修竹就笑了，伸手把旁边的开关给摁了下来，狭小的办公室内一片漆黑，只有淡淡的月光照着。

"你怎么关灯了？"姜映初下意识地伸手攥着顾修竹的衣服，声音发着颤问。

顾修竹"嗯"了声，弯腰靠近她，呼吸落在她的面前，喉结滚了滚。

借着月光看着她忐忑不安的神色，他伸手捏了下她的耳垂，哑声说："关了灯比较好做事。"

下一瞬，她刚要张嘴，顾修竹就低头亲了下来，吮着她的唇瓣。

她被压在了门后，完全不能乱动。

办公室内黑漆漆的，所有的器官感触都被放大了。

这个吻，不同于寻常，比任何时候都要激烈。

他的吻落在她的唇上，转而移到脸颊、额头……

室内仿佛变得逼仄了些许，某种说不出的压迫感让人喘不过气。

姜映初娇滴滴地喊了声："顾……顾修竹。"她声音娇娇弱弱，这会儿听在耳畔，更像是致命的毒药。

顾修竹在上面咬了下，才松了口，但却依旧把人抱得很紧的。

办公室内，两人的声音交错在一起，离得近，都能听得一清二楚。

姜映初的脸绯红，完全不知道该作何反应。

虽然来的时候就做好了心理准备，可依旧是面红耳赤，一时难以接受。

埋头在顾修竹的脖颈处，听着他的喘息声，姜映初咬了咬自己红肿的唇瓣，过了会儿，她伸手推了下顾修竹，挣扎着想要下来。

“别乱动。”顾修竹伸手拍了下她，嗓音沙哑的制止着她的动作。

这声音，吓得她立马不敢乱动了。

她抱着顾修竹，欲哭无泪，完全不知道该如何是好。

过了好一会儿，耳边的呼吸声没有那么重了，顾修竹抱着她，径直往里面去，把她丢在一侧的沙发上后，才低声道：“到那边坐一会儿，我待会儿出来。”

姜映初：“……好。”

黑暗中，顾修竹连灯都没开，就径直进里面的休息室了。

姜映初一张脸像是被煮红了一样，完全说不出话来。她伸手摸了摸自己滚烫的脸颊，而后从上而下，用修长的手指压了压自己柔软的唇瓣，只能感受到他的气温还余留在上面。

顾修竹的自制力比她想象中的还要厉害，她正失神地想着，刚刚背进来的包因为那会儿激烈的动作，掉在了门口。

她思忖了片刻，才起身去门口把包给捡了起来，也没开灯。

办公室内的灯光不亮，但胜在晚上的月色很好，完全能看清楚。

她把包捡了起来，拿出手机看了眼，已经十二点了。看着上面宁年年给自己转过来的消息，有些无言以对。

看了下消息后，她还有些犯困了，但里面的人还没出来。

月光淡如水，顾修竹出来第一眼看到的便是撑着手腕在沙发上快要睡着的人。

他脚步一顿，眸色沉了沉，放轻了脚步声朝她走去。

一人坐一人站，两人无声对视着，到最后是姜映初没忍住咳嗽了声，看向顾修竹沉着的脸，咬了咬唇：“我是不是……不该过来的啊？”

她总觉得现在的顾修竹让人有点害怕。

顾修竹顺势在旁边坐下，一把将她拉着坐在自己的腿上，才问："怎么过来的？"

"打……打车。"

"这么晚？"

顾修竹看着她，双手捧着她的脸，让她跟自己对视，略微有点严厉道："知不知道现在几点？你还穿这么漂亮出门。"

闻言，姜映初眨了下眼："我上车的时候拍下了车牌号。"

"发给谁了？"

"年年。"

顾修竹深吸一口气，脑子里有根弦一直在让自己控制住脾气和声调，别凶她，可是控制不住，一想到这个时间点，她还不顾危险地跑过来，他就有些生气。

关于女子半夜失踪，以及坐车出事的消息太多了，他现在想想都觉得后怕。

"知不知道晚上不能一个人乱跑？"顾修竹觉得，需要让她意识到安全性的问题，忍不住多说了几句，"以后不能这样了，你想过来，给我打电话就好了，我会去接你。"

他轻声道："晚上太乱了，即使是出租车也不安全。"

话音落下后，姜映初好一会儿都没说话。她刚想要反驳，又觉得不太合适。

过了会，她委屈巴巴地看向顾修竹："我就是想过来看你而已，你还凶我。"

顾修竹："……我没……凶你。"

姜映初冷哼了声，挣扎着要从他身上起来："你还说没凶我，刚刚那么严厉的语气。"

她想要推开顾修竹的手，但完全没那个力气："你把我放开，我要回去了。"

"反正某人也不欢迎我来这里。"

听着她这话，顾修竹有些哭笑不得："谁说我不欢迎了？"

"那你还凶我？"

两人无厘头地争吵着，都说谈恋爱使人智商降低，这是真的。

就如同他们两个高智商的人，也不例外。谈恋爱的人，就是阴晴不定，就是会容易因为各种的小事闹别扭，有不合的意见。

顾修竹哭笑不得，也知道她是在跟自己闹别扭，连忙摸着她的脑袋安慰："我怕你出事，以后晚上我不在身边，不能跑出来了，你还穿得这么漂亮。"

姜映初翻了个白眼："所以重点在我穿得很漂亮上面？"

"不是。"他解释。

"嗯？"

"是你人本身就太漂亮了。"

姜映初憋着笑，继续问："所以呢？"

顾修竹亲了下她的唇角，压着声音道："所以怕你被人拐跑了。"

姜映初眼珠子转了转，"嗯哼"了声："那你多哄着我一点，我就不会跟人跑。"

"好。"他亲着她的眼睛，低声问，"怎么突然想起来过来了？"

闻言，姜映初瞬间就想到了自己跑过来的原因，她总不可能跟顾修竹说，是因为看到了他在贴吧上的话，一时激动就不顾后果地跑了过来吧。

思忖了片刻，她小声说："哪有什么理由啊，我就是突然睡不着，想过来看看你这个加班的人。"

"这样啊？"

"对啊。"

顾修竹笑，也不戳穿她，站了起来问："现在困吗？"

"不困。"

"那来帮我整理点东西，半小时后睡觉？"

姜映初眨眼："好。"

凌晨时分，外头街道上的车辆都少了许多。

夜幕低垂，落地窗外头依稀有灯光照进来，顾修竹起身把灯打开，照亮了办公室。

他还有一份资料没处理好，直到灯开了会儿，他才认真地看着她身上穿着的裙子，是上次朋友圈的那条，顾修竹眸光暗了暗，转而专注地看资料。

姜映初在旁边帮忙，不过基本上都是很小的事情，没一会儿就处理好了。

因为怕她等久，顾修竹才二十分钟就把所有的资料整理好了，他抬眸看向姜映初，顿了顿问："困了吗？"

"有点。"

"去里面睡觉，明天是十点的课？"

姜映初一怔，有些意外："你怎么知道？"

"我有你的课表。"从一开学他就特别关注了，甚至把课表都给记了下来。

姜映初垂眸看他："你不去睡吗？"

顾修竹手里的动作一顿，抬眸看向她："你知道自己在说什么吗？"

安静了片刻，姜映初才讷讷道："知……知道啊。"

下一刻，她被顾修竹抱了起来，径直往里面的休息室走去。

这是第一次，姜映初进来他的这个小休息室，里面是真的很小很小，就一个小小的单人床，东西也少，再里面应该是一间小小的浴室。

顾修竹把人放在床上，才低声道："你睡这里，我睡外面的沙发。"

他伸手压着她的脑袋，哑声说："别高估我的自制力。"说着，他亲了亲她的锁骨。

姜映初刚想要说什么，但是被顾修竹给制止了。

"就算是，也不是这里。"他扬了扬下巴，"先睡。"

姜映初默默地爬上床，钻进了被子里。

顾修竹弯了下嘴角，给她调好里面的温度，垂眸看着她："睡吧，我就在外面。"

"好。"

"我关灯了。"

"嗯，晚安。"

"晚安。"

顾修竹俯身，亲了亲她的眼睛。

直到顾修竹离开后，姜映初才再次睁开眼，想着顾修竹的话和举动，只觉得感触太深了，但同样也感受到了一定的挫败感，她都这样了，顾修竹还能忍住。

姜映初默默叹了口气，翻了个身，抵不住睡意，睡了过去。

半小时后，顾修竹放轻脚步，进了里面看着她，看着她的睡颜良久，他才再次退了出去，决定通宵加班。

即便是姜映初不过来，他也没几个小时能睡觉。

漫漫长夜，即将要迎来不一样的曙光。

翌日，姜映初醒来的时候已经很晚了。

她看了眼床头柜的闹钟，已经九点了，揉了揉脑袋，迷迷糊糊的她下意识就想要出去找顾修竹。

她低垂着脑袋，直接踩到了地面上，刚把门打开，姜映初便喊了声："顾修竹。"她刚说完，外头的声音突然就静了下来。

顾修竹一顿，连同在他办公室的林扬和另外一个同事也都惊愕地扭头看了过来。

姜映初一怔，一抬眸便对上了三个人的视线。

"先去穿鞋。"

姜映初"啊"了一声，手忙脚乱地转身回去，还顺势把门给关了起来。

她的身影消失在办公室内，林扬张了张嘴，看着两人瞪大了眼睛："原来初初昨晚问我要大门的密码，是过来找你的啊？"

他就说昨晚怎么莫名其妙地问自己大门密码，那会儿还以为是今天要用。

顾修竹一顿，看向两人："其余的你们处理，先出去。"

林扬跟另外一人对视一眼，都非常懂事地点头："行行行，我们先出去，你们继续你们继续。"

顾修竹进到休息室的时候，只在浴室门口看到了一个在往自己脸上拍水的鸵鸟，他咳了声，对着姜映初转过来的脸笑了下："怎么不穿鞋子？"

“穿着不舒服。”

顾修竹一怔，回头看了眼那双高跟鞋，拿过一侧的干净毛巾给她擦脸，把她脸上的水都擦干净后，才给她擦手，低声道：“不舒服就别穿了，待会儿去买双鞋子。”

“好。”她愣了下，扭头看向顾修竹，“我要去学校上课了。”

直到这会儿，她的脑袋才清醒了过来。

顾修竹笑，亲了下她的唇角：“我送你过去。”

两人收拾了一通，才从公司离开，姜映初非常不适应，顶着全公司人好奇的视线，略微有点紧张和尴尬，她拉着顾修竹的手，捏了下：“为什么大家都看着我？”

顾修竹回头看了眼，低低一笑：“对你好奇。”

“啊？”姜映初诧异地回头看了眼，“好奇什么？”

顾修竹垂眸看着她，拉着她进电梯，才慢悠悠地说：“好奇我的女朋友有多好看。”

她想着刚刚林扬看自己的眼神，只觉得脸颊烫得慌，那个促狭的眼神，让她觉得窘迫。她估摸着自己一个月内都不太敢见林扬了。

两人在楼下吃了早餐，才去学校，把她送到校门口后，姜映初看着下车的顾修竹，有些诧异。

“你下车做什么？”

顾修竹挑眉，伸手牵着她的手，低声道：“上午正好有点时间，陪你上课？”

他说得云淡风轻，像是突发奇想。

可姜映初知道，顾修竹的这个主意绝不是突然冒出的。

怔愣片刻，她仰头看着面前的人，莞尔一笑，抿了抿唇：“好啊。”她低垂眉目，盯着两人牵在一起的手看着，突然就像是有了依靠一般。

原本以为，经历过昨晚的事情后，今天去上课免不了要被大家追问以及注目，她虽然不喜欢，可如果追问的人是班里的同学的话，姜映初不会拒绝，她会照实回答。

第20章　女婿

阳光细细碎碎的光落在道路两侧的枝叶上，再任由枝叶切割成不一样形状的碎片，落在地面上。阳光不是很强，站在太阳下也不会觉得很晒。今天的天气恰好，白云像是一朵朵堆砌出来的棉花糖一般，让人想要上去咬一口，微风吹拂，吹散了地上的落叶。

两人头一回在大白天的时候光明正大牵手出现在学校里，大家各种打量，再窃窃私语。

最开始，姜映初还觉得没什么，过了一会儿就有些不太适应了，这种被人围观的感觉，还真的有点像是动物园里的动物，被买了票的游客看着，顺手逗弄一下。

她扯了扯顾修竹的手："走快点吧。"

顾修竹瞥了她眼，含笑说："不适应？"

姜映初迟疑了片刻，点了点头："确实不太适应。"

顾修竹莞尔："好，那走快一点。"

两人即使是再快，也快不了多少，姜映初他们今天上课的地方有点远，在十一栋教学楼那边，好在楼层比较低，三楼的教室。

一路过来，已经接受到太多的视线了。

她小心翼翼地扯了扯顾修竹的手，瞥了眼过去："待会儿要是同学们问你，你看着回答。"

顾修竹笑，唇角上扬着："怎么算是看着回答？"

姜映初眨了眨眼："我不知道，你自己看。"

顾修竹低低一笑，表示了然："我知道，心里有数，你别担心。"

"嗯。"

走了几步后，顾修竹突然低头看了眼手腕上的手表，拧了拧眉。

"怎……怎么了？"

顾修竹看向她："你穿这个裙子去教室？"

姜映初脚步一顿，这才低头看着自己身上的裙子。

昨晚为了去见顾修竹，特意穿了这条，裙子是真的好看，但同样也稍微有点性感，她看着外面套着的外套，支吾了片刻说："没事吧，我还穿了外套。"

顾修竹顿了顿，把人往自己这边揽得更紧了些："嗯，不想让别人看见。"

姜映初扑哧笑："可是我没时间回去换衣服了，先去教室。"

"嗯。"他略微有些不太愿意。

姜映初笑，踮着脚凑在顾修竹的耳边小声说："我不会脱掉外套的。"

顾修竹眉眼压着笑，盯着她看了片刻，才低声道："那也好看。"

就像是误入凡尘的仙女一样，一出现就夺去了自己的所有注意力，让他只能看见她一人，眼中再没有其他人。

两人对视一笑，往教室去了。

从两人出现在学校里开始，校园贴吧就一直在对两人的事情进行各种各样的连载。

宁年年和蒋文文两人才刚出现在教室，就听见班里的同学在大声嚷嚷着："我天我天，他们两人到那棵大树下面了，估计还有十分钟到达教室。"

宁年年眨了下眼，拉着旁边的同学问："你们在说什么啊？"

那人指了指手机："初初跟顾学长在学校呢，看这架势是要一起来班里上课？"

宁年年错愕地看向旁边自己占着的位置，想了想，她把一本书丢到了另一边，多占了一个。

"真的吗？"

"对啊！你看贴吧，好多两个人早上的照片啊。"

“我天，顾学长陪上课，想想都觉得刺激。”

“又不是第一次了。”

“那能一样吗？第一学期的时候两人还不是那个关系吧，是吧，年年？”

宁年年一怔：“好像是的。”

有同学笑，觑她眼：“什么叫做好像是的，你跟初初关系最好你还不知道啊，你快说，初初跟顾学长什么时候在一起的。”

宁年年对班里这些八卦的同学有些无奈，她耸了耸肩，摊手说：“这我可不能告诉你们，初初跟顾学长不是过来了嘛，你们待会儿问他们吧。”

对于守口如瓶这个事，宁年年还是做得非常好的。不然关于初初跟顾修竹谈恋爱的消息，估计早就被传开了。

大家正凑在她这边嚷嚷着的时候，姜映初跟顾修竹恰好出现在门口。

宁年年眼睛一亮，忙不迭地朝初初挥了挥手：“初初，这边。”

姜映初看着齐齐看过来的视线，莞尔一笑，带着顾修竹进了教室，坐在了宁年年给自己占的位置上，两人的位置正好靠窗，她让顾修竹坐里面，自己跟宁年年坐在一起。

刚一坐下，她便对着大家的目光，保持微笑。

她觉得一早上下来，自己的脸都要僵住了。

“那个……”还是有人没控制住自己的好奇心，看向两人。

“顾学长！”

顾修竹微微一笑，眉眼间的情绪很是愉悦：“怎么了？”

“顾学长，你这是陪女朋友上课吗？”有大胆一点的男生问了出来。

闻言，顾修竹挑了挑眉，看着姜映初，点了点头：“嗯。”

有人“哦吼”了声，好奇地看向两人：“你们什么时候在一起的啊，为什么大家都不知道？”

顾修竹一怔，笑了笑：“初初害羞，所以一直没说，我们在一起半年了。”

“那你们……真跟贴吧说的一样吗？”

顾修竹眼眸深邃，问了句：“什么跟贴吧一样？我说的吗？那当然是一样的，是我先追初初的。”

姜映初刚想要说话，被顾修竹给制止了。

他看着时间，正好要上课了，最后说了句："以后还希望大家多多照顾一下初初。"

众人："当然当然。"

"恭喜顾学长成为我们班的女婿啊……"

上课铃声响，大家也瞬间安静下来。

姜映初低垂着脑袋，看着顾修竹："你干吗那样说？"

顾修竹"嗯"了声，顿了顿："我没说错。"

"可是明明是我……"她看着顾修竹，欲言又止地，明明是她先追的人吧。

顾修竹侧头看她眼，淡淡地提醒："如果不是我想追你，我们哪来那么多偶遇。"

所有的偶遇，不过是一个人的蓄意为之而已。不然这个世界上，哪有那么多碰巧的事情，无非是有一方一直都在坚持不懈地努力着，制造机会而已。

他捏着她的手心，轻声道："我是迟了你一步。"

"啊？"她没懂，诧异地看向他："迟了什么？"

"表白。"

姜映初："……"

她想了下，瞬间就想通了。

她沉默了片刻，才说："这个不用在意。"

对她来说，谁先表白都一样，只要是喜欢的人就好。

两人对视一笑，眼里太多的缱绻，柔情全部都从眼睛里传递了出来。

一整堂课下来，不少同学都时不时地把视线转向他们这边，其实他们还有太多的问题没问，也好奇这两人私底下是怎么相处的，毕竟在众人看来，总觉得顾修竹谈恋爱的事情有些不太真实。

但他们都忘记了，顾修竹也是一个正常人，除了优秀一点，其余跟常人并无区别。下课铃声一响起，宋教授就朝这边看了过来："我一直在想今天教室里的氛围怎么回事，原来是修竹也在。"

他顿了顿问："怎么来上课了？"

顾修竹刚想要回答，班里的其他同学就先代替他回答了："宋老师，顾学长陪女朋友上课呢。"

宋教授挑了挑眉，诧异地看向旁边脸红了的女生，还有些惊讶。

"真女朋友？"

顾修竹："真女朋友。"

宋教授多看了姜映初两眼，满意地点了点头："不错不错。"

姜映初害羞得都要钻进桌子底下去了。好在宋教授没多加调侃，道："下节课，希望大家还是把注意力放回我身上啊。"

学生们哄堂大笑，答应着。

他们是两节课连在一起的，上午的这两节课都是宋教授的。

中途休息十分钟，姜映初的手机在旁边震动，她愣了下拿起来看了眼，是霍嘉珩给她发的消息："学校里的那些流言怎么回事？"

那天给姜映初送完东西，霍嘉珩回了公司一趟，为了谈一个项目，晚上直飞国外了。

这会儿刚下飞机，助理就把校园贴吧的事情汇报了过来，助理不认识姜映初，但对于自家老板的照片，助理还是一眼就认出来了，这才立马报了上来。

霍嘉珩眉头轻蹙，看着上面的几张照片，再看着下面那些言论，只觉得难以入目。

"我先问问她。"

"好的，霍总。"

霍嘉珩担心她在上课，直接发信息过来。

姜映初愣了下，想着他应该是看到了，索性直接说："没什么事，就是被大家拍到了。"

霍嘉珩："事情解决了？"

姜映初："差不多都解决了。"

霍嘉珩："那行，我在国外，过几天回去。"

姜映初："好，哥，你注意安全。"

霍嘉珩接过来助理的手机，随意翻了下上面的内容，冷冷地笑了声："三天后学校的演讲，给我多安排点东西。"

助理眼睛一亮，忙不迭地答应下来："是。"

霍嘉珩慢条斯理地松了松领带，这一幕他做得云淡风轻的，可落在旁人的眼里，只觉得撩人至极。

助理看着，只觉得这人就是个祸害。

没一会儿，助理便联系好了学校里负责这一块的老师，提出了他们霍总的要求，沟通过后，助理看向他："霍总，您想要加什么？那边都处理好了。"

霍嘉珩微微颔首，手指轻轻地敲在手机背面，沉吟了片刻道："问问当代大学生，做人的根本在哪里？"

助理："……"

霍嘉珩扯了扯唇："就这个贴吧的事情，让大家随意提问。"

助理："是，明白。"

霍嘉珩"嗯"了声，望着窗外刺眼的阳光，半眯了眯眼。

"我休息会儿，其余的事情你处理。"

"好的。"

霍嘉珩这边把一切事情都安排好了，姜映初这边倒是一如既往地安静。

"初初。"

"嗯？"姜映初看向宁年年，"怎么了？"

"我们的旅游还是不去了吧。"宁年年叹气，"顾学长这招好，卓承浩他们主动说不去了。"

姜映初愣了下，扑哧一笑："好啊，那就不去了。"她伸手摸了摸宁年年的脑袋，"我们两个可以去近一点的地方。"

"真的？"

"想去海边。"姜映初说，"你看看附近有没有周末可以去玩的海边，我们两人去肯定没问题。"

宁年年瞬间兴奋了起来："好啊！我马上去找。"

"嗯嗯。"

两人正说着，突然传来了敲门声，姜映初跟宁年年扭头看去，两人都怔愣了下，有些惊讶她怎么会来。

“楚楚姐？”

周楚楚倚靠在门口笑，看向姜映初：“我可都听到了啊，要去海边玩吗，带上我啊。”

姜映初连忙站了起来：“你怎么来了，快进来。”

周楚楚笑，弯了弯嘴角道：“当然是找你有事啊……”

“嗯？”

周楚楚趴在姜映初的肩膀上说：“找你过来闲聊。”

姜映初：“……”

她可不相信这么忙的周楚楚，来找自己是闲聊的。

周楚楚拍了拍姜映初的肩膀笑，这才说了自己过来的正事：“我呢，是被委派过来的。”

“嗯？”

周楚楚低声道：“贴吧上的事情，顾修竹让我过来问你。”

“问我什么？”

“传那些照片的人找到了，贴吧上散播谣言的人也找到了，想问你怎么处理。”周楚楚叹气，撑着手肘，“虽然顾修竹最近忙，但是还是找了人帮忙调查。”

姜映初莞尔一笑，其实她知道。那天上课的时候顾修竹问了她，她当时是觉得没事，过去就好了，更何况她还记得霍嘉珩要来学校开演讲，到时候大家肯定会知道真相的。

结果没想到，顾修竹还是查了。

“不处理。”姜映初说，“就这样吧，我也没什么损失。”

“哪没有损失了啊，你看你被大家说得多拜金……”

姜映初挑眉，摇头：“没什么关系，更何况到时候大家就知道了。”

周楚楚诧异地看向她：“有后招？”

姜映初想了想，对两人没什么好隐瞒的：“你还记得明天我们学校有演讲吗？”

“我偶像？”

“你偶像？”姜映初和宁年年一同出声。

周楚楚非常坦然地点头：“对啊，我偶像啊，投行大佬，我一直以来的偶像。”

姜映初听着，摸了摸鼻子问：“那你怎么都没看出来你偶像的背影啊。”

宿舍内陷入了十秒的安静，突然周楚楚快速地打开手机，看着贴吧上的那几张照片，瞪大眼望着姜映初：“霍嘉珩？我就说那天这个背影怎么那么眼熟，我说眼熟的时候，江廷还一直说我看什么人的背影都觉得眼熟，直接把我手机给收了。”

周楚楚继续嚷嚷着：“原来这是霍嘉珩啊，我……”她说到一半，停了下来，扭头看向姜映初，“他是你……亲戚？”

姜映初坦然点头：“我表哥。”

周楚楚瞬间尖叫了起来：“啊啊啊……那明天他过来演讲，你可以帮我要个签名吗？”

姜映初：“……你还要签名？”

宁年年：“你就不担心江廷学长吃醋？”

周楚楚挥了挥手：“管他呢，吃醋我也能哄好。”

姜映初噎了噎，对着她期盼的视线，迟疑了片刻：“如果能看到他，我就给你要。”

“好，好，一定没问题。”

说到自己的偶像，周楚楚瞬间把顾修竹交给自己的任务忘记了，直到离开前，还一直在叮嘱着姜映初替她要签名。

翌日是周五，学校的课程算少，加上有演讲，金融系和管理系这边的学生的课程都推迟了，十点到十二点的这两节课，都安排着大家去听演讲去了。

能请来霍嘉珩做演讲不容易，所有人都翘首以盼。

姜映初正失神，突然看到了不远处出现的人，黑色的裤装，白色的衬衫，穿得相对随性，没有太过正式。

她眼睛一亮，有些意外顾修竹竟然也在，不过转念想想，顾修竹现在还是学生会会长，在也是正常。

顾修竹正好看了过来，两人对视一眼，微微一笑。

霍嘉珩瞥了眼站在身旁的年轻人，再顺着他的视线看过去，勾了勾唇角，没说话。

一般的演讲，最开始都是一些关于项目的见解和分析，毕竟能请来这么有实战经验的成功人士不那么容易，姜映初听得认真。不得不说，霍嘉珩在其他事情上没个正形，但在投行和金融方面，他确实有独特的眼光和分析能力。

后面也有不少的同学正好在讨论着："说得好好啊。"

"对啊，感觉比我们老师说得还要好一些。"

"那必须的，霍总啊，这个人的名字总不是说出来玩的，他的眼光太独到了，你们还记得上一次的金融风暴吗，霍总能让自己的公司独善其身，不受影响，能力显而易见。"

姜映初默默地听着，没说话。

宁年年在旁边小声问："初初，你哥哥有没有女朋友啊？"

姜映初笑，摇摇头："没有。"

"啊？还没有啊，以前呢？"

姜映初瞥了她一眼，笑着问："好奇啊？"

"非常。"宁年年环视一圈地指了指，"我估计所有人，包括学生和记者都好奇的。"

闻言，姜映初突然想到了一件事情，她愣了下，才微垂着眼帘，低声道："他没有女朋友。"说着，她补充了一句，"不过其他人估计也没什么希望。"

"嗯？"

"我哥他好像在等人。"

宁年年虽然还好奇，但这会儿也知道不是继续问下去的时候，只乖乖点了点头，"嗯"了声："继续听吧。"

正式的演讲结束后，事后也有安排学生提问，最开始的几个问题都是关于工作上的，到后面突然话题就歪了。

“霍总，我能请问您一个问题吗？”

霍嘉珩挑眉：“当然。”

那女生问：“我看霍总您的背影跟前几天在学校里看到的一张照片非常吻合，也有不少同学说那是您，想问一下是真的吗？上面的人跟你是什么关系？”

这话一出，全场沸腾。

第21章　道歉

所有人都好奇地把视线转移到了霍嘉珩身上。

上次姜映初虽然在贴吧上回答了，说是亲戚，可大家似乎并不太相信。

即便她现在是顾修竹官宣的女朋友，但对于她跟霍嘉珩的关系，依旧是所有人好奇的。

霍嘉珩顿了顿，直直地看向那个女生："很好，你正好问到了我想要说的这件事。"

他双手撑在演讲台上，微微俯着身子看着台下坐着的人，调整了下自己面前的话筒，才低声道："前几天我正好也看到了那些照片，以及贴吧上面的言论。"他停顿了片刻，环视在座的同学，"我想问一问大家，女大学生跟陌生男子坐一辆车，就是拜金了吗？"

这话一出，所有人都噤声，不敢多言。

霍嘉珩微微笑，漫不经心的模样，继续发问："这个世界上有很多人喜欢低调，也有很多人喜欢高调。姑且不对这次事情进行讨论，就拿我们未来要做的工作来举例，我们做投行的，做金融的，眼界需要放得更宽更广，而不是拘泥于现在的小世界里。无论是什么事情，都要看远一点，说不定你看见一个穿着简单的人，但其实人家是你此次要拉入投资的人呢，是不是这样的道理？"

他低声道："至于学校贴吧上的流言蜚语对人的伤害有多大，大概不需要我说明了吧。"霍嘉珩顿了顿，看着下面没说话的学生，提醒道，"现在很多人都选择在电脑面前做键盘侠，从来不去询问事情的真相和缘由，只是觉得热闹，想要看看戏，觉得心灵得到了满足，可其实发出那些消息之后，真的会得到快乐吗？”

他摇头说：“不会的，无论是对哪个人来说，或许有片刻的虚荣快乐，但这并不是持久的。”

霍嘉珩轻声道：“这一次的演讲，说是来给大家传授多一点的内容，我觉得这个也属于一方面，所以多说了几句。”

到后面，姜映初已经忘记霍嘉珩都说了些什么，他是一个很讨厌多说话的人，偶尔说一两句也没什么正形，姜映初对这位哥哥的印象其实不太深，但一直以来他对自己都很好，两人的关系也不错。

只是她没想到，霍嘉珩会为自己说这么多。

到最后，在座的同学也都不说话了。

霍嘉珩哂笑了一声：“当然，我说的那些话不针对于你们询问的那件事情，只是想告诉大家，我们的眼界和心需要更宽一点。”

大家齐声答应着：“是！”

霍嘉珩笑：“现在给你们解答，那张照片的人确实是我。”对着下面好奇的视线，他笑了声，“不过你们猜错了，跟我站在一起的姜映初，是我表妹。”

他看了眼，笑着说：“她这会儿正好也在，你们大家应该都认识，就不需要我再介绍了吧？”

大家惊诧地看向姜映初那边，摇了摇头：“不用不用。”

霍嘉珩了然一笑：“那就好。”

最后这堂演讲，变成了一个八卦的澄清演讲。

而姜映初的人气和名字，也在今天被传了个遍，霍嘉珩的表妹啊，谁不好奇呢。

姜映初的手机振动了一下，她低头一看，是霍嘉珩的消息：“顾修竹是你男朋友？”

姜映初：“是。”

霍嘉珩：“还真是……有缘。”

姜映初："……"

霍嘉珩："待会儿你过来一起吃饭。"

他们演讲结束后，本就要跟学校的领导一起吃个饭。她愣了下，突然意识到一个问题，一起吃饭，那就需要跟顾修竹一起了，到时候她还真不知道怎么面对霍嘉珩。

谈恋爱不可怕，可怕的是这个时候就要带着见家长，而且这个家长还是没什么正形的……她完全不知道该如何是好，更不知道霍嘉珩会说什么。

即便惴惴不安，但她还是非常懂事地跟宁年年说了声，才往那边走去。

霍嘉珩的演讲结束了，旁边挤着不少想要他签名的同学，她走过去的时候，正好看到一旁的顾修竹，想了想，往顾修竹的旁边站去。

两人的手在大腿外侧，自然而然就牵在了一起。

"我哥说让我跟你们一起去吃饭。"

顾修竹低低一笑，侧头看她："我知道。"

"嗯？"

"他问了我。"

姜映初眨眼，不太理解顾修竹的神色了，她迟疑了片刻，才低声问："你认识他啊？"

顾修竹沉吟了片刻，点了点头："认识，不过不太熟悉，以前只是知道名字。"

他父母跟霍嘉珩的父母认识，顾修竹见过几次霍嘉珩的母亲，但是霍嘉珩，这是他第二次见到，第一次是在一个宴会上。两人的年龄有一定差距，所以也没什么可聊的，只是淡淡地打了个招呼。

那天姜映初说是亲戚之后，顾修竹也没多问，所以到今天才知道那是她哥哥。他倒是没想到，自己女朋友跟霍嘉珩还有这一层关系在。

姜映初愣了下，瞬间了然："这样啊，霍嘉珩说话有点过分，待会儿他要是说了什么，你别在意啊。"

顾修竹笑："不会的。"

他给了姜映初一个安心的眼神："放心吧。"

"嗯。"她嘴里答应着，但依旧是不太放心。

“先去那边等着，这边估计没那么快。”

“好。”

两人去旁边等着，顺便找了个椅子坐下，没一会儿霍嘉珩才过来，看着两人牵在一起的手，扬了扬眉：“给我吃狗粮？”

姜映初脸一红，无奈地看向他：“哥。”

霍嘉珩笑，扯了扯唇：“霍嘉珩。”他伸手指了指，“她表哥。”

顾修竹微微颔首：“顾修竹。”

两人看了对方一眼，再默契地挪开视线。

霍嘉珩垂眸看着姜映初，微曲着手指敲了下她的脑袋：“怎么出这么大的事情都不跟我说？”

姜映初撇嘴：“也不是很大，都解决了。”

她从来就不是喜欢麻烦人的性格，再加上霍嘉珩太忙了，两人的关系虽然不错，但是她不太好意思，加上自己能解决，所以在很大程度上还是觉得自己解决就好了。

霍嘉珩噎了噎，无奈地看着她：“……行吧，去吃饭。”

“嗯。”

当天的午饭，是在学校附近的一家高级餐厅吃的，为了感谢霍总。

姜映初还见了不少学校的老师，顾修竹还给她介绍了不少学院里的老师认识，她知道顾修竹这么做的用意是什么，所以她一一见了，打了招呼。

她跟顾修竹坐在一起被调侃了一番后，大家也都安静了下来。

从那一次的演讲结束，再也没有人好奇姜映初的身份以及她跟霍嘉珩的关系了，甚至没有人说她配不上顾修竹了。

姜映初默默想着，流言的力量可真大。

这天，她在顾修竹的公司。最近顾修竹忙，两人没时间出去约会，她又要复习，最后顾修竹问她要不要来公司复习，姜映初思忖了片刻后，答应了下来。

正看着书入迷，耳边突然传来一道熟悉的声音。

“小学妹。”

姜映初一怔，扭头去看，是林扬："林扬学长，找我吗？"

林扬点头，笑了声："必须找你啊。"

"怎么了？"姜映初站了起来，朝站在门口的林扬走了过去，她来这边时间久了，公司的人都认识她，大家相处也非常愉快。

林扬挑了挑眉，往里头看了眼："阿竹呢？"

姜映初想了想，摇头："刚刚好像说有事要出去一趟，还没回来。"

"出去多久了？"

"半小时。"

林扬颔首，表示了然："行吧，不管他了，我找你的。"

"找我做什么？"

林扬咳了声，看着姜映初："有件事找你。"

"嗯？"

林扬带着姜映初往另一边走，边走边说："还记得上次发帖子的人吗，你虽然说不计较，但顾修竹不能不计较。"

姜映初怔愣了片刻，有些惊讶："上次不是说算了吗？"

林扬耸肩："是说算了，但是上次周楚楚跟你说的那个人只是一个被顶出来的。"林扬顿了顿，垂眸看着她问，"你跟林美，有什么恩怨吗？"

姜映初怔愣了下，莞尔一笑："没恩怨，但是喜欢同一个人算吗？"

林扬幽幽道："好了，别给我吃狗粮了。"

过了会儿姜映初才知道，上一次的帖子虽然不是林美发的，可是照片以及其他都是通过她传开的，到后面那些跟帖的人，大多数也都是林美的小号以及她的朋友。她虽然不算是第一个发帖的人，可实际上却是背后之人。

姜映初可以不计较，但是顾修竹不能任由她被欺负。

这才让林扬找学计算机的朋友帮忙查了一番，查到 IP 等，把人给找了出来。

姜映初跟着往里面的办公室走："那你现在找我过来是想要说什么？"

"林美在我办公室。"

林扬叹气："阿竹让她过来给你道歉。"

姜映初眨了下眼，莞尔一笑："谢谢林扬学长。"

“不客气。”

他把门打开，林美正脸色铁青地坐在椅子上，在看到姜映初的时候，眸色沉了沉，眼神冷厉地看了过来，像是积攒着某种怨气。

林扬咳了声，喊了人道：“人给你带过来了。”

林美抿了抿唇，看向姜映初，语气硬邦邦地说：“对不起。”

姜映初挑了挑眉，低低一笑：“林美学姐，其实我觉得你还不如不来道歉呢，毕竟心不甘情不愿，其实没必要。”她低声道，“其实我猜到了是你，那天下车的时候，我看到你了。”

只不过她不愿意去这样猜想，林美是喜欢顾修竹，几乎所有人都知道，但其实学校喜欢顾修竹的人，根本不止是她一个，没必要每个人都记着。

情感不由自己支配，这一点姜映初很清楚。

林美冷冷地觑了她一眼：“如果不是顾修竹，你以为我会愿意过来？”

姜映初笑，唇角弯弯：“那挺好的，林美学姐可以回去了，不用过来了。”

“你……”

姜映初点头：“你自己说的不是吗，你并不愿意过来。”她浅声道，“不是真心的道歉，不要也罢，只是希望林美学姐以后不要遇到这样的事情，谁都知道流言的可怕，希望你也懂。”

她看向林扬，微微笑：“林扬学长，我回去继续复习了。”

说完，她也没管林美的脸色有多难看，直接转身走了。

顾修竹从外头回来的时候，只看到姜映初坐在沙发上低头看书。

办公室内静悄悄的，连气压都低了不少。

他怔愣了下，往她旁边走了过来：“眼睛不累？”

姜映初抬眸看了眼他，冷冷淡淡：“不累。”

顾修竹弯腰凑近到她旁边：“生气了？”

姜映初别开脸哼唧了声：“没生气。”她突然瞪着顾修竹，发出灵魂追问，“顾学长，你什么时候毕业啊？”

“你赶紧毕业吧。”

她继续嘀咕着：“你毕业了我可能就没那么多情敌了。”

对于这个问题，顾修竹还真没办法回答。

即便是他再想要毕业，也还是需要一段时间的，顾修竹虽然提前修满了学分，但那也仅仅是让他不需要再去上课，至于毕业，还是要等到明年。

但姜映初所说的，他又不能不答应。

顾修竹沉默了片刻，他摸了摸自己的鼻尖，连忙认错："都怪我。"

他这模样乖得不得了，姜映初完全不知道该说他什么好了。

她盯着顾修竹看了好一会儿，无奈地张了张嘴，还是没忍住说了句："本来就怪你。"

顾修竹哭笑不得，低头亲了下她的唇角，把人揽入自己的怀里坐着："明天有事吗？"

"怎么了？"

"带你去个地方。"

姜映初一怔，有些惊讶："你不用加班？"

顾修竹"嗯"了声，亲着她的唇角说："再忙也要抽空出来陪女朋友的。"

姜映初笑，伸手环着他的脖颈主动凑上去亲了口："那不用。"

她表示拒绝："我周末还要复习。"

他拧了拧眉，垂眸看着她摊开在桌面上的书，停顿了几秒后问："想要拿奖学金？"

按照姜映初平日里的成绩，考试及格完全不成问题，她不是临时抱佛脚的人，虽然上大学了，偶尔上课的时候也会走神，但大多数时间，她是认真的，加上人聪明，在考试方面不会有太大的问题。除了想拿奖学金，顾修竹想不出她还有其他目标。

姜映初点了点头，低垂眉目地笑："是啊，想拿奖学金。"

他们学校的奖学金名额不算多，但也不少，分校级和院级的，校级的奖学金姜映初没去想，那个估摸着拿不到，所以想试试院级的，相对来说，院级的奖学金少一点，但是也应该会容易一点。

她的目标是院级的奖学金，但要是没有的话也不强求，努力了就好，至少有个目标。

闻言，顾修竹有些惊讶地望着她："怎么突然想要奖学金了？"

姜映初挑眉，意味深长地看他眼："保密。"

她笑，轻声说：“到时候你就知道了。”

顾修竹了然，也没多问。

“行，那你看书，我去忙了。”他没想到，自己有一天竟然输给了姜映初的复习。

他回头哀怨地看了眼低头看书的姜映初，捏了捏眉心骨，起身往自己的办公桌去了。

“好。”姜映初头也没回，继续窝在沙发上看书。

办公室本就不大，两人这样的相处氛围其实很好，偶尔看一看对方，对他们来说都是满足。

一眨眼的工夫，就到了期末考试。

姜映初复习得还不错，对于考试信手拈来，完全没有半点担心。

七月初的天气，阳光明媚，蓝天白云，天气越来越燥热，闷得人都要喘不过气来了。

最后一堂考试结束后，姜映初真心觉得自己解放了。

“啊，终于考完啦。”宁年年凑在她旁边小声说，“迫不及待要回家了。”

姜映初扑哧一笑，弯了弯嘴角：“你买的什么时候的票？”

“后天。”宁年年扭头看她，“你呢？”

两人没一起买票，之前也没问。

姜映初挑眉笑说：“没买。”

“嗯？”宁年年惊诧地望着她，“你不准备回家了？是准备在公司陪学长一起吗？”

顾修竹他们早几天就放假了，马上大四，不准备考研的同学都已经收拾好东西回家，开始往每个城市去奔波，找实习的工作，也有不少优秀的同学已经在上班了。

姜映初摇头：“没呢，打算晚几天回去，也算是多陪陪顾修竹。”

她虽然不是爱黏人的性格，但暑假的时间是真有点长，要一放假就回去，两人估计要两个月不能见面，思来想去后，她就索性没买票，等着想回去了再回去。

加上她对于回家，没有那么渴望。

宁年年点了点头，表示了解："那行，你就好好陪一陪顾学长。"

"那么问题来了。"

"嗯？"

"你留学校的这几天住哪儿啊？"宁年年发出灵魂追问。

姜映初一怔，扭头看她："学校不是能住吗？还有好几个系还没放假呢。"

这些她肯定之前都考虑好了的。

宁年年吞咽了下口水，惊诧地打量着她："可是你一个人住宿舍，真的不害怕？"

"没什么害怕的。"她以前还经常一个人住家里呢。

宁年年："……"

两人慢慢地离开了考场，校园内大多数都是刚考完试出来的，大家一脸轻松，为即将到来的暑假而喜悦。

她们两人慢吞吞走着，下午的阳光落在两人身后，把影子拉长。

两人吵吵闹闹地往外面走，也没回宿舍，直接去了外面吃饭。

"你想吃什么？"

姜映初摇头："随意，都行。"

宁年年也不知道该吃什么，最后两人随便吃了点，便回了宿舍。

晚上，夜幕低垂，月亮高高挂着，夜空中点缀着稀疏的星星，不太亮，仔细去看才能看到。

姜映初倚靠在走廊处，仰头看着，接着许应如的电话。

"准备什么时候回家？"

姜映初仰头盯着看了会儿，迟疑了半晌："先看看吧，我想晚几天再回去。"

许应如沉吟片刻："也可以，在学校有伴吗？"

"有。"姜映初顿了顿，低声道，"您别担心我，我这边没什么事的。"

许应如笑，浅声说："你是我女儿，我不担心你担心谁啊。"

她这会儿刚做完一个手术出来，正在办公室休息，望着外头的天色，许应如想了想，道："要是想留在那边也不是不行，但要记得回家看看，毕竟还是你家。"

她一直都知道自己女儿的性格，姜映初之所以不想回家，除了想要陪一下顾修竹外，还有便是不太想回去，她总觉得在那个家里，自己有时候就像是一个外人。从开学到现在，她给家打电话的次数少之又少，偶尔姜父给她打个电话，也是说两句就无话可说了。

两人都没话说，久而久之，距离就越来越远了。

姜映初微仰着头，眨了眨眼："我知道。"她在晚风中吹着，声音都像是被吹散了一样。

"妈，你别担心，我过几天会回家的。"

"好，我不担心，自己在那边注意安全。"

"知道。"

沉默了会儿，许应如突然问："暑假准备在家里还是要去做点什么？"

姜映初一怔，微垂着眼帘问："我只想回家一个星期就过来，可以吗？"

许应如愣了下，莞尔一笑："当然可以，你爸那边我跟他说。"

"谢谢妈妈。"

两人聊了一会儿，便挂断了电话。

刚挂断电话，姜映初就接到了顾修竹的电话，愣了下，她连位置都没挪动，接了起来："你忙完啦？"

语调轻快，完全不像是跟许应如说话的语气。

夜色淡如水，顾修竹慢条斯理地走着，行走在夜色下，穿得跟校园里的大部分同学都有些格格不入，黑色的休闲裤，白色的衬衫被塞在了里面，从上而下地看着，只觉得他身材比例太好了，宽肩窄腰，大长腿瞩目。

不少路过的同学都频频回头看着他的背影，小声议论着。

他拿着手机，没理会那些目光，用另一只手捏了捏眉心，听着她愉悦的声音，只觉得满身的疲倦都消散去了。

"忙完了，现在在宿舍做什么？"

"嗯……"

"考完试了？"

姜映初笑："你不是都知道嘛……"

顾修竹低低一笑，浅声道："想听你说。"

姜映初眉眼微挑，含笑说："考完了呢，这会儿正在走廊上站着，看星星。"

顾修竹仰头看着不远处的人影，也不知道为何，明明被夜色笼罩了，看不太清楚，可他就是知道，远处的那个人影是她。

"是吗，星星好看吗？"他抬头看了眼，夜空中发着光的两颗星。

姜映初努了努嘴："没有上次我们看的好看，这里都没什么星星。"

"还想看比上次更多的吗？"

"啊？"她没懂顾修竹的意思。

也不是说没懂，主要是没敢去想。

顾修竹低低一笑，声音酥酥麻麻地从耳畔传了过来："想看吗？"

她迟疑了片刻，很坚定地说："想。"

她渴望跟顾修竹一起看星星，也渴望两个人能待在一起，他们两人的恋爱跟其他的人有点不同，没有整天腻歪在一起，也没有整天电话不断。

顾修竹忙，姜映初懂事，不会去多加打扰。

"但最近没时间啊。"姜映初略微遗憾地说，"以后可以一起看。"

顾修竹笑，没去解释。

安静了片刻，姜映初眼睛亮了亮，小声地问他："你现在在做什么呢？忙不忙啊？"

闻言，顾修竹看着不远处动着的人影，眉眼柔和，低低一笑："我现在在看仙女。"他慢条斯理地说，顺手解开一粒衬衫的扣子，仰头对着她这边弯了弯嘴角："看我的小仙女。"

"啊？嗯？"姜映初眼睛一亮，低着头往楼下看，等看清楼下站着的人影后，她激动地连忙问了声，"你在楼下？"

语调高昂，能听出来很是兴奋。

"嗯。"顾修竹听着她这边的动静，轻笑了声，"别着急，慢点走，我不会跑，就在楼下等你。"

只可惜，姜映初完全听不见他说什么了，拿着手机，想也没想就快速往楼下跑去。

迫不及待地，想要见他了。

第22章　主动

晚风淡淡，吹拂而过，像是吹散了少女的烦恼一般，把烦恼都卷成风给吹散开了。

女生宿舍外有一个小小的围栏，晚上回来晚了，那边与围栏一般高的门便会锁上，从宿舍跑下去之后，会经过有点狭小的院子，两侧有两棵种植不久的树，树虽然矮小，但枝叶却茂盛。

姜映初从宿舍里跑下来，便远远地透过还敞开的铁门看到了不远处站着的人。

那人单手插兜，姿态慵懒，从骨子里透露着一股别样的劲，特别吸引人，她的视线从上而下，落在了顾修竹的衣服处，顿了顿，才径直往他那边走了过去。

“跑那么快做什么。”顾修竹往她这边走了过来，握着她的手臂。

姜映初眨了眨眼，眉眼弯弯地看向他：“你怎么过来了？今天不是还要开会吗？”

顾修竹挑眉，低“嗯”了声：“开完了。”

其实可以明天再过来找她的，可两天不见，好像分外想念，刚忙完手里头的工作，就有点想要见她了。

因为想，所以来了。

两人对视一眼，顾修竹垂眸看着她身上穿着的衣服，掩唇轻咳了声：“怎么不换衣服就下来了？”

姜映初一怔，这才低头看，在看到自己身上穿的衣服后，愣住了。

刚刚在宿舍，她已经洗过澡了，头发半干，身上穿着的也是睡裙，不太长，甚至还有点短，这会儿正松松垮垮地穿在自己身上，特别的不成体统……

对着顾修竹目光灼灼的视线，她的脸瞬间就红了。

姜映初眨了眨眼，支支吾吾道："……忘……忘了。"

也只有面对顾修竹，她才会一次又一次地犯迷糊。

她想着，想转身往里面走："我还是上去换一件衣服吧。"

顾修竹低低一笑，牵着她的手："别换了，就这样挺好，很可爱。"

"嗯？"姜映初羞红了脸，有些无奈，"我是真忘记了。"

"我知道。"

顾修竹弯腰附在她耳边，伸手把她落在脸颊处的头发给别在了耳后，他一系列的动作特别自然。

他笑："就这样穿着，陪我走走？"

"好。"

两人就跟其他情侣一样，牵着手在学校里逛着，晚风吹在脸颊，月光悬挂在他们头顶。

晚上学校里约会的人可不少，马上又要暑假了，不少小情侣要分开两个月，这会儿正腻腻歪歪的，依依不舍地说着悄悄话，拥抱在一起，做着一些不可说的事情。

姜映初拉着顾修竹去了角落，刚准备进去就看到一对情侣在里头接吻，她脚步一顿，扭头就要走。

顾修竹掀了掀眼皮看了眼，笑了，揶揄问："怎么不进去了？"

姜映初瞪他："不去，我们去另一边吧。"

顾修竹笑，主动拉着她往另一边走。

学校的操场，这会儿的人倒是少了很多，原本在操场上跑步锻炼的人都消失不见了，很多同学也都收拾东西回家了。顾修竹带着她过去，只有跑道旁边的路灯照着，操场看上去也暗了很多。

"累不累？"

姜映初摇头："不累。"她扭头看向顾修竹，"你呢？刚刚会议结束过来的？"

顾修竹点头："嗯。"

"吃饭了吗？"

顾修竹迟疑了一瞬，点头："吃了。"

"骗子。"姜映初盯着他看着，直截了当道。

都交往一个学期了，顾修竹基本上不会对她说谎，再加上两人熟悉了，所以稍微说点谎，彼此就能看出来。而就刚刚的那一下迟疑，姜映初就知道这人是没吃晚饭了。

顾修竹听着她说，哭笑不得。

"是没什么胃口。"一旦忙过头了，就不饿了，也吃不下。

"你是不想要自己的胃了吧。"姜映初拉着他，"我们去外面吃饭。"

"不去了。"顾修竹伸手把人抱住，拍了拍她的脑袋，低声道，"都这么晚了，你陪我到那边坐一会儿。"

姜映初还想要坚持，可看着顾修竹那双深邃的眸子，瞬间就战败了。

"那你待会儿回去吃点？"

"嗯。"他答应着，拉着人坐在一侧的长椅处。

两个人在一起，即便是什么都不做，也觉得很舒服，就像是空气中都有对方的味道一样，是甜的。

姜映初靠在顾修竹的肩膀上，睁开眼望着不远处："你们最近还是很忙吗？"

顾修竹"嗯"了声，伸手摸了摸她半干的头发，低声道："下次记得吹干头发，免得感冒。"

他想了想说："还好，忙完这段时间就好了。"

公司刚步入正轨，加上前段时间拿下来一个项目，正好在进行中，顾修竹现在是老板，更是员工，所有的事情都要亲力亲为，并不容易。

姜映初看着顾修竹的侧脸，这几天没见，她是真觉得顾修竹瘦得厉害，原本看上去清清瘦瘦的，但实际上还是有肉的，最近他整个人是消瘦了很多，下颌处一点肉都不见了。

她抿了抿唇，低垂着眼帘道：“那也别太累了。”

“放心吧。”顾修竹看着她，低头亲了下她的嘴角，“看到你就不累了。”

她伸手环着顾修竹的脖颈，主动凑上去亲他。

这还是头一回，在外面的时候她主动，顾修竹欣然接受着姜映初的主动，直到她不想亲了，才反客为主地勾着她的舌尖纠缠，两人在操场的长椅处，亲得难舍难分。

不知道过了多久，才分开。

顾修竹垂眸看着眼前的人儿，她双颊都染上了红晕，红唇微肿，顾修竹低头亲了一口，才哑声问：“送你回宿舍？”

姜映初顿了顿，看向他：“你明天还要加班？”

“要。”

姜映初顿了顿，才迟疑着问：“那……缺一个助手吗？”

顾修竹愣了下，诧异地看向她，浅声说：“缺个女朋友陪着。”

闻言，姜映初笑了起来。

“那我明天去你公司。”姜映初连忙说，“但你不准来接我，我自己过去就好。”

顾修竹没辙，只低声叮嘱着：“别太早了，刚考完试好好休息休息。”

“我知道呢。”

把人送回宿舍楼下后，顾修竹才离开。

姜映初欢乐且满足地回了宿舍。

这会儿才十一点，两人逛了有一个多小时。

因为已经算是放假，女生宿舍楼倒是没再按照规定时间锁门，大门敞开着。

姜映初一路爬上楼，还看到不少的同学搬着行李出门，夜晚赶车。

她刚到宿舍门口，就听见里面传来交谈声，舒玥竟然也在，不禁有些许诧异。

她顿了顿，推开门进去，瞬间吸引了另外几人的注意。

“初初你回来了啊？”宁年年喊着。

姜映初点头，看向舒玥：“什么时候回宿舍的？”

舒玥咳了一声："我回来收拾点东西，待会儿就走。"

"不住宿舍？"

舒玥还没回答，蒋文文立马回答，她耸了耸肩，看向姜映初："她不住呢，说是晚上的飞机要走。"

姜映初挑眉，还有些惊讶："回家吗？"

"不！"

宁年年哀怨地看向姜映初："她去旅游。"

姜映初扑哧一笑，伸手捏了捏宁年年的脸，许诺说："我保证，我一定抽出一个星期的时间陪你去旅游，你找个安全点的地方，我们就去。"

宁年年的眼睛一亮，盯着她看："你确定？"

"非常确定。"姜映初含笑说，"保证陪你去，你提前告诉我就行。"

"好。"宁年年对暑假旅游这件事一直念念不忘，总觉得不利用大学的假期去旅游几次，有点浪费时光。

不过也是，现在不旅游，将来毕业工作了，就再也没有机会约着去旅游了。

舒玥收拾东西后就走了，宿舍内又只剩下她们三个。

几个人聊了几句，也各自爬上自己的床睡觉去了。姜映初的床跟宁年年的是在一边的，两人睡觉时候脑袋对着脑袋，偶尔还会聊一两句。

这会儿宁年年正兴致勃勃地看着旅游帖，搜索着七八月适合出行的地方。

"要不去海边吧，初初，你会游泳吗？"

姜映初"嗯"了声："会，但不算是很熟练，我还挺想去试试浮潜的。"

宁年年兴奋地欸了声："那要不就这个吧。"

"文文，去吗？"

蒋文文这会儿正跟以前的同学聊着天，回了句："不去，我暑假跟高中同学约好了旅游。"

姜映初想了想说："要不，我问下小七他们？"

"可以啊。"宁年年表示并不介意。

她继续选着，偶尔跟姜映初小声议论着。

"对了初初，你明天就去顾学长公司了吗？"

姜映初“嗯”了声：“明天去帮忙，你要去看看吗？还是在宿舍里睡觉？”

宁年年沉默了一会儿，才说：“我都可以，看明天几点醒来吧。”

“行。”

宿舍内陷入了安静，过了好一会儿后，宁年年突然再次出声：“初初？”

“怎么了？”

“谈恋爱是什么感觉啊？”她有点好奇。

姜映初一怔，笑了声：“这个问题有点难。”

宁年年换了个方法问：“那就说你跟顾学长谈恋爱是什么感觉。”

姜映初一愣，莞尔一笑：“确定想吃狗粮？”

宁年年翻了个白眼，看着窗外走廊处照进来的灯光：“不想吃狗粮，只是有点好奇。”

这是实话，她确实好奇。

有时候宁年年会想，自己也去尝试谈个恋爱看看，可偏偏她没有遇到喜欢的人。所以这个想法，目前为止是没有办法实现的，只能默默地继续吃姜映初跟顾学长的狗粮了。

姜映初笑了笑，看了她一眼：“其实有点难说，我跟顾修竹可能跟其他人不同。”

她想着过去那些事情，从第一眼看到顾修竹到现在，姜映初觉得自己算是一个很坚持的人。

最初是被顾修竹吸引，喜欢，一见钟情，可那会儿的感情算不上很深，是慢慢相处过后才越来越喜欢。

宿舍内很安静，只有蒋文文跟同学聊天的笑声传出来。

姜映初眨了眨眼，忍不住笑了起来，她沉默了片刻，过了好一会儿才说：“我跟顾修竹的恋爱跟大多数人不太一样，但是我知道恋爱是什么感觉。”

宁年年好奇：“是什么感觉？”

姜映初笑，认真说：“恋爱的感觉其实有点像是吃杨梅一样，有酸有甜，看你运气，运气好的话，甜的多，运气不好就酸的多，可无论哪种，你都甘之如饴，因为你不去吃的话，你一定会渴望的。”

恋爱似杨梅，这是姜映初得出的结论。

酸甜可口，有酸有甜，但即便是害怕会酸到自己，你也会想要去尝试，这就是杨梅的魅力，也是恋爱对人的引力。就像小时候听到的故事一样，望梅止渴。其实止不了，即便是可以，但那也是因为自己的心底拥有着渴望，对梅子的那种渴望，才能止住干渴，想着过不久之后就能吃到酸甜的梅子了，对其他的东西便生出了克制的感情。

恋爱恰好是如此。恋爱是每个人都会渴望的，即便是再怎么不想结婚不想恋爱的人，偶然间也会冒出想要去恋爱试试的感觉，或许不考虑后果，就仅仅是谈恋爱看看，想去体验体验。

宁年年听着，懵懵懂懂的。

“也是，我有时候也会想恋爱，可我没有喜欢的人。”

姜映初笑，“总会有的，早晚而已。”她轻声说，“你喜欢的人，总有一天会出现在你的面前，我们只需要等待就好。”

或早或晚，每个人期待出现的那个人都一定会出现。你要坚信，在他出现之前，我们可以变得更美好。

这一番长谈，谈到深夜抵不住睡意，才停了下来。

夜色浓浓，月光如水。

愿你所期待的那个人，能更早一点地出现，护你周全。

由于前一天睡得太晚，姜映初跟宁年年第二天都起晚了。

两人收拾好之后就已经十一点了，姜映初无奈地笑了声，揉着自己的太阳穴：“你去吗？”

宁年年有点好奇：“去吧。”

姜映初点头，给顾修竹发了信息，问他们想吃什么，公司人不多，她打算给大家买好午饭过去。

“喂。”姜映初有些诧异，“你怎么打电话过来了？”

顾修竹“嗯”了声，望着外头的阳光说：“不用给其他人带。”

姜映初：“……确定吗？”

顾修竹看了眼外头的几人，非常坚定：“确定，他们待会儿自己会去吃。”

姜映初扑哧一笑，弯了弯嘴角：“好，那就给你买。”

“嗯。”

挂断电话后，姜映初跟宁年年去出门。而顾修竹这边，林扬刚推开门走进来，就听到了那一句，他挑了挑眉看向顾修竹：“什么叫我们待会儿自己去吃？”

他问：“小学妹待会儿过来？”

“嗯。”顾修竹把手机搁在旁边，垂眸看着眼前的资料，“上次的那个公司建议书写了？”

林扬：“……还有一点没处理好，下班前交给你。”

顾修竹淡淡地看了他一眼：“融资方案尽快给出来。”

“明白。”下面这些事情，大多数都是林扬负责，其他的员工写，他做最后归纳，如果还有什么不太合理的，给顾修竹看过后，他也会给出意见和建议。

顾修竹从来不吝啬把自己所会的东西教给大家，这也是为什么他在公司的崇拜者也多。

林扬看向顾修竹：“你别给我转移话题，你刚刚是不是不让小学妹给我们买吃的了？”

顾修竹顿了顿，慵懒地靠着椅子坐着，仰头看了林扬两眼：“这一周加班，把建议书和融资方案尽快给出来。”

闻言，林扬有些惊讶：“为什么？不是说不着急的吗？”

顾修竹：“我急。”

“啊？”

顾修竹抿了抿唇说：“早点处理好，下周我要去外地几天。”

他还想要问什么，顾修竹已经给他下逐客令了。到最后，林扬自讨没趣地回了自己的办公室，加快速度做计划书。

姜映初和宁年年的到来，短暂性地拯救了忙碌的几个人。

虽然顾修竹说不用买，但姜映初还是买了，她跟公司的员工都挺熟悉，大多数都是学校的学长，还有几个是顾修竹从外面招聘进来的，也都还算熟络。

她跟宁年年拿不了太多，还特意让餐厅的工作人员帮忙送了过来。

姜映初看着给自己道谢的人，笑了笑："我去办公室。"

"去吧去吧。"

姜映初拿着自己跟顾修竹的午饭，往里面走去。

"不饿吗？"姜映初好笑地看着他，看着他桌面上摊开的一堆资料，这会儿已经十二点了。

顾修竹抬眸，淡淡地看她眼，招了招手："过来一下。"

姜映初眉眼微挑，往他旁边走了过去。

刚把手里拿着的午饭放在桌面上，顾修竹就拉着她坐在了他的腿上。

"不是让你别买吗？"

姜映初好笑地看着他，拍了拍他脸："只是买份午饭而已，没关系的。"

顾修竹傲娇地哼了声："便宜他们了。"

姜映初哭笑不得，亲了下他的唇角，哄着："没便宜呢，我贿赂他们，这样他们才能更好地给你加班。"

顾修竹笑，捏了下她的脸："我女朋友真聪明。"

"吃饭吧。"

两人隔绝掉外面的那些热闹声，在狭小的办公室内吃饭，甜甜蜜蜜。

这天过后，宁年年回家了，姜映初倒是一如既往地会来公司帮忙，只是顾修竹开始坚持去学校接她。

一周的时间一眨眼就过去，她在顾修竹这边确实能帮不少忙。姜映初本身就是同专业的学生，虽然专业知识还没有学很多，但在有些方面还是非常不错的，连林扬都一直夸她，说她是第二个顾修竹，对这方面的工作嗅觉特别灵敏。

一晃，她就该回家了。

之前就说好在这边待一个星期就回家的，她爸那边也不能再推下去了。

"明天回家？"

姜映初点头，看着顾修竹："明天。"

顾修竹顿了顿，低声问："哪个航班？"

姜映初老老实实把航班给他看了，她直接在网上买的票，资料什么的全部在上面，顾修竹看一眼就记下来了，浅声道："明天我估计不能送你过去了，我让林扬送你去机场。"

"不用不用。"姜映初望着他，表示拒绝，"你晚上是不是还有一个聚餐？"

她知道的，好像是跟合作的公司一起吃饭，估计要些时间。

顾修竹揉了揉眉心，轻轻颔首："嗯，是要一起吃饭，凌晨还有个会议。"跟国外一家合作的公司的会议，国外那会儿正好是白天，所以会议的时间是凌晨。

姜映初看着他这模样，有些心疼："那你也别太累了。"

顾修竹眉眼柔和地看着她："不会。"

分开的前一晚，顾修竹抱着她亲得差点要控制不住了，到最后还是放姜映初回了宿舍。

姜映初差点都不想要回家了，但是没办法。

翌日清晨，林扬早早地便站在旁边等她，准时送她去机场。

"林扬学长。"

"怎么了？"

姜映初看着窗外，有些感慨："顾修竹昨晚几点回去的，你知道吗？"

林扬咳了声："差不多十二点。"

"那你们开会呢？"姜映初有些好奇。

林扬笑了笑，揶揄地打趣她："怎么不自己问阿竹？"

姜映初莞尔一笑说："他肯定不会跟我说实话。"

顾修竹属于报喜不报忧的类型，这种事情肯定不会跟自己说的。

林扬迟疑了片刻，才说："大概是早上的时候开的会，他最近在忙一个公司的融资，会稍微忙一点。"

姜映初表示了然。

没一会儿就到了机场，林扬把她送进去之后便走了。

姜映初回头看了好几眼，才拉着行李去办理登机手续，她来得有点早，还需要等一会儿。没多久后，便听到登机的广播了，一行人陆陆续续地往里面走。

姜映初的行李托运了，所以这会儿身上就一个小包背着。

她买的经济舱，靠过道的位置坐着一个陌生的男人，她正好坐在中间。

没一会儿，大部分的人都上了飞机坐下，而她旁边的位置却依旧没人，姜映初正低头想着，旁边的旁边突然冒出了特别熟悉的声音，她错愕地抬眸看了过去。

顾修竹站在她面前，跟靠过道的男士说了句后，往前走了一步，看着坐在位置上发愣的人，低低一笑："坐进去，我坐这里。"

姜映初机械地换了个位置，换到了窗户边，看着顾修竹坐在自己原本的位置上后，才扭头看他："你怎么……"

她怎么也没想到顾修竹会出现在飞机上，还是跟自己同一班飞机。

恍然间，她突然就明白了，顾修竹昨天问自己坐哪一趟航班的时候，而她还傻乎乎地直接把机票信息给他看。

顾修竹把行李放好，这才回答了她的问题。

"送你回家。"

"嗯？"姜映初没太懂，他怎么能在这么忙的间隙过来。她看着顾修竹眼底的黑眼圈和眼睛里的血色，有些心疼："你不用这样过来的。"

这估计是一晚上没睡了。

顾修竹伸手摸了摸她的脑袋，轻轻笑了声："怎么不用。"

他低声道："总不能让你一个人回家。"

他打断还想要说话的姜映初，低声说："我想陪你回去。"

第23章　照片

他说出口的话砸在她的心口，给她带来阵阵暖意。

姜映初只觉得，以前自己坐了无数次的飞机，也飞过很多地方，可这是唯一觉得有依靠的一次。

以往坐飞机，大多是自己一个人，或者跟宋嘉兮他们。在之前，她还真没有想过有一天自己会跟顾修竹一起，能一起放假回家。

她有点难以言喻自己心中的感觉。

两人无声对视着，因为有外人在，也不好做过分亲密的举动。

顾修竹握着她的手，十指相扣，低声道："累不累？"

"不累。"姜映初扭头看着他，"你要不睡会儿？"

"待会儿吧。"

"嗯。"她低头看着两人牵着的手，唇角上扬着，眼睛里多了一丝光芒："我怎么听林扬说你早上还在开会？"

顾修竹低低一笑，"开完了。"

早上是在开会，为了能抽出几天的时间出来陪她回去，特意的把很多事情都提前做了，把事情都安排妥当后，顾修竹才过来的。之所以早上没去接她，也是因为还有最后一点收尾的工作没完成。

刚一完成，他便赶了过来。也幸好赶上了。

姜映初了然，没再多问。

两人坐在飞机上，旁边还有一直在走动的空姐，提醒着乘客一些基本的注意事项。坐在顾修竹旁边的那个客人，已经闭眼休憩，大家都是一早上赶过来的，这会儿还真有点犯困。

顾修竹看她："行李托运了？"

姜映初笑，点头："对，里面的东西有点多。"

顾修竹捏着她的手，"嗯"了声，看向窗外，飞机已经起飞了，这会儿两人的视野变得宽阔了不少。

过了没一会儿，顾修竹低声道："我睡会儿。"

姜映初笑着点头："睡吧。"

"嗯。"

她侧头看着顾修竹的脸，眼睫垂落下来，黑眼圈更是明显了不少，特别是近看，更是清晰。她盯着看了好一会儿，忍不住嘀咕，睫毛怎么那么长。

以前，她还真没怎么好好看过顾修竹，只知道他长相清隽，可人清醒的时候，她几乎不怎么敢跟他对视，总觉得不太好意思，但现在不一样，顾修竹闭着眼睛，她没什么压力。

盯着看了好一会儿后，姜映初才收回自己的视线，也闭着眼睛休息了。

有一点累，从这里回去需要飞两个多小时。没一会儿姜映初就睡着了，顾修竹睁开眼看，把她的脑袋移到了自己的肩膀上搭着，还找空姐要了床毯子，给她盖上才继续睡。

两人的手在毯子下面，一直都没松开。

从北京回家，这是头一回，姜映初睡得这么安稳。

好像整个人都安心了，没有任何担忧，就无忧无虑地沉睡。而能够让她这样安心的，目前为止，只有顾修竹一人。

直到飞机落地，姜映初才醒来。

两人收拾着下飞机，顺便去等行李。

正好是暑假的高峰期，机场的人还挺多的。

顾修竹看着自己面前的姑娘，低问了声："自己回去？"

"嗯。"姜映初点头，轻声道，"待会儿打车回去？"

她仰头看着顾修竹，想了想问："你住哪里啊？定酒店了吗？"

"定了。"他从公司过来机场的时候顺手定的，是上次的那个酒店。

姜映初笑，眉眼弯弯地问："上次的那个？"

"嗯。"

"那离我家近。"她想了想，小声说，"要不我先跟你回酒店，晚一点再回家……"

顾修竹一怔，诧异地看着她："你爸妈不知道你这个时间的飞机？"

"不知道。"他们没问，姜映初也没说。

顾修竹眼里闪过一丝诧异，姜映初的父母，还真的是……虽说已经成年了，但再怎么说，父母一般都会过问一下航班信息之类的，再叮嘱几句注意安全之类的话吧，即便再忙，打个电话的时间还是有的。

可她倒是习惯了一样，很坦然地说出"不知道"三个字。

顾修竹垂眸注视着她，好一会儿才道："好，那就先去酒店，晚点我送你回家。"

"好啊。"姜映初笑，扬眉说，"我跟你说，这里有好多小吃，上次来你都没有吃到。"

"那你带我去吃。"

"嗯嗯。"

两人聊着，拿到行李后在机场打了车，直奔酒店。

这个酒店不是第一次过来了，还算熟悉，姜映初看着顾修竹的模样，还有些心疼："你要不别送我回去了？我自己打个车就好了。"

"不行。"顾修竹义正词严地拒绝，看着她："送你到家了我才安心。"

最后，两人在外面吃了个午饭，才送她回家的。

姜映初家乡的天气，比北京的更闷热一些，毕竟是南方，一下飞机的时候就感觉像是进了火炉，七月正好是大热的时候，随便走一走也全身都是汗。

她倒是还好，已经住了十多年，都习惯了。

窗外影影绰绰，高楼灯火全部映在眼帘，工作日，中午的时候路上也不堵车。

不到二十分钟，车子就停在了她家门口，这还是顾修竹第一次过来。

姜映初咳了声，指了指："我家就住在那里面。"

顾修竹抬眸看了眼，微微颔首，给她把行李搬下来后，才问：“家里有没有人？”

姜映初想了想，估算了下时间：“这会儿应该有的。”

她弟弟和妈妈应该在家，都放暑假了。

闻言，顾修竹的眉头更是紧锁着，抿了抿唇没说话。

“送你到家门口，我就走。”

姜映初笑：“好。”

到最后，顾修竹送她到了家门口，看着她掏出钥匙开门才离开。

姜映初看着顾修竹走开的背影，眼睫轻颤了下。她刚想要转身走，把顾修竹给喊住，院子里就传来了姜景晨的声音：“姐姐！姐姐……”

她一顿，无奈地回头看向院子里跑过来的人，轻声道：“慢点，我马上进来了。”

姜景晨完全不听，他刚刚在屋子里就一直念叨着自己的姐姐怎么还没回来，这会儿看到了姜映初，怎么都慢不下来了，激动地小跑向她这边。

姜映初看着想笑，推开门把人抱了起来：“想姐姐了？”

姜景晨点头：“非常想。”

姜映初挑眉：“是想姐姐还是想姐姐的礼物？”

闻言，姜景晨皱了皱眉，一脸为难地看着她，眨了眨眼，特别纯真地问：“可以说，都想吗？”

姜映初扑哧笑了，伸手摸了下他的脸，笑着说：“当然可以，你先下来，姐姐把行李拿进屋。”

“我帮你呀。”

姐弟俩把行李拿进屋，姜映初看了眼姜景晨的母亲，喊了声：“阿姨。”

邱雨微微颔首，语调不冷不热：“回来了。”

“嗯。”

“吃饭了吗？”

“吃了。”姜映初笑着指了指，“我先上楼了。”

邱雨点了点头：“去吧。”她看了眼要跟着姜映初上楼的儿子，喊了声，“姜景晨，你站住，作业做完了吗？就想着玩。”

姜景晨一脸委屈："妈妈……我想跟姐姐……"

话还没说完，就被打断了："先去把作业做了，其余的做完再说。"

他挣扎着，并不太想过去。

姜映初蹲在他面前，摸了摸他脑袋安慰："先去做作业，待会儿姐姐收拾好了来找你，太热了，姐姐去洗个澡。"

姜景晨听着，眼睛都亮了起来："真的？"

"当然。"

"那拉钩。"姜景晨笑呵呵地递给她自己肉肉的手指。

姜映初扑哧笑，给他拉钩保证后，他才去做作业。

邱雨看着，微微笑说："麻烦初初了，我先去看着他。"

"不客气，应该的。"

姜映初看着两人走开的背影，长吁一口气，才觉得紧绷着的神经放松了下来。

她低垂着脑袋摇摇头，提着自己略微偏重的行李箱，慢慢地挪步上楼。

这大概就是她不喜欢回来的原因，总觉得在这个家，自己像是客人，或者说更像是"不存在"的人一样。总之，就是不太喜欢。

房间里跟离开的时候一样，没有过多变化。

姜映初进了浴室，洗完澡后，把房间整理了一遍，才开始整理自己带回来的东西，即便如此，她依旧每一次回家都会给他们带礼物，礼物不算贵重，都是觉得合适才买。

她收拾好一切，已经一个小时过去了。

感觉稍微有点累，姜映初看了眼时间，思忖了片刻才给顾修竹打电话："你到酒店了吗？"

顾修竹这会儿正开着电脑跟林扬谈工作，闻言"嗯"了声："到了，没看消息？"

他给姜映初发了消息的。

姜映初有些歉意："我没仔细看呢，刚刚在收拾东西。"

顾修竹笑，看了眼外头照进来的阳光，轻声说："收拾好了就休息会儿，下午睡一觉。"

“好。”

挂断电话，姜映初进浴室洗了个澡才出来准备睡觉。

她看了眼外头的阳光，这会儿还只是下午三点，思忖了片刻后，姜映初给许应如打了个电话，挂断电话后，她又给姜父打了个电话，把买回来的礼物都放去楼下后，才背着一个书包出门，迎着中午时候的大太阳，心情愉快地下楼。

“初初，你去哪里？”邱雨正好从房间里出来，看见她这模样。

姜映初一怔，连忙说：“阿姨，我给我爸打了电话，我这几天去我妈那边看看她，就不住在家里了。”她笑着指了指，“我给你们买的礼物放桌上了，希望你们喜欢。”

邱雨微怔，淡淡地点了点头：“好，你妈现在休息？”

她愣了下，说了个谎：“这几天休息呢，所以我过去看看。”

“去吧。”

姜映初笑，慢悠悠地往门口走去，也不着急。

直到走出了院子之后，她才兴奋地跳了起来……整个人都兴奋到了极点，脸上的笑也深了许多许多。

午时的阳光炙热，姜映初小跑着去打车。

下午三点，原本是她一贯的午睡时间，在学校只要不上课，这个点她跟宁年年一定还在睡觉。

姜映初这边在坐车，顾修竹那边倒是略微忙碌。他一走，林扬他们虽然能搞定一些项目，但总归还是需要他过目。

“白天开会怎么样？”他们最近在争取一个公司的融资。

林扬看着他，摇了摇头：“一群想要吃人的人，条件太苛刻了。”

顾修竹哂笑，掀了掀眼皮说：“不苛刻又怎么会做到现在这个地步。”他淡淡道，“不着急，慢慢来。”

林扬一噎，看着他这边还有些好奇：“你不是陪小学妹回去了嘛，这会儿怎么还工作，不出去玩？”

顾修竹淡淡一笑，看着他：“如果不是你给我发来视频，你觉得我会坐在这里？”

他一天没睡了，原本送姜映初回来后就准备休息一下的，结果林扬的紧急电话过来，不得不再次开电脑工作。

“那行吧，你去睡你去睡。”

顾修竹“嗯”了声：“有急事打我电话。”

“没问题。”

他关了电脑，洗了个澡后刚睡下不到十分钟，门铃再次响起，即便是顾修竹这种脾气好的，也生出了一股郁闷的情绪来。

他顿了顿，起身走到门口打开门，“有什么……”最后一个字还没说出来，就对上了一张白净的脸和一双清澈的眸子。

“你怎么来了？”他原本还以为是酒店的服务员。

姜映初小心翼翼地眨眼睛问：“我可以到你这里睡午觉吗？”

顾修竹：“……”

酒店的房间不大，顾修竹定的房间更是只有一张大床以及一张桌子。

姜映初之前陪着他一起过来的时候就知道，但直到这会儿再次看到被掀开一边被角的床单，她才感受到了别样的窘迫感。

她……好像过于冲动了。

顾修竹看着她，轻笑了声：“怎么？”

姜映初摇头：“没怎么啊。”她眨了眨眼，装作很淡定的模样，“你刚刚在睡觉？”

“嗯，刚睡下。”他伸手把她的书包拿了下来，低声说，“睡吧。”

他没问姜映初怎么会来这里，不用问大概也能猜到原因，顾修竹看向她：“去吧。”

姜映初支支吾吾的，有些迟疑。

“不太好吧。”

顾修竹挑眉笑，低声问：“哪里不太好了？”

姜映初看着他揶揄的眼神，恼羞成怒地推了顾修竹的胸膛一下，跺了跺脚“哎呀”了声：“你好烦啊，你赶紧去补觉，我去洗个脸再回来。”

看着她这模样，顾修竹只觉得有趣，忍不住想要多逗一逗她。

“我给你洗？”

“啊？”她眨眼，涨红着一张脸，脑袋摇成了拨浪鼓，“不用不用不用。”

她边说着，边小跑着进了浴室，留下顾修竹一人，看着她的背影笑出声来，扬了扬嘴角，心情很是愉悦。

浴室里，姜映初看着镜子里的自己，拧开水龙头掬着水往自己的脸上拍打着，她出门也没化妆，那会儿刚洗完澡，只想着赶紧离开家里，没想那么多，包里倒是丢了不少的东西进去，但也没用上。

洗了个脸，觉得清醒了不少，姜映初才走出去。

她出去的时候，顾修竹已经半躺在床上了，手里还拿着手机，微垂着眼睑，眉眼专注。

“好了？”

姜映初点头，站在床边有些局促：“你不困？”

顾修竹顿了顿，也没打算再逗她：“等你。”

姜映初噎了噎，没忍住问了声：“等我做什么？”

顾修竹似笑非笑地看着她，掀开被子，拍了拍旁边的位置，轻声说：“上来吧。”

“哦。”她磨磨蹭蹭的，红着脸倒是没客气，爬上了床。

顾修竹好笑地望着她，陪着她躺下：“睡吧，晚点出去吃饭。”

“嗯。”姜映初紧绷着身体，躺得直直地，想了想说，“你怎么不问我为什么过来了？”

“不用问。”

“嗯？”

“我想你了。”

姜映初愣了下，往被子里躲了躲，去拉他的手，闭着眼睛：“我真睡了。”

“睡吧。”

顾修竹看着她，能感受到她的紧张，所以也不多说其他。

房间内陷入了安静，酒店的隔音效果还不错，外头只要不是太刺耳的声音他们都听不见。顾修竹把灯全关了，只留下了一盏暖色的灯光，照亮着房间。

他垂眸看着姜映初的睡颜，没一会儿两人就睡着了。

午后的阳光炎热，房内睡着的两人，姜映初睡着睡着就自觉地往顾修竹的身边去了，伸手抱着顾修竹，毫无知觉。顾修竹哭笑不得地看着腰间的手，头疼地揉了揉眉心。

这下，困意倒是消失了。

姜映初醒来的时候，床上只有自己一人了，浴室内有水声传来，她发了好一会儿的呆，才意识到自己在哪儿。

往被子里钻了下，摸索着床头的手机拿过来看，已经快要六点了，她这一觉睡得真沉，许应如有给她打一个电话，除此之外便没有未接电话和信息。

敛了敛眸，姜映初给许应如发了信息过去，才跟宋嘉兮聊天，宋嘉兮比自己早回来几天，两人还没见面呢。

初初："我回来了。"

小七："在家还是不在家？"

初初："不在，我准备去我妈那边住几天。"

小七："那也行啊，你要是无聊记得给我打电话，我还有诗言都在呢。"

初初："好啊，对了……那个顾修竹过来了。"

小七："顾修竹送你回家的？见家长了？还是想要干什么？"

初初："没要见家长，估计几天就回去了吧，所以我这几天应该要陪他，跟你晚点约。"

两人正聊着，顾修竹便出来了，看着被子里冒出来的头发，他扬了扬眉，嗓音沙哑地问了声："醒了？"

姜映初从被子里钻出来，整张脸被闷得红彤彤的，双眸含着水雾一样，湿漉漉地望着他，呆愣的小模样，让人看着只觉得心动不已。

顾修竹敛眸，眯了眯眼看着，声线慵懒："还睡吗？"

姜映初忙摇头："不……不睡了。"她看着顾修竹，是洗了个澡的模样，"你什么时候起来的？"

她好像一点感觉都没有，睡得太沉了，也不知道为什么，每次在顾修竹身边，姜映初就睡得很沉很沉，不会动不动就醒过来，也不会有半夜梦呓，惊醒的次数也少了很多。

顾修竹弯腰，双手撑在床沿处，低垂着脑袋看着她，“嗯”了声：“有点时间了。”

他伸手，一把将被子里的人给捞了起来，双手抱着她：“睡饱了？”

姜映初点头：“睡饱了。”

顾修竹声音沙哑：“我没睡饱。”

姜映初：“……”她狐疑地望着他，有些诧异，“那你怎么不睡？是还有工作没完成吗？还是……其他的。”

顾修竹瞅着她看，懒懒地点头：“其他的。”

姜映初：“什么其他的？”

顾修竹看着她这模样，还真说不出口了。到最后，他彻底败给了姜映初，伸手拍了拍她的脑袋，咬牙说：“去洗脸，清醒一下，我们出去逛逛？”

“好。”

姜映初迷迷糊糊地走向浴室，直到到了浴室，她才瞪大眼睛，扭头看向顾修竹，眨巴了眼睛问：“是因为我？”

顾修竹嗯哼了一声：“还不算太傻。”

话音一落，姜映初就砰一声，把浴室门给关上了，彻底隔绝了他那目光灼灼的视线。

顾修竹看着，忍不住笑出声来，摸了摸自己的鼻尖有些无奈，还是这么害羞，可如何是好。

等两人收拾好再出门的时候，已经六点多了。

顾修竹看了眼她的书包，挑了挑眉：“晚上不回家了？”

姜映初：“我去我妈那边住几天。”

顾修竹颔首，伸手自然而然地接过她的书包，没再多问。

“走吧。”

“嗯。”

两人出了酒店，夏日的夜晚来得尤其晚，六点多的时候，天还很亮。

酒店门口到处都是来来往往地人，对面的街道上，还有不少刚下班正赶着回家的。

“我带你去吃东西。”姜映初眼睛亮晶晶的，能看出来非常渴望了。

顾修竹没意见，牵着她的手走：“好。”

“那边走。”

两侧的人行道上，人多拥挤，姜映初跟顾修竹尽量避开人群，走到角落里的位置。

夏日的风吹着，姜映初抬头看着顾修竹，忍不住给顾修竹推荐：“我们这里有种奶茶超级好喝。”

是这边独有的，其他城市都还没有。

顾修竹挑眉：“你喜欢？”

“喜欢啊。”姜映初笑着说，“很多来我们这边旅游的人都会来尝试一下，而且名字也特别好听。”

她说：“我们待会儿先去买两杯，找个人少的店。”

“好。”

两人走到市中心的位置，酒店距离这边不远，走过来大概二十分钟的样子，姜映初兴致勃勃地给顾修竹介绍小吃。星城这边，最多的就是各类小吃了。

“去那下面的一家店，里面的人会比较少。”

“好。”

两人进去，姜映初给顾修竹介绍奶茶：“我最喜欢这家店的幽兰拿铁，你要喝什么？”

顾修竹顿了顿，他其实并不是很喜欢奶茶之类的东西，直接道：“你点就好。”

姜映初笑，挽着他的手臂说：“那你喝声声乌龙吧。”

这款的味道非常冰爽，特别适合夏天，也符合顾修竹不喜甜的口味。

“好。”

买好奶茶后，姜映初继续带着顾修竹瞎逛。两人找了家店吃饭，店里的人不是很多，但味道非常不错，用姜映初本地人的说法，人多的店大多都是被炒起来的，其实真正有本地味道的都是巷子里的这些店铺。

味道好，实惠，她总是吃不厌的。

吃过晚饭后，两人去小吃街逛，小吃街有吃的，也有卖小玩意的东西。姜映初对那些都不感兴趣，但是想带顾修竹走一走，看一看自己曾经生活过的地方。

顾修竹也颇有兴致地听她说，难得听她一下子说这么多的话。

两人逛了一圈，姜映初看着河边亮着的灯盏，有些惋惜："可惜今天没有烟花了。"

顾修竹摸了摸她的脑袋安慰："那下次再陪你过来看。"

姜映初撇嘴："下次还不知道是什么时候呢……"

顾修竹笑，弯腰亲了亲她的嘴角说："下次有了，无论什么时候都陪你过来看。"

姜映初莞尔一笑，伸手抱着他的脖颈："好，你说的啊。"

"嗯。"顾修竹亲了下她，"累不累？"

姜映初点头："有一点。"

"你妈什么时候下班？"

姜映初一怔，刚想要回答，包里的手机就先唱起歌来了，是许应如给她打来的电话。

她轻嘘了声，小声说："是我妈。"

姜映初咳了声，略微心虚地扭头去接电话。

"妈妈。"

许应如半眯着眼，看着手机里刚刚收到的照片，笑了声："现在在家了吗？"

她今天有好几台手术，所以也没抽空关心自己的女儿，只是没想到中午，姜映初竟然会打电话给她，说要来自己这边住几天。

许应如对自己这个女儿，更多的是亏欠，弥补不了。

他们一家人，好像除了初初，初初的父亲和自己，都对感情很淡漠，所以初初给自己打电话的时候，她还惊讶了一下。

思来想去，也估计是在那个家不太舒服，想也没想就答应了。

只是她没想到，初初并不是一个人回来的，她看着手机里收到的照片，轻笑出声。

姜映初心虚地摸了摸自己的耳朵："没有啊，我还在外面，晚一点再回家，妈妈你回家了吗？"

许应如："回了。"

姜映初"啊"了声，略微遗憾："……是吗，那我现在回去。"

许应如轻"嗯"了声，顿了顿说："把你男朋友也顺便带回来看看吧。"

姜映初："……"

第24章　家长

她惊愕地看向正在一旁站着的顾修竹，久久未能回神。

察觉到她的视线，顾修竹挑眉看了过来，无声问：怎么了？

姜映初吞咽了下口水，只觉得周围，包括顾修竹在内说的那些话，那些声音都仿佛是听不见了一般，她耳边只有许应如说的那一句话。

——把你男朋友也顺便带回来看看吧。

她妈怎么知道自己跟男朋友在一起？不对，应该是说，她妈怎么知道自己找了男朋友的！

姜映初有太多疑问了，可这会儿只能装傻："妈妈，你在说什么？"

许应如扑哧一笑，扬了扬唇："算了，不勉强你，早点回家，我不催你回来。"

姜映初眨眼，"啊"了声："好。"

说实话，她还没做好让顾修竹见父母的准备，除了自己，她估摸着顾修竹应该也没有做好这个准备吧。

太猝不及防了！

到后面，许应如叮嘱了两句后，便挂断了电话。

顾修竹侧头看着她，低声问："刚刚怎么了？你妈催你回去了吗？"

姜映初摇头，欲言又止地看着他："没事。"

他目光灼灼地盯着她看了片刻，低低一笑："怎么了？说吧。"

姜映初依旧摇头："真的没事。"她拉着顾修竹的手，指着不远处的地方笑，“我们去那边看看吧，晚点再回去，我妈不着急的。”

闻言，顾修竹挑眉，倒是没有再阻止她的动作，也没再问为什么了。

两人在外面逛了一圈才回去，晚上来这边玩的人很多，排队等出租车的人也不少，姜映初拉着顾修竹的衣服，不紧不慢，只安静等着，偶尔交谈一下。

姜映初脸上的笑，一直未曾消散过。

回到小区门口，两人还黏黏糊糊的，姜映初看向顾修竹：“你待几天？”

两人还没讨论过这件事情，从最开始知道顾修竹陪自己回来到现在，姜映初才想起来问正事。

顾修竹垂眸看着她，轻声说：“只有三天。”

姜映初一怔，伸手抱着他：“后天回去吗？”

“晚上的机票。”他特意买了晚上的机票，为了多陪她一会儿，但也仅限于多一天，再多的时间顾修竹真没有，公司在起步阶段，创业并不容易，即便是他们这群高材生，也一样四处碰壁，拉不到投资，项目谈不下来，最开始都是入不敷出的。

姜映初点了点头，伸手抱着他不愿意撒手了：“待会儿回去还要开会吗？”

顾修竹敛眸看着她：“看点资料，不开会。”

“哦哦。”她应了声，与他对视着。

顾修竹看着她，眉眼柔和，低头准备亲她，才刚刚微低着头，就被一道声音打断了。

“初初？”

两人被吓得一抖，齐齐地扭头看向来人。

姜映初眨了眨眼，使劲地眨眼睛，看着面前站着的人，结结巴巴地喊了声：“妈……”

屋内的气氛诡异到极点。

姜映初跟顾修竹坐在许应如对面，局促不安，十分拘谨。

她绝对没想到，自己在电话里拒绝了许应如，却在门口遇见了，逃都逃不掉。

至于顾修竹，其实之前就见过姜映初母亲，但那会儿只是偶遇，而且跟姜映初也不是男女朋友关系，而现在当着人家妈妈的面抱人家女儿，还打算亲她。

他心虚地摸了摸鼻子，一时间聪明的脑袋也转不过弯。

姜映初偷偷地瞥了眼自己的母亲，再扯了扯顾修竹的衣服，忍不住咳了一下，试图打破尴尬的氛围："妈，你怎么这么晚还出门啊？"

许应如好笑地看了眼两人："我让你带男朋友回家，你还真给我带了啊。"

姜映初："……"

许应如看向顾修竹，温和地笑了笑："修竹，是吗？"

顾修竹微微颔首："是的阿姨，抱歉没有第一时间过来拜访。"他说话谦虚且有礼貌。

即便是没有这些，姜映初也觉得顾修竹是她妈会喜欢的类型，她妈跟自己一样，对颜值有点过度地喜爱。

许应如笑："没事的，你们两个小年轻人谈恋爱，自由就好。"她笑了笑说，"我刚刚是饿了，晚上没吃饭，想着出去买点吃的回来，倒是没想到会遇上你们。"

姜映初看着眼前的态势，知道没事了。

她妈对自己的事情一直都是放养的，管得不是太严。

"我去下洗手间。"

许应如挥了挥手，嫌弃地看她一眼："去吧去吧。"

她看向顾修竹："今天一起过来的吗？"

顾修竹点头："是一起过来的。"

"住哪啊？"

顾修竹说了个酒店的名字。

许应如点了点头说："下次可别这么麻烦了，可以住家里的。"

两人在外面聊着，姜映初倒不好意思出来了。

许应如其实没怎么过问两人谈恋爱的事情，大多数是一些家常话，顾修竹也不觉得不耐烦，只要是问了的，就很认真地回答。

她对自己的女儿一直都是放养的态度。关于谈恋爱这件事情，都是成年人了，她也不会过多阻止，只要是男孩子人好，许应如就赞同。她之前还一直担心初初会受自己和她爸爸的影响，不想谈恋爱，倒是没想到还找了个这么优秀的。

看两人聊得越来越多，姜映初忍不住从里面出来了，提醒道："妈，好晚了。"

许应如看了眼墙上的时钟，歉意一笑："抱歉啊，都快十一点了。"

顾修竹："没事的。"他顿了顿说，"那阿姨我先回去了，下次有机会再来拜访您。"

"好好好。"许应如顿了顿问，"要不要阿姨送你回去？"

"不用，没事的。"

许应如觑了姜映初一眼："那你送修竹下去？"

"好。"她巴不得。

两人在许应如的注视下快速地溜走了。

出了家门，姜映初捏着顾修竹的手愣了，诧异地看向他："你出汗了啊？"

顾修竹脸色一僵，还真不愿意承认自己因为见她妈妈这事紧张得冒汗。

以前无论什么事情都淡定的顾修竹，有一天也会紧张得出汗，整个神经都紧绷着。

姜映初扑哧笑，抱着他的手臂："现在还紧张吗？"

顾修竹摇头，垂眸看着她："不紧张了。"

姜映初点头："我妈其实除了不关心人这点之外，其余都挺好的。"

顾修竹伸手摸了摸她的脑袋，轻轻地答应着："我知道。"

两人牵着手下楼，姜映初送顾修竹出了小区门口，两人站在门口等车。

她侧头看着顾修竹，想了想问："那你回去早点休息。"

顾修竹笑，低头亲了亲她的唇角："好，明天再过来找你。"

姜映初笑："我去找你。"她含笑说，"我没什么事的。"

她抱着眼前的人凑上去亲他，但一瞬间就分开了。

把顾修竹送走后，姜映初才回了家，好在许应如也只是简单地问了下她关于顾修竹的事情。在她这边，顾修竹见家长这事，算是已经过去了。没有出现任何问题，甚至无比顺利地就得到了许应如的各种夸赞，听得姜映初都要吃味了。

这到底是女婿还是儿子啊，怎么就夸到这个份上了呢……

在星城的这几天，两人逛了很多地方，虽然累，但是开心。

按照姜映初的性格和习惯，夏天一定是不怎么出门的，但这几天下来倒是觉得还不错，大抵是陪在自己身边的人好，所以才会觉得值得。

一眨眼，三天就过去了。

姜映初跟顾修竹在机场，她依依不舍地抱着眼前人，想跟他撒娇，但又怕会影响顾修竹，只能是忍着。

“你到了记得给我发信息。”

顾修竹摸了摸她的脑袋，轻轻地答应着：“放心吧，你早点睡，我到了给你信息。”

晚上十点的飞机，到那边都凌晨了。

姜映初眨眼：“林扬学长会来接你的吧。”

“会，放心吧。”顾修竹好笑地看着她，“我就要走了，就想跟我说这个？”

姜映初一怔，想了想，说：“我会想你的。”

顾修竹弯腰，附在她耳边继续问：“还有呢？”

姜映初愣了片刻，看着机场来来往往的人流，也没人注意到他们的这边，思忖了片刻，她踮着脚凑在顾修竹的耳边说：“会非常想你的。”

顾修竹笑：“就这样？”

姜映初哎呀了一声，跺了跺脚不太好意思地伸手环住他的脖颈，凑上去亲他。

两人站在人声鼎沸的机场里，相拥接吻。

周围的那些人都像是不存在，对他们没有半丝影响。

机场里每天都在上演着分离，每一对分开的情侣，眼里和心里都流淌着不舍。

顾修竹轻吮着她的唇瓣，反客为主地亲着她，这还是头一回，没有顾及其他人的眼光，在大庭广众之下接吻，他们之间有太多的不舍得了。

这次回去后，大抵是真得分不出时间给她了。

亲了许久许久，两人才气喘吁吁地分开，顾修竹摸了摸她的脸颊，感

Fall in love
初见情深

受着手心的温度，他目光沉沉地注视着她，嗓音沙哑：“在家里好好休息。”

“嗯。”

“想我了就给我打电话。”

“嗯。”姜映初咬唇答应着，双眸像是蒙上了一层水雾，看着他，有点想哭。

“你别太累了啊。”她说得认真且严肃，“我听说人熬夜熬多了，会变成秃头的。”

顾修竹看着她，没忍住有点想笑。

“好。听你的。”

姜映初抱着他蹭了蹭：“那你去吧。”

顾修竹摸了摸她的脑袋，这是他很喜欢对姜映初做的一个动作，低头亲了亲她的额头，顾修竹含笑答应：“好，回去注意安全。”

“嗯嗯。”

看着顾修竹从检票口进去，姜映初的眼里还满是不舍。她以前从没有过这感觉，但现在，这感觉越来越强烈了。

她微垂着眉眼，有种想要现在就跟着顾修竹去北京的冲动。

直到顾修竹进去后回头看着她，姜映初才笑了笑，转身回了家。

顾修竹离开后，姜映初在许应如这边住了几天，也就回家了，姜父催了她好几次，再不回去估计也不行了。只是她没想到，这次回去还会遇到“熟人”。

姜映初怎么也没想到，会在这里遇到方凯。

方凯是姜父带过的最后一届学生，姜父是一名教授，方凯是姜父年轻时候颇为重视的一名学生。

曾经，方凯还给她补过课，不过那都是初中的故事了。

她跟宋嘉兮相比，在学习方面进度会比较慢，而且那会儿父母刚离婚不久，她完全没有心思学习，方凯算是唯一一个比较熟悉的人，比她也大不了太多，那会儿方凯是大一的新生，所以姜父自然而然就让他给自己补课了。

后来到初三，学习越来越忙，姜映初自己的成绩也上来了，方凯也开始着手准备出国的事情，补课便没有继续。上了高中，她作为交换生出国，见过方凯一面，之后便到现在了。

在姜父给她打电话的时候，姜映初还一直疑惑，为什么这么着急。按照以往她爸爸对自己不管不顾的状态，今天怎么就那么紧张，急着让自己回家了？

直到这会儿，她终于有了答案。

姜父挑了挑眉，严肃地看着她："初初，不认识你方凯哥哥了？"

姜映初一怔，沉默了片刻后才说："方凯学长，好久不见。"

所有人都被她这个称呼吓到了。

姜映初倒是没觉得有什么不妥，以前喊哥哥那是因为年纪小，而且是在姜父的指导下喊的，现在都长大了，还喊哥哥也太别扭了，喊学长倒是更为符合。毕竟方凯跟姜映初也是同一所学校的学生，只是年级跨度有点大而已。

"你喊什么？"姜父瞪了她一眼。

姜映初耸肩："我没喊错啊。"

方凯莞尔一笑，看着长大了的小姑娘，淡淡一笑："初初是没喊错，确实是学长。好久不见啊小初初。"

姜映初咳了声，点头："方凯学长怎么回来了？"

方凯挑眉："就不能把前面两个字去掉？"

姜映初笑："不能。"

那是顾修竹的专属，她喊其他人都会带上名字，唯独顾修竹不会，即便是带着，也只是一个姓，也不是全名。

方凯了然，倒是没再强迫她。

两人对视一眼，姜映初扯着书包往屋里走："爸，我先回下房间。"

姜父拧了拧眉看着她，摆了摆手："去吧。"

"嗯。"她快速地跑回房间，瞬间不想再出去了，只觉得客厅里的氛围太尴尬了。

姜映初揉了揉眉心，第一时间给宋嘉兮打电话。

"初初。"

姜映初欸了声："小七，你现在有没有时间？"

宋嘉兮这会儿跟蒋慕沉在外面吃东西，闻言好奇地问了声："怎么了？"

"你待会儿来我家一趟吧，我爸这边，你就装作有事情的样子，喊我出去玩。"

宋嘉兮一怔，跟蒋慕沉对视一眼，还有些许惊讶："为什么啊？怎么了？"

"那个……还记得方凯吗？"

宋嘉兮愣了片刻，连忙说："记得啊，他回来了？"

"对啊，就在我家，看样子还要一起吃午饭，我担心我爸说不定还要让我带着方凯出门转转，毕竟这么多年没回来了。"姜映初可以说是对姜父非常了解了。

姜父一定会有这种想法的。

宋嘉兮张了张嘴，连忙说："好的，没问题，我待会儿就来，需要我带上蒋慕沉吗？"

姜映初："……随意，反正能把我带出去就行。"

"好，没问题。"

刚说完，房门被人敲了下，是家里的阿姨在喊她："初初，你爸爸喊你下来。"

姜映初含糊地答应了声："马上。"

她给宋嘉兮叮嘱了两句后，挂断电话。

看着镜子里的自己，姜映初给自己加油打气，才慢吞吞地往楼下走去。

她是真的一点都不想应付方凯和她爸。

宋嘉兮这边，刚挂断电话，就一脸紧张地看着蒋慕沉。

"怎么了？"蒋慕沉好奇地望着她，顺手给她塞了一颗葡萄。

宋嘉兮乖乖地吃下，感受着葡萄的酸甜，半眯了眯眼说："我待会儿要去拯救初初。"

蒋慕沉伸手捏了下小七的脸，严肃道："好好说话。"

宋嘉兮快速地把事情简单说了一遍，然后说："我们现在过去吧。"

蒋慕沉顿了顿，挑眉问："那个人多大？男的？"

"必须男的啊，不大吧，我们初一的时候他大一，比我们大六岁。"她算了下，嘀咕着，"二十多岁的样子。"

蒋慕沉一噎，对自己女朋友的算术功力表示佩服："为什么姜映初要躲开这个人？"

宋嘉兮"啊"了声，盯着蒋慕沉看了两秒后，才说："不告诉你。"

她嘻嘻一笑，忍不住感慨："其实也不全是为了躲开这个人。你知道吗，方凯以前好像喜欢初初。"

她说："高二的时候，我们做交换生出国，见过一次。"

蒋慕沉："……"

宋嘉兮继续道："但初初对他没感觉，那会儿虽然没有挑明，但话里话外的暗示意味已经很明显，而且说实话我跟初初都不太喜欢方凯的性格，心思太重。"

闻言，蒋慕沉差不多明白了。

"行吧，走吧。"

"嗯嗯。"

两人吃了点东西后，才不紧不慢地往姜映初家这边赶。

姜映初收拾着下楼，刚走到楼梯口便听到了楼下热热闹闹的声音，只是这些热闹，终是与她无关。

她站在原地顿了顿，才垂落着眼帘漫不经心地往下面走去。

"姐姐，姐姐。"姜景晨第一时间凑了过来。

姜映初眉眼弯弯地笑着，把人抱在怀里："怎么了，想没想姐姐？"

"想了。"姜景晨非常认真地点头，还凑过来亲了姜映初一口，笑眯眯地说，"超级想。"

姜映初扑哧一笑，拍了拍他脑袋："姐姐也想你了，饿不饿啊？"

"不饿的。"

姜映初抱着他往沙发那边走，特意离另外两人一段距离。

姜父皱了皱眉，看向自己的儿子："别缠着你姐姐，姐姐要跟哥哥说话呢。"

姜映初摇头："没有啊，方凯学长跟您多说话就好了。"姜映初笑，"什么时候吃饭啊？"

姜父："……"

邱雨从厨房里出来，看着她："估计还要半小时。"

姜映初点头："那我带着他到院子后面转转。"

院子后面，还种着不少的花。

"去吧。"

一离开客厅，姜映初觉得整个人轻松不少。她垂眸看着姜景晨，莞尔一笑："最近这几天都做什么了？"

姜景晨可怜巴巴地望着她，都要哭了。

"做作业，妈妈每天都逼我做作业。"

邱雨的好胜心强，知道姜映初成绩好，所以自己的儿子也肯定不能落后，便一直逼着姜景晨看各种书，题目一旦做不出来，就会控制不住地训斥他。

但其实这么小的孩子，都应该有欢乐的童年才对，而不是从小就开始埋头苦读。

她摸了摸姜景晨的脑袋安慰道："那以后就每天认真做完作业，然后再去玩知道吗？"

姜景晨看着她，问了句："姐姐小时候也这样吗？"

姜映初微怔，莞尔一笑说："一样的，爸爸妈妈都希望我们优秀。"

她刚一说完，后面便冒出来一个声音，低低一笑："你姐姐小时候可没你这么听话……"

姜映初："……"

方凯瞥了她一眼，问了声："上大学的感觉怎么样？"

姜映初点了点头："挺好的。"

方凯顿了顿："暑假准备在家吗？"

"还没想好呢。"姜映初笑，看了他一眼，"您现在是准备回来了？"

方凯倒是没太在意她的尊称，微微颔首："回来了，总要回来报效祖国的。"

她点了点头，没说话。

方凯还想要继续，但被打断了，家里的阿姨出来喊几人回家吃饭。

饭桌上，姜映初安静地吃着自己的东西，只想要把那些外界的声音都给隔离在外。

"初初啊，待会儿带着方凯出去走走吧，他太久没回来了。"

姜映初噎了噎，刚想要拒绝，家里的门铃声就响了起来。

几个人对视一眼，家里的阿姨连忙去开门，没一会儿宋嘉兮就出现了。

她含笑地看着姜父："姜叔叔，打扰了。"

姜父愣了下，诧异地看着她："小七，怎么来了啊，吃过饭了吗，要不在家里吃点？"

宋嘉兮摇头："不用了，我是跟初初约好了待会儿要出去逛街的，所以过来找她。"她笑着说，"咦，这位是？"

方凯淡淡一笑，望着她："不认识我了？"

宋嘉兮装模作样地思考了好一会儿："方凯吗？我都认不出来了。"

方凯笑："小七是越来越可爱了。"

宋嘉兮嘻嘻一笑，看着姜映初："我等你啊。"

姜映初点头："好。"

他们吃得其实差不多了。

姜父狐疑地看了眼两人，咳了一声说："要不就你们俩一起，带着方凯去逛逛？我今天比较忙，没时间。"

到最后，姜映初实在是没办法拒绝，只能答应下来，都说到这个地步了，再拒绝倒显得刻意。

好在方凯不介意，三人一起出门，姜映初看了眼："蒋慕沉没来？"

宋嘉兮："我怎么能带着他去你家啊，在外面的店里等着呢。"

"哦哦。"

宋嘉兮给方凯介绍了一下蒋慕沉，两人颔首打了声招呼，一时间气氛有点尴尬。

"去哪？"

方凯笑了笑："我都可以。"

姜映初看向宋嘉兮，宋嘉兮想了想："要不就去学校吧，我回来以后还没去学校。"

"也行。"

一行四人，转而去学校。

暑假，校园里几乎没人，因着这几个都是从这个学校毕业出来的，宋嘉兮和蒋慕沉还有姜映初，保安都还认识，就很轻松地让几个人进去了。

只是四个人的行程，怎么说怎么尴尬。

姜映初还真没话跟方凯聊，也不知道该说什么，基本上都是方凯问一句，她回答一句。

过了会儿，方凯道："你怎么都不问问我回来是去哪上班？"

姜映初看着他："哪儿啊？"

方凯有一瞬间的挫败，无奈一笑，说："北京。"

姜映初愣了下，低声问："哪儿？"

方凯笑，想要伸手拍她的脑袋，被姜映初下意识地避开了，他也没觉得尴尬，只淡淡道："北京，过几天要回去上班了。"

姜映初了然地点了点头："那挺好，好好报效祖国啊。"

她想了想，又问："你学的是什么专业来着？"

方凯："……跟你一样。"

姜映初了然，没再多问。

两人围着学校走了一圈后，姜映初瞥了眼跟在自己后面的小七，默默叹了一口气。

方凯瞥了她一眼："你呢，之后有什么打算？"

姜映初"嗯"了声："先好好念书，其他的到时候再说。"

"也对。"

沉默了一会儿，方凯看向后面的宋嘉兮，忍不住说了句："我还真没想到，小七这么快就谈恋爱了，你们是高中同学？"

"是啊。"姜映初笑了笑，说到自己的好朋友，她眼睛里都是笑，"他们很好的，两个人特别般配。"

闻言，方凯掩唇咳了声问："你怎么不谈？"

姜映初笑眯眯地看着他，装作什么都听不懂的模样，一字一句地说："我有啊。"

"什么？"

她对着方凯的目光，盈盈一笑："我说，我有谈恋爱，有男朋友。"

第 25 章　吵架

话轻轻地落下，风轻轻地吹过。

两人对视着，周围瞬间安静。

方凯到底比姜映初大一些，反应很快，只怔愣了片刻，便扯唇笑了笑："是吗，大学同学？"

姜映初垂眸，并不愿意多说。

她之所以把自己有男朋友的事情告诉方凯，是藏了其他心思的，虽然她不懂方凯回来到底是为了什么，也不知道对自己有什么心思，但总归是早说早好。

两人面对面站着，谁都没开口说话。

过了会儿，姜映初才笑了笑，点头："算是。"

她不多解释，方凯也不好再问，只寻着其他话题继续聊着。

宋嘉兮跟蒋慕沉打打闹闹的，感情特别好。

方凯偶尔回头看一眼，都忍不住感慨："小七跟她男朋友的感情真好。"

姜映初笑："是啊，他们特别好。"

从高中就一起走来的，能不好吗，更何况这两人的性格特别互补。蒋慕沉虽然在其他的地方脾气不太好，但对宋嘉兮不一样，他会愿意为了她收起所有棱角，只为了她一人。

方凯顿了顿，还想要说点什么，但话到嘴边，却没再说出口。

宋嘉兮从后面上来，特别兴奋："初初，待会儿我们去吃烧烤吧？"

姜映初挑眉，意味深长地瞥了她一眼："好啊。"她看向方凯，"你要跟我们一起去吗？"

印象中，方凯最讨厌的食物就是烧烤了，以前给姜映初补课，她只要跟宋嘉兮出去偷吃了烧烤，他便会用姜父来威胁自己，非常令人讨厌。

方凯一怔，点了点头："好久没尝试过了，可以试试。"

姜映初："……"

宋嘉兮："……"

两人干笑了一声："好啊，有家烧烤店还不错。"

说着，几个人从学校出去，顺便找了个店休息，姜映初跟宋嘉兮要喝奶茶，蒋慕沉给两人跑腿去买，休息片刻后才准备去吃晚饭。

这个时间点去吃烧烤，真有点早了。

姜映初跟宋嘉兮凑在沙发上坐着，两人看着手机，小声嘀咕着："诗言最近怎么样？"

"还行呢，要不把她也给喊出来？"

"我都可以啊。"姜映初说，"群里问问。"

她们三个人还有一个群，都是高中一起走来的。

"行，顺便再把那两个叫上？"

姜映初一怔，笑："张维和王翼？"

这两个也是她们的高中同学，那会儿跟蒋慕沉关系好，两人特别逗，也能活跃气氛，跟几个人的关系也都不错。

"对啊。"

"可以，可以。"

就这样，四个人的烧烤瞬间变成了七个人的，姜映初还特意询问过方凯介不介意。方凯笑了笑说："当然不介意，正好可以看看你们的高中同学的生活怎么样。"

姜映初笑："好啊。"

几个人连晚饭都没吃，在奶茶店喝了点东西，看着时间后便去了路边摊的店子，是他们常来的一家。

没一会儿，张维和王翼以及诗言就一起过来了，几个人看见方凯还有些诧异，打过招呼后，大家也都坐在一张桌子上，围着吃东西了。

王翼和张维不愧是气氛组的，没一会儿就跟方凯聊得火热。

她没去管那边，跟宋嘉兮还有诗言挤在一起，边吃着东西边聊天。

诗言瞥了一眼，还有些诧异："那是谁？"

姜映初把嘴里的东西吃下，才说："以前的家教老师，我爸的学生。"

诗言"啧"了一声，凑在她耳边说："他刚刚看你的眼神不对。"

姜映初："……"

宋嘉兮在旁边笑："是非常不对啦。"

两人对视一眼点头，她们都不傻，有些事情旁观者看得最清楚不过了。

姜映初慢条斯理地说："如果我没察觉，我为什么会喊你们过来？"

"你男朋友呢？"

姜映初哀怨地叹了一口气："在北京呢，忙。"

诗言扑哧一笑，手搭在她肩膀上笑着说："你男朋友要是知道，肯定吃醋。"

宋嘉兮哈哈大笑："我估计可能要从北京跑过来了。"

姜映初翻了个白眼："没那么夸张。"

只是终归来说，不论顾修竹吃不吃醋，她都不想要因为这些无关紧要的事情打扰到他，自己能解决的就自己解决了，而不是留下各种后患。

这顿饭吃到最后，方凯被张维和王翼灌了不少的酒，好在人还算清醒。

姜映初看向方凯："你住哪里？"

"你爸没说？"

姜映初一怔，摇了摇头："没。"

她上午刚回的家，能知道什么啊。

方凯扯了扯唇，望着她笑："暂时住你家，过几天就去北京了。"

姜映初愣了下，才点了点头说："好的，那回去吧。"她看着方凯，迟疑了片刻，"还能撑住吗？"

方凯顿了顿，"嗯"了声："还行。"

"要不我让我同学送我们吧。"她言语之间，满是距离。

方凯目光灼灼地盯着她看了片刻，才点头："好啊。"

到最后，姜映初把张维和王翼都给拉上了，打车一起回去。她坐在副驾驶座上，看着窗外掠过的风景，思忖了片刻，她看了眼飞北京的航班时间，快速地买了张票，给许应如发了条信息后，收好手机，欣赏着窗外的风景。

吃饭的地方离她家不远，张维和王翼把两人送到门口后，摆了摆手就径直坐车离开了。

姜映初扭头看向方凯："进去吧。"

"等等。"方凯看着她的背影，喊了声。

姜映初一怔，望着他："怎么了？"

方凯双手插兜，站在大门口看着她，眼神有些压迫感："初初，你今天故意的？"

闻言，姜映初装作听不懂的模样，笑了笑："什么故意的？"

方凯嗤笑了声，脸上依旧挂着温和的笑，就像是以前她做错题目一样，他从来不会责骂她，但就是这个笑，让姜映初觉得害怕。

"没什么，进去吧。"

"嗯。"

两人回到家的时候，姜景晨已经睡下了，姜父跟邱雨在客厅看电视。

在看到两人后，姜父咳了声："怎么现在才回来？"

姜映初点头："跟小七还有之前的同学逛了下，吃了个夜宵。"

姜父皱了皱眉，看向方凯："喝酒了？早点去休息吧。"

"好的。"

姜映初顿了顿，站在客厅没动。

姜父诧异地看她一眼："还不去休息？"

姜映初点了点头，看向他："我想跟你谈谈。"

姜父一怔，对自己的这个女儿，他一向关心甚少，初初也不喜欢跟他亲近，说几句话，说点什么事情，都是公事公办的模样，鲜少能听到她主动提议聊一聊。

"行吗？"

姜父颔首："可以，来书房吧。"

“嗯。”

书房里静悄悄的，一侧有一个很大的书柜，全塞满了书。

姜父的书房，一进来就能感受到严肃的气息。

要说家里，姜映初最讨厌的地方，大概就是书房了。

小时候每次考得不好，她都要进书房，被各种训，无论是搬家之前还是搬家之后，都是如此。所以书房对她来说，是噩梦之地。

姜父坐在椅子上，看着她：“怎么了？要跟我谈什么？”

姜映初张了张嘴，看向他：“方凯怎么住我们家？”

姜父一怔，没想到她是要跟自己说这个：“以前不是也住过嘛，他这次过来就只是来看看我的，所以就安排住在我们家了。”

家里的客房多，姜父并未觉得有什么不妥。

姜映初深吸一口气，望着他：“好，这个问题跳过。”

她顿了顿，看向姜父：“你是不是想撮合我跟方凯？”

闻言，姜父拧了拧眉看着她：“谁跟你说的？”

姜映初哂笑了声，望着他，笑意不达眼底：“你觉得还需要说吗？你不用做得这么明显吧，方凯来了，来看你，让我回家算怎么回事？还让我带着人出去走走，你明知道我最讨厌的便是做这些事情了。”

她一直都宁愿藏在自己的世界里，只跟自己喜欢的人交流，不愿意敞开心扉去接受其他人。

姜父瞪着她，还真来了脾气：“你说的什么话，谁让你这样跟我说话的？”姜父咬牙，“我之所以让你带着方凯出去走走，是有这方面的念头，但你要是不愿意，我不会勉强。”

姜映初：“不会勉强，你确定你不会勉强？”

她说：“那晨晨妈妈说的话，你怎么不反驳？中午吃饭的时候，还特意安排我跟方凯坐在一起，你敢说你们不是故意的吗？”

姜映初快速地说着，完全没给姜父说话的机会，她鼓起勇气把自己所有的想法一股脑地都给说了出来：“我不喜欢这个家，总觉得我是外人。所以我觉得，以后这个家我还是不回来比较合适。毕竟对你们来说，我也没有什么意义。”

“你什么意思？”

姜映初顿了顿：“我跟我妈那边说好了，以后都住她那里，至于方凯的事情，以后别找我，我跟他没有半点可能。”

她一次，就把话全部都给说死了，把前面的路也给堵死了。

姜父被她气得缓了好一会儿才说：“你今天要是走了，以后就别回来。”

姜映初挑眉一笑：“求之不得。”

她转身就走，恰好这会儿许应如到门口了，姜映初回来的时候行李都没怎么收拾，箱子里的东西也全部都还在，她随便拿了点东西，装在箱子里便下楼，正好碰到了方凯。

方凯一怔，看着她：“初初，你干吗？”

姜映初看向他：“我去我妈那边。”

方凯还想要再问，姜映初已经不打算说了。她搬着箱子下楼，邱雨就安静地看着，也没说话。

直到她走出家门，许应如在门口等着她：“怎么了？”

她只是收到姜映初的短信，说接她去机场，其余的什么都没说，许应如这个母亲做得不称职，但是该问的还是会问一问。

姜映初摇头，把行李搬上车之后才说：“妈，我跟我爸吵架了。”

许应如一愣，诧异地扭头看着她：“所以不想来我这边，想去北京？”

姜映初强忍着要哭出来的眼泪，嗓音沙哑地“嗯”了声：“我正好去看看，顾修竹他们最近有点忙，我去帮下忙。”

许应如皱眉：“那也不需要这么晚过去，把机票换成明天的吧。”

“不要。”

她看着许应如，忍不住说了句：“妈，你就满足我这一次好不好？”

许应如垂眸看着她，终归是不舍：“到了记得给我电话，注意安全。”

“好。”

姜映初跟许应如道别后，便直接转身往机场走了去。

办理好登机手续，她垂眸看着手机好一会儿，也没给顾修竹打电话，生怕打扰到他，也担心接通电话后，自己会忍不住哭出来。

夜晚的天月光依旧明亮，机场里这会儿人还很多。大多数都是一家人或者是结伴，她一个人坐在这边等着，有点犯困，但却一点都睡不着。

没过一会儿，姜映初上了飞机。

她不知道自己今天这算是什么，大抵是她做过最冲动的一件事情，可是一听到方凯住在自己家，她实在是忍不住。

住自己家没问题，住自己家还让自己回来，姜映初就真的受不了了。

她给许应如发完消息之后，就直接关机了。

到达北京的时候是凌晨两点多，姜映初拿了行李，手机刚一开机就接到了很多信息，是许应如和顾修竹发过来的，还有顾修竹的未接电话，而姜父的，一个都没有。

她看着许应如发来的信息，除了信息外，妈妈还往她卡里打了一笔钱。

许应如："知道你跟你爸爸吵架了，刚刚接了他的电话，你不想回那边，以后就回妈妈这边。我们两个人做父母都不成功，从小对你的关心就不够，很愧疚，但是你别乱来，以后有什么事情记得跟我说。你爸那边，我知道你脾气倔，闹了今天这一次，你大概都不愿意要他的钱了，我给你转了一笔先用着，没钱了记得跟我说，想回来了就回来。记得报平安。"

姜映初看着，忍了一路的眼泪终于掉了下来。

她给许应如回了信息后，才去看顾修竹的。

顾修竹给她打了好几个电话都没接，还以为她睡着了，便转而发信息。

顾修竹："睡了？我这边刚忙完，准备回家了。"

顾修竹："晚安，我到家了。"

姜映初盯着看了两眼，一时间还真不知道顾修竹说的回家是回哪里……

她思忖了片刻后，也没这个时间点给顾修竹回消息。

拿好行李后，姜映初打车往学校去。

回到北京后，顾修竹落下的工作，需要加班加点地完成。

投行起步很难，所有的大学生创业最初多数都是碰壁的。即便是他们的优势突出，不少老板还是会根据经验来选择合作对象。他们初出茅庐，经验不多，更没有阅历，很少有人愿意选择他们。

前段时间他们刚拿下一个项目，资金分配少，不够他们做完这个项目，但即便是赔本，他们也要做。现在的一切，都是为了之后的道路做铺垫。

顾修竹偶尔也会觉得挫败，但他的自我调节能力不错，即便是挫败，也仅仅是片刻的事情，没一会儿就能继续再战了。

回来几天，把落下的工作全部超额完成后，他才想着这一天，姜映初都没给自己发信息。她太懂事了，有时候顾修竹甚至希望她别那么懂事。

他思忖了片刻，在下班之前给她打电话，但手机是关机的，只能发信息了。

林扬敲了敲门，看向他："还不下班？"

顾修竹看他："初初今天跟你联系了吗？"

林扬一怔，摇头："没呢，我都在办公室里。"

顾修竹莞尔，表示了然。

林扬略微诧异，看着他："怎么了？"

"没事。"顾修竹看了眼时间，浅声道，"估计是睡着了。"

林扬嗤笑出声："应该是的，这都快要十二点了，回去吧。"

"嗯。"

两人都住在学校附近的小区，一栋楼，还是对门。

一起回去，林扬揉了揉发疼的脑袋说："明天可以好好休息一上午了。"

顾修竹哂笑了声，扯了扯唇："好好休息，他们都放假。"

林扬侧头看他："最近感觉怎么样？"

"还行。"

林扬笑，拍了拍他的肩膀："别给自己太大压力，我们慢慢来。"

"嗯。"

两人对视一笑，林扬问："去吃点东西吗？"

"楼下吧。"顾修竹揉了揉太阳穴，"最近熬夜多了，不太舒服。"

他一熬夜就不怎么吃得下，总觉得没胃口。

"行啊。"

两人在外面吃了东西再回去的，到家的时候已经快要一点了。

顾修竹看了眼手机，姜映初依旧没有回复信息，估摸着是睡着了。他回卧室洗澡，洗漱过后便直接把手机搁在床头柜上，躺下睡觉了。

最近确实是有些疲倦，困意绵绵。

可刚睡下没一会儿，顾修竹便听到了门铃声，最开始他还以为自己出现了幻觉，又细细一听，才知道不是幻觉。

姜映初从机场打车过来，除了跟许应如有联系，和其余的人都没有联系。因为怕她出事，许应如特意跟她一直打着电话，电话直到她到楼下才挂断。

她拉着行李进来，门口的保安还在彻夜执勤，看到她的时候还有些意外，询问了两声，被姜映初打发了回去。

上来的时候她还在想，如果顾修竹不在家，或者没回来这边，她该如何。

过了一会儿她才觉得自己犯傻了，她有顾修竹这边的钥匙，无论是公司的密码还是这边，她都能开门进去。只是从电梯里出来，站在门口的时候，她心底还是抱着了一丝期望，希望顾修竹是在家的。

门铃按了好一会儿，也没人开门。

姜映初打开行李箱，从里面找出钥匙，刚想要去开门，门却被突然打开了。

两人四目相对，瞌睡的顾修竹被突然出现的她给彻底吓醒了。

姜映初也愣住了，两人无声地对视，她微垂着眼帘，看着自己手里拿着的那串钥匙，张了张嘴，想要说话，可她却发现这个时候，自己一个字都说不出来。

有种难以言喻的感觉，就像是突然被惊喜砸中了一般。

原本已经不抱希望顾修竹在家了，但没想到，他在。

顾修竹拧了拧眉，盯着她看了一会儿，到这个时候他才确定，自己没有出现幻觉，一个早上还在其他城市的人，就这么突然出现在了自己的面前。

姜映初顿了顿，看着他："我……"

话还没说完，顾修竹便直接把人拉了进去，顺便拉着的还有她的行李。

门砰一声被关上，留下巨响在耳边回荡着。

凌晨三点多钟，整座城市都进入了睡眠状态，顾修竹也是刚刚被她吵醒的。

室外安静，除了刚刚关门的那声巨响之外，没一会儿就归于宁静，屋内的两人面对面站着，顾修竹的视线在她身上上下地打量着。

姜映初略微觉得有些局促不安，她冲动，可并不后悔。

但直到这会儿，对上顾修竹的视线，她才恍然觉得，自己是不是真不该这个时候过来，刚刚许应如也说了她一顿。

她挪动了一下脚尖，刚想要往后退，就被人给抓住了手腕。

顾修竹刚睡着没一会儿，就被吵醒了，声音沙哑，在夜色下格外撩人：“还想去哪儿？”

姜映初眼睫轻颤着，讷讷道：“没想去哪儿……”

顾修竹“嗯”了声，注视着她：“一个人来的？”

“嗯。”

她抬眸看着顾修竹，顿了顿说：“你刚睡下？”

顾修竹揉了揉眉心，看着她放在旁边的行李箱，在这大半夜，反应有点迟钝了，“凌晨的飞机？”

“嗯。”

无论顾修竹问什么，她都轻声答应着，乖乖软软的，让人心疼。

过了一会儿，两人还是这样的姿势站着，姜映初莫名其妙就委屈上了，自己大半夜过来找他，他也不安慰安慰，也不问自己为什么过来，就一直揪着半夜这个点追问着。

说着说着，声音突然就哽咽了起来。

“我是不是吵到你睡觉了？”

顾修竹看着她，应了声：“是。”

客厅内安静了一瞬，姜映初低着头说：“那我现在走吧。”

刚要转身走，人就被拉住，直直地往顾修竹的怀里倒，在姜映初反应过来之前，顾修竹一把将人直接抱回了房间。

客厅的灯没关，房内一片漆黑，只有外头的月光透着薄薄的窗帘落进来，依稀能看清楚面前人的情绪。

姜映初躺在床上，顾修竹在她面前微垂着眉眼注视着，看着她微微泛红的眼眶，刚想要说话，就被姜映初给打断了。

“你干吗？”

顾修竹没说话，弯腰压了下去，把姜映初挣扎着乱动的手给压在了头顶。

两人无声地对视着。

姜映初挣扎着想要起来，这会儿也闹起了小脾气："顾修竹。"

顾修竹"嗯"了声，嗓音低低沉沉的，特别有磁性，一点都不像是平时的那种清朗声调。

"我在。"他低头，俯身亲了亲她的眼睛，低声问，"委屈了？"

姜映初委屈地看着他，也不挣扎了。

她不说话，就倔强地看着他。

顾修竹没辙，亲着她的唇角安慰着："一个人过来的？"

"嗯。"

"你爸妈知道？"

姜映初哽咽了一下，红着眼眶："我妈知道，刚刚给她打了电话。"

闻言，顾修竹放松了一下，这会儿也先不跟她计较大半夜跑过来的事情，他专注地看着她，伸手捏了捏她的脸："别哭，不训你。"

姜映初更委屈了："我大半夜来找你，你为什么还要训我？"

她说着，想要起来："你还是睡觉吧。"

顾修竹笑了声："大半夜的，你想去哪儿？"

"我去住酒店。"

话音刚落，她的嘴就被顾修竹给堵住了。

他低头亲了下来，来势汹汹，一点也没以前的温柔。

两人吻在一起，姜映初的手原本是被压着的，什么时候被放开了也没了意识，手勾上了他的脖颈，激烈地回吻着他。

直到姜映初觉得，自己都要热到爆炸了，顾修竹终于是把她放开了，换了个姿势，他侧躺在旁边，让姜映初趴在他怀里。

"困不困？"他的嗓音沙哑磁性。

"嗯。"

"先睡觉。"

"嗯。"姜映初迷迷糊糊地答应着，突然睁开眼看着他，结结巴巴，红着脸挣扎着要起来："我……我……"

"嗯？"顾修竹眼睛里像是藏着火，睁开眼看着她。

姜映初有些不太好意思："我还没洗澡。"

奔波了一天下来，身子黏黏糊糊的，又恰好是夏天，在飞机上的时候她就有点受不住了，虽然没感受到味道，但总归不舒服。

只是没想到下了飞机到这边，就着脏兮兮的一身，还跟顾修竹亲在了一起。

她刚刚说那话的时候，都有些窘迫了。

顾修竹目光沉沉地盯着她看了片刻，才把她拉了起来，把房间内的灯全部打开，低声道："我给你放水，去洗澡。"

"好。"

姜映初看着他："我的行李。"

顾修竹低低一笑，出门去给她拿了行李，才进去了浴室，还特意找了条干净的毛巾，让她去洗澡。

姜映初进了浴室，顾修竹盯着旁边的那个行李箱，起身去外面烧了热水，被姜映初这样一闹，虽然脑袋依旧是昏昏沉沉的，可人却清醒不少。

厨房内的灯光暖暖的，顾修竹喝了一杯凉水后，才觉得身体的燥热被压了下去，他看了眼客厅里的时钟，已经四点多了，思忖片刻后，他给姜映初倒了杯热水，才再次走进卧室。

浴室内的水声哗啦啦地流着，清晰传入他的耳畔，这还是头一回，顾修竹觉得自己的自制力为零。

他摇摇头，唇角勾起一抹笑，拿过一侧的手机看着，给两个人发了消息后，顾修竹便安心靠在床头等她出来了。

姜映初有些窘迫，来的时候也没多想，可直到洗澡，她才反应过来，自己现在过来了，也就意味着要跟顾修竹住在一起。两人出去的时候不是没有睡在一起过，但毕竟少之又少，而且现在是住在顾修竹这里，她一时间还有些不适应。

因为时间很晚了，她也就简单洗了个澡出去了。

拧开浴室的门把，外头的光照进来，姜映初刚钻了一个脑袋出去，便对上了顾修竹的视线，她下意识地吞咽了下口水，低声问："你怎么……还没睡？"

顾修竹挑眉，看着脸红的姑娘，轻轻一笑：“等你。”

他把旁边的被子掀开，拍了拍自己旁边的位置，低声道：“过来睡。”

姜映初挣扎了两秒，也不矫情了，非常坦然地走了过去。

顾修竹看了眼她头发：“头发湿了吗？”

“一点点。”

“我给你吹一下再睡。”

“好。”

吹好头发后，顾修竹把吹风机收了起来，垂眸看着她，手指轻轻地压在她的眼角处，低声道：“喝点水，该睡觉了。”

“嗯。”

喝过水之后，姜映初觉得喉咙舒服了不少。

她侧头看着顾修竹，眨了眨眼问：“你怎么都不问我为什么过来？”

顾修竹微怔，垂眸看着她红着的眼睛，轻笑了声：“还不困？”

“困困困。”姜映初把被子给自己盖上，蒙着脸，“晚安。”

“晚安。”

折腾到这个点，姜映初早就困了，刚刚要不是强打着精神，早就在出租车上睡着了，这会儿躺下不到几分钟，她便睡着了。

顾修竹垂眸，盯着她的睡颜看了良久，才陪着一起躺下。

不是不问，只是他估摸着问也问不出结果，还让她难受。

他一躺下，姜映初就自觉地翻了个身过来，抱着他蹭了蹭，舒服地睡了过去，惹得顾修竹哭笑不得，可又非常享受她的依赖。

姜映初的睡姿是特别缺乏安全感的那种，侧躺着，整个身体都蜷缩在一起，是一种下意识的自我保护。

顾修竹伸手把人揽入怀里，亲了亲她的额头，陪着她一起睡了过去。

她想要的安全感，他将全部给她。

天空泛起鱼肚白，两人都是快要清晨时分才睡下。

外面的门铃响起的时候，顾修竹积攒起来的脾气，还真有点要爆发了。

人被吵醒的时候谁都会不舒服，他当然也不例外，外面的门铃声一直不断，顾修竹睁开眼，看着怀里的人，姜映初还在睡着，他已经下意识地皱眉了。

顾修竹顿了顿，悄悄走到门口看了眼，是林扬。

他憋着自己的脾气，一把将门给拉开，眼神冷厉地看向来人。

好不容易休息一晚，林扬睡了八个小时后，整个人都神清气爽的。今天正好休息，他估摸着顾修竹也是一个人，所以醒来后便忍不住想要来这边蹭饭。

但没想到，摁了许久的门铃也没人开门，正打算放弃的时候，门却突然被打开了。

林扬怔愣了下，看着他现在这模样有些诧异："你才睡醒？"

不对啊，按道理来说，顾修竹是个铁打的机器，通常他们睡八个小时，他只需要六个小时；他们六个小时的时候，他可能四个小时就足够了，还能精神抖擞一整天，比所有人都厉害。

顾修竹冷淡地看着他，咬牙切齿："你最好是有什么紧急的事……"

林扬："……我没有，我就是过来找你吃早餐的。"

话音刚落，门砰一声就被关上。

林扬瞪着顾修竹突然关上的门，一阵错愕，刚想要继续敲门，门再次被打开，顾修竹低沉的声音传了出来："你今天要是再敢敲门，以后的会议全部由你负责。"

林扬不敢了，他最害怕参加各种会议了。

这种威胁是最有效果的，林扬果真安静了下来，但是同样也好奇不已……为什么顾修竹这么晚还不起来？他沉思着，摇着头回了自己家。

突然，林扬眼睛一亮，忍不住嘀咕："顾修竹该不会是家里藏人了吧？"

林扬觉得不太好，身为自己的朋友，怎么能做这种事情呢，怎么能脚踏两条船呢！他刚想要转身过去质问，但想了想会议的事情，放弃了，还是下午再问比较合适。

顾修竹还有些困意，但差不多已经醒了。

他回到房间的时候，姜映初睁开眼看了他一下："起床了吗？"

"没有。"顾修竹再次躺下，把怀里的温香软玉抱着，低声哄着她，"还早，我们再睡一会儿。”

“嗯。”她本来也没睡醒，只是迷迷糊糊地知道他起来了。

姜映初继续闭眼睡着，顾修竹亲了下她眼睛，倒是陪着一起闭目养神了，准备再睡个回笼觉。

两人再次醒来的时候，已经快要十二点了。

姜映初一睁开眼就看见了躺在自己旁边的人，顾修竹还在睡，模样清隽，眼窝偏深，鼻梁挺拔，她盯着看了会儿，忍不住往他怀里钻了下，手指摸索着去摸顾修竹的脸，勾勒着他的轮廓，还偷亲了一下他的脸和嘴角。

玩了一会儿后，姜映初正挣扎着想要起来，腰却被人拉着，一下就倒在顾修竹的怀里。

两人四目相对，顾修竹嗓音清朗，一点都不像是刚睡醒。

他垂眸看着自己怀里的人，低低一笑，慵懒地喊：“初初。”

“啊？”

“你刚刚做了什么？”

姜映初眨眼：“我什么都没做。”

“没偷亲我？”

姜映初伸手捶了他一下，红着脸嘀咕着：“你都醒着了，为什么不睁眼？”

顾修竹“嗯”了声，说：“想看看你会做到哪一步……”

姜映初挣扎着想要起来，却被顾修竹压制在他的怀里，他低笑了声，凑在她耳边说：“你不知道早上不能往男人怀里钻吗？”

姜映初眨眼，再眨眼。

脸轰一下红了起来，缓了缓，她撑着他的胸膛起来，说：“可现在已经是中午了啊。”

顾修竹：“……”

第26章　过度

他眉眼间带着笑，整个人温和了不少，眼睛里倒映着她的身影，是对她的宠溺。

姜映初刚撑着他的胸膛起来，还没站起来，顾修竹突然一伸手，她没控制住，整个人往他怀里倒，再次趴在顾修竹的怀里。

“你……”话还没说出口，就被他堵着嘴亲了下来。

休息了好几个小时，精神和体力都回来了。

姜映初唔了声，只微微挣扎了一下，就顺从了。

亲了许久后，顾修竹才把气喘吁吁的她给松开，压低着声线在她耳边道：“几点都不能钻。”

姜映初：“……”

他亲着她的耳垂，语调危险：“当然，你要是不怕，也可以钻。”

这话一出，吓得姜映初手忙脚乱地爬了起来，在顾修竹的注视下连忙跑进洗手间，还砰一声把门给关上了。

顾修竹看着被关上的门，低低笑出声来，无奈地摇了摇头，才掀开被子起来，往厨房走去。

其实他比姜映初醒来得早很多，洗漱过后看着还睡得香甜的人，实在是没忍住返回去陪她继续躺着了，结果刚躺下没一会儿，姜映初就自己醒了。

厨房里的饭已经做好了，家里的食材不多，大多数是上次留下来的，只能简单吃一点。

姜映初从浴室里收拾出来，还换了套衣服才发现顾修竹已经在厨房了，她探着脑袋去看了眼，眨了眨眼问："你在做什么？"

顾修竹扭头看她，上下打量了一下顿了顿："中午想吃什么？"

姜映初思忖了片刻："都行。"

顾修竹哂笑了声，眸色沉沉地注视着她穿的裤子，喉结滚动："家里没什么食材了。"

闻言，姜映初啊了声："那要叫外卖吗？"

"不用，先简单吃点。"

"好啊。"姜映初嘻嘻笑，踮着脚在他旁边看了眼，小声问，"请问学长做菜好吃吗？"

她知道顾修竹会做饭，这个地方姜映初来过一次，但那会儿也是晚上，并没有住在这里，两人也没在家里开过火，那段时间顾修竹忙到吃饭的时间都没有，哪有时间做饭。

但两人一起去过超市，买过食材，所以姜映初知道他会做菜，至于厨艺好不好，未知。

顾修竹笑，伸手捏着她的下巴亲了口："那就要看女朋友打几分了。"

姜映初抱着他笑："待会儿尝了给你打分。"

"好。"

她看了眼放在上面的东西，顿了顿："两个土豆？"

顾修竹哭笑不得："不是，冰箱里还有其他菜，不过不多。"

姜映初打开冰箱看了眼，其实冰箱里还有一把金针菇，还有两根胡萝卜以及几个青椒，只是模样看上去都不太好了。

"你买了多久啊？"

"在你家回来之后买的。"

正好那会儿抽空去了趟超市，为了以防万一买回来的。

那快要一个星期了，她在她妈妈那边住了五天。

"先将就着吃呀。"她笑，"待会儿去超市好不好？"

"好。"

说到这个，姜映初忍不住小声嘀咕着："我还以为你昨天不在家呢，你事情都忙完了？”

顾修竹看她一眼，“嗯”了声：“可以休息两天，今天休息。”

其实原本是没想要休息一天的，但姜映初来了，顾修竹怎么也要陪她一天，索性把工作挪后两天，也能做完。

“哦哦。”

姜映初点了点头，算是放心了。

她看着顾修竹，忍不住说：“我给你帮忙切菜。”

顾修竹垂眸望着她积极的模样，倒是没拒绝了。

两人在厨房里忙碌着，两个人的午餐，不需要多么丰盛，好吃就行。

虽然他们都是第一次配合，但默契十足。

没一会儿，屋内就传出了香味。

两人正在厨房说笑的时候，门铃再一次响起。

姜映初一怔，扭头看向顾修竹：“我去开门？”

顾修竹看着她忐忑的神色，低低一笑解释：“应该是林扬。”

解释比不解释还好，林扬也很尴尬啊，她这会儿才意识到，自己突然之间就出现在了顾修竹家里，有点像是凭空冒出来的一样。

脑袋里的思绪百转千回着，姜映初吞咽了下口水，看向他：“你去吧，我在厨房。”

顾修竹垂眸盯着她看了片刻，扯了扯唇：“不想见他？”

“我不太好意思。”

她主要是不好意思，也没做好心理准备。

半夜突然过来，直到现在，姜映初才知道自己做了一件多么冲动的事情。

顾修竹微微颔首：“好，我去开门。”

“嗯嗯。”

她看着锅里的菜，忍不住竖起耳朵听外面那边的动静。

林扬摁着门铃，估算着这会儿顾修竹总不至于还在睡觉吧，正摁得欢乐，门打开了。

两人四目相对，他“啧”了声，上下打量了他一下，无比诧异：“你刚起来？”

顾修竹神色淡淡地，挑了挑眉，看他：“有什么事？”

林扬点了点头，直接往屋里走：“我早上过来的时候你为什么还在睡？还不允许我进来？你该不会背着小学妹金屋藏娇了吧，我跟你说，可不能这样三心二意，这也太渣了吧。”

他絮絮叨叨地嘀咕着：“你不能这样对我们小学妹，小学妹多可爱啊，你不能有了她还带其他人回家的……”

顾修竹的脸色黑沉沉的，拧了拧眉：“谁说我带其他人回家了？”

林扬瞪大眼睛看着他：“你要是没带，你干吗早上那么晚还不起来？一看就是纵欲过度！”

顾修竹：“……”

林扬冷哼了声：“别以为我不知道，你可是一个睡六个小时就足够了的人，早上我喊你的时候都九点了。”

闻言，顾修竹闭了闭眼，刚想要说话，林扬就继续咦了声：“你在做菜？好香啊，煮了什么，我中午能在……”他边说着，边往厨房走。

刚走到门口，对上姜映初那张窘迫的脸，林扬的话卡壳了。

他刚刚说什么来着，说什么不该说的了没？没有吧……

林扬瞪大眼睛看着突然出现的姜映初，眨了眨眼才确定自己没出现幻觉，他干笑了声，望着姜映初：“小学妹什么时候来的？”

姜映初顿了顿，才小声说：“昨晚。”

林扬一脸恍然大悟的表情，笑了声，边往后退：“我就说呢，阿竹怎么那么晚才起来，原来是你在啊。”

这话一出，顾修竹冷冷地觑了他一眼：“你闭嘴吧。”

姜映初的脸通红，刚刚“纵欲过度”这四个字，她可听得一清二楚。

她张了张嘴，完全不知道自己该说什么。

“我来做，你出去歇会儿。”

“我来吧。”

林扬在旁边咳了声：“你们忙，我先回去了。”

姜映初啊了声，迷茫地看着他：“林扬学长不留下来吃饭吗？”

林扬连忙摆手："不了不了，我突然想起我还有点事情没做，你们俩吃。"

他要是再不走，估计就要被顾修竹给修理了，吃饭不重要，小命比较重要。

直到林扬走后，屋内再次归于宁静。

顾修竹"咳"了一声，低声道："不管他。"

"哦。"

两人继续在厨房做饭。

不得不说，顾修竹虽然不常做饭，但厨艺还是不错的。每道菜都色香味俱全，光是闻着看着，就能勾起肚子里的馋虫。

姜映初看着面前的菜，忍不住夸了他一下："超级棒。"

顾修竹扬了扬唇："试试看。"

"嗯。"

姜映初尝了一口，半眯着眼望着顾修竹笑："好吃。"

她笑着，软声说："给你打九十九分。"

闻言，顾修竹扬了扬眉，略微诧异："怎么是九十九分？"

"不能给你一百分啊，万一你骄傲了怎么办？"

顾修竹笑，亲了下她的嘴角，哄着："吃饭吧。"

"嗯。"

两人坐在一边，安静地吃饭。

窗外的阳光慢慢地爬了进来，落在客厅的地板上，给房间增添了一抹亮光和温暖。

天气是真好，蓝天上白云飘飘，像是移动的棉花堡一样，光是看着就让人心情愉悦。

吃过午饭后，姜映初自告奋勇地去洗碗。

两人收拾着，她刚从厨房出来，顾修竹便直直地看向她，拍了拍自己身侧的位置，声音低沉入耳："过来，我们谈谈。"

该来的迟早会来的。其实姜映初一开始就知道躲不过，顾修竹一定会教育她——关于晚上一个人过来北京的这件事情。要说的，大概是她的冲动以及莽撞。

她顿了顿，还是鼓起勇气过去了。

顾修竹确实一直压着脾气，不能说是脾气，只能说是担心，从昨晚半夜看到她之后到现在，他的脑海里浮现过各种的可能性，如果她昨晚过来，万一要是出点什么事，他绝对不会原谅自己。

但考虑到她刚来，怕训她会哭，顾修竹便一直忍着，也没追问。

直到这会儿，顾修竹觉得无论怎样，也要给姜映初好好说一说安全问题。

他看着乖乖坐在自己旁边的人，思忖了片刻问："昨天过来，怎么不给我打电话？"

"我……"她想了想，沉默了。

其实不是不想，她有自己的想法。她估计万一打了，顾修竹绝对不允许她那么晚过来，要么的话，是顾修竹去机场接她，凌晨两点，那个时候去机场，他又是连续加班了快一星期的人，说实话，她舍不得他那么累。

"怕打扰你。"

顾修竹深吸一口气，望着她："初初，我是你的什么？"

姜映初一怔，讷讷地说了句："男朋友。"

"对。"顾修竹道，"我是你的男朋友，所以只要是你的事情，在我这里，就不会被打扰。无论是半夜两点还是三点，或者是更晚，你都应该给我打个电话，我可以去接你。"

他忍不住多说了两句："你有没有想过，万一昨晚出事了怎么办？现在太多出租车大半夜出现事故的事情，你有没有为自己的安全考虑过？"

这番话一说出来，姜映初瞬间就沉默了。

他握着她的手，放低了自己的声音："你想来找我，可以给我打电话，没关系的，不要怕麻烦。在我这里，你的事情从来都不是麻烦。"顾修竹敛眸，盯着她红了的眼眶看，手指轻轻地在她眼睛四周打转，柔声道："知道吗？"

姜映初红着眼眶，一句话都说不出来。

其实，事后她也后怕过，万一真在途中遇到了什么事情，她可能就完了。

可在昨天那种情况下，她确实是冲动了，不管不顾了。她一点都不想待在那个地方，无论是她的那个家，还是许应如那边，她都不想。

其实私心里，她对父母都有怨言，只是不会说出来而已，所以下意识地就想要来找顾修竹了。

“可我想来找你。”她委屈地说着，声音沙哑。

顾修竹摸着她的头发，特别地温柔：“我知道，但下次，不能这么冲动，想来找我就给我打电话，工作没有你重要。”

“知道了吗？”

姜映初点了点头：“可是……”

她刚想要反驳，顾修竹却突然压低了音量：“什么可是？”他言语之间有威胁，在他这里，任何的可是都比不上她的安危。

姜映初对着顾修竹的眸子，默默地摇了摇头：“没有可是。”

她其实只是想说……想给自己找个借口罢了，她想说自己并没有出事，但转念一想，不怕一万就怕万一。

“我妈昨天一直跟我打着电话的。”

顾修竹用力地捏了下她的脸，咬牙切齿：“远水救不了近火，懂吗？”

姜映初：“……懂了。”

她乖乖受训的模样，倒是不好让顾修竹再说什么了。

深吸一口气，顾修竹无奈地摇了摇头，浅声道：“下次不能这样了。”

“嗯。”她保证，“不会了。”

姜映初默默地掉眼泪，只要一想到顾修竹训自己，她就忍不住想哭，虽然是为了自己好，可毕竟是亲近的人。她属于那种，亲近的人或者是家人，稍微说一两句都会哭的人。

顾修竹盯着她看了半晌，把人抱入怀里，轻声哄着：“这就哭了？”

姜映初挣扎着想要起来，被顾修竹压着。

“不是故意凶你的。”

姜映初神色恹恹地道：“我知道。”

顾修竹听着，有点哭笑不得了。

自己训人，可人终归是要自己哄回来。

他亲了亲姜映初的眼睛，解释了一番：“懂我意思吗？”

姜映初哽咽着，抱着他的脖颈蹭了蹭：“懂，可我还是想哭。”

顾修竹拍了拍她后背，安抚着："哭花脸就不好了，待会儿还想带着你出去呢。"

姜映初收了声，愣了下："去哪儿？"

顾修竹低低一笑，亲了下她的眼睛，从上而下地亲吻着，流连在她的唇角处，轻轻地咬着。

亲了好一会儿后，他才注视着她柔声地哄着："带我家爱哭鼻子的小姑娘出去玩。"

听着顾修竹说的话，姜映初反驳着，小声嘟囔："谁爱哭鼻子了。"

顾修竹似笑非笑地看她，亲了下她的眼睛答应着："小仙女爱哭鼻子。"

姜映初哭出来的眼泪也收不回来，但听着顾修竹这样的话，又有点想笑。

最后，她没辙，抱着顾修竹埋头在他胸前蹭了蹭，顺便把眼泪都擦在了上面，才略带歉意地看着他："我不是故意的。"

顾修竹低低一笑，捏了下她的脸："我知道，是我衣服碰到你的。"

姜映初理直气壮地点头："对啊。"

"开心了？"顾修竹微垂着眉眼，注视着她的神情。

姜映初莞尔一笑，两只手攥着他的衣服："开心了。"

即便是不开心，跟顾修竹在一起，她也会把其他事情全都抛开，忘掉，只记住好的开心的事情。

顾修竹盯着她看了一会儿，微屈着手指刮了下她的鼻尖，"嗯"了声："我先去换衣服，待会儿想出去还是想继续待在家里？"

闻言，姜映初想了想问："你真的没事吗，工作呢？"

"没事。"

"但现在外面的太阳也好大啊。"她望着洒落进来的阳光，阳光已经把房间都给填满了，密密麻麻的，细细碎碎的，特别璀璨夺目。

姜映初盯着看了一会儿，摇摇头："要不我们在家看电影吧？"她说，"晚一点再去外面走走，顺便去超市。"

顾修竹挑眉看她，原以为她会想要出去："你确定？"

"是啊，现在都好晚了。"

顾修竹沉思了片刻，点了点头："好。"

两人在屋里找电影看，到最后也没找到特别喜欢的，姜映初已经躺在沙发上睡着了，顾修竹看着，有些哭笑不得。

他弯腰把人抱回房间，关上门后才出来，顺便给姜映初母亲打了个电话，上次见面的时候，两人就互相留了联系方式。

刚刚之所以没问姜映初为什么过来，只是担心她提起会难过，所以顾修竹只是给她说了安全性的问题，但源头在哪里，他还是会去问清楚的。

从昨晚到现在，他能感觉出来姜映初并不怎么开心，虽然在笑，可偶尔流露出来的情绪是难过的，顾修竹看着心疼，但也只能是用其他东西来转移她的注意力。

房间内静悄悄的，他去了阳台那边，望着外面的蓝天白云，顾修竹盯着手机里的号码沉默了片刻，拨通。

挂断电话，已经半小时以后的事情了。

他站在原地未曾动过，连姿势都一直保持着，顾修竹伸手揉捏了下眉心，给宋嘉兮发了条信息，问了下情况，才收起了手机。他的耳畔，还一直回响着许应如说的那些话。

——姜映初向来敏感，对父母做的事情一直都会去多想，这一点从小时候就这样，而这一次，她爸做的事情是真让她难受了，只是许应如没想过，她会那么坚定地来找顾修竹。

可能在她潜意识里，顾修竹比父母还可靠一些。

许应如说了很多很多，顾修竹全部都记得，可印象最深的，还是许应如说的那一句，她缺少安全感，从不信任任何人，而他现在是姜映初唯一信任的人，她可能已经把他当作救命稻草了，无论发生什么事情，第一个想到的都是他。

作为母亲，许应如希望顾修竹能给到她足够的安全感，在她没有任何后盾的情况下。

她应该，是很喜欢很喜欢你的。

这是许应如最后说的一句话。

顾修竹看向另一边的墙壁，墙壁那边是房间，他眸色沉沉，没人能看出来他在想些什么。

其实他知道，姜映初没有安全感，看起来性格挺开朗的，但其实非常胆小，有时候闹脾气都不太敢，无论是什么都忍着，压抑着，不能爆发。

有时候他觉得心疼，可又无能为力，只能是一点一点地，慢慢地给予她更多的安全感和信任感。这些，顾修竹全部都知道，也在很认真地去做。

可直到这会儿，他才反思，是不是还不够。

回了房间，顾修竹看着安安静静睡着的人，一张白净的脸露在外面，但她睡着的时候，眉头间好像也是有愁绪萦绕。

他盯着看了好一会儿，伸手想要把她拧起来的眉头抚平，姜映初正好翻了个身，顾修竹扬唇一笑，低头亲了亲她的眉眼，才悄然离开。

她想要的，她需要的，他都会给她。

晚上睡醒后，姜映初跟顾修竹一起去外面瞎逛。

下午四点，在家里跟顾修竹闹腾了一会儿，两人便换了衣服出门。

她仰头看着夕阳余晖，拉着顾修竹的手往前走："我们去那边看看吧。"

"想去玩？"

附近有个广场，每天下午那边都有不少人，还有喷泉可以看，在夏天，还有不少游客喜欢靠近喷泉那一处，想要被那小小的水花给打到，清爽一下。

姜映初点头，兴奋地说："想啊。"

这会儿睡饱了，精神也好了很多，姜映初正兴致勃勃呢，想要去那边走一走再去吃饭。

"晚上在外面吃吗？"

顾修竹"嗯"了声，捏着她的手："先在外面吃，明天再自己做饭。"

他侧头看着她："明天我应该要去公司了。"

姜映初了然的点头："那我去给你打杂吧。"

顾修竹笑："好，看你喜欢。"

其实公司里姜映初能做的事情还真不多，她去公司的话，大部分时间都是待在顾修竹的办公室，给他打下手，偶尔帮忙定下外卖之类的。

两人在外面瞎逛了会儿，顾修竹哄小孩一样给姜映初买了个气球，姜映初看着，都被逗笑了。

“买气球做什么？”

顾修竹挑眉：“我看你刚刚看了那个小女孩一会儿。”

刚刚在他们旁边有个小女孩拿着气球走了过去，姜映初特意看了几眼。

姜映初哭笑不得，伸手接过他买的小黄人气球，眉眼间带着笑说：“那是因为那个小女孩长得很可爱，我才看的，不是看气球。”

她笑，仰头看着自己手里的气球：“但我还是很喜欢。”

顾修竹低低一笑，摸了摸她的脑袋：“再走走。”

“好。”

只是后来，姜映初就觉得窘迫了，所有人都盯着她手里的气球看着，大概是在想——怎么这么大的人了，还喜欢气球啊。看的她不太好意思，只能扯着顾修竹去吃饭。

吃过晚饭后，外面的天色已经暗下来了。

夜幕降临，路边的店铺都开始亮起了灯，五颜六色的灯光闪耀着，把这座陷入黑暗的城市点亮。

她跟顾修竹十指相扣，慢慢悠悠地在路边走着，感受着夏日晚风的凉爽。

街边还有很多小摊贩，大多数是烤串之类的，香味四溢，扑鼻而来。

姜映初看着，还有些想吃，但考虑到自己刚吃过晚饭，放弃了。

“想吃？”

姜映初扑哧笑：“明天吃，今晚吃好多了。”

她虽然经常乱吃东西，但也知道分寸，一般情况下，不会吃了晚饭还吃夜宵，她晃着顾修竹的手，很是享受现在这样的生活状态。

虽然刚过来一天，可她有种自己好像一直没离开的错觉。

两人逛街回来后，还顺路去了超市。

姜映初踮着脚看了眼，看了眼顾修竹推着的车，抢着推了过来：“我给你推。”

她超喜欢玩超市的推车。

顾修竹眉眼带笑地看她眼：“好。”他站在旁边，也没走远。

“想要买点什么菜？”

姜映初想了想：“肉！”

顾修竹莞尔一笑，轻勾了下唇角：“满足你。”

两人去买了些蔬菜和肉，转而去水果区，买好之后，姜映初扯了扯顾修竹的衣角，指着另一边：“想吃零食。”

顾修竹垂眸盯着她看了眼，低低一笑：“还真是小姑娘。”

姜映初小时候零食吃得不多，长大之后反而喜欢了，她觉得，这都是因为小时候吃得太少的缘故，所以会弥补。

买了不少零食，只是那种辣条之类的顾修竹没允许，她撒娇要了两包，大多数都是软糖和果冻，还有一些坚果，买好后两人才回家。

把东西都安置好，姜映初这才看向顾修竹想起一个问题——她这样，难不成是要一直住在这里？会不会太不给顾修竹空间了？自己会不会太主动了一点啊。

她反应迟钝，直到这个时刻，才后知后觉地想起这事。

顾修竹收拾好后，抬眸看了她一眼：“想要去洗澡吗？”

“你先去。”姜映初拿着手机，有点心不在焉。

闻言，顾修竹诧异地盯着她看了一会儿，才颔首：“好，我待会儿处理点工作。”

“嗯嗯。”姜映初偷偷地瞥了顾修竹一眼，想了想给宋嘉兮发信息。

初初：“戳一戳，你在吗？”

小七：“在呀，怎么了？在北京感觉怎么样，还好吗？”

初初：“还挺好的，但我遇到了一个问题。”

小七：“什么？”

初初：“我就这样住在顾修竹这里，是不是不太好呀……”

小七：“……你说什么？再说一遍！什么不好啊，你们不是男女朋友吗，住一起怎么不好了？”

初初：“可是……我这算是突然来的啊，昨晚还好说，是半夜找个住的地方，但我不可能在这里长久住下去吧？说不定顾修竹需要个人空间呢，我总觉得我明天是不是该去找个房子住啊。”

学校里放假，宿舍基本上不让人住，水电什么的也不方便，最好的办法就是自己去找个房子。

而且她这样跟顾修竹一直住在一起，就算是同居了。虽然她不是特别抗拒，但总觉得自己这样好像过于主动了。

她跟宋嘉兮聊了好一会儿，直到顾修竹洗澡出来，也没想出个办法出来。

顾修竹擦着头发，看了眼还坐在沙发上的人，有些惊讶："初初。"

"啊？"姜映初抬头，错愕地看向他，"怎么了？"

顾修竹微顿，望着她："你是不是有什么事？"

姜映初想了想，摇头："没事。"她说，"你不是要去忙吗，你先去忙工作吧，我跟小七聊会儿天。"

"嗯。"

等顾修竹走后，姜映初思忖良久，决定待会儿还是找顾修竹说一下，自己出去租个房子比较合适，总不能就这样住在这里。

洗过澡出来后，姜映初看了眼坐在书桌面前的人，咳了一声引起顾修竹的注意。

顾修竹抬眸看了过来，半眯了眯眼："怎么了？"

姜映初顿了顿，鼓起勇气走了过去："我跟你说个事。"

"你说。"

姜映初纠结地用小手指卷着自己的衣服，慢慢吞吞地走了过去，站在顾修竹的旁边："我想说……我住在这里是不是不太好啊。"对着顾修竹明显有了情绪变化的眸子，姜映初也不知怎么回事，说话越来越小声，最后只低喃地说了句："我想要出去找个房子住。"

话音刚落，她便听到一道明显压抑的声音："你再说一遍。"

第 27 章　变化

外面的夜色全都暗了下来，屋内的灯光明亮。

顾修竹的声音明显有些压抑，但作为他的女朋友，姜映初还是能听出他压抑之下的危险。

他生气了。

她愣在原地，目不转睛地看着顾修竹，不明白他为什么生气。

其实对于去自己找房子这件事情，是真的有深思熟虑过，不是矫情也不是其他的原因，她就觉得他们现在这样，住在一起就等同于同居了，好像不太合适，而且是自己主动跑过来的，万一顾修竹其实也需要自己单独的空间呢……

男女朋友跟夫妻还是有些不一样的。

男女朋友的时候，两人之间总归是还需要点距离。而且顾修竹租的房子不大，其实是一室一厅，但因为房间很大，所以单独隔出来的，地方不大，但一个人用足够了。

两人对视一眼，姜映初愣了片刻，才傻乎乎地问："我……说错什么了吗？"

顾修竹深吸一口气，没想要对她发脾气，只耐心问："为什么想要出去找房子住？"

闻言，姜映初微怔，嘀咕了句："我们现在这样住在一起，不太合适吧？"

"哪不合适了？"

姜映初："……我不打一声招呼就过来，好像会吵到你啊。"

顾修竹微垂着眉眼，听着她说的话，只觉得真有点想要生气。

她一直是这样，永远只为别人考虑，而不会想着自己，无论是什么事情，第一个想的是自己是不是做错了，是不是做得不太好。

顾修竹对这样的她，完全没有任何办法。

他认真地看着姜映初，咬牙切齿道："初初。"

"我在啊。"

"我们是什么关系？"

姜映初眨眼，讷讷道："情侣……"

"对，我们是情侣，我们还是平等的情侣，所以你过来，只要是你想过来就可以过来，完全不需要我同不同意，更何况你来，我高兴还来不及，又怎么可能会不同意。"

他停顿了片刻，继续说："第二个，我不需要单独的空间，你也不会吵到我，你在对我来说，只会让我高兴，没有其他。"

想了想，他问："还是说你觉得这样同居不太合适，所以想自己出去找房子住？"

"没有……我不是这个意思。"其实姜映初在这方面没有太大的感觉，男女朋友同居本来就是很正常的现象，她又不是古板的姑娘。

顾修竹挑眉，目光灼灼地看着她："那你为什么想要自己出去住？"

姜映初："……"

刚刚不是解释了为什么吗，为什么还问。

她一脸呆萌的看向顾修竹，摇摇头："我刚刚不是说了吗……"

"是吗，我没听清楚。"

姜映初看着顾修竹的模样，生气地哎呀了声，跺了跺脚："你故意的吧……"

顾修竹笑，一把将人拉入自己的怀里："你自己说，刚刚说的话该不该让人生气。"

"不该。"她理直气壮。

顾修竹听着，都被她给气笑了。

姜映初看着他，反省了一下自己，但真的没觉得哪里错了，她想了想伸手抱着顾修竹的脖颈，往上蹭了蹭："你是真的生气还是假的生气？"

"真的。"

姜映初眨眼，瞅着他的神情看着，怎么都觉得不像是真的生气了。

"没有吧。"

顾修竹沉了下脸，捏了捏她圆嘟嘟的脸说："你自己想想，我该不该生气。"

姜映初沮丧地埋头在他怀里蹭着："那我想想。"

抱着顾修竹好一会儿，她突然就笑了，要真的生气，顾修竹也不会把她抱着了，她眉眼弯弯地笑了起来，悄悄地凑上去亲他，双手捧着顾修竹的脸，非常认真地亲了一下。

"那我亲你一下，你别生气了。"

"不够。"

"啊？"

"一百下。"

姜映初眨眼："你说什么？"

顾修竹嗓音微哑，低声道："亲一百下才够。"

她："……我觉得我还是先去洗澡比较合适。"

顾修竹挑眉："行啊，洗完澡再来亲。"

"那你还生气吗？"

顾修竹故作沉默了片刻，低声道："待会儿告诉你。"

"好吧。"

姜映初去洗澡了，顾修竹看着她的背影无奈地摇了摇头，眼睛里满是宠溺。

他最开始听到的时候，是真的生气，但转念一想，跟小傻子生什么气啊，最后气到的只能是自己。

顾修竹想着，无奈地揉了揉眉心，继续专注地看眼前的资料。

姜映初说是去洗澡，但还是摸着手机偷偷进了房间，在群里说了下自己的事情。

知道她来北京了的除了小七之外，还有周楚楚他们。周楚楚目前还在休息状态，准备八月再找实习。这会儿正惬意地跟男朋友旅游，偶尔在群里发一两张美景美人的照片，很是愉快。

对于她去摊牌这事，原本知道的只有宋嘉兮，但最后她不小心在群里发了条消息，被宁年年看到了，最后变成了群里的合伙建议了。

初初：“我回来了。”

楚楚：“哎呀我还以为你今晚不出现了呢！”

年年：“楚楚姐不愧是有男朋友的人啊！”

小七：“我看不懂你们在说什么，我先走了。”

姜映初看着周楚楚发的消息，脸瞬间就红了。

初初：“……楚楚姐，求你放过我。”

楚楚：“哈哈，你太小白兔了，迟早的事，哎呀，顾修竹可真能忍，对你也太好了。”

年年：“楚楚姐你的意思是，江学长不能忍了吗？”

姜映初没忍住，扑哧一下笑出声来，不得不说，一般这个时候，反应最快的便是宁年年了。

好在周楚楚在这种事情上从不害羞，性格也不错，从不计较这些。

年年：“初初，顾学长生气了吗？”

初初：“有一点吧……”

楚楚：“生气了啊，正好是献身的好机会，不然下一次，男人还记着这一次的事情。”

到最后，话题不知道被周楚楚给扯到哪里去了，总之，用周楚楚的话来说便是要么好好解释清楚，不然之后可能会因为这种小事吵架。

姜映初看着周楚楚过来人的经验，默默地点头答应。

刚刚她是没想好要怎么解释，顾修竹也没真生气，所以没多说，但这会儿，她忍不住反思，自己刚刚做的是不是真不对。

想不出来，她最后放弃了，被周楚楚逗得面红耳赤地洗澡去了。

顾修竹回到房间的时候，姜映初已经捧着一本书半躺在床上了。

他一顿，看着姜映初穿的睡裙，还有些意外……

睡裙是白色的，袖子处还有点小蕾丝，裙子只到大腿处，一双白皙的腿露了出来，格外惹眼，跟昨天穿的很不一样。

察觉到有人进来后，姜映初愣了下，看向顾修竹，再顺着他的视线，看着自己身上穿的裙子。她张了张嘴，解释了一句：“我衣服湿了。”

她走得急，就随便拿了几套衣服，睡衣还就两套，一套普通的，另外便是这一条睡裙了。昨天想着跟顾修竹睡，所以她没有穿裙子，还想着过几天出去买两套正常的睡衣。

但晚上，刚刚洗完澡洗衣服的时候，她又不小心弄湿了自己的睡衣，最后实在是忍受不了，换了这条睡裙。

顾修竹眸色沉了沉，低“嗯”了声：“我洗漱一下。”

“哦。”姜映初默默地看着自己的睡裙，有些无奈。

没一会儿，顾修竹便出来了，两人对视一眼，姜映初咳了声看向他：“要睡觉了吗？”

“看什么书？”

姜映初低头看了眼，软声说：“其实看不懂，我在你床头柜上拿的。”

是一些金融方面的书籍，她能看进去一点，但是少之又少。有些句子和案例，都需要想好一会儿，才能够理解。

顾修竹看了眼扉页，点了点头：“这本有些深奥，你要是想看，我先给你找点容易理解的。”

“好啊。”

姜映初笑，眉眼弯弯地看向顾修竹，突然伸手扯了扯他的衣服：“还在生气吗？”

顾修竹一怔，没想过她会主动提这事。

看着姜映初紧张的神色，他忍不住逗一逗她：“嗯，还在。”

姜映初：“……真的啊。”

“真的。”

姜映初有点小纠结，看着认真回答的顾修竹，脑海里第一个想到的是他刚刚在隔壁书房说的话，亲一百下……那也太难了吧……

想了想，姜映初仰头看着站在自己床边的人：“一定要亲一百下才消气吗？”

顾修竹低低一笑，亲了她一下：“你说呢？”

他声音低低沉沉地在耳畔响起，特别有磁性，光是听着，就让耳朵酥麻了半边，姜映初脸都红了，就着现在这姿势，仰头亲了顾修竹一下：“五十下行不行。”

她软声跟他讨价还价，还抱着顾修竹撒娇。

顾修竹听着，眼眸暗了暗，低声答应着：“好。”

“真的？”姜映初目光一亮，惊喜地看向他。

“嗯。”顾修竹低头寻着她的唇亲了下来，嗓音沙哑：“真的。”

两人亲在了一起，姜映初被压在床上，因为最开始哄顾修竹的缘故，整个人都挂在了他的脖颈上，软声哄着，完全贴合着他的身体。

姜映初觉得自己被压得喘不过气来，伸手推了推顾修竹，挣扎着想要起来：“我……”

话还没说完，就被顾修竹给打断了。

“别乱动。”嗓音沙哑到了极点，他的手摁着她的脑袋，让她埋在自己的肩膀处。

姜映初憋了憋，思忖了半秒后，才小声道：“我要喘不过气来了。”

顾修竹怔松了会儿，无奈一笑，抱着她翻了个身躺着。

姜映初感受到了某些不一样的变化，她身子僵住，嘴唇动了动，完全不敢说话了。

过了一会儿后，姜映初挣扎着睁开眼看着顾修竹，正好对上了他深不见底的眼眸，她张了张嘴：“睡觉吗？”

顾修竹一顿，盯着她看，沉默了片刻后把她从自己的身上推开，嗓音沙哑道：“你先睡吧。”

“那你去哪儿？”

顾修竹：“……”

姜映初扯了扯他的衣服，低头凑上去亲他，软声说：“今晚亲够五十下，明天就不生气了，好吗？”

她声音娇娇软软的，整个人趴在自己身上，听着她说的话，顾修竹那紧绷着的弦，瞬间就能被剪断。

“你知道自己在说什么吗？”

姜映初抱着他的腰蹭了蹭，含糊不清道：“知道。”

她认真地看着顾修竹的眼睛，小声说：“总洗冷水澡，也不太好吧。”

她低头主动地亲着顾修竹的脸：“顾修竹。”

顾修竹“嗯”了声：“初初，记得你说的话。”

姜映初盈盈一笑：“我记得。”

他眸色沉沉地注视着她，问了声：“不后悔？”

姜映初莞尔一笑：“只要是你。”

只要那个人是他，她就不可能后悔。

听到这样的话还能忍住，那也不是顾修竹了。

夜越来越深，情越来越浓……

晨光熹微，外头的阳光透着指缝的空隙钻了进来，把昏暗的房间照亮不少。

昨晚睡前，顾修竹怕外头的光亮打扰到姜映初睡觉，特意把两层的窗帘都给拉上，但依稀能感受到外头炙热的阳光。

他看了眼还窝在自己怀里睡觉的人，眉眼柔和。

姜映初这会儿还睡得沉沉的，呼吸均匀，一张白净的脸落入眼底。

顾修竹低头亲了亲她的眼睛，才悄然起身进了浴室洗漱，直到洗漱出来，姜映初也没醒过来，他思忖片刻，去厨房做了早餐，刚吃完，林扬的信息就过来了。

“顾总，什么时候去公司？”

顾修竹顿了顿，给姜映初写了张便签留下后，才起身离开。

林扬看着突然出现的人，眨了下眼，上下打量着顾修竹，摸着下巴感慨：“我为什么觉得……你有点变化？”

顾修竹懒得搭理他，淡淡地掀了掀眼皮：“去公司，今天的会议你过去。”

林扬一噎，瞪大眼睛看着他：“不是说……我昨晚不是很懂事地离开了？”

为什么还要自己去参加会议，他可烦死那些会议上冠冕堂皇找借口的人了，一个一个的，全是笑面虎，脸上挂着笑，但心里指不定在打什么算盘呢。

林扬虽然业务能力不错，但实际上也不太喜欢这些事情。

但是顾修竹就更不喜欢了，他话少，敷衍都不想敷衍。

顾修竹冷笑了声，冷冰冰地看着他："你觉得呢？"

林扬被看得心虚，默默地摸了摸鼻子："行吧，就今天。"他还给顾修竹讨价还价，"对了，小学妹不去公司吗？"

一提到姜映初，顾修竹脸上的神情柔和了不少，他微垂着眼帘，想着还在睡觉的人，唇角上扬着："看她自己。"

林扬盯着顾修竹看了一会儿，突然笑了声："可惜啊。"

"嗯？"

"我们都要毕业了，而小学妹，才大二。"

一语直击顾修竹的心脏。

他冷冷地觑了林扬眼："是不是觉得今天的会议还不够？"

"不不不……"林扬连忙认怂，"足够了足够了，我一定不再多说了。"

说多错多，他觉得顾修竹有点像是更年期的男人，动不动就奓毛，要知道以前可从不这样的。而这一切，都是因为这人恋爱开始的，哎！

以往已不再了。

顾修竹没理会林扬的话，往停车位那边走去，边走边安排工作："上午会忙一点，你去参加会议，其他的工作我来处理。"

林扬愣了下，诧异地看着他："行，上次的那个项目，你准备如何处理？"

从开公司到现在，一直都是顾修竹在往公司贴钱，有时候林扬他们想要赞助一点，都一直被他回绝。他不想依靠任何人，实在是没办法了，可能才会向大家开口。

也幸好，顾修竹在大一开始就玩股票，就在做这类的投资，到现在，才不至于弄得公司破产，也算是一种幸运了。

顾修竹顿了顿，低声道："答应，只要不亏钱，没有利润也无所谓。"

"行。"

两人没有停留，直奔公司，忙碌着工作。

姜映初醒来的时候，屋内静悄悄的。

她伸手揉了揉眉心，才缓缓地睁开眼。昨晚的睡衣已经不知道被丢去哪了，她现在身上穿的，是顾修竹的白色衬衫。

她在床上待了好一会儿，才慢吞吞地拿起手机，看了眼上面的消息，旁边还放着一张便签。

姜映初拿起来看了眼，弯了弯嘴角，看了眼手机，上面还有顾修竹发过来的信息，问了两次她醒了没有。

她思忖了片刻，没给人家回消息，索性待会儿直接去公司算了。

刚一起身，姜映初就小小地嘤咛了声，腰痛……她的脸红通通的，挪步到浴室刷牙洗脸，客厅还放着给她做的早餐，姜映初又稍微热了下。

顾修竹给她做的早餐，全部都吃完之后，姜映初才洗了碗，准备换衣服去公司。

休息了一会儿，体力也恢复了不少，她伸手揉了揉腰，咳了声，才换了衣服出门。

外头阳光炽热，抬眸一看，特别刺眼，她下意识地眯了下眼，才打了车去公司。

她起来得晚，加上稍微打扮了一下，这会儿已经十一点了，姜映初望着窗外掠过的景色，眉眼间还压着一抹笑，感觉整个人成熟了不少，出租车内还播放着广播。

姜映初认真听了会儿，只觉得未来很长一段时间，估计都是这样的温度和太阳了，夏天实在是太容易中暑了，外头街道上行走的人，也少之又少。

她看了一会儿，其实她很喜欢观察人的神情，有时候盯着人看一会儿，你甚至能察觉到这个人的一些心境变化，还挺有趣的。

她正看得起劲，许应如给她来电话了。

“妈妈。”姜映初接通。

许应如这会儿正从手术室下来，想着给她打个电话：“你爸那边给我打电话了。”

姜映初“哦”了声，语气淡淡的：“然后呢？”

许应如笑了声：“没然后，我说你爸是老糊涂了吧，这都什么年代了，还想着给你介绍对象，他要是真喜欢那个学生，有本事留给他下一个女儿吧，我女儿可不遭这个罪。”

姜映初听着许应如这话，莫名有点想笑。

她爸，可再生不出下一个女儿了。就算能生出来，也不可能介绍给方凯。

她笑了声：“妈，你说的什么话啊……”

许应如冷哼了声：“你这次做得对。”

姜映初微垂着眉眼，轻轻地答应了声：“嗯。”

“以后不想回去就不回去，来我这边，你按照自己的想法做事就好。”她话锋一转，连忙问，“在北京感觉怎么样？还好吗？”

“还行。”

母女俩聊了一会儿后，许应如那边再次忙碌起来，便匆匆挂了电话。

姜映初也恰好到了公司楼下，她跟门口保安挺熟悉，知道她过来，直接给刷卡进去。

因为是周一，不少员工刚一撑到十一点多，就放飞自我，想要出去吃饭休息了。

周一上班，经历一个周末后，大多数人都提不起精神。

姜映初到门口的时候，还能听见里面几个员工传出来的交谈声：“好饿啊。”

“我也是，周一真不适合上班。”

“一到周一就想要周末。”

“别想了吧，我们公司还在起步阶段，假期少之又少。”

几个人聊着，姜映初莞尔一笑，敲了敲门，对上那几个人的视线，顿了顿问：“顾修竹在办公室吗？”

“在在在，初初来了啊。”

“来看我们顾总的呀，真好。”

他们跟姜映初年龄相仿，所以都是直呼名字，姜映初也不介意，更何况自己比他们也小。

“好的。”她指了指，笑眯眯地说，“那我先进去找他了。”

“去吧去吧。”

她往前走，还能听见后面几个员工小声议论："真羡慕顾总！有这么好看的女朋友。"

一个女生说："我还羡慕初初呢，顾总超优秀的好吗，当然初初也不差，初初性格好。"

"对对对，两人特别搭，我就希望有一天能看到两人结婚。"

"那可能还要蛮久……初初才大二呢。"

众人："……也是。"

姜映初无奈地摇了摇头，抿了抿嘴，才站在顾修竹的办公室门口敲了下门，得到回应后才探了个脑袋进去，两人对视一眼，她有点受不了顾修竹那目光灼灼的视线，小小地咳嗽了声，才说："在忙吗？"

顾修竹起身走了过来，没有半点含糊。

站定在她面前后，才低头专注地看着她："怎么不跟我说一声？"

姜映初笑，仰头望着他："想给你一个惊喜啊。"

她声音娇娇软软的，听起来撩人。

顾修竹听着，心都软了，一把将人抱了起来，放在一侧的沙发上后，才垂眸注视她："累不累？"

"啊？"

她一怔，愣了两秒才反应过来顾修竹这话的意思，姜映初娇嗔地睨他眼："你说什么呢！"

顾修竹低低一笑，吻着她的唇角："化妆了。"

"嗯。"她气息不稳，答应了声。

两人抱着亲了好一会儿，顾修竹才把她放开。

"中午想吃什么？"

"随便都行。"

顾修竹刚想要说话，门口传来敲门声，他一顿，抬眸看了过去，是林扬。

"那个……"他刚想要说话，在看到姜映初后，又默默退了出去，"我没什么事，你们继续。"

姜映初："……"

顾修竹头疼地揉了揉眉心，喊了声："进来。"

林扬恰巧开完会回来，闻言咳了声，还是进来汇报了一下情况。

汇报结束后，林扬看向一旁的姜映初，笑了笑："什么时候来的？"

姜映初还停留在昨天的印象中，不太好意思地咳了声："刚刚。"

林扬"哦"了声："你们中午吃什么，我去订饭。"

顾修竹冷淡地看他眼："我们出去吃。"

等林扬出去后，姜映初扬眉看向坐在电脑前的男人，诧异地问了声："真的出去吃吗？公司的事情不要紧？"

顾修竹点了点头，轻声道："没事，陪你去外面吃顿饭的工夫还是有的。"

两人对视一笑，跟喜欢的人在一起，连上班都变得有趣了不少。

第28章 情敌

暑假两个月，姜映初基本都是在顾修竹公司，也学习到不少东西。

至少对她来说，学校里能学会的大多数是理论知识，但顾修竹这里不一样，能有不少实践，也让她更清楚地知道了自己喜欢做什么。

最初选择这个专业的时候，姜映初也没多想，完全是瞎选的。她不像是宋嘉兮他们一样，有自己明确的愿望之类的，她不想要学医，对其他的也没多大兴趣，当时下意识地就选择了现在这个专业。

懵懵懂懂地过了一年，好像学会了点什么，但其实又好像什么都没学会，她不知道怎么说自己的感受，总之她抱着的念头是，选择学了就好好学。

所以能在顾修竹这里实习，也不算是实习，已经是非常满足了。

也是这两个月相处下来她才知道，顾修竹是个多么严谨的人，比在学校的时候更为严谨，做事认真，无论是大的项目还是小的项目，他都是同样认真的态度去对待。

她没看错人，眼光是真的好。

两个月的时间一眨眼就过去了，开学前三天，顾修竹给她放了个假，正好周楚楚回来了，两人还约着一起逛街。

两人坐在奶茶店内，听着奶茶店播放的轻柔音乐，望着窗外形形色色的人，颇有些感慨。

“最近感觉怎么样？”周楚楚抬眸看向她。

姜映初拿着吸管搅拌着杯子里的奶茶，莞尔一笑说：“挺好的呀，楚楚姐，你什么时候上班啊。”

周楚楚哀怨地看她一眼：“下周一呢，还有两天就要进入水深火热的日子里了。”

姜映初哈哈笑：“加油！我相信你！”

这话听着，怎么那么别扭呢。

两人聊了一会儿，周楚楚感叹着：“大学几年，其实一晃就过去了。”

姜映初点头表示赞同，她马上大二，感觉不用多长的时间，就能大三，之后便是实习了。

“你想要考研吗？”

姜映初一怔，顿了顿点头：“想过，但是暂时还是想轻松一点。”

她有考虑过这方面的问题，做他们这一行的，还是要考研才会更好，只要考上了就好，其他都不是问题。

“那加油。”

“嗯嗯。”

“跟顾修竹怎么样？”

闻言，姜映初一笑，挑眉问：“你跟江廷学长呢，毕业后结婚吗？”

周楚楚一噎，连忙摆手：“跳过这个话题。”

其实也不是没考虑过，但两人工作都忙，所以这件事情，之后肯定会搁置下来，加上她现在确实结婚的念头不大。

每个人的想法不一样，有的喜欢早点结婚，而她喜欢晚一点，在结婚之前自由时间会更多一点，空间也会更多。

两人对视一笑，不约而同地岔开了话题，开始谈论其他事情，喝完奶茶后，姜映初跟周楚楚在外面逛了好一会儿，买了些东西回去。

晚上，顾修竹下班后回家的时候，屋内已经亮着灯了。

借着门缝能看见里面的光亮，他想了想，摁了下门铃，直到姜映初来开门后，姜映初笑：“你干吗？”

顾修竹低低一笑，轻声道：“你在家，不想拿钥匙出来。”

有人在家等着的感觉，真好，也真舒服，总让人觉得内心安定暖心。

姜映初抬眸看了他眼：“累不累？”

顾修竹摇头，伸手抱着她亲了下，才低声说："不累，你呢，辛苦啦！"

姜映初笑："不辛苦。"

今天顾修竹下班的时间还算早，她还没做菜呢，在外面逛得久了，等回来后姜映初也不饿，所以没做饭，顾修竹起身去厨房看了眼，伸手接过她没做完的事情，两人站在厨房里聊着天，暖橘色的灯光照着，两人的心更加靠近，暖暖的。

吃过饭后，姜映初躺在顾修竹的腿上看书，看了会儿觉得眼睛累了，闭着眼睛准备休息。

突然，她想到一件事情："对了。"

"嗯？"

姜映初想了想说："我今天……接了个电话。"

顾修竹一怔，垂眸注视着她，等待着她的后一句话。

"是那个方凯的。"

闻言，顾修竹几乎立刻便想起方凯是谁了，他低头看着姜映初的神色，语气不变，波澜不惊的："然后呢？"

姜映初挠了挠头，想了想说："他问我周末有没有时间，一起吃个饭，说是有东西给我。"

其实从那次之后，她和方凯就没联系了。只是他什么也没做，姜映初也不可能无缘无故把他拉黑，她只是对姜父颇有怨言。

顾修竹顿了顿，垂下眼帘："嗯，有事情就去。"

姜映初笑，睁开眼看着他："你不生气？"

"生什么气？"

姜映初瞅着他的神色看着，无声地弯了弯嘴角："没什么。"

她把玩着顾修竹的手指，低声说："还有两天就开学了。"

"嗯。"

顾修竹低头看着她，低头亲了下去，含糊不清地说："估计不能每天见到你了。"

姜映初笑，说了句："距离产生美。"

顾修竹寻着她的唇亲了下来，两人在沙发上亲得气喘吁吁。

许久后，姜映初拉住顾修竹的手："我……我还没洗澡。"她气息不稳地说着。

"我知道。"顾修竹嗓音沙哑，特别有磁性。

他轻啄着她的嘴角，一路往下。

"不行。"姜映初坚定地拒绝，出去逛了一天，全身是汗。

顾修竹停下，垂眸盯着她看了一会儿，一把将人抱了起来，往浴室走去。

从浴室出来后，姜映初推开顾修竹："你还来？"

顾修竹的声音暗沉沉的，"嗯"了声："要点福利。"

在姜映初还没想出来为什么要福利的时候，她的思绪已经被这人折腾得飞走了……直到再次睡下，她脑海里闪过一个念头——顾修竹，该不会是在吃醋吧？

因为自己要去见方凯的事情？

她刚想要问，但这会儿累到睁不开眼，只打算醒来后再说了。

房内静悄悄的，只留下床头柜上一盏暖色的灯还亮着，借着微弱的灯光，顾修竹垂眸盯着身旁人的睡颜良久。

他从未想过，自己会因为一个未曾谋面过的人，甚至是对自己没有任何威胁的人吃醋。

顾修竹扯了扯唇，苦笑一声。这一点，还真的不太像自己了。但很多事情，一旦碰到身边人，他的情绪和自制力便全变了。

顾修竹俯身亲了亲她哭红了的眼睛，拥着她一起睡去。

夜色沉沉，烛光被风吹着摇曳着，照亮着他们这片特有的小天地。

大二开学，跟大一肯定是有很大差别的，至少大家都不再懵懵懂懂。

偶尔被新生询问到哪栋楼的时候，自己还能回答上来，变化挺大的。

姜映初跟室友一个暑假没见，都特别想念，开学的第一晚几个人叽叽喳喳的，说了一整晚，导致第二天开始上课的时候，心思都静不下来。

经过一个暑假，宁年年长胖不少，暑假在家里吃吃喝喝的，每天除了吃就是睡，这会儿正坐在姜映初旁边叹气："我怎么能让自己胖八斤啊！"

姜映初扑哧笑，边看着台上的教授，边说了句："别担心，过几天就能瘦下来了。"

"不一定的。"宁年年哀怨道，"为什么初初你没胖啊，而且我觉得你还瘦了。"

姜映初小声说："可能是因为我暑假比较忙。"

"在顾学长的公司感觉怎么样？"

闻言，姜映初对着她好奇的目光，憋了一个字："累。"

是真累，不仅仅是顾修竹，连带着他们公司其他的员工，一旦有工作有项目在做的时候，都是不要命的那种，谁都想要做完再休息，而不是拖着拖着到最后一天，他们都是一致的想法，早点做完，还有时间进行修改。

所以在暑假这两个月，姜映初也陪着他们加了不少班，大多数时间都是十二点下班，有时候顾修竹还都是一两点，考虑到她，才会早点下班。

但工作，依旧带回家继续做完。

一暑假下来，除了姜映初，他们公司的人也都消瘦不少，公司起步阶段，太折腾人了。

闻言，宁年年想了想，也能理解。

"创业不易呀！"

"是啊。"姜映初边做着笔记边说，"能坚持下来的，都是意志力和抗压能力都好的。"

宁年年笑："那你是不是很心疼呀？"

"心疼。"姜映初想了下说，"所以能帮忙就帮忙。"

经过这一暑假过后，她更能理解顾修竹了，有时候男人说忙，是真的忙，他有半个月的时候，基本上每天只睡两三个小时，就又出门了。姜映初看着心疼，但也无能为力。

两人小声地讨论着，直到下课后才停了下来。

休息十分钟后，课程再继续，姜映初趴在桌面上，听着喧闹的声音，有些倦意。

"好困。"

"对。"

“还好后天就周五了。”

姜映初笑：“那会能好好地休息几天了。”

宁年年“嗯”了声：“初初你之后都住在宿舍吗？”

姜映初一怔，点了点头：“会吧。”

暑假期间，她可以住在顾修竹那里，但上课的时候，她觉得自己还是住在宿舍比较好，当然周末可以过去。谈恋爱也不能影响自己的学习和其余的正常生活，这一点，顾修竹也是同样的意见。

两人在这个问题上，想法还挺一致。

在学校上课的时间，总是过得很快。

一晃就到了周六，周五晚上姜映初给顾修竹打了电话，说了下自己要去见方凯。

顾修竹只跟上次一样回答，问了她几点在哪里之后，便没了后续，甚至都没有叮嘱。

姜映初想着，无奈摇头。

周六早上，她早早地便起来了，跟方凯约的是中午十一点半，地方虽然不远，但也不近，她怕堵车，所以准备早点出门。

刚换好衣服，化好妆之后，姜映初放在桌面上的手机便震动起来，她一怔，接通电话。

“怎么了？”是顾修竹的。

顾修竹抬眸看了眼眼前的宿舍楼，咳了声问：“起来了？”

姜映初啊了声：“是啊。”

“吃早餐了吗？”

“没，待会儿吃吧。”

两人一问一答的，让人觉得奇怪。

顾修竹答应了声：“想吃什么？”

闻言，姜映初下意识地眯了下眼睛，喝了口水，才把口红给涂上，轻声问：“我跟方凯见过面就去公司找你吃午饭。”

顾修竹顿了顿，低“嗯”了声：“你不跟他一起吃饭？”

“为什么要吃饭？”姜映初不太懂，她说得理直气壮，“方凯只是说给我送东西，又没有说要请我吃饭。”

顾修竹听着，低低一笑：“是的。”

姜映初笑，唇角弯弯：“我这样说，开心点了吗？”

顾修竹：“……我什么时候不开心了？”

他强词夺理，绝对不承认自己有半点不开心。

姜映初“嗯哼”了声，换了鞋子慢条斯理说：“好吧，那是我误会你了。”

换好鞋子后，她跟醒来玩游戏的宁年年说了声，便往楼下走去。

“你现在到公司了吗？这会儿休息？”

“不是。”

“嗯？”

“我在你宿舍楼下。”

姜映初脚步一顿，停了下来，下意识地走到走廊处往下看，依稀能看见顾修竹的身影，她惊愕地问了声：“你怎么来了呀？”

顾修竹咳了声，非常坦然地说：“我陪你一起过去。”

楼下，顾修竹早早便过来了，估摸着这个时间点姜映初要起来了才给她打电话。

姜映初小跑着下楼，看向楼下的男人，在刚刚那瞬间已经想通顾修竹为什么过来了。

姜映初小跑着过去，顾修竹伸手把她接住，低低一笑：“跑那么快做什么，我又不会跑。”

姜映初“嗯哼”了声，回答得理所当然：“那不是怕你跑了嘛。”

顾修竹扯了扯唇，伸手拍了下她的脑袋：“先带你去吃早餐，想吃什么？”

她眼珠子转了转，看着顾修竹：“这个点，只能去门口吃了。”

食堂都关门在准备午餐了，早餐早早地就卖完了。周末很多人起不来，所以食堂的早餐也特别少，反而午餐会稍微提前一点放出来。

“那走吧。”

两人牵着手在学校里走着，有种像是最开始恋爱的时候，心情都还不错。

早餐是在门口的店铺吃的一碗小馄饨，姜映初还挺喜欢的，不过她喜欢往里面放辣椒调味，但顾修竹总是阻止，每次只要是跟顾修竹一起吃，她就不能过于放肆。

这会儿店里的人不多，相对于来说还比较安静。

姜映初吹着屋内的风扇，边吃边抬头看向对面的人，含笑问了声：“今天不用上班吗？”

顾修竹手一顿，低声道：“不用。”

姜映初意味深长地“哦”了声，拉长了声线：“真不用呀？”

见他不说话，姜映初低低地笑了声，唇角上扬着，狡黠地朝顾修竹眨了下眼：“好好好，不用上，老板也是需要休息的，对吧？”

顾修竹垂眸看着碗里的小馄饨，拿着白瓷勺子舀了一个，塞进了姜映初的嘴里，才云淡风轻地说：“多吃点。”

姜映初把小馄饨吃了，有些哭笑不得。

这人真是的，不就是调侃了两句吗，这就受不了了。

最后为了以防顾修竹还给她喂食，姜映初是真的很安静地吃早餐了。

直到上车后，她不放心地多问了句：“真的没事吗？公司的事情不着急？你有时间陪我？”

顾修竹侧头瞅了她一眼，坚定地说：“有时间。”

听到这里，姜映初倒是不挣扎了，她也不想戳穿顾修竹在吃醋这个事情，唇角上扬，哼着小曲没继续问下去了。

再问，旁边的人可能要“生气”了。

其实现在时间还早，姜映初最开始想的是自己坐车过去肯定要点时间，而现在顾修竹开车的话，应该很快就能到。

抵达约定地点的时候，姜映初下车，看向还坐在车里的人：“你不下车？”

顾修竹点了点头：“进去吧，我在这里等你。”

“啊？”她有些惊讶，顾修竹跟自己过来，不就是想见见方凯吗？

这会儿到了，怎么还不下来了呢？

顾修竹笑着解释：“我不放心才会送你过来的，但人家只约了你一个，我去不合适。”

“哪不合适了？”

她没觉得有什么不对，浅声道：“你是我男朋友，跟我一起去正常。”

“不行。”顾修竹轻声道，“初初你自己进去，半小时没出来，我就去找你了。”

姜映初一怔，莞尔一笑：“好。”

看着她的背影走进店里后，顾修竹才收回自己的视线。

其实不是不想去，只是觉得不太合适，即便是情敌，也应该给对方保留尊严和面子。姜映初不打一声招呼，贸然带着人出现，在某种程度上来说，过于挑衅了。

顾修竹虽然吃醋，可依旧会考虑这些问题，但姜映初不太会，她可能自己都没觉得有什么不对。

顾修竹自嘲一笑，有时候他甚至希望自己稍微不理智一点，直接跟过去才好，可从小的教育告诉他，不能这样。即便是情敌，也要光明磊落、坦坦荡荡，而不是仗着自己是初初的男朋友，就不给人留面子之类的。

姜映初进去的时候，方凯已经在了，正低着头看着手机，她顿了顿，跟旁边的服务员说了声后就径直地走了过去。

“来了？”

“嗯。”姜映初神色淡淡地看向方凯，“我妈让你带的东西呢？”

方凯递给她，无奈一笑：“就只有拿东西？我们之间没一句话可说的？”

闻言，姜映初微怔了下，才垂着眼帘，把注意力放在旁边的东西上：“说什么？”

“喝点什么？”

姜映初一顿：“白开水。”

方凯看向旁边的服务员，要了一杯柠檬水给她。

她安静地喝着水，神色自若地看向方凯，咖啡厅内放着舒缓的音乐，里面的人并不多，这个时间点，大多数都是一些拿着电脑在咖啡厅办公的人。

一眼望过去，像她跟方凯这种坐在这里聊天的，还真是少之又少。

“要跟我说什么？”

方凯无奈一笑，看向她：“你弟弟让我给你带了东西过来。”

姜映初一怔，点了点头：“谢谢，麻烦你了。”

“应该的。”

她一顿，看向方凯：“还有什么事吗？”

方凯直勾勾地看着她：“就这么跟我没话聊，才不到十分钟不是吗？”

说完后，他也没等姜映初回答，只低声问：“要一起吃午饭吗？”

“不用了。”她想也没想就拒绝，“我男朋友还在下面等我，我待会儿要跟他一起出去。”

方凯微微挑眉，虽然知道她有男朋友，可姜父没提过，那会儿方凯还以为小情侣这种恋爱，没过多久就会分开的，倒是没想到他们还在一起。

“那要不喊你男朋友一起？”

“不用了。”姜映初抿唇，看向方凯直截了当，“方凯学长，要是没其他的事情，我就真走了。很谢谢你帮我带东西过来。”

方凯一愣，也知道她的意思。

“行吧，我送你下去。”

“好。”

这一点她倒是没拒绝，也不知道该怎么拒绝。

买单后，两人一前一后地出了咖啡厅，一出去，姜映初便看到了倚在车门边的男人。

她挑眉一笑，径直往顾修竹那边走了过去。

顺便，把方凯介绍认识了一下。

两男人对视一眼，周遭的气氛好像都变了，他们互相在打量着对方，谁都不曾示弱。

姜映初看着顾修竹，站在他旁边看向方凯：“那我们先走了。”

方凯脸色沉沉地“嗯”了声：“去吧，注意安全。”

他想了下，补充了一句：“也别跟你爸闹得太僵了，他还是爱你的，偶尔也给他打个电话吧。”

“……我心里有数。”

两人上车后，方凯还站在原地，望着那消失不见的车影，暗骂了一声。

就刚刚那个男人，气势不弱，跟他想象中的大学生不太一样，光是刚刚对视的眼神就能知道，那是一个什么样性格的男人。

方凯无声地扯了扯唇，半眯着眼看着那个方向。

气势不弱又如何，还不是一个初出茅庐的人，能有多大能耐！

他嗤笑了声，才转身上了旁边一辆价值不菲的车。

姜映初跟顾修竹这边，上车后两人都不约而同地保持了安静。

她安静是因为没跟方凯说什么，至于顾修竹则是在想事。

直到车子停在公司楼下后，姜映初才讶异了下，扭头看他："你不是说，没工作吗？"

顾修竹打开车门让她下车，沉默了片刻说："骗你的。"

姜映初一噎，对他表示无奈，她伸手抱着顾修竹的脖颈，把自己整个人都挂在他身上，笑眯眯地说："那我陪你上班好吗？"

"好。"他伸手揉了下她毛茸茸的脑袋。

两人对视一笑，才上楼去。

一整个下午，吃过午饭后姜映初就在公司陪顾修竹忙事情，他有自己的工作，她大多数时间都是在旁边跑腿，偶尔去林扬那边送下文件，或者是去给大家订外卖，或者帮顾修竹传达。

总之，虽然没有什么技术含量，但姜映初做得还挺开心。

直到晚上，顾修竹才差不多忙完。

"累不累？"

姜映初顺势在他的腿上坐下，柔声道："不累，我就是跑下腿儿，累的是你们啊。"

顾修竹莞尔一笑，把怀里的人抱得更紧了一些。

姜映初抬头看向他，伸手摸着顾修竹的下巴笑："还生气吗？"

"什么生气？"

"方凯啊。"

顾修竹顿了顿，捏着她的下巴低头覆上去亲了一口，嗓音低哑："没生气。"

"那就是吃醋了。"姜映初认真地看着他笑，"其实没什么好吃醋的，但你要是想吃醋呢，我也愿意哄你的。"

顾修竹挑眉，没在意她所说的吃醋，挑了挑眉意味深长地"嗯"了声：

“怎么哄？”

姜映初眨了眨眼，思考了几秒后说：“就这样啊。”

顾修竹低低一笑，亲着她的唇角补充：“那不够。”

“嗯？”

他在姜映初的耳边低喃说了几句，把人逗得面红耳赤，才压着声音问：“懂了吗？”

姜映初：“……”

她刚想要说话，放在桌面上的手机响了起来，姜映初看着来电显示一愣，是她爸？！

第 29 章　腹黑

两人对视一眼，姜映初刚想要直接挂断，顾修竹便给她拿了起来，低声道："接一下。"

即便是再不好，毕竟还是父女，还是有血缘关系的，不接没礼貌。

姜映初拧了拧眉，"嗯"了声："好。"

她起身，拿着手机往另一边走去，接通电话。

"喂。"她语调冷冷的，听上去并不怎么热络。

"姐姐。"是姜景晨的声音，软绵绵的，还有点活力。

姜映初一怔，抬头跟顾修竹对视一眼，有些诧异地指了指手机，用口型说：我弟弟。

顾修竹颔首，起身到她耳边说了句："我出去有点事，你先接电话。"

姜映初看着他离开后，才专心地跟姜景晨说话："你怎么想起给姐姐打电话了？还拿的你爸爸的手机？"

姜景晨"嗯"了声，捂着手机小心翼翼地说："姐姐，刚刚方凯叔叔给爸爸打了电话，爸爸特别生气地在说你，我是给你来报告的。"

闻言，姜映初扑哧一笑，弯了弯嘴角说："那要是爸爸知道了怎么办？"

"那就打下屁股。"

她听着，笑出声来，但还是耐着性子对姜景晨说："没事的，姐姐这边没什么事，他要生气就生气，我们不理他就好。"

"好。"姜景晨委屈巴巴的，"那姐姐你什么时候能回来呀？我在家里好无聊，幼儿园的朋友都好无聊。”

他有点早熟，并不太喜欢跟其他人玩，而且邱雨在这一方面也不怎么允许，管制严格。

姜映初一怔，想了想哄着他：“下次有时间姐姐就回去看你，好吗？”

“好的吧。”这话听起来太过勉强，让姜映初还有些无奈。

考虑到是偷偷给她打的电话，姜景晨也不敢多说，只快速说完后就挂断了电话。

姜映初怔怔地看着通话记录，自嘲一笑。

而另一边，刚挂断电话，姜父就发现了自己的儿子做了什么好事，没忍住瞪他一眼：“跟你姐姐说什么了？”

姜景晨仰着头，傲娇地看着他：“哼！爸爸和方凯叔叔都是坏人！”

姜父哭笑不得，把手机从他手里抽了出来：“给你姐通风报信了？”

姜景晨眨巴眨巴眼，不太懂通风报信是什么意思：“我就是想姐姐了，给姐姐打了个电话。”

姜父嗤笑了声，拍了下他脑袋：“出去玩。”

“不。”姜景晨看着他，“你是要打姐姐还是要骂姐姐了？”

他委屈地说：“那你要不打我吧……”

姜父哂笑了声，有些意外地看着自己的儿子。

虽然他一直都知道这姐弟俩的关系不错，但真没想到会这么好，明明他们两人不是同父同母，姜映初也鲜少回家，即便是偶尔在家的时候，只要两人在一起相处久了，邱雨一定会把孩子带走。

但偏偏即使是这样，姜景晨最爱的还是姐姐。

想着，他忍不住逗起姜景晨来：“你不是最怕疼吗？我打你不哭？”

姜景晨梗着脖子，特别有勇气地说：“不哭！我才不要姐姐难受呢，你们都是坏人，都不喜欢姐姐。”

“胡说！”姜父训斥下来，嗓门加大了不少。

姜景晨被吓得愣住了。

姜父顿了顿，才蹲在他的面前，耐心地安抚了下：“不是故意凶你的，爸爸也没有不喜欢你姐姐。”

"你有！"姜景晨直接道，"你对方凯叔叔比对姐姐还好，姐姐可难过了。"

说完，姜景晨一溜烟地迈着自己的小短腿跑了，消失在书房。

而姜父，看着他消失的背影，想着他说的话，头一次陷入了沉思。

从那日姜景晨的电话过后，姜映初还以为会接到训骂的电话，但意外地没有。

至于方凯，从那次之后姜映初也一直没和他联系了，她本身对方凯的印象就不是很好，从学生时代开始到现在，一直没怎么改变过，这种认知，在之后应该也变不了。

她大二了，学业比大一时候困难，也较为复杂，课程多，所以姜映初也忙碌了起来，顾修竹更是比她还忙。

两人就只有周末见面了，有时候周末也在加班，大部分的时间也都是在办公室度过。

一转眼，又一个春天过去了，进入了初夏。

两人的感情没多大变化，就一直安静相处着，但因为顾修竹许久没有来看过她，所以那些认识姜映初，知道他们俩谈恋爱的人不免就开始传出各种各样的谣言了。

说两人早就分手，说两人早就各自有对象了，说顾学长也就是随便玩玩之类的话，都传到了姜映初的耳朵里。

宁年年刚从图书馆回来，喝了一大口水后便开始表达自己的愤怒："你们哪分手了啊，我看那些传谣言的就是看不得你跟顾学长好。"

姜映初无奈一笑，盯着自己面前变化的数据："别理会，嘴巴在别人身上，我们管不到，所以装作不知道就好。"

"可是他们还说什么，你长得又不好看，又不优秀，当初顾学长跟你交往无非是因为其他的原因，还说是你威胁的。"

她忍不住转头去看宁年年，挑了挑眉："我威胁他什么了？用什么威胁的呀？"

她还有点好奇了。

宁年年一噎，继续喝水摇头："不知道啊。"

她瞪大眼睛，上下打量着姜映初：“莫非……孩子？”

姜映初噎得一句话也说不出来，她要被宁年年的想法给吓坏了，红着脸反驳了一句：“你说什么呢！”

宁年年笑了声：“那还不是同学们的想象力太丰富了。”

姜映初笑，点了点头：“不理了，你来看我做的这个数据表，感觉怎么样？”

“给顾学长做的啊？”

“算是吧，用了他们公司的一些数据。”

两人凑在一起讨论专业问题，没再去想那些破事，只是姜映初没想到，这种事情还真的被所谓的“知情人士”确认了——他们两人真分手了。

她知道的时候，真的非常想要知道一下“知情人士”到底是谁。

翌日上课，初夏的天气刚刚好，对女生来说，大约是最喜欢的一个季节了，不冷不热，衣服也穿得轻松，不少人已经开始穿裙子了。

姜映初怕冷，还拿了件小外套，上午满课，她早早地就从床上爬了起来，到教室占位置。

她早上喝了一杯酸奶，才刚坐下就觉得不太舒服了。

“没事吧。”

姜映初摇头：“没事。”

宁年年看了眼：“要是不舒服就请假啊。”

姜映初顿了顿，说了句：“你说那酸奶是不是过期了呀？”

宁年年扑哧一笑：“没。”

这会儿距离上课时间还有一会儿，两人正说笑着，突然坐在姜映初前排的一个女生扭头转了过来，看着她：“初初。”

“怎么了？”

“你跟顾学长分手了吗？”

她还没回答，那个人继续说：“那你现在有男朋友了吗？”

“啊？”

那人小声说：“有人之前一直找我问你的微信号，但我觉得你有男朋友就一直没给，现在没有了，可以给吗？”

姜映初已经不知道该怎么表达自己的无奈了。

“我跟顾修竹没分手啊。”

“啊？可是外面都在说你的朋友说你们分手了呀？”

“我的朋友？”姜映初反手指了指自己，“我哪有什么朋友知道我们的事情啊。”

她最好的朋友就是宁年年和周楚楚，至于宋嘉兮是另外一个学校的，不可能认识这边的人，而宿舍里的蒋文文，从来不关心她跟顾修竹的事情，也不可能是她。

所以在这个时候，姜映初还真挺想知道，到底是她的哪个朋友知道得这么清楚，连他们什么时候分手了都知道，而她作为当事人反而不知道了。

前排的同学一愣，诧异地看着她：“你跟顾学长没分手啊？”

“嗯。”

那人：“……抱歉哈，我不清楚。”

姜映初一笑，耸肩道：“没事。”

正好教授进来了，两人的对话也没再继续，姜映初收了心，专心上课，而顾修竹那边也同样收到了消息。

林扬哼着小曲进了他的办公室，引起顾修竹的注意。

“你多久没去学校了？”

顾修竹淡淡地看他一眼，估算了一个日子：“两个多月吧。”

林扬啧啧地打量着他：“你两个多月不去看小学妹，小学妹没跟你分手？”

顾修竹看着他：“有话就说，别给我吞吞吐吐的。”

林扬扑哧笑，吊儿郎当地感慨着：“哎，有人几个月不去学校，大家都以为你跟小学妹分手了呢。”他说，“你知道小学妹越来越好看了吧，学校里不知道多少人盯着呢。”

顾修竹：“……”

林扬笑了声：“消息我告知了，我今天能先下班吗？”

“不能。”

林扬：“……”

顾修竹冷淡地觑他一眼：“我提前下班，你继续加班。”

林扬："为什么？"

顾修竹挑了挑眉："去看看你嘴里的小学妹。"

林扬一噎，瞬间无话可说。

直到走出办公室，他都忍不住想，他为什么要那么想不开，要跑过来调侃顾修竹？

这不是得不偿失嘛！

上午满课，下午两节课，接近四点的时候下课。

这一天下来，姜映初不知道被多少同学问了跟顾修竹的事情，即便是她说两人没有分手，但大部分人其实还是不太相信，总觉得没分手怎么都没看见顾修竹过来啊。

她解释再多也没用，最后索性不说了。

"初初，待会儿吃饭吗？"

姜映初扭头看向宁年年，顿了顿："你饿了？"

"嗯。"宁年年摸了摸自己的小肚子，"有点饿啊。"

姜映初扑哧一笑，弯了弯嘴角，"那一起去吃点。"

她不饿，但是可以陪宁年年一起吃。

两人正说着话，也恰好下课了，姜映初收拾着自己的书本之类的东西，也没看到门口突然出现了一个人，倒是班里的同学惊呼了下，瞪大眼睛看着突然出现在这里的人。

有人讶异地喊了声："顾……顾学长？"

顾修竹微微颔首，脸上挂着温和的笑："下课了？"

那人点头："下……下课了。"

顾修竹莞尔一笑，朝那边还在慢吞吞收拾东西的人走了过去，站在姜映初的面前，低低一笑："怎么还没好？"

姜映初一愣，诧异地看向突然出现的人，眼睛里满是惊喜："你怎么来了啊？"

"嗯，回来有点事，顺便过来看看你。"他朝宁年年打了声招呼，"好久不见。"

宁年年呆愣地点头，连忙说："那初初，我跟文文一起先走了。"

“好。”

她看向宁年年：“帮我把书拿回去一下，谢谢。”

“嗯嗯，好。”

姜映初看着顾修竹，眼睛里满是喜悦，虽然说他不来找自己，两人的感情也好，但是他能来，她会更开心。

谈恋爱的女生大部分都是这样，其实她们要求的并不多，只要稍微有点惊喜，就可以兴奋很久，甚至心情荡漾。

顾修竹看着她脸上的笑，牵着人走出教室，“这么开心？”

“有点开心。”她诚实地回答。

姜映初没在意那些打量的目光，晃着他的手臂就像是个孩子：“你怎么突然过来了？”

顾修竹“嗯哼”了声，捏了捏她的脸：“过来找老师有点事儿。”

“真的啊？”她笑。

顾修竹面不改色，他绝对不会承认自己是担心那些兔崽子对她有想法，来宣示主权的。

女朋友太优秀了，也不太好。

“我们现在去哪儿？”

顾修竹想了想，垂眸看着她脸上的笑：“今天天气好，我陪你在学校走一圈？”

姜映初眼珠子转了转，似乎是猜到了点什么。

“可以啊。”她想了想，“但我想吃冰淇淋。”

顾修竹顿了顿，“好。”

这下，姜映初是真惊讶了，要知道顾修竹最强硬的地方就是不允许她吃冷饮和冰淇淋，说是对女孩子的身体不好，但今天竟奇迹般答应了。

“想吃甜筒，出去买吧。”

顾修竹一一答应着：“好。”

他不吃，姜映初喜欢吃，拿在手里舔了几口后，对着顾修竹的目光顿了顿，举高在他面前，饱含期盼地注视着他：“你吃一口，很甜。”

顾修竹盯着她看了会儿，没去吃冰淇淋，而是吻了下她的嘴角，亲了几十秒后，舔了舔她的唇瓣，意有所指道："嗯，很甜。"

姜映初："……"

她脸红心跳地推了推顾修竹，娇嗔道："还在学校呢。"

顾修竹："那又如何？"

到最后，两人吃着冰淇淋，牵着手在学校里逛了一圈。

当天下午，校园贴吧再现这一对的照片，还有独特的吃冰淇淋方法，众人恍然，这对没分手，还非常恩爱。大家那些冒出来的念头，还是趁早打消比较合适。

在某种程度上，顾修竹还是挺腹黑的。

他用这样的方式来宣示主权，让全校皆知姜映初是他的。

那一日过后，再也没人开姜映初的玩笑了，也没人再讨论两人分手的事情。

人家恩恩爱爱的，狗粮足够撑死大家，谈什么分手呀！

姜映初再次恢复了平静的生活，唯一的改变就是顾修竹就算再忙，最久半个月就会出现在学校一次，过来陪她，或者是接她一起去公司和住的那边。

两人的感情越来越好，她一直以为姜父会打电话过来训她，但等了几个星期都没等来，姜映初便稍微放心下来了。

日子就这样过着，她学习越来越忙，顾修竹的公司也越来越忙。

用林扬的话说，他们公司已经开始盈利了，这是大家喜闻乐见的好事，为此姜映初还想要特意恭喜一下顾修竹，结果被顾修竹挡了回来。

盈利并不代表很好，只是有好转而已，他让姜映初把恭喜给留着，等公司真正上了正轨再说。

一眨眼的工夫，一年便过去了，姜映初从大二变成了大三的学生。

在大二过年的那一年，姜映初回了家一趟，只是住在许应如那边，爸爸那边并没有回去，但在外面跟姜景晨见了一面，还把买好的礼物送给了他，姐弟俩虽然不是同父同母，感情却是真不错。

许应如的工作依旧很忙，医院的事情很多，特别是过年期间，许多人都想要休息回家过年，陪家人什么的，许应如一个孤家寡人就被抓着加班了。

上午去了外婆家，姜映初这会儿在医院，给许应如送饭，她看着忙碌的许应如有些无奈："妈，你也是可以休息的啊。"

从去年过年到今年过年，她一直都坚守在医院，就没休息过，连昨晚大年三十，其他家庭团聚的日子，她也在医院里值班。

许应如淡淡地看她一眼："是可以，但是大家都有大家的难处，能帮忙就帮忙。"

姜映初哼了声："但你也要回家啊。"

"你去看过你外婆他们了吗？"

"去了。"她上午刚去的，她先去吃了顿饭才回家的。

有时候姜映初会觉得许应如这样太孤单了，可她却觉得刚刚好。

"妈，你就没考虑过给我找个后爸吗？"

许应如一噎，被呛了下，瞪着姜映初："说什么呢，什么后爸？"

姜映初傲娇地"嗯"了声："你看你们都离婚多少年了啊，你为什么不再找一个？"

这还是她头一回，这么认真地提出这个问题。

好像出去外面念书之后，姜映初跟许应如的关系也缓和了不少，至少越来越融洽了。

闻言，许应如怔愣了片刻，才轻声道："觉得一个人这样也挺好的，更何况我还有你跟你外公外婆呢，哪孤单了，一个人自由自在的，挺舒服的。"

这是在经过一段婚姻后，她得到的感触。

她并不是一个好的母亲，当然也不算是一个好的妻子，所以做不好，不如不做，以前发生的是没办法了，但之后她想要一个人过，相对家庭，她好像更追求自己的自我满足。

例如在工作上的一些追求，所以姜映初说的这个问题，许应如考虑过，但放弃了。

姜映初"嗯"了声，继续小口吃着饭，笑着回答："谁说一个人的，你还有我啊。"

许应如瞅着她笑："你呀，心已经跑了。"

姜映初："……"

"准备什么时候去北京？"

"我想初三。"

许应如点了点头："修竹那边呢，最近很忙吗？"

"忙，他们公司接了个大项目，在做融资，所以过年的时候也没怎么休息，大年三十那天下午才放假的。"

"嗯，多理解一点。"

"我知道呢。"

许应如顿了顿，抬头看向她："过完年就最后一个学期了吧？是要考虑实习的事情了吗？有没有什么想法？"

她虽然不称职，但该关心的还是会关心，不至于忘记。

闻言，姜映初走神了下，才恍然发现自己距离大四实习还真的就只剩下一个学期了。

想了想，她轻声道："我想留在北京。"

"这肯定的。"许应如说，"你就该按照自己的想法做事，你妈我还年轻，做什么决定的时候不用考虑我这边，只要你想去做，那你就去做。"

"嗯，我知道。"

母女俩聊了会儿，许应如又继续忙了，姜映初闲得无聊，随处逛了下便回家了。

晚上在家的时候，外头都是爆竹声，今天才大年初一，可许应如在医院度过，姜映初一个人在家孤零零地度过。

她思忖了片刻，刚想要给顾修竹打电话，顾修竹的电话便先过来了。

姜映初笑，眉眼弯弯地看着视频里出现的人："你怎么知道我想给你打电话了呀？"

顾修竹挑眉，这会儿正在房间里勾了勾唇角："心有灵犀。"

两人笑。

"你在干吗呢？"

顾修竹望了眼外头，轻声道："刚在楼下陪小萝卜头们玩了下鞭炮，这会儿回房间了，今天做什么了？”

姜映初“嗯”了声：“去了外婆家，还去了我妈医院。”

“还在上班？”

“是啊。”姜映初颇有些无奈，“医生就这样，地球不爆炸他们不放假，总要有人在医院守着。”

顾修竹思忖了片刻，看向她：“在家里害怕吗？”

“不害怕呀。”姜映初低低一笑，“都习惯了。”

顾修竹顿了顿，没说话。

习惯这句话听起来没什么，可只要细细去想，便能感知她的那种心情。

“你妈今晚值晚班？”

“是啊。”姜映初看了眼，“下午去的医院，应该要早上八点才下班回家了。”

顾修竹微微颔首，看向她，正好看见外面的烟花绽放，他停顿了片刻，转移了下话题：“有没有下去放烟火？”

“没。”

顾修竹笑：“那等你过来了，我带你去。”

“好啊。”

两人在屋内聊着天，姜映初这会儿还真的没觉得孤单。虽然许应如要明天才回来，可她依旧觉得心里暖暖的，至少现在，比前几年要好很多了。

好一会儿之后，看着她开始打哈欠了，顾修竹才赶着她去洗澡睡觉，挂了视频。

他盯着旁边的日历看着，思忖了片刻后便起身往楼下去。

顾母正上楼喊他，望着他的神情愣了下：“你干吗？”

“找我？”

顾母点了点头：“大家都在楼下呢，你窝在房间里做什么？跟女朋友聊天啊？”

她随口一猜，打从心底里觉得自己的儿子没有女朋友。

结果没想到，顾修竹很坦然地“嗯”了声。

顾母脚步一顿，错愕地扭头看他，眨了眨眼：“啊？你刚刚说什么？嗯？你真在跟女朋友聊天啊？你什么时候找的女朋友？”

为什么她都不知道，她的情报员林扬怎么也没告诉自己啊！

这这这……太突然了。

顾修竹低低一笑，伸手揽着顾母的肩膀：“妈，说个事行吗？”

顾母狐疑地打量着他：“你先给我交代一下关于你女朋友的事情，我再考虑你要说的事情。”

不是她惊讶，只是顾母从未想过自己的儿子能在这么年轻的时候谈恋爱，真的是不知道怎么形容，可能有千万个难以置信吧，才刚毕业半年，竟然谈了个女朋友。

顾母以前还跟顾父忐忑地交谈过，万一儿子三十岁都不谈恋爱该如何是好，当时怎么说来着……她为自己的这个担心伤心了许久，结果没想到，他现在就有女朋友了！

顾修竹低低一笑，有些无奈地揉了揉眉心：“谈很久了，之后再告诉你。”

“那你要跟我说什么？”

“我今晚离开一下能行吗？”

顾母愣了下，诧异地看向他：“明天要去你外公家，你现在离开，几点回来？”

她忍不住提醒：“你可别乱来啊，你外公那边你要是不出现，可得把你的腿给打断。”

顾修竹听着，有些哭笑不得。

“我知道。”

他看了眼时间，这会儿其实还算早，还有飞那边的航班。

“我在午饭前赶回来。”

顾母诧异的挑了挑眉：“还真是……要去看女朋友啊？”

“嗯。”他完全没隐瞒，想了想解释了一句，“她家庭情况有点复杂，大部分时间都一个人在家。”

顾母想了想：“去吧，你爸那边我给你说。”

“好，谢谢妈。”

顾母笑眯眯地看着他："不客气，你要是能把女朋友带回来给我看看，我可能会比较开心。"

顾修竹："……"

他就知道，他妈不会这么容易放过他的。

一下楼，家里的那些亲戚全喊着顾修竹的名字，想要拉着他一起打麻将，顾母咳了声，摆了摆手："我儿子要出去给我办点事，今晚不跟我们来打麻将了。"

"办什么呀？"

顾修竹没说话，拿着车钥匙离开了。

顾父倒是惊讶地看了眼自己的老婆，一脸严肃："他做什么去？"

顾母小心翼翼地，压着雀跃的声音在他耳边说："给你带儿媳妇回来。"

"……"

晚上的航班，机场的人特别的少。

刚大年初一，大家都聚在家里其乐融融都过着新年。

顾修竹买了最后的一趟航班飞那边，飞机上的人不多，有不少是没有买到过年前航班的人赶着回去过年。

他给姜映初发了条信息，知道她准备睡觉之后安心了不少。

三个小时的飞行，周舟接到顾修竹的时候已经很晚了。

"你这大爷，想一出是一出了。"

顾修竹笑，拍了拍他的肩膀："谢了，这么晚麻烦你了。"

周舟挑眉："记得请我喝喜酒就成，车子在那边停着，过去吧。"

他正好今年没回家过年，倒是没想到会再一次接到顾修竹的问候，找自己借车，虽然是半夜，但作为兄弟，周舟还是想也没想便答应了下来，过来了。

"行。"

顾修竹拿了车，周舟挥了挥手走了，低声道："你明天放机场就好，我到时候过来取。"

"好，麻烦了。"

“客气。”

顾修竹开着周舟给的车，往姜映初家走去。他路上给她发了两条消息没回，看着窗外的灯火，只觉得冷风阵阵，他垂眸看着手机，给顾母报了平安后，才想着怎么给姜映初电话，晚上还有不少的店都开着灯的，毕竟是新年，街上也有不少人。

不远处还有人一直放着烟火，五颜六色的颜色在空中绽放，给这座城市都添加了一些不一样的色彩。

突然，手机叮咚了一声，顾修竹看了眼，是姜映初回的消息：“我刚睡了会儿，你怎么这么晚还不睡啊？”

顾修竹：“嗯，睡不着。”

姜映初：“我也是，我刚刚做了个梦。”

顾修竹挑眉：“什么梦？”

姜映初在那边打了一长串的消息过来，说自己的梦境。

她白天睡多了，晚上不怎么能睡着，只是冷，所以并不愿意从被窝里爬起来。

给顾修竹聊了会儿之后，她突然想起一个事情：“你是在陪家人打麻将吗？”

印象中，顾修竹给她说过，他家里人过年时候爱打麻将之类的，基本上都要通宵的那种。

顾修竹：“不是，在陪你聊天。”

姜映初笑：“那你准备几点睡觉啊？”

顾修竹没回答这话，反而问：“想放烟花吗？”

姜映初：“想。”

是真的很想，所有人都在热热闹闹的，只有她一个人在家，感觉有些孤单了，外面的爆竹声阵阵，可这些热闹像是与她无关一样。

顾修竹下车，仰头看着暗下来的小区，一字一句地打着：“下楼。”

姜映初吓得迅速从床上爬了起来，瞪大眼睛看着手机里收到的消息，只发了一个字出来：“啊？”

顾修竹：“我在楼下等你。”

第 30 章　抓包

在看到顾修竹发过来的消息后，姜映初想也没想从床上爬了起来，第一时间跑了出去。

她连电梯都等不及了，电梯停在一楼的位置，想了想她索性直接从楼梯跑了下去。

凌晨两点，她心底的那种惊喜比任何时候都多，都要大。

姜映初从未想过，顾修竹会给自己这么大的一个惊喜，从北京飞过来虽然时间不长，可昨天是大年初一啊，寒冷的冬日，家族团聚的日子，他来了。

来陪自己了。

她刚跑下去，便看到顾修竹倚靠在车旁，目光灼灼地看着自己。

两人对视一眼，姜映初想也没想地朝他跑了过来，撞进顾修竹的怀里。

顾修竹把人抱住，埋头在她脖颈处深吸一口气，才低声问："怎么不换衣服就下来？"

"嗯，怕你等久了。"

顾修竹笑，垂眸看着她："上车。"

两人上车，她刚上车顾修竹就把人抱着，坐在了自己腿上，两人坐在一处，借着小区内路灯的光照着，依稀能看清楚眼前人的神色。

她伸手环着顾修竹的脖颈，眼睛亮晶晶地问："你怎么来了啊？"

顾修竹低头，"嗯"了声后没回答她的问话，寻着她的唇吻了下来，在车厢内狭小的空间里，两人的气息交错在一起，姜映初就坐在他腿上，更是方便了他的动作。

每一次的亲吻，她都觉得自己会心跳加速。

她紧紧攀着顾修竹的脖颈，配合着他的动作。

手越收越紧，把人抱得紧紧的，一点都不想要放开。

良久后，顾修竹才亲了下她的眼睛，低声问：“先回去换套衣服再下来？”

姜映初正被吻得迷迷糊糊，闻言不置可否地“嗯”了声：“换什么衣服？”

顾修竹慢条斯理地亲着她的脸颊，嗓音微哑：“换了衣服带你出去走走。”

大过年的，街上还很热闹。

“好。”姜映初睁开眼，眼睛水润润的，眨了眨看着他，“那你陪我上去。”

“当然。”

两人下车，顾修竹把自己的外套给她穿上，才牵着她往电梯里走。

其实小区这会儿并不安静，大过年的总有人趁着空闲时间多玩一玩，热闹热闹，很多家里还亮着灯，大约是在看电视或是打牌。

电梯内只有他们两人，姜映初抱着顾修竹蹭了蹭，轻声问：“你就这样过来，真没事吗？”

“没事。”

“你爸妈有没有说你啊？”她对顾修竹的家庭了解不深，但也知道无论是谁家，也不允许过年的时候还跑出去吧？更何况她还从林扬那边知道一点点关于顾修竹的事情。

据说他家管教特别严厉，从小开始就没有什么娱乐活动，每天早上需要五点半起来之类的，姜映初最开始听到的时候，莫名有些同情顾修竹，她小时候最爱做的，就是睡懒觉了。

而他，是一个连懒觉都没有的孩子。

她正想得失神，顾修竹晃了下她手臂：“没说，他们知道我过来找你。”

“啊？”

顾修竹促狭地看着她，意味深长道：“我妈让我带你回家。”

姜映初：“……”

她沉默了片刻，才小心翼翼问：“那你妈妈，凶吗？”

顾修竹一笑，低声道：“不凶，人很温柔。”

除了对着自己，顾母一般情况下都是个很温柔的人。

他怔愣了下，诧异地看着姜映初："所以你这是答应了？"

姜映初一怔，眼珠子转了转，狡黠一笑："晚点告诉你答案。"

"好。"

换好衣服后，两人再次出门。

小区内是可以燃放烟花的，但这会儿是深夜，在小区内放烟火还是不太合适。

他们这边有一条小河，一到晚上那边就特别热闹，这会儿还有不少人在那边逛着，烟火爆竹的声音就没怎么停歇过。

顾修竹驱车带着姜映初去了那边，才陪着她在河边放烟花。

"想要放哪个？"

姜映初瞪大眼睛看着后备箱里准备的东西，无比惊讶："你不是才一点时间吗？怎么准备了这么多？"

顾修竹低低一笑，解释道："下车后正好碰到了还开着门的店，就进去买了点，其实不算多。"

姜映初点了点头，眼睛闪着亮光："我想要玩那个仙女棒。"

顾修竹笑，伸手给她拿了出来，陪着她一起玩仙女棒。

这一晚上，姜映初别说有多开心了。

她原本以为，又是自己一个人在家里度过一整晚，但没想到顾修竹不仅来了，还满足了她的心愿。记不清是什么时候，她好像给顾修竹提过一次说小时候别人家的孩子都玩烟花和仙女棒，但她没有。

顾修竹侧头看着她，她看着仙女棒，顾修竹一直都是目光灼灼地盯着她看。

在看到人之后，他觉得自己这个临时的决定无比正确，其实去年的时候他便想过来陪她，但那会儿家里出了点事，顾修竹必须在家人身边陪着，这才耽搁了。

还好，今年来了。

他走近在姜映初身侧，把手里的仙女棒递给她，轻声道："继续玩，玩累了再回去。"

“好。”

姜映初回头看着他，弯了弯嘴角：“你低头。”

“嗯？”顾修竹照做。

姜映初踮着脚凑过去亲了他一下，笑着说：“谢谢。”

闻言，顾修竹伸手揉了揉她头发，低“嗯”了声：“应该的。”

这一晚，两人玩到三点多才消停下来，仙女棒玩累了之后，姜映初拉着他去另一边找吃的，都这个时间点了，两人也饿了。

“吃点东西好不好？”

周围的人依旧很多，大部分都是小情侣，也有年长一些的，都趁着过年的时候熬个通宵，其实这样想想，是真的很浪漫。

趁过年出来卖东西的人也不少，价格不菲。但这是应该的，毕竟冬日寒冷，又是家庭团圆的日子，他们不畏寒冷出来售卖，涨价完全能理解。

“想吃什么？”

姜映初环视一圈，拉着顾修竹去另一边：“臭豆腐。”

顾修竹：“……”

“吃吗，吃吗？”她眼睛亮晶晶地看着顾修竹。

顾修竹看着她想吃的模样，无奈一笑：“吃。”

“嘻嘻，好。”

不过她只买了一份，没敢买多，也没强迫顾修竹，只让他咬了一小口便放过他了。

考虑到顾修竹的胃口，两人还去吃了其他的宵夜才慢慢地牵着手晃了回去车里。

“现在回家吗？”

姜映初想了想，看向他：“你困不困啊？什么时候回去？”

“早上。”

“啊？”

“六点多的飞机。”

姜映初愣了下，快速道：“那你赶紧睡一会儿，我没事的。”

她说不出来的愧疚，早知道早点问了，这会儿距离六点多都不剩三小时了。

顾修竹摇头，摸了摸她的脑袋："你困吗？"

"我还好。"

顾修竹着她在自己的怀里沉默了片刻，才轻声道："那先送你回家，然后我再去机场？"

"不要。"

"嗯？"

姜映初抬头看着他，眼神坚定："我陪你去机场，看你进去了我再回家。"她软声说，"我昨晚已经睡了好几个小时了，你一个小时都没睡呢。"

"我没事，撑得住。"

"那也不行。"她语气坚定，"你要么在这里休息会儿，要么我们现在去机场，然后睡一会儿你就登机。"

顾修竹拿她没办法，想了想："去机场吧，晚点让上次那个同事送你回家。"

"好。"

两人去了机场，顾修竹抱着姜映初睡了差不多一个小时的样子，就到时间了。

他低头亲了亲她的嘴角，好笑道："你别哭，你一哭我就不想走了。"

姜映初刚酝酿出来的情绪被他给打破了，瞪了他一眼："我没要哭，就是有点舍不得。"

但是在舍不得之后肯定会有点想哭，以前的时候再难受她都能撑住不哭的，可认识顾修竹越久，被这个人宠着之后，她好像就越来越矫情了，也变得爱哭了不少。

顾修竹笑，用力地揉了揉她头发，也颇有不舍。

"过几天过来给我电话，我来接你。"

"好。"

"走了。"

"嗯。"

"记得想我。"

“好。”

她站在原地看着顾修竹越走越远的背影，突然就更舍不得了。

突然，顾修竹在她猝不及防之下转头回来，疾步走向还愣在原地的她，伸手抱紧，摸了摸她的脑袋安慰着：“到了给你打电话。”

姜映初在他胸前蹭了蹭：“我会时时刻刻想你的。”

“好，真走了。”

“嗯。”

机场每天都在上演着离别，有开心的也有难过的，姜映初看着顾修竹越走越远，虽然难过，但也知道分寸。

在看到人进去后，两人挥了挥手，顾修竹给她发来信息，她才离开。

周舟任劳任怨地来拿了车，还送了姜映初回家后才离开。

姜映初一个劲儿道谢，倒是让周舟觉得不太好意思了。

看着车子远去后，她才准备悄无声息地溜回家，结果刚一转身就被喊住了。

“初初？”许应如诧异地看着眼前的背影，又回头看了眼那辆车。

姜映初脚步一顿，看向她：“妈，今天怎么这么准时？”

许应如噎了下，有些无奈：“嗯，医院人少，这会儿也冷清，就提前回来了。”她伸手指了指，“刚刚那是谁？”

“顾修竹的朋友。”

“嗯？”

姜映初解释了一下，小声说：“昨晚顾修竹过来了，我刚送他上飞机。”

许应如一怔，错愕地看着她，到最后千言万语只化作了一声笑：“你们这些年轻人还真是……真是挺有趣。”

闻言，姜映初略微心虚地摸了摸自己的鼻尖，不太好意思了，彻夜未归被自己的母亲抓了个现行，还能说什么呢。

许应如倒是没跟她计较这个：“回家吧。”

“好。”

“修竹能为了你这一来一回，真的很不错了。”

姜映初点头，忍不住为他说话：“是非常好。”

许应如无奈地看着眼自己的女儿："好了，妈知道他不错，你们俩有什么打算没？"

"什么打算？"

"他提过让你见父母吗？"

"提过。"姜映初微垂着眼帘，轻声地答应着，就在昨晚，那会儿听到的时候她也不知道该如何说。

许应如侧头看她："那你怎么说的？"

对于女儿的事情，她以前是不关心，可现在想要改变一下，想要给予她多一点的关怀和关心，尽量去弥补以前的过失。

"我说考虑下。"

母女两一路聊回家，得知顾修竹的态度后，许应如放心了不少，她对顾修竹其实一直都挺看好的。

顾修竹在许应如这里，如果说一百分的话，许应如可能愿意给他九十八分的高分。

对于这个女婿，她是真的满意，人有能力，有才华，还有责任心，最重要的是对自己的女儿是真的好，可能自己都做不到的一些事情，顾修竹反而做到了。

想了想，许应如边换鞋边问了声："那结婚呢？"

"啊？"

"有没有想过什么时候结婚？"许应如重复地问了一遍。

姜映初眼眸微闪，抿了抿唇沉默了片刻才看向许应如轻声问："就这样不好吗？"

她一顿，看向姜映初："什么意思？"

姜映初对着许应如的目光，一字一句地回答："不结婚不好吗？"

她想了想才说："我还没有想过这个事情。"

目前来说，姜映初觉得这样谈恋爱挺好的。

她不知道该如何去表达自己内心的想法。

姜映初一直都知道自己很喜欢顾修竹，甚至是很爱他，如果说不跟顾修竹在一起，她想自己也不可能会有另外喜欢的人了。

但结婚这件事情，她真的暂时还没考虑过。

虽然知道是水到渠成的事情，可姜映初更享受恋爱，她其实觉得两个人只要喜欢在一起，男女朋友跟夫妻其实没有太大的差别。

万一哪一天想要分开了，男女朋友还更快一点，夫妻反而会麻烦很多。

当然，说穿了，她就是对婚姻有恐惧，她不想要跟自己的父母一样，明明没有感情了，可却因为自己还纠缠在一起好几年，之后再分开，两人各自有自己的家庭和事业，把孩子丢在了一旁。

如果她要结婚，要有孩子，那么她一定要首先保证，自己这一辈子绝对不会离婚，不会去忽视自己的孩子，不会让孩子的童年缺少应该属于他的父爱和母爱，以及各种亲情和快乐，她都要保证自己能给予他，才去考虑，才会去做。

如果这些都暂时还不能，她就完全不想去考虑这件事情，更不会去做。

所以现在许应如跟她说的时候，姜映初的第一想法是，谈恋爱不好吗，为什么一定要结婚，现在就想谈恋爱的事情好了，不想去考虑未来会发生的事情。

但许应如的想法跟她一定是不一样的，作为过来人，自己的婚姻不幸福，可她还是盼着女儿的婚姻能幸福的，其实就如初初所讲的，一个人会挺孤单的。

她昨天是拒绝了初初给找个后爸的提议，那是因为自己不想要再经历一次婚姻的失败，不想再动一次感情，可初初不一样，她没有的，她希望自己的女儿能拥有。

这大概是作为一个母亲最大的念想，希望自己的女儿未来的生活都能幸福，平安健康。

在听到姜映初的回答后，许应如愣了好一会儿，才诧异地盯着她看："初初。"

"嗯。"她垂下眼帘，换了鞋子后进屋倒了两杯水出来，递给许应如。

许应如看着她："你是不是因为爸妈的事情对婚姻有些害怕？"

姜映初一顿，捧着杯子小口小口喝着，眼睫轻颤着："有一点。"

"不止是一点吧。"许应如观察着她的神情，肯定道，"我们给你造成了阴影，是吗？”

姜映初没说话，安静地喝水。

许应如看着她半晌，轻轻地叹息了声：“抱歉，我们那会儿闹得太僵，忘记了考虑你的感受。”

当年的情景还历历在目，从争吵不休到离婚，他们分开的时候闹得并不好看，不算是和平离婚。

姜映初听着，轻轻地“嗯”了声：“都过去了。”

但只有她心里知道，没有过去。被丢下的那一天，无论过了多久她都还记得。

也是因为那一次的事情，她对父母都产生了隔阂，这个隔阂直到长大后才慢慢消除，隔阂是消除了，可发生的事情却没有忘记。

姜映初想着，只觉得手脚冰凉，她看向许应如：“我去睡觉了。”

许应如揉了如眉心，轻轻地“嗯”了声：“去吧。”

“初初。”

“嗯。”

“对不起。”

姜映初咬了咬唇，嗓音沙哑地答应了声：“没事，我都忘记了。”

看着她回房关上门之后，许应如才头疼地揉了揉自己的眉心，眼眶发红。

回了房间后，姜映初刷了个牙，洗了脸后换了衣服就卷着被子睡了。

可躺在被窝里面，无论怎么都睡不着，在黑漆漆的被子里，她小心翼翼地眨眼，小声地抽泣着，只有自己一个人的时候，她才敢因为这些事情哭出来。

好久没有回想那个时候的事情了，现在一想起来，姜映初只觉得说不出的难过。

她并非故意不去考虑结婚的事情，只是真的暂时考虑不来，她身边是有结婚后也恩恩爱爱，一直幸福美满地生活的，可那不是她的婚姻啊，也不是她父母的。

她害怕自己会重蹈覆辙，更害怕自己没有那么强大的内心去接受突如其来的变化。

哭了好一会儿，姜映初才给顾修竹发了信息，把自己心底的疑问发了过去："你想要结婚吗？"

发出去后，她觉得不妥当，再次撤回。

思考了几秒后，姜映初想着顾修竹这会儿应该还在飞机上，才敢如此放肆："我不想，顾修竹，我不想结婚的，你说我是不是很怪？"

继续撤回，她连续发了好几条之后，才觉得自己心情舒畅了不少，没有那么难受了。

这才认真地询问了顾修竹的行程，之后她便看视频去了，大约过了半小时，她才收到顾修竹的信息："晚点了一会儿，刚下飞机，怎么撤回了那么多消息，都发的什么？"

姜映初笑嘻嘻地回复："说我想你的话呀，结果你没有及时回复，我就撤回了。"

顾修竹："嗯，下次一定及时给我们家初初回复。"

姜映初笑："没事没事，你快回去吧，我要睡觉了。"

顾修竹："好，好好休息，起来了给我电话。"

姜映初："嗯。"

她这会儿，也抵不住困意了，沉沉地睡了过去。

顾修竹垂眸看着手机里的消息，沉默了良久才把手机收了起来。

到外公家后，顾母快速迎了出来，踮着脚看了下他后面："啧，女朋友没带回来？"

顾修竹哭笑不得："她在家也要过年，我怎么带过来？"

顾母嫌弃地打量了他一下："就是魅力不够吧，都多大了，也不把女朋友带回家看看。"

闻言，顾修竹连忙认错："好好好，是我的错，下次一定带回来给您看看。"

"那还差不多。"顾母莞尔一笑说："快进去吧，你外公找你了，一直问你怎么还没来，你妈我为了你可是撒了谎啊。"

顾修竹笑："那怕什么，反正你再怎么撒谎，我爸都会配合你。"

顾母觑他一眼："别以为这样哄我就能度过你外公那一关，你赶紧进去，饿不饿？"

"不饿。"

"行，跟你外公聊会儿，再去楼上睡觉吧。"

"好。"

顾修竹的外公对他一直很好，也非常看重，只是从他要经商开始，就有些许不赞同，可也没辙，顾修竹从小就有自己的想法，打定主意不从政也不想去做顾父做的事情之后，就基本上定下来了。

只是大家在他选专业的时候还抱着最后一丝期望，直到近来，他公司渐渐地起步了，大家才恍然明白没希望了——顾修竹只会从商。他对经商感兴趣，虽然其他的也能做得很好，但还是兴趣爱好比较重要。

顾修竹进去的时候，家里的亲戚都对他调侃了一番。

"阿竹，我们还以为你不来了呢。"

"怎么会。"顾修竹温和地笑了笑，"外公呢？"

"在楼上呢，找你半天了。"

顾修竹颔首："那我去看看他。"

"去吧去吧。"

顾修竹上去的时候，外公正跟顾父在聊天，他敲了下门，得到回应后才进门。

"外公。"

"来了。"

顾修竹点了点头，看向顾父："爸。"

顾父回头看了眼："一个人来的？"

顾修竹："……我妈说什么了？"

他第一反应是顾母跟顾父说了什么，不然朝自己后面看什么呢？

顾父笑了笑："没说什么，我下去，你陪你外公聊会儿。"

"好。"

其实顾修竹虽然忙，但外公家还是来得勤快，小时候在这边度过的时间也挺多。

他在书房陪着外公聊了一会儿，还说了会儿工作的事情后，两人才下去，一下去顾母就推着顾修竹去休息：“睡会儿去吧。”

“我能撑住。”

顾母指了指他眼底的黑眼圈：“你自己去照下镜子，看看现在多丑。”

顾修竹到最后实在是没办法，只能去休息。

只是，虽然困累，但是睡不着，心里压着的事情太多了，顾修竹完全没有睡意。

回到家之后，顾母对顾修竹进行了询问后，才把人给放回房间。

过年家里的客人多，顾修竹忙着接待，跟姜映初的联系反而少了点。

姜映初原本是打算初三去北京的，后来因为点其他的事情，推迟了整整一周。

从那天询问结婚的事情后，姜映初跟许应如的关系又拉远了点。

许应如看着在收拾东西的女儿，想了想问：“初初。”

“嗯。”

许应如思忖了片刻：“如果修竹说带你去见父母，你好好考虑一下。”

“我知道。”姜映初看着许应如，“我不会任性的。”

“我不是担心你任性。”许应如也不知道该如何解释了，她轻声道，“作为你的妈妈，我当然是希望你好。”

姜映初一笑，伸手抱了下她：“好，我知道，别担心啊。”

“嗯。”许应如摸了下她的脑袋，“试着去接受，实在接受不了也不勉强自己，知道吗？”

“知道。”

送姜映初到了机场后，许应如才返回去。

姜映初回头看了眼，垂下眼帘，没有太多犹豫地再次离开了。

飞机起飞，她看着这座自己长大，自己非常熟悉的城市，有时候会感到一丁点陌生，好像自己从未真正地去了解过，去认识过。

她想，下次回来，一定好好认识一下。

姜映初微垂着眼帘，把自己的思绪一一遮挡着。

飞机一路平稳飞行，直到落地。

刚下飞机，姜映初拿着行李一出来便看到了站在不远处的顾修竹，也没注意到旁边还有人，当下她想也没想就朝他跑了过去，扑进了他的怀抱。

她的声音娇软，抱着顾修竹蹭了蹭仰头望着他，笑眯眯地问："顾修竹，你想我了吗？"

第 31 章　家长

顾修竹揽着她的腰，被她撞得往后退了一步才站稳。

机场里人来人往，又恰好是大白天，她这一举动还有不少人正看着。

做完后，姜映初也觉得自己好像有点冲动了，她咳了声，刚想要退出顾修竹的怀抱，顾修竹便笑："来给你介绍一下。"

"啊？"她呆萌地看着顾修竹，没太懂他意思。

顾修竹咳了声，憋着笑拉着姜映初的手，看向旁边脸上挂着愉快笑意的人。

姜映初顺着视线看了过去，这才注意到顾修竹的旁边有人站着，是一位中年女子，她眨了下眼，目瞪口呆地对着这人笑。

"这是我妈。"

晴天霹雳！

顾修竹的话就像是雷声一样砸在了自己的耳畔。

他妈妈……这是他妈妈。

姜映初紧张地攥着他的手心微微用了点力，对着含笑的人结结巴巴地喊了声："阿……阿……阿姨好。"

她低着头，跟犯错了的小学生一样。

顾母看着，有点想笑，但又得顾及她的面子，闻言咳了下，抑制住自己的笑，轻声道："你好，你是初初吧。"

姜映初羞愧难当，忙不迭地点了点头："是。"

她都做了什么啊。当着男朋友母亲的面从那边不顾形象地跑了过来，还问人家想不想自己……姜映初一想到自己刚刚做的事情和说的话，就特别想找个地洞钻进去。

她为什么可以做这么丢脸的事情？！

顾母笑了笑，盯着她看："阿姨刚刚什么都没看见也没听见的。"

姜映初看着脚尖，越发觉得窘迫。

"阿姨我只是……"她刚想要解释。顾母便一副了然的模样："我懂的，年轻人嘛。"

姜映初："……"

顾母看了眼顾修竹，把手里的东西递给她："初次见面，阿姨也没什么可以送给你的，之前过来的时候准备了点小礼物。"

姜映初一怔，看着眼前的礼物。

顾修竹点了点头："收下吧，我妈待会儿就走了。"

"啊？"

顾母一笑："今天是没办法跟初初你一起吃饭聊天了，等下次来家里吃饭好吗？"

她愣了下，点头答应："好。"

顾母看着她笑，真心觉得满意。

说实话之前找顾修竹要了照片，还去林扬那边打探了一下自己儿子的女朋友，顾母对自己儿子交朋友的事情从不会有什么限制，但是有点好奇，想知道他喜欢什么类型的姑娘。

从林扬那边得到的消息是很乖、很好相处的一个女生，至于长相顾母之前看照片的时候就觉得舒服，没有攻击力，但是长得却很好看，直到今天看到，她才发现原来自己的儿子喜欢可爱类型的，软萌萌的像是个孩子。

但是眼睛清澈，很能吸引人，不得不说第一次见面顾母对她的印象便非常好。

顾母莞尔一笑，看向顾修竹："那妈先走了。"

"嗯，注意安全。"

顾母笑了声，看向姜映初："初初，阿姨走了，下次见。"

“好，阿姨慢走。”

等顾母走后，姜映初才瞪大眼睛看向顾修竹，伸手拍打了他两下，有些无语：“你为什么不告诉我你妈在这里？”

顾修竹顿了顿：“我给你发了信息，你没看。”

姜映初：“……”

她抱着顾修竹的手臂撒娇：“完了完了，太丢脸了，我刚刚实在是太丢脸了，我怎么会做那样的事情呢。”

闻言，顾修竹低低一笑，摸了摸她的脑袋哄着：“谁说的，刚刚多可爱啊！”

他弯腰附在她耳边低喃说：“想，特别想你。”

姜映初觑他一眼，嘀咕着：“糖衣炮弹没有用。”

两人上车后，顾修竹用行动表示了自己是真想她，在停车场停留了好一会儿才离开。

其实顾修竹还真的跟她说了，她只是下了飞机后没看手机而已。

顾修竹最初并不赞成顾母过来的，毕竟没跟姜映初打招呼，但顾母今天恰好有事要出国，又正好顾修竹要来接姜映初，想着一起送过来，结果顾母就不走了。

他思忖了片刻，自己的母亲还算好相处，提前给姜映初说一声应该不会有什么大问题。

只是他没想到，姜映初就直接看也不看地撞了过来。

顾修竹一想到那个时候的场景就有点想笑，他侧头看了眼坐在副驾驶的人，忍不住逗她：“还生气呢？”

春寒料峭，外头的风很冷，姜映初冷哼了声，吹着风醒了醒脑，并不搭理顾修竹。

“都怪你。”

顾修竹非常乖顺地回答：“都是我的错。”

“对啊。”姜映初瞪他眼，“你让我今天太丢人了。”

“没有。”顾修竹解释，轻声道，“特别可爱，我妈特别喜欢。”

姜映初才不相信他说的话，哼哼唧唧地望着窗外的景色，刚过了一个冬天，路道两侧的枝叶都干枯了，被风一吹看上去尤为心酸，连叶子都没有。

街道上的行人不多，太冷了，大多数人在这个时候并不怎么喜欢出来走动。

“瞎说。”

顾修竹低低一笑：“真的，我妈太想看看你了，要是你觉得不舒服，那我给你道歉。”

闻言，姜映初觑他眼，嘀咕着：“你就是知道我不会真生气。”

其实生气是真的没有，之前也在考虑见家长的事情，顾修竹应该是知道她没有特别的抗拒，所以才会带着过来的。只是一想到在他母亲面前那么丢脸，姜映初就觉得不太好意思。

好歹也是二十多岁的人了不是吗，竟然冒冒失失的，还当着人母亲的面问她儿子想不想自己。

一想到这个，姜映初就觉得下次没脸见人了。

顾修竹笑，借着红灯时间伸手摸了摸她的脑袋：“抱歉，下次一定提前给你打电话。”

“嗯。”

“饿了吗？”

姜映初摇头：“吃了点飞机餐。”

“给你妈报平安了吗？”

姜映初嘻嘻一笑：“马上。”她刚下飞机就碰到了他妈妈，还真忘记了。

给许应如发了信息后，姜映初才侧头看着顾修竹，觉得仅仅只是几天没见，这人又好看了不少，好像还胖了点……

“你是不是胖了啊？”

顾修竹一噎，哀怨地看她一眼：“两斤都被你看出来了。”

姜映初扑哧一笑，连忙说：“主要是你之前瘦得过分，下颌一点肉都没有，现在虽然也没什么，但比之前好一点。”

她眉眼弯弯地笑着，心情还不错。

顾修竹瞥了她眼，“嗯”了声：“待会儿要不要吃点什么？”

“晚上再吃吧。”

她顿了顿："你饿了？"

顾修竹意味深长地打量了她一下，意有所指："是饿了挺久了。"

姜映初："……"

她别过脑袋看着外面，不想理旁边的人了。但红了的耳朵却暴露了自己的小心思。

两人回了顾修竹住的地方，这两年他都没换住的地方，只是因为这边离她的学校近，方便她跑过来。

上了电梯，姜映初仰头感慨了声："就剩一学期了，我们就该实习了。"

顾修竹"嗯"了声，捏了捏她的手心低声问："有没有想过去哪实习？"

姜映初眼睛一亮，看向他："有。"

"嗯？"

"我哥公司，但不知道能不能进去，我听说他们今年在我们学校有招聘，想去试试。"

原本霍嘉珩他们公司并不招收应届毕业生，更别说是实习生了，但现在他把工作重心从国外搬回国内后，就开始改变策略了，没有经验不要紧，重要的是值得培养。

霍嘉珩的理念和原本国内的领导不太一样，他认为只要培养好，只要福利待遇好，毕业生更有冲劲，更有韧性。而且是从他们这一届开始招收，实习生也要，应届毕业生也可以，只要你足够优秀。

顾修竹了然，点了点头："那就去试试。"

姜映初小声说："他说不会给我走后门。"

"那来我公司？我给你走个后门？"

"不要。"她想也没想就拒绝了。

不是不想帮助顾修竹，如果他公司还在起步阶段的话姜映初一定义无反顾地去公司帮他，但现在并不是了，公司虽然还赚不了大钱，但已经走上正轨，而且大家的工作也都轻松了下来，不需要像最初那样每天加班加点的。而且，她总觉得自己去顾修竹公司上班不太合适，都是熟人，总想要出去尝试尝试才知道职场到底是怎么一回事。

顾修竹笑，摸了摸她的脑袋“嗯”了声：“那就等你在外面闯够了再回来。”

他说：“我在这里等你。”

“好啊。”

两人对视一笑。

回到家后，虽然说不饿，但是顾修竹还是去厨房做了点吃的，随便吃点也行。

姜映初在房间里收拾着东西，其实才离开了十天，但是她发现能给予她安全感的好像还是这个地方，在许应如那边虽然也一样，可心就是安定不下来。

从那次聊过结婚的话题后，许应如看她的眼神都变得小心翼翼起来，她或许从未想过自己会对姜映初造成那么大的影响，所以感觉很愧疚自责。

但其实姜映初自从说完之后，就没有放在心上了。

怨念这些在她这里都已经过去了，要不然现在也不可能跟许应如还这么好，只是有些隔阂还是需要时间去克服的。

收拾好东西后，姜映初便往厨房走，去给顾修竹打下手，两人做了两菜一汤，色香味俱全。

“好几天没做了，先尝尝。”

“嗯嗯。”姜映初咬了一口排骨，眼睛半眯着朝顾修竹竖了拇指，“超好吃。”

顾修竹唇角轻勾：“那就多吃点。”

“嗯嗯。”她猛地点头。

虽然最开始说着不饿，可顾修竹的厨艺进步了不少，姜映初不知不觉便吃了一整碗饭，才觉得撑了。

把东西都收拾了一下后，顾修竹看着倒在沙发上的人有些想笑：“动不了了？”

姜映初点头：“好饱啊。”

她抱着肚子，哀怨地看向顾修竹：“你做的菜太好吃了。”

顾修竹低头亲了亲她的唇角，含笑问：“是吗？那最好了。”

“嗯？”

“这样才能抓住你的胃，不让你跑了。”

闻言，姜映初扑哧一笑，直接爬起来坐在他腿上，伸手抱着顾修竹的脖颈，目光灼灼地盯着他看，一字一句地说：“你要是不先跑，我肯定不跑。”

顾修竹“嗯”了声，亲了下她的鼻尖，顺势往下，嗓音低低沉沉地道：“不跑，一直在这里。”

他寻着她的唇吻了下来，她仰头抱着他的脖颈，主动靠了过去。

两人坐在沙发上，屋外是不太明亮的阳光，今天的天气并不算太好，阳光时有时无，屋内还开着灯照亮着，姜映初觉得灯光有些刺眼，在他吻下来的那一刻便闭上了眼。

呼吸交错在一起，她都能听见自己的心跳声了。

明明只是十天没见，可却像是隔了好久好久一样。顾修竹亲得狠了，突然直接在沙发上把人压了下来。

姜映初才扯着他的衣服，有些紧张：“回……回房间……”

“待会儿再……”顾修竹的声音低哑，吮着她的耳垂，两人的身体紧紧贴合在一起。

姜映初再次回到床上的时候，用尽最后一点力气踢了顾修竹一脚，咬牙切齿地埋头蹭了蹭枕头，累得一句话都不想说了。

顾修竹低低一笑，这会儿还有力气捏着她的小脚丫，低声警告：“我还有力气。”

一听，姜映初直接装死，什么都没听见一样。

顾修竹顺势在她旁边躺着，把人拥入自己的怀里，柔声道：“睡会儿吧……”

“嗯。”

顾修竹亲了亲她的发顶，低声问：“累吗？”

“你说呢……”

顾修竹笑，把房间内的灯光调整了一下，窗帘也全部拉上，只留着床头柜的灯光，姜映初便睡着了。

顾修竹垂眸盯着她的模样看了好一会儿，才起身去客厅收拾。

收拾好之后顾修竹才回了房间，准备陪着她睡一会儿。

无论过了多久，她依旧像是个没有安全感的孩子，顾修竹刚躺下去姜映初就自动地寻着过来了，在他怀里找了个舒服的位置继续沉睡。

顾修竹的唇角带着笑，柔情满满地摸了摸她的脑袋，在一侧陪睡。

午后小憩，对大多数人来说都是舒服的。

北京的寒风真是挺冷的，二月下旬，外头的寒风依旧刺骨，但屋内却暖洋洋的。

姜映初做了个梦，梦见了很多发生过的事情，有父母离婚时候的，还有自己四五岁时候去幼儿园念书。其他的孩子都有父母过来接送，只有她是家里的阿姨接送，有时候阿姨晚了，她就要一个人跟老师待在幼儿园里，直到阿姨过来。

其他的孩子一放学就抱着爸爸妈妈亲昵，一家三口脸上满是笑意，唯独她是个例外。

跟阿姨规规矩矩地回家，吃了饭之后再一个人回房间看书，偶尔也会看一下动画片，可那都是一个人，实在是有些无聊。晚上阿姨给她洗过澡之后便回去了，偌大的别墅里静悄悄的，只有她一个人。

有几次遭遇打雷下雨，姜映初一个人躲在门后抱着怀里的小兔子等着，期待着他们回来，可几乎每次过来的都是宋嘉兮的父母，那个时候他们还是邻居，他们就会把她抱回家，跟宋嘉兮睡在一起，两人的革命友谊也是从那个时候开始的。

梦了好久好久，姜映初突然从梦中惊醒，睁开眼看着洁白的天花板，呆愣了片刻，她才掀开被子起身，去了隔壁。

顾修竹睡了一会儿后便起来了，公司的人跟他汇报关于项目上的事情，怕吵醒姜映初，所以去了客厅。

正说着，姜映初突然从里面走了出来，径直地朝他这边走来。

顾修竹一怔，张开手把人抱住，任由她坐在自己的腿上，低声问："做噩梦了？"

"没有。"姜映初埋头在他脖颈处深呼吸了一下，缓了缓才问，"你在做什么？”

顾修竹顿了顿，朝那边语音通话的人道：“继续。”

“好……好的，初初回来了？”

“嗯。”

姜映初猛然回过神来，发现顾修竹是在工作。她刚想要从他腿上离开，就被顾修竹给压住了：“没事，不会挡着我的，就这样抱着吧。”

她挣扎了两秒，放弃。

“好。”

她确实是贪恋顾修竹身上的味道，贪恋他给予的安全感。

那头的人知道这两人在一起，连工作也快了很多，唯恐打扰到两人，快速说完后，顾修竹沉吟了片刻，低声道：“我先看看，明天去公司再细谈。”

“好的。”

挂断后，顾修竹才垂眸看着怀里的人，低声问：“怎么了？”

姜映初摇头，抱着他蹭了蹭问：“你睡觉了吗？”

“睡了一会儿。”

“待会儿要不要出去啊？”她扭头看向外面，天色已经全部暗下来了，都快要七点了。

看了眼时间，姜映初才知道自己睡了有两个多小时了。

顾修竹亲了下她的唇角，“嗯”了声：“去吧，带你出去走走，买点东西？”

闻言，她眼睛一亮，笑眯眯地看着他：“买什么呀。”

顾修竹把人抱了起来，抱回房间：“你想买什么就买什么。”

姜映初扑哧一笑，点头答应：“好。”

她换了衣服，特意看着顾修竹穿的同款大衣，这两年两人买了不少情侣装，每次只要是一起出门，基本上都会穿。

姜映初发现顾修竹特别适合穿黑色长款大衣，走起路来风度翩翩的，衬得他腿修长，气质出尘。

两人换了衣服，她还给自己化了个淡妆，只是刚化好顾修竹就低头亲了口，把她的口红都给弄花了。

“你干吗！”

顾修竹低低一笑，吮了下她的唇瓣：“忍不住。”

姜映初睨他眼，重新把口红涂上：“不准乱来了，要出门了，我都饿了。”

顾修竹扫了眼她的肚子，压着笑：“中午不是说吃撑了吗？”

“你还好意思说……”她红着脸反驳。

顾修竹连忙认错，握着她的手亲了下：“好，我的错。”

他想着，补充了一句：“主要是你太美味了。”

“不准说啦！”她恼羞成怒，慌忙地把口红涂好，觑了他一眼，“我们快出去吧。”

“好好好。”

到门口，顾修竹指了指她要穿的鞋子，问了声：“靴子？”

“嗯。”她弯腰想要去拿，顾修竹便先于她一步了，低声道：“今天我来好好伺候一下我们家小姑娘。”

他蹲在姜映初面前，一点也没嫌弃给她穿鞋，即便是做这样的事情，他也是认真的。

姜映初看着，有些失神。

如果自己一定要结婚，如果那个人是顾修竹，她好像是愿意去试一试的。

夜幕低垂，灯光明亮。

城市从过年的氛围中再次醒来，现在已经有不少公司开始上班了，人也渐渐多了起来。

两人没开车出门，就想去附近走一走。

顾修竹给她调整着围巾，把手放入自己的口袋中，垂眸看着她：“冷不冷？”

姜映初点头，只有一双眼睛露出来：“冷啊，虽然南方也冷，但风没有这么刺骨。”

南方和北方的冷，不是同一级别的。

她站着，只觉得那些寒风冲破了所有障碍，直抵肌肤，冻得她根本不想说话，一说话冷气便冲了进来，完全受不住。

顾修竹无声地扬了下嘴角，拉着她往另一边跑。

“去商场吃饭。”

“好。”

商场里人多，刚过了新年，很多店铺新开张，还有不少的打折活动。

姜映初环视一圈，拉着顾修竹去负一层：“想喝奶茶。”

顾修竹没辙，陪着她一起去排队买奶茶。

“外面好冷啊。”

“待会儿吃饱了就不冷了。”

姜映初觑他一眼：“还是冷。”

顾修竹伸手，揉了揉她的手，吹了口气：“还冷吗？”

她咳了声，不太好意思的缩回自己的手，小心翼翼地说：“周围都是人呢。”

“在意做什么。”

姜映初刚想要说话，突然发现前面有熟人出现，讶异出声，指着另一边问：“那个背影……是不是楚楚他们啊？”

顾修竹顺着她指着的地方一看，还真是。

“嗯。”

突然，周楚楚转头往这边走了过来，看到姜映初的时候眼睛一亮，无比惊讶：“怎么你们也在这里？”

姜映初笑：“楚楚姐。”

周楚楚欸了声：“你们吃饭了吗？要不要一起吃饭？”

至于江廷，完全被抛弃在一旁。

“可以啊。”姜映初也没在意这是跟顾修竹的约会，连忙答应，“吃什么呢？”

“你想吃什么？”

姜映初张了张嘴，看着她：“楚楚姐，你想吃什么？”

“火锅或者烤鱼吧，大冬天的吃这两种才合适。”她看向姜映初，“烤鱼吧，你喜欢。”

姜映初莞尔一笑：“好啊。”

顾修竹完全没意见，两位女士买了热奶茶后，四个人去了烤鱼店，两人约会变成了四人，顾修竹和江廷对视一眼，耸肩表示无奈。至于姜映初跟周楚楚，好长时间没见了，这会儿正聊得起劲。

毕业后周楚楚就进入了连轴转的工作状态，也只偶尔在群里冒个泡，约出来吃饭的机会是少之又少，所以再次见面，彼此的话不免多了起来。

姜映初正对职场好奇，所以不免多问了点。

“这么累吗？”

周楚楚喝了口奶茶，蹭着江廷：“对啊，你不知道我比江廷还累……”

江廷：“……嗯，是挺累的。”

他顿了顿补充：“三天没回家。”

姜映初：“……”

顾修竹：“……”

周楚楚非常不满地觑了他一眼：“哪有你厉害，五天不回家。”

两人开始讨论起谁工作比较忙了，姜映初看着服务员连忙说：“吃饭吃饭，楚楚姐我们待会儿去逛街吧。”

“好啊。”

两人一拍即合，吃饭的时候大多数是两位男士在服务，吃饱喝足后两人欢乐地去逛街，顾修竹和江廷生无可恋地对视一眼，默默地摸了摸自己的鼻尖，跟了上去。

姜映初一个人的时候逛街欲望并不大，但是有伴就不同了。

周楚楚是个很有眼光的人，也很会说话，性格活泼，所以两人一起逛街特别合适，她给姜映初选了好几件衣服让她去试，自己也跟着去了，等出来后问两位男士意见，顾修竹看着姜映初点了点头：“好看。”

轮到周楚楚的时候，顾修竹淡淡看了眼：“还好吧。”

江廷则会哄着她，一个劲儿地夸。

事后姜映初给顾修竹讨论说，她从没想过江廷那种性格的人也会夸人，还夸得那么好。

顾修竹怎么说来着，一个愿打一个愿挨，相爱的两个都是会互相妥协的。

两人逛了一家店又继续下一家，其实有时候即便是不买，逛一逛试一试心情也会非常好，这大概是大部分女生的天性，当然她们两人还是买了不少东西。

至于顾修竹跟江廷，在她们逛了一圈又一圈后，就更生无可恋了。

直到晚上十点，商场的人开始少了，她们才算是结束。

道别后，各回各家。

姜映初看向顾修竹，忍不住揶揄地笑了声："是不是觉得女人逛街很无聊？"

顾修竹想了想，诚实地点了点头："是有点。"

姜映初扑哧笑，轻声道："我们还算是战斗力弱的。"

"我知道。"顾修竹说了句，"我妈比较厉害，我有一次被她拉着逛了整整一下午。"

姜映初哈哈大笑。

回家之后，两人洗漱过后便休息了。

睡前两人都习惯性地聊天，顾修竹把人抱在怀里，没乱来。

"今天开心吗？"

"开心啊。"姜映初翻了个身，看向顾修竹，"你明天就要上班了是吗？"

"嗯，前几天就开始忙了。"

闻言，姜映初"哦"了声，抱着他撒娇："我跟你去公司打杂吧。"

顾修竹低低一笑："好啊。"

突然间，姜映初想到一个问题，看向顾修竹："对了，楚楚姐跟我说，她跟江廷可能要结婚了。"

顾修竹一怔，没想到她会主动聊起这样的话题，轻"嗯"了声："我知道。"

这个事情很早之前两人就说过了，以前周楚楚是不太愿意结婚，江廷也是随意的态度，但最近好像都转变了，不过不是结婚。

他说了句："是先订婚，暂时不结婚。"

姜映初："我就是听楚楚姐提了一句，她刚毕业还不到一年呢。"

顾修竹垂眸盯着她看，亲了下她的眼睛，没说话。

她沉默了片刻，突然小心翼翼地问："顾修竹。"

"怎么了？"

"你想结婚吗？"

顾修竹顿了顿，低声道：“不想。”

“啊？”姜映初有些意外，她眨了眨眼看着顾修竹，有些震惊，“真的？”

“嗯。”顾修竹亲着她的唇瓣，嗓音温和，“我们好好体验下恋爱生活，更何况结婚不结婚只是一张证明而已，我们跟结婚没差别。”

他亲着她的眼睛，哄着：“至于结婚，等我们谈恋爱谈够了再说。”

闻言，姜映初扑哧一笑，轻声答应：“好。”

他们就谈个不分手的恋爱再结婚。

第 32 章　名字

从那次交谈过后，姜映初跟顾修竹谁都没有再提起这件事。

一晃就到了开学，最后一学期在学校里认认真真上课的日子，大家比之前更为珍惜。

姜映初她们宿舍和往常一样，没有太大区别。

她其实有些庆幸，自己大学的室友都特别好相处，遇到的人多数也都是和善的。

她们宿舍鲜少有争吵，连周楚楚都说她们宿舍的人都是佛性的，不搭理鸡毛蒜皮的小事，性格虽然各有差异，但是心都是好的。

舒玥依旧不怎么回宿舍，蒋文文考研，只有宁年年和她在准备实习的事情。

时间滴答滴答地流逝着，一眨眼的工夫最后一个学期也都过去了，也就意味着她们即将分开，提前进入社会去体验了。

人，总要往前走，向前进的。

姜映初这几年在学校里学到的东西不能说很多，但也不算少，她一直都是认真的，学了便会去努力，很多大学生一进入大学，便习惯性懒散，习惯性把学业放在一旁，享受着大学生活里的安逸。

安逸固然需要，但是专业知识也不能落下。

因为霍嘉珩他们公司暂时还没招收毕业生和实习生，所以姜映初想要先去试试其他机会，加上霍嘉珩公司那边，她也不一定能通过。总之，想要准备充分一点，多面试几家，说不定经验也多一些。

顾修竹倒是随她去，做自己想做的，累了或者是受了挫折回家来，哄一哄安慰一下，给她想各种解决的办法。他给她一个最好的避风港，任由她去闯，但只要回家了，一定是心安舒服的。

姜映初再一次受挫，跟顾修竹小声嘀咕着："我发现其实我大学好像没学到什么，好多专业内容都不知道。"

顾修竹侧头看她眼，顿了顿问："今天面试被问了什么刁钻问题？"

姜映初扑哧一笑，小眼神睨了顾修竹一眼，抱着他撒娇："问我说万一遇上金融危机，要如何更好地处理项目。"

闻言，顾修竹点了点头："那你怎么回答的？"

姜映初耸肩："照实回答，当然是把手里的项目好好完成啊，金融危机是金融危机，并非不是不能解决的，不是吗，万一度过了呢？"

"嗯，说得不错。"

姜映初笑，轻声道："但我感觉面试官好像不怎么满意我的回答。"

"察言观色？"

"嗯嗯。"她其实挺会看人脸色的，一个人的神情能代表很多东西。

而且经过这几天的面试，大约是知道每个面试官在当场的态度是什么。

顾修竹捏了捏她的脸，沉吟了片刻："不着急，慢慢来，过两天你哥他们公司就去学校了吧？"

"对。"姜映初算了下，"还有两天，我估计到时候想要挤破头进去的有很多人。"

她嘻嘻一笑，抱着顾修竹小声说："我明天跟他约了吃饭，我姑姑回来了，见一面。"

"好。"

"你跟我一起去吧。"姜映初眉眼弯弯地注视着他，轻声道："想把你介绍给姑姑认识。"

这两年姜妍妍回来过两次，但恰好顾修竹出差了，一直没碰上，所以这两人还没见过面，跟霍嘉珩倒是见过很多次了，算是非常熟悉了。

不过就算是跟霍嘉珩见面，姜映初也不会主动提及自己想去他公司的想法，她不需要走后门，她更想要的是凭实力进去。

顾修竹一怔，点了点头答应："好。"

姜映初是有改变的。她以前的时候鲜少主动提起要把顾修竹介绍自己的亲戚认识，她会觉得不好意思，会觉得万一分手了不好解释。

但近期却好像没有了这样的感觉，她有时候甚至主动询问顾修竹，要不要见见她姑姑。

对她来说，姑姑可能比她爸还重要，至少她从没在顾修竹面前提起过见她爸的事情。

她自己也已经很久没见到过了，也不联系。

在她心里，这份亲情不知道什么时候开始就越来越淡薄了。

一晃便到了姜映初他们几个人见面的时间，其实就是约了一顿午饭，但顾修竹一起去的话，就变得正式了许多。

姜映初看着问自己意见的人，憋着笑："很帅气了。"

她笑着说："不用再看镜子了。"

顾修竹顿了顿，看她一眼："还笑？"

姜映初没忍住，走到他面前给他整理衣领，轻声道："真的，白衬衫超级帅了，不用那么正式的，只是见个面。"她忍不住调侃，含笑问，"我怎么觉得你见我妈都没这么紧张？"

顾修竹挑眉，迟疑了片刻说："也紧张，但不一样。"

见她妈的时候，因为在学校有过一次碰面，所以相对不会那么紧张，并且顾修竹知道她妈妈是什么职业，而且人也很温柔，但是她姑姑，战地记者，虽然他平日里接触得也多，但还是会对这个职业肃然起敬，那种打从心底的敬佩感，很强烈。

更何况姜映初也说了，是从小对她很好的人，那肯定要用最好的态度去面对。

两人收拾好后出门，见面的地方不在家里，在外面的一家高档餐厅，是霍嘉珩选的，他这两年偶尔还能在不少的活动场上遇见，算是熟人了。

见面比他们想象的要顺利很多，姜妍妍虽然年龄是长辈，但是心态还真的跟姜映初没有太大的区别，甚至有些事情比姜映初还看得开，跟顾修竹也相谈甚欢，一直说让顾修竹多多照顾一下他们家不懂事的小丫头。

顾修竹低低一笑，看了眼姜映初："初初一直都很懂事的。"

姜妍妍看着姜映初感慨了声："是啊，在有些事情上面，我倒是希望她懂事得晚一点。"

她指的是什么，大家都一清二楚。

霍嘉珩"啧"了声："妈，你说什么呢，吃饭吃饭。"

姜妍妍扭头瞪了他一眼："你还好意思说，我让你给我找个女朋友，你都找几年了，都三十岁了，还没个女朋友出现。"

到最后，这顿饭变成训斥霍嘉珩的鸿门宴了，姜映初从头到尾憋着笑，完全不敢说话。

饭后，姜妍妍去洗手间，姜映初才敢调侃霍嘉珩："表哥，我的表嫂呢，怎么还没出现呀？"

霍嘉珩觑了她一眼，看向顾修竹："管好你的女朋友。"

顾修竹神色淡然，看着姜映初的眼神满是宠溺："也是你妹妹。"

霍嘉珩被噎得无话可说。

沉默了片刻，他看向姜映初："明天来我公司一趟。"

"为什么？"姜映初眨了眨眼看着他，"你想要让我走后门吗？"

霍嘉珩冷笑，冷冷道："做梦！"

姜映初："……"

这到底是什么亲戚，怎么可以如此冷淡！

闻言，姜映初撇了撇嘴，表示自己的不满。

不过也仅仅是在霍嘉珩面前表示一下不满。她自己本人也说过，不想走后门，她有信心自己凭实力能进他公司。

霍嘉珩跟顾修竹在一旁聊着公事，姜映初倒成了无聊的那一个，默默地跟宁年年聊着天。宁年年今天恰好去面试了，说是遇到了一个特别帅气的男生，看着很喜欢。

初初："多喜欢呀，多帅呀，想看看照片。"

年年："你怎么好意思要照片？你每天多看看顾学长就好了！"

初初："不是，我主要是对你的眼光表示怀疑，所以想看看你嘴里说的很帅到底是多帅，是真的帅气呢还是……你懂吧。”

年年：“啊啊啊……初初你太过分了！我不过就是上次看错了一个帅哥，你现在还说！”

初初：“是吗，我怎么记得不止是一次啊？”

两人聊得起劲，顾修竹侧头看了眼：“在跟谁聊天？”

“年年啊。”她回答着，声音清亮。

她没想过，话音一落，霍嘉珩很紧张地问了一声：“你刚刚说什么？”

他神情严肃，显得特别紧张，看着姜映初，一字一句问：“你刚刚说的名字，叫什么？”

姜映初一怔，诧异地看向霍嘉珩眨了眨眼，虽然一脸蒙，但还是老老实实地回答了：“年年，我室友，怎么了吗？”她盯着霍嘉珩打量着，“你认识？”

“年年？多大了？”

“嗯，跟我一样大啊，怎么了？”

闻言，霍嘉珩怔愣片刻，眉眼松动下来，讥讽地扯了扯唇：“没事。”

他怎么会听到一个相似的名字，就觉得是她呢。霍嘉珩心底思绪万千，情绪不太对。

沉默了片刻，他起身，看着两人解释了一句：“我出去抽根烟。”

“好。”姜映初看着霍嘉珩走后，才和顾修竹对视，完全不懂刚刚的情况。

“刚刚……是怎么了？”

顾修竹摇头，表示不知道。

“我刚刚不就说了年年的名字吗？”

“嗯。”顾修竹点了点头，“你不知道？”

两人完全都不在状态，根本不懂霍嘉珩为何反应如此大。

“不知道。”姜映初小时候跟霍嘉珩待在一起的时间并不长，偶尔才见一面，更何况两人还有些年龄差距。霍嘉珩对她是好，但接触不多。

两人正沉默着，姜妍妍突然回来了，她看着空了的位置，顿了顿：“人呢？”

姜映初指了指外面：“他说出去抽烟。”

姜妍妍："……不是戒烟了吗，又抽？"

姜映初想了想，把刚刚的事情说了下，有些好奇："为什么我哥听到一个名字反应这么特别？"她大胆地猜测，"姑姑，那是我哥的初恋女友吗？"

姜妍妍怔愣了片刻，看向窗外站着的人，过了好一会儿才垂着眼帘，低声道："不是。"

"啊？"

她自言自语道："我还以为在他心里这事已经过去了，没想到还念叨着没放弃呢……"

越说姜映初越听不懂了。

"什么？"

姜妍妍拍了下她的脑袋，低声道："以后别在你哥面前提类似的名字，我担心他可能会听错。"

姜映初："哦。"

她虽然好奇，但看着姜妍妍的神色，也不敢再多问。

"回去吧。"

吃过午饭后，因为霍嘉珩的情绪不太对，几人也没再多聚。

回去的路上，姜映初依旧没想通为什么霍嘉珩的变化会那么大，但又不是初恋女友，那到底是什么……

不过她也觉得不是初恋女友，她一直听说的都是霍嘉珩不谈恋爱，她姑姑都要怀疑自己的儿子是不是同性恋了，不然怎么可以一直都没有喜欢的女人。

顾修竹垂眸看着她，笑了声："还想着呢？"

姜映初"嗯"了声，抱着他的手臂摇晃着："主要是觉得他的情绪不太对。"

"别多想了。"顾修竹沉吟了片刻，浅声道，"你哥那样的人，情绪再不对也会懂自我调节的。"

"那倒是。"

姜映初笑了笑，晃晃悠悠地走着，轻声道："有时候觉得他是真厉害，才多大啊，什么都做了一遍了，体验过了。"

"你也可以的。"

“我不行。”姜映初眉眼弯弯地笑着，“我没他那份勇气。”

她嘻嘻笑，抱着顾修竹往后退着走：“而且我不能出去跑，我还想留在你身边呢。”

顾修竹听着，低头亲了她一下：“好。”

两人对视一笑，牵手回家。

翌日清晨，大部分人上班的时间点，姜映初也跟着出门了。

六月下旬的阳光丰沛，已经有些炎热。

考虑到是要去霍嘉珩的公司，姜映初是简单的九分裤和小白流苏衬衫搭配，整个人看上去清爽又温柔，有点知性，又带着点俏皮。

顾修竹要上班，原本说要送她过去的，被她强烈拒绝了。

她虽然没去过霍嘉珩公司几次，但位置还是熟悉的，更何况还有霍嘉珩给的通行证，完全没问题。

一路顺畅地抵达，她到的时候霍嘉珩正好开会去了，助理把她领进了办公室，给她倒了杯水，安置好。

“霍总应该还要一会儿才回来，姜小姐你先休息会儿。”

姜映初点点头，环视道：“好，谢谢。”

“不客气，有事喊我就行。”

“好的。”

等助理走后，姜映初坐着无聊，忍不住在室内走了一圈，望着窗外的车水马龙，感慨万千。

她正捧着杯子看着，没过十分钟霍嘉珩便回来了。

“等多久了？”

“才一会儿。”姜映初看向他西装革履的模样，笑了声，“我还没怎么见你穿这么正式的。”

霍嘉珩挑眉一笑：“真的？”

“当然了。”姜映初忍不住感叹，“你这模样在公司出现，你们公司的小姑娘们应该都特别卖力工作吧。”

闻言，霍嘉珩哂笑了声：“这倒是事实。”

“自恋。”

霍嘉珩看她：“坐。”

他坐在位置上，把一侧的资料拿了出来递给她：“这是你找我要的一些案例资料，回去好好看看，对你有帮助。”

“好。”

两人谈着正事，说完后，姜映初趴在桌面上眼巴巴地看着他：“哥。”

霍嘉珩一听，就觉得不太对劲，但面上还是不改，扬眉看着她：“有事就说，你哥能办到的肯定帮你。”

姜映初嘻嘻一笑，眨了眨眼问：“那个你们公司的面试难不难啊，大概会问什么问题？是专业相关的呢，还是琐碎事情啊？”

她虽然不走后门，但多少还是想能打探到一点是一点的，至少多加点希望。

霍嘉珩笑了声：“想知道？”

“嗯，想！”姜映初非常认真地点头。

除了她之外，宁年年她们也想知道，霍嘉珩公司是他们所有人挤破头都想要进来的，即便是只能在这里实习一年也好。

霍嘉珩觑了她一眼：“天机不可泄露。”

姜映初喊了声，非常嫌弃地摆了摆手：“好吧，其实我猜到你不会告诉我了，我就问问也死心了。”她对着霍嘉珩双手合十地拜了拜，“求求霍总保佑我，面试顺利通过。”

霍嘉珩嗤笑一声，眉眼间挂着漫不经心地笑：“我还是神了是吗？”

“算你们公司的神啊。”

两人斗了下嘴，霍嘉珩都被她给气笑了。

“面试问什么确实不太清楚，他们较为多变，你察言观色地回答就行。”霍嘉珩想了想，还是给她点信心，“更何况我知道你的实力，只要不乱来，过面试官的那几关进来实习没什么大问题。”

“好的！”

姜映初看向他，欲言又止。

“想问什么？”

“没什么。”她突然想到自己姑姑说的那两句话，还是没把自己心底的疑问给问出来。

“那我先走了啊，就不耽误你了。”

“找顾修竹吃饭？”

“嗯。”

“去吧，注意安全。”

“好。”

姜映初笑着离开，门一关上霍嘉珩的脸上的笑便淡了下来，他大概能猜到姜映初想问什么，只是到目前为止，他并不是特别想回答，自己都不愿意去回想的事情，就更没必要让其他人知道了。

他摇了摇头，收起思绪，把助理喊进来继续一天忙碌的工作。

出了公司，姜映初去找顾修竹吃午饭，然后便安心地开始看资料。她找的是金融方面的案例，有些资料她自己找不全，所以才拜托霍嘉珩帮忙的。

接下来的两天姜映初都在家里看资料，没怎么出去。

直到那些公司来学校招聘，她才准备妥当地去参加第一轮面试，递交资料，第一轮面试很顺利就通过了，三天后姜映初和宁年年便去了第二轮面试。

公司总共有三轮，过了第二轮能留下来的机会就更大一点了，也意味着留下来的都是旗鼓相当的人，竞争相当激烈。

虽然面试会很烦，但是努力过后能得到好结果，却是会让所有人都开心，即便是坏结果，至少也不会后悔。

宁年年在第三轮的面试中没有通过，被另外一家公司录取了，姜映初倒是顺利通过了。这一次霍嘉珩公司就只招聘了十个实习生和十五个大四的毕业生，总共二十五个名额，已经足够。

顾修竹自然是为她高兴的，只是上班相对也会累很多，他希望姜映初能坚持下来。

不是对她没有信心，实在是投行太累了，特别是刚起步阶段，几乎一天二十四小时不得放松，可能需要上班十五六个小时，新人刚开始上班，大多数都是会被压榨的，处理起事情来也没有那么迅速。

姜映初第一天上班，还挺信心满满，一周下来后，整个人就没力气了，一回到家就瘫倒在了沙发上。

顾修竹看着她觉得想笑，但又心疼。

“感觉怎么样？”

姜映初摇头：“太累了，我算是体会到你创业时候的辛苦了。”

顾修竹把她的脑袋挪到自己的腿上，垂眸看着她：“黑眼圈都出来了。”

“是啊。”姜映初眨了眨眼，“现在还只是实习，我都不敢想以后。”

顾修竹淡笑了声，轻声问：“那还想去上班吗？”

“想！”姜映初坚定地说，“我可不是会被轻易打倒的人，上班肯定要坚持的，难就更要坚持。”

“好。”顾修竹摸了摸她头发，低声道，“可以吃饭了。”

“你抱我过去好吗？”她眼巴巴，可怜地望着顾修竹。

顾修竹了然一笑，吻了下她的唇角，一把将人抱了起来：“吃饭。”

“好的！”

两人边吃边说，大多数时间都是姜映初在说话，顾修竹安静地听着，偶尔会回应她一两句，这样的生活对两人来说，真是无比满足。

饭后，两人洗漱休息，每天都差不多是这样的日子，可他们也不觉得烦闷或是平淡，甚至有时候两人也会默契地在平淡的生活中寻找乐趣。

日子一天天过去，一眨眼的工夫，又快到新年。

在这半年的实习生活里，姜映初也慢慢适应了高强度的工作，现在处理事情虽然不算得心应手，但至少不会再出现简单错误了，有时候自己也能负责项目的一部分，做得还算不错。

她在公司这么长时间，跟霍嘉珩几乎没怎么遇见过，一个是大老板，一个是小实习生，除了霍嘉珩的助理知道两人的关系外，其他人都不清楚。

姜映初也挺喜欢这个状态，她不想因为是霍嘉珩的表妹就被区别对待，所以在某种程度上来说，她享受着现在普通实习生的身份。

虽然职场的生活和她以前幻想的不太一样，但也还能接受。姜映初的性格不错，在尔虞我诈的环境里相处得还不错，大家对她都会多一点的照顾，人看着虽然柔柔弱弱的，在公事上面却非常果断。

这天，组长给他们几个分配了一个新项目，是一个融资项目，对方暂时还没决定找哪家公司，暂时还在争取中。

“这个项目要是能拿下来，今年我们组的奖金翻倍！”

话音一落，大家士气大振。

“什么时候开始竞聘？”

“一周后，大家多收集资料，尽量拿下。”

“是！”

一时间，姜映初他们刚休息了片刻又开始忙碌起来，只是她没想到，她会在这个项目上遇到方凯，从上次之后，两人就再也没见过。

即便是身处于同一个圈子，也因为身份不同，没有正面遇上，这一次完全是意外。

他们最后一次见面，也是在一个项目上。在姜映初和他见面后的那一次，他依旧没有死心，暗地里给顾修竹使绊子，下套，甚至在顾修竹他们正争取投资的时候，在半路中拦截下来。直到一次商业竞争，两人正式对上，方凯输得彻彻底底，无论是哪一方面他都败了，这才放弃。

姜映初后面见过他一面，她其实是后来才知道那些事情，她是完全没想到方凯会是那样的人。她原先以为这人虽然不讨喜，但至少不会做背后捅刀子的事情，但没想过他还真做了。

她一度觉得她爸的眼光有问题，身为一个教育局的领导，眼怎么那么瞎！

后来的事情她便没有参与了，方凯也从她的生活中彻底消失了，算下来两人已经很久没见，因此两人对上的时候，姜映初足足愣了两秒才反应过来。

倒是方凯轻松地笑了下：“公平竞争。”

姜映初点了点头：“嗯。”

方凯顿了顿，直勾勾地望着她：“放心，我想开了，过去那些事是我做得不对，一直欠你一句抱歉。”

闻言，姜映初哂笑了声，勾了勾唇角，眉眼微挑，一字一句地说：“你要说抱歉的人是顾修竹，而不是我，如果不是你在后面使绊子，他怎么可能走那么多弯路？”

当年的事情历历在目，那会儿姜映初一直天真地以为创业就是那么艰难，即便是人脉和能力都非常不错的顾修竹也难幸免。

那段日子，他几乎每天都只睡两三个小时，然后辛辛苦苦做方案，做各种提案，到最后，人家只是走一个后门便轻松拿下了他们一直想要的各种项目。

方凯微怔，看着姜映初提醒了一句："其实即便没有我，那些事情他也是要经历的。"

姜映初："……"

晚上到家的时候，姜映初非常生气地跟顾修竹说了这事，顾修竹淡然一笑，摸了摸她的脑袋哄着："其实他没说错。"

"啊？"

他轻声道："创业的人就是要经历各种挫折，这些本就是应该的。"

姜映初"嗯哼"了声，抱着他撒娇："可是我舍不得啊，想想你那段时间多辛苦，知道结果的时候该有多失落啊。"

顾修竹笑，亲了亲她的眼睛安慰："都过去了，现在已经很好了。"

创业本就应该经历很多风雨，在之后才能站得更稳，他如果这点心理素质都没有的话，也不用去创业了。

姜映初依旧表示不那么开心，抱着顾修竹蹭了蹭说："好困啊，不想想方凯的事情了，希望下次去开会不要遇见了。"

"还会的。"顾修竹耐心地教她，柔声说，"在商场上，即便是遇到自己不喜欢的人，讨厌的人，也要沉住气，不能让人借着神色看出自己的破绽知道吗，你现在还小，等在职场上久了，这些道理就懂了。"

姜映初在他怀里打着哈欠："我其实明白，可就是气不过。"

顾修竹低低一笑，哄孩子一样地安慰她："我明天不用加班，陪你出去走走好吗？"

闻言，姜映初眨眼，非常惋惜地说："可我要加班啊。"

两人都是大忙人，在这件事情上还真是没办法了。

过了会，顾修竹突然想到一件事情，提醒她："我爷爷下周生日，跟我回家好吗？"

第33章　生日

一眨眼就到了下周日，姜映初跟顾修竹一起回家。

这一年来，她见过顾修竹的父母。不过是普通的一个周末几个人在外面遇见了，姜映初听说顾修竹的父亲特别忙，鲜少有时间在家，那一次也是意外，正好在外面碰见了，就一起吃了饭。

再后来顾母也一直邀请她去家里吃饭，但是两人要么是顾修竹没时间，要么是姜映初没时间，有时候或是顾父不在家，总之四个人的时间鲜少能凑在一起，这事便作罢。

直到现在，顾修竹提起他爷爷的生日，姜映初才恍然，这下可能算是正式见家长了。

他爷爷的生日，家里一定会有很多的亲戚朋友，而顾修竹愿意带她过去，一定是有其他意义存在，这一点姜映初非常清楚。

她之前便听顾修竹说过，他爷爷是军人，在某些地方很严厉，希望她别有压力，这一点她倒是不会，但是在答应之后紧张感还是很大的。

考虑到顾修竹爷爷的生日，姜映初还特意去请教了霍嘉珩，买了一份生日礼物，不算贵重，但她想应该是会喜欢的，毕竟霍嘉珩其他的本事没有，在讨长辈欢喜上面，还是有一定能力的。

顾修竹对于紧张了一星期的人，有些无奈。

“放轻松，我爷爷没有那么可怕的。”

姜映初瞪了他一眼，嘟囔着：“你不懂。”

“嗯？”

姜映初叹了口气，照了下镜子：“我的妆花了吗？”

顾修竹侧头看了眼，眸色沉沉：“没花，今天换口红了？”

“你怎么知道。”她眼睛一亮，忍不住夸了他一句，“就上周跟年年去逛街买的，一直没用。”

她还以为顾修竹根本看不出来呢，毕竟大部分的男人都分不清楚女生的口红色号，他们甚至不能够理解女人们为什么买那么多支类似的口红。对于他们来说，所有的颜色其实都长得差不多，没区别。

不过顾修竹倒是还好，他从来不会说姜映初乱买东西，有时候还会主动给她买。

顾修竹看着眼前的红唇，喉结滚动着：“嗯，看出来的。”

“好看吗？”

顾修竹想了想：“你涂什么都好看。”

姜映初：“……”

她无语地翻了个白眼，忍不住问：“你是不是分不出来？”

“不是。”

“啊？”

“你靠过来。”正好前面红灯，车子慢慢停了下来。

姜映初没懂顾修竹要做什么，但还是朝他那边靠近了一点，让他看仔细自己的口红，结果刚一靠过去顾修竹便低头亲了下来，到绿灯时候才把她放开。

姜映初整张脸爆红，双眸含着水雾，娇嗔地瞪了他一眼：“你干吗呢？”

顾修竹当着她的面舔了舔唇，像是在回味她柔软唇瓣的味道，他低低一笑，声音低沉有磁性：“水蜜桃味的。”

“分出来了吗？”

姜映初憋着笑，红着脸扭头看向别处：“谁让你这样分的啊，我是让你看，不是让你吃！”

“吃比较适合我。”

姜映初噎了噎，红着脸拿着自己的小镜子补妆，嘴里小声嘀咕着：“我的口红都花了，都怪你。”

嘴里虽然是在说着顾修竹，但心底却是甜蜜的。

她拿着口红补妆，补好后再不敢问顾修竹能不能分出来了，她敢保证自己要是再问，顾修竹可能还会再亲一次。

这一下，直到到了顾修竹家的大门口，两人都没乱来了。

窗户紧闭着，外头寒风刺骨。

姜映初坐在车内，往窗外看了一眼，愣住了。

“那个……你爷爷住在这里？”

顾修竹顿了顿，微微颔首：“吓到你了？”

“不是……”姜映初拧眉看他，“你怎么都不提前告诉我啊，好歹让我有个心理准备。”

闻言，顾修竹轻笑了一声：“不需要心理准备，他们都知道你，也特别喜欢你。”

姜映初依旧是难以置信：“不是……我现在有点腿软了。”她想了想，小声问，“你爷爷不会还有什么官职在身吧？”

顾修竹思忖了片刻，摇头：“没有了，都退下来了。”

不知为何，听到退下来这几个字的时候，姜映初的心更慌了。

她好像交往了一个深藏不露的男朋友……

稳了稳心神，姜映初眨眼睛问：“那你呢，你从小住在哪里？”

她好像也从没问过顾修竹他父母是做什么的。上次见他爸爸，姜映初只觉得有点眼熟，有点严肃，因为紧张，脑袋一片空白，所以吃过饭后，她把自己想要问的全都给忘记了。

事后也没想起来要问，直到现在，她觉得自己是时候问一问了。

顾修竹笑了声：“我家不住这里。”

姜映初瞬间放心下来了。

“不过……”顾修竹停顿了一瞬，再次把她放下来的心给提了上来，悬挂在半空中，找不到着落点，他慢条斯理地说，“性质差不多。”

顾修竹解释：“这边是我爷爷他们那一辈的人住的，他想要清闲自在一点，所以很多退休的老干部都住这边，我家住在市中心那边的大院。”

她现在想下车可以吗，莫名的腿软和不想下去了。

随着前面的警卫兵放行，车子已经开了进去。

姜映初扭头看了眼：“我好紧张。”

顾修竹低低一笑，把车停好后才安慰她：“别紧张，真没事，他们早就知道你了，都认识的。”

想了想，顾修竹补充了一句：“更何况还有我妈在，她会护着你的。”

话虽如此，可姜映初还是莫名地心慌，就感觉对这种地方有种肃然起敬的感觉，那种一进到这里便打从心底里冒出来的敬畏感和敬佩感，特别丰沛。

顾修竹下车，绕到姜映初这边把车门打开，轻声道：“没事的。”

“嗯。”

嘴里说着害怕，但她都到了这里，不可能会退缩，也就是跟顾修竹多说两句，缓解自己的那种紧张感。

“好。”

顾修竹勾了勾唇角，微垂着眉眼把她牵着，拿上东西往一侧的小楼房径直走去。

周围都是静谧的，一侧还停着不少车。

顾修竹跟姜映初说了下，因为他爷爷不太喜欢大办这种生日，所以大多数都是亲近的人一起吃一顿饭，几乎都是熟人。

“还紧张吗？”

姜映初迟疑了片刻，点了点头：“其实还是有点的，但还好。”

顾修竹莞尔一笑：“没事，有我呢。”

“嗯。”

两人对视一笑，刚走到门口，顾母便走了出来，看着两人惊喜地喊了声：“初初来了啊，我还以为你们还要一会儿呢。”

姜映初望着顾母笑：“阿姨好。”

顾母看着她，眉眼柔和：“怎么感觉一个月没见，初初你又瘦了。”

她打量着姜映初，拉着姜映初的手轻声道：“跟阿姨快进来，坐车累吧。”

顾修竹："……"

"妈，你怎么不问问我开车累不累？"

顾母冷冷地觑他一眼："有什么好问的，你开车不是应该的吗？"

一转头，她对姜映初的脸上就堆满了笑，有种顾修竹才是捡回来的感觉。

"来，快进来大家都到了，先休息会儿。"

顾母领着姜映初进去，刚一进去便吸引了大家的目光，顾母带进来的女孩子，身份不言而喻了，更何况大家在之前便知道顾修竹会带女朋友回来，所以正期待着。

"是初初吧？"

姜映初微微一怔，点头："是。"

顾母给她介绍，介绍了一圈之后，大家也都齐齐围着姜映初笑着："长得真好看。"

"阿竹眼光真不错啊。"

"初初跟阿竹一个学校的是吧，现在实习了吗？"

"过来累不累？你们那边过来要挺长时间的，辛苦了。"

大家的问题一个接着一个，但却不会特别突兀，反而是很和善很温柔的那种，让她的紧张感缓解不少。

顾修竹刚把东西放好便看着这群人，有些无奈："麻烦不要吓到我女朋友了。"

众人："……"

顾修竹笑了笑，看向姜映初："我们去楼上，看看爷爷。"

"好。"

两人牵着手走，免不了被打趣了一番。

顾修竹的爷爷比她想象中要温和很多，并不是特别严厉，在看到姜映初的时候眼睛亮了亮，盯着她看了好一会儿才点头说好："真好。"

"爷爷好。"

"初初吧。"顾爷爷笑着，指了指，"坐下说话，不用这么拘谨，都是一家人。"

他声音沉稳温和，看着姜映初的目光更像是一个充满爱的长辈，谈论的话题也不会给姜映初任何压力。

中午吃饭是真的一大家子，很多人，大家都是热热闹闹的，在知道姜映初是顾修竹的女朋友后，大家对她都非常温柔。

一中午下来，姜映初只觉得自己的紧张感全然消失，取而代之的是那种舒服感，感觉特别好。

两人吃过饭后出去走一走，顾修竹侧头看她，帮她把围巾围好，轻声问："感觉怎么样？"

姜映初垂眸看着十指相扣的手指，微微的用了点力，沉吟了两秒后说："非常好，你们家的家庭氛围很好。"

让她有些羡慕，顾修竹的父母感情好，爷爷奶奶感情也好，其他亲戚给她的感觉也都非常不错。

顾修竹低低一笑，轻声解释："喜欢吗？"

"喜欢啊。"

"喜欢的话以后可以多来这边。"

"嗯嗯。"

顾修竹带着她去自己小时候喜欢玩的地方走了走，小时候顾父不常在家，那会儿顾母有时候也会跟着顾父出门，顾修竹待得较多的地方反而是爷爷家以及外公那边，所以这一片算是他的游玩场。

走了一圈后，两人回去，有些亲戚已经离开了，只剩下顾父顾母还有顾修竹的姑姑他们还在家里坐着，两人进去的时候他们正好在闲聊。

"阿竹，你们快过来坐一会儿，外面很冷吧。"

顾修竹"嗯"了声："有点，我去倒杯水。"

"我去。"顾母喊着两人坐下，"你陪初初坐着。"

"嗯。"

喝了温开水之后，姜映初才觉得暖和了一些。

顾修竹的姑姑温和地看向两人，越看越满意："初初还有半个学期毕业了是吗？"

"嗯，是的。"

姑姑看着两人笑了笑："有没有想过什么时候结婚啊？"

他们这一家子，对于顾修竹带人回来的意思已经很明白了。人都带回家了，肯定是就这一个了，顾修竹是那种深思熟虑的人，能让他带回来的，一定是他要定下来的人。

这话一出，姜映初便愣了下，她张张嘴刚想要回答就被顾修竹打断了。

"不急。"他声音低沉，徐徐道来，"我们还小，想多谈一会儿恋爱。"

顾修竹的姑姑嫌弃地觑他一眼："说的什么话？你不想说不定……"

话还没说完，顾母便笑着说："没关系啊，年轻人想怎么来怎么来，又不是我们那个年代了。"她笑眯眯地看向姜映初，柔声道，"不着急的，阿姨还年轻呢，你们想谈恋爱就谈恋爱，想结婚就结婚，一切按照自己的意愿就好，不用考虑其他。"

顾修竹姑姑："……嫂子，你……"

对上顾母的眼神，她的话到了嘴边又再次吞了回去。

顾母看向姜映初，浅声道："初初，要不要跟我一起去楼上，看看阿竹的照片？"

姜映初愣了愣，点头答应着："好。"

两人上楼，顾修竹姑姑看向他："你妈怎么回事？她不是最盼着你结婚吗？"

说实话她还真不是故意的，她刚刚没注意姜映初的脸色。

顾修竹想了想说："不着急的。"

顾修竹姑姑点了点头："行吧，有需要就找姑姑。"

"好。"

顾母带着姜映初上楼，两人翻看着照片。

她思忖了片刻，还是喊了声："阿姨……刚刚很抱歉。"

她想跟顾母摊牌，即便是那个结果她可能接受不了，可还是想直直白白地告诉他们。

是她不想，不是顾修竹的问题。

她其实大概能猜到顾修竹刚刚为什么会那样说。

在上一次两人讨论这个问题的时候，姜映初就隐约觉得顾修竹知道自己内心的想法，她想，可能是上一次她给他发的信息，他其实看到了，只是不想给自己压力，所以装作什么都不知道。但却在其他地方对她事事维护，甚至把责任揽在自己身上。

她并不傻，只是没问顾修竹罢了，他们两人在有些事情上有默契存在，即使对方不说，也能知晓得一清二楚。

她不想让顾修竹给自己背这个锅，想坦白是自己暂时不想结婚。

顾母含笑看着她，轻声问："抱歉什么？"

"其实是我不想……"结婚两个字还没说出口，顾母便打断了她。

她深深拍了拍姜映初的肩膀，眉眼认真地说："初初，话刚刚阿姨也说了，你们都是成年人，有自己的思想。只要是你们自己决定的，那就不用去考虑太多，我们做父母的不会给你们压力，父母只是给予一个更正确的指导方法，而不是任何事情都去压制孩子，无论是小时候还是长大了，只要是你们觉得正确的，自己想做的，你们去做就好，父母会理解，即使暂时不能，慢慢地也会理解的。"

她开玩笑地说："更何况顾修竹能交女朋友我们已经觉得很意外了，所以结婚我跟他爸爸都从不要求，无论是你们想晚一点结婚还是不想结婚，都可以。"

顾母看着她的神色，摸摸她的头轻声安慰："你们只要是开心幸福，无论怎么决定，怎么做我们做父母的都会跟着开心。"

姜映初听着，眼眶发热，她不知道该怎么回答顾母的这番话，但无疑她的这番话给予了她更需要的那种安全感，姜映初低低地答应："谢谢阿姨。"

她轻声道："我主要是有些害怕。"

顾母了然："那肯定的，谁对婚姻不恐惧呢，只是程度不同罢了，所以不想结婚不怪你，只能怪顾修竹不够好，没有给予你足够的安全感。"

"不是，顾修竹很好。"她反对顾母说的话，看着顾母的眼睛，非常认真地说，"顾修竹真的很好。"

顾母听着，忍不住笑："好好好，顾修竹很好，初初也很好，以后可以不用逃避这个问题，别人问或者是亲戚问，你可以理直气壮地回答，说我还不想结婚，想谈恋爱。”

她颇有些羡慕：“谈恋爱多好啊，自由自在的。”

姜映初眉眼弯弯地笑，心底说不出的感动。

她不知道自己多幸运，才能遇见这么好的一家人。

遇见那么好的顾修竹，遇见那么好的顾修竹父母。她有时候甚至会在想，可能是因为自己小时候缺少了这些，所以现在大家都在努力地弥补给她，填补她在这方面的空缺。

每一个人都在这方面积极地照顾着她的情绪，她想再给自己一点时间，她一定可以克服自己的障碍和害怕的。

顾修竹上来，恰好听到了这番话。

听了片刻后，他没打扰在房间里说话的两人，再悄然离开，顾父恰好坐在客厅，看向他：“怎么下来了？你妈呢？”

顾修竹点了点头，绕到一侧的沙发上坐下后说：“她们在楼上看照片，谈的欢乐我就没去打扰。”

顾父微微颔首：“那就让她们聊吧，你妈在家也无聊，以后可以多带初初回家吃饭。”

“知道。”顾修竹笑了声，“有时间会回去的。”

父子俩在楼下聊了一会儿后，姜映初他们也下来了，顾修竹还要去公司忙一下，所以两人先走了。

临走前顾母还特别依依不舍，不想姜映初走，到最后是顾修竹受不住了，说了句：“妈，你都霸占我女朋友一上午了，该还给我了啊。”

顾母：“……”

姜映初无语，红着脸睨他一眼：“说什么呢。”

顾修竹冷哼了声：“这是事实。”

顾母嫌弃地摆了摆手，对她的儿子是越发不喜欢了。

“行了行了，还给你。”

顾修竹笑，揽着姜映初的肩膀：“好啊，走了。”

“嗯，注意安全。”

两人离开后，顾修竹才看着她，轻声问：“感觉还好吗？”

姜映初迟疑了片刻，点头："很好，你爸妈还有其他的亲戚都特别好。"

闻言，顾修竹低低一笑，摸摸她的脑袋："是你太好了。"

姜映初太乖了，给人的第一印象就是很乖巧的一个人。虽然偶尔会有叛逆，但不会过度，反而是恰到好处的叛逆，眼神里有倔强。

看人的时候，从眼睛便能看出来所有，所以他们家的人对姜映初，是第一眼看完便是喜欢。

这是一个让人喜欢，会让人心疼的女孩。

两人去了顾修竹公司，周六没人上班，就顾修竹自己回来加班。姜映初也没什么事做，自觉在旁边看资料，偶尔帮帮忙，生活过得很是舒服。

这一次之后，两人的生活一如往常，没有太大区别，但偶尔顾母以及顾修竹的姑姑什么的，会找她一起逛街，相处特别融洽。

时光荏苒，一眨眼的工夫便到了姜映初毕业的时候了。

新年过后，她只给自己放了十天的假期，就再次回归工作，实习生做得越来越好，她发现自己渐渐地开始喜欢投行的工作氛围了，喜欢有挑战性的工作，虽然累，但对她来说已经成为习惯。

她开始慢慢地在工作中找到乐趣，享受起来。

过完年就一直在工作，直到快要毕业，姜映初才开始忙于毕业当中的事情，考虑到毕业生的实际情况，这段时间公司给予他们的工作量也相对少了很多。

一晃，他们的大学四年便过去了。

姜映初颇有些不舍，总觉得自己应该还在学校才更合适。

她跟顾修竹说的时候，顾修竹也深有感触，其实四年真是一瞬便过了，所有自己生活过的地方，都充满了回忆，连教室都填满了他们的过往。

拍完毕业照之后，姜映初站在树荫下，回头看着顾修竹，轻声道："好快好快啊。"

顾修竹牵着她的手，眉眼微挑："是啊。"

她笑了声，望着周围还在拍照的同学，忍不住说了句："我突然有种刚进校的感觉，结果现在都毕业了。"

顾修竹低低一笑，望着她："以后可以多回来看看。"

“嗯嗯。”

两人对视一笑，眉眼间都压着笑。

拍完毕业照之后，因为顾修竹太久没回来了，两人在学校里走了一圈，还有不少人认识他们，亲切地打招呼，还有人问能不能跟他们两人合照。

虽然顾修竹已经毕业两年了，但顾学长的事迹却一直广为流传。他的成绩，他创业的经验，以及他的女朋友，全都被学校同学八卦着，流传着，导致姜映初一个特别低调的人，走在学校里都会被人亲切地喊着学姐。

对此，她有些高兴，但有时候也会觉得很无奈。

合照后，两人继续往前走，姜映初扯了扯顾修竹的手：“去校门口吧。”

“嗯？”

姜映初眉眼弯弯地笑着，像月牙一样：“去校门口好不好？”

顾修竹一怔，知道她是什么意思。

“我给你读诗？”

姜映初扑哧一笑：“那不用了，你给我表个白就行。”

她想去校门口，因为那里是她鼓起勇气跟顾修竹表白的地方，她想要去看看，就算是走一走也行。

六月初的风，吹乱了发丝。偶有风大的时候，还能听见学校里的枝叶被吹得沙沙声响，那种声音落在耳畔，听起来很是舒服。

这会儿风很大，姜映初拉着顾修竹的手走在校园小径上，听着风和树叶摩擦的声音，嘴角的笑一直没下去。

她很享受这最后的校园时光。

两人到校门口后，还遇到不少同学在校门口拍毕业照，留下自己这四年来精彩的一瞬。

姜映初指着一处，扭头看向顾修竹：“就在那里吧。”

顾修竹低声道：“那会儿我看到你了。”

“嗯？”

“正好在拒绝林美，结果你就突然冲过来了。”那一瞬间，顾修竹以为自己出现了幻觉。

他一直很清楚自己的情感，之所以一直温水煮青蛙是不想给她任何压力，也清楚地知道她是一个在感情方面比较胆小，很喜欢逃避的人，所以他一直在等，在等着自己慢慢地把人软化，给予她足够的安全感和依赖感之后，再向她表白。

但没想到，姜映初会主动说，在自己之前。

那一刻，顾修竹像是真的听见了下雨的声音在耳边炸开，像是水滴打在路面上，炸出了一朵白花一般。

所以才会一时间没有反应过来，结果还没等自己回应，这人就跑了，还一跑跑了好几天，消失不见人影。

姜映初晃着他的手臂："谁知道你是不是真的拒绝林美学姐呀……"

她理直气壮地说："我觉得万一我当时没冲出来，你可能就答应林美学姐了。"

顾修竹捏了捏她的下巴，低头亲了口打趣她："小醋坛子。"

姜映初瞪了顾修竹一眼，摇摇晃晃地感慨："不过好像很久没有林美学姐的消息了。"

从上次林美去公司给她道歉后就没了后续，再之后他们的生活里好像再也没有出现过这个人。

"嗯，出国了。"

姜映初侧头看他："跟你说了啊。"

"没有。"

顾修竹解释："班级群里有人说的。"

其实后来林美找过他，不过顾修竹没去。

他曾经答应过要给予姜映初想要的安全感，所以只要不是非常必要的邀请，他一般不会去，更别说是一个对自己有想法，甚至还曾伤害过自己女朋友的女人，他更不会去了。

不过这些，没必要让姜映初知道。

姜映初"哦"了声，倒是没在意，都过去了，她虽然嘴里说着吃醋，但实际上并不会去跟顾修竹计较。

她看向顾修竹："你给我读诗呀！"

顾修竹笑："好。"

“读什么，想好了吗？”

“想好了。”

他伸手把姜映初抱在怀里，轻声道：“你在我怀里，我想不出任何能与你比拟的诗句。”

“嗯？”

他说：“你在我眼睛里，我的脑子便不会思考了，只剩下了你。”

姜映初扑哧一笑，拍着他的肩膀：“可这不是诗呀。”

她想要顾修竹念诗，姜映初没什么别的爱好，唯独爱看书，以前的时候还痴迷于各种情诗，很多诗句她都知道，也能随口念出来。

她一直觉得自己跟顾修竹表白的时候，真是太符合当时的情况了。

让她意外的是顾修竹竟然也是知道那首诗的，在之后的交往中，顾修竹其实给她念过很多次，有时候晚上睡不着，顾修竹会给她读诗，会哄着她睡觉。

现在回想起来，他们两人好像一直都走得很顺利。

恋爱到现在，几乎没怎么吵过架。无论她做什么，如果是错的，顾修竹会好好地给姜映初分析；如果是她喜欢的，顾修竹无条件支持，偶尔也会闹脾气，但顾修竹全部纵容着。

她想着，扭头看向顾修竹。

“你没有啊。”

“嗯。”顾修竹顿了顿，“不是没有。”

他说：“如果还有下一世，我们再遇见，请让我对你表白。”

第 34 章　求婚

顾修竹鲜少对姜映初说情话，但每次一说都是一击即中。

情话绵绵，让人猝不及防，他给予的从不是直白那种，而是许下一个又一个的承诺。

姜映初抬眸看着这人，看着他眼睛里倒映出来的自己，唇角微微上扬着，眉眼间带着笑，正目不转睛地看着他。

他的眼睛里沉入的是自己，而自己的眼眸里，何尝不是只有他。

两人对视一笑，姜映初垂眸看着十指相扣的手，轻轻地点头：“好啊。”

她说：“那你早点向我表白。”

“好。”

顾修竹笑着道：“一定。”

两人在校门口晃悠了一圈，拍了几张照片后再回去和其他的同学一起集合，大学毕业的饭在前几天便已经一起吃过了，所以拍完毕业照后大家便先行离开了。

姜映初回了宿舍住，就只剩下在学校里待的最后一天，她想跟室友们多待一会儿。

这一次再分开，说不定这一辈子再遇见的机会都少了，大学一毕业，便各奔东西，再回忆起现在的这一段，只会觉得怀念，但终归是回不到从前。

姜映初和宁年年、蒋文文讨论着，班里的散伙饭是吃了，但她们宿舍还没有，把舒玥叫上后，四个人去聚餐。

边吃边聊，虽然是夏天，但对于她们几个来说，吃火锅才是最合适的。

宁年年靠在姜映初的肩膀上，颇有不舍。

“好舍不得啊，感觉时间一下子就过去了。”

姜映初笑着拍了拍她的脑袋：“是很快，但我们不是还留在北京吗，可以常见面的。”

“对啊。”蒋文文吃着说，“我还在读研呢，可以经常回来学校找我，我不介意的。”

舒玥很是淡定，看了看两人：“有什么舍不得的，分开是迟早的，偶尔能聚一聚就好。”

宁年年瞪大眼睛望着她，连忙问：“真的啊！你愿意跟我们出来聚餐？”

舒玥：“……我什么时候说过不愿意了，你们哪次喊我我没来？”

这话一问，宁年年心虚地摸了摸自己的鼻子，嘿嘿两声：“那倒是，你都来了。”

姜映初唇角弯弯地笑了下：“今晚住宿舍吗？”

“嗯。”舒玥说，“虽然说以后还有时间，但这确实是最后一天了，我明天就不回来了。”

“好。”

其实舒玥是小公主，但性格不算特别差，宿舍的聚餐，喊她都会过来的，当然仅限于她们三个都在的情况。从大学到现在，她们的聚餐少之又少，好像总共也就那么四五次。

很多时候人都凑不齐，但每一次都很珍惜。

吃过饭后，几个人也不想再去 KTV 吼了，她们都没那个爱好，只约着一起在学校里散散步。

晚上学校里的人还挺多的，不少小情侣还依依不舍，姜映初一路走来看到了好几对在亲密，宁年年凑在她耳边小声说：“你赶紧把你们家顾学长叫来啊！”

姜映初无奈笑：“他要忙，而且他让我今天安心住在学校，好好体验一下最后一天的生活。”

宁年年扑哧一笑：“真羡慕你们。”

“羡慕什么？”

“有对象啊。”宁年年哀怨地看着姜映初一眼，略微难受，“我从进大学开始就说要找对象，直到现在我还没找到。”

姜映初：“……没事，毕业以后就找到了。”

其实宁年年不是找不到，是没什么喜欢的人，嘴里嚷嚷着那个好看，这个很帅，但让她去深入了解，她就不愿意了，宁愿每天在宿舍玩游戏，就不想真出去找。

宁年年感慨了声：“希望如此呀。”

她说了句：“不过谈恋爱也好麻烦。”

姜映初扑哧一笑，侧头看着她：“是喜欢的人的话，麻烦一点也可以接受。”

“那倒是。”

四个人在学校了走了一圈，便回了宿舍，这一晚宿舍里的四人畅聊通宵，直到最后敌不住睡意，才沉沉睡去。

两日后，毕业的同学都各奔东西，互相道别，即便是多有不舍，也总归如此。

山水总相逢，指不定哪一天他们还会再遇见。

不要不舍，有舍才有未来。

姜映初正式跟顾修竹住在了一起，两人还住在之前的地方。

毕业的事情忙完之后，姜映初又开始投入工作，不过现在不再是实习，而是正式开始上班。上一次进入霍嘉珩他们公司的实习生，留下来了一半，她是其中之一。

顾修竹也忙着自己的工作，他们的所有一切好像都步入了正轨，两人也长大了。

工作忙忙碌碌地，一下子一天就过去了，一转眼间夏天就消失不见了。

这天，姜映初意外地接到了姜父的电话，当时她正好在上班，不出意外地愣了好一会儿，才低低地答应了一声。

这两年父女俩谁都不愿意先服输，姜映初觉得自己没错，姜父虽然知道自己有错，可让他这样身份的人给一个孩子认错，给自己的女儿认错，说实话他不怎么能做得到。

如果他能轻易做到的话，那他跟姜映初的关系也就不至于会闹成现在这样。

在亲情上面，在一些决定上面，他太按照自己的性格做事，完全不考虑其他人的意愿，姜映初最不喜欢的便是他这一点。这几年打过电话回去，她偶尔还跟邱雨说两句话，但唯独姜父，是一直没聊天，没说过话。

过年期间去爷爷奶奶家里，也就短暂见了一面，各做各的，当作对方不存在。

所以接到他的电话，姜映初愣了好一会儿，才在同事的提醒下接通。

“喂。”她语气听不出多大的情绪。

姜父在那边语调硬邦邦地说：“在上班？”

“嗯。”

“霍嘉珩公司里？”姜父声音沉稳，但仔细听还是能听出来颤音的。

姜映初抿了抿唇，答应了声：“是，有什么事吗？”

“你弟弟让我给你带了点东西过来。”

姜映初：“……”

她怎么不知道，她父亲还愿意当跑腿的了？！

心里虽然是这样想，但嘴里她还是不会说出来，她懂姜父这是给自己搭台阶。

这两年不是没有想过这些问题，姜映初知道她爸没有做那种真的不可饶恕的事情，两人也不可能一直是这样，只是她确实对姜父做的很多事情不满意，也有怨念，所以执拗地不想主动和他说话。

亲情本就是不可割舍的，只要真的没做那种不可以原谅的事情，他们的血缘关系就不可能被切断，迟早还是会要联系的。

姜映初也清楚，但就是不愿意认输，两人的性格都倔，所以三年过去了，直到现在，父女俩才说话。

她把自己的思绪收了起来：“那您现在在哪？我过去拿吧。”

姜父抬头看着眼前的高楼：“不用了，我待会儿就到了，顺便找嘉珩有点事。”

姜映初："……哦，那我待会儿去找他吧。"

"嗯。"

挂断后，姜映初愣了下，开始继续工作。

心不在焉地工作了大约十分钟，她实在是没忍住，给顾修竹发了条信息："骚扰一下大帅哥可以吗？"

顾修竹回得很快："一直被你骚扰都愿意。"

姜映初低低一笑，弯了弯嘴角，刚刚压抑着的情绪瞬间明朗了许多："我刚刚接到一个电话。"

顾修竹："你爸的？"

姜映初："你怎么知道？"

顾修竹："也只有你爸的电话，你才会找我说。"

姜映初："……"

看着顾修竹发过来的信息，她没忍住笑了出来。

也是，顾修竹是最了解她的人，现在唯一还困扰着她的难题便是和她爸的关系，偶尔想起来会有些发愁，这一点顾修竹最为清楚。

顾修竹："怎么了，你给我说说。"

姜映初想了想，还是照实给顾修竹说了，其实她还没做好心理准备。最开始不愿意自己认输，是真的倔强，也是真的觉得姜父该反省自己做的一些事情，一点都不对，但反过来想一想，如果她不那么倔强的话，好好跟姜父说，说不定当时也不会闹得那么僵，也不至于真的提着行李就走了。

所以说，在那件事情上，两个人都有错。

她错在不想给姜父分析和解释的机会，而姜父错在强硬地给自己规划未来的路。

至于接到姜父的电话，她的内心是开心的，但同样也觉得有点难受，想着让姜父先服输，可当他真的服输后，姜映初又会有些难过，毕竟那是她曾经奉为英雄的父亲。

顾修竹安慰了她一下，给她开导过后，姜映初也明白他的意思。

既然姜父都先给她打电话了，那待会儿见面，态度也软化一点，别那么倔强，两人可以一起去吃个午饭，可以坐下来谈一谈。

给顾修竹说完后，她情绪又恢复了。

开始专心工作，过了半小时，霍嘉珩主动给她打了电话：“你爸来了，到我办公室来。”

姜映初噎了噎：“这样好吗？”

她跟霍嘉珩的关系其他人并不知道，虽然是兄妹，但怎么说还是有些不适应。

霍嘉珩冷笑了声：“怕什么，你又不是走的后门，我妹妹怎么了，我妹妹就不能来我公司上班了？”

姜映初无语：“能能能，我马上来！”

她跟旁边的人说了声，便装模作样地拿着文件往电梯里跑，也幸好，这会儿大家都在忙，没人注意到她这边。

站在办公室门口，姜映初深呼吸后才敲门进去。

一进去便对上了两人的目光，霍嘉珩没忍住嗤笑了声：“你们父女聊，我去开会了。”

想了想，他停顿了一瞬，看向姜父：“舅舅不赶时间吧？待会儿一起吃个饭？”

姜父迟疑了片刻，看了眼姜映初：“我……”

“一起吃饭吧。”姜映初小声说，“来都来了，吃了饭再回去。”

姜父莞尔一笑：“好。”

霍嘉珩敲了下她的脑袋，低声道：“好好聊。”

“哦。”

等霍嘉珩出去后，偌大的办公室只剩下他们两人了。

姜映初局促了两秒，才往一侧沙发上走去，主动地问了句：“晨晨让你带什么来给我了？”

“一点小零食。”

姜映初“哦”了声：“谢谢。”

姜父递给她，两人相继无言。

过了会，姜映初看他：“你过来开会的？”

“嗯。”

“爷爷奶奶身体还好吗？”

“挺好的，就是念叨你。”

姜映初抿了抿嘴，看向姜父：“中午吃饭我把我男朋友带上，你也见一见吧。”

闻言，姜父的神色松动了一下，他还以为女儿不会愿意把男朋友介绍给自己认识。

其实给她介绍方凯那件事，姜父后来也想过，确实是自己不对，事先没问过她的意见。好像这么多年一直都是按照自己的想法和意愿做事，觉得对孩子挺好的，但从未考虑过她的想法，也没有询问过她是不是有喜欢的男孩子，有男朋友。

如果知道她有男朋友，姜父就算是再喜欢方凯，也不会做那样的事。

说到底，是他错了，这么多年也一直坚持己见，鲜少有改变才会造成父女俩现在这样的关系。

说是说开了，可即便如此，姜映初跟姜父的关系也不可能有多和睦，也不可能像其他女生一样会跟父亲撒娇，只能说至少会回家了，联系虽然不会多，但偶尔也会多一声问候。

中午吃饭，顾修竹过来了，见了姜父。

两人倒是能聊得起来，反倒是姜映初成了被忽视的那个，最后只能是一个人低头吃饭。

姜父对顾修竹无疑是满意的，一表人才，人品好，才华高，不得不说他作为一个教育局的领导，看人还是非常准确的。

交谈甚欢，甚至互相交换了名片。

回去的路上，姜映初无奈地吐槽着：“你知道你跟我爸刚刚像什么吗？”

“什么？”

姜映初觑他一眼：“像是两个见面的经理，在互相递送名片。”

顾修竹低低一笑，捏着她的手：“总不好跟他太过于亲近，毕竟我怕女朋友吃醋。”

闻言，姜映初翻了个白眼给他：“谁吃醋生气啊，我才不会的好嘛！”

她嘀咕着：“我是那么小气的人吗？”

顾修竹低低一笑，道：“当然不是。”

他把她送回公司，轻声道：“先去上班，晚上过来接你。”

“好。”

因着跟姜父的关系缓和了一些，姜映初下午上班都精神了不少，心情很是愉快。

导致旁边的同事好奇地问她：“初初，这么高兴吗？”

姜映初一怔，张张嘴看向旁边的同事，眨了下眼睛问：“很明显吗？”

那人笑着点头：“是啊，超级明显。”她上下打量了一下姜映初，轻声问：“你中午出去吃饭，该不会是你男朋友向你求婚了吧，明明上午还没那么开心。”

她还没来得及回答，那人继续说：“其实也是时候了，你们大学谈恋爱到现在，都毕业好几个月了，可以结婚了。”

姜映初笑笑，没立刻否认，反而是沉吟了片刻后问眼前的人：“不会觉得太快了吗？”

前面那人转了过来，他们上班并不限制聊天，只要能把自己手里头的工作做完就好，聊天吃东西什么的，都是允许的。

三个人凑在一起小声地讨论着，没一会儿还有一个结婚的姐姐也凑了过来，看向姜映初。

“准备结婚了啊？”

姜映初哭笑不得地摇头：“没有呢，我们只是在聊天。”

大姐姐笑了笑，看向姜映初说：“想结婚也可以结了，你跟你男朋友感情那么好。”

她们办公室的大多数人都见过顾修竹，实习的时候偶尔会来这边接她下班，有一次姜映初不太舒服也亲自接送，在公事上也遇到过两次，所以都了解他们的故事。

姜映初一怔，忍不住问了声：“那万一以后没那么好了，怎么办呢？”

旁边的人诧异地看向她：“你担心这个啊？”

“嗯，都会有点吧。”

有人附和着："对对对，我爸老跟我说男人结婚后就变样的。"

作为过来人的姐姐笑了声，看着眼前三个还没结婚的姑娘，语重心长道："不变是不可能的，但你要知道是变成什么模样，有的人会越变越好，有的人当然也会变差，但是总归是可以尝试的，没有人现在就可以保证一段感情可以天长地久，拥有过后就好了，在拥有的时候你好好地维系，好好地享受，未来的事情谁能保证呀对不对。"

几个人听着，频频点头。

过来人说的一些话，不无道理。

姜映初安静地听着，只觉得她说的跟许应如说的话很像。

上一次许应如和自己说这件事情的时候，她那会儿的想法还没变过，但现在已经会想很多了。

"也对，总觉得其实在一起好好珍惜了就行，即便是日后不在一起了，回想起来也是一个有回忆的人。"旁边有人补充。

"对对对，我也好想要有个男朋友啊。"

"初初，你们聊过没，什么时候结婚？"

姜映初莞尔一笑，轻声道："没有呢。"

"是男朋友没提吗？"

姜映初想了想，摇头："不是，是我之前说过不想那么快结婚。"

众人哦了一声："多谈会儿恋爱也可以，反正你们还年轻。"

"是的是的，我超级羡慕初初他们了。"

"对啊，男朋友真的好好啊。"

"有吗？"

大姐姐笑着说："看你男朋友就是很爱你的，眼神看得出来。"

姜映初微微一笑，抿了抿唇让自己的笑意不那么明显地外露出来，她浅声道："谢谢。"

听到旁人说顾修竹很爱自己，好像有种比顾修竹亲口说出来还高兴的感觉。

几个人聊了会儿之后，便各自散开继续工作了。

姜映初回想着刚刚那番对话，细细品味着。其实，好像结婚也不错。

有前车之鉴，即便是日后跟顾修竹的感情没那么好，也是最坏的打算。她也不会忽视自己的孩子，不会闹得像许应如跟姜父那样。

她一定一定不会让自己的孩子经历同样的童年。

其余的或许不能保证，但她会保证给予自己孩子无限的爱。

她微垂着眼帘思考着，直到下班，唇角的笑也一直挂着。

顾修竹过来接她下班，挑了挑眉，有些诧异。

“这么开心？”

姜映初上车，扭头看向他：“是啊，超级开心。”

她盯着顾修竹看了会，轻声问：“今天累不累？”

“不累，你呢，忙吗最近这段时间？”

“不忙。”

他们现在正好不那么忙碌，可能过完这半个月，又会开始忙碌起来了。

顾修竹点了点头，侧头看她：“晚上在外面吃饭。”

“啊？”姜映初愣了下，忙不迭地点头，“好啊。”

“吃过饭后再去看电影。”

姜映初扑哧笑，挑了挑眉看向顾修竹：“怎么突然想看电影了？”

顾修竹发动引擎：“你前两天不是说了嘛，有新电影上映，有点想看。”

闻言，姜映初笑了起来：“还真是我说的。”

当时就是随口说一句，没想到顾修竹就记下了。

顾修竹拍了下她的脑袋：“休息一会儿，待会儿到了喊你。”

“好。”

两人吃过饭后，便直接去了楼上的电影院，商场里人很多，电影院在四楼，姜映初跟顾修竹手牵着手出现，两人穿得都很随意，但因为长相出众，周围还是有不少人偷偷地打量了过来，看着他们两人。

还有不少人盯着顾修竹窃窃私语起来，身材比例好，又穿得得体，更是吸睛。

姜映初也忍不住侧头看了他眼，明明看过很多次，每天都见着，但偶尔还是会觉得顾修竹长得真好看。

“你今天穿得好看。”

顾修竹一顿，狐疑地看向自己的女朋友："不是一直这样吗？"

姜映初扑哧一笑，抱着他的手臂撒娇："可是我看你今天更好看了一点。"

顾修竹低低一笑，带着她去买电影票，还顺手给她买了一桶爆米花。

"想要喝可乐。"

顾修竹一怔，拧了拧眉："冰的。"

姜映初眼巴巴地望着他，也不说话。

"买一杯，不能喝完。"

"好的。"

两人买了一杯可乐，顾修竹对冷饮一直都不太赞同她喝，所以只买了一杯，两人喝。

"进去吧。"

"嗯嗯。"

电影院内，一片漆黑。

两人买的时候正好差不多到进去的时间点了，所以也没在外面瞎逛，直接进去了。

庆幸还有后座的票，顾修竹带着姜映初，正好在角落里坐着。

姜映初一进去就抱着爆米花啃，像是小老鼠一样，小口小口地吃着，顾修竹听着，偶尔接收一两颗递过来的爆米花。

"好吃？"

姜映初笑："好吃啊，很甜的。"

顾修竹对甜食一直都不怎么喜欢，但不会拒绝她。

"也不能常吃。"

姜映初乖乖地点头："就现在吃点，主要是看电影太无聊了，一定要吃爆米花喝可乐，才是标配。"

电影是最近大火的一部，一部轻喜剧片，笑声连连。

从开篇到中间，电影院内一直响起阵阵笑声，虽然是喜剧，但是也有亲情和爱情。

姜映初一看到亲密的画面就用爆米花桶挡着，或者微垂着眼帘，装作很认真地吃东西，不知道为何，即便是有男朋友，她看到这种画面也依旧觉得害羞。

顾修竹看着她红了的脸，只觉得有趣。

他低头亲了下，寻着她的唇吮了口，轻声道："还看不看？"

姜映初面颊泛红，瞪着他："这是电影院呢。"

"我知道。"他顺着亲了下她耳垂，嗓音低哑，"我不会乱来。"

姜映初："……"

从电影院出来后，姜映初从头到脚，都是绯红绯红的，她被顾修竹牵着手往前走，脑子和思维完全不在一个系统上面了。

一想到后来他们在电影院做的事，她就想要找个地洞钻进去……虽然没人看见，也只是亲吻，可她还是觉得害羞，所以一出来就一直低着头。

顾修竹没忍住，手握拳掩唇咳笑了声："初初，没人了。"

姜映初睨他眼，嘀咕着："你还好意思说。"

顾修竹笑，垂眸看着她："怎么还那么害羞……"

"那是公共场合啊。"

顾修竹挑眉，慢条斯理地提醒："可是在家，你也这样啊。"

姜映初瞪着顾修竹，眨了眨眼，脸色涨红："我不跟你说了，流氓！"

顾修竹闷笑着："好好好，我是流氓。"

两人上车回家，时间已经不早了。

一到家，姜映初就躲着顾修竹，她连忙躲进浴室，看着镜子里的自己。

面颊绯红，唇瓣红肿着，脖颈处还有顾修竹留下的印记，浅浅地，但是仔细看能看出来，她红着脸用手捧着水拍了拍脸，让脸颊上的余温稍微消散。

顾修竹进来敲门："初初。"

"怎么了？"

"洗澡了？"

姜映初看了眼："没呢，我没拿衣服进来。"

她把门打开，看向站在门口的顾修竹，眨了眨眼："你站在这里干吗？"

"洗澡。"

"啊？嗯？你进来干吗？"姜映初出声阻止，但已经来不及了。

顾修竹进来，还顺手把浴室的门给关上了，抱着她坐在一侧的洗脸台上，吻了下来：“不用拿了，反正也要脱下来的。”

姜映初挣扎了两秒，彻底放弃。她主动仰头承受着他的亲吻，双腿勾着他的腰……

浴室里的水声哗啦啦地流了下来，把里面的声音给压了下来，但依旧能听到细碎的声音，婉转动人。

从浴室出来后，顾修竹抱着她回了床上，还真是不用穿衣服了。

他继续亲着她，今晚有了一次后，顾修竹又多了点耐心折腾着她……把姜映初折腾得死去活来，声音都哑了后还不愿意放过她。

他顺着她的耳垂，低声问：“谁是流氓？嗯？”

“你！”

“嗯？”他咬了她一口。

姜映初连忙改口：“我我我，我是流氓。”

她哭唧唧地抱着顾修竹求饶：“我没力气了。”

顾修竹“嗯”了声：“不用你动。”

姜映初：“……”

可她还是累啊。

等一切结束，已经是凌晨一点多，从十点多回来闹到现在，姜映初已经没有半点力气。

她窝在顾修竹的怀里，紧闭着双眸。

“困了？”

“嗯。”

顾修竹亲了亲她眼睛，低声哄着：“睡吧。”

姜映初“嗯”了声，顿了顿，看向顾修竹：“顾修竹。”

“怎么了？”

“我今天突然觉得，其实结婚好像也不错。”

顾修竹一怔，眼睛里闪过一丝亮光，但转瞬即逝，他的神色便恢复如常，他轻声道：“不着急，我们还年轻，慢慢来。”

“好。”她软声说，往他怀里靠一靠低声道，“我只是想告诉你，我不排斥，你要是想结婚我们也可以结婚的。”

顾修竹把人抱得更紧了一些：“好，我知道。”

两人对视一笑，顾修竹道：“睡吧，晚安。”

“晚安。”

夜色浓郁，在他们面前最艰难的那条道路，在慢慢打开，让他们继续向前。

经姜映初那样一说，顾修竹好像也没什么变化，唯一的变化就是比之前更忙了一点。

不过他一贯如此，姜映初也没觉得有什么奇怪的。

两人继续忙忙碌碌地生活着，偶尔回一趟家里吃饭，偶尔出门约个会，总之日子过得很是充足惬意。

直到有天，顾修竹晚上到家的时候看向姜映初，目光灼灼。

姜映初愣了下，端着杯子喝了口水问：“怎么这么看着我？”

顾修竹“嗯”了声，凑在她耳侧亲了下：“想你了。”

姜映初扑哧一笑，眉眼弯弯地看向顾修竹：“你这话说的……”

“怎么？”

“我也想你啦。”她伸手抱了下顾修竹，把人放开，“不过我不能跟你多说，我今晚要加班。”

顾修竹拧了拧眉，对自己的女朋友比自己还忙表示非常不满：“怎么还忙？”

姜映初点了点头说：“是啊，我们新接了一个项目，都在加班加点呢，我带回家做了，有地方不太懂，你待会儿给我看看好吗？”

“好。”顾修竹还能说什么，好不容易早下班一次，想要抱着女朋友好好亲热一下，结果被工作给占据了。

不过在专业方面，顾修竹都尽量给到她有帮助的建议。

说完工作后，姜映初看向顾修竹，突然想到一个事情：“对了，楚楚姐今天联系我了，你知道吗？”

顾修竹颔首：“我知道。”

“楚楚姐怀孕了，我想周末去看看她。”姜映初颇有些感慨，感觉他们明明都还是学校里走出来的，结果周楚楚现在都要当妈妈了，时间过得好快啊。

顾修竹思忖了片刻说：“周日去吧。”

“你周六要加班？”

“不用。”

“嗯？”

顾修竹垂眸看着她，亲了亲后低声道：“周六带你去个地方。”

闻言，姜映初目光一亮，惊喜地看向他：“去哪儿啊？”

从交往到现在，顾修竹带着她去过不少的地方，每年的旅游也都带着姜映初去，有时候公司的活动，只要姜映初有时间就一定会把她给带上。

以前别人常说有男朋友便会没有那么自由，但在顾修竹这里，她觉得不会。

顾修竹给予她足够的空间，有些时候她跟宁年年出去一两天，他除了叮嘱注意安全之外，从不会阻拦，还会鼓励她可以多出去。在自己没有时间陪伴姜映初的时候，顾修竹都特别感谢能陪伴她的朋友。

她本身就是个没什么安全感的人，所以顾修竹除了给她空间之外，安全感也会给予足够。

而现在，她算了下，不是节日，莫非顾修竹是准备带自己出去玩一天？？

“暂时保密。”

姜映初瘪了声，仰头看着他，眼睛放着光：“就不能现在告诉我吗？”

“不能。”

姜映初：“……好吧。”

她委屈巴巴地，小声嘟囔着：“可是还有两天才到周六呀。”

顾修竹低低一笑，摸了摸她的脑袋：“就让我再保留两天的惊喜，好吗？”

姜映初点了点头，没忍住扑哧笑着：“好吧，我就给你两天时间。”

顾修竹从善如流地配合她：“多谢多谢。”

两人在书房里继续聊着工作，直到十二点后，顾修竹等着她做完手里的问题才强制性地带着人回房睡觉。

姜映初也知道时间很晚了，她还剩两点没做完，明天白天差不多能搞定，就不挣扎了。

回房间洗过澡后，顾修竹也不闹她，让她安心睡觉。

虽然有时候会很过分，但重要的时候，顾修竹还是非常懂分寸和体贴的男人。

这一点，姜映初不得不承认。

“晚安。”

“乖乖睡吧。”

“嗯。”

沉沉夜色，带着他们的希冀一起入眠。

一眨眼便到了周六，经过了两天的等待，姜映初对顾修竹说的地方依旧存在着好奇感。这人给过她很多次的惊喜，每一次都让她有喜悦感，所以还是好奇的。

在周五晚上闹着想要提前知道，结果被顾修竹压在床上好好地折腾了一番，直到她没力气再问，才算作罢。

清晨，两人一起起床，站在不算宽敞的浴室里刷牙洗脸，全程同步，镜子里照映出他们两人，两人对视一笑。

姜映初弯了弯嘴角，洗过脸后看向顾修竹问：“今天穿什么衣服？”

顾修竹看了下她身上穿的，沉吟了片刻：“穿裙子吧。”

这会儿刚进入深秋，天气有点偏凉爽，但穿秋装的裙子却依旧还是很合适。

闻言，姜映初目光一亮，笑了声：“好啊。”

她选了下，拿了一件姜黄色针织衫，搭配一条鱼尾针织裙，好身材全部凸显了出来，人也显得很知性，在秋天这样穿也不会凉，脚下露出了一小截脚踝。

换好后，她扭头看向顾修竹：“怎么样？”

“好看。”顾修竹走近在她身侧，替她整理好衣服，低头吻了下她的唇角，嗓音暗哑：“特别好看。”

他说：“想把你藏在家里，不带你出去了。”

姜映初低低一笑，伸手抱了下他："不行，打扮这么好看，一定要出去的。"

"好。"顾修竹宠溺道，"依你。

姜映初去化妆，顾修竹给她做早餐。

吃过早餐后，两人出门。

不过姜映初没想到，顾修竹带自己来的地方会是大街上，深秋十月，街上堆满了金黄色的落叶，很是好看，一眼望过去，金灿灿的，璀璨夺目。

"带我来拍照的吗？"

顾修竹低低一笑，仰头看着好天气："也可以这么说。"

姜映初笑："那你多给我拍点好看的。"

她好久没这么出来走了，两人大多数时间约会都是出来吃顿饭，逛一逛，或者是看下电影，像这种专程出来看风景，还是除了毕业旅行后的第一次。

估计是顾修竹觉得她闷坏了，所以带着她出来走一走。

天气很好，街道上走的人也很多，不少人过来这边拍照，因为风景真的非常好看。

姜映初还捡了不少落叶，准备回去当书签。

顾修竹的眼睛里只有那笑颜如画的人，眉眼间暗藏着的柔情，也全数给她了。

"初初。"

"怎么了？"姜映初正挑选得起劲。

顾修竹无奈一笑，朝她走了过去。

"不用选那么多，你要是想看，我们下周再过来。"

姜映初想了想，也觉得有道理。

"你说的也对。"

顾修竹低低一笑："饿了吗？"

"有一点。"

两人去吃饭，吃过饭后，顾修竹带着姜映初去其他地方逛着。

直到傍晚时候，他才带着她往另一边走。

姜映初坐在车里昏昏欲睡，偶尔往外看一眼，她愣了下："我们不回家吗？"

"嗯。"顾修竹顿了顿道，"再带你去个其他的地方。"

对于顾修竹的情况，她诧异地挑了挑眉，沉默了片刻点头："好啊。"

她没多问，但无疑还是好奇。

观察着周围的环境，姜映初拧了拧眉，只觉得这个地方好像是要去公司一样，他们的公司在市中心，寸土寸金。

"回公司吗？"

顾修竹摇头："不是。"

直到车子驶进一个小区，姜映初才顿了下，大约猜到顾修竹带自己来做什么了。

周围都是小区房子，顾修竹带她过来无疑是看房子，她在心里猜测着。

"下来吧。"

"好。"

两人下车往电梯里走去，顾修竹牵着她的手摁了 20 的楼层，领着她往那边走，这边的房子昂贵，一般人还真买不起，不过她也没问，万一不是呢。

姜映初保持着安静，直到顾修竹牵着她站在 2001 的房间门口，他才侧头看向她："猜到我带你来做什么了吗？"

姜映初张张嘴："看房子？"

她问了声："你什么时候买房子了？"

"嗯。"顾修竹低低一笑，看向她，"猜对了一半。"

她还想要问为什么只是一半的时候，顾修竹已经把门给打开了。里面一片漆黑，姜映初下意识地想去开灯，被顾修竹阻止了。

"等我一分钟，站在原地闭着眼睛不动好吗？"

她莫名其妙感觉有点紧张："你不会走吧？"

顾修竹哭笑不得，亲了她一下："乖，真的不走，就一会儿。"

姜映初勉为其难地答应了下来："好吧……那你快点，我有点害怕。"

虽然外面有一点点的光照进来，但这会儿她紧张得哪都没注意，也没空去看那一点点的光，她紧闭着眼睛，焦急地等待着，在心底默念着数字，

准备在数到六十秒的时候就睁开眼睛。“

数着数着，突然屋内的灯光全部打开。

姜映初眼睫一颤，睁开眼。

入眼的是地面上很大的一个爱心，用玫瑰花瓣围成的，周围还挂着星星灯。

她怔愣地看着抱着花出现的人，愣了愣：“你……”

她确实是只猜对了一半，她以为顾修竹是带自己过来看房子的，没想到他是过来求婚的。

两人目光对视着，她望着他，看着他不疾不徐地朝自己走了过来。

客厅内的灯光再次关掉，只留下了墙壁上的星星月亮灯，和一侧几盏温暖的灯光，不明不暗，可她的眼神却锁定了朝自己走来的那人。

那是她喜欢的人，是她男朋友啊。

顾修竹面对着她笑，在姜映初的注视下单膝跪下，仰头看着她。

“初初。”

姜映初强撑着，目不转睛地看着他，都不敢眨眼，唯恐自己一眨眼他就消失了，也害怕现在看到的是自己出现的幻觉。

顾修竹捏着她的手，嗓音低哑：“有点突然，但好像忍不住想要向你求婚了。”

姜映初这才回过神来，垂眸看着两人握在一起的手，突然一下子就被感动了。

她就知道，其实顾修竹一直在等她松口。

顾修竹的声音低哑：“我知道你是一个缺少安全感的人，知道你不想结婚，以前时候我觉得可以一切都依你，不结婚也没事，只要和你在一起就好，虽然偶尔看到其他人一家在一起会很羡慕，但只要身边的那个人是你就好。”

他顿了顿，低声道：“但你前段时间说想要结婚了，我便有些等不及了。”

迫不及待地想向她求婚，想和她组建属于他们的家庭。

到后面，顾修竹说了什么，姜映初已经记不太清楚了。

唯独记得他说，他会一直给予她所有她想要的，只要她要，只要他有，就全部给她。

姜映初垂眸对着他的眼睛，看清里面的自己，她是向往的，是喜悦的，是感动的，她和他的想法一样，也想要和他结婚。

“初初，嫁给我好吗？”

姜映初喜极而泣地点头，许下自己的诺言：“好。”

顾修竹把戒指给她戴上，姜映初连忙把人拉了起来。

两人对视一笑，她踮着脚想要去亲顾修竹，还没亲到，屋内突然爆发了掌声和尖叫声：“啊……成功啦！”

“恭喜顾学长啊！”

“接吻！接吻！接吻！”

姜映初错愕地看着突然出现的一群人，扭头看向顾修竹。

顾修竹低低一笑：“让他们帮忙准备的。”

周楚楚在里面闹着：“怎么回事，快点给我们表演十分钟热吻。”

姜映初红着脸，看向周楚楚：“楚楚姐，你一个怀孕的人，注意胎教好不好？”

周楚楚：“怕什么，我这是提前给我孩子教育呢。”

林扬哈哈大笑：“不错不错，以后我也给你儿子传授恋爱知识。”

周楚楚：“那不用，你现在都没女朋友，还是别了吧。”

众人哈哈大笑，继续起哄：“快接吻啦！”

顾修竹笑，看着她，寻着她的唇吻了下去。

姜映初害羞，亲了一会儿后两人便分开了。

后来姜映初才知道，顾修竹原本是打算带她过来看房子的，但听到她松口说想结婚之后，隔天便紧急地召集朋友们开会，商议求婚事宜。

她看向顾修竹，唇瓣红肿着。

顾修竹和她对视着，低声道：“终于是我的了。”

姜映初无奈地笑着，伸手抱了抱顾修竹：“不是早就是了吗？”

顾修竹“嗯”了声：“谁也抢不走了。”

其实他也同样没有安全感，只不过顾修竹的安全感，是建立在不稳定的姜映初身上。

他害怕她会往后退，但好在他们的这段感情里，两人都一直义无反顾地往前，从未有过任何退缩。

他们很庆幸，在最好的年纪遇上对方，和对方在一起。

顾修竹眉眼柔和地注视着她："周一去领证吧。"

姜映初一怔，低笑答应："好啊。"

求婚轰轰烈烈，但轮到收拾家的时候便有些困难了。

闹过之后，周楚楚他们相继地离开，等到家里只剩下他们两人，姜映初扭头看向顾修竹，低低一笑："这怎么办？"

顾修竹看着地面上的玫瑰花瓣，掩唇咳嗽了声："先收拾一下我们再回去。"

"好。"

顾修竹想了想："其实今晚住在这里也行，里面什么都有。"

说到这个，姜映初扭头看他："你什么时候买的房子，还弄了装修？"

她每天跟顾修竹在一起，都没有发现这个事情。

顾修竹低低一笑，摸了摸她的脑袋说："嗯，有一段时间了，房子买了很久，装修是去年弄的，本来想毕业的时候带你过来的，但那会儿刚装修好，气味很大，不太合适。"

所以就搁置了下来，也一直没告诉她，想要留着给她一个惊喜。

结果到正好想要带她过来看的时候，姜映初突然提出来说想要结婚了，有点想，觉得结婚也不错，顾修竹便紧急找朋友想主意，定好后索性选了今天带她过来，求婚。

他垂眸看着姜映初，目光灼灼地问："还喜欢吗？"

"喜欢。"姜映初仰头望着他笑，轻声道，"特别的喜欢。"

顾修竹低低一笑，摸了摸她的脑袋："你去楼上看看，我在下面收拾东西。"

"不要。"她笑，"我陪你一起收拾，然后我们再去楼上看看。"

"好。"

两人一起收拾着残局，虽然搞得很乱，但其实收拾起来也特别快。

收拾好之后，顾修竹拉着姜映初上楼，房子的装修完全都是她的喜好，北欧风格，还带着点小清新，全是她喜欢的类型，连带着家具都是她很喜欢的。

顾修竹领着兴奋的姜映初上楼，陪着她逛着。

“这是什么？”她推开一个房间，看着里面的装修。

顾修竹低低一笑，弯了弯嘴角说：“你的活动场所，这里可以做休息的地方，你不是喜欢坐在地上吗，这边以后可以买两个懒人沙发进来，把投影装好，以后可以在这里看电影。”

她眼睛一亮，惊喜地看向顾修竹：“好。”

她喜欢那种小懒人的悠闲生活，窝在家里看电视剧或者电影，面前摆着一些小零食，和朋友或者是顾修竹一起，会特别舒适舒服，这就是她向往的。

顾修竹领着她看了书房和客房，以及二楼的阳台，最后才是他们的房间。

他低声道：“没有孩子之前先住这里，你喜欢这种的。”

姜映初听着，耳根微红：“哦。”

孩子什么的，还有点遥远吧。

但其实想一想，好像也不算遥远了。

顾修竹拉着人进了房间，低声道：“今晚就睡在这里了吧？”

姜映初摇头：“把东西搬过来再住？”

她笑着说：“就明天吧，明天搬过来，后天正好上班请个假去领证。”

晚上也看到周楚楚了，他们俩打算明天不专程去看她了，等下周再买东西过去看看。

顾修竹一切都依着她。

回到家中，顾修竹领着刚求婚成功的老婆进了浴室，洗澡睡觉。

回到床上躺着后，姜映初虽然累，但却不怎么能睡着。

她偶尔抬头看向顾修竹，欲言又止。

“想说什么？”顾修竹微垂着眼帘看着她，捏着她的手指头轻声问。

她的手指好看，细长细长的，而且姜映初不太喜欢留指甲，所以修剪得很是整齐。

姜映初埋头在他脖颈处蹭了蹭，呼吸落在上面软声说：“想说睡不着，有点激动。”

顾修竹把人揽进怀里，低低一笑：“还不累？”

姜映初身子一僵，脸上的笑也僵在了那里。

过了会儿，她抬头瞪了顾修竹一眼，娇嗔道：“我不是这个意思，我很累的。”

刚刚折腾了那么久，她腰都要断了，要是还来，姜映初敢保证明天起不来了。只是觉得刚答应要结婚，虽然只是领证，但无疑来说，她还是激动的。

不过顾修竹也确实只是逗她的，看着她红脸觉得有趣。

“好，你继续说。”他能理解身旁人的那种紧张感，其实他也一样。

但怎么说呢，顾修竹就算是再紧张，也不会表现出来。

他一直都觉得，能让姜映初松口，能让她答应自己的求婚这件事情，已经足够让他激动喜悦，一想到身侧的人是要和自己领证，度过一生的人，顾修竹便控制不住自己的紧张的。

旁边的人是他心爱的姑娘，明天过后就会是他的老婆。

这种感觉太奇妙了，他对这一天向往了很久，也想了很久，终于要实现的时候，那种打从心底散发出来的激动，是难以言喻的。

他垂眸看着窝在自己怀里的人，手越发抱紧了些。

姜映初“嗯”了声：“其实也没什么要说的，就是睡不着。”

“那我给你读诗？”

“不要诗。”

“嗯？”

“要说童话故事。”

顾修竹低低一笑，摸了摸她的头发，答应着：“好。”

房间内他低沉柔和的声音响起，听起来很是温柔，低沉缓慢，引人入眠。

没一会儿，还激动着睡不着的姜映初便沉沉地睡过去了，顾修竹眉眼柔和地低头看着，亲了亲她的额头，抱着人一起入睡。

翌日清晨，晨光熹微。

外头的阳光照进来，光线填满了整个房间。

顾修竹看着怀里的人，也没吵醒她，刚准备起床姜映初便醒来了。

她愣了下，才问："几点了呀？"

"还早，再睡会儿。"

姜映初从床上坐起来，睁开眼看着顾修竹："要收拾东西了吗？"

顾修竹莞尔一笑："我来就好，你休息。"

"我帮你啊。"

"好。"

两人洗漱过后吃完早餐便开始把东西打包，其实那边什么东西都有，搬家对他们两人来说还真的不难，没多久林扬他们便过来帮忙了。

林扬之前便搬走了，买了房住其他地方去了，顾修竹一直没搬走是考虑到姜映初还在念书，这下倒是可以顺利地一起离开了。

看着空荡荡的屋子，姜映初略有感慨："其实还有点舍不得。"

住了那么长时间，她很多的事情都在这里完成的，无论是学习还是工作，抑或生活。

顾修竹拍了拍她的脑袋，"嗯"了声："以后还能来看看。"

姜映初扑哧一笑："机会可能很少了。"

这一点两人都清楚。

"走吧。"

即便是再不舍，也总归是要离开的。

顺利搬进新家，当晚一行人在外面吃了顿饭，算是聚餐，考虑到第二天还要上班，众人也没敢大闹。

回到家里后，姜映初一下子从小房间搬到大房间，还有些许不适应。

总觉得变化很大，一时间有些难以接受。但新房子她又特别喜欢。

晚上睡觉前，姜映初还在跟顾修竹说一些生活上琐碎的小事，聊着聊着便睡着了。

翌日清晨，姜映初刚醒来便看见顾修竹站在镜子面前整理自己的衬衫，她怔愣了片刻，莞尔一笑，从床上爬起来："我给你整理。"

顾修竹回头一看，眉眼微挑："醒了？"

"嗯。"姜映初就跪在床上，拉着他给他的衣服整理着。

弄好后她才去洗漱，化妆收拾。

吃过早餐后，两人拿着资料出门，去民政局。

风和日丽，秋末的季节已经渐渐转凉了，但太阳依旧很好，只是风吹过有了些凉意。

姜映初坐在副驾驶座上，这会儿她反倒是没有什么紧张感了，但旁边的人好像有点紧张。

“你是紧张了吗？”

顾修竹瞥了她一眼，否认：“我没有紧张。”

闻言，姜映初无声地弯了弯嘴角：“真的？”

“当然。”

她笑着附和，也不戳穿他：“好好好，你没有紧张。”

她观察着顾修竹的神色，要是这都看不出来的话，她也不用当顾修竹的女朋友了。

唇角上扬着，她的脸上满是笑意。

一眨眼便到了民政局，今天周一，过来排队领证的人还真的不少，姜映初跟顾修竹到的时候，已经有不少人在排队了。

两人站在队伍中间，慢慢地往前走。

姜映初垂眸看着两人十指相扣的手，不知为何，总觉得安心。

结婚其实没有她想象的那么恐怖害怕，或许是因为身侧的人是自己想的那个人，所以一切都那么安心。

手续比姜映初想象的要快很多，没一会儿两人的红本本就到手了。

她好像还没反应过来。

“这就……就好了？”

顾修竹低低一笑，伸手拿过她手里的本子：“好了。”

姜映初眨了眨眼，扭头看他：“你收着？”

顾修竹沉吟了片刻，点头道：“我收着，以防万一。”

“啊？”

“以防我老婆后悔。”

姜映初哭笑不得，觑他一眼：“谁后悔了啊？”

顾修竹牵着她的手："我害怕。"

虽然知道她不会后悔，刚刚那句话也是玩笑，可顾修竹还是觉得放在自己这里才安心。

"去上班吧。"

姜映初愣了下，想了想问："要给大家送喜糖吗？"

"好。"

两人去买了喜糖，把姜映初送去办公室后，顾修竹才驱车回自己公司。

一到办公室，姜映初旁边的人便围了过来，好奇问："我还以为你今天不来了呢……"

姜映初弯了弯嘴角笑："不会啊，就请了两个小时的假。"

"干什么去了？"

姜映初笑，把袋子里的东西给她："帮我分一下吧，喜糖。"

"什么？！"

"你结婚了？"

"对。"

一时间，所有同事都围了过来，诧异地看着姜映初。

明明他们前段时间讨论的时候，她还说不着急，结果一转眼就结婚了。

没一会儿，霍嘉珩便给她打了电话过来："结婚了？"

"嗯。"

霍嘉珩道了声："恭喜。"

"谢谢哥。"

还在上班，两人也没多说。

到下午下班的时候，顾修竹过来接她："我们回家一趟。"

"啊？"

"爸妈知道我们领证了。"

姜映初："……"

他们原本是准备周末回家亲自说的，结果才刚领完证就知道了……这也太快了吧。

"好。"

一上车，顾修竹便解释道："有人看到我们了，跟我妈说了。"

姜映初憋着笑："真快。"

两人到家的时候，顾修竹的爷爷奶奶也在，还有亲戚朋友，这阵势着实把姜映初给吓着了。

一家人对于两人结婚这事乐见其成，特别高兴。

顾母之前还一直都觉得，两人不结婚也没事，反正他们开心就好，可结婚之后，那种感觉还是有些许不同的。她是打心底里为两人高兴。

"真好。"

姜映初坐在顾修竹的旁边，看着厨房里忙碌的亲人："你的家人也太好了。"

顾修竹笑着往她嘴里塞水果："也是你的家人。"

这一下，是名副其实的家人了。

姜映初直勾勾地看着他，小声说："想去楼上。"

"嗯？"

顾修竹挑眉，虽然好奇，但还是领着她去了楼上。

刚进房间，姜映初就喘了口气，笑着说："终于不紧张了。"

刚刚在楼下的时候，她被大家盯着看，即便熟悉，也莫名其妙有种紧张感。

她伸手抱了抱顾修竹，轻声道："谢谢你。"

谢谢他让自己感受到了家的温暖，顾修竹的父母和所有亲人对她都特别好，总是在各方面给予她安全感和信任感。这种被爱包围的家庭氛围，让她对未来生活多了期许和向往。

她想，她想要自己的生活也能有这么幸福，能一直这么甜蜜下去。

顾修竹伸手抱着她，摸了摸她的脑袋："傻瓜。"

他轻声道："以后我们可以多回来看看，只要你喜欢就好。"

"喜欢的。"她很喜欢他们家的家庭氛围，也很喜欢他们给自己带来的温暖，像是曙光一样，让她看见前行的光，让她对生活多了期盼。

顾修竹笑，伸手捏着她的耳垂，不说话。

姜映初仰头望着他，眨了眨眼："亲我一下。"

顾修竹笑，一手扶着她的后脑勺，低头吻了下去。

两人在房间内相拥亲吻着，外面暖洋洋的光照进来，像预兆着什么。

他们两人都非常幸运，遇到对方，爱上对方。

其实当初即便是姜映初不和他表白，他也会主动的。

只是有些事情，像是冥冥中便已注定了。

他们认识已经迈入第五个年头，时间过得很快，但他们却过得很慢。

过了这么长时间，他们依旧在一起，顾修竹觉得很幸运，只花了不到五年时间，便把人温暖了起来。

他给足姜映初所要的安全感，让她不再害怕。

从大学到毕业，从恋爱到结婚，顾修竹花了差不多五年的时间和耐心，换来了她的一生。

未来如何他们不知道，但无论事情怎么发展，无论未来发生什么，他们都坚信彼此会携手一生。

未来无惧，姜映初想和顾修竹携手往前走，想去体验婚姻生活，想拥有属于他们的孩子，她一定会给予孩子足够多的爱，让孩子在爱的家庭中长大。

姜映初担心的绝不会发生。他们会比所有人都幸福，一直相偎在一起。

她沉入他的眼睛，看见了幸福的光。

番外合集

1

时光荏苒，一晃眼大半年过去了。

姜映初和顾修竹领证之后，并没有立刻办婚礼。

两人工作都忙，也不着急着办婚礼，所以便一直推迟再推迟。父母完全拿两人没有任何办法，年轻人有年轻人的想法，他们虽然不是很赞许，但也能理解。

这日，姜映初刚下班，顾修竹过来接她。

一上车，顾修竹便侧头看了她眼，从毕业之后到结婚，再到现在，顾修竹觉得身边的人变化不少，姜映初在某种程度上好像越来越温和了。以前她身上便总有种舒服的气质，让人想多跟她相处相处，现在这种感觉更明显了，整个人温婉很多。

“累吗？”顾修竹给她系好安全带，低声问。

姜映初摇头，看着他笑：“不累，很轻松的。”

她对于工作上的事情已经相当熟练了，每年都有一段忙碌的时间，但现在还好，不算忙。

季节已渐入夏，天气也越来越热。

姜映初看了眼顾修竹：“最近忙吗？”

“还好。”顾修竹俯身亲了她一口，含笑说：“明天回家吃饭吧。”

“你家啊？”

“嗯。”

“好。”

两人对视一笑，决定去外面逛一逛。

正好要回家，再去买点东西回去。

“想吃什么？”

姜映初侧头看向顾修竹，眉眼微挑：“你想吃什么？”

顾修竹一怔，垂眸看着她：“依你。”

他声音低低沉沉的，过了这么长时间依旧没多大的改变，反而更有磁性，更好听一些。

姜映初莞尔一笑，抱着他的手臂撒娇：“我都可以的，吃火锅吧。”

火锅，是她百年不变的热爱。

他不太懂，为什么自己的老婆每次不知道想要吃什么的时候，就选择火锅。

但既然说了依她，那就必须依她。

两人去了姜映初比较喜欢的一家火锅店，虽然已经进入夏天，火锅店内的人还是很多，里面的温度也适中，才刚到门口姜映初便闻到了里面飘来的香味，有些饥肠辘辘。

吃完火锅，两人便去外面逛一逛。

晚上市中心人多，还有好几个大商场都在附近，中间有一大片广场空地，有品牌商正好在做活动，很是热闹。

姜映初心情好，拉着顾修竹去凑热闹。

“我们过去看看？”她眼睛里带着笑。

顾修竹答应：“好。”

周围都是人，前方是临时搭建起来的一个大台子，上面还站着不少人，正在宣传活动。姜映初仔细听了一下，好像是某一新品的手机活动，情侣手机，让情侣上台参加的那种。

她眼睛亮了下，转头看向顾修竹。

“我们去参加吧。”

顾修竹低低一笑：“你想要手机？”

姜映初嘻嘻一笑：“不是想要手机，就觉得重在参与。”

闻言，顾修竹挑眉看了那边一眼，点头说：“好。”

只要是姜映初想要做的，想要尝试的，顾修竹几乎都会答应。

活动是让情侣参加，男方背着女朋友或者老婆做二十个俯卧撑。

姜映初刚上去便看到了活动规则，一时间愣了下：“你能行吗？”

顾修竹低低笑，凑在她耳边说：“小看我？”

姜映初耳根微红地瞪了他一眼：“说什么呢？”

姜映初摸了摸自己的鼻子，也不说话了。

顾修竹笑，捏了捏她柔软的耳垂。

姜映初无语地伸手推了他一下，瞪了眼：“闭嘴。”

两人正在一旁说着笑，突然活动的主持人把话筒递到了他们这边，笑着问：“你们对任务有信心吗？”

姜映初张张嘴，看向顾修竹：“有。”

主持人看着眼前的这一对，不得不说他们是二十几对情侣中最出色的，长相气质都特别吸引人，一上来就惹人注目。

“好的，加油哦。”

“谢谢。”

比赛正式开始，做完二十个俯卧撑，用时最短的获胜，总共有三个挑战环节，一个比一个难，有体力的也有智力的。

姜映初和顾修竹一起参加，下面还有不少人在围观，还有拍照的人。

主持人喊着开始，所有人一起动了起来。

不少人喊着加油，气氛很是热闹。

姜映初坐在顾修竹的背上，听着男人的喘息声，耳根子有些泛红：“是不是很累啊？”

“不累。”

姜映初：“你别回答我，保存体力，让我一个人絮絮念就好了。”

闻言，顾修竹莞尔一笑，还真没继续回答她。

没一会儿，有人率先完成了，下一秒顾修竹也完成了，他们两人第二，还算是快速的。

一起来姜映初便拿着旁边的纸巾帮他擦汗，忍不住说："我是不是重了点呀，好像很累。"

顾修竹莞尔一笑，眉眼专注地看着她："真不重，刚刚好。"

两人说着笑，在台上也没有半点害羞的意思。

没一会儿，能完成的都完成了，不能完成的在规定的时间内也都起来了。

完成任务的有十对情侣，继续进行第二轮的比赛，因为第一轮是考验体力，第二轮自然是智力题目了。

这一点对姜映初和顾修竹来说，并不怎么困难。

没一会儿两人就把所有人都给打败了，成了第二轮的第一名。

第三轮是考验情侣之间的默契程度，总共五个问题，两人回答一样的才算是成功，问的问题也大多数是情侣之间发生的。

主持人："两人第一次初吻的地方。"

姜映初："学校小树林。"

顾修竹："学校小树林。"

下面的围观者："哇哦，这是早恋吗？"

"我的妈呀，我为什么要在这里吃狗粮啊！"

"哈哈，羡慕了，学校小树林可真是约会的好地方。"

主持人也憋着笑，听着大家的回答，有小树林的，有公园的，更奇葩的是还有在厕所的，总之各有千秋。

主持人："哪一天开始谈恋爱的？"

问题一个接着一个，姜映初和顾修竹一直都是默契的答案。

毫无疑问，他们两次都是第一，一次第二，获得第一名，拿到了情侣款手机。

主持人看着旁边站着的两人，郎才女貌，忍不住多问了几句："两位是情侣吗？"

"不是。"顾修竹道，"她是我太太。"

主持人感觉又吃了一顿狗粮。

她笑了笑点头："你们是同学吗？"

"不是。"姜映初轻笑了声，"一个学校的，他比我高两届。"

两人刚说完，下面突然有人喊："哇哦，这是顾学长吧？"

顾修竹："……"

姜映初："……"

两人愣了下，主持人突然看向下面说话的人，挑眉问："认识的朋友吗？"

"他们是我们学校的学长学姐呢，超级厉害的。"

瞬间，众人对两人都起了好奇之心。

姜映初和顾修竹对视一眼，连忙说："那个……我们还有其他的事情，要先走了。"

主持人还没来得及反应，这两人就快速溜了。

直到走远后，姜映初才回头看着顾修竹，大口喘着气说："我不过就想参加一个活动而已，怎么都有人认识我们啊……"

顾修竹无奈一笑，摸了摸她的脑袋："肯定是我老婆长得太好看了。"

姜映初翻了个白眼给他："我们去商场里面吧，给爸妈买点礼物。"

"好。"

两人把这事给抛在了脑后，结果没想到刚才看到他们的那个同学，竟然把两人的照片发在了学校的贴吧里，两人刚毕业不久，关于他们的传闻依旧存在，甚至还有人说他们已经分手，结果这一放上去，众人了然。

原来他们都已经结婚了，实在是太让人羡慕了。

到晚上回家后，姜映初收到了来自四面八方朋友的亲切问候。

周楚楚："初初啊，你们晚上去市中心广场了吗，还赢了情侣手机啊？"

宁年年："我为什么还没有找到男朋友啊，我也想要情侣手机。"

宋嘉兮："作为隔壁学校的朋友，我是时候发来亲切的问候了，请问情侣手机好用吗，我看发布会的时候觉得好好看啊，想让蒋慕沉买给我来着。"

顾母："初初呀，我看到林扬给我转发的照片了，你们俩今晚约会去了啊，那明天还回来吃饭吗？"

对此，姜映初哭笑不得。

感觉全世界的人都知道他们两人今晚在哪里约会了。

她正低头回复着信息，周楚楚还异常过分地问："啧，我还看到了你们的视频，顾修竹的体力不错吧，背着你还能做二十个俯卧撑，等你们婚礼的时候，我让他做五十个！"

姜映初："你可闭嘴吧。"

周楚楚："怎么的，结婚了还这么害羞，这不是正常的讨论吗？"

姜映初："我不跟你说了。"

她哼了声，放下手机，但脑海里却一直想着周楚楚说的这句话……不得不说，顾修竹的体力是真的不错。

顾修竹刚从浴室里出来，擦着头发看向她，在看到她脸上的神情后，笑了声问："在看什么？"

姜映初把手机给他，"我觉得全是因为你这张脸，辨识度太高了。"

顾修竹："……"

他看了眼手机里的内容，低低一笑："周楚楚太八卦了。"

"是吧。"姜映初嗯哼了声，"不理她。"

顾修竹挑眉看她："你为什么不回答她的问题？"

闻言，姜映初一愣，惊诧地看向他："回……回答什么？"

"你觉得我体力不好？"

这冤枉的罪名可大了，她担当不起，姜映初眼珠子转了转，蹭了蹭他的脖颈，撒娇道："困了。"

"累吗？"顾修竹突然转移了话题。

姜映初思考了两秒钟说："还好吧。"

闻言，顾修竹没有半点犹豫地亲了下来，吮着她的唇瓣亲着，嗓音低哑道："抽个时间，回学校一趟吧。"

"啊？"姜映初被亲得迷迷糊糊的，眨巴了下眼睛望着他。

"为什么啊？"

她伸手搂着顾修竹的脖颈，喘不过气来了。

顾修竹往她耳后亲了过去，哑着声说："回去体验一下小树林。"

她刚想要拒绝，顾修竹便猛地亲了下来，堵住了她所有说话的机会。

到后面一整晚，她都没能说出一句完整的话出来。

她就知道，这人焉儿坏焉儿坏的，不回答他总有办法“收拾”她，偏偏……两人都乐在其中。

2

翌日上午，姜映初和顾修竹回了家，顾母和顾父正好在家，给他们做了一顿饭。

吃饭的时候，顾母突然看向两人：“最近工作怎么样？”

姜映初点了点头：“还好，不算太忙。”

顾母“嗯”了声，笑着看向两人：“昨晚好玩吗？”

顾修竹无奈地喊了声：“妈，吃饭。”

姜映初埋头苦吃，完全不想回答。

她的这个婆婆吧，也不知道怎么回事，思想很新潮，有时候猝不及防一个问题出来，姜映初甚至不知道该如何回答。

吃过饭后，顾母拉着姜映初去邻居家，顺便嘚瑟一下儿媳妇又回来看自己了，他们这个年纪的人啊，就盼望着孩子们能常回家看看，即便是简单吃一顿饭也足够了。

隔壁邻居家正好有个三岁大的小丫头，特别喜欢姜映初，嘴巴还很甜，每次看见姜映初就喊姐姐，惹得众人哭笑不得。

“初初姐姐，你来了啊。”

姜映初笑，弯了弯嘴角说：“是啊，给你带巧克力来了。”

小丫头眼睛一亮，抱着她亲了一口说：“谢谢初初姐姐。”

姜映初扑哧一笑：“你怎么不喊我初初阿姨啊？”

“不合适的。”她吃着巧克力，甜滋滋地说，“你这么好看，当然是姐姐了。”

闻言，一侧的小丫头妈妈道：“鬼马精灵的。”

姜映初笑得很是开心，她其实很喜欢小孩子，但顾修竹觉得两人还年轻不着急要孩子。还有更重要的一个原因是，顾修竹觉得她还小，想多给她一些自由空间，毕竟有了孩子之后，无论是哪一方，都会把更多的注意力放在孩子身上。

至于姜映初，她觉得是顾修竹自己醋意大。

唯恐孩子分走自己的注意力。

顾母和那人聊着，看着她们感慨着：“初初他们准备什么时候要孩子啊，她这么喜欢小孩。”

顾母微微一笑，看着不远处的姜映初：“不着急，他们还小呢，更何况我们也还年轻。”

“真不着急啊？”

“真的。”顾母说，“生活是孩子的，不能催，他们有自己的想法，我们理解就好。”

那人笑着点头：“那也是，毕竟两人都年轻，身体也好，到时候想要了自然就生了。”

顾母笑：“说的是。”

两人聊着，姜映初直接把小丫头给带回家了，顾修竹正好在房间里睡觉，听到楼下闹哄哄的声响后直接起来了，站在楼梯口看着她们两人，眉眼间满是愉悦。

等送回去小丫头后，顾修竹把人拉回了房间，亲了下问：“喜欢孩子啊？”

姜映初挑眉一笑：“怎么的，想要孩子了？”

“不是。”顾修竹伸手捏了捏她的脸，含笑说，“看你很喜欢孩子，玩得也开心。”

闻言，姜映初沉吟了片刻道：“确实是很喜欢，但可能是因为小丫头长大了，也可爱，如果是自己的孩子，我肯定也喜欢，不过会难一点。”

顾修竹点了点头，抱着她道：“那就过两年再生。”

姜映初红着脸点头：“好。”

他们都不着急，她也没有不想要孩子的想法，以前会害怕照顾不了孩子，但现在不会。

因为顾修竹一家，给足了她温暖和安全感。

让她无论是面对两人的生活，还是三人的生活，都无所畏惧。

两人在家里待了一下午，吃过晚饭后便走了。

姜映初侧头看了眼顾修竹，好奇地问了声："为什么今晚不住在家里？"

顾修竹沉吟了片刻，故作沉思道："嗯，不想住在家里。"

姜映初噎了噎，有些无语："你这回答就相当于没回答。"

顾修竹低低一笑，捏了捏她的脸问："忘记我昨晚说的话了？"

"嗯？"

她一愣，没想起来。

顾修竹淡淡地提醒："学校。"

她瞬间想起来了，这人在床上的时候说……找个时间带她回学校体验下生活，而今天恰好是周六，又正好是晚上，还真是有点合适。

想着想着，她脸红成了煮熟的虾子。

顾修竹眉眼微挑，故意问："想什么呢，都脸红了。"

"没想什么啊。"姜映初举着手往自己这边扇了下说，"太热了。"

说着，她顺便把车窗给打开了，让外面的风透进来，吹得很是舒服。

顾家吃饭挺早的，这会儿天气还没有彻底暗下来，路上有些堵车，姜映初抬头看了眼，忍不住感慨："想要到秋天了。"

顾修竹沉默了片刻，看向她说："我们秋天办婚礼吧。"

闻言，姜映初扭头看他："你今年有时间？"

他们公司正好在转型，很忙很忙。

顾修竹低低一笑，望着她："和你一起办婚礼的时间，一定有。"

"好啊。"她轻声答应着。

"那就秋天吧。"

"好。"

姜映初撑着手腕看着窗外，想了想说："可是我喜欢下雪。"

她其实都喜欢。

秋天的景色很美，但她对雪有种执念，可能是因为在雪天里发生过很多事情，所以一直都带着点向往和执念。

顾修竹点了点头，低声道："冬天我们去滑雪，带你出去。"

"好。"

两人对视一笑，没多久便到了学校。

门口的保安还认识两人，让两人把车停在停车场。

往学校里走着，刚进入夜晚的风吹着，非常惬意。

顾修竹牵着她的手晃着："感觉怎么样？"

"舒服。"姜映初轻声道，"偶尔回来看看，还挺开心的。"

顾修竹低低一笑，没忍住吻了下她的唇角："是挺好的。"

和喜欢的人重温他们曾经走过的路，一切都是那么美好。

两人在校园内逛了一圈，姜映初馋学校附近的那些小吃，拉着顾修竹往人群中挤，买了不少小吃。

顾修竹全都依着她，吃饱喝足后两人再次回到学校，往曾经他们第一次亲吻的地方去。

姜映初对此哭笑不得，她还不知道顾修竹原来这么坚持，只不过那边人特别多，两人走了一下便出来了，姜映初望着他笑："不去了？"

顾修竹垂眸注视着她："我是怕你害羞。"

"哪有……"她笑着伸手抱了抱顾修竹的身子，轻声道，"就来感受一下就好。"

"不行。"

"嗯？"

她仰头望着顾修竹，刚想要说话，这人便低头吻了下来。

他闻着她身上淡淡的清香，亲吻着，一手扣着她的后脑勺，让她尽量不撞到头。

两人站在树荫下面，这个位置不算是小树林深处，但其实也差不多，在稍微靠近路口一点的地方……远处时有时无的声音传了过来，听着更是让人刺激，不由自主就紧张起来。

姜映初攥着他的衣服，仰着头承受着他的亲吻，回应着。

不知道过了多久，姜映初睁开湿漉漉的眸子，看着眼前的人。

"怎……怎么了？"

顾修竹揽着她的肩膀，看着她迷迷糊糊地模样，眸色微暗："有人来了。"

姜映初一惊，下意识就拉着顾修竹往旁边走。

顾修竹低低一笑，跟着她走了。

直到到了深处，才笑着说："好了，人已经走开了。"

姜映初这会儿也回神了，娇嗔地瞪了他一眼："别再来了，我们回去吧。"

顾修竹亲了下她的唇角，压着笑："好，回去继续。"

周日上午，她窝在床上一点都不想理顾修竹了。

顾修竹进来的时候，这人还埋在枕头上装鸵鸟。

"老婆。"

姜映初动了下身子，不想理他。

顾修竹俯身掀开她的被子，唇角含笑地注视着她："老婆，该起床了。"

姜映初睁开眼，撇撇嘴哼了声："吃什么饭呀，我不想吃。"

"真的？"

"嗯。"

"我做了你喜欢吃的糖醋鱼和盐酥鸡，还买了你喜欢的甜品回来……"

"我吃。"话还没说完，姜映初就连忙爬了起来，可一动腰就酸了。

她委屈巴巴地看向顾修竹："抱我去浴室。"

他笑，亲了亲她的眼睛答应："遵命。"

回到客厅后，姜映初安心享受着顾修竹的伺候，满足地吃了一顿自己特别喜欢的饭。下午两人闲得无聊，去小房间看电影。

她窝在顾修竹的怀里，专注地看电影，嘴巴里是顾修竹给塞来的水果，日子很是惬意。

这样的慢生活，是他们两人喜欢的。

工作日的时候两人都各自忙碌着，可一旦回到家，这便是一个温暖温馨的地方，是他们两人的小窝，工作上的情绪，两人都非常有默契地从不带回家。

他们的感情比最初更深了，甚至越来越深。

生活的每个角落都在嵌入两人的生命中，成为他们不可或缺的一部分，而对方，更是。

他们不能少了对方，未来的日子无论多么漫长，他们都想要和对方一起度过。

这是目标，也是日常。

3

他们的婚礼如期在秋天，蜜月了小半个月，才各自回到工作岗位。

领证和办婚礼时候的心情还是有些不一样的。虽然他们早早地便领证了，成了合法夫妻，但到举办婚礼的时候，姜映初依旧激动紧张。她甚至有种错觉，自己现在才算是嫁给了顾修竹。

她不知道别人是什么想法，总之在她这里，她是这样想的。

他们的婚礼没有多么盛大，但很温馨，因为顾修竹家庭的原因，过来参加的人也都一一筛选了很多。

连周楚楚都打趣她，她的婚礼绝对是一个值得纪念的日子。

姜映初表示赞同，即便是没有其他那些人，她也觉得是值得纪念的。

这是她和顾修竹相爱的见证，过来的亲朋好友，都是一路看着他们走过的。

度完蜜月后，两人回来继续工作。

顾修竹的公司越来越好，甚至已经有些许名气了，他的名字也越发被大家所知，偶尔一些小的采访还能看到他的报道。

冬日，顾修竹履行承诺，带着她去国外看雪景，还教会了她滑雪。

他们俩恩恩爱爱的，感情羡煞旁人。

他们的感情好，但结婚一年多也没要孩子。

只要姜映初不想要的，顾修竹就不勉强。

更何况两人更喜欢感受属于他们的二人世界，虽然时常有人问，但姜映初一直都微微笑着回答说："不着急。"

这日，姜映初办公室的一位刚结婚不到半年的女同事怀孕了，大家齐齐地凑在一起，热闹地讨论着，突然有人看向她："初初，你还不打算要孩子吗？"

姜映初微怔，莞尔一笑："顺其自然吧。"

怀孕的那位女同事感慨着："我真羡慕初初，跟她老公感情好就不说了，一年多不生孩子也没人催。”

她忍不住抱怨道：“我才刚结婚不到三个月，我婆婆就给我老公打电话问是不是我身体有什么毛病，为什么一点动静都没有，就一直催我们要孩子。”

这一点，办公室的同事也都知道。

毕竟她曾经在办公室抱怨过，有时候她婆婆和老公还特意给她送滋补汤过来。

姜映初淡淡一笑，点头承认：“其实怀孕也挺好的，早点有孩子，早点带着啊。”

她又补充了一句：“不过我是很幸运，我婆婆一直说不着急，我们按照自己的想法来就好。”

这一直是顾母说的话，她不会给他们任何的压力。

其他人纷纷羡慕着：“要是我以后能遇到初初这样的婆婆就好了。”

“那别想了吧，她这种可能一万个才出现一个。”

“估计万分之一都没有吧。”

姜映初听着，有些哭笑不得。

接受完大家的调侃后，几个人从茶水间回了工作室，继续上班。

姜映初思忖了片刻，看向那位正苦着脸喝汤的怀孕同事，她摇头笑了笑，没再说话。

关于孩子的事情，姜映初和顾修竹都觉得还好。

两人期待，但不强求。

不过许应如倒是提过几次，说年轻的时候生孩子，孩子能长得更好一点，老了生孩子的话，自己的身体也承受不住。

下班依旧是顾修竹过来接她，只要不加班，顾修竹便会过来接她，他们的公司换地方了，就在这一片的不远处，一上车姜映初突然说了句：“老公？”

“嗯？”顾修竹诧异地扬了扬眉，盯着她看，“要买东西？”

姜映初无语道：“不要买东西，我要是想买东西自己就买了啊。”

顾修竹的主卡都在她这里。

结婚后姜映初虽然不想要他的钱，但顾修竹依旧坚持把主卡给了她，自己用副卡。所以顾修竹基本上每一笔消费，她都知道，只不过姜映初懒，基本上不管。

他们两人对对方都无比信任，从不担心这些问题。

顾修竹低低一笑，俯身亲了她一口："你这样跟我撒娇，我以为你是有喜欢的东西不舍得买了。"

姜映初笑："不是。"

她撑着手腕看向窗外，想了想说："我们办公室有女同事怀孕了，刚结婚半年。"

顾修竹挑眉："然后呢？"

姜映初思忖了片刻："你想要孩子吗？"

他一顿，低声道："顺其自然，你要是想要我们就要，我都可以。"

闻言，姜映初有些无奈："你不喜欢孩子？"

她知道顾修竹的性格，他是非常喜欢孩子的，而且人也特别有耐心，有时候姜映初做一件事情都烦躁了，顾修竹却能一直耐着性子，也不会抱怨。

顾修竹低低一笑，拍了下她的脑袋："喜欢。"

两人对视一笑，没再继续这个话题。

回到家后，顾修竹做饭，姜映初在旁边给他打下手，两人忙碌着，吃过晚饭后，一起去楼下散步走了两圈才回家。

夜里，姜映初去洗澡，顾修竹还有点工作没完成，忙了一会儿工作后才去洗澡。

姜映初坐在床上盘腿看着书，眉眼专注。

顾修竹回头看了眼自己的老婆，沉默了片刻："还不睡？"

"再看一会儿。"

顾修竹淡淡点头，躺在了她旁边看了会儿新闻，才搁下手机，姜映初还在看。

他思忖了几秒后，低声道："老婆，睡觉了。"

姜映初低头看了他几秒，笑了笑："好。"

她刚躺下，顾修竹便亲了过来。

房间内气氛暧昧，温度越来越高……

黑暗中，能听见姜映初细细碎碎的声音。

“不……不戴了吗？”

顾修竹吻着她的唇角，低声答应着：“嗯，顺其自然生孩子了。”

接下来的一段时间，顾修竹每天都非常“顺其自然”地为生孩子做努力。

经过顾修竹的不懈努力，三个月后，姜映初顺利怀孕。

姜映初是在办公室的时候被同事提醒的。

她最近挺喜欢吃酸，但自己没什么感觉，直到旁边的同事直勾勾地看着她，忍不住问了句：“初初，你是不是怀孕了啊？”

她一愣，下午给周楚楚打了个电话，然后便直接来了医院。

算了算时间，她的生理期好像推迟了半个多月了，但因为小时候受凉的事情，她的这个一直不准，所以就没那么注意。

直到被提醒，手里拿着医生给出的单子，颤抖着手看向周楚楚。

“怀了是吗？”

“对。”

周楚楚眼睛一亮，看向她：“啊……太好了。”

姜映初笑了起来，世界都有种明亮了的感觉。

两人笑了起来，站在医院里，周楚楚快速道：“希望是个女儿，我好希望你生个女儿，我们换着带。”

她家有个冷冰冰的儿子，一点都没有乐趣。

姜映初点头，轻声道：“我也希望是个女儿。”

她想要把全世界的爱都给她，自己没有感受到的，将会全部倾注给自己的孩子。

她打心底里希望这是个女儿。

周楚楚道：“快给顾修竹打电话，告诉他这个惊喜。”

姜映初扑哧一笑：“回家再告诉他，楚楚姐你先给我保密哦。”

“好。”

两人对视一笑，考虑到姜映初怀孕了，周楚楚特意和她一起去商场，给她买了不少东西，作为过来人，她比较清楚一些。

买好东西后，周楚楚送姜映初回家。

顾修竹到家的时候，屋子里传来了炒菜的香味。

他挑了挑眉，有些意外。

“老婆，我回来了。”

“嗯。”

顾修竹往厨房走去，伸手接过她手里的东西，继续着：“今天怎么回来得这么早？”

一般来说，都是顾修竹先下班的，毕竟老板更自由，不过今天姜映初说不用去接她，顾修竹虽然疑惑，但也没多问。

姜映初“嗯”了声，伸手抱了抱他：“晚上想吃冰的，可以吗？”

顾修竹：“不可以。”

他想也没想就拒绝，对于冰的东西，顾修竹从始至终都非常反对。

闻言，姜映初笑了笑，没接话。

直到吃过晚饭后，顾修竹这才看到客厅里的购物袋，看向自己老婆：“去逛街了？”

“对。”姜映初看向他，“你先答应我一件事，我就给你看我买了什么。”

她站在顾修竹面前，不让他看自己买的东西。

顾修竹哭笑不得，但对于自己老婆的请求，有求必应。

“你说吧。”

“我要吃冰淇淋。”

顾修竹头疼地揉了揉眉心，轻声道：“除了这个。”

姜映初眼珠子转了转：“真不给我吃？”

“真的。”

“那要是你女儿想吃呢？”

“也不……”话还没说完，顾修竹突然直勾勾地盯着她看，握着姜映初的肩膀呆了一下，连忙问，“你刚刚说什么？”

姜映初得意地笑了，一字一句说道：“那要是你女儿想吃冰淇淋呢，给吃吗？”

顾修竹蒙了起码有一分钟，才低头看着她的肚子，声音颤抖地问：

“怀了？”

“嗯。”

她笑：“意外惊喜哦。”

话音刚落，顾修竹突然一把将人抱了起来，把姜映初着实吓了一大跳。

“你干什么……”

顾修竹把人放在沙发上，目光灼灼地看着她，再往下看着她的肚子，难掩激动：“去医院看了？”

“嗯。”姜映初笑，伸手环着他的脖颈说，“给你的惊喜啊，喜欢吗？”

“喜欢。”

他怎么可能不喜欢，这是他们两人期待了许久的消息。

他低头亲了亲她的嘴角，低声问：“怎么不让我陪你去医院？”

姜映初笑：“那会儿并不确定，你要是觉得遗憾，我们下次一起过去。”

“好。”

姜映初看着很快冷静下来的顾修竹，嘴角弯弯，一直都挂着笑。

两人抱在一起一会儿后，顾修竹突然起身去看她买的那些东西，之后便拿着手机开始打电话了。

给许应如打电话，给顾母打电话，把两位妈妈说的注意事项，全部一一记下来，一时间，他忙碌到了极点，事无巨细地记着，非常认真，也特别有耐心。

姜映初看着，有些想笑，但更多的是感动。

这个男人，无论什么时候，考虑事情永远都面面俱到，他在姜映初的问题上永远都是百分之百地放在心上。

他甚至还给周楚楚这个刚生下孩子的人打了很长时间电话，问了下情况，和江廷讨论了孕妇的情绪问题。

直到挂断电话后，姜映初才仰头看着他笑：“感觉你很紧张。”

“嗯。”

顾修竹低声道：“这是我们的孩子，我紧张你，也紧张她。”

他亲了下姜映初的眼睛，轻声说：“谢谢老婆。”

一个女人，愿意给你生孩子，足以证明她有多爱他。

生孩子的那种辛苦，只有经历过的人才能感同身受。

他不能去替她体验，但他会尽力地去为她分担，照顾好她的所有。

姜映初笑，也愿意让他照顾。

“想睡觉了。”

顾修竹点了点头，把人抱回房间，才说：“明天下班后我们去买点防辐射的衣服。”

“好。”

顾修竹想了想，轻声说：“妈说明晚过来一起吃饭，我们不回去。”

闻言，姜映初“嗯”了声，往他怀里钻着：“好啊。”

刚刚电话的时候她就听见了，顾母原本是这会儿就想过来的，被顾修竹阻止了，让她明天再来。

两人说着话，没一会儿姜映初便睡了过去。

顾修竹注视着她的睡颜良久，才抱着一起睡了过去。

未来越来越美好了，他们的家庭，也即将热闹起来。

4

顾夏是在初夏出生的，所以名叫顾夏，别名小布丁，原因怀孕的时候姜映初特别喜欢吃冰淇淋，其中最爱的一款就是小时候吃过的小布丁。

她一直觉得是爸爸妈妈太懒了，都不愿意给自己取个好听的名字。

顾夏是个古灵精怪的小丫头，刚生出来的时候，姜映初知道是女儿，别提有多开心了，她的愿望成真，真的拥有了一个小公主。

一家人对于这位小公主，可以说是非常宠爱。只有顾修竹，对她会稍微严厉一点，但那点严厉在外人看来，根本算不上什么。

顾夏很乖，但顽皮的时候也是真顽皮。

姜映初对她一直都是宠溺着的，在他们家里，顾修竹才是那个唱黑脸的人。

可能是跟自己小时候的经历有关，姜映初对她的女儿，可以说是极尽宠爱的那种，只要是合理的要求，都会一一答应。

譬如现在。

顾夏三岁，开始上幼儿园了，她很聪明，学东西特别快，且已有过目不忘的本领，所以在学习上面，花费的时间会比其他人更少一点，更多的空闲时间用来玩。

这会儿，周六做完作业后，她正拉着姜映初，眼巴巴地望着，吞咽着口水："妈妈。"

"怎么了？"姜映初的注意力从电脑前挪开，落在她身上。

小顾夏眨巴着大眼睛，小声说："想吃冰淇淋了。"

姜映初莞尔一笑，望着自己的女儿："想吃冰淇淋？"

"对啊。"她靠在姜映初的旁边，软声撒娇，"妈妈给我买么！"

闻言，姜映初看了眼墙上的时钟，"你是想跟我去超市吗？"

"嗯！"她非常认真地点了点头，"想去买果冻和冰淇淋。"

"但是冰淇淋吃多了不好。"

小丫头眨了下眼，有理有据地说："我不吃多了就好啊，我们买一个，我吃一半妈妈吃一半，就不多吧。"

她这话说的，姜映初无力反驳。

顾修竹今天加班，不在家，所以家里就她们母女两，好像确实可以放肆一下。

刚进入初夏，顾夏还差几天就三岁整了，小脑袋瓜子特别聪明，也懂讲道理这件事情。顾修竹是不怎么允许她们母女吃冰淇淋的，所以每次顾夏想吃，只会找自己的妈妈。

毕竟，姜映初也喜欢吃。

最后，母女俩换了衣服，欢乐地出门了。

初夏的阳光暖暖的，照着也不会让人觉得闷热。

姜映初和顾夏穿着母女装走在路上，超市距离家很近，她也没打算开车出门。

顾夏也不知道怎么回事，可能是因为小名就叫小布丁，所以偏爱吃布丁冰棍。

两人站在小区门口的小卖部，顾夏探着脑袋："妈妈，要吃小布丁。"

姜映初笑："吃自己啊。"

"对。"

"行。"她买了一根，确实不敢买多。

小孩子吃一点没事，毕竟虽然顾夏爱吃冰淇淋，但也有很久没吃过了。

买好后，两人继续往超市走，顾夏舔了下，感受着那种布丁的奶香味，特别甜，忍不住说："妈妈，好好吃哦。"

姜映初扑哧笑，咬了一口："是好吃，但是不能吃多了。"

"我知道的，爸爸会训我的。"

两人走到超市门口，冰淇淋正好吃完了。

超市里这会儿人不多，刚到超市门口，姜映初便接到了顾修竹的电话。

"在哪？"

"到超市了。"姜映初轻声道，"你过来吗？"

顾修竹"嗯"了声，笑了笑说："你们先去买零食，我一会儿就到。"

"好啊。"

她把手机给小布丁，轻声说："你爸爸。"

"爸爸。"小布丁的声音特别甜，娇娇地喊着，"你什么时候过来接我跟妈妈回家呀，我都有六个小时没有看到你了，好想你的。"

她嘴甜，小情话一溜一溜地冒出来。

顾修竹听着，唇角不由自主地往上扬："爸爸马上过来接你，中午吃什么了吗？"

小布丁眼珠子转了转，想了想说："吃了妈妈做的肉。"

"有没有吃青菜？"

"啊？"小布丁软软地说，"妈妈没有做青菜。"

顾修竹有些无奈，家里这一大一小都不爱吃青菜，他自己在家的时候，姜映初和小布丁还会意思意思地吃一点，一旦自己不在家，姜映初索性连青菜都不做。

小布丁是很不喜欢吃青菜的，偶尔少吃一次，姜映初也不强求，只要是身体健康，维生素这些不缺少，她不吃就不吃了，并不强迫。

可能是因为小时候她不爱吃，却每天被逼着吃的原因，她不想要自己的女儿经历那些，在很大程度上，跟自己一起吃饭的时候，她会给予一定限度的宽容，当然是在合理范围内。

她不会真的让小布丁一周不吃青菜，最多是一天和自己在一起的时候不吃。

他顿了顿，笑着说："爸爸晚上做，你吃吗？"

小布丁圆溜溜的眼珠子打着转，软声说："妈妈要是吃的话，小布丁就吃。"

"行，妈妈会吃的。"

姜映初看着打电话的两人，提醒说："爸爸要开车了，先挂电话。"

"好。"

挂了电话后，两人在超市里逛着。

小布丁爱吃零食，但很多零食确实不怎么符合标准，所以姜映初买的时候都会先查过，再考虑要不要买给她吃。

"妈妈。"

"嗯？"

小布丁坐在推车里面，凑在她耳边小声说："我想跟你说个小秘密。"

闻言，姜映初挑眉看着她："你说吧，妈妈听着呢。"

小布丁指着不远处的一个小男孩，软声说："妈妈你觉得那个哥哥长得好看吗？"

她顺着看了过去，不远处确实站着一个小男孩，大约是四五岁的年龄，她点了点头："还行，挺帅气的。"

她想了想问："你觉得他有没有楚楚阿姨家的儿子帅气？"

"没有吧。"小布丁虽然不太喜欢楚楚阿姨家的儿子，但这是实话。

那个哥哥长得精致，她这个年纪还不懂精致，但也知道是好看的，特别好看。

小女孩对好看的事物都是喜欢的，她也不例外。

只不过小布丁和那个哥哥不对盘，他总是欺负她，所以她只能承认那个哥哥好看，但是不怎么喜欢他的性格。

姜映初弯了弯嘴角："然后呢，你想跟妈妈说什么小秘密？"

小布丁指着说："那个哥哥之所以能长得那么高，肯定是因为吃了很多果冻吧，妈妈，你说我说的对吗？"

她对于自己这鬼精灵的女儿，彻底无奈了。不远处的小男孩，手里确实拿着果冻。

"要买果冻？"

"可以吗？"

"一排。"

小布丁瘪着嘴看着她，委屈巴巴地说："不能多一点嘛，我吃了果冻才能长高呀妈妈。"

姜映初噎了噎，她怎么不知道吃果冻能长高。

"两排吧。"

小布丁目光亮了下，伸出一只手在姜映初面前："三排好不好，妈妈吃一个爸爸吃一个，然后就是我的了。"

姜映初想了想，垂眸看着她："那待会儿就不能吃冰淇淋了哦。"

小布丁："……妈妈。"

"撒娇也没有用。"姜映初道，"就算是买了果冻，你一天也只能吃一个。"

小布丁彻底不开心了，瘪着嘴坐在推车里，不说话。

姜映初看了她一会儿，带着她去另一边买东西，买了点生活用品，还去买了水果，恰好顾修竹到了。

远远地，顾修竹就发现了女儿的情绪不对。

他挑了挑眉走近，抱了下姜映初，低头亲了下她的脸颊，笑着说："辛苦了。"

姜映初把推车给他："终于来了。"

"怎么了？"

姜映初指了指："你女儿想要买果冻，还要买三排。"

顾修竹愣了下，抱起小布丁，亲了亲，摸着她的脑袋问："为什么想要吃三排果冻？"

小布丁委屈："我就是喜欢嘛。"

闻言，顾修竹看了眼往另一边走的老婆，耐着性子跟小布丁讲道理。

“小布丁。”

“嗯。”

他轻声道：“想吃果冻不是不可以，但是小孩子不能吃太多的零食知道吗，对身体健康不好的，你想要吃果冻可以，妈妈会给你买，但你不能跟妈妈讨价还价，妈妈是不是说可以买两排？”

小布丁呆愣了下，点头：“嗯。”

顾修竹给她计算：“你看，一排果冻有三个，两排有六个，一个星期有七天，我们买两排你可以吃六天，还剩下一天就不吃了好吗？”

“为什么不吃了？”

顾修竹看着她：“你看，爸爸是不是每周都允许你跟妈妈有一天是可以不吃青菜的？”

小布丁：“爸爸，我没懂你说的话。”

顾修竹噎了噎，咳了声说：“意思就是，要有节制，一周吃六个已经很多了，你现在还在长身体，营养比较重要，不能多吃零食，不然会变成小胖子的。”

姜映初刚从另一边回来，正好听到了这句话。

她憋着笑，看着对面的女儿。

小布丁一听到胖这个字，瞬间惊恐地摇了摇头：“那不要了，我们买一排吧。”

“我不想要成为小胖子的。”

顾修竹：“行。”

突然，小布丁想起一件事情，惊恐地看向顾修竹：“那爸爸……吃冰淇淋也会变胖吗？”

“当然会。”

小布丁呆了下，指着姜映初说：“可是妈妈吃了那么多冰淇淋，为什么没有变胖。”

5

闻言，顾修竹含笑地看了眼自己的老婆。

姜映初脸上的笑僵住了，这种被自己女儿亲自揭穿偷吃冰淇淋的事情，怎么想怎么觉得尴尬。

好在顾修竹反应快，连忙说了句："嗯，那是因为妈妈是有节制地吃，也不常吃的，而且妈妈会做运动。"

小布丁眨巴着眼睛，觉得好像是有那么点道理。

她妈妈确实不会常吃冰淇淋，只偶尔吃一次，但自己的果冻却还要求一天一个。想了想，小布丁看着顾修竹，眼珠子骨碌碌地转了下："那爸爸我也少吃点吧，我怕胖，买一排就好了。"

顾修竹挑眉，有些许诧异："确定？"

要知道，他们家这大小公主，一个爱吃冰淇淋一个爱吃果冻，都属于特别坚持那种。

"对！"

小布丁说："我要向妈妈学习。"

顾修竹笑，和姜映初对视一眼点头："好，那就买一排，我们多吃水果，水果不长胖的。"

"好。"

小布丁雄赳赳气昂昂地往水果区那边走。

顾修竹看着，瞥了眼自己的老婆："吃冰淇淋了？"

姜映初："……"

她就知道，顾修竹不会轻易放过她了。

"是小布丁想吃。"

顾修竹低头亲了下她嘴角，声线暗沉沉的："嗯，你吃了小布丁。"

这话听起来怎么有点不对劲？仿佛在说她吃了自己女儿一样。

"就一点点。"姜映初跟顾修竹撒娇，"好几个月没吃了。"

她撒娇的模样无论过了多久都让顾修竹没办法抵挡。

顾修竹低低一笑，无奈地说了句："你呀你。"

姜映初抿唇笑："小布丁去那边了，你看着点。"

"嗯，我去买菜那边。"

"好。"

买好东西后，一家三口回家。

回去的路上，小布丁逗得俩人直笑，只要有她在，基本上哪哪都是笑声。

到家后，姜映初收拾着准备去楼上工作，结果刚上楼，小布丁就端着咖啡上来了，小心翼翼地放在她书桌旁边，奶声奶气地给她道歉："妈妈对不起。"

"嗯？"姜映初垂眸看着她，摸了摸她的脑袋，"怎么跟妈妈道歉了？"

小布丁两只手绞在一起，咬着下唇可怜巴巴地看着她说："在超市没有听妈妈的话，还生气，让妈妈不高兴了。"

闻言，姜映初莞尔一笑地抱着她坐在自己腿上，轻声问："你爸爸让你过来的？"

"算是。"小布丁说，"我也想来给妈妈道歉的。"

姜映初笑了。

其实对于小布丁，她一直都是偏爱的，可能在有些人看来这种偏爱不太合适，但她发自内心希望自己的女儿从小就有安全感，在充满爱的家庭里长大，所以在很多方面，会最大限度地给予小布丁自由的空间。

当然，今天她虽然觉得小布丁有点不听话，但生气还真是没有。

小孩子都小，一定要耐着性子和他们讲道理，其实他们很懂事的，只要是你多说几次，解释清楚，他们即便还小，也会理解。

不过唯一不同是，她没有顾修竹那么有耐心。

但顾修竹却很懂自己的老婆。只要姜映初脸色稍微有点不对，他不会当着小布丁的面说让她给妈妈道歉，反而会去给小布丁讲道理，让她理解姜映初是对的，她不该那么任性。

所以每每小布丁犯了一丁点的错误，一定会过来找她道歉。

她笑了笑，抱着小布丁亲了下："好了，妈妈也错了，应该跟你讲道理的。"

小布丁眨了眨眼，捧着她的脸亲了口："那妈妈你继续忙，我先去找爸爸了。"

“好。”

“我爱妈妈的。”

姜映初笑：“我也爱你，宝贝儿。”

等小布丁离开书房后，姜映初才专注地看着手里的数据，开始加班工作。

吃过晚饭后，小布丁就困了。

她这个年纪基本上精神几个小时就会犯困。

顾修竹把人给哄睡后才去了书房，垂眸看着姜映初手里的数据，扬了扬眉：“还要忙多久？”

“快了。”

姜映初看他：“你没事了？”

顾修竹伸手从后边抱着她，淡淡地应了声：“小布丁睡了。”

姜映初笑，扭头亲了亲顾修竹一下哄着：“我马上就好。”

“好。”

他坐在一侧陪着她，等她弄好后才一起回房间休息。

夜色浓郁，他们一家三口很好，甚至越来越好。

翌日是周日，两人工作再忙，也总会抽出一天的时间陪着小布丁出去玩，从前面的几周开始，小布丁就念叨着想去水族馆玩，姜映初和顾修竹自然是答应一起去的。

早早起来，小布丁穿着她漂亮的公主裙，是她奶奶买给她的，特别粉嫩，刚换上就蹦蹦跳跳地过来找姜映初，兴高采烈地问她：“妈妈，我今天好看吗？”

姜映初正化妆，闻言笑了声，认真看了她一眼：“好看。”

她说：“我的宝贝儿最好看了。”

不得不说，小布丁是真的好看，五官很精致，现在还小，其他的看不太出来，但一双眼睛水灵水灵的，圆溜溜的，特别生动，整个人可爱到了极点，几乎看过她的姐姐和阿姨，都特别喜爱她。

每次姜映初带她出去买东西或者逛街，小布丁都能神奇地吸引大家过来看她、逗她。

小布丁嘻嘻笑，凑在姜映初的旁边看着她：“妈妈也好看。”

姜映初扑哧一笑，捏了下她圆嘟嘟的脸："爸爸呢？"

"去厨房了。"

"行。"

姜映初快速地化好妆，牵着她一起下楼。

两人到楼下的时候，顾修竹正好做好了早餐，吃过后一家三口出门。

周末路上还有些拥堵，但天气好，姜映初带着小布丁在后面坐着。

小布丁嘴巴里在碎碎念："好久没看到楚楚阿姨了呀。"

"我想她了。"

姜映初"嗯"了声："想哥哥吗？"

小布丁迟疑了两秒钟，眨了眨眼："有一点点。"

"只有一点点？"

小布丁哎呀了声，软软地说："哥哥对我有点坏，我就不是很想他。"

姜映初点了点头："哥哥哪里对你不好了？他就是喜欢逗你。"

"哥哥很高冷，不怎么喜欢说话。"

闻言，顾修竹挑眉，没忍住问了句："你还知道高冷了呀？"

小布丁点头："对啊，楚楚阿姨跟我说的。"

虽然周楚楚一直说自己家儿子性格太像江廷了，她一点都不喜欢，但跟小布丁说他太高冷……也得亏她说得出来。

姜映初笑了笑，正想要说话，手机振动了下，是周楚楚发过来的消息。

周楚楚："你们今天干吗呢，要不要来我们家吃烧烤？"

姜映初："小布丁，你想见楚楚阿姨是吗？"

"想。"

"那待会儿晚上我们去楚楚阿姨家吃饭吧。"

"好。"

顾修竹看她眼："周楚楚的信息？"

"嗯，问我们要不要去吃烧烤。"

顾修竹点头："去吧，小布丁好久没去了。"

算一算，小布丁差不多有一个月没跟周楚楚他们见面了。

小朋友都这样，见面吵架，不见面想念。

水族馆里的人很多，这算是一个旅游景点，当地人和过来旅游的人，很多都会过来这边看看。

姜映初拉着小布丁，顾修竹帮忙给母女俩拍照。

小布丁酷爱拍照，各种小造型摆得有模有样的。

走了一段小布丁就走不动了。

顾修竹伸手抱着她，捏了捏她的鼻子："累了？"

小布丁点头，抱着他的脖颈撒娇："爸爸，你累不累？"

"不累。"

小布丁捏了捏自己肚子上的肉，有些苦恼。

昨晚她想了好久，自己一定不吃果冻了，这么肉嘟嘟的，好像是不太好。

她趴在顾修竹的肩膀上，看着后边的妈妈，叹息了声："妈妈好瘦哦。"

顾修竹："……"

他憋着笑，拍了拍自己女儿的脑袋笑问："想要跟妈妈一样瘦？"

"对。"她软趴趴地说，"我今晚不吃饭了，可以吗？"

"不可以。"姜映初直接回答。

她垂眸看着小布丁，轻声道："妈妈不是不吃饭瘦的，你现在还小，重要的是均衡营养。"

"那我会瘦吗？"

"当然了。"姜映初笑着说，"长大后就瘦了。"

小布丁似懂非懂地点了点头，反正她妈妈说她会瘦，她就相信。

吃过午饭后，一家三口在外面逛了一圈，才准备去买东西，然后去周楚楚家。

商场里，小布丁没给哥哥买东西，倒是给自己买了好些小玩意。

只要是她特别喜欢又没有的，姜映初和顾修竹一般都允许她买，不会过于限制。

顾修竹的概念一直都是富养女儿，但在富养的基础上，不让小布丁任性就好，也会让她知道，爸爸妈妈赚钱不容易，这些道理，小布丁虽然小，但也懂不少。

周末两人偶尔还要加班，最忙的时候她要被送去爷爷奶奶家里待着，所以相对来说，她比一般的小朋友要懂事一些。

“你不给哥哥挑礼物吗？”

小布丁眨巴着眼睛，指着不远处的书：“哥哥喜欢看书，给他买书吧。”

姜映初：“……吃的不用吗？”

小布丁眼睛亮亮的：“那可以买小布丁吗？”

顾修竹顿了顿，一回头就对上了老婆孩子祈求的目光，这是在等他拿主意。

“买吧。”

他说：“但今晚你跟妈妈一起只能吃一个。”

“好的。”

小布丁乖巧地答应，只要有吃的就好了。舔一舔也很满足呀。

买好东西后，几个人去周楚楚家里。

才刚进门，小布丁抱了下周楚楚就开始找哥哥了，跟她最开始说的不想哥哥这件事情，一点都不相符合。

不得不说，小孩子还是喜欢和小孩子玩。

小布丁话多，但周楚楚家的儿子话少，捧着一本书能坐大半天，小布丁不行，大人们都在外面烧烤，小布丁围着哥哥打着转，嘴里碎碎念。

“哥哥，你看书累吗？”

“哥哥，你要不要喝水？”

“哥哥，你能不能理一下小布丁。”

闻言，周哥哥抬眸看她一眼：“怎么了？”

小布丁眨了眨眼，小声说：“哥哥我想吃小布丁，可以吃一个吗？”

周小包子：“……你刚刚不是吃了吗？”

“只是吃了三分之一。”

周小包子一脸无奈，盯着她看了两秒：“给你吃了就不能吵我了。”

“好。”

吃完后，小布丁继续碎碎念，总之停不下来了。

她这个年纪需要有人注意，一旦少了关注度，就会觉得不太高兴，周小包子过于高冷，小布丁心碎地跑出去找姜映初了。

"怎么了？"姜映初蹲在她面前。

小布丁瘪了瘪嘴："没事。"

姜映初扬眉，刚想要说话，周楚楚便说："是不是哥哥不理你？"

"没有。"

周楚楚冷笑了声，看了眼屋内："肯定是那臭小子不理你，你等着啊，阿姨给你把人给喊出来。"

"不用的。"小布丁说，"哥哥在看书，我就是有点无聊。"

顾修竹笑，把女儿抱了起来："不无聊，爸爸给你烤肉吃。"

"好啊。"

没一会儿，小布丁就把刚刚的事情忘掉了，拿着爸爸烤出来的肉，屁颠屁颠地往屋里走，找哥哥去了。

眼观全局的顾修竹无奈地说了句："哎，女儿太外向了也不太好。"

姜映初笑："小孩子就这样。"

小孩子都是这样，没有烦恼，即便是有，转头就忘记了。

有时候她甚至羡慕他们现在的这个年纪，姜映初趴在顾修竹的肩膀上，轻声说："多希望小布丁一直这样啊。"

"会的。"

顾修竹亲了下她的嘴角："我们都会。"

他们都会一直这样幸福下去的，一家三口，甜甜蜜蜜的。

姜映初眉眼弯弯地笑，点了点头："当然。"

他们会携手同行，和小布丁一起成长，越来越好。

6

周楚楚和江廷不是同班的同学，两人认识算是因为顾修竹。

他们两人同年级，她是文科生，江廷是理科生，原先并不认识。

江廷算是除掉顾修竹之外的另一校园风云人物，顾修竹是矜贵淡漠型，江廷就是真真实实的冷的类型。

在没见到真人前，周楚楚已经听过不少版本的江廷了。而且江廷是在高一下学期转校过来的，周楚楚还没亲眼看过。

学校里的女生，即便是成绩再优秀，对于长得帅气的男生，也总归是会多注意一些的。

周楚楚她们宿舍也不例外，每天谈论的无外乎就是那几个厉害人物。

她们和顾修竹同班，说得相对少一点，而其他年级或者班级的同学，说的则会多一些。

周楚楚听着听着，对江廷……怎么说呢，产生过那么一丁点的好奇心。

总而言之，对这个人稍微的印象比其他人更深那么一丁点。

周楚楚是个活泼的性格，且非常自来熟，跟室友的关系都非常不错，她对于江廷的名字，从高一听到高二初，但一直都没怎么接触过。

直到有一天，高二新学期开学，林扬喊她出来一起吃饭，他们之前是一个班的学生，高二文理分班后，算是久违的见面。

在座的大多数也是熟悉的同学，周楚楚混得很熟，跟大家都能热聊。

“要吃点什么？”林扬问了声。

周楚楚摇了摇头：“随便。”

林扬挑眉，诧异地看她一眼：“真的？”

周楚楚嗤笑了声，挑眉说：“那必须的。”

她笑了笑说：“随便吃吧，我不怎么饿。”

林扬笑了声，跟旁边的同学聊了起来。

没一会儿周楚楚问了声：“怎么那个谁还没来？”

“阿竹啊？”

“嗯。”

林扬想了想说：“好像跟江廷有事情要说，晚点过来。”

闻言，周楚楚诧异地看他一眼，有些好奇：“我知道的那个江廷？我们学校的？”

“不然呢。”林扬好笑地看她一眼，“就你们所知道的那个江廷。”

他补充说了句：“跟我们一个班级。”

周楚楚笑了声，忍不住说：“还真的是……优秀的人跟优秀的人做朋友啊。”

她眨了眨眼问：“你也认识江廷？”

“认识。”

“长得比偷拍的那些照片帅吗？”

她是没有看过本人，宿舍里和学校贴吧上倒是流传着不少照片，不过都算不上很清晰，依稀能看出来长得还算可以，但她就想知道，是不是跟室友们所说的那样。

——玉树临风，面容英俊，用所有一切美好的词语去形容这个人。

高中的小姑娘，正是春心萌动的时候，对于学校的风云人物，都是好奇的。她当然也不例外。

林扬笑了笑：“他今晚应该会过来，要不是你选了文科，说不定我们就在一个班。”

他们都是本地人，所以相对熟悉一些。

周楚楚“嗯哼”了声：“我学理科的话，可能连大学都考不上。”

她理科很差很差，偏科太严重，老师因为这件事曾很多次找家长谈话。

林扬扑哧笑了一声：“知道就好。”

吃饭的餐厅里人很多，热热闹闹的。

周楚楚正低头吃饭，努力和自己眼前的鱼做斗争，突然听见一声惊呼，她想也没想就知道是顾修竹过来了，头也没抬，完全没什么兴趣，直到林扬拍了下她肩膀说：“你好奇的江廷也来了。”

“啊？”

她下意识地扭头，嘴巴里还咬着刚夹起来塞进去的鱼。

猝不及防地吞了下去……卡住了喉咙。

周楚楚第一次见到江廷，就被鱼刺给卡住了喉咙，进了医院。

从医院出来后，林扬给她道歉：“对不起对不起，我真不是故意的。”

周楚楚现在喉咙难受，还好鱼刺卡得不算深，取了出来。但现在想想，她就觉得后怕。

她对林扬翻了个白眼，往前面走，顾修竹和江廷也还在医院等着，其他同学就回去了。

“没事了吧？”

周楚楚点了点头，让旁边的室友扶着自己，有些无语：“我半个月不吃鱼了。”

江廷脸上没有任何多余的情绪，看她就像是看陌生人一样。

后来到学校后，两人也没说上一句话。

回到宿舍后，也不知道怎么回事，周楚楚被鱼刺卡住了喉咙的版本被同学们传成——她被江廷的帅气所惊，然后激动地卡住了喉咙。

她累得筋疲力尽，完全不想为这个传说去解释什么，就任由大家误会了下去。

第一次见面，两人一句话都没说上。

换了班级后，周楚楚有些许不适应，她学文科，以前熟悉的同学大部分还在理科班。

所以偶尔她会回去之前的班级里找同学玩，第二次，她才算是认真看清楚了江廷的长相，眉眼间很淡漠疏离，做事专注。

她到班里的时候江廷正好在做试卷，眉眼专注，有同学询问他问题，他虽然淡淡的，但却能耐心给人解析。

很久之后，周楚楚对那个画面印象都非常深刻。

她对江廷有点兴趣，可能也是从那时候开始。

从那次之后，周楚楚有事没事就往以前的班里跑，正好她最好的朋友也还留在原来的班级，所以也有借口光明正大地过去逛一逛，看一看。

直到有一天，数学试卷发下来，看着没及格的那个分数，周楚楚觉得心里梗了下。

旁边的同学正好在小声讨论着。

“要不找人补习一下吧，数学这么差。”

“哎，我家给我请了家教，没办法。”

另一人说：“我可能也需要找家教了。”

文科班的大部分女生数学都有点拖后腿。

周楚楚听着，低头看了眼自己手里的试卷，眼珠子转了转，有了个好的主意。

高中都有晚自习，他们学校的晚自习相对来说管得不算严厉，允许同学之间讨论问题，当然声音必须小一点，在两节晚自习过后，还有一节是相对自由的晚自习，可以上也可以不上，不过大部分住校的同学都会安安心心上课。

据周楚楚所知，江廷也会上。

当晚的第三节晚自习，她突然跑去了之前的班里，班上还有一半同学在上课，她朋友也还在，看着她的时候也不觉得奇怪，毕竟她以前也常过来。

“试卷没及格吧？”徐雅，也就是她的好友问。

周楚楚噎了噎，顾修竹和林扬都不在，她“嗯哼”了一声，说：“是啊，你今晚是不是没时间给我讲题？”

徐雅张了张嘴：“我……”，“有”这个字还没说出口，就被周楚楚给打断了。

“行了行了，我知道你没有，我不勉强，我随便找个教我吧。”说着，她给徐雅眨了下眼睛。

而后在徐雅直视的目光之下，她扭头就对上了徐雅后座旁边的江廷，周楚楚微微笑问：“你好，你可以帮我讲下题吗？”

这娇滴滴的声音，还是她认识的那个周楚楚吗？！

但也就这，徐雅差不多知道周楚楚想做什么了。

她无奈地摇了摇头，倒是没有去打扰周楚楚的“雅兴”。

江廷抬眸，淡淡地看她一眼：“有事？”

周楚楚一噎，她觉得自己刚跟徐雅的对话江廷应该听得很清楚了，结果这时候来明知故问。

不过她脸皮厚，笑呵呵地说：“有，你有时间吗？”

江廷迟疑了片刻：“说吧，有什么事。”

“帮我说下试卷好吗？”

“嗯。”

说着周楚楚把自己的试卷拿了出来，偌大的分数摆在上面，江廷不意外地顿了下，看着那个五十多分的分数，挑了下眉。

周楚楚有些尴尬地咳了声道："那个……我数学不太好。"

江廷："看出来了。"

周楚楚噎了噎，有些无语地在旁边坐下："你给我说下？"

"嗯。哪里不会？"

周楚楚迟疑了片刻，弱弱说了句："哪都不会这种话，可以说吗？"

不出意外，这话一出，江廷像是被她给惊到了，好一会儿都没能回神。

好在江廷虽然人冷漠，但对于问问题的同学还是有那么一丁点耐心的，周楚楚听得很认真，但是就是不怎么开窍，一道题需要说好几遍，才能理解。

一节课过后，试卷还没说完。

周楚楚看向江廷，眼睛里带着点期盼："明天还能来问吗？"

"不可以问林扬他们？"

周楚楚："他们万一不在呢？"

江廷"嗯"了声："随你。"

第二日晚上，周楚楚威胁林扬，一定要带着顾修竹远离晚自习教室，反正他们两人上不上晚自习成绩都好，索性别来打扰她。

林扬没辙，用其他的借口把顾修竹骗走了。

至于周楚楚，则继续安心地享受江廷的私人辅导。

但是试卷总会被说完的，说完后，她又得找其他的借口去接近江廷了。

一来二往，她就算不说，班里的同学也都看出了点端倪，更别说江廷自己。

"还有试卷？"

周楚楚被呛了下，面不改色："我买了本数学的资料书，上面有很多习题，不太会。"

闻言，江廷似笑非笑地看着她片刻，没说话。

"你没时间？"

江廷淡淡地"嗯"了声："真不会？"

周楚楚非常乖巧地点了点头，盈盈一笑说："对啊。"

"江廷，你要不给单独补习下？"

7

江廷沉默片刻，没说话。

周楚楚也不知道为何，莫名紧张了起来，明明打定了主意要厚着脸皮下去的，但也不知道为何被江廷盯着看就莫名有些心虚。

“你以前怎么解决的？”

周楚楚眨眼，为什么还要问以前的事情。

她思忖了两秒钟，小心翼翼地回答说：“嗯……以前的稍微简单点，现在都要面对高考了，肯定要紧张学习下。”

其实她以前也不会，不过那会儿她不会就不会，没有耐心找人教。

江廷扯了扯唇，指着旁边的位置，非常毒舌地问：“你怎么考上我们学校的？”

周楚楚噎了噎，没敢回答。

她总不能说是因为对他有所企图，所以才会屁颠屁颠地跑过来问吧，那有损她的形象。

江廷嘴上是毒舌，但见她真不会，还是会耐心地给她讲解。

只不过，江廷好像高估了周楚楚的水平，她只在文科的那些科目上是一百分的，在数学上面，三十分不到。

以前他们的班主任就一直念叨着她，偏科这么严重要如何是好，周楚楚也没办法，她就是偏科，对数学提不起兴趣，其实不是不懂，就是不愿意动脑筋去学。

她智商还行，就是懒。

之前是真的觉得数学这玩意可烦了，有时候明明一眼就看得出的答案，还要写下一大段一大段的解析步骤，她懒，不想写。

周楚楚不说话，江廷嗤笑了声，倒是没再问了。

最后一节晚自习，变成了周楚楚和江廷的专属，连续好几个星期两人都这样度过的。

后来即便是林扬他们回来上晚自习了，周楚楚也自觉地往江廷身边坐，至于江廷，淡淡地看她一眼，也并未多说什么。

周五下午，周楚楚去徐雅班里等她一起回家，恰好看到了江廷。

“楚楚！”

“怎么了？”周楚楚微微笑地看着两人。

徐雅指了指门口说：“我们今晚去外面吃饭吧，晚点再回去。”

闻言，周楚楚指了指自己：“就我们俩？”

徐雅哂笑了声，直勾勾地望着她：“不然呢，你还想要跟谁一起呀？”

周楚楚心虚地摸了下鼻子，总不能说想跟江廷一起吧。

徐雅的话一问出来，江廷朝周楚楚这边看了过来，眼神很淡，看不出太多情绪。

“走吧。”

“江廷，你们去哪？”周楚楚想也没想就把人给喊住了。

江廷脚步一顿，回头看她一眼：“回家。”

周楚楚：“……哦。”

到最后，那顿晚饭是周楚楚和徐雅一起吃的，吃得心不在焉的。

夜色浓浓，周五晚上刚放学放假的，街上的人，逛街吃饭的明显比其他时候多了不少。

两人选择很随意，去了夜市摊的街口，找了家熟悉的店吃东西。

周楚楚吃得漫不经心的，徐雅好笑地看着她：“你看上江廷了？”

“这么明显？”

“你觉得呢？”

徐雅忍不住说她，每天都往他们班级跑，而且基本上只找江廷问问题，即便是顾修竹和林扬在，她也是把其他的老同学忽视了，表现得别说多明显了。

周楚楚不太好意思地咳了一声，捏了捏自己的耳朵：“是有点意思。”

也不知道从什么时候开始，就渐渐地起了别的小心思。

就觉得这个人有些不一样，她性格开朗，和林扬、顾修竹他们都能说得上话，但那仅限于朋友和同学的关系，其他的想法丁点儿没有，但是到了江廷这边就不一样了。

林扬随便和她开什么玩笑，她都觉得可以接受，谈论到一些限制级别的话题，也能面不改色，但在江廷面前不行。

她会害羞，会因为他的某些举动心跳加快。

周楚楚不傻，清楚地知道这是为什么。

虽然学校里喜欢江廷的人一大堆，但她好像无所畏惧。

徐雅看着她脸上的笑，弯了弯嘴角说："那就先祝你好运了，拿下他。"

"好的。"

"我以茶代酒，祝你成功。"

周楚楚看着眼前的茶，一次性的杯子，上面还飘荡着两片茶叶。

思忖了片刻，她认命地点了点头："好！"

晚饭吃到八点多两人就各自回家了，到家后周楚楚洗漱，准备做作业。

他们学校的作业多，每次一到周末不像是放假，更像是另一种补习。

她文科还不错，语文、英语都还行，只有数学，周楚楚垂眸看着眼前的数学卷子，思考了一分钟，就去找林扬了。

周楚楚："把江廷的企鹅号发我下。"

林扬："你要加啊？"

周楚楚："嗯，会通过吗？"

林扬："有点悬，他不怎么爱玩这些，经常是几百年不在线的。"

周楚楚："好吧。"

说是这样说，但林扬还是把江廷的联系方式告诉她了，还顺带附上了手机号码。不得不说，林扬这样的助攻，真的太有作用了。

周楚楚盯着那两串数字看着，咬咬牙还是发了添加好友申请。

发完后，整个人就紧张了起来，她回到床上滚了两圈，江廷那边依旧没有动静。

她思忖了下，开始认真做题，但不到三十秒，就忍不住往一旁的手机看过去。

"楚楚，要下来吃宵夜吗？"

楼下传来周妈妈的声音。

周楚楚："不吃了。"

她现在没心情吃，就想知道江廷那边到底有没有收到自己的申请，难不成……是手机出现问题了？

她想了下，把林扬删了，再重新添加。

林扬发来一串问号："你要干吗？"

周楚楚："测试下手机有没有出问题。"

手机是没有出问题，但也一直没有动静。

周五晚上，周楚楚盯着手机看了一小时，烦躁得厉害，到最后索性裹着被子睡觉去了，她受不了这等待的煎熬。

江廷晚上家里有聚餐，手机没电了。

他本身就不是个爱玩手机的，聚餐结束之后，一家人回了家，他才给手机充电，洗完澡之后出来才开机。

不过他没去看，一般也不会有人找他。

洗过澡之后，江廷一般都会看书做题，他们这个年龄，大多数的生活都是这样的，直到林扬发来信息，说要不要一起玩游戏，他这才看手机。

刚一打开便看到了周楚楚发来的好友申请，害怕他不答应或者拒绝，她还特意备注了自己的名字。

房间内的灯光明亮，江廷看着那个好友申请，无声地勾了勾唇角，点了添加。

添加过后，他看了眼时间，已经十二点了。

那边的人估计都睡了，江廷回了林扬的消息，陪着一起打了两盘游戏，林扬在游戏里吐槽："我要受不了周楚楚了，今天抽风了一样的。"

另外一位同学淡淡应了声："怎么呢？"

"一个小时前说测试手机有没有坏掉，把我删了，然后再把我加上。"

闻言，顾修竹淡淡笑了下："她是在等消息吧。"

林扬："这就更过分了！"

等消息就可以把朋友这样抛弃吗？！

江廷一直没说话，安静地听着。

过了会儿，林扬突然问："对了，江廷，你收到周楚楚的好友申请没？"

"收到了。"

林扬挑眉："那加了吗？"

“嗯。”他的声音听不出多大的情绪。

林扬自讨没趣，也不再多问。

晚上几个男生，玩游戏到凌晨两点，才撑不住睡下了。年轻的男孩子，无论成绩多么优异，都或多或少爱玩游戏。

他们自然也不例外。

周楚楚周末一般会睡到九十点才起来，毕竟才高二，也不用把自己弄得过于紧张，压力太大，适当还是需要放松一下的。

醒来的第一时间，她就去看手机。

在看到申请通过后，她如土拨鼠一般尖叫了几声，裹着被子在床上打滚，滚了好几圈后，她才平复自己的心情，咬着下唇看着手机，思考着要给江廷发点什么消息呢。

什么样的消息，江廷才会给她回复呢。

想了想，周楚楚毫不犹豫地先跟江廷打了声招呼，她估摸着江廷应该还在睡觉，申请通过就已经十二点了，怎么着也要睡到十点，她因为心里有事，醒得早了点，这会儿才八点多。

周楚楚：“江廷早。”

周楚楚：“你是不是不怎么玩手机啊？”

她想了想，松了口气，刚想要爬起来去洗漱，手机便震动了，周楚楚一怔，瞪大眼睛看着，有些难以置信。

江廷：“不怎么玩，找我有事？”

周楚楚挣扎了几秒后，还是给人发了消息过去：“有点事，昨天放假之前我们班不是发了很多试卷吗，有好几道数学题我都不会做……”

江廷：“拍给我看看。”

周楚楚眼珠子转了转，她的心思可不止这一点点。

周楚楚：“太多了，不好拍吧，你今天要做什么？”

江廷躺在床上，挑了挑眉，唇角勾起一抹似有似无的弧度，慢条斯理地打字：“没什么大事，怎么了？”

周楚楚：“我想去图书馆，你要一起去吗？”

发完这条消息后，她趴在床上焦急等待着，她不确定江廷会不会答应。

两人之前都是在学校里交流，连联系方式都没有，虽然有认识一个多月了，但其他的话题还真没说过，更没在外面约过。

十分钟后，周楚楚收到了江廷的消息。

“去吧。”

8

周六早上，周楚楚早早便起来了，着实把周母给吓了一跳。

打开房门，周楚楚正站在衣柜面前，挑选着衣服。

周母挑眉看了眼，有些诧异：“你要出去？”

“嗯。”周楚楚回头看着自己的妈妈，顿了顿，“我要去图书馆，约了同学一起。”

“男同学？”

周楚楚连忙摇头说：“不是啊，徐雅。”

周母看着她这模样，倒是没觉得有什么奇怪，点了点头道：“去吧，就算学习也别太累了，劳逸结合。”

“知道了。”

等周母走后，周楚楚站在衣柜面前思索了几分钟后，选了条裙子，因为天气原因，她在外面还套了个浅色的针织衫，这样才不会觉得冷。

很学生气的打扮，也适合她现在这个年龄。

吃早餐的时候，周父意外地看了她两眼：“待会儿去逛街？”

周楚楚喝着豆浆，摇头：“做题，我有一张数学试卷不怎么会，让徐雅去图书馆教我。”

“怎么不在家里？”

周楚楚“哦”了声：“顺便逛街。”

她鲜少做错事，也不会犯什么错误，所以周父周母对她还算信任，基本上不会有过多疑问。

吃过早餐，周楚楚快速地拿上东西出门，背着书包拒绝了周父的热情接送，自己坐地铁去了图书馆。

他们这座城市图书馆有很多，距离他们最近的图书馆是比较老旧的一座，但是每天来这边的人却依旧很多，虽然老旧，但因为有复古感，来这边拍照的人也不少。

周楚楚到的时候，江廷已经到了，正单手插兜站在图书馆大门边，一手抓着书包背带，仰头看着墙上一行字。

她瞥了两眼，刚想偷偷摸摸过去，江廷便扭头看着她了。

两人对视一眼，周楚楚咳了一声，略微尴尬地“嗨”了声，看着江廷：“你等很久了吗？”

江廷今天穿得休闲，黑色裤子和白色的T恤，整个人清清冷冷的，看上去还有些孤傲。

江廷垂眸看着眼前的人，周楚楚不是很高，一米六五的模样，眼睛很亮，目光灼灼地看着他。

顿了顿，江廷道：“刚到。”

他绝对不会承认，自己在这边已经站了快半个小时了。

周楚楚弯了弯嘴角笑了起来：“那我们进去吧。”

“嗯。”

两人进去的时候里面已经有不少人了，周楚楚刚想要拉着江廷去一个偏僻点的位置，结果这人就径直地往某个地方走了过去……在看到比自己想象中更偏僻的位置后，周楚楚沉默了。

“坐在这里吗？”

“这边安静。”江廷随口解释了一句。

周楚楚点头：“好啊。”

位置不大，是那种只能坐四个人的课桌。

江廷坐下后，周楚楚迟疑了片刻，拿着书包坐在了他旁边，既然都说了要讲题，那肯定是坐在旁边更合适。

她自己这样说服自己，绝对不是因为其他原因。

图书馆内安静，周楚楚和江廷坐在一处，最开始的时候两人都各自做各自的试卷。

直到，她做起数学卷子。

她把会做的全部做完后，扯了扯江廷的衣服，对着他那双清冷的眸子，不自在地咳了声："我不会了。"

江廷看了眼那张卷子，另一面的大部分都是空白的。

"一点都不会？"

周楚楚："……也不是，会一点，但是怕做错。"

江廷冷淡道："先做，错了再给你说。"

江廷的语气太冷了，周楚楚也知道这人是为了自己好，不敢不做。

如果想要进步，确实是先做出来，如果错了那么就从错误中找到自己容易做错的点，这样下一次遇到同样类型的题目，才能记得住，才不会再犯同样的错误。

尽量把自己会的，绞尽脑汁地写完，写完之后，周楚楚眼巴巴地看着江廷。

江廷低笑了声，眉眼间多了一抹柔和。

"我给你看看，你先看会儿书。"

"好的。"

非常乖巧的模样了。

江廷看着她的试卷，周楚楚并不傻，前几次给她讲过的问题也都完全避免了，那些之前常错的题目也都开始会了。

他看了一圈，其实错得不算多，也不知道她之前是怎么考不及格的。

看完后，批注完之后，江廷看她："这几道题目错了，我给你说说。"

"好啊。"

江廷讲题，他的声音好听，周楚楚听着很是舒服，也乐意被他教。

一上午的时间，就这么过去了。

到了中午，试卷正好说完了，周楚楚摸了摸自己的肚子，偷偷瞥了眼江廷，咳了声："你饿吗？"

江廷拿着笔的手一顿，正好在做题。

"饿了？"

"嗯。"

她沉默了片刻，主动提议："要不要去吃饭？"

江廷迟疑了片刻，低声道："等我几分钟。"

"好。"

他快速把手里的题目解出来，而后收拾东西和周楚楚一起出去。

中午时分，街道上的人很多。

图书馆旁边是一栋大楼，可以逛街拍照，也可以吃饭，因为是在这边市区的中心，所以人流量很大很大。

周楚楚站在江廷身侧，唯恐他说各自去吃各自的，连忙问："你想吃什么？我请客啊。"

江廷："……"

周楚楚被他看着有些羞窘，解释道："你一直给我补习，我请你吃饭是应该的。"

"哦。"

周楚楚抿了抿唇，抬眸看着他："想吃什么？"

江廷看向一侧的大楼，轻声道："先进去看看。"

闻言，周楚楚目光一亮。

进去后，周楚楚看着左边大门口的那家奶茶店，吞咽了下口水："我想去买杯奶茶，你要吗？"

"不用。"

周楚楚："……"

她要生气了，都找不到话题和江廷聊天，明明平日里她的话最多，也最能说，结果一到江廷这里，周楚楚就跟什么都不会了一样。

"那我过去了。"

江廷看了那边一眼，人很多，排队大概要十几分钟，思忖了片刻，他语气冷淡道："要喝什么？"

"啊？"

她呆滞地看着江廷，以为自己听错了。

"你说什么？"

江廷指着旁边一家店："吃鱼吧，你先去里面点餐，我去买奶茶，要喝什么口味的？"

她迷迷糊糊地点了自己要的奶茶，才转身往对面那边的酸菜鱼店走去。直到坐在店里，周楚楚也没反应过来，怎么江廷突然就愿意给她去买奶茶了？

点了酸菜鱼，她想着江廷以前的一些吃饭习惯，还特意掏出手机骚扰了下林扬。

周楚楚："江廷喜欢吃什么菜？"

林扬："……你不觉得自己过分了吗？你怎么不问我喜欢吃什么菜啊？"

周楚楚："哦，问你做什么？快点告诉我江廷喜欢吃什么菜！"

林扬："吃肉吧。"

周楚楚："还有呢？什么肉？"

林扬："什么都吃，他不挑食！！"

周楚楚："好，你退下吧。"

林扬表示非常生气，作为朋友，就这么被利用了吗？

他愤怒地丢开手机，去找顾修竹吃饭。被顾修竹拒绝，理由是家里有客人，林扬瞬间觉得自己就是被全世界抛弃的那一个。

周楚楚没理会林扬的信息骚扰，得到答案后便开始认真点餐了。

她其实也不怎么挑食，不过她挺喜欢吃鱼的，在学校里吃饭也经常会点鱼。但自从上次被卡住喉咙后，她就没吃过鱼了，这家店的酸菜鱼很不错，没有任何鱼刺的。

周楚楚之前跟徐雅也来过这边吃饭，很是回味。

点好餐之后，她把菜单递给一旁的服务员，才耐心地坐在位置上等着江廷。

她好像有点看不懂江廷了，但是又觉得正常，一般男生跟女生出来，即便不是男女朋友，应该也会相对地照顾女孩子，这样一想——她突然又觉得江廷没有不正常，只是做了一个绅士的男生应该做的事情。

没一会儿，江廷便回来了，带着她点的奶茶。

"谢谢。"

"嗯。"

周楚楚没理会江廷的态度，开始放心饮用自己的奶茶。

虽然现在已经是秋天，可也控制不了她那颗想要喝奶茶的心，她喝了好一会儿，才看向对面喝白开水的人，小心翼翼问了句：“你们男生，是不是都很讨厌这种甜腻的东西？”

江廷一怔，看她眼：“不讨厌，但也不喜欢。”

周楚楚：“那就好。”

两人相继无言，她也不敢过于主动，只找着其他的话题跟江廷聊着，聊了一会儿后，酸菜鱼和配菜全部都送了上来。

两人吃饭，周楚楚一吃饭，眼睛里就没有其他的东西了，非常专注。

餐厅内的氛围很好，还有轻缓的音乐声音，她吃了不少，等她放下筷子的时候江廷已经吃完了，正低头玩手机。

周楚楚咳了声：“回去图书馆吗？”

“你还想回去？”

周楚楚一怔，没懂他的意思，他们出来不就是为了去图书馆学习吗？

江廷嗤了声，站起来居高临下地打量了她一眼：“那就回去吧。”

她：“……”

这为什么情绪变化得如此快？还如此不对？

等到结账的时候，周楚楚看着江廷掏出钱包，连忙阻止：“别，说了我请你的。”

江廷冷冷淡淡道：“没有让女孩子请客吃饭的习惯。”

到最后，两人僵持不下，周楚楚没办法，只能让江廷先付账，她想着自己可以买点其他东西送给他，算是这顿午饭的报酬，这样一想，她又有机会可以和江廷更近一步了。

所以她很是爽快地放手了。

回了图书馆，两人继续看书做题。

她玩了一会儿就累了，趴在桌面上想要休息会儿。

等人睡着后，江廷才侧头看向不知道什么时候换了姿势，面对着自己睡着的人，眉眼间松动了下。

江廷盯着看了好一会儿，刚想要有其他的动作，一侧便传来了旁人交谈的声音。

他一顿，收回了自己的手。

周楚楚这一觉，睡得还挺安稳的。因为是在角落里坐着，所以感觉还不错，她没有被吵醒，睡到了自然醒。

醒来后，江廷正在看书。

“江廷，你看的什么书？”

“随手拿的。”

周楚楚看向他：“能把你手机借我打个电话吗？我手机没电了。”

她手机在吃饭的时候就已经没电关机了。

“嗯。”

两人没在图书馆待下去，周楚楚打了电话，正好周父在附近，就直接过来接她回家了。

直到到家后，她充上电才看到手机里有一条林扬在中午时候发过来的消息。

“忘了跟你说，江廷没有特别喜欢的菜，但他好像不吃鱼。”

9

回到房间躺下后，周楚楚才回忆着白天江廷的举动。

吃饭的时候，她确实没有太注意江廷到底有没有吃鱼，或者是吃得很少，当然也没太注意他的神情。

所以关于他不喜欢吃鱼这个事情，她还真不知道。

周楚楚：“真的假的？为什么他不喜欢吃鱼？”

林扬：“据说，他不喜欢腥味太重的东西，鱼是其中之一。”

偶尔，他们在宿舍里吃鱿鱼之类的，江廷一定会找机会走开，后来大家一起吃饭，他也从不碰鱼和其他海鲜。

久而久之，相处的室友便都知道了一点，不过没有人会关心这个问题。

今天要不是周楚楚问起来，林扬自己也差不多要忘记了。

周楚楚看着林扬的回答，有些头疼，想要去问江廷，但又觉得不太合适。

在房间里躺了半天，她也没能问出口。

周日她规规矩矩地待在家里看书休息，到下午的时候才回了学校。

他们大部分的同学都是寄宿，只有住在学校旁边的才会走读，毕竟要上晚自习，走读不太安全，保险起见，住宿是最好的。

周日晚上的晚自习，周楚楚也不知道怎么回事，突然就没有想去找江廷教做题的想法了，她盯着自己的空白习题看了好久，直到旁边的同学推了推她的手臂她才回神。

“怎么了？”

教室内静悄悄的，大家都在静心看书。

同桌好笑地看着她，低声问：“楚楚，你都盯着这一页看了半个小时了，干吗呢？发呆还是念经？”

周楚楚一噎，有些无奈地揉了揉眉心，轻声道：“发呆。”

她在想事情，在想以后是不是可以更直接一点？或者别总是拿数学试卷去找江廷了，毕竟这个借口吧……真是拙劣。

而且一次一次地使用，江廷又不傻，怎么可能会看不出来。

突然，周楚楚的眼睛一亮，看向自己的爱情专家同桌：“我问你一个问题。”

“你说。”

“要是有男生跟女生一起去吃饭，他最讨厌吃火锅，但女生很喜欢，然后男生主动提议说去吃火锅……”

同桌一愣一愣的，扭头望着她：“那他们是什么关系？”

“就没啥关系，普通朋友关系。”

“熟吗？”

周楚楚考虑了两秒，摇摇头：“不算吧。”

她跟江廷现在还算不上熟悉。

同桌诡异地盯着她看了几秒，无语道：“这很明显了啊……”

“啊？”

“男的肯定喜欢这女的，不然怎么会连这女的喜欢吃火锅都知道？”她分析得很有道理，“而且男的是很讨厌吃火锅的，对吧。”

“对。”

按照林扬所说，江廷是很讨厌吃鱼的，但她不想暴露太多，只能用火锅来做例子。

“一个男生愿意陪女生吃自己不喜欢，甚至讨厌的东西，而且还不怎么熟悉，如果是很熟悉的朋友可能没什么，但要是不熟悉的，那肯定就是喜欢这个女生了。”

因为同桌的分析，导致周楚楚在这一晚上的晚自习时间里都没静下心来。

江廷，不像是喜欢她吧。

因为这件事情，周楚楚开始躲着江廷，也不能说是躲着，就是在没想明白之前，她没主动去找江廷了。

周一晚上，林扬环视教室，推了推江廷的手臂：“楚楚呢？怎么没过来？”

江廷正安静地做题，闻言抬眸淡淡地看他一眼：“你问我？”

林扬眨了下眼，愣了下道：“周楚楚这段时间不是每天都过来找你吗？”

江廷“嗯”了声：“今晚没来。”

昨晚也没来。

他虽然不知道出了什么问题，但也没打算主动去问。

林扬“啧”了声，打量着江廷的神色，有些无语：“你们这搞什么，吵架了？”

“吵什么？”

林扬：“……”

这他怎么知道。

周楚楚一个重色轻友的人，明明周六晚上还很正常的，不是吗？

在江廷这边问不到答案，林扬这老妈子的性格只能是去问周楚楚了。

“你跟江廷吵架了？”

周楚楚：“吵什么？”

林扬：“……你们能不能不要连说话的字都一模一样？”

周楚楚：“……不是，我本来就没跟他吵架啊，而且我们现在就是同学，吵什么？”

又不是情侣，还能斗斗嘴。

就现在这情况，周楚楚就算是想吵架，也找不到人啊。

林扬挫败了，索性不管他们。

江廷是沉闷冷淡的性格，而周楚楚呢……怎么说呢，是那种想要就会去争取，只不过她现在是没想通江廷对自己的态度，不太敢去冒险。

周四下午，学校的最后一节课属于自由活动时间，校园大扫除，不用做大扫除的同学基本上就会去锻炼，打羽毛球啊篮球之类的。

周楚楚这几天没去找江廷，正思考着找个借口过去，但又苦于迈不出那步。

直到下午，徐雅冲过来找她："楚楚。"

"怎么了？"

徐雅指了指说："我们去看篮球赛吧？"

"现在吗？"

"对啊，江廷他们在打篮球，去不去？"

周楚楚目光一亮，总算是找到接近的理由了，当下想也没想就回答了一句："去。"

必须去。

在去之前，她还拉着徐雅去学校的小卖部，买了两瓶水，还买了一包糖，准备待会儿边看边吃。

徐雅对她彻底无语了。

"你真喜欢江廷啊？"

"喜欢啊。"

对于朋友，她没有半点遮掩，完全承认。

她喜欢江廷，如果不是怕给江廷压力的话，她想要告诉的可能不止是徐雅一个。

徐雅"啧"了声，上下打量着她："行吧，我反正觉得你有点胜算。"

"真的啊？"

徐雅觑她眼："你是不是傻，你看江廷对你的态度，就知道自己有没有胜算了吧。"

要知道江廷对其他人可一直都冷冷淡淡的，即便是讲题，其他的同学也不敢上去多问，更别说是每晚都让江廷抽时间出来教了。

可能换做是其他的人，江廷会冷冷淡淡地看人一眼，然后问："你没带脑子出门吗？"

反正寻常人等，承受不了江廷的那种冷漠。

但周楚楚问的那些问题，就徐雅来说，她自己觉得很简单，可江廷反倒是从来没有说过她，还真的耐心地教了起来。想想就觉得不太正常。

听完徐雅说后，周楚楚回忆了一下，好像确实是这样的。

她眼睛亮了下，拍了拍徐雅的肩膀："要是我成功了，请你吃饭。"

徐雅笑："好啊。"

两人到篮球场的时候，周围已经围着很多女生了，全部都在呐喊尖叫着。

篮球场上的比赛很激烈，理科实验班的男生支持者超多，顾修竹、江廷还有林扬三个，都是学校里长相不错的，林扬虽然模样比另外两人差了点，但胜在性格好，属于那种阳光暖男，所以喜欢他的女生也不少。

周遭全是小女生激动的声音。

"顾修竹，加油！"

"江廷，加油，江廷好帅啊！"

"林扬努力啊！"

"不行了，顾修竹刚刚那个球也太厉害了吧。"

"我觉得他和江廷他们配合得真默契。"

"这你就不知道了吧，他们可是我们高中的三剑客。"

周楚楚默默地听着耳畔的声音，抬头看向另一边，明明大家都穿着一样的球服，但她却能够一眼就看出江廷来，在人群中能一眼找到那个人。

不得不说，打篮球的江廷是帅的，有活力的，和平日里那个给自己讲课的人不太一样，但无论哪一种，她都挺喜欢。

突然间，周楚楚像是有了感觉，感受到江廷朝她这边看了过来，她一抬头，正好对上江廷的视线，仅仅只是一两秒，却有种心跳加快的感觉。

"去那边等着吧。"

"好。"

打篮球总有中场休息的时候，中场休息，女生们纷纷涌入球场给他们送水，周楚楚拿着手里的两瓶水，迟疑了。

“你干吗不去？不是买给江廷的吗？”

周楚楚“嗯”了声，看着那边：“人太多了。”

徐雅：“……你给我上去，就你这样，怎么追人啊？”

周楚楚：“……”

被自己的朋友这么嫌弃，她也是够了。

正想要往江廷那边走，才刚走了两步，江廷便出现在她的视野中，身高腿长的，在人群中特别出众，往她这边走了过来。

直到站定在她面前，江廷才垂眸看着她手里拿着的两瓶水：“买给我的？”

“嗯。”

她迟疑着，刚想要把手里那瓶还没有开口的给他，江廷却先拿起了另外一瓶——她喝了两口的。

当着她的面直接灌了大半瓶下去，才塞回给她：“谢谢。”

周楚楚：“……你刚刚喝的，是我喝过的。”

闻言，江廷掀了掀眼皮，淡淡地看她一眼，低声问：“有什么关系？”

当然有关系了。

可看着江廷现在这模样，周楚楚一句话都说不出口，她能说什么……江廷这暗示意思太足了吧。

两人的目光对视着，总感觉有火花四溅。

她莫名其妙地被看得脸颊红了红，周楚楚软软道：“没有关系，你不嫌弃就行了。”

“嗯。”

江廷一顿，微垂着眼睑注视着她：“不嫌弃。”

两人正说着话，林扬突然从另一边挤了过来，有些无语道：“周楚楚，你太不够意思了吧，买水也不给我们买？”

话音刚落，林扬的手里就被塞了一瓶。

是那瓶没开的。

而江廷，拿着那瓶只剩下最后一口的水，当着几个人的面喝完了。

10

场面一度安静诡异，和另一边的热闹相比，分外不同。

周楚楚望着江廷的举动，完全不知道要说什么，而一侧的徐雅可以说是看完了全局的人，这会儿简直是没眼再看了。只有林扬，没太懂发生了什么。

他拧开水瓶喝了口，才看着周楚楚绯红的脸颊，好奇问："你怎么了？被晒晕了？"

周楚楚："……你才晒晕了呢！"

这天气太阳又不大，更何况这会儿已经是夕阳下山了，哪来的太阳……

林扬嗤了声，略微嫌弃道："没晒晕，你脸那么红？"

周楚楚："……"

江廷把空瓶子塞回周楚楚的手里，低声道："还有半场，先过去了。"

"哦。"

她顿了顿，看着空空的瓶子问："那还要水吗？"

闻言，江廷似笑非笑地觑她一眼："跟这瓶一样的？要啊。"

跟这瓶一样的，是什么意思？

直到江廷和林扬走开，周楚楚也没想明白江廷的暗示。应该是说可能想到了，但她不敢确定，也不敢去多想。可如果不去多想，跟她手里这瓶水一样的比比皆是，小卖部大部分都是这个牌子的水，没有什么特别的，完全不需要江廷重点提出来。

答案只有一个

——是要她喝过的水。

徐雅看着脸越来越红，像是被煮熟的螃蟹一样的朋友，有些无奈。

"你们真是要在我们的眼皮子底下眉目传情吗？"

周楚楚回过神来，瞥她一眼："我们哪里眉目传情了……"

徐雅敲了敲她手里拿着的矿泉水空瓶："还不丢吗？"

"不舍得。"

徐雅："……"

这狗粮是不是有点过分了。

她咳了声："去买水吗？"

"不去。"

她拉着徐雅坐下，轻声道："看完再去。"

徐雅"啧"了声，撑着下巴看着不远处说："我是真看不出来，江廷这么闷骚啊。"

周楚楚完全不敢发表任何言论。

虽然闷骚，但莫名就是觉得很开心怎么办。她唇角弯弯地望着不远处奔跑着的人，只觉得各种开心。

篮球场上依旧不少小姑娘在尖叫，到下半场的时候，江廷他们班占的比分已经远超另外一个班级了，至于最后的胜利，也完全是毫无悬念。

比赛结束后，周楚楚看着空空如也的手，拉着徐雅往小卖部跑，去买水。

徐雅有些无语地看着她，但没办法，自己的好友要追人，作为朋友，肯定是要支持的。

水倒是没有顺利地送到江廷的手里，因为篮球比赛一结束，那些男生就走了。

晚上，吃过晚饭后周楚楚便回了教室，准备晚一点继续去隔壁班"骚扰"江廷。

江廷这边，刚一比赛结束就看到某人跑走了，他挑了挑眉，倒是不怎么着急。

林扬把手搭在他的肩膀上："待会儿他们聚餐，你去吗？"

"不去。"

林扬看向一侧的顾修竹："你呢？"

顾修竹淡淡地瞥了他一眼："不去。"

林扬点了点头："好，我也不去。"

三个人回了宿舍，打球出了一身汗，洗过澡再去吃饭，之后才回教室。

刚到门口，林扬便看到不少女生娇羞地围在他们教室门口。

林扬："这是过来表白的吧？"

江廷："……"

顾修竹："……"

不得不说，这两人收到过不少表白，但奈何两人油盐不进，几乎没有喜欢的对象。

江廷就不说了，林扬觉得按照周楚楚的进展，应该是没什么问题的，至于顾修竹……大家就更别想了，这人看似温和，实际上对人疏离得厉害，一般人完全靠近不了。

三个人走近，结果那群女生还真是过来表白的。

周楚楚接到信息的时候，正在教室里发呆，还没到晚自习的上课时间，她正思索着待会儿要用什么借口去找江廷，结果伟大的助攻徐雅就先给她发信息过来了。

徐雅："有很多女生在我们班门口，给江廷递情书呢。"

周楚楚："现在？"

徐雅："对，要不要过来？"

周楚楚："等我几分钟。"

她垂眸看着徐雅发过来的信息，思忖片刻后，从抽屉里拿出一张长得还不错的纸，那是之前买错了的，粉色的一个小本子，很有少女心，不过周楚楚没怎么用，做草稿什么的用这种本子有点过于浪费了。

她拿出来，低头在上面用橙色的马克笔写了几个大字，而后拿着本子，没有半刻停顿地往外面走。

"楚楚你干吗去啊？要上课了。"

周楚楚"嗯"了声："马上就回来，我出去有点事。"

"别迟到。"

"知道。"

周楚楚想了想，看向同学："要不你帮我请个假吧？"

同学一愣，诧异地看向她："怎么了？"

周楚楚咳了声，不太好意思地说："我出去的时间可能有点久。"

"行啊，老师要是过来了我就给你说一声。"

他们还算是自由的，毕竟都是实验班的同学，管束没有太过严格，当然最重要的是周楚楚他们班的班主任是个年轻人，思想较为开放，也一直觉得即便是高中生，也需要给他们一定的自由时光。

周楚楚到江廷班门口的时候，已经没人了。

她迟疑了片刻，还是走了过去。

刚到门口，林扬那眼睛毒辣的人就看到了她，非常热情地招呼着：“楚楚，你过来干吗？找江廷吗？”

周楚楚：“……”

她真的是想拍死林扬，这会儿不说话没人把他当哑巴好吗。

正迟疑着，低头看书的江廷便望了过来，随之看过来的，还有其他同学。

周楚楚噎了噎，有些无奈：“我找江廷……有点事。”

江廷眼眸微闪了下，看着她，眸光微闪，低声道：“进来吧。”

周楚楚“哦”了声，顶着大家注视的目光走了进去。

她站在江廷的旁边，还没开口说话，林扬手撑桌面在一旁看着，问了声：“手里拿着的是什么？”

周楚楚：“……”

她想要藏起来，但已经被大家看见了。

因为林扬这一句话，大家齐齐地望着她手里拿着的粉色小本子，好奇不已，连带着徐雅都有点好奇。

那个本子她认识，是两人逛街时候买下来的，但之前一直没看到周楚楚用，她还以为她把本子丢家里了，现在看来并没有啊。

江廷眉梢微挑，瞥了她一眼：“要问题还是要做什么？”

周楚楚羞窘，自己可能是冲动了，一鼓作气地跑了过来，结果现在连自己要说什么都忘记了。

思考了几秒后，周楚楚咳了声道：“嗯，送东西的。”

江廷盯着她手里的本子看着，有些迟疑：“本子？”

“嗯。”

她把本子递给江廷：“等我走了再看。”

结果，前面突然冒出来一个男同学，他之前跟周楚楚一个班级，也是能开玩笑的那种，一把将她那个粉色的本子抢了过去，翻开后愣住了。

“周楚楚，你可以啊！”

她还来不及反应，周围便有人凑了过去。

“周楚楚，你这表白可以啊。”

“江廷……”

“江廷，我喜欢你，要做我男朋友吗？”

突然间，有人不顾已经满脸通红的周楚楚，直接念了出来。

在这个年纪的男同学调皮，可想而知，能理解，可周楚楚莫名就愣住了，她的脑袋蒙了下，下意识想要去抢回来，还没开始行动，江廷便冷冷道：“再说一句试试？”

话音一落，教室内陷入了诡异的安静。

江廷一把将本子拿了回来，当着众人的面，把还愣神的周楚楚拉出了教室。

两人一走，教室内突然爆发出激烈的惊呼声。

“这是什么情况？”

“江廷生气了？”

林扬嗤了声，嫌弃地看了眼那几位男同学：“晚点最好去给周楚楚道歉，人家女孩子的东西，乱抢什么？”

顾修竹也淡淡道：“女孩子脸皮薄，开玩笑也要有个度。”

虽然他们都知道周楚楚对江廷的心思，但也绝不会当着她的面去调侃，去开玩笑。

直到被拉出教学楼，周楚楚才反应过来，她挣扎着想要挣脱江廷的手，反而被握得更紧了。

恰好这个时候，晚自习上课的铃声响了起来。

周楚楚满脸羞红，无比窘迫。

本子上的那两句话，是刚刚在听到说其他女生给他送情书时候冲动写下的，冲动归冲动，但并不后悔，只是她没想到，会被班里的同学读出来。

周楚楚甚至可以想象到，可能过了今晚，全年级都要知道她给江廷表白了。

越是想着，她就越觉得有些不知所措，有些委屈。

“江廷。”她瞪着眼前的人，“你把我放开。”

江廷沉默不语，直到把人拉到教学楼后面，稍微隐蔽一点的地方后，才放开她。

两人面对面站着，无声地对视着。

她低垂着脑袋不说话，想要离开，江廷横在了她的面前。

“你干吗？”

江廷哂笑了声，目光灼灼地注视她：“你说我干吗？”

他拿着手里的本子晃了晃，翻开看了眼，她的那几个字写得很大，很清晰。

“本子里的字是自己写的？”

“不然呢？”周楚楚没好气地瞪了他眼，踮着脚想要拿回来，被江廷给躲开了。

江廷低低一笑，一手压着她的手腕，低声问：“喜欢我？”

周楚楚：“……”

她觉得江廷有点过分了，有点太坏了，明知道自己喜欢他，还特意问。

周楚楚完全不想回答，江廷观察着她的神色淡淡一笑：“还是说想反悔了？”

闻言，周楚楚无语地睨他一眼：“我什么时候说了要反悔。”

“嗯。”

他点头：“那就好。”

周楚楚一怔，诧异地看着他。

“你什么意思？”

江廷好笑地盯着她看了会儿：“你除了数学理解不好，怎么连文字都理解不了了？”

她不是理解不了，只是不敢去理解。

“江廷。”

“我在。”江廷笑了笑，看着手里的那个本子晃了晃道，“本子我收下了。”

周楚楚“哦”了声，背靠着墙壁看了两眼：“那我回去上课了。”

“不问答案了？”

周楚楚："……问什么答案？"

江廷弯腰往她这边靠了下来，轻声道："要不要做你男朋友？"

她愣了下，下意识地反问："那你要吗？"

话音一落，江廷突然亲密地蹭了蹭她的鼻尖，低声道："你说呢？"

她说什么说，她怎么知道。

周楚楚瞪大眼望着他，她感觉现在的江廷和之前自己认识的那个江廷太不一样了，好像变了一个人。

突然，江廷问："最近怎么不来问问题了？"

周楚楚噎了噎，翻了个白眼："没题目问了，等下被赶走了怎么办？"

江廷"嗯"了声："不会。"

两人沉默了下来，双双无言。

周楚楚是不知道要说什么，她总觉得自己今晚像是在做梦一样，而他则是在等她说。

沉默了片刻，周楚楚推了下江廷的肩膀，嘟囔着："我要回去上课了。"

江廷"嗯"了声："懂我说的意思了？"

她无语地瞪了江廷一眼，周楚楚索性破罐子破摔问："你就不能多说一句话？直接点？我不想猜。"

江廷看着她奓毛的模样，只觉得有趣。

"可以。"

周楚楚："啊？"

江廷俯身下来，凑在她耳边道："可以多说一句话。"

她一怔，在周楚楚没有反应过来之前，江廷突然凑过来亲了下她猛眨的眼睛，而后侧了侧脑袋，在她耳畔低声问："够直接了吗，女朋友？"

周楚楚："够……够了。"

11

要是这还不够，那她可以不用活了。

周楚楚一直都觉得江廷这人是很冷淡的，从未想过他会有这一面，眼睛上方好像还残留着他的温度。

因为两人靠得近，她鼻息间全是他的呼吸，比平日给自己讲题的时候更重了几分。

她侧了侧脸，脸颊通红，耳根子微红地想要避开他，但避无可避。

江廷微垂着眼睑注视着她，眼睛里闪过一丝笑意，没说话。

她伸手推了推江廷的肩膀，嘟囔着："你干吗呢，别靠那么近。"

"害羞？"江廷侧了侧脑袋，故意凑在她耳畔问，声音低低沉沉的，和平日的清冷一点都不一样。

周楚楚都要受不了了。

她确实是害羞，在其他的时候她或许可以大胆点，平日里也不是害羞的人，可对象是江廷，她总会不由自主地害羞。

周楚楚抿了抿唇角，没说话。

过了会，她看向江廷："我们该回去上课了。"

江廷淡淡的答应了声，捏了捏她的耳垂问："别胡思乱想，今晚过来找我做什么的？"

闻言，周楚楚非常生气地瞪他一眼："有女生给你送情书了？"

江廷低低一笑，总算是知道她的冲动是从何而来的。

虽然是个误会，但江廷觉得这个误会很不错，当然——以后这种误会还是少点比较好。

两人正说着话，突然不远处传来了一道灯光，随之而来的是教导主任那严肃的声音："那边是谁在那里？不上课在这里做什么？"

话音一落，周楚楚怔愣了下，立马拉着江廷就往另一边跑。

教导主任还在后面追着，边追边喊。

"你们两个做什么呢？"

"给我站住！"

"再跑我就喊家长了，别以为监控没拍到你们！"

教导主任踉跄了下，扶着一旁的大树喘着气，跑不动了，他气喘吁吁地拿着手电筒照着另一边，那两人已经没有人影了。

他深呼吸了下，晃着手电筒咬牙道："我一定要把你们两个兔崽子揪出来，晚上不上课，还来这边乱搞。”

拉着江廷跑了很远之后，江廷哭笑不得地拉了拉她的手，含笑说：“别跑了，教导主任追不到。”

周楚楚气喘吁吁道：“妈耶，吓死我了。”

江廷笑，伸手拍了拍她的肩膀，让她喘口气。

过了会后，周楚楚摆了摆手，低声道：“不行了，要回去上课了。”

“回去吧。”

顿了顿，江廷道：“安心上课，第三节课可以来找我。”

闻言，周楚楚脸颊微红，点了点头：“好。”

回到教室后，周楚楚第一时间问旁边的同桌：“老师刚刚来了吗？”

“没有。”

同桌诧异地盯着她看了会儿，低声问：“你怎么了？”

“啊？”

“脸那么红。”

周楚楚眨了眨眼，“哦”了声，不太好意思说：“我刚刚怕被老师看到，从那边跑回来的。”

“做什么去了？”

“去操场上吹风去了。”

这胡扯的瞎话，也只有傻子才会相信。

不过看周楚楚不太愿意说的模样，她也没强行追问。

晚自习大家都在安静地看书做题，特别认真，在周楚楚回来二十分钟后，班主任也来班里转了转，她算是顺利逃过一劫，只是不知道教导主任那边，会不会有什么问题。

她微垂着眼眸看着摊开的书本，嘴角疯狂地上扬，根本控制不住。

她想着刚刚的画面，不由自主地笑出声来。

同桌诧异地盯着她看了眼：“你怎么了？”

周楚楚咳了声，回神道：“没事。”

“那么开心啊？”

她啊了声，含笑说：“有一点。”

她摆了摆手道：“我做题了。”

说着，还真的认真地做起题来。

不过当晚，周楚楚没好意思再去江廷的班里，就刚刚的那个情况，太让她觉得羞窘了，短时间内，她觉得自己可能都不会出现在那个班里。

而关于周楚楚对江廷表白的事情，也被江廷回到教室严令禁止后，没有传开，只班里的部分同学知晓。

翌日清晨，周楚楚他们学校每天早上都会有例行的晨练，为了强身健体，会强制性要求同学们做操，如果有重要事件宣布的话，在做完操之后还要集合。

而现在，就是集合。

同学们议论纷纷。

“这是要干什么？”

“有什么重要的事宣布吗？”

“据说昨晚老刘在教学楼后面遇到一对情侣不上课在约会，被他逮到了，但是人跑了，找了一晚上没找到，这可能是打算通报批评。”

周楚楚错愕地抬头，看向上台的教导主任，有一瞬间的紧张。

不会吧……

老刘就是昨晚追她和江廷的那个主任。

她抿了抿唇，一侧的同桌诡异地看了她一眼：“楚楚，你脸红干吗？”

周楚楚憋了憋，低声说：“害羞。”

她紧张的啊。

万一真被发现了，后果不堪设想。

台上的教导主任，昨晚是真被气到了。

现在的学生，真是越来越调皮了。

晚上约会就算了，还不上课，还敢当着自己的面跑走。

他看了一晚上监控，什么也没看出来，后来去调查其他班级同学旷课的情况，也没有查出任何异常。

只不过，他漏掉了几个实验班。

在老刘看来，高二高三的那几个实验班，是不可能有人不上课出来约会的。他们都是勤奋好学的学生，看书做题都来不及，怎么可能会旷课。

耳畔是教导主任的训斥声，还让昨晚旷课的同学自觉地承认错误，不然等他查出来，就不是这么轻松地放过了。

周楚楚默默地听着，捏着自己的手指，心虚不已。

周围是同学们的议论声，很小声，但依旧有不少进入了自己的耳畔。

结束后，大家回了教室，到教室里大家都还在讨论昨晚约会的那对情侣是谁。

周楚楚左耳朵进右耳朵出地听着，偷偷从课桌里摸出了手机，给江廷发了条信息："早上教导主任的话你听到了吗？"

江廷："害怕了？还是紧张了？"

周楚楚："都有。"

虽然说她的父母很开明，在这方面可能会给予很大程度的包容，但她也不想让全校都知道自己跟江廷不上晚自习去约会，更何况其实昨晚那个，她没觉得是约会。

江廷："别怕，不会有事的。"

没两秒，江廷还补充了一句："下午别和徐雅约着去吃饭，等我。"

周楚楚："等你干吗？"

江廷："……"

周楚楚扑哧一笑，弯了弯嘴角给他发消息："知道了。"

其实她就是故意逗一逗江廷，既然江廷都让她等他了，那必然是会等的。

她唇角弯弯地把手机塞了进去，刚抬头便看到了站在教室门口的班主任，周楚楚一怔，有点心虚。

好在班主任并没有往这边看过来，在班里转了一圈后便出去了。

早读课之后，大家去吃早餐。

上午的课比想象中过得快，周楚楚中午是跟徐雅约了一起吃午饭，但晚饭是没有约的，估摸着江廷是知道，才会说那样的话。

食堂里的人很多，排了好一会儿队，两人才买了饭，找了个角落里的位置坐下，徐雅就似笑非笑地瞅着她看。

"你干吗？"

徐雅笑："你还没说你们昨晚干吗了呢，怎么那么猛？"

周楚楚："……"

她就知道，其他人可能不知道那两个人是他们，但徐雅班里的同学应该是能猜到的。

周楚楚张张嘴，刚想要说话，便传来了熟悉的声音，是林扬。

"楚楚你们旁边有人吗？"

"没有。"

周楚楚回答着。

她抬头看了眼江廷，再默默地收回自己的视线。

林扬咳笑了声："那我们坐了。"

他说着，特意地绕开了周楚楚，坐在了徐雅旁边，而江廷自然而然就坐在了她旁边，这还是第一次两人吃饭的时候靠这么近。

上一次去图书馆的中午吃饭，两人是面对面坐着的。

江廷一坐下来，周楚楚就有些许不适应，有点羞窘和紧张。

她想了想问："顾修竹呢？"

林扬挑眉："怎么问阿竹，找他有事？"

"没。"

江廷嗤了声，没说话。

周楚楚摸了摸自己的鼻尖，觉得自己还是低头吃饭比较合适。

徐雅憋着笑，忍不住说："你真是……"

后面的话大家都懂。

周楚楚低头吃饭，面前突然出现了一只鸡腿，对上江廷的眼眸，江廷淡淡道："吃吧。"

他知道，她喜欢吃鸡腿。

周楚楚含糊地"嗯"了声，当着另外两个同学的面，有点不太好意思，但还是吃了。

他们正吃着，后面那排的同学边吃饭边讨论着早上的事情。

"你们说那个敢当着老刘的面跑走的人是谁啊？"

"我也好奇，胆子太大了吧。"

“也不知道被抓到了会怎么样……”

周楚楚拿着筷子的手顿了顿，看向江廷。

江廷一脸淡然，完全看不出任何紧张，仿佛主角不是自己一般。

突然，周楚楚发现自己放在腿上的左手被别人给握住了，那只手带着些温度，覆在她的手背上，像是无形中给予她力量。

“别紧张。有我在。”

“嗯。”

徐雅和林扬倒是没说什么，两人听着，对视一眼后就开始聊其他的，岔开了话题。

吃过午饭后，周楚楚回宿舍休息，她中午需要睡一会儿，才有精神继续上课。

下午的课稍微有点枯燥，但也还好。

现在虽然已经文理分班了，但还没学业会考，所以物理、化学之类的课还是要上，只是比文科来说，相对于课程少一点。

最后一节课是物理课，老师稍微有点拖堂，她看着手腕上手表的时间，在心里焦急地数着。

等老师宣布下课后，周楚楚没有半点迟疑地拿着手机和钱包跑了。

直到跑到校门口才算是停了下来，她抿了抿唇角，看向不远处站着等自己的人，咳了声走近：“要去吃饭吗？”

江廷上下打量了她片刻，微微颔首：“想吃什么？”

周楚楚：“不知道。”

江廷：“……”

周楚楚咳了声，看向他：“随便吃点什么吧，我不是很饿。”

“好。”

学校在中午和下午的时候都允许出去吃饭，并不限定学生必须要在学校食堂吃。

两人出了外面，周楚楚环视一圈后，指着一家店说：“去吃那个吧。”

“行。”

晚饭吃得中规中矩，中途还遇到了两个认识的同学，但对于两人在一起吃饭，完全没有半点疑惑，毕竟江廷的性格大家都了解，总不可能跟周楚楚会有点什么。

她看向对面的江廷，顿了顿问：“你把我叫出来，就为了吃饭？”

“不是。”

“啊？”周楚楚狐疑地盯着他看了会儿，“那还有什么？”

江廷思忖了几秒后说：“下午的时间不少。”

“嗯。”

周楚楚点头：“我知道啊。”

他们学校真的很人性化的，给予学生很多自由的时间。

江廷看她：“昨晚怎么不来教室了？”

周楚楚：“……我不好意思。”

才刚被那些人调侃过，她就算是脸皮再厚也不敢再去了啊，至少需要半个月或者是一个星期来缓解自己的那种尴尬感。

江廷颔首，表示理解。

过了会，周楚楚瞪大眼看他：“你还没说呢，找我出来干吗？”

江廷瞥她眼，冷淡地说：“约会。”

她眨眼，看向江廷：“约……约会？”

“不想跟我约会？”

“不是。”周楚楚有些无语，“就吃饭约会？”

江廷笑，眼睛里多了丝笑意：“当然不是，吃完饭带你去。”

周楚楚：“……”

12

时间不多，约会其实也只能在学校附近转转，更何况周楚楚担心被同学看到，有些不适应。

她胆子是不小，但早恋这种事情还是第一次经历，而且来得如此快，她有点猝不及防。

在昨晚之前，周楚楚还在想着，自己能在高三毕业前拿下江廷就好了。

结果——现在就拿下了。

她边吃东西边打量着对面的人，江廷脸上没有太多的情绪，和以往差不多，但她能感觉出来，江廷心情还不错。

“怎么？”

周楚楚摇头，大眼睛转了转：“不怕被看见吗？”

江廷盯着她看了会儿，勾了勾唇角，落日的光恰好照在他脸上，勾勒着清隽的五官轮廓，让周楚楚看着有些走神。

他是长得好看的人，五官精致，那双深不见底的眸子是最吸引人的，江廷脸上鲜少有多余的情绪，一直以来他给人的感觉都是淡淡的那种类型，情绪很淡，人很淡。

学校喜欢他的女生却意外地很多，即便是高冷，可大家还是前仆后继地往他这边扑了过来。

她到现在还没想通，怎么就这么快被自己给拿下了。

这样想有点欠揍，但周楚楚是真的没想通。

她盯着江廷看了会儿，刚想要说话，江廷便问：“吃饱了吗？”

“嗯。”

江廷去结账，领着她往外边走。

天色已经渐渐地暗了下来，周楚楚跟在他旁边转了转眼眸看了圈后问他：“现在去哪？”

江廷低低一笑：“有没有想去的地方？”

“没有。”

她提议：“我们要不去店里坐一下？”

话音刚落，另一边响起了熟悉的声音，是周楚楚班里的同学。

“楚楚，你们怎么在这里？”

周楚楚立马反应过来，指着江廷说：“哦，我找江廷问问题。”

江廷：“……”

那人狐疑地看着两人，上下打量了一番后，诧异地问：“你的题呢？”

闻言，周楚楚神色僵硬了下，咳了声说：“是下午的一道题目，正好江廷一直教我，我就请他吃了个饭。”

同学难掩惊讶地看着江廷，想知道是不是真是这样，毕竟学校里多少女生想请他吃饭，好像从来没有一个成功的……而周楚楚，这是往江廷那里靠近了一大步啊。

江廷接收到周楚楚的求助目光，微微颔首："还有事？"

同学："……没。"她干笑了声，"我们先走了。"

"啊，好。"

看着人走远后，周楚楚才仰头看向江廷，紧张道："要不今天别走了吧，我晚上去你们班找你。"

"敢来了？"江廷低声问。

周楚楚一噎，扬了扬下巴："必须敢。"

豪言壮语是放了出去，晚自习第二节课下课后，周楚楚就有点㞞了。

"楚楚，晚上做题吗？"

周楚楚把自己之前为了接近江廷买的数学习题书给拿了出来，微微一笑："我去理科班。"

同桌眼珠子一转，盯着她看了半晌问："你这是醉翁之意不在酒吧？"

"算是。"对于熟悉的同桌，她坦荡地承认。

说着，她拍了拍同桌的肩膀说："我先走了啊。"

"行，祝你成功。"

"好。"

站在江廷他们班级门口，周楚楚挣扎了两秒后，从后门走了进去，让她意外的是，大家对于她的出现没有表现出任何惊讶，甚至都没有过来和她调侃。

这让她觉得有些怪，但又觉得这样更好。

但周楚楚不知道，在她来之前，江廷在班里对其他的同学进行了多次警告，不准取笑她，更不准调侃，让大家和往常一样就好。

江廷人虽然冷，可人缘不错。而且考虑到上次的事情后，同学们也觉得不太好意思，干脆地答应了下来，才会有现在这等安静的情况。

她坐在江廷旁边，原本江廷旁边是一位男同学，但那位男同学住在校外，所以第三节晚自习一般不上，座位基本都是空着的。

刚坐下，江廷便挑了挑眉，看着她带过来的书，意味不明地笑了一下：“讲题？”

“嗯。”她抿了抿唇，“不能退步，起码下次要考试及格。”

“好。”

江廷答应她。

两人的讲题和之前并无太大的区别，唯一的区别大概是——有时候周楚楚遇到不会的，江廷会自己动手给她修正，还有一次是握着她手一起写的。比之前，举止亲密了不少。

还有几分钟就下晚自习了，讲完题之后周楚楚有些无聊，正思忖着要不要先回自己的班里把书给放好，刚有这个念头，江廷便说：“放这里吧。”

“啊？”

“明天再来拿。”

周楚楚默默地把自己的书给他了。

过了会，下课铃声响起，江廷转头看着她，目光深邃：“走吧。”

“去……去哪儿？”她蒙了下，心理活动多到爆炸。

这个点，学校里有不少早恋的情侣去约会，偷偷摸摸的，操场或者是后操场那边的树林里，还有小亭子里。上一次，周楚楚从那边路过的时候，便看到有情侣在里面约会……接吻。

她想着，还没等江廷说话，脸已经红透了。

江廷盯着她看了两秒，声音压着笑：“送你回宿舍。”

周楚楚：“……哦。”

她嘴角耷拉下来，跟着江廷出了教室。

第三节晚自习下课后，已经十点了。

回去宿舍洗过澡，摸摸鱼差不多就十一点，正好睡觉。

学校的安排其实挺规律，周楚楚低头走在江廷的身后，两人没有任何交流。

江廷单手插兜走着，突然回头看她：“困了吗？”

“还好。”

她脸上有些许倦意，但不是特别明显。每天都是这样的生活安排，要说累是真不累，但要说不累，偶尔也会觉得压力大。

江廷点了点头，突然回头牵着她的手："那去操场走走。"

周楚楚："……"

她低头看着两人牵在一起的手，江廷的手掌很大，和他的人不太一样，手掌心暖暖的。

看着看着，周楚楚不由自主地笑出声来，弯了弯嘴角。

"开心？"

"一点点。"她脸上的笑过于明显了。

江廷低低一笑，倒是不揭穿她。

两人到了操场，手也没松开，这会儿操场只剩下零零散散的几个同学，人不多。

夜色浓郁，周楚楚环视一圈后，轻声问："来这里做什么？"

"刚刚不是想来吗？"

周楚楚："……"

她没说想来吧，只是以为江廷要带自己来而已。

江廷笑，拍了拍她的脑袋："太晚了。"

他解释了一句最开始没带她过来的原因。

这一晚的约会，纯洁到了极点，两人就只是牵着手在操场上走了一圈，江廷便送她回去了。

在女生宿舍楼下，也有其他几对小情侣，大家都早恋，学校查得其实挺严格的，所以只有晚上的时候才能避开老师的视线，在一起待一会儿。大家都依依不舍的，周楚楚顿了顿，看向江廷："我上去了。"

"嗯，早点睡。"

"知道。"

她往前走了两步，看向江廷："你就没其他的话要跟我说了？"

江廷怔忪了片刻，莞尔一笑："有。"

"什么？"

"晚安。"

说他是钢铁大直男，一点都不为过了吧。

她刚想要去看旁边的一对情侣，突然江廷捧着她的脸吻了下来，只轻轻碰了下她的唇角便离开了，他嗓音低沉了几分，摸了摸她的脑袋安慰：“上去吧。”

“……好。”

她红着脸，转身往宿舍楼里走去。

直到进去后，周楚楚才压着自己跳动过快的心脏，用手指碰了碰自己的唇瓣。

满足了。

接下来的几天，两人状态依旧，让人看不出任何异常，不过她倒是越来越爱往理科班去了。

周末，周楚楚和江廷一起去图书馆约会。

她属于那种即便是谈恋爱，也不能荒废自己学业的人，每天缠着江廷给她讲题，一段时间下来后，周楚楚的数学成绩进步了不少。

一眨眼的工夫，便到了期中考试，高二的期中考试算不上难，但想起她上次数学那惨烈的分数，周楚楚是有点担心的。虽然她觉得这次一定能及格，但对比一下江廷的那种好成绩，她很有压力。

“你这几天干吗呢？”徐雅看向对面漫不经心吃饭的人。

周楚楚哀怨地看她眼：“后天要考试了。”

“然后呢？”

周楚楚叹了口气：“我有点压力。”

徐雅噎了噎，有些无语地看她一眼：“有什么压力，只是一个期中考试而已，又不是高考。”她忍不住说，“因为江廷啊？”

“算是吧。”

她心情不佳：“我数学成绩真的太差了。”

周楚楚在文科方面可以说是非常有天赋，稍微用点心就能九十多分，甚至满分，但数学不行，用了很多精力，有时候都只是勉强及格。

徐雅思忖了片刻：“你别给自己太大的压力，要知道现在我们才高二呢，一切都还不着急的，你这么聪明，之前只是对数学讨厌而已，现在不讨厌了的话，慢慢就能追上来了。”

她作为周楚楚的同学兼朋友，自然知道她的一些情况。

她之前之所以不喜欢数学，不是真的没有天赋，就是单纯喜欢不来，当然这一切都源于他们的初中数学老师，那会儿周楚楚的成绩确实算不上最好，但也不算太差。

结果初中老师特别喜欢找她回答问题，每每回答不上来，便会一通训斥，导致很多同学都苦不堪言，有些话老师骂出来太难听了，那会儿又正好是叛逆的年纪，自然而然就记下来，放在心上了。

后来虽然那位老师离开了，但周楚楚对数学已经开始厌恶，后来就索性没有心思学这个科目了，直到现在，虽然还算不上喜欢，但至少不会一提到数学，她就跟要她命一样的。

周楚楚点了点头，表示了然。

“我知道的。”

徐雅拍了拍她肩膀：“加油，及格了送你上次想要的那个娃娃。”

周楚楚翻了个白眼：“我又不是三岁小孩。”

徐雅扑哧笑：“没事，在这方面你现在是的。”

吃过午饭后，两人各自回了班里复习。

江廷刚和林扬他们吃过饭回来，便对上徐雅欲言又止的视线，因为周楚楚的关系，他对徐雅会稍微温和点。

“有事？”

徐雅想了想，点头：“有一点。”

她看向林扬：“你还记得楚楚为什么不喜欢数学吗？”

林扬一怔，对着江廷看过来的视线点了点头：“我记得。”

他们都是一个学校上来的，自然清楚。如果不是那位数学老师离开了，林扬和徐雅在初三的时候给周楚楚补习，加上她文科的分数特别高，估摸着周楚楚高一的时候是进不来他们班的。

他把周楚楚的情况说了下，徐雅补充道：“我感觉她好像挺有压力的。”

江廷怔忪了片刻，微垂着的眼睫遮挡住思绪。

他是从未想过有这个原因，最开始看到周楚楚的数学成绩，他还取笑她说就这成绩是怎么考上他们学校的。

江廷微微颔首："我知道了。"

徐雅"嗯"了声说："其实这事对楚楚来说影响挺大的，她本身是很聪明的，只是对数学没有那么偏爱，但后来就开始厌恶了，好在现在又慢慢地接受了。"

她想了想说："她压力大，可能是怕没考好你会失望。"

江廷"嗯"了声："放心，我知道怎么开导她了。"

"行。"

晚自习，周楚楚照旧过来找江廷。

她突然发现，晚上讲题的江廷比前几天温柔了几分，虽然之前对自己也挺温柔的。

直到晚自习下课，周楚楚还迷迷糊糊的。

"你今天有点不对劲啊。"

江廷眉眼含笑地看她："哪不对劲？"

周楚楚对着他带笑的眼睛，低声道："你别对我笑。"

"嗯？"

周楚楚嘀咕："我受不住。"

她又不是那种能抵抗住美色的人。

她小声地凑在江廷的耳边说："我会想亲你的。"

江廷低低一笑，意味深长地瞥了她眼："先下课。"

"啊？"

两人提前十几分钟下课，只是没回宿舍，而是去了学校经常能逮到人的场所——小树林。

刚进去，江廷便弯腰靠近她一笑："现在可以了。"

"什么？"

江廷一字一句道："可以亲了。"

周楚楚："……"

13

周楚楚怔愣了好一会儿，才羞窘着，窘红了脸。

她从不知道江廷还有这样的方式……就刚刚那瞬间，她真心觉得自己被暴击到。

江廷垂着眼，注视着她的神情变化：“不想亲了？”

“不是。”

她莫名其妙反驳了一句，咬着下唇道：“哪有你这样的人啊？”

虽然她胆子大，可好歹也是女生。

周楚楚瞪他一眼，有些无语。

对着江廷调侃的眼神，她刚想要说话，江廷便阻止了她。

他说：“你不想亲了是吗？那我想了。”

话音刚落，他便双手撑在一侧，朝她低头吻了下来。

校园内静悄悄的，还不到下课的时间，只偶尔有同学三两结伴从这边经过，而且到了现在，也完全不用担心被老师或者是教导主任看见，这会儿他们大部分人都回家休息了。

她的手不由自主地环上了他的脖颈，这还是头一回……两人这样亲。

“江……”

“嘘。”江廷伸出手指压在她红肿的唇瓣上，眸色沉沉道：“有人。”

周楚楚紧张地瞪大了眼，完全忘记了害羞。

她吞咽了下口水，听着旁边的动静……是真的有人。

小小的交谈声从另一边传了过来，好一会儿之后，那声音越来越远，她便放心下来，大概是路过的同学吧。

“好了。”

江廷低头看着她，观察着她紧绷着的脸，无声地弯了弯嘴角：“够了吗？”

周楚楚：“……”

她愣了下，脑袋还没转过弯来，傻乎乎地问了声：“什么够了吗？”

江廷挑眉，意味深长地看着她笑：“亲够了吗？”

直到回了宿舍，周楚楚都觉得江廷有心机，且坏。

明明是他亲自己，还问自己够了吗？

她愤愤地想着，难不成在那种情况下，她要说没亲够？

虽然——她摸了摸自己的唇角，好像是有点意犹未尽。

想着想着，周楚楚再一次成功地把自己给煮熟了。

旁边的室友喊了她几声她也没听见。

“楚楚！”

“楚楚，你干吗呢？”

周楚楚啊了声，扭头看向室友：“怎么了吗？”

室友有些无奈：“不是要去洗澡吗，快去吧，待会儿早点睡。”

闻言，周楚楚答应着：“我马上去。”

当晚，周楚楚做了个诡异的梦，让她第二天醒来后，躲着江廷。

梦里的画面实在是太羞耻了，甚至比他们前一晚在小树林的亲吻更加过火，她眯了眯眼，坐在位置上完全想不通自己为什么会做这样的一个梦。

早读课上，前排的同学正借着这个机会在聊天，她的同桌也加入其中。

“说什么呢？”

“说我昨晚的梦呢。”前排的同学说，“我前几天不是看了电视剧吗，我已经连续好几天做关于那部电视剧的梦了，真希望赶紧到周末，可以回家看电视。”

同桌笑了声说：“我最近粉上了一个男艺人，我每天做梦都梦到他。”

另外一人说：“这叫‘日有所思夜有所梦’。”

周楚楚难以置信地看向那几人：“确定？”

几个人被她给吓了下，愣愣地点头：“话不是都这样说的吗？”

周楚楚：“……”

她也没有日有所思地想要和江廷接吻吧？

一想到这个，周楚楚的思绪就先飞走了，她想着想着，在同学诡异的目光注视下，红了脸。

几个人见怪不怪了，她最近这段时间都不太对劲，也没多问。

因为早上的对话，导致一天到晚，周楚楚都躲着江廷，没去找他。

到晚上，江廷主动过来，她才不太好意思地跟着江廷出去了，继续学习。

高中的早恋，很美好，但美好的同时也带着些痛苦，特别是和江廷这样优秀的人谈恋爱，让周楚楚倍感压力。

期中考试过后，成绩出来。

周楚楚其他的成绩没多大的波动，唯独数学……数学老师简直热泪盈眶地在班级里表扬她，从五十多分进步到七十多分是真不容易。

从高一到现在，几乎他们这个年级的老师都知道周楚楚的数学成绩差，她不是理科差，只是数学差。物理、化学等科目其实还好，唯独数学，始终不及格。所有老师都找不到原因，到现在都要把她给放弃了，结果她突然自己开窍了。

当然，只有她自己知道，是什么原因。

江廷给她讲题讲得好，一般情况下都很有耐心，就算她想讨厌也讨厌不起来。

当天上午，周楚楚数学成绩及格的消息，不仅仅是他们班的同学知道了，连带着其他班的同学也都知道了，遇见她的时候都使劲儿说恭喜，闹得周楚楚哭笑不得。

她数学成绩差，还真是出名了。

下午，周楚楚和江廷一起吃饭，忍不住说起这个事情。

“其实根本就不是我努力的结果啊。”

江廷看她一眼：“怎么不是？”他低声道，“这就是你努力的结果。”

周楚楚弯了弯嘴角说：“可真是因为你单独给我辅导了我才能考这么好的。”

闻言，江廷盯着她看了片刻，莞尔一笑说：“嗯，未来我给你继续辅导，好好学。”

周楚楚：“……”

这叫什么，搬石头砸自己的脚。

她噎了噎，有些无奈地说：“就不能让我轻松几天吗？”

江廷“嗯”了声：“可以轻松，但不能放松。”

结果是在未来的很长一段时间，周楚楚都被江廷压迫着，念书做题，念书做题。到期末考试的时候，一百分的数学试卷，她已经能考八十多分了。

她人本就聪明，就是不爱学而已。

周楚楚和江廷的恋爱继续，两人也因为关系亲密被老师找去谈过一次话。

但因为两人的学习成绩都好，老师实在是找不到借口把两人给强制性地分开，更何况在学校里，他们除了会经常讨论学习之外，并没有其他过分的举动，至少老师暂时没有发现。

一学期一眨眼便过去了，新年伊始，周楚楚偷偷出去一趟，和江廷一起跨了年才回家。

周家的父母似乎是察觉到了些什么，但并未明说。

高二下学期，学习越来越紧张了，周楚楚和江廷的约会时间也少了不少，都在学校里。

偶尔一次，两人在街上约会，周末，被周父周母逮了个正着，被逮回家了。

察觉到是一回事，但亲眼所见又是另一回事。

江廷和周楚楚被严厉上了一堂课，但好在周父周母开明，对于两人早恋的事情，也只是说不要耽误学习就好，也别过度，现在的他们还小，很多事情都不懂。

大概是因为江廷的形象好，导致周母对他很是喜欢和维护。

在那之后，周楚楚倒是不用再小心翼翼地找借口出门了。

之后没多久，学校的老师都知道了这两人谈恋爱，甚至把家长给喊了过来。最后的结果是，家长根本不管。

在后来，周楚楚回忆的时候忍不住想，自己的高中生活其实挺轰轰烈烈的，虽然有在努力念书，可其余时间，她能做的，不该做的，全都做了个遍。

而这些，都是江廷陪着她一起完成的。

到高三的最后一学期，他们两人都各自努力着，想要去同一所学校，想要一直在一起。

如果不是因为有江廷这个目标，周楚楚不会那么努力，不会用功到这种程度，他们是互相影响，互相激励着对方进步的一对情侣。

高考成绩出来的那天，江廷给周楚楚来了个正式的表白。

她曾经给江廷的，江廷以加倍的宠爱，回报了她。

高中生活结束，最长的暑假也来了。

“有没有想去的地方？”

周楚楚侧头看了眼江廷，思忖了片刻：“你有没有什么想去的地方？”

他们两人正商量着高中的毕业旅行。

江廷一怔，咳了声说：“看你喜欢。”

周楚楚单手托腮望着窗外，天气很好，她盯着看了会儿，收回目光，眉眼弯弯地看着江廷低声道：“随便去哪里都好。”

只要是跟江廷在一起，好像无论去哪里都好。

江廷这个人很冷，可唯独对周楚楚有满腔热情，他们高中的同学都说，江廷把对大家的冷积累下的柔情和热情，全部给了周楚楚。

他喜欢周楚楚，甚至爱她，所以便是如此。

其实看似感情冷淡的人，一旦遇到真正喜欢的姑娘了，那便是全世界最美好的事情。他们会把自己的所有保留起来、藏起来的温柔都只给一个人。

周楚楚觉得自己很幸运，遇到了江廷，和他在一起。

他们还有很美好的未来。

14

毕业旅行的时候，他们两人去了一个凉快的地方，过了一星期才回家。

一眨眼，便到了大学开学的时候，他们也即将迎来新生活。

大学的生活和高中有些不同，唯一相同的大概是他们身边那几个朋友。

周楚楚和江廷在大学腻了四年，直到毕业，所有人都对他们这段感情表示惊叹。

高中到大学，毕业后还不分手的情侣，怎么可能不让人羡慕。

他们两人的爱情和其他人有些不同，这么多年一起走过，周楚楚和江廷对对方都非常了解，连想法有时候都会极其一致。

两人的感情比起最开始也更加深厚，甚至周楚楚有时候会觉得，她和江廷之间拥有的可能不仅仅是爱情了，两人在一起这么多年，感情可能早就已经进化到了亲情模式。

当然，这一点江廷是不承认的，虽然有把周楚楚当作亲人，但也是爱人。

所有人都以为他们毕业后便会结婚，但实际上没有。

周楚楚不想要那么快结婚，而江廷虽然想，但大部分事情都是按照她的想法来，只要是周楚楚不愿意做的，他就不会过于勉强。

结婚后，两人的感情只会越来越深，当然也有吵架的时候。

例如——工作问题。

江廷的工作非常非常忙，有时候能一个星期都不回家，一天二十四小时，恨不得分成四十八小时来用，导致周楚楚怨念颇深。

当然怨念归怨念，江廷忙的时候，她还是懂事地不会去打扰，只会过后跟江廷算账。

这天，江廷刚结束手里的一个案子回家，一进屋便感受到了一股冷清。

他顿了顿，看向坐在沙发上看电视的周楚楚，喊了声："老婆，我回来了。"

周楚楚掀了掀眼皮，淡淡地看他一眼："哦！"

江廷："……吃饭了吗？"

周楚楚微微一笑："没吃。"

江廷噎了噎，观察着她的神情，大概知道怎么回事了。

他思忖了片刻，小心翼翼地提议："想吃什么，我去做？"

"都可以。"

江廷："……给你做鱼吧，想吃鱼吗？"

"可以。"

说着，江廷往厨房的冰箱走去，刚把冰箱打开，他便再次关上了。

一个星期没回来，冰箱里的存货都被周楚楚吃完了，但她傲娇，没去买菜，估摸着是算准了江廷回来的时间。

江廷无奈失笑，揉了揉眉心去找她道歉。

以往一星期不回家，周楚楚不会这样，这一次之所以这么过分，是因为前两天的一件事情，周楚楚正打算跟江廷说事，结果江廷那边在忙，挂了她的电话。

"老婆。"

周楚楚抬头看他眼，顿了顿。

他一星期没回来，脸色憔悴了不少，人也消瘦了不少，周楚楚知道江廷忙，可很气啊，这人再忙，也不能挂自己的电话吧，更何况那会儿她是真的有重要事情跟江廷说。

一想到这一点，她就傲娇地扭开头。

“干吗？”她嘀咕着，“没有菜就叫外卖吧，我也刚回来不久，最近没去超市。”

江廷笑了笑，伸手揉了揉她头发：“要不要一起去超市？”

“不去了。”周楚楚望着他，还是有些于心不忍，“我已经点了外卖了，别去超市了，今晚早点休息，明天再去吧。”

冰箱空了是事实，可不舍得江廷跑一趟超市也是事实。

她知道江廷累，之所以把冰箱给掏空，是因为一星期下来，里面的菜不吃完也该坏了。为什么自己一个人没去超市——这是大家都知道的事情，周楚楚非常厌恶一个人去超市。在家的时候，要么是跟江廷一起去，有时候江廷不在，她会找姜映初一起去超市。

总之，她不太喜欢一个人的那种孤独感觉，总觉得一个人逛超市，有点心酸。

江廷低低一笑，捧着她的脸亲了下：“前两天正好客户过来，就把你电话挂了。”

“嗯。”

周楚楚瞥了他眼，略微生气地说：“下次你要再这样，我就真生气了。”

“好。”江廷保证，“以后一定不这样了。”

他看向周楚楚：“是要跟我说什么重要事情吗？”

周楚楚“嗯”了声，盯着他看了半晌说：“我回家了一趟。”

“嗯？”

周楚楚抱着他撒娇，不太开心：“被爸妈催生孩子了。”

他们明明才结婚半年，就要生孩子了，周楚楚一想到这一点就觉得不太开心。

她不讨厌孩子，甚至很喜欢，可是她这个年纪并没有做好要当妈妈的准备。

或许过两年可以，但现在——她害怕自己做不好。

她是一个连自己都照顾不好的人，怎么能照顾孩子呢？

江廷的父母不会催两人，即便是催，也不会来跟周楚楚说，唯独有可能催周楚楚的，便是周家父母。

周家父母近年来很清闲，公司没什么大事，经常去外地旅游，这一年因为两人结婚的事情，倒是没怎么出去了，不出去旅游，便想着有个伴在身边，看着朋友都有孙子孙女和外孙之类的，他们也有点想，所以自然而然地便问了周楚楚几句。

周楚楚没忍住反驳了下，结果就被训了一顿。

她委屈地回家，想给江廷打电话，结果刚一接通就被挂断了。

这委屈憋了两天了，见到江廷就忍不住想要说出来。

江廷无奈地一笑，哄着她："不着急的。"他轻声道，"下次我跟岳父岳母解释就好，爸妈可能只是日常问问，他们也是关心我们，你那天是不是心情不好？"

"嗯。"

江廷是了解她的，周楚楚闹脾气的时候，大多数时间是被工作折腾得厉害的时候。

周楚楚哼了声，低声道："那天遇到一个客户，我都想打人了。"

本想着在工作上受了委屈，回家寻求下安慰，结果安慰没有，还被训了。

这样一想，就直接迁怒到了江廷的身上。

江廷无奈地笑了笑，抱着她亲了好一会儿后才说："那把事情给我说说？"

"嗯。"

她有委屈必须说出来，不然不舒服，也觉得不开心。

两人说着，外卖到了，吃过外卖，周楚楚的心情才算是好了起来。

关于孩子的事情，两人也没再提起过。周末的时候，江廷还找自己的岳父岳母好好地聊了聊。他对周楚楚就是这样，会好好保护，不让她有半点委屈。

周父周母也表示了解，年轻人有年轻人的想法，他们确实不能干涉过多。

这事就被搁置了下来，结果没多久，周楚楚突然主动提议说想要孩子，把江廷给吓着了，还以为她受了什么刺激。

当然，孩子不是想要就能有的。

周楚楚怀孕，已经是在结婚一年之后的事情了，顺其自然就怀上了，她的工作也稳定了下来，心情还不错，对于怀孕这事，之前便有了心理准备，所以很自然就接受了。

至于江廷，反倒是比她紧张。

在她怀孕期间，推了不少工作，就为了稳定她的情绪，结果——周楚楚的情绪从头到尾就没出现过任何问题，除了爱吃爱闹一点之外，跟平常无异。

几个月后，周楚楚生下一个小男孩，江廷取名江洲，小名周周。

是他和周楚楚的姓名组合。

江洲小朋友的性格像江廷，冷冷的，从小就是个傲娇的小屁孩。

三岁念幼儿园，被幼儿园的小朋友喜欢，每天都能从幼儿园带回来一书包的巧克力，让周楚楚哭笑不得。

她不知道，是不是现在的小丫头们都喜欢这种不搭理人的类型，总之到幼儿园毕业，江洲给家里带回来了很多吃的，而这些吃的——全进了周楚楚的肚子。

江洲六岁的时候，姜映初家的小姑娘三岁，正是活泼好动的时候，她对江洲，算不上是喜欢，但是不看见，又会想念。

这天，周楚楚和姜映初一起吃饭，带上了两个小屁孩。

顾夏，也就是姜映初家的女儿看着对面看书的江洲，忍不住喊了声："周周哥哥。"

江洲看她一眼："有什么事吗？"

小布丁点了点头，大眼睛里充满了好奇："哥哥，你在看什么啊？"

江洲："书。"他的回答一贯言简意赅。

小布丁，也就是顾夏，瘪了瘪嘴，哦了一声。

她有点无聊。妈妈在和楚楚阿姨说话，江洲哥哥在看书，只有她，好像没有事情做。

小布丁扭头看向别处，突然目光一亮，自顾自地从椅子上溜了下来，走到江洲旁边，扯了扯他的衣服，指着窗外路过的小男孩说："周周哥哥，我想要吃冰淇淋。"

江洲拧了拧眉，一副小大人的模样："不行。"

他知道姜映初阿姨是不让小布丁吃冰淇淋的。

"哥哥。"小布丁委屈巴巴地看着他，"想吃。"

她长得水灵，比江洲幼儿园的大部分同学都好看，这会儿眼睛里还挂着要掉出来的眼泪，让他有些无措。

"妈。"

周楚楚"啊"了声，扭头看他们："怎么了？"

江洲直接指着小布丁："小布丁想吃冰淇淋。"

姜映初："……"

周楚楚："……"

莫名地，周楚楚有点为自己儿子的情商担心。

到最后，小布丁没能成功吃到冰淇淋，恹恹地跟着姜映初回了家。

因为这事，下一次见到江洲的时候，小布丁还都是不太开心，也不太想跟他说话。

晚上，江廷看着唉声叹气的老婆有些想笑。

"怎么了？"他刚把江洲哄睡。

周楚楚哀怨地瞥了他眼："你那不高的情商，全都遗传给你儿子了啊。"

她说着白天的事情，江廷听着有些哭笑不得。

小孩子嘛，大多数都是这样的。

周楚楚说到最后，有些无语："你说他就不能哄着小布丁一下，还跟我们告状。"

江廷笑，拍了拍她的脑袋说："你是电视剧看多了吧。"

闻言，周楚楚弯了弯嘴角笑说："那是我实在是太喜欢小布丁了，可爱乖巧，也暖，一点都不像我们家的臭小子，不懂事。"

她一直都喜欢小布丁，也喜欢女孩子，当初怀孕的时候就一直想着生个女儿，结果没想到，生出来一个儿子，儿子就算了，她想着性格好点也没事，做妈妈的贴心小棉袄。

最后，儿子随了江廷这种性格，周楚楚完全无话可说。

到小布丁出生后，周楚楚那种对女儿的宠爱，总算是转移了目标。当然江洲不觉得伤心，他甚至觉得妈妈不关注自己了特别好，总算是可以清净了。

江洲不太会说话，但小布丁会。

那次的事情过后，顾修竹也听说了，还跟小布丁好好地聊了下，小布丁小，大道理不懂，但只要是耐心解释，她还是明白的。

半个月后，又是他们几家人的聚餐，在大学里关系融洽的几个人，都各自组成了家庭，偶尔周末会一起聚一聚，带着孩子出去玩一玩。这是他们之前便幻想着的生活，而现在总算是实现了。

林扬刚结婚不久，还没有孩子，宁年年也在北京，刚生了个小男孩，还不到一岁，只会说一两句话。

周末，大家一起出游，带上孩子。

小布丁已经和江洲和解了，被江洲用两个小布丁哄得心花怒放，这会儿正坐在自己家的车里念叨着："妈妈，我想要去跟周周哥哥玩。"

姜映初看着自己的女儿，欲言又止："你确定？"

"嗯。"小布丁玩着手里的玩具小鸭子，"可以吗？"

姜映初看了眼自己的老公："我跟楚楚说一声吧。"

顾修竹看了眼，倒是没有阻止。

"去你楚楚阿姨车里，不能闹知道吗？"

"知道的。"

没一会儿，小布丁就换了车，和江洲一起坐在了周楚楚家车里的后排，即便是出来玩，江洲也是拿着一本书看，小布丁盯着看了两分钟后，忍不住问："周周哥哥。"

"嗯。"

"能不能和我聊天啊？"

江洲："……"

周楚楚在前排听着，扑哧一笑："小布丁，想要聊什么呀？"

小布丁看了眼自己的楚楚阿姨，奶声奶气说："我就想知道，周周哥哥每天看书是为什么。”

江洲淡淡地看她一眼：“学东西。”

小布丁委屈：“哦。”

她沉默了一会儿，没忍住：“那不可以跟小布丁说说话吗？”

“可以。”江洲把书合上，“你想说什么？”

小布丁眼睛一亮，往他旁边挪了过去：“周周哥哥，你还藏了小布丁吗？”

前排的周楚楚和江廷，忍不住笑出声来。

他们就说，为什么小布丁想要过来这里，原来是念叨着吃冰淇淋。

“想吃冰淇淋了？”

“想！”她非常乖巧地点了点头。

江洲瞥了她一眼：“没有。”

周楚楚笑到不行，问了声：“小布丁那么好吃吗？”

“好吃的。”

闻言，周楚楚眼珠子一转，忍不住逗她：“那要是以后小布丁想找男朋友了，是不是一个小布丁就能把你追到呀？”

小布丁似懂非懂地看着她：“什么是男朋友？”

周楚楚一噎，觉得自己是被小布丁给逗糊涂了，忘记她的年龄了。

她咳了声，对着江廷和江洲的目光，笑着问：“小布丁喜欢你周周哥哥吗？”

小布丁眨巴了下眼睛：“还好吧。”

她补充说：“如果能给我吃小布丁的话，就是喜欢的。”

周楚楚笑，继续逗她：“那要是周周哥哥每天给你买小布丁，你就喜欢周周哥哥？”

“嗯。”

她觉得可以。毕竟爸爸妈妈也不会经常给她买。

周楚楚被逗乐了。

“那要不小布丁你给阿姨做儿媳妇吧，阿姨每天给你买小布丁吃。”

小布丁愣了下：“每天吗？”

“对。”

“好呀。”

江廷：“……”

江洲：“……”

下车后，周楚楚把这事跟姜映初说了下，姜映初有些无语。

顾修竹听着，忍不住把女儿抱了起来，训着说：“爸爸给你买小布丁，不能随便答应你楚楚阿姨刚刚说的话，知道了吗？”

小布丁“啊”了声，看着朝自己使眼色的楚楚阿姨，懵懂地问：“为什么？”

“你又不喜欢周周哥哥。”

“我喜欢的。”小布丁想着自己刚刚吃掉的半个冰淇淋，舔了舔嘴回味着，“周周哥哥特别好。”

顾修竹半眯了下眼，低声问：“吃小布丁了？”

小布丁瞪大眼摇头，捂住自己的嘴巴，她爸爸怎么可以这么聪明。

“没有没有，是哥哥吃了，小布丁就舔了下。”

顾修竹看着，莫名有些头疼。

一旁，是几个大人的笑声。

他们这样，是真的好，有时间一起出来聚餐，没有任何隔阂和距离感，偶尔聊聊工作上的事情，聊聊生活上的事情，聊一聊孩子和未来。

人生大多数的期许便是如此，有三两好友，有美好的家庭，有贴心的爱人，有可爱懂事的孩子，共度余生。

他们都很幸运，这一切都拥有着。

唯愿，他们的未来能越来越好，一起陪伴到老。